李舜臣의 日記

이순신의 일기

국보 『난중일기』 해제, 초역주해 및 원문

2022년 5월 15일 초판 인쇄
2022년 5월 20일 초판 발행

지은이   박혜일·최희동·배영덕·김명섭
펴낸이   이찬규
펴낸곳   북코리아
등록번호   제03-01240호
전화   02-704-7840
팩스   02-704-7848
이메일   ibookorea@naver.com
홈페이지   www.북코리아.kr
주소   13209 경기도 성남시 중원구 사기막골로 45번길 14
         우림2차 A동 1007호
ISBN   978-89-6324-842-4 (93810)

값 47,000원

李舜臣의 日記

국보『난중일기』해제, 초역주해 및 원문

박혜일·최희동·배영덕·김명섭

북코리아

閑山島歌

閑山島月明夜上戍樓 撫大刀深愁時
何處一聲羌笛更添愁

閑山섬 달밝은 밤에 戍樓에 혼자 앉아
큰 칼 옆에 차고 깊은 시름 하는 차에
어디서 一聲胡笳는 남의 애를 끊나니.

———

위의 詩를 英譯한 것으로, 한국 시조에 조예가 깊은
R. 러트의 번역시를 아래에 옮긴다.

Richard Rutt, 《The Bamboo Grove》, University of California Press, 1971.

By moonlight I sit all alone
in the lookout on Hansan isle.

My sword is on my thigh,
I am submerged in deep despair.

From somewhere the shrill note of a pipe …
will it sever my heartstrings?

李舜臣 영정

이 영정은 왜정하의 1932년 6월, 온 겨레의 성금으로 아산 현충사의 중건, 낙성을 이루었을 때 봉안된 것으로, 靑田 李象範 화백이 제작한 유서 있는 영정이다. 그러나 해방 후 영정은 조복모대(朝服帽帶) 차림의 매우 어울리지 않는 새 영정으로 바뀌었고, 또 1707년 숙종(肅宗)의 친필로 하사된 원래의 '顯忠祠' 편액(扁額)은 박정희가 한글로 쓴 새 현판으로 바뀌었다. 이상범 제작(1932).

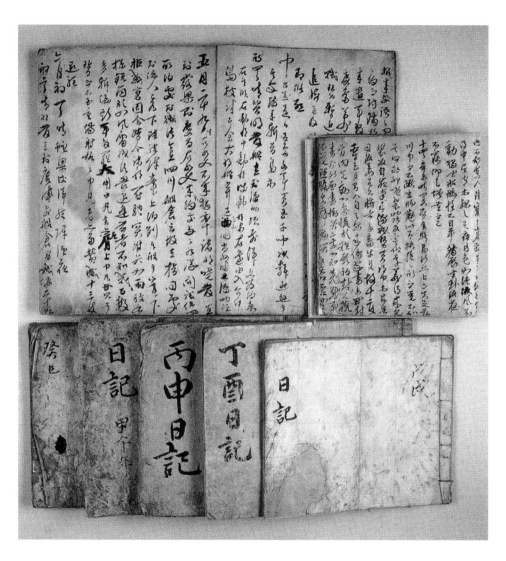

《난중일기》 친필초본

위 왼쪽은 壬辰日記 (5월 3, 4, 29일 및 6월 1일조), 위 오른쪽은 丁酉日記Ⅱ (10월 13, 14일조). 아산 현충사 유물관 소장.

'첫 출전을 결행하는 이순신(임진일기 5월 초4일조)'

1992년 蘭苴展 출품작품, 也欣 朴榮愛 作.

五月初一日庚午舟師齊會前洋是日陰而不
雨南風大吹坐鎮海樓招防僉使與陽倅
鹿島萬戶則皆憤激忘身可謂義士也
初二日辛未晴宋漢連自南海還言南海倅彌

李忠武公全書 卷之五　日記　十四

助項僉使尙州浦曲浦平山浦等一聞賊倭
聲息輒已逃散使其軍器等物盡散無餘云
可愕可愕午時乘船下海結陣與諸將約束
則皆有樂赴之志而樂安則似有避意可歎
然而自有軍法雖欲退避其可得乎夕防踏
疊入船三隻回泊前洋軍彌龍虎伏兵則山
水
初三日壬申細雨終朝招中衛將約明曉發行
即修啓　聞是日呂島水軍黃玉千逃避其
家捕斬梟示

도판 4. 《이충무공전서》에 수록된 활자판 《난중일기》; 임진(壬辰) 5월 초1일, 초2일 및 초3일자 일기.

舟闡ヲ本營（魔水）前洋ニ會ス

三道巡邊使及ビ右水使ノ關到ル

南海倅等逃潰ス

諸將ト約束ス

慶尙右水使答簡

壬辰五月初一日　舟師諸會前洋、是日、陰而不雨、風大吹、坐鎮海樓招防、
踰斂使（李純信）•輿陽倅（裵興立）•鹿島萬戶（鄭運）則皆憤激忘身可謂義士也、

初二日　晴、兼三道巡邊關及右水使關到、宋漢連自南海還言曰南海倅（奇孝謹）•
彌助項斂使（金勝龍）•尙州浦•曲浦•平山浦（金軸）等、一聞聲息、輒已逃潰、使其軍器等物盡
散無餘云可愕〻午時乘船下海結陣、與諸將約束則皆有樂赴之志而樂
安則似有避意、可嘆、然自有軍法、雖欲退避其可得乎、夕防踏入船三隻、
囘泊前洋備邊司三丈到付昌平縣令任公狀來呈、夕軍號龍虎、伏兵則
山水、

初三日　細雨終朝慶尙右水使（元均）答簡曉遝午後光陽（魚泳潭）•輿陽招來與語之間皆
發憤以本道右水使（李億祺）牽舟師來、共之約而防踏板屋載疊入軍來、喜見右水
使來、遣軍官扣焉則防踏船也、不勝愕然、有頃鹿島萬戶請謁招前問之則

亂中日記草（壬辰五月）

一

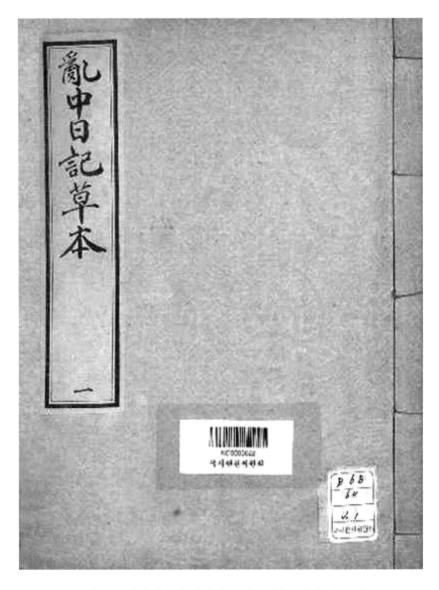

도판 6. 조선사편수회 편찬의 등사본《난중일기초본 一》
「壬辰日記」의 겉표지.

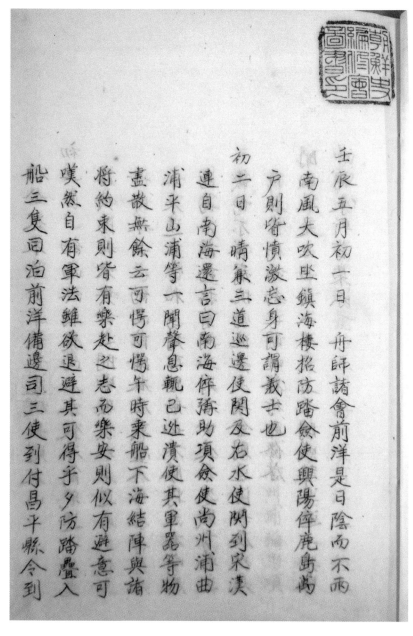

壬辰五月初一日　舟師諸會前洋是日陰而不雨
南風大吹坐鎮海樓招防踏僉使興陽倅鹿島萬
戶則皆憤激忘身可謂義士也
初二日晴策三道巡邊使關及右水使關到宋漢
連自南海遷言曰南海倅諸助項僉使尚州浦曲
浦平山浦等一聞釜息輒己迸潰使其軍器等物
盡散無餘云可愕可愕午時束船下海結陣與諸
將約束則皆有樂赴之志而樂安則似有避意可
嘆然自有軍法雖欲退避其可得乎夕防踏疊入
船三隻同泊前洋備邊司三使到付昌平縣令到

도판 7. 조선사편수회 편찬의 등사본《난중일기초본 一》
「壬辰日記」의 본문 첫 장.

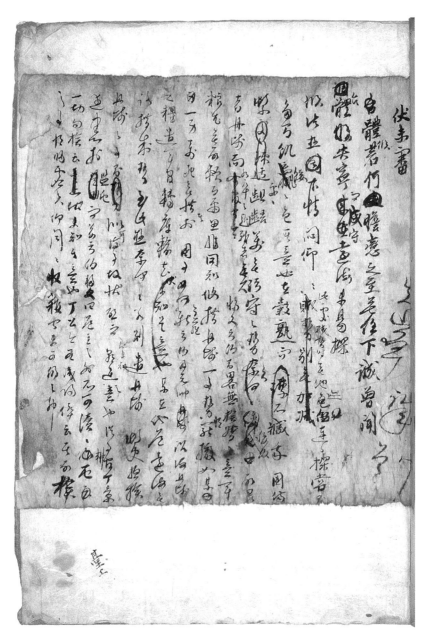

도판 8. 친필일기「壬辰日記」끝에 붙어있는 書簡文草(甲午書簡草).

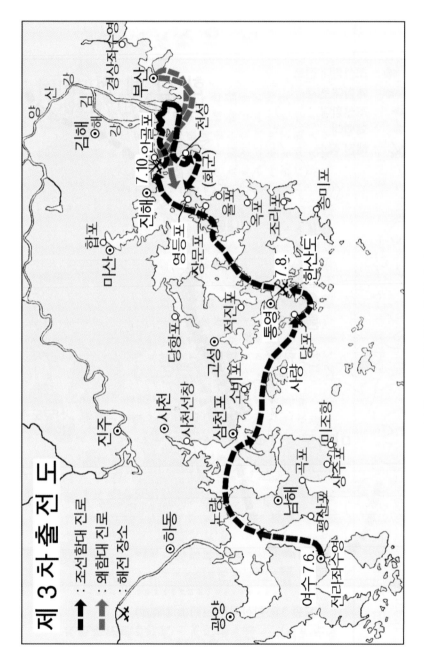

도판 9. 조선 함대의 제3차 출전도.

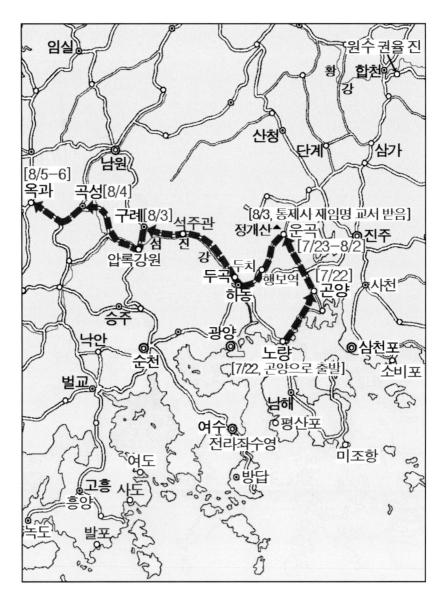

도판 14-2. 도판 14-1의 계속(도판 14-3에 이어짐).

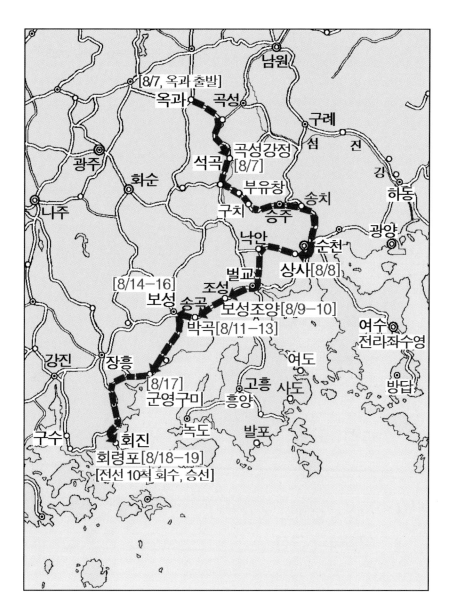

도판 14-3. 도판 14-2의 계속.

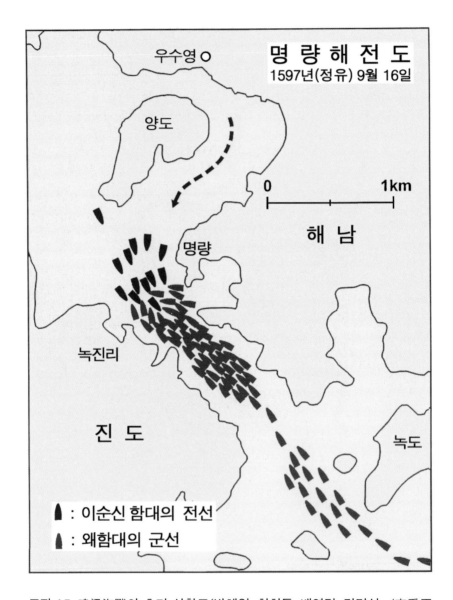

도판 15. 鳴梁海戰의 초기 상황도(박혜일·최희동·배영덕·김명섭, 〈李舜臣
　　　　의 鳴梁海戰〉, 정신문화연구, 2002년 가을호, pp. 115-153 참조).
　　　　적선 130여 척이 우리 배를 에워싸고, 우수사 金億秋의 배는 2마장
　　　　(~800m) 밖으로 물러나 있다(정유 9월 16일자 일기).

도판 16-1. 명량해전 전후(前後)의 이순신 함대의 진로(도판 16-2에 이어짐).

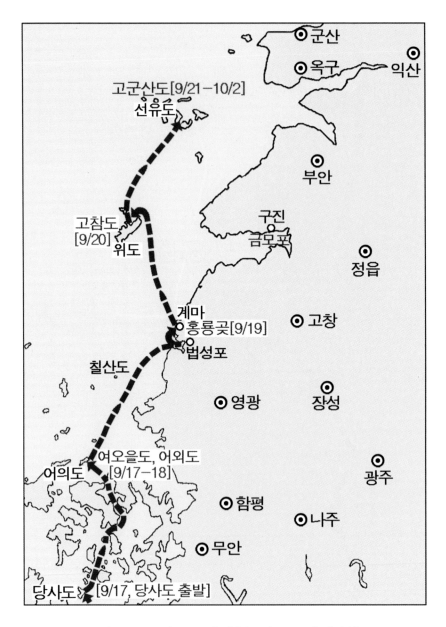

도판 16-2. 도판 16-1의 계속(도판 16-3에 이어짐).

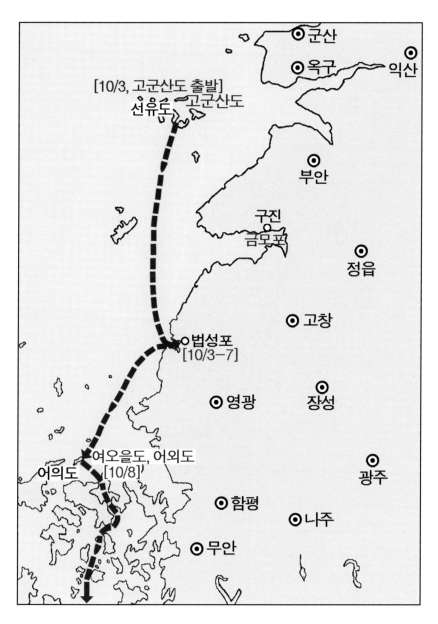

도판 16-3. 도판 16-2의 계속(도판 16-4에 이어짐).

도판 16-4. 도판 16-3의 계속.

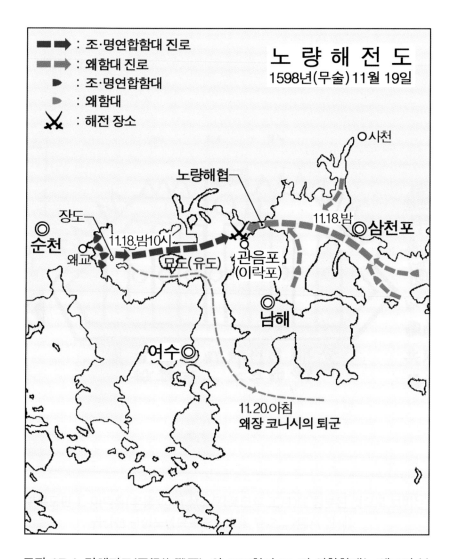

도판 17. 노량해전도(露梁海戰圖). 약 500척의 조·명 연합함대는 왜교의 봉
쇄를 풀고 급히 노량으로 진격, 사천의 시마즈 요시히로(島津義弘),
고성의 타찌바나 토우도라(立花統虎), 부산의 테라자와 마사시게(寺
澤正成), 그리고 남해에 있던 소오 요시토모(宗義智) 등 여러 왜장이
합세한 500여 척의 왜함대와 혼전난투의 접근전을 벌이게 되었다.

▷ 400년 전 이순신이 손수 기록한 진중일기가 지금의 《난중일기》 국역본으로 옮겨지기까지의 내력에 관련하여, 이순신 친필의 일기초본을 활자화(活字化)한 《이충무공전서李忠武公全書》 수록의 《난중일기亂中日記》와 조선사편수회 편찬의 《난중일기초亂中日記草》의 내용을 재차 살펴보았다. 특히 전서(全書)에 수록된 《난중일기》의 활자화 과정에서 친필원본의 내용이 여하히 심하게 훼손되었는가를 직접 예시하였다.

▷ 해방 이후 가장 많이 출판된 노산 이은상(李殷相)의 국역본을 비롯한 기간(旣刊)의 여러 국역본을 개괄하고, 번역에 사용한 원본(text) 확정에 대한 역자(譯者)들의 고충 또는 무관심을 지적하였다.

▷ 1,657일분(단, 정유년 일기 중 64일분은 중복됨)에 이르는 《난중일기》에서 287일(단, 정유년 일기 중 10일분은 중복됨)의 일기 본문을 초역하여, 주요 항목에 관한 주석과, 특히 함대의 출동으로 일기를 쓸 겨를이 없었을 시기에 대하여 장계(狀啓)와 일본 측 기록을 인용하여 주해를 추가하였다. 이와 같이 첨가한 주석 및 주해는 관련 도판과 함께 본문 형식의 해설문으로 각 해당 날짜의 일기 본문 밑에 실음으로써 독자들의 관심과 편의에 부응토록 하였다.

▷ 초역 부분에 이어 《난중일기》의 내용을 주제별로 나누어 모아봄으로써 7년 일기에 묘사된 총괄적인 분위기를 개관할 수 있도록 하였으며, 행정구역의 변동사항을 감안하여 작성한 지명 비정(比定)과 일기에 나오는 1,050여 명에 달하는 인물에 관하여 작성한 날짜별 인명 색인을 참고로 첨가하였다.

▷ 일기 속에도 거북선〔龜船〕에 대한 기사가 있을 뿐 아니라, 실제로 임진왜란 전반의 잇따른 해전에서 혁혁한 활약상을 보여 준 거북선은 국내외로 자못 큰 관심의 대상이 되어 왔다. 따라서 거북선과 관련된 국내외의 현존 사료들을 종합, 정리한 '거북선 해설'을

부록으로 실었으며, 거북선의 기원, 이순신의 창제귀선(創制龜船)
및 임진왜란 후의 거북선 변천상 등에 대해 설명하였다.

▷ 2000년경, 이순신 친필의 일기초본과 더불어 별책부록으로서 현
충사에 보관되어 오던 친필일기의 필사본인 〈일기초日記抄〉를 재
발굴하였다. 이 자료는 그동안 세간에 친필일기의 일부로 오도되
어 왔던 것이었으니 비로소 이를 바로잡게 되었고, 이 필사자료를
활용하여 오랜 세월의 전승에서 훼손되거나 유실된 친필일기 기
사의 복원 및 보충을 이룰 수 있었다. 이에 관해서 본 책의 제 I 장
2절 및 부록에서 그 내력과 내용을 설명하였다.

▷ 《친필일기초》의 활자화 원문으로서 조선 정조대의 문헌인 《이
충무공전서》 수록의 〈난중일기〉와 일제 강점기 조선사편수회 편
《난중일기초》 모두가 적절치 못함이 지적됨에 따라, 친필일기의
재판독과 기존 판독과의 비교 검독을 통해 활자원문을 확정하는
작업을 수행하였다. 이 작업의 결과로서 2007년 단행본 《이순신
의 일기초日記草》를 간행하고, 2016년에는 개정증보판 《이순신
의 일기》의 별책부록으로 《이순신의 일기초》를 수록한 바 있다.
이로부터 당시의 활자판본으로서는 비교적 충실한 조선사편수회
편 《난중일기초》의 판독과 편집상의 오류를 140여 군데 찾아내
어 바로잡고, 보다 정확한 친필원문 텍스트를 갖추게 되었던 것이
다. 금번에는 친필원문의 활자판본을 작성함에 있어 기존 간행에
서 미처 반영치 못했던, 친필원문 상의 간자(間字), 대두(擡頭), 개
행(改行)과 글자 크기의 차이를 모두 반영하였고, 새로이 기존 판
독의 오류를 25여 군데 바로잡아 수록하였다.

▷ 이번 편집에서는 2017년 중반, 평론가 박종평 선생이 알려온 조
선사편수회 편 《난중일기초》의 수필(手筆)등사(謄寫)본에 대한
해제와 사진을 추가함으로써 《난중일기초》의 출판 과정 전반을
돌아보게 되었다. 또한 정유년 삼도수군통제사에 재임된 후, 회령
포로 이동하는 노정(정유 8월 17일)의 옛 지명 "군영구미"와 계

사년의 옛 지명 "사화랑"의 지명비정은 불확실하고 어려운 문제였으나 새로운 자료로써 바로잡아 제시하였다.

《난중일기》에 처음 접하는 학생들은 초역 부분과 주제별 내용(Ⅲ장의 1, 2절)을 먼저 읽는 것도 좋을 것 같다. 필자가 왜정시대의 소학생 시절, 갓 쓴 학자풍의 영감님들이 이순신을 이야기하며 "… 순신(舜臣)은 신(臣)이 아니라 나막신(臣)이나 같았다. 비가 올 때나 꺼내 신는 …." 하며 탄식하던 소리가 기억난다. 이순신의 경우를 달관된 해학으로 토로하던 그분들의 넋두리가 지금 생각해 보아도 매우 인상적이다. 필자들의 공부가 부족한 탓으로 이 책의 전체를 통하여 부족하고 틀린 곳이 적지 않으리라고 생각된다. 독자들께서 격의 없는 논의와 충고를 보내주시기 바란다.

400년 전 이순신은 "우리나라 역사를 읽는데 개탄(慨嘆)할 기록이 많았다."(병신 5월 25일), "… 안팎이 모두 바치는 뇌물의 다소(多少)로 죄의 경중을 결정한다니, 이러다가는 결말이 어찌 될지 모르겠다. 이야말로 한줄기 돈만 있으면 죽은 사람의 넋도 곧 되찾아온다는 것인가."(정유Ⅰ 5월 21일), 또는 "… 이러고야 조정(朝廷)에 사람이 있다고 할 수 있는가."(정유Ⅱ 9월 8일)라고 개탄하고 있다. 또 그는 유성룡(柳成龍)에게 쓴 편지에서 "… 다만 이곳 민심이 징병한다는 소문만 들어도 모두들 도망쳐 달아날 꾀만 생각하고, …"와 같은 모병의 딱한 사정을 호소하고 있다. — 그러면, 지금의 우리가 겪고 있는 역사적 현실, 즉 끝없는 비리부정, 병역기피, 부정부패 그리고 400년 전의 동서분당(東西分黨)을 방불케 하는 파리아(Paria)적 당파싸움 등, 이 모두가 오래오래 고질화된 망국적(亡國的) 전통 속에 그 뿌리를 같이하고 있는 것이 아닐까. 그것도 '우국충정의 충무공 정신'을 받든다 하여 드높이 세워놓은 고인의 동상이 지켜보는 속에서 자행되고 있는 것이다. 세기말 뷘(Wien)의 비평가 K. 크라우스의 "불멸(不滅)의 사람은 모든 시대의 고뇌를 경험한다."라고 한 애퍼리즘의 의미를 되새기게 된다. 난해하기로 이름난 한 문헌학자가 아주 쉬운 말로 표현한 한 구절을 여기에 옮기며 서문을 줄이고자 한다. 즉, "한 민족의 특

유성은, 그 민족이 여하한 위인(偉人)을 낳았는가 하는 것뿐만이 아니라, 그 위인(偉人)을 여하히 인식하고 또 여하히 존경하고 있는가 하는 그 양식(樣式)에 의하여 결정되는 것이다라고 한 말은 지당한 것이다."(F. 니체, 《희랍의 비극적 시대의 철학》).

    평소에 이순신에 관하여, 또 《난중일기》에 대하여 많은 것을 깨우쳐 주시며 흥겹게 질문에 응답해 주시던 미술평론가 昔度輪 교수님께 이 자리를 빌려 깊이 감사드립니다. 또, 92년 蘦苴展에 출품한 그림 也欣 朴榮愛 작 '첫 출전을 결행하는 이순신'을 이 책에 실음에 흔쾌히 승락해 주신 작가의 우의에 감사드립니다. 또한 중국문학의 劉世鍾 교수의 인도로 자리를 같이함으로써 뵙게 된 이후 한문 해석에 관한 귀중한 하교를 주신 以文學會의 老村 李九榮 선생님께 심심한 사의를 표합니다. 그리고 이미 오래전부터 일기 내용과 관련 문헌의 번역에 관하여 수시로 여러 가지 논의와 의견을 보태 주신 동학 李憲周 교수의 도움에 늘 고마워하고 있습니다.
    책의 발간과 관련하여 관심과 격려로써 이끌어 주신 작가 박종평 님과 북코리아의 이찬규 사장님, 김수진 편집장님께 감사를 드리며, 심심한 사의를 표합니다. 몇 차례의 간행을 담당해 주신 서울대학교 출판부와 도서출판 시와진실 관계자 여러분에게도 이 자리를 빌려 감사의 말씀을 드립니다. 끝으로 오랜 세월 간의 작업 도중 타계하신 고 박혜일 교수님과 배영덕 박사님의 탁월한 혜안과 근근한 노력에 보답드리고, 난중일기에 지속적인 관심을 주시는 여러분께 본 작업의 결실을 바칩니다.

    2021년 6월
    著者 識

목차

도판 목차

이순신의 세보(世譜), 약력 그리고 그의 전사(戰死)

1) 출생과 가족관계

이순신(李舜臣, 자는 여해汝諧)은 1545년(인종 1) 3월 8일(양력 4월 28일)* 자시(子時, 밤 11시~새벽 1시)에 당시의 한성부 건천동(乾川洞)에서 출생하였다. — 건천동은 지금의 서울특별시 중구 초동 동쪽의 '마른내길' 근방이며, 그가 탄생한 집터는 현재의 인현동 1가 40번지 근처로 추정되고 있다. 그의 아버지는, 고려 때 중랑장(中郎將)을 지낸 덕수이씨(德水李氏)의 1대조 이돈수(李敦守)로부터 내려오는 11대손 정(貞)이며 평민생활을 하는 양반이었고, 어머니는 초계변씨(草溪卞氏)였다. 어머니 변씨는 아들에 대한 사랑이 극진하면서도 가정교육에 엄격하였다.

조선왕조로 넘어오자 7대손 변(邊)은 영중추부사(領中樞府事)와 홍문관대제학(弘文館大提學)을 지내는 등, 그의 가계는 주로 문관 벼슬을 이어온 양반계급의 집안이었으나, 그의 할아버지인 10대손 백록(百祿)은 정치적 혼란기에 벼슬을 사양하고 조광조(趙光祖) 등 소장파 사림들과 뜻을 같이하여 기묘사화(己卯士禍)의 참변을 겪게 된다. 그 후 아버지 정(貞)도 관직의 뜻을 버리고 평민으로 지냈으니 가세 또한 기울어 있었다.

이순신은 희신(羲臣), 요신(堯臣)을 두 형으로 두고 셋째 아들로 태어났으며, 밑으로는 아우 우신(禹臣)이 있었다. 큰형 희신에는 네 조카 뇌(蕾), 분(芬), 번(蕃) 그리고 완(莞)이 있었고, 작은형 요신에게는 두 조카 봉(菶)과 해(荄)가 있었으나, 두 형이 모두 먼저 사망하였기 때문에 이순신은 이들 여섯 조카를 돌보아야 했다. 그는 조카들에게 친자식과 같이 극진하였다고 한다. 이순신과 부인 상주방씨(尙州方氏)는 세 형제 회(薈), 열(莈), 면(葂)과 한 딸을 두었고, 서자(庶子)로는 두 형제 훈(薰)과 신(藎)

그리고 두 딸이 있었다. 노량해전에 참전했던 회(薈)는 현감, 열(莐)은 정랑(正郞)을 지냈으며, 면(葂)은 난중에 왜적과 싸우다 전사하였고, 훈(薰)과 신(藎)은 무과에 올랐다. 부인 방씨(方氏)는 보성군수 진(震)의 딸인데, 이순신의 전몰 후 정경부인(貞敬夫人)의 품계에 올랐고, 80이 넘도록 살았다.

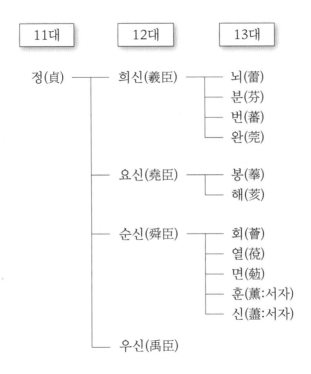

덕수이씨(德水李氏) 11~13대 세보(世譜)

2) 무과급제 이후의 관직 생활

22세에 비로소 무예를 배우기 시작하여, 28세 되던 1572년(선조 5) 훈련원별과(訓鍊院別科)에 응시하였으나 말을 달리다 말이 넘어지며 낙마하여 왼쪽 다리가 부러지는 부상을 입어 등과에 실패하였다. 32세 되던 1576년(선조 9) 봄에 식년무과(式年武科)에 출장하여 병과(丙科) 제4인으로 급제하였다. 등과하고도 그 해 12월에야 귀양지로 여기던 함경도 동구비보(童仇非堡)의 권관(權管)으로 부임, 35세 되던 1579년 2월 귀경하여 훈련원봉사(訓鍊院奉事)가 되었고, 같은 해 10월에는 충청병사의 막하 군관으로 전임되었다. 이듬해 36세가 되던 1580년(선조 13) 7월에 발포(鉢浦) 수군만호(水軍萬戶)가 되었다. 이 무렵에 좌수사 성박(成鎛)이 객사 뜰의 오동나무를 베어다가 거문고를 만들려 하자, 관청 물건을 함부로 베어 갈 수 없다 하여 사람을 돌려 보내니 수사가 크게 노하였다는 일화가 남아 있다.

　38세, 1582년(선조 15) 1월 군기경차관(軍器敬差官) 서익(徐益)이 발포에 와서 군기를 보수하지 않았다고 무고하였기 때문에 파직(罷職)되었다. — 이것이 이순신이 당하는 첫번째 파직이었다. 같은 해 5월 다시 임명되어 훈련원봉사가 되었다.

　39세, 1583년(선조 16) 7월 함경남도 병사 이용(李戩)의 막하 군관으로 전근, 10월에는 함경북도 건원보(乾原堡) 권관으로 오랑캐 토벌에 공을 세워 11월에 훈련원참군(訓鍊院參軍)이 되었다. 그러나 같은 달 15일 아산에서 부친이 별세하여 천리길을 밤낮으로 달려 귀향, 성복하고 탈상까지 휴관(休官)하였다.

　42세, 1586년(선조 19) 1월 사복시주부(司僕寺主簿)에 임명되었으나 북방오랑캐들의 침입이 있자 16일 만에 다시 함경도 조산보(造山堡) 병마만호(兵馬萬戶)로 천거되었다. 또, 이듬해 8월에는 녹둔도(鹿屯島) 둔전관(屯田官)을 겸직하니, 섬이 외롭고 방비가 부실하여 누누이 증병을 청하였으나 병사 이일(李鎰)은 듣지 않았다. 오랑캐의 습격을 당하자 패군의 죄로 하옥, 무고된 이순신은 파직되고 백의종군(白衣從軍)하였다. — 이것이 이순신이 당하는 두 번째 파직이었다. …

　45세, 1589년(선조 22) 2월 전라순찰사 이광(李洸)의 군관이 되었고, 또 순찰사의 주청으로 조방장(助防將)을, 이어 11월에는 선전관도 겸직하게 되었으며, 12월에는 정읍(井邑) 현감이 되었다. 46세 되는 이듬해에는

고사리진(高沙里鎭) 병마첨절제사(兵馬僉節制使), 또 만포진(滿浦鎭) 수
군첨절제사(水軍僉節制使)에 임명되기도 하였으나, 모두 대간(臺諫)들의
반대로 취소되었다.

47세, 임진왜란의 발발 1년 전인 1591년(선조 24) 2월, 진도(珍島)군
수에 임명되었으나 부임 전에 다시 가리포진(加里浦鎭) 수군첨절제사에
임명, 또 부임하기도 전에 다시 전라좌도(全羅左道) 수군절도사(水軍節
度使)로 임명되어, 2월 13일 정읍을 떠나 전라좌수영(全羅左水營 : 지금
의 여수)에 부임하였다. 수사의 임명은 관철되었고, 추천자는 유성룡(柳成
龍)이었다. 유성룡은 이미 이율곡(李栗谷)이 이조판서로 있을 당시 이순
신의 이름을 소개한 바 있었으나, 이순신은 율곡이 자기와 성씨가 같은 문
중이라 하여 그의 재직시에 찾아가기를 굳게 사양했다 한다.

이순신은 왜적의 내침을 염려하여 취임 후 바로 영내 각 진의 군비를
점검하는 한편, 후일 철갑선(鐵甲船)의 세계적 선구(先驅)로 평가될 거북
선[龜船]의 건조에 착수하였다.

3) 임진왜란 때의 행적

이순신(李舜臣)은 전라좌수사(全羅左水使)의 취임 이듬해인 임진(壬
辰)년, 즉 그가 48세 되던 1592년(선조 25년) 3, 4월경에는 새로 건조된
거북선[龜船]에서 지자포(地字砲)와 현자포(玄字砲)를 쏘는 것을 시험하
고 있었다. 이와 거의 때를 같이하여, 4월 13일 드디어 임진왜란이 발발하
였다. ─ 직접 파병된 일본군 병력이 도합 20만 명에 달하는 대규모의 침
략전쟁이었다.

이순신은 '왜선 90여 척이 부산 앞 절영도에 대었다'는 경상우수사 원
균(元均)의 통첩과 '왜적 350여 척이 벌써 부산포 건너편에 와 대었다'는
경상좌수사 박홍(朴泓)의 공문을 받은 즉시로 장계를 올리고, 순찰사와
병사 그리고 전라우수사 이억기(李億祺)에게 공문을 보냈다(임진 4월 15
일). 경상좌우도 수군은 왜군의 부산 상륙을 보면서도 전혀 싸우지 않았

다. 심지어는 전의를 상실한 원균은 배와 화포와 군기를 미리 바다에 침몰시켜 버렸다고 한다(유성룡, 《징비록》). 원균은 비장 이영남(李英男)의 책망으로 전라좌도 수군의 구원을 청하였으나, 이순신은 맡은 바 경계가 있음을 이유로 영역을 넘어 경상도로 출동하기를 주저하였다. 그러나 사태가 위급하였다. 이순신은 광양현감 어영담(魚泳潭), 녹도만호 정운(鄭運) 등 막하 장령들의 격렬한 찬반논의와 그들의 소신을 확인한 끝에 출전의 결단을 내리게 된다. 그는 4월 27일에 올린 〈경상도로 구원 나가는 장계 赴援慶尙道狀〉에서 '같이 출전하라는 명령〔往偕之命〕'을 내릴 것을 주청하고 있다. 그로부터 전라좌도의 수군, 즉 이순신 함대는 경상도 해역에 전후 4차의 출동을 감행하여, 10여 회의 잇따른 해전에서 연전연승하였다.

　　제1차 출전으로, 이순신은 5월 4일 새벽 전선(戰船 : 판옥선) 24척과 협선(挾船) 15척 등 모두 85척의 함대를 이끌고 출동, 5월 7일 옥포(玉浦)에 이르러 3회의 접전에서 왜선 40여 척을 섬멸하는 큰 승리를 거둠으로써 가선대부(嘉善大夫)에 승서되었고, 제2차 출전으로, 5월 29일의 사천해전(泗川海戰)에서 적탄에 맞아 왼쪽 어깨에 중상을 입었으나 그대로 독전(督戰), 6월 5일 당항포해전(唐項浦海戰) 및 6월 7일의 율포해전(栗浦海戰) 등에서 모두 72척의 적선을 무찔러 자헌대부(資憲大夫)로 승진되었다. 제3차 출전으로, 7월 8일의 한산해전(閑山島前洋海戰의 약칭)에서는 와키자카 야스하루(脇坂安治)의 일본함대를 견내량(見乃梁 : 거제군 사등면)에서 한산도 앞바다로 유인, 학익진(鶴翼陣)의 함대기동으로 급선회하여 일제히 포위, 공격함으로써 적선 73척 중 12척을 나포하고 47척을 불태워 버리니, 이른바 '한산대첩(閑山大捷)'의 공으로 정헌대부(正憲大夫)에 올랐으며, 이어 7월 10일의 안골포해전(安骨浦海戰)에서는 적선 42척을 분파하였다.

　　이미 일본수군은 전의를 상실하여 바다에서는 아예 싸우러 들지 않았다. 제4차 출전으로, 9월 1일 부산포(釜山浦)를 습격하여 적선 100여 척을 격파함으로써 왜수군에 치명상을 입혔다.

　　49세, 1593년(선조 26) 7월 14일 본영을 여수에서 한산도로 옮겼으며, 8월 15일에는 수사의 직에 더하여 삼도수군통제사(三道水軍統制使)

로 임명되었다. 한편 호남(湖南)으로 들어오는 피란민들을 돌산도(突山島)에 입주케 하는 등, 민생문제의 해결과 장기전에 대비한 둔전(屯田)을 조직적으로 추진하였다. 50세, 1594년(선조 27) 3월 4일의 두 번째 당항포해전에서 적선 8척을 분파, 9월 29일의 장문포해전(長門浦海戰)에서는 적선 2척을 격파, 10월 1일의 영등포해전에서는 곽재우(郭再祐), 김덕령(金德齡)과 약속하여 장문포의 왜군을 수륙으로 협공하였다.

　　51세, 1595년(선조 28) 2월 27일 조정에서는 이순신과 원균 사이의 불화를 염려하여 원균을 충청병사로 전직시켰으나, 52세 되던 이듬해에는 원균의 중상과 모함이 조정내의 분당적(分黨的) 시론에 심상치 않게 파급되고 있었다. 시기를 같이하여 11월에 코니시 유끼나가(小西行長)의 막하 간첩 요시라(要時羅)는 경상우병사 김응서(金應瑞)를 통하여 도원수 권율(權慄)에게 '카또오 키요마사(加藤淸正)가 오래지 않아 다시 바다를 건너올 것이니, 그날 조선 수군의 백승의 위력으로 이를 잡지 못할 바 없을 것인즉 …' 하며 간곡히 권유하였다. 이 요시라의 헌책(獻策)이 조정에 보고되자, 조정 또한 그의 계책에 따를 것을 명하였다. 53세, 1597년(선조 30) 1월 21일 도원수 권율이 직접 한산도에 이르러 요시라의 헌책대로 출동 대기하라고 명을 전하였으나, 이순신은, 그것이 필경 왜군의 간계(奸計)일 것임이 분명하여 함대의 출동을 자제하였다. 도원수가 육지로 돌아간 지 하루만에 웅천(熊川)에서 알려오기를 '지난 정월 15일에 왜장 카또오(加藤淸正)가 장문포에 와 닿았다' 하였다. 일본측 기록에는 정월 14일(일본력 13일) 서생포(西生浦 : 울산 남쪽)에 상륙한 것으로 되어 있다. 즉, 왜장은 도원수가 독전차 한산도에 내려오기 7일이나 이전에 이미 상륙했던 것이다. '왜장을 놓아주어 나라를 저버렸다'는 치열한 모함으로 파직된 이순신은 군량미 9,914석, 화약 4,000근, 재고의 총통(銃筒) 300자루 등 진중의 비품을 신임 통제사 원균에게 인계한 후, 2월 26일 함거(檻車)에 실려 서울로 압송되어 3월 초4일에 투옥(投獄)되었다. ― 이것이 이순신이 당한 세 번째 파직이었다. 가혹한 문초 끝에 죽이자는 주장이 분분하였으나, 판중추부사 정탁(鄭琢)이 올린 신구차(伸救箚, 구명탄원서)에 크게 힘입어 도원수 권율 막하의 백의종군(白衣從軍) 하명으로 특사되었다. 4월 1일, 28일간의 옥고(獄苦) 끝에 석방된 이순신은 권율의 진영이 있는 초계(草溪)로 백의종군의 길을 떠났으며, 아산(牙山)에 이르렀을 때 어머니의 부고를 받았으나 죄인의 몸으로 잠시 성복하고 바로 길을 떠나야만 했다. …

한편 원균이 이끄는 조선함대는 7월 16일 야반 칠천량(漆川梁)에서 일본 수군의 기습을 받아 참패하였다. 배를 버리고 육지로 피신한 원균은 왜병의 추격을 받아 살해되었다 한다. 이번에도 김응서 및 권율을 경유한 요시라(要時羅)의 같은 계략이 적중한 것이었다. 정유재침(丁酉再侵)의 다급한 사태에 엄청난 파탄이 초래되었으나, 조정은 속수무책이었다.

자청하여 수군 수습에 나선 이순신은 8월 3일에 삼도수군통제사(三道水軍統制使)로 재임명되었고, 칠천량에서 패해 온 전선들을 거두어 재정비함으로써 출전태세를 갖추었다. 전선은 모두 12척이 되었으나, 명량해전(鳴梁海戰) 당일에는 13척이 참전한 것으로 보인다(자세히는 Ⅲ장 1절의 주해 참조).

명량대첩으로 선조는 이순신에게 숭정대부(崇政大夫)로 서훈하려 하였으나 중신들의 반대로 중지되었다. 10월 14일 셋째 아들 면(葂)이 아산에서 왜적과 싸우다 전사하였다는 부고가 이르렀다. 이때부터 이순신은 심신의 진췌가 더해지며 더욱 자주 병을 앓게 되었다.

54세, 1598년(선조 31) 2월 18일 고금도(古今島)를 본거지로 선정하여 진영을 건설, 피란민들의 생업을 진작시켰다. 7월 16일에는 명(明)나라 수군도독 진린(陳璘)이 수군 5,000명을 거느리고 도착, 조선수군과 합세하였다.

8월 19일(일본력 18일) 도요토미 히데요시(豊臣秀吉)가 일본 후시미(伏見)성에서 사망하자, 왜군은 일제히 철군을 시작하였다. 순천(順天)에 있던 코니시 유끼나가(小西行長)는 진린과 이순신에게 뇌물을 보내며 퇴각로의 보장을 애걸하였으나, 이순신은 '조각배도 돌려 보내지 않겠다[片帆不返]'는 결연한 태도로 이를 반각(返却)하였다. 진(陳)도독과는 의견의 대립이 있었으나, 이순신의 설복으로 합세하게 되었다. 드디어 조명(朝, 明) 연합함대는 11월 18일 밤 10시쯤 노량(露梁)으로 진격, 다음 날 새벽 2시경, 여러 왜장들이 이끄는 500여 척의 적선과 혼전난투의 접근전을 벌이게 되었다. 이 마지막 결선이 고비에 이른 11월 19일(양력 12월 16일)* 새벽, 이순신은 독전중 왼쪽 가슴에 적의 탄환을 맞고 전사하였다. '싸움이 바야흐로 급하니, 내가 죽은 것을 알리지 말라'고 당부하며 세상을 떠났다고 한다. ― 이순신의 전사에는 자살설(自殺說)이 남게 되었다. 즉, 그것은 '투구를 벗고 선봉에 나섰다(免胄先登)'는 전설과 더불어 7년 전란에 위태로운 전투를 몇십 회나 치르면서도 그 뛰어난 전략과 전술로 한번도 패함이 없었던 그가 자기 몸을 보전하려 했다면 얼마든지 가능했을 것이 아닌가 하는 의문에서 발단된 것이다. …

이순신의 상여는 마지막 진지였던 고금도(古今島)를 떠나 12월 11일경에 아산(牙山)에 도착, 이듬해인 1599년 2월 11일에 아산 금성산(錦城山) 밑에 안장되었으나, 전사 16년 후인 1614년(광해군 6) 지금의 아산시 음봉면(陰峰面) 어라산(於羅山) 아래로 천장(遷葬)하였다.

이순신의 전사 후 12월 초4일에 우의정(右議政)이 증직되었고, 1604년(선조 37) 10월 조정의 논공(論功)으로 선무공신(宣武功臣) 1등에 녹훈되고, 풍덕부원군(豊德府院君)에 추봉되었으며 좌의정(左議政)에 추증되었다. 몰후 45년인 1643년(인조 21) 충무(忠武)의 시호가 추증되었고, 1704년(숙종 30) 유생(儒生)들이 발의, 상소하여 1706년(숙종 32) 아산에 현충사(顯忠祠)가 세워졌다. 몰후 거의 200년이 지난 1793년(정조 17) 7월 1일, 정조대왕(正祖大王)의 뜻으로 영의정(領議政)으로 추증, 1795년(정조 19)에는 역시 정조대왕의 명에 따라 《이충무공전서李忠武公全書》가 규장각 문신 윤행임(尹行恁)에 의하여 편찬, 간행되었다.

명나라 수군도독 진린(陳璘)은 수개월간 진(陣)을 같이함으로써 이순

---

* 충무공탄신일(忠武公誕辰日)은 양력으로 환산하여 4월 28일로 공시되어 있다. 이와 관련하여 李殷晟 교수가 엮은 《일교음양력日較陰陽曆》(1983) 자료에 의하면, 이순신의 탄신일인 음력 3월 8일(1545)은 양력(그레고리오력) 4월 28일로, 또 이순신의 전사 날짜인 음력 11월 19일(1598)은 양력 12월 16일로 정해진다. 또한 서울대학교 천문학과 李相珏 교수의 설명에 따르면, 음력을 24절기와 부합시키기 위해 도입된 윤달 등을 근거로 개발된 천문대의 역서(曆書) 프로그램을 사용하더라도 동일한 날짜로 환산된다고 한다.

신을 가장 깊이 알았던 유일한 타국인이자 그의 죽음을 가장 슬퍼했던 한 사람이었다. 진린은 명나라 현황제(顯皇帝)에게 이순신의 공적을 자세히 아뢰어 명나라 조정에서는 명나라 도독인(都督印)을 비롯한 팔사품(八賜品)을 내리게 된 것이다.

I

《난중일기》의 친필초본(親筆草本)과
후대의 초본(抄本) 및 활자판본에 대하여

1. 국보 제76호 '이순신의 일기 원본'

　1959년 1월 '이순신(李舜臣)의 일기 원본', 즉 '이순신 친필(親筆)의 일기초본(日記草本)'은 임진장초(壬辰狀草) 및 서간첩(書簡帖)과 함께 국보로 지정되고, 1962년 12월에는 국보 제76호로 지정되었다. 이순신은 함경도 북방의 출사 당시에도 일기를 쓴 적이 있는 것 같으나, 여하간 임진년 이전의 일기로서 수집, 정리된 것은 아직 없다. 잘 알려져 있는 바와 같이 국보로 지정된 이순신의 일기는 그 자신이 임진년(1592)에서 무술년(1598)에 이르는 7년 전란의 진중에서 기록한 것이다. 무술년(1598) 11월 17일자로 절필된 이순신의 일기초본은 그의 전몰 이후 아산(牙山)의 종가(宗家) 문중에 대를 이어 소장되어 오다가 현재는 아산 현충사의 유물관에 7책이 보존되어 있다. 당초의 일기초본에서 유실된 부분이 있기는 하나, 원래 유물(遺物)의 보존이 지극히 소홀한 우리나라 풍토에서 그의 친필 일기가 아직까지 400년 이상 보존, 전승된 것만 하더라도 기적에 가까운 일이라 아니할 수 없다. 이 친필 일기초본은 모두 7책 205장으로 되어 있다.

　일기는 날짜, 간지(干支) 및 날씨로 시작하여 당일에 겪은 공적, 사적인 사건, 그리고 감회와 울분과 한탄 등 자신의 심정을 거리낌없이 그대로 기록하고 있다(도판 1 참조). 또한 그의 일기장에는 일기 외에도, 조정에 올릴 장계(狀啓)와 서간문의 내용을 초(草)하거나, 시(詩)와 문장을 써넣은 부분도 간간이 보인다. 또 장수들의 명단과 전선(戰船)의 현황, 그리고 물품명세 같은 것도 있다. 낙서(落書)도 있다. 즉, 그의 일기첩은 그 자신의 비망록이기도 하였다. 진중 생활에서 일기장을 젖히는 것은 밤이 깊어 그가 홀로 되었을 때의 마지막 일과였으며, 또 그는 쓰지 않고는 못 견디었을 것이다. 그와 같은 그의 내적 생활도 출전중일 때는 물론, 여의치 않았을 때가 많았다. 백의종군으로 길을 떠나자 모친상을 당하여, 당일에 일기 쓸 여유가 없었을 때는 후일 추가로 기록하고 있다. 즉, "… 뒷날 대강 적었다〔追錄草草〕"(정유 4월 13일). 그는 시(詩)를 읊고 글을 쓰지 않고는 있을 수 없는 천부의 문인(文人)이었다. 그러나 그의 진중의 일기 기록은 그의 내면 생활을 채워주는 하나의 사적인 중요한 일과일 따름, 자신이 쓴 일기가 후일 원고(原稿)가 되어 후세에 공개되리라는 것은 짐작조차 못했을 것이다. 따라서 그의 일기 원본을 초고(草稿), 초고본(草稿本) 등으로 부르는 것 또한 그리 적합한 표현은 아닐 것이다.

또 임진장초(壬辰狀草)는 이순신이 전라좌수사(全羅左水使)로서 첫 출전 당시의 경위 및 전과보고를 위시하여 조정에 올린 여러 가지 내용의 장계(狀啓)와 동궁 광해군(光海君)의 영지(令旨)에 답하는 장달(狀達) 등 73편을 필사, 보존한 등본(謄本)이며, 서간첩은 그의 친필 서간을 수록한 문서철이다. 이순신의 일기 초본을 비롯하여 국보 제76호로 지정된 이 세 가지 자료는 400년 전에 겪은 전란의 역사와 이순신 연구를 위하여 없어서는 아니될 귀중한 1차 사료(史料)로서 그 문헌적 가치가 지대한 것이다.

정조(正祖)대에 편찬된 《이충무공전서李忠武公全書》에 이순신의 일기가 소위 '난중일기(亂中日記)'란 이름으로 활자화되어 수록된 이후, 그 명칭이 그대로 고유명사화되기에 이르렀다. 현존하는 《친필초본親筆草本》과 후대의 〈일기초日記抄〉 및 《이충무공전서 난중일기》를 상호 비교해 보면 《이충무공전서》의 간행(1795) 이후에 많은 분량의 친필일기가 유실되었음을 알 수 있으며, 유실된 부분을 정리하면 아래와 같다.

▷ 갑오년 2월 22일~27일 엿새분(1장 분량)은 《친필초본親筆草本》에 22일조 기사의 전반부가 존재하나 〈일기초日記抄〉, 《이충무공전서 난중일기》 어디에도 보이지 않으므로 적어도 《이충무공전서》 편찬 이전에 이미 유실된 것이다.

▷ 무술년 7월 24일 기사는 〈일기초日記抄〉에만 유일하게 현존하는 것으로서 이를 포함하는 1쪽(혹은 여러 쪽)이 〈일기초日記抄〉 작성 이후로부터 《이충무공전서》 편찬 이전의 기간에 유실되었다.

▷ 임진년 정월 1일~4월 22일의 일기 1권 분량은 《이충무공전서 난
중일기》에만 보이고 있고, 을미년 정월 1일~12월 20일의 일기 1
권 분량, 무술년 10월 7일~12일 엿새분 일기(1장 분량), 11월 8
일~17일 열흘분 일기(1장 분량)은 〈일기초日記抄〉에는 일부 혹은
전부 수록되어 있고, 《이충무공전서 난중일기》에는 전부 수록되
어 있으나 친필초는 전하지 않으므로 《이충무공전서》 편찬 이후
유실된 것이다. 이 중 무술년 10월 7일 기사는 친필초본에 존재하
나 같은 날짜이되 전혀 다른 내용의 기사가 〈일기초日記抄〉와 《이
충무공전서 난중일기》에 동일하게 보이므로 두 번 작성된 것에
해당되며, 이어서 10월 12일까지의 엿새분이 존재했던 것임을 알
수 있다.

　이순신의 일기 원본, 즉 친필초본(親筆草本)에 관하여는 다음의 세 절
에서 더 상세히 언급하게 될 것이다.

2. '이순신의 일기' 발췌 필사본 〈日記抄〉

1998년 졸저《李舜臣의 日記》를 간행한 후, 집필상의 불확실한 사항을 지속적으로 추적하던 중, 유실된 친필일기 원문을 보충하는 새로운 자료를 발굴하고 또한 무술년 11월 17일 절필에 이르는 일기 원문 10일분에 관련하여 세간에 오도되어온 사실을 바로잡는 성과를 거두게 되었다. 그 자료는 다름 아닌 친필일기의 발췌 필사본인 〈일기초日記抄〉로서 이는 친필초본 7책과 더불어 소위 '별책부록'으로 일컬어져 왔었고, 그 표지에는 《再造藩邦志抄》라는 사대주의적인 표제가 비문화적인 정치가의 휘호로써 붙어 있던 책의 일부였으나, 이 자료의 유래는 알려진 바 없이 이충무공 종가(덕수 이씨)에 전승되어 내려와 현충사에 보관되어 오던 것이다. 이 귀중한 자료에 관한 상세한 사항은 2000년에 拙稿〈'李舜臣의 日記'「日記抄」의 내용 평가와 親筆草本 결손 부분에 대한 복원〉, 정신문화연구 제23권 제1호, 95-117쪽에서 최초로 다룬 바 있다.

이 별책은 앞뒤 표지를 포함하여 모두 78쪽이며, 앞표지 뒷면으로 보이는 2쪽에서 낙서 속에 크게 쓴 '忠武公遺事'라는 글자를 읽을 수 있다. 이 책의 23~60쪽에는 이순신의 친필 일기를 필사(筆寫) 초록한 〈日記抄〉를 수록하고 있다. 이 책의 첫머리에 나오는 〈재조번방지초再造藩邦志抄〉는 소위 신경(申炅)의 《재조번방지再造藩邦志》의 내용을 산발적으로 옮겨 놓은 것으로서, 38쪽 분량의 〈日記抄〉를 담은 이 별책의 작성 연대는 대략 《재조번방지》가 간행된 1693년(숙종 19) 전후가 되지 않을까 한다. 또한 녹도만호 정운의 현손(玄孫)에 관한 기록도 동일한 연대 추정을 가능케 한다. 즉, 〈日記抄〉는 이순신의 순국 약 100년 후에 작성된 것으로서, 다음 절에서 상술하는 활자판본《李忠武公全書》(1795)의 《난중일기 亂中日記》 편집·간행보다 약 100년 전에 작성된 것으로 추정되나 그 필사자는 확인되지 않는다.

〈日記抄〉는 불과 325일분의 일기를 담고 있으나, 이순신의 친필초본
에 대한 해독(解讀), 유실된 친필초의 보완과 후대의 활자본(活字本)의 부
분적인 보완 및 확정을 위하여 많은 참고가 된다. 특히《이충무공전서》편
찬 후 임진(壬辰, 1592)일기의 1~4월분을 위시하여 적지 않은 부분의 친
필초가 유실되었는데, 친필초 1년분 전부가 유실된 을미(乙未, 1595)일
기나 친필초 글자가 부분적으로 파손 또는 마모된 정유(丁酉, 1597) 8월
4~26일의 일부 및 이순신이 전사한 해인 무술년(戊戌, 1598)의 일기와
그 유실 부분에 대한 보완 및 복원이 가능해진 점은 각별히 평가되어야
하며, 아래에 〈日記抄〉를 이용한 친필초본 보완 및 복원 작업의 일부를 제
시하였다.

《이충무공전서》에 수록된 을미년(1595) 일기는 모두 345일분이며,
〈日記抄〉의 을미년 기사는 모두 69일분이다. 이 중, 절반 정도의 〈日記
抄〉 기사들은 《이충무공전서》의 해당 날짜 기사보다 더 상세히 옮겨져 있
는 경우, 또는 《이충무공전서》의 기사에는 전혀 보이지 않는 기사를 포함
하여 아주 새로운 내용을 보여주는 경우가 있다. 한 예로, 11월 4일조의
'李直長 汝沃 형 집에서 소식이 왔는데, 비통함을 이길 수 없다. …' 등과
같은 기사는 《이충무공전서》에서는 볼 수 없는 내용이다. 또한 이 날짜 기
사에 "또 아들의 편지를 보니 요동(遼東) 왕울덕이 왕(王)씨 후예로서 군
사를 일으키려 한다고 하니 극히 놀라운 일이다(且見豚簡則遼東王鬱德
以王氏後裔欲爲擧兵云極可愕也)."라는 내용이 있는데 이와 똑같은 내용
의 기사가 《이충무공전서》의 같은 해 5월 4일조에도 포함되어 있다. 왕울
덕(王鬱德)의 '울(鬱)'자가 《이충무공전서》에서 '작(爵)'자로 된 것은 친필
초에 대한 판독(判讀)상의 차이라 하더라도, 동일한 기사 내용이 6개월 전
에 기록되었을 리는 없을 것이다. 두 일기의 앞부분의 기사 내용으로 미루
어 보아 〈日記抄〉의 날짜에 해당하는 것으로 보는 쪽이 옳을 것 같다. 이
는 〈日記抄〉와 《이충무공전서》 모두 그 필사자 또는 편찬자의 작업을 통
해 친필초의 기사 내용이 상당수 취사선택 또는 편집되었음을 나타내는
것이나, 〈日記抄〉의 기사 내용으로써 친필초의 을미년 일기 원본에 대한

보완적 접근이 가능해진 점은 평가되어야 할 것이다.

친필 일기 중 정유년 부분은 4월 1일부터 시작하는 첫째 권(편의상 '丁酉Ⅰ'로 칭함) 및 8월 4일부터 시작하는 두 번째 권(편의상 '丁酉Ⅱ'로 칭함)이 존재하며, 일부분이 중복되어 있는데, 두 번째 일기 첫 부분 몇 쪽은 부분적으로 파손, 마모되어 상당 부분 판독이 불가능하다. 〈日記抄〉의 정유년 일기는 丁酉Ⅱ 일기를 주로 옮기고 있는데, 8월 4~26일 일기는 친필초의 훼손된 기사 내용을 담고 있어 일부이나마 친필초 복원을 가능하게 해준다. 〈日記抄〉의 정유년 일기와 친필초를 비교하여 친필초 훼손 부분을 복원한 한 예를 제시하면 다음과 같다. 복원한 자구는 밑점으로 표시하였다.

▷ 丁酉Ⅱ 8월 5일의 '□□□亥…到谷城縣則一境[____]馬草料亦艱…'에서 앞의 훼손 부분에 대해 1935년 발간된 조선사편수회 활자본 《亂中日記草·壬辰狀草》에서는 추리하여 '五日癸'를 방주로 붙여 놓고 있는데, 〈日記抄〉의 정유 8월 5일 기사와 비교, 검토해 보면 '五日'의 기사임이 분명하다. 또한 '境'자 뒤의 판독 불가 부분은 세 글자 정도의 공백을 두었으나 '已空'으로 확인되었다. 따라서 丁酉Ⅱ 8월 5일 기사를 복원하면 다음과 같다.

'五日癸亥…到谷城縣則一境已空馬草料亦艱…'
(5일. 계해.… 곡성현에 이르니 온 고을이 이미 비었고 말먹일 풀조차 구하기 어려웠다.…)

〈日記抄〉의 무술년 일기로서 처음으로 눈에 띄는 기사는 7월 24일의 녹도만호(鹿島萬戶) 송여종(宋汝悰)의 전과에 관한 내용이며, 이 날짜의 일기는 〈日記抄〉에서만 볼 수 있는 자료로서, 필사할 당시에는 이 일기에 해당하는 친필초가 어떠한 형태로든 남아 있었다고 보아야 할 것이다. 일기의 내용은 다음과 같다.

▷ '七月二十四日伏兵將鹿島萬戶宋汝悰領戰舡八隻遇賊舡十一隻于折尒島全捕六隻斬首六十九級賈勇還陣'

'7월 24일. 복병장 鹿島萬戶 宋汝悰이 전선 8척을 이끌고 나갔다가 折尒島에서 적선 11척을 만나, 6척을 온통으로 잡고 참수한 머리 69급을 과시하며 용맹스럽게 진으로 돌아왔다.'

이 내용은《선조실록宣祖實錄》을 비롯한 여러 기록에서 재차 확인할 수 있는바, 〈日記抄〉의 뒷부분에 수록된 '장령들의 인적사항 기록'(61~74쪽)의 무술년 부분에 친필초본이나《이충무공전서》의 무술년 일기에는 보이지 않는 '송여종(宋汝悰)'을 비롯한 다수의 인명들이 기록되어 있는 것으로 보아 이들 인물들에 관련된 친필초가 더 있었을 것으로 보인다. 즉, 무술년의 여러 가지 정황을 감안해 보면, 일일이 일기장에 적을 겨를이 없었던 이순신이 7월 24일조와 같이 별개의 쪽에 따로 기록한 일기가 더 있을 가능성도 없지 않다.

유실된 친필초에서 큰 관심을 끄는 부분의 하나는 무술년 11월 초8일부터 절필(絶筆)된 17일까지의 일기이다. 1953년 설의식(薛義植)은 그의 편역(編譯)《亂中日記·抄》에서 도판 2에 제시된 〈日記抄〉를 이순신의 초고(草稿)로 오해하여 제시하고 있으며, 또한《난중일기》국역본을 거듭 중판한 저자 이은상(李殷相)도 무술 11월 8~17일의 친필 초고가 '별책부록' 속에 있는 것으로 해설하고 있고, 앞의 설의식의 저서에 게재한 것과 동일한 도판을 게재하고 있다. 그런데 이들 두 저자가 친필초라 하여 제시한 사진 도판은 다름 아닌 바로 〈日記抄〉의 무술 11월 8~17일 일기인 것이다!

비록 친필 일기는 유실되었다 하더라도《이충무공전서》의 활자화된 무술년 11월 일기와 〈日記抄〉에 수록된 일기 내용을 비교해 보면 〈日記抄〉의 일기가 친필초에 보다 충실하게 필사된 것으로 생각된다. 즉, 〈日記抄〉가 비록 2차 사료(史料)이기는 하나, 보조 사료로서 큰 의의가 있으며, 〈日記抄〉의 무술년 일기를 이용하여 '무술(1598) 7·10·11월 친필 일기'

의 유실 부분에 대한 복원이 가능함을 알 수 있다.

〈日記抄〉가 2차 사료로서 지니는 취약한 사례도 있는바, 정유년 명량해전(鳴梁海戰) 개전 당시의 상황에 대해 친필일기에서 '則賊船一百三十三隻'(丁酉Ⅰ) 및 '則賊船百三十餘隻'(丁酉Ⅱ)로 기록된 반면 〈日記抄〉에서는 '則賊船三百三十餘隻回擁我諸舡'과 같이 되어 있어, '우리 배들을 에워싼 적선의 수효'를 필사자가 자의적으로 200척이나 늘려 '330여 척'으로 바꿔 놓았다. 이러한 취약점에도 불구하고 이 필사본이 갖는 보조 사료로서의 가치에는 변함이 없을 것이다.〈日記抄〉를 담은 별책(표제 : 再造藩邦志抄)은 친필초본과 함께 1968년, 당시의 문화재관리국에서 50책을 영인본으로 간행하여 각 도서관과 연구기관에 배포하였다 하나 이를 접하기는 쉽지 않았을 것이다.

졸고 〈李舜臣의 日記'「日記抄」의 내용 평가와 親筆草本 결손 부분에 대한 복원〉이 발표되고 8여 년이 지난 2008년 7월에 이르러서야 당시 순천향대학교 노승석 교수의 주도로써 〈일기초〉의 원문판독, 국역 및 영인판이 합본되어 간행이 이루어졌으며, 《재조번방지초》라는 사대적 표제는 《충무공유사》로 개정되었다. 이 무렵 문화재청(청장 이건무)에서는 보도 해명 자료(2008. 4. 2.)를 통해서 "현충사 유물관에 소장되어 온 충무공유사(재조번방지초)를 번역한 결과 기존의 난중일기에 없는 32일치의 새로운 내용이 밝혀졌다"고 알리고 있다. 세간의 대중적 미디어에서도 이를 받아 "난중일기서 빠진 32일치 확인"(동아일보, 2008. 4. 3.)이라고 쓰면서 '충무공유사에 을미년일기가 있다는 사실은 학계에 알려져 왔으나 지금까지 번역되지 않아 구체적 내용이 드러나지 않았다'라고 소개하고 있다. 기사를 작성한 기자는 졸고 〈'李舜臣의 日記'「日記抄」의 내용 평가와 親筆草本 결손 부분에 대한 복원〉을 무시한 것이거나 혹은 알지 못한 듯 에둘러 작성하고 있으니, 이야말로 "다된 밥상에 마지막으로 숟가락만을 얹고서 완성을 소리쳐 외치는 격"이라 할 것이다. 그럼에도 불구하고 이 토픽을 적확하게 검토하고 기사를 작성하는 전문적 필자도 항간에는 반드시 있는 법이다. 군사관련 고문헌 〈번동아제〉에서는 2008년 4월 3일 기사 '새로 확인됐다는 난중일기 누락분의 자료적 가치 문제'(lyuen.

egloos.com/m/4267936)에서 졸고 〈'李舜臣의 日記'「日記抄」의 내용 평가와 親筆草本 결손 부분에 대한 복원〉의 내용을 충실하고 정확하게 파악하여 결론적으로 세 가지 논점 — 1) 이제야 확인된 점, 2) 자료의 중요성 인지 문제, 3) 사료적 가치의 문제 — 를 요약하여 제시하면서, 졸고에서 다룬 내용과 자료적 의미를 정확하게 재평가하여 전달하고 있다. 〈日記抄〉의 원문과 결손된 부분에 관한 복원에 대해서는 부록 2에 상세히 수록하였다.

3. 《이충무공전서》편집에서 크게 훼손된 《난중일기》의 활자화

　　이순신의 전몰 이후 그를 추앙하는 사람들이 그의 문중에 출입하며 고인의 일기장을 직접 열람할 수 있었을 것이다. 그러나 그 전부를 많은 시간을 두고 정독하기란 그리 쉽지는 않았을 것 같다. 그의 친필초본이 처음으로 활자화된 것은 그의 별세 후 약 200년이 지난, 즉 지금으로부터 약 230년 전, 정조(正祖) 19년(을묘乙卯, 1795)의 일이었다. 즉, 정조대왕의 하명으로 편찬, 출판된 《이충무공전서》에 소위 '亂中日記'라는 표제로 이순신의 일기가 활자판으로 수록된 것이다.

　　《이충무공전서》는 규장각(奎章閣) 문신 윤행임(尹行恁, 당시 34세)의 편찬과 검서(檢書) 유득공(柳得恭, 당시 47세)의 감독하에 편집, 인쇄된 것으로, 맨 앞에는 정조의 윤음(綸音), 사제문(賜祭文) 및 도설(圖說) 등을 싣고, 이순신의 일기, 시문(詩文), 장계(狀啓) 등을 비롯하여, 그에 관한 행적과 그를 칭송 예찬하는 시문, 비명(碑銘) 및 여러 문헌에서 수집한 관련 기록들을 총괄적으로 집대성한 책이다(도판 3 참조). 전문 14권 8책으로 총 30여 만 자에 이르며, 정유동주자(丁酉銅鑄字)로 인쇄한 것이다. 정조대왕은 편찬에 대해서도 깊은 관심을 보였거니와 인쇄할 때에도 관의 비용 500민(緡)에 더하여, 특별히 내탕전(內帑錢, 임금의 사사로운 돈) 500민(緡)을 내려 출판비용을 보조하였다(《정조실록》, 정조 19년 9월 14일 조). 현재 서울대학교 규장각에는 《이충무공전서》 10여 질이 소장되어 있으나, 당초에 총 몇 질이 발간되어 어디에 어떻게 배포되었는지에 대해서는 확인할 길이 없다. 여하간 늦은 감이 있었다 하더라도 전서(이충무공전서)의 발간을 통하여 각계 각층의 한문 독자들이 활자화된 이순신의 일기, 즉 《난중일기》를 편하게 읽게 되었던 것은 매우 다행한 일이라 아니할 수 없다.

그런데 이 《이충무공전서》의 권5~권8에 수록된 활자판(活字版) 《난중일기》에는 단순한 오자(誤字) 외에도 누락된 구절과 추가된 부분이, 그것도 주요한 대목에서 적지 않게 눈에 띈다. 이와 같은 활자화의 불충실성은 소위 '옥의 티'라 할 정도가 아니라 심지어는 의도적으로 삭제한 것이 아닌가 하는 의문을 낳기에 충분한 부분마저 적지 않게 나타나 있다. 따라서 전서에 수록된 《난중일기》가 친필초본의 활자화 과정에서 어느 정도로 심하게 훼손되었는가를 날짜별로 살펴보기로 한다. 그러기 위하여 편의상 이순신 친필의 원문(친필일기초)을 먼저 옮겨 싣고,

▷ 원문에서 누락된 부분은 색 음영 ▢▢▢ ,
▷ 원문에 더하여 추가된 부분은 괄호 ( ),
▷ 원문에서 괄호 〔 〕로 묶은 문구가 전서의 활자판에서 이동된 위치를 〔×〕,
▷ 판독(判讀)상의 착오나 전서에서 다른 자로 바뀐 글자는 밑점 (點, •)

등으로 각각 표시하였다. 특히 전서에 수록된 임진일기 5월의 첫 부분을 본보기로 도판 4에 보이고, 계사 9월 14일자 및 갑오 7월 21일자 내용에 대한 검독 소견은 각각 주석으로 첨가하였다. 정유(丁酉, 1597)일기는 기록이 중복되는 부분이 있으므로, 4월 1일부터 10월 8일까지의 일기를 '정유Ⅰ', 8월 4일부터 12월 30일까지를 '정유Ⅱ'로 구분하여 표기하였다.

위에서 정한 범례에 따라, 전서에 수록된 《난중일기》의 활자화 과정에서 야기된 착오와 누락투성이의 부분을 추려 열거해 보면 대체로 다음과 같다.

임진(壬辰) 선조 25년(1592)

5월

壬辰五月初一日(庚午)*舟師諸**會前洋是日陰而不雨南風大吹坐鎭海
樓招防踏僉使興陽倅鹿島萬戶則皆憤激忘身可謂義士也

* 친필초에는 간지(干支)의 기입이 없다(도판 1 참조).
** 전서의 활자판은 '諸(제)'자 대신에 '齊(제)'자를 쓰고 있다(도판 4 참조).

初二日(辛未)晴兼三道巡邊使關及右水使關到宋漢連自南海還言曰南
海倅彌助項僉使尙州浦曲浦平山浦等一聞(賊倭)聲息輒已逃潰*
使其軍器等物盡散無餘云可愕〃午時乘船下海結陣与諸將約束
則皆有樂赴之志而樂安則似有避意可嘆然(而)自有軍法雖欲退
避其可得乎夕防踏疊入船三隻回泊前洋備邊司三丈到付昌平縣
令到任公狀來呈夕軍號龍虎伏兵則水山**

* 친필초의 '潰'자를 전서의 활자판은 '散'자로 바꾸어 쓰고 있다(도판 1 및 도판
4 참조).
** 친필초본에는 '水山'으로 쓰여 있고, 글자 순서 이동부호가 붙어있다(초본상의
부호에 대해서는 Ⅲ장 해설 참조). 전서에는 '山水'로 바꾸어 쓰고 있다(도판 1
및 도판 4, 5월 초2일자의 마지막 두 문자 참조).

初三日(壬申)細雨終朝慶尙右水使答簡曉還午後光陽興陽招來与語之
間皆發憤以本道右水使率舟師來共之約而防踏板屋載疊入軍來
喜見右水使來遣軍官扣焉則防踏船也不勝愕然有頃鹿島萬戶請
謁招前問之則右水使不來賊勢暫近畿甸不勝痛惋〃若失期會則
追悔無及以是卽招中衛將約之明曉發行卽修啓聞出送是日呂島

水軍黃玉千聞賊聲逃避于其家捕來斬首梟示

初四日(癸酉)晴質明發船直到彌助項前洋更爲約束右斥候右部將中部
　　將後部將等右邊由入介伊島搜討其余大將船幷過平山曲浦尙州
　　浦彌助項

8월

二十八日(干支缺)晴曉坐記夢則初似兇而反吉到加德

계사(癸巳) 선조 26년(1593)

2월

初三日戊子晴諸將准會而寶城未及(可歎)東上房出坐與順天樂安光陽
論約有時是日嶺南移來向化金浩乞羅將金水男等置簿格軍八十
餘名告以逃去多受掠物不捉來故潛遣軍官李鳳壽鄭思立等搜捉
七十餘名分各船浩乞金水男等卽日行刑自戌時風雨大作諸船艱
難救護

二十四日己酉晴曉牙溫簡及家書幷修送朝發行到永登前洋雨勢大作勢
不能直抵回棹而還漆川梁雨止與右水伯李令公順天加里浦成珍
島蕩花穩話初更造船器俱入送事牌字及興陽關字成送粮九十升
貿雌犛而送

3월

初二日丁巳雨〃終日縮坐篷下百念攻中懷思煩亂招李應華與語移時因
送順天船審病勢云李英男李汝恬來因聞元令公非理深加嘆恨
(歎恨歎恨)而已李英男置倭小刀而去因李英男聞康津二人生還
爲固城所捉納招而去云

十一日丙寅晴朝食後元水使與李水使亦來共談且酒元水使極醉而還于
東軒營探候船來猪三口捉來

十二日丁卯晴朝各官公事題送營兵房李應春斜付磨勘而去苐及羅大用
德敏金仁問亦歸營食後手談于右令公下處房光陽辦酒來三更
雨作

十六日辛未晚晴諸將等又射帿我諸將所(亦)勝三十餘分元令公亦來大
　　醉而歸樂安朝來捧古阜簡而送

十七日〔晴〕壬申〔×〕狂風終日與右水伯射帿不成模樣可笑申景潢來傳
　　宥旨宣傳官來營云卽還送

十八日癸酉晴狂風竟(終)日人不敢出入與所非浦朝飯同右水伯爭奕而
　　勝奇南海亦來夕猪一口捉來夜二更雨作

5월

初四日丁巳晴是辰乃天只生辰而以此討截未能往獻壽杯平生之恨也與
　　右水伯及軍官等射帿于鎭海樓順天會約

初五日戊午晴宣傳官李純一還自嶺南朝飯對之傳有天朝賜爵銀淸金資
　　光祿大夫加云然是似誤傳矣日晚與右水相順天光陽樂安都令公
　　同坐酒談且令軍官等分邊射帿

初七日〔×〕陰而不雨〔庚申〕與右水相同朝飯移坐鎭海樓公事後登船臨
　　發鉢浦逃水軍行法順天吏房以奔赴不爲之整付欲爲行法而姑止
　　行到(向)彌助項則東風大作波濤如山難艱到宿

初十日癸亥陰而不雨朝發船到見乃梁晚上坐小頂上點閱興陽軍決落後
　　諸將罪右水伯加里浦亦會共話俄有宣傳官高世忠持宥旨來傳則
　　(大槩)往討釜山歸賊也(事)副察使軍官閔宗義持公事來夕嶺南
　　虞候李義得李英男來見坐話夜深而罷歸尹奉事齊賢到營云簡來
　　到卽答送姑留營事簡之

十一日甲子晴宣傳官還歸日晚往右水伯結陣則李弘明加里浦僉使亦到
　　或手談順天又到光陽繼至加里浦呈酒肉俄頃永登探賊人等還告
　　曰加德外洋賊船無慮二百餘艘留泊出沒熊川亦如前日云宣傳官

之還俱由書狀都元帥體察使處三道成公事一丈論禀定三道人同
送是日南海亦來見

十二日乙丑晴本營探候船入來則巡察使關及宋侍郎牌文持來司僕馬五
匹進獻次牽送事關亦到故兵房鎭撫起送晚〔嶺南來宣傳官成文
漑來見〕細傳行朝事不勝痛哭〃〃也新造正鐵銃筒送于備邊司
〔×〕黑角弓帿矢給送右(之)成也李鎰婿郎云(女壻之)故也夕李
英男尹東耇來見固城縣令趙應道亦來見是日曉左右道體探人定
送于永登等地

十九日壬申晴朝飯與尹奉事同食爲諸將力勸氣且不平强先食味尤極悲
慟也巡使關內(依)天將劉員外牌文據釜山海口已爲往截云卽到
付成送又成公事報送使則寶城人持去順天挑林七種送來防踏及
李弘明來見奇叔欽亦來見永登望(軍)來告別無他變

二十日癸酉晴曉大金山望來告亦與永登望同晚順天來所非浦權管亦來
午後望軍來告曰倭船無形云故簡于本營軍官等倭物載來事敎送
興陽人持去

二十一日甲戌曉行船到巨濟柚子島中洋大金山望軍進告賊之出入如前
云與右水終夕談話李弘明亦來未時雨作少蘇農望李英男來見元
水使虛辭移文致大軍動搖軍中欺誣如是其爲兇悖不可言竟夜狂
風且雨曉頭行到巨濟船滄乃二十二日也

二十二日乙亥雨〃大治人望晚朝羅大用至自本營則持有宋侍郎牌文
(而)及差員與本道都事行上護軍宣傳官一員先文來則宋侍郎差
員以戰船探察事(入)來云卽定虞候(出送延候)迎來次發送午後
移泊漆川梁羅大用以問禮事出送夕防踏來說唐人接待事嶺南右
水伯軍官金遵繼來傳其將之意雨勢終日不止聞興陽軍官李琥
之死

二十九日壬午雨〃防踏僉使及永登萬戶禹致績來見成公事送于接伴使
都元帥巡邊巡察使兵使防禦使等處二更卜有憲李銖等來

三十日癸未終日雨〃申時暫晴還雨朝與尹奉事卜有憲問賊事李弘明來
見元水使以其宋經略所送火箭專用之計而因兵使關分送云則甚
不肯移文之辭多有無理之言可笑天朝陪臣所送火攻之俱火箭
一千五百三十介不爲分送專欲合用其計極無謂〃〃〔夕趙鵬來
話〕南海奇孝謹船泊我船(之)傍而以其船載小娥恐有人知可笑當
此國家危急之時至載美女其爲用心無狀〃然其大將元水使亦
如是奈何〃尹奉事以事還營軍糧米十四石載來〔×〕

6월

初一日甲申朝探候船入來(見)天只簡亦來則平安云多幸〃豚簡及葦簡
幷至則唐差官楊甫見倭物不勝喜躍云倭鞍子一持去云○順天光
陽來見探候船倭物持來忠淸水使丁令公來羅大用金仁問方應元
及葦姪亦來因審天只平安多幸〃與(之)忠淸水使從容談話夕飯
待食因聞黃廷或李瑛出到江邊同話云不勝慨〃也是日晴

初二日乙酉晴朝本營公事題送溫陽姜龍壽到陣通刺而(來見)先往慶尙
本營板屋及軍官宋斗男李景祚鄭思立等歸營朝後巡使軍官持關
字來到探賊勢而還與右水伯相議答送姜龍壽亦來粮五斗給送元
埍同來云丁令公亦來船同話加里浦具虞卿共(來)話移時夕推犢
而分

初三日丙戌曉晴晩大雨以上船烟燻事移乘左別船方欲射帿之際雨勢大
作一船之上雨無不漏坐無乾處可嘆平山浦萬戶所非浦權管防踏
僉使幷來見暮巡使(巡)邊使兵使防使答關來則多有難事各道軍
馬多不過五千云而粮亦幾絶云賊徒肆毒日增事〃如此奈何〃〃
初更還上舡就寢房雨則終夜

(初)七日庚寅陰而不雨順天光陽來右水相忠淸水相亦來李弘明亦到終
日相話〔×〕本道右水虞候〔夕〕來見備傳京中之事不勝憎嘆之至

十一日甲午乍雨乍晴朝成討賊公事送于嶺南水伯則以醉不省托之不答
午時往忠淸水相船則忠淸水相來坐我船暫話而罷因往右水伯船
則加里浦珍島海南等與水伯共設盃盤我亦飮數盃而還探候人來
呈告目而去

十二日乙未乍雨乍晴朝拔白十餘莖然白者何厭但上有老堂故也終日獨
坐蛇梁來見而歸夜二更卞存緖及金良幹入來見行宮奇別則(聞)
東宮未寧憂悶無極〃柳相簡及尹知事簡亦來聞奴䂨同奴哲每等
病死可怜也僧海棠亦來夜唐兵五名入來事元水使軍官來傳而去

十四日丁酉乍雨乍晴朝食後樂安來見加里浦請來同朝飯順天光陽來光
陽進獐轉運使朴忠侃關及書簡來慶尙左水使關及同道右水使關
來暮風雨大作須臾止

十八日辛丑或雨或晴朝探候船入來而第五日到此極爲非矣故杖送午後
往慶尙右水伯船同坐談兵連進一盃〃〃醉甚還來扶安龍仁來傳
其母之被囚而還放云

二十二日乙巳晴戰船始坐塊耳匠二百十四名運役內營七十二名防踏
三十五名蛇渡二十五名鹿島十五名鉢浦十二名呂島十五名順天
十名樂安五名興陽寶城各十名防踏則初送十五名軍官色吏論罪
其爲情狀極譎矣聞二上船無上孫乞送還本營多行汎濫之事囚禁
云故推捉則已爲入來現身推論自意出入之罪兼罰虞候軍官柳景
男午後加里浦來赤梁高汝友及李孝可亦來夕所非浦李英男來見
初更永登望軍進告內別無他奇但賊(船)二隻入于溫川巡探而還
歸云

二十九日壬子晴西風乍起霽色光明順天光陽來見於蘭萬戶所非浦等亦

來奴奉孫等往牙山洪李兩生前及尹先覺明聞處修簡而送晋陽陷
沒黃明甫崔慶會徐禮元金千鎰李宗仁金俊民戰死之云

7월

初二日甲寅晴日晚右水伯到船上同對(來見)宣傳官點後罷還(歸)日暮
金得龍來傳晋陽不利云(陷沒黃明甫崔慶會徐禮元金千鎰李宗
仁金俊民戰死之云)不勝驚慮然萬無如是〃(之理)必狂人誤傳之
語也初昏元埏及埴等(來)到此極言軍中之事可笑〃

二十二日甲戌晴吳水被虜逃來載來事出去蔚入來細陳天只平安(多幸)
莃向差

8월

初三日甲申晴李景福梁應元及營吏姜起敬等入來傳莃針破事則不勝驚
愕若過數日則未及救矣云

十九日庚子晴朝食後往元水使處請移乘我船右水伯丁水使亦來元埏又
同話言論間元水使多有兇悖之事其爲誣罔不可言元公兄弟移去
後徐櫓到陣右水使丁水使同坐細話

二十八日己酉晴元水使來(見)多發兇譎之言極可駭矣

9월

初七日戊午晴朝材木捧納朝防踏來見巡使處陳弊公事及改分軍公事成
送終日獨坐懷思不平到夕苦待探候船而不來昏心氣煩熱窓不閉
宿多觸風頭似重痛可慮也

十四日乙丑(晴)終日雨且大風獨坐篷窓下懷思萬端也順天還來(正鐵銃

筒最關於戰用而我國之人未詳其造作妙法今者百爾思得造出鳥
筒則最妙於倭筒唐人到陣試放無不稱善焉已得其妙道內一樣優
造事見樣輸送巡察使兵使處移牒知委)*

---

* 이 부분은 친필초본의 9월 15일자 일기 뒷부분에 장계 또는 공문서를 초(草)
한 것으로 보이는 구절을 옮겨 놓은 것이다.

十五日(丙寅晴)

갑오(甲午) 선조 27년(1594)

정월

(初)四日癸未晴出東軒公事題送夕與愼司果裴僉知話南鴻漸到營因問
其家屬之奔竄

十一日庚寅陰而不雨朝以覲乘舟從風直抵古音川南宜吉尹士行芬姪同
往謁天只前則天只猶睡不覺勵聲則驚覺而起氣息奄〃日薄西山
只下隱淚言語則不錯討賊事急不能久留是夕聞孫守約妻訃

十四日癸巳陰而大風朝蕾姪簡見之則牙山墳山正旦祭時嘯聚之徒無慮
二百餘圍山乞食登退云可愕〃晩出東軒啓聞成貼宜能免賤公文
幷封上

十五日甲午晴早朝南宜吉及諸姪同對後出東軒南宜吉欲歸靈光奴辰推
出成公事東宮有令內督率師討賊事

十八日丁酉晴曉發行逆風大起到昌信則風便順吹擧帆到蛇梁風旋逆雨
大作萬戶及水使軍官田允來見田曰水軍捉來于居昌因聞元帥欲
中害之云可笑自古忌功如是何恨焉因宿

二十四日癸卯晴且暖朝山役事耳匠四十一名宋德馹領去嶺南元水(使)
送軍官來報左道之賊三百餘斬殺云多喜〃平義智時在熊川云未
詳也招柳滉問暗行所捉則文書極濫云可愕〃又聞格軍之事則
縣吏奸頑不可言發傳令召募軍一百四十四名推捉又促縣監傳令
出送

二十六日乙巳晴朝上射亭論順天後期之罪因題公事射帿十巡午後被擄

逃還晉州女人一名固城女人一名京二人乃鄭昌衍金命元奴子云
又有倭奴自來投降者一名事來告

二十七日丙午晴曉船材曳來事虞候出去曉報卞有憲李景福入來云朝忠
清水使答簡來天只簡及汝弼簡來則天只平安云多幸但東門外海
雲臺傍明火作賊而(及)未坪亦明火入(作)賊云可愕〃晚彌助項
僉使順天同到朝所志及雜公事題送擒倭自降來故捧招元水軍官
梁蜜持濟判官簡與馬粧及海産柑橘及柑子卽送天只前夕鹿島伏
兵處倭賊五名橫行放炮之際射斬一倭其餘逢箭逃去暮所非浦來
虞候船材木領來

2월

初二日辛亥晴朝決逃軍載出人等罪蛇渡僉使來傳樂安罷免云晚上射亭
東宮達本回下來到各官浦公事題送射帿十巡風亂不穩蛇渡僉使
以未及限推考(論勘)

初四日癸丑晴大風朝食後順天右助防將招來話晚營戰船龜船入來菶姪
及李渫李彦良李尙祿等領來姜乭千持東宮達下持來鄭二相簡亦
來各官浦公事題送自順天來告撫軍司關據巡察使關陣中設試取
稟狀達甚非矣推考云可笑〃因菶姪(來)聞天只平安喜幸〃

初七日丙辰晴西風大吹朝右助防將來見且言次船欲騎云天只前及洪君
遇李叔道姜仁仲等處書安問狀而(問安書)付芬姪之行菶與芬出
去菶則因往羅州芬則往溫陽懷思不平各船所志二百餘丈題分固
城縣令馳報內賊船五十餘隻到春院浦云三千權管及加背梁權管
諸萬春來言京奇李景福以干格軍捉來事出送是日改分軍格軍移
載各船防踏僉使推捉傳令樂安郡守書簡來則新郡守金遵繼下來
云故傳令捉之寶城戰船二隻入來所非浦來見

(初)八日丁巳晴東風大吹日氣甚冷多慮葦芬等行舟終夜耿〃朝順天來
　　言固城召所(非)浦賊船五十餘隻出入(云)卽招諸萬春問地形便
　　否晚上射亭公事題送慶尙右兵使軍官持簡來言其帥房人免賤事
　　晋州避亂前佐郎李惟誠來話夕還海月淸爽寢不能寐順天及右助
　　防將來話二更罷卞存緖往唐浦獵雉七首而來

十一日庚申晴朝彌助項僉使來見勸三盃而送從事官公事三度題送食後
　　上射亭則慶尙水使來見酒十盃醉辭多狂可笑右助防將亦到同醉
　　暮射帿三巡

十六日乙丑晴朝興陽順天來興陽持暗行蜜(暗行御史柳夢寅)啓草則任
　　實李夢祥茂長李忠吉靈岩金聲憲樂安申浩罷黜而順天則貪汚首
　　論其他潭陽李景老珍原趙公瑾羅州牧李用淳長城李貴昌平白惟
　　恒等守令則掩惡褒啓欺罔天聽至於此極國事如是萬無平定之理
　　仰屋而已又論水軍一族及四丁內二丁赴戰事甚言非之暗行柳夢
　　寅不念國家之急亂徒務目前之姑息偏聽南中辨誣誤國巧邪之言
　　無異秦檜之於武穆也爲國之痛愈甚晚上射亭與順天興陽右助防
　　(將)右虞候蛇渡鉢浦呂島鹿島康津光陽等(官)射帿十二巡順天
　　監牧官到陣還歸右水使到唐浦云

3월

十三日辛卯晴朝啓本封送氣(病)似向差而氣力甚困薔及宋斗南出送午
　　後元水使來言其誤妄之事故啓本還持來元士震李應元等假倭斬
　　納事改送

二十七日乙巳陰而不雨右水伯來見氣似少平初更雨作葦婬夕不平云

二十九日丁未晴探船入來則天只平安熊川河東〔×〕所非浦等(官)來見
　　〔長興防踏〕亦來見夕汝弼與葦同還葦則重痛還歸達夜憂慮〃〃

昏方忠恕及趙西房婿郞金瑊來

5월

初一日戊寅晴朝食後上射亭房則極清亮終日汗流如注氣似快平朝豚蔮
及家女奴四官女奴四口以病中使喚事入來德則留之而其餘明日
還送敎之

(初)九日丙戌雨〃終日獨坐空亭百念攻中懷思煩亂如何可言〃〃昏〃
醉夢如癡如狂〃〃

十九日丙申晴霖雨午收氣甚快歛薈蔮及婢子等歸送時風不順是日宋希
立與薈同往鑿梁獲獐之際風雨大至雲霧四塞初更還來而未利霽

廿二日己亥雨且大風以二十九日妻母忌豚薈與蔮出送女奴等亦出送巡
使處裁簡及巡邊使處亦致出(裁簡出)送黃得中朴注河吳水等格
軍推捉事出送

廿四日辛丑暫晴夕雨作熊川所非浦來爭政圖海南亦到午後右水伯與忠
清水使來終日談話具思稷啓本鎭撫入來荄姪入來

6월

(初)九日丙辰晴忠清水使右虞候來射右水使來共話夜深笛聲之海彈琴
之永壽穩話而罷

十一日戊午晴署如鑠金朝蔚往營別懷悠〃獨坐虛軒情不自勝也晚風甚
惡爲慮益重〃忠水使來射因以同夕飯月下共談玉笛寥亮坐久
而罷

十五日壬戌晴午後洒雨申景潢(持領台簡)入來領台簡持來憂國無踰於

此聞尹(知事)又新喪懷悼不已順天寶城(馳)報內唐摠兵官張鴻
儒乘虎船領百餘名由海路已到珍島碧波亭云以日計之則今明當
到而風逆不能任意者連五日是夜驟雨洽意豈天恤民也豚書到則
好還云又因諺書則菇重痛暑證云剪悶〃

十七日甲子晴晚右水使忠淸水使來話從容探船入來則天只平安云而菇
痛重云悶極〃

十八日乙丑晴朝元帥軍官趙秋年持傳令(入)來則元帥到豆恥(峙)聞光
陽倅移水定伏之時因私用情云故致(送)軍官問由事可愕〃元帥
聽其妻孼男曹大恒之言行私此極痛莫大焉是日慶尙水使請之而
不往

廿日丁卯晴忠淸水使來見射帿朴致恭來言上京馬梁僉使亦來夕永登萬
戶以退在本浦決罪探船李仁元入來

二十五日壬申晴〔×〕與忠淸水使射帿十巡李汝恬亦來射從事官陪吏持
簡入來則調度之言極愕〃〔扇子封進〕

7월

初一日丁丑晴〔×〕裴應祿自元師處入來元帥悔言而送可笑是日仁廟
〔國忌獨(不)坐〕終日夕忠淸水使到此相話

初二日戊寅晴老暑如蒸是日順天都廳及色吏光陽色吏等決罪左道射夫
等試射賊贓分給晚與順天忠淸水使(伯)射帿裴僉知受由歸盧潤
發以興陽軍官李深及兵船色括軍色等捉來事給傳令出送

(初)六日壬午終日陰雨氣似不平不坐大倘三名崔貴石捉來又送朴春陽
等捕其魁首左耳割者而來朝鄭元溟等以格軍不整事囚之夕寶城
入來云聞天只平安夜二更末驟雨大作雨脚如麻無處不漏明燭獨

坐百憂攻中也李英男來見

(初)八日甲申陰而不雨終日大風氣困不見諸將〔×〕各官浦公事〔題送〕
　　午後往見忠淸水使夕固城被擄逃還人親問光陽宋銓持其將兵使
　　簡來此樂安與忠淸虞候來云

(初)十日丙戌(朝)晴夕小雨朝樂安㮚租舂正光陽租一百石斗量(聞豚葂
　　病重悶慮)申弘憲〔×〕入來晚〔宋荃〕與軍官射帿十五巡朝聞葂病
　　再重又得吐血證云故蔚與審藥申景潢鄭思立裴應祊出送

十一日丁亥陰雨大風終日不止多慮蔚行之艱苦又念葂病之如何啓聞草
　　親修慶尙巡撫關到此日元水使多有不足辭午後令(與)軍官等射
　　帿奉鶴亦同射尹彦忱以逢點次到此饋點還送暮風雨大至永夜忠
　　淸水(伯)來見

十二日戊子晴朝所斤僉使來見帿矢五十四介造納公事題分忠淸與順天
　　蛇渡鉢浦忠虞候祊來(後)射帿夕探船入來則審天只平安又有葂
　　病之重悶極如何柳相之卒音亦到巡邊使處云是嫉之者(必)作言
　　毁之不勝痛憤〃是昏心緖極亂獨坐空軒懷不自勝念慮尤煩夜闌
　　不寐柳相若不稱則於國事奈何〃

十三日己丑雨〃(中)獨坐念葂兒病勢何如擲字占之則卜得如見君王卦
　　極吉再擲如夜得燈兩卦皆吉(卦)少舒〃又占柳相卜得如海得船
　　之卦再占得如疑得喜之卦極吉〃雨下終夕獨坐之情不自勝晚宋
　　荃還歸海雪一斛給送午後馬梁僉使及順天來見乘昏還歸雨晴與
　　否(又)占之則卜得如蛇吐毒之卦將作大雨爲農事可慮〃〃夜雨
　　如注〃初更鉢浦探船捧簡而歸

十四日庚寅雨〃自昨夕雨脚如麻屋漏無乾艱難度夜卜得果然極妙〃〃
　　忠淸水使及順天請來使之爭博觀以消日然憂慮在肚其能小安乎
　　同點心夕步出樓上徘徊數巡而還探船不來未知厥緣也夜三更雨

又作

十九日乙未晴朝進表禮單則不勝(感)謝〃云所呈者極盛忠淸水使亦呈
　　晚右水使則幾余禮同進點後慶尙元水獨呈一酌而盤甚煩亂難可
　　一物之下筯可笑〃問(其)字與別號則書給曰表字仲文軒號秀川
　　云明燭更論而罷多有雨勢故下船宿

二十一日丁酉晴朝元帥處唐將問答成公事出送晚(報于元帥處)馬梁所
　　斤浦僉使來見〔×〕(聞豚薈杖房子拿豚入庭責敎而不杖)*(晚)鉢
　　浦以伏兵出去事來告而去夕上樓順天來話〔午後興陽軍粮船入
　　來〕故色吏船主足掌重杖夕所非浦來見因曰以未及期限受杖卅
　　于元水處云極駭〃右水使軍粮二十石貸去

　*　이 부분과 그 내용이 거의 같은 대목이 친필초본의 병신년(1596) 일기 중 같
　　은 날짜인 7월 21일 기사에 "… 豚薈杖房子壽云故捉豚下庭論敎 …"와 같
　　이 포함되어 있다. 따라서 이 부분은 병신년 일기에 포함되어야 할 것을 잘못
　　편집한 것으로 보인다.

廿七日癸卯陰而風夜夢披髮呼哭是兆大吉云是日與忠淸水使順天樓上
　　射帿忠淸過夏酒持來余以氣不平少飮亦未之平

廿八日甲辰晴決興陽色吏等罪申霽雲受(除)主簿朝謝而去晚上樓監塗
　　沙壁上義能來役暮還下房

8월

初一日丙午雨〃大風氣甚不平移坐樓房卽還軒房夕樂安帶率姜緝軍粮
　　督促事捧軍律供招而出送雨勢日終而夜竟

初二日丁未雨下如注初一日子中夢扶安人生男以月計之則生月非月故
　　夢亦黜送之氣似平日晚移坐樓上與忠淸水使順天及馬梁共談

飲新酒數盃而掇雨下終日宋希立(入)來告興陽訓導亦乘小船逃去云

十一日丙辰大雨終日是夜狂風暴雨大至捲屋三重雨漏如麻達夜坐曉兩窓皆爲風破濕

廿八日癸酉自丑時小雨大風雨則卯時晴而風則終日大吹永夜不止未知薈之安到否極慮〃珍島倅來見因元帥狀啓下推考之文而多有馳啓之誤意也

晦日乙亥晴且無風朝海南倅玄楫來見晚右水使及長興來見暮忠淸虞候熊川巨濟所非浦幷來見許廷誾亦來是朝探船入來則(聞)夫人病勢極重云未知已決生死也(然)國事至此不可念及他事然三子一女何以爲生痛悶〃金良幹自京至此持(來)領台簡及沈忠謙簡多有憤意也元水使事極可駭也以我(爲)逗留不前云是千載之發嘆也昆陽以病歸還未見而送尤極恨也自二更心亂不寐

9월

初一日丙子晴坐臥不寐明燭展轉早朝洗手靜坐以夫人病勢卜得則如僧還俗再得如疑得喜之卦極吉〃又以病勢減否來告與否則卜得如謫見親之卦是亦今日內得聞好音之兆(巡)撫使徐渻公事及啓草入來

十五日庚寅晴早(曉)與忠淸水使及諸將行望闕禮右水使期而稱病可嘆新及第紅牌分給南原都兵房鄕所等囚禁忠淸虞候出去本道奴京入來

廿三日戊戌晴而風惡早(朝)出射亭公事題分元水使來議軍機而去樂安軍士營五十一名防踏水軍四十五名點考固城人民等狀晋州姜雲決罪寶城領來召官黃千錫窮推光州囚昌平縣色吏金義同行刑事

傳令出送夕忠淸水使及馬梁僉使來見入深夜而還初更後復春來
話私鷄鳴後還歸

10월

十一日乙卯晴〔×〕朝氣不平朝忠淸水使來見〔公事題之〕早入宿房

十七日辛酉晴朝送人于御史處則食後當到云晚右水使來御史亦來從容
談話多言元水使欺罔之事極可駭也元也亦來其爲兇悖之狀不可
盡言朝從事官入來

廿六日庚午晴以氷忌不出因申僉知聞之金尙容爲吏郞上京之時入宿南
原府內而不見體察而歸時事如是極可駭也體察夜往巡察宿房夜
深還到其寢房云體貌如是乎不勝驚愕之至也奴漢京往營酉時雨
作終夜不止

11월

初八日壬午曉暫(灑)雨洒晚晴船材運來曉夢首台似有變形我則脫冠共
到閔宗慤家同話而覺未知是何詳也

十二日丙戌晴早出大廳決順天色吏鄭承緒及驛子南原作弊者餞申僉知
浩盃又杖見乃梁冒越捉魚人二十四名

十三日丁亥晴風日殘溫申僉知及豚薈與李喜男金叔賢往營奴漢京亦命
往恩津金廷輝家啓本亦出送元帥使防禦使軍官領降倭十四名而
來夕尹連來持其妹簡則多有妄言可笑欲棄未能者有之乃遺兒三
息終無依歸故也以十五日大忌不出夜月如晝不能成寐轉展終夜

병신(丙申) 선조 29년(1596)

정월

(初)四日辛未晴四更初吹質明開船李汝恬來見問陣中事則皆依前云申
時細雨霏洒到巨(乞)望浦則慶尙水使領諸將出候虞候則先到船
上泥醉不省卽還其船(云)宋漢連宋漢等云碧魚千餘級捉掛大綮
行次後所捉一千八百餘級云雨勢大作終夜不收諸將暮發多有泥
路顚仆云奇孝謹金軸受由歸

十二日己卯晴而西風大吹寒凍倍嚴四更夢到一處與領台同話移時幷脫
中裳坐臥相開懷憂國之念終罷顚胸有頃風雨暴至亦不捲散從容
論話間西賊若急而南賊亦發則君父何往反覆虞憂不知所言曾聞
領台重患痰喘云而未知痊平也擲字而占之則如風起浪又卜今日
聞何吉凶之兆則如貧得寶此卦甚吉〃〃昨夕金奴出送本營而風
甚惡爲慮〃晚出坐各公事題送樂安入來熊川縣監(馳)報內倭船
十四隻來泊巨濟金伊浦云故慶尙水使領三道諸將往見

廿七日甲午晴而和朝食後出坐則長興推考後興陽同會話晚右巡察使入
來故申時往見于右水使陣三更還來蛇渡鎭撫偸火藥見捉

2월

初六日癸卯陰曉耳匠十名送于巨濟造船事敎之是日寢房中多有落塊處
故修改蛇渡僉使金浣以調度之啓罷又到來出送本浦順天別監兪
及軍官張應軫等決罪卽還入樓〃宋漢連捉秀魚而來招呂島樂安
興陽同共破赤梁高汝友臂大鷹來然右足指盡凍枯奈何〃初更後
暫汗

二十六日癸亥朝晴暮雨晚出大廳呂島興陽來言營吏等侵捧之弊極可駭
愕梁廷彦及營吏姜起敬李得宗朴就等決重罪卽發傳令慶尙全右
道水使處營吏推捉慶尙水使來見有頃見乃梁伏兵馳報倭船一隻
自梁由入將到海坪場之際禁止使不得留云屯租二百三十石改正
一百九十八石縮數卅二石云樂安別盃而送

二十八日乙丑晴早受針晚出坐則長興與體察使軍官到此則(而)長興以
從事官報傳令捉去事來云且有全羅舟師內右道舟師往來左右道
聲援濟珍事云可笑朝廷畫策如是乎體察出策如是其無濟乎國事
如是奈何〃夕巨濟招來問事後卽還送

3월

初二日己巳晴朝修啓草寶城入來氣甚不平不坐氣困汗沾是病根也

(初)五日壬申晴而雲五更初發船平明到見乃梁右水使伏兵處的(適)朝
時故食後相見再言妄處則右水使莫不謝〃云因以酒作極醉還來
仍入李廷忠花下從容論話不覺醉倒雨勢大作先下船右水則醉臥
不省故不得辭來可笑到船則薔莪菰與蔚及壽元幷到乘雨還陣寨
中則金渾(渾)亦到與之話三更宿女奴德今漢代孝代恩津婢至

十二日己卯晴朝食氣困少睡初罷慶尙水使來到同話呂島金甲島羅州判
官亦到軍官等進酒夕蘇國秦還自體察處則回答內右道舟師合送
本道事非本意云可笑因聞元兇受杖四十長興則卄云

十八日乙酉晴而東風終日吹日氣甚冷晚出坐所志題分防踏金甲會寧浦
玉浦等(官)來見射帿十巡是夜海月徵照夜氣甚冷寢不能寐坐臥
不便再不平

二十五日壬辰曉雨作終日如注一刻未絶〃〃倚樓終夕懷思轉惡梳頭移
時晝汗(流)沾衣夜則兩衣沾濕而布埃

4월

初四日庚子陰朝吳轍出去奴金伊亦同往朝體察使公事成貼付壁諸將改
標〔忠淸道軍柵設〕晚往見右水使醉話而還〔×〕初更後始夕食心
熱汗沾二更暫雨而止

(初)十日丙午晴朝聞御史入來云故水使以下出浦口待之趙鵬來見〃其
形則久患唐虐肌貌極瘦可嘆〃〃晚御史入來下坐同話明燭而罷

十九日乙卯晴以濕熱受針二十餘庫(處)氣似煩熱終日入房不出昏永登
來見而歸奴木年及今花風振等來現是日朝因南汝文聞秀吉之死
怵躍不已但(而)未可信也此言曾播而尙未的奇之來

5월

(初)四日庚午晴是日天只辰(日)不(未)能進獻一盃懷〔×〕不〔自〕平不出
午後右水使接供公間失火盡焚是夕文於公來自富饒持趙琮簡則
趙玎四月初一日棄世云可痛悼〃〃虞候祭厲神于前峯

(初)七日癸酉雨〃晚晴霽是日慮在蔚行未知好到否也坐夜慮念之際人
有扣門聲折而問之則乃李英男到來也召入而從容話舊

(初)九日乙亥晴氣甚不平不出與李英男話西關事初昏雨洒至曉扶安戰
船出火不至重燒幸也

十八日甲申雨勢乍擧(霽)而海霧不收體察使公事入來晚慶水使來見出
坐射帿夕探候船入來天只平安云而進食減前云悶泣〃春節持衲
襲來

廿四日庚寅朝陰多有雨態以國忌不坐夕出射帿十巡釜山許內隱萬告目
入來左道各陣倭已盡撤去只留釜山云上天使出來新定出來之奇

廿二日到副使云許內隱萬處酒米十斗鹽一斛送之盡心探報云昏
雨作終夜如注朴玉〃只武才等箭竹一百五十介始造

6월

(初)五日辛丑陰朝朴玉武才玉只等造帿箭一百五十介納出坐射帿十巡
慶右監司軍官書簡持來則方伯以婚事上去

(初)九日乙巳晴早出與忠淸虞候唐津(浦)萬戶呂島鹿島等(官)射帿之際
慶尙水使來共射帿廿巡慶水善中是早奴金伊往營玉只亦往是昏
極熱汗流無常

7월

(初)九日甲戌晴朝體察前各項公事成貼李田受去晚慶尙水使到此多言
通信所騎船風席難備(云)欲爲貸用之意見於言語朴自邦以引水
竹及赴京求請扇子竹借伐事送于南海午後射帿十巡

十三日戊寅晴跟隨陪臣所騎船三隻整齊巳時發送晚射帿十三巡
昏降倭等多張優戲爲將者不可坐視而歸附之倭懇欲庭戲故不禁也

廿一日丙戌晴晚出坐巨濟及羅州洪州判官與玉浦熊川唐津浦亦來玉浦
無造船粮云故體相軍粮二斛熊川唐津浦則幷給造船鐵十五斤是
日豚薈杖房子壽云故捉豚下庭論敎二更汗〃以通信使(所)請豹
皮持來(次)送船本營

二十八日癸巳晴奴武鶴武花朴壽每于老音金等二十六日到此今日還
歸晚與忠淸虞候同射三貫鐵三十六分片六十分帿二十六分合
一百二十三分京奴重痛云多慮〃〃牙鄕秋夕祭物出送時簡于洪
尹李四處二更夢中流汗

8월

初二日丁酉朝雨勢大作使智伊等新弓張弛晚狂風大起雨脚如麻大廳樓
　　掛風遮飛觸房樓風遮一時兩風遮碎破片〃可嘆

初三日戊戌晴或洒(灑)雨使智伊張新弓助防將(虞候)忠淸虞候來見因
　　而(爲)射貫豚輩射六兩弓是晚令宋希立豚等錄名黃得中金應謙
　　許通公帖成給初更雨作四更止

初四日己亥晴而東風大吹薈與菀莞等以夫人辰日獻盃事出去鄭愃亦出
　　去鄭思立受由而去坐樓目送兒等不覺觸傷晚出大廳射帿數巡甚
　　不平停射入內則身如凍龜卽厚衣發汗暮慶水到來問病而去夜痛
　　倍晝呻吟過夜

윤8월

(初)七日辛未晴朝牙山奴子白(向)是入來則秋牟所出四十三石春牟
　　三十五石魚米全十二石四斗又七石十斗又四石是晚出坐所志
　　題分

(初)十日甲戌晴是曉開場晚菀所射俱五十五步菶所射俱三十五步荄所
　　射俱三十步薈所射俱三十五步莞所射二十五步云陳武晟所射俱
　　五十五步入格昏右水使慶(尙)水使裴助防同來二更罷歸

廿三日丁亥晴(仍留兵營)

9월

(初)四日丁酉晴留羅州昏牧使佩酒而勸一秋亦持盃是朝與體相謁聖

二十七日庚申晴早發到(寓所)覲(天只)

10월

(初)五日戊辰陰南陽叔主大祭早招故往來與南海話多有雨徵順天宿石
保倉

(初)九日壬申晴公事題送終日侍天只明日入陣事天只多有不平色

정유(丁酉) I 선조 30년(1597)

4월

(初)五日乙丑晴日出時登途直到墳山樹木再經野火樵瘁不忍見也拜哭
墓下移時不起乘夕下來外家拜于祠堂因到蕾家哭拜先廟又聞南
陽叔永世暮到本家拜聘父母神位前卽上季兄及汝弼嫂神祀就寢
心懷不平

(初)八日戊辰晴朝設位哭南陽叔服晚往于興伯家話姜稷長永世余往弔
因見洪石堅家晚到興伯家接都事

(初)九日己巳晴洞中各佩酒壺慰遠行情不能拒極醉而罷洪君遇唱李別
坐亦唱余則聞不樂而已都事則善飮不至亂

十一日辛未晴曉夢甚煩不能悉道招德略言又說豚蔚心懷極惡如醉如狂
不能定情是乃何兆思戀病親不覺淚下送奴探聽消息都事歸溫陽

十二日壬申晴奴太文自安興梁入來傳簡(而)則〔天只〕氣息奄〃初九日
〔×〕(與)上下無事到泊安興云而行到法聖浦泊宿時碇曳浮流兩
船六日相離而得逢無事云豚蔚先送于海汀

二十四日甲申晴早發到南原十五里許得逢丁哲等到南原府五里內別送
吾行直到十里外東面李喜慶奴家懷痛如何〃〃

二十六日丙戌陰雨不霽早食登程到求禮縣則金吾郎已先至矣下處于孫
仁弼家主倅急出來見待之甚愍金吾亦來見余使主倅勸飮于金吾
則主倅盡心云夜坐悲慟如何可言

5월

初一日辛卯雨〃愼司果留話巡使兵使同會于元帥下處鄭思竣家留飮極
歡云

(初)六日丙申晴夢見兩亡兄相扶哭痛且言襄事未營千里從軍誰其主之
痛哭奈何云此兩兄精靈千里追蹤憂悶至此悲慟不已又念南原監
獲是則未知也連日夢煩是亡靈黙念深痛之至也晨昏戀慟淚凝成
血天胡漢〃不我燭兮何不速死也晚綾城倅李繼命亦起復之人來
見而歸興陽奴禹老音金朴守每趙澤與順花妻來現李奇胤及夢生
來到宋廷立宋得運亦來卽歸夕鄭元溟還自閑山多言兇人所爲又
聞副察使出來左營以病留調(云)右水伯送簡而弔之

(初)八日戊戌晴朝僧將守仁率飯僧杜宇來奴漢京以事送于寶城興陽奴
世忠自鹿島牽兒馬而來弓匠李智歸去是日曉夢搏殺猛虎去皮揮
之未知是兆趙琮改名瑗來見趙德秀亦來午兒馬加鞍鄭詳溟騎行
元兇(令)送簡致弔是乃元帥之令也李敬信來自閑山多言元兇之
事又言其率來書吏以貿穀爲名送于陸地欲私其妻而其者揚惡不
從出外高聲云元也百計陷吾此亦數也駄載相續于京道而構毀日
深自恨不遭而已

十一日辛丑晴金孝誠自樂安來卽歸前光陽金惺以領體相軍官求得箭竹
事到順天因來見多傳所聞〃〃者皆兇人之事副使先到張渭送
簡鄭元溟作麥飯而進盲人任春景來言推數副使到府鄭思立梁廷
彦來傳副使欲來見云余以氣不平逆之

二十日庚戌晴晚金僉知來見且言茂朱長朴只里農土好品云沃川居權致
中乃金僉知孼娚而沃川梁山倉近處云體相聞我之留先送貢生又
送軍官李知覺俄頃又送人〔×〕曾未聞丁憂今始聞(之)驚悼〃送
〔軍官致弔(云)〕因問夕可相見耶余答以昏當進拜當昏入拜體相

素服以待從容論事體相不勝慨嘆向夜言論間有云曾有〃旨多有
未安之辭心跡可疑未知意思也又言兇人之事誣罔極矣而天不察
奈國事何出來時南從事送人問安余答夜深未能進拜爲言

二十一日辛亥晴柳博川海自京下來〔立功〕于(往)閑山〔×〕云又曰行到
恩津縣〃倅言船行之事云柳又曰王獄囚李德龍告訴者被囚受刑
三次將爲殞命云可愕〃〃且果川座首安弘濟等納馬及廿歲女奴
于李尙公見放而去云安也本非死罪受刑累次將至殞命納物然後
得釋內外皆以見物之多少罪有輕重未知結末之如何也此所謂一
脈金錢便返魂者也

廿八日戊午陰而不雨晚發到河東縣則主倅喜於(其)相見邀接于城內別
舍極致懇情且言元事多狂日暮而話邊翼星亦到

6월

(初)三日壬戌雨〃朝欲發行則雨勢至此縮坐費慮之際都元帥柳泓自興
陽來與之言道路不能發程因宿焉朝聞食縣飯云故笞奴子還給
飯米

(初)九日戊辰陰而不霽(雨)晚送鄭翔溟于元帥處問安次問從事官始受
奴馬料採礦石來則好勝於延日石云尹鑑文益新文玙等來見是日
汝弼辰日獨坐戌地懷思如何

7월

初一日庚寅曉雨晚晴〔×〕唐人三名到來往釜山云宋大立與宋得運偕到
安珏亦來見夕徐徹及方德壽與其子來宿是夜秋氣甚涼悲戀如何
因宋得運往來元帥陣則(黃)從事聞笛于大川邊云可愕〃〃〔今日
乃仁廟國忌也(而)〕

(初)二日辛巳(卯)晴朝卞德壽歸晚申霽雲與平海居鄭仁恕以從事官問
安來此今日乃先君辰日而遠來千里之外冒服戎門人事如何〃〃

(初)七日丙戌(申)晴今日七日悲戀何已夢與元公同會余坐於元公之上
進飯之時元公似有喜色未詳厥兆也朴永男自閑山來以其主將失
誤將受罪次被捉於元師云草溪備節物送來朝安珏兄弟來見暮興
陽朴應泗來見沈俊等來見宜寧倅金銓來自高靈多言兵使處事
倒顚
. .

(初)十日己丑(亥)晴曉以送莅與存緖事坐以待曉早朝飯惰不能自抑痛
哭而送吾何造罪至於此極耶求禮來馬騎往尤用慮〃莅等新出黃
從事亦來談論(話)移時晚徐徹來見鄭翔溟馬革以紙造畢夕獨坐
空堂懷思甚惡向夜不寐轉展終夜

十一日庚寅(子)晴念在莅行何以爲堪暑炎極嚴爲慮無已晚卞弘達申霽
雲林仲亨等來見獨坐空堂懷戀如何悲慟〃〃奴太文與終伊往
順天

十七日丙申(午)或雨朝送李喜男于黃從事處傳世男之言晚草溪倅自碧
堅山城來見而歸宋大立柳混柳弘張得弘等來見日暮還歸卞大獻
鄭雲龍得龍仇從等皆草溪鄉吏以其族姓同派之人來見大雨終日
以空名告身申汝吉闕失洋中事奉推考而去慶尙巡使捧去

8월

初二日庚戌(申)乍晴獨坐戌軒懷戀如何悲慟不已是夜夢有受命之兆

十七日乙丑(亥)晴早(朝)食後直到長興地白沙汀點心後(秣馬)到軍營仇
未(龜尾)則一境已作無人之地水使裴楔不送所騎船長興軍粮監
色盡偸官分去之際適至捕捉重杖因宿焉

十九日丁卯晴諸將等敎書肅拜而裴楔則不爲敎書祗迎而拜其侮慢之態
　　不可言其營吏決杖會寧萬戶閔廷鵬以其戰船受物私與避亂人魏
　　德毅等罪狀決杖二十

9월

(初)三日辛巳(卯)雨洒縮首篷下懷思如何

정유(丁酉)II 선조 30년(1597)

8월

十二日庚午晴朝啓(本出)草(因留)修正晚巨濟鉢浦入來聽令因聞裵楔
　　惋懫之狀不勝憎嘆媚悅權門濫陞非堪大誤國事朝無省察奈何〃
　　〃寶倅來

三十日戊子晴因留(仍陣)碧波津分送偵探晚裵楔慮賊大至欲爲逃去而
　　其管下諸欲招率余會其情而時未見明先發非將計隱忍之際裵楔
　　使其奴呈所志曰病勢極重欲爲調理云余下陸調理事題送則楔下
　　陸于右水營

9월

初一日己丑晴余下坐碧波亭上占世自耽羅出來牛五隻持載而納

(初)八日丙申晴(賊船不來)招諸將論策右水使金億秋粗合一萬戶不可
　　授以閫任而左台金應南以其厚情冒除以送可(歎)謂朝廷有人乎
　　只恨時之不遭也

十一日己亥陰而有雨徵獨坐船上懷戀淚下天地間安有如吾者乎豚薈知
　　吾情甚不平

十二日庚子雨(雨)洒終日篷下懷不能自裁

二十日戊申晴曉開船直到猬島避亂船多泊送黃得中奴金伊等覓捉奴允
　　金則果在於猬島外面故縛載船中李光軸光輔來見李至和父子又
　　來(見)因日暮宿

10월

初··日戊午晴欲送豚薈使覲其母及諸門生死探來懷思極惡書簡不能兵
　　曹驛子持公事下來傳牙鄕一家已爲(賊)焚蕩灰燼無餘云

十四日辛未晴四更夢余騎馬行丘上馬失足落川中而不蹶末豚葂似有扶
　　抱之形而覺不知是何兆耶晩裴助防及虞候李義得來見裴奴自嶺
　　南來傳賊勢黃得中等來告司奴姜莫只稱者多畜牛隻故十二隻牽
　　云夕有人自天安來傳家書未開封骨肉先動心氣慌亂粗展初封見
　　荄書則外面書慟哭二字心知葂戰死不覺墮膽失聲痛哭〃〃天何
　　不仁(之)如是耶肝膽焚裂〃〃我死汝生理之常也汝死我生何理
　　之乖也天地昏黑白日變色哀我小子棄我何歸英氣脫凡天不留世
　　耶余之造罪祆及汝身耶今我在世竟將何依欲死從汝地下同勢同
　　哭汝兄汝妹汝母亦無所依姑忍延命心死形存號慟而已〃〃〃〃
　　度夜如年〃〃〃〃是二更雨作

十七日甲戌晴而大風終日曉焚香哭著白帶(子服)悲慟何堪〃〃右水使
　　來見

十九日丙子晴曉夢鄕家奴辰下來余思亡子而慟哭晩助防將及慶虞候來
　　見白進士來見林季亨來謁金信雄妻李仁世鄭億夫捉來巨濟安骨
　　鹿島熊川薺浦助羅浦唐浦右虞候來見捕賊公事來呈尹健等兄弟
　　捉附賊人二名而來昏鼻血流出升餘夜坐思淚如何可言今世英靈
　　豈知終爲不孝之至此云悲慟摧裂難抑〃〃

廿三日庚辰晴晩金宗麗鄭遂來見裴助防及虞候右水虞候亦來赤梁永登
　　萬戶追來夕還是午尹海金彦京行刑治匠許莫同往于羅州初更末
　　使奴招之則腹痛云戰馬等落蹄加鐵(白進士振男來見)

廿五日壬午晴氣甚不平尹連自扶安來奴順化自牙山乘船來得見家書懷
　　不自平轉展獨坐初更宣傳官朴希茂持宥旨入來則乃天朝水兵泊

船可合處商量馳啓(事)云梁希雨持啓上京亦還來忠淸虞候送狀
且致紅柿一貼

廿六日癸未曉洒雨(灑)助防將等來見金宗麗白振南鄭遂等來見是夜二
更逃汗沾身垏過溫故也

廿八日乙酉晴朝各項啓本監封授皮銀世而送晩自姜莫只家移乘上船夕
鹽場都書員巨叱山捉納大鹿故給軍官等使之分食是夜微風不起

11월

初一日戊子雨〃朝毛鹿皮二令浮水而來故欲爲唐將之贈可怪未時雨則
霽而北風大吹舟人寒苦余縮坐船房心思極惡度日如年悲慟可言
〃〃夕北風大吹達夜搖舟人不敢自定汗發沾身

初二日己丑陰而不雨早聞右水使戰船爲風所漂掛磌折破云極爲痛憤兵
船軍官唐彦良決八十杖下坐船滄監造橋因上新家立(造)處乘昏
下船

(初)七日甲午晴且暖朝海南義兵倭頭一級環刀一柄來納李宗浩唐彦國
捉來故因于巨濟船晩前鴻山(倅)尹英賢生員崔濚來見且持(納)
軍粮租四十石米八石而付之可助數日之粮本營朴注生斬倭頭二
級而來前縣令(監)金應仁來見李大振子順生隨尹英賢來夕新家
抹樓畢造各水使來見是夜三更夢見萩死呼慟而哭珍島郡守歸

十一日戊戌晴而風殘食後上新家(造處)平山新萬戶〔×〕到任狀進〔呈〕
乃河東(倅)兄申萱也傳言崇政賞加已出云長興與裴助防來見夕
虞候李廷忠來到初更還歸

十二日己亥晴是晩靈岩羅州之人禁打作云而結縛來故摘其中首謀者行
刑其餘四名囚于各船

十四日辛丑晴海南倅柳珩來多傳尹端中無理之事又言衙屬避亂于法聖
　　浦還來時逢風傾覆之際中洋相逢不爲救拯徒掠船物云故囚于中
　　軍船金仁守囚于慶尙營船明日大忌不爲出入

廿二日己酉陰晴相雜夕金愛自牙山還有旨陪持人月初十日來自牙山皆
　　持簡至夜雨雪大風長興之賊廿日奔出之報至

廿三日庚戌大風大雪是日書勝捷啓狀夕氷凍云書簡于牙家淚不自收念
　　子難情

12월

(初)四日庚申晴極寒晚金允明決杖四十度長興校生基業以軍粮偸載之
　　罪決杖三□巨濟及金甲島天城自打作還務安及田希光等還歸

十八日甲戌雪下曉亥昨醉未醒是曉發船懷思不平

廿四日庚辰或雪或晴朝李宗浩送于巡使問安是夜羅德明來話不知厭留
　　可恨二更書家書

廿九日乙酉晴金仁秀放送尹□□決三十度而放靈岩座首捧□□□□而
　　放夕杜宇紙地白常幷五十□□□□來初更五人到船頭云故送鄕奴
　　□□□未知是何意也巨濟之妄可知矣化□□□□薑水所傷臂脂云

무술(戊戌) 선조 31년(1598)

9월

二十三日乙巳晴都督發怒舒川萬戶及洪州代將韓山代將等各決梱杖七
度金甲薺浦會寧浦幷受十五介杖

二十五日丁未晴陳大綱還來劉提督送簡來傳是日陸雖攻陷機俱未完金
鼎鉉來見

10월

初七日己未晴朝宋漢連納軍粮四粟一油五升淸蜜三升金太丁納大米二
石一斗(劉提督差官來告督府曰陸兵暫退順天更理進戰云)

이상은, 《影印·李忠武公全書》(成文閣, 1989), 《亂中日記草·壬辰狀草》(朝鮮史編修會, 1935) 및 《亂中日記·親筆草本》(李忠武公文獻編纂委員會 影印, 1977) 등을 사용하여 비교 검토한 결과, 문구의 빠뜨림이 극심한 사례(190일분)를 추려 본보기로 예시한 것이다. 계사(癸巳)년 일기의 경우 글자수로 하여 약 30% 정도가 누락되어 있다. 또 날짜 및 간지(干支)와 날씨만 있고 기사 전부가 빠진 예도 있다.

또한 앞서 언급한 바와 같이, 의도적으로 삭제한 것이 아니었을까 하는 억측을 낳게 하는 부분도 있다. 즉, 사회의 부정비리나 조정 체제에 대한 비판적인 내용, 원균(元均)에 대한 원망과 권율(權慄)의 부당한 처사에 대하여 언급한 내용, 그리고 자기 자신의 처절한 심경을 토로한 구절 등이 그것이다. 여기서 그러한 내용들을 간략하게 추려 보면 다음과 같은 것이다.

▷ "… 암행어사가 붙잡아 간 사건에 대하여 물어본 즉, 문서들이 제멋대로 꾸며졌다고 한다. 놀라운 일이다. …" (갑오 정월 24일)

▷ "암행어사 유몽인은 … 남쪽 지방의 종작없는 거짓말만 믿으니, 나라를 그르치는 교활하고 간사한 말이 무목(武穆, 악비岳飛)에 대한 진회(秦檜)와 다를 것이 없다." (갑오 2월 16일)

▷ "… 체찰사는 개탄해 마지 않았다. … 또 말하되, '음흉한 자(원균元均)의 무고하는 소행이 극심하건만 임금이 굽어 살피지 못하니 나랏일을 어찌 하리'하는 것이었다." (정유 I 5월 20일)

▷ "… 안팎이 모두 바치는 뇌물의 다소(多少)로 죄의 경중을 결정한다니, 이러다가는 결말이 어찌 될지 모르겠다. 이야말로 한줄기 돈만 있다면 죽은 사람의 넋도 되찾아온다는 것인가." (정유 I 5월 21일)

▷ "… 이러고야 조정(朝廷)에 사람이 있다고 할 수 있겠는가. 다만 때를 못 만난 것이 한스러울 따름이다." (정유 II 9월 8일)

……

▷ "(원수사가 와서) 흉악하고 거짓된 말을 많이 했다. 심히 해괴하다." (계사 8월 28일)

▷ "… 전(田)이 말하기를, 수군을 거창으로 붙들어 갔다고 하며, 원수(元帥, 도원수 권율)가 방해하려 한다고 들었다 했다. 가소롭다. 예로부터 남의 공을 시기함이 이와 같은 것이니 무엇을 한탄하랴." (갑오 정월 18일)

▷ "오후에 원수사(元水使)가 와서 자기의 잘못되고 망령된 일을 말하므로 장계를 도로 가져다가 원사진(元士震)과 이응원(李應元) 등이 가왜(假倭)를 목잘라 바친 일은 고쳐 보냈다." (갑오 3월 13일)

▷ "원수가 그 서처남〔妻擘男〕 조대항(曹大恒)의 말을 듣고 이토록 사사로이 행하니, 통탄스럽기 그지없다." (갑오 6월 18일)

▷ "… 순사(巡使, 순찰사 박홍로), 병사(兵使, 이복남)가 원수(元帥)가 내려와 있는 정사준(鄭思竣)의 집에 같이 모여 술을 마시며 아주 즐겁게 논다고 한다." (정유 I 5월 1일)

▷ "… 원(元均)이 온갖 계략을 다 써서 나를 모함하려 하니 이 역시 운수인가. 뇌물 짐이 서울로 가는 길을 연잇고 있으며, 그러면서 날이 갈수록 나를 헐뜯으니, 그저 때를 못만난 것이 한스러울 따름이다." (정유 I 5월 8일)

……‥

▷ "… 홍군우(洪君遇)가 노래부르고, 이별좌(李別坐) 역시 노래하는데 나는 노래를 들어도 조금도 즐겁지가 않았다." (정유 I 4월 9일)

▷ "… 새벽부터 저녁까지 사무치고 슬픈 마음에, 눈물은 엉기어 피가 되건마는 아득한 저 하늘은 어찌 내 사정을 살펴주지 못하는고, 왜 빨리 죽지 않는가." (정유 I 5월 6일)

▷ "… 간담이 타고 찢어지고, 타고 찢어지는 것 같다. … 너를 따라 죽어 지하에서 같이 힘쓰고 같이 울고 싶건마는 … 마음은 죽고

형상만 남아 있어 울부짖을 따름이다. … 〔心死形存 號慟而已〕."
(정유Ⅱ 10월 14일)

▷ "어둘 무렵에 코피〔鼻血〕를 되 남짓이나 흘렸다. 밤에 앉아 생각
하며 눈물지었다. 어찌 말할 수 있으랴. 이제는 영령(英靈)이시
니, 불효가 마침내 여기까지 이를 줄을 어찌 알았으랴. 비통한 마
음 가슴이 찢어지는 듯하여 누를 길이 없구나, 누를 길이 없구나."
(정유Ⅱ 10월 19일)

…….

이 같은 의미심장한 대목들이 삭제되었을 뿐만 아니라, 이순신 개인
의 신상이나 그의 다정다감한 생활 기록 중에서도 빠진 부분이 적지 않다.
이처럼 일기 고유의 생명이 크게 훼손되고 있으나, 그것이 단순히 편집
자들의 무관심이나 태만에서 야기되었으리라고 할 수만은 없을 것 같다.
즉, 혹시나 왕의 비위에 거슬리지나 않을까 하는 편집자들의 과잉된 충성
심과, 관련있는 각 문중의 입김이 작용했을 가능성 또한 전적으로 배제할
수는 없을 것이다. 여하간 《이충무공전서》의 편집에서 '이순신의 일기'야
말로 가장 중요한 수록대상이 아니었겠는가. 정조대왕의 높은 뜻과 지극
한 관심에도 불구하고 전서의 《난중일기》 부분이 지극히 불충실한 활자판
(活字版)으로 남게 된 것은 참으로 유감스러운 일이라 아니할 수 없다.

4. 《난중일기초·임진장초》(朝鮮史編修會編)에 수록된 《난중일기》의 등사본 및 활자판

　　이순신의 일기초본(日記草本)이 두 번째로 활자화된 것은 왜정(倭政) 시대의 일이었다. 즉, 1795년(정조 19)에 《이충무공전서》가 간행된 후 140년이 지난 1935년(일본 연호 昭和 10년), 당시의 조선총독부(朝鮮總督府)에서 《亂中日記草·壬辰狀草》를 편찬, 간행한 것이다. 《이충무공전서》에서 사용한 '난중일기'라는 명칭을 그대로 쓰고 있다. 그리고 이 책은 '조선사편수회 편(朝鮮史編修會編) 조선사료총간 제6(朝鮮史料叢刊, 第六)'으로 되어 있으며, 《난중일기초》와 《임진장초》를 한 책으로 묶어 1935년 12월 서울(近澤印刷部)에서 인쇄, 발행한 활자본이다(이 책은 1978년, 일본 동경의 第一書房이 복각하여 다시 발행하고 있다).

　　그러면 이 '난중일기초본'의 활자화 작업, 즉 편찬 및 편집 그리고 특히 초본의 판독(判讀) 작업에 직접 종사한 사람은 누구였을까. 왜정 때 소위 '조선총독부'의 이름으로 발간된 일련의 '조선사료총간(1932년 발행의 第一 《高麗史節要》에서 1944년 발행의 第二十一 《通文館志》까지)'을 열람해 보았으나, 직접 편찬을 맡은 사람들의 성명은 밝히고 있지 않다. 총독부 조선사편수회의 일본인 관료 학자들의 주관하에 동원된 한말(韓末)의 우리나라 학자들이 실제로 편찬 업무에 종사했으리라는 것은 의심할 여지가 없는 것이었으나, 이 의문은 아래에 서술하는 수필등사본 《난중일기초》가 발굴됨에 따라 비로소 해결되었다.

　　이 조선사편수회 편찬의 《난중일기초·임진장초》의 권말의 해설에는 편집과정에 관한 상세한 설명이 첨가되어 있다. 예컨대, "… 난중일기초는 조선 선조(宣祖) 때 임진·정유의 전란에서, 수군의 명장으로 칭송받은 이순신이 전란 속에서 스스로 필록(筆錄)한 일기이며, 임진장초는 이순신이 전황을 문서로 기록한 장계(狀啓)와 장달(狀達)을 옮겨 쓴 등록(謄錄)이다. 이 모두가 그 원본은 李舜臣宗孫家 忠淸南道 牙山郡 鹽峙面 白巖里 이종옥(李種玉)씨의 소장으로 유래된 것이다. 본 회에서는 수차에 걸친 조사 결과, 지난 1928년(일본연호 昭和 3년) 2월에 이르러 이순신에 관한 문서, 기록 및 유물 일체를 촬영하여 조선사 편수의 사료(史料)로 삼았던 바인데, 지금 그것이 두 가지 책을 활자본으로 발간함에 그 근거 자료로서 하나의 큰 몫을 하게 된 것이 사실이다. …"라고 언급하고 있는 것으로 보아 활자본이 나오기까지 근 8년이 소요된 것이다.

또 《난중일기초》 활자본의 편집내용을 살펴보면, 일기의 본문뿐만이 아니라 여백을 이용하여 시(詩)와 장계나 비망(備忘) 기사를 초(草)한 부분에 이르기까지 그대로 수록함으로써 친필초본의 분위기와 원체(原體)를 재현하는 데 진력한 흔적이 역력히 나타나 있다. 또한 일기 본문을 살펴 보면 두주(頭註)와 인명 및 지명 등에 첨가한 방주(旁註)를 비롯하여, 판독(判讀)이 불가능한 글자에는 일일이 글자의 자릿수만큼 □표로 비워 놓는 등, 그 면밀함이 거의 완벽에 가까운 편집 체재라 아니할 수 없다. 판독상의 착오와 의문나는 곳이 있었으나, 비교적 최근에 이르기까지 그 이상의 활자본을 기대하기란 쉽지 않았던 것이다(도판 5 참조).

이 활자본의 권말의 해설 속에는 일기초본의 체재에 관한 소상한 설명이 들어 있으므로, 각 일기장의 크기 및 매수, 그리고 일기장의 연도별 내용들을 여기에 옮겨 보면 다음의 표와 같다.

그리고 임진(壬辰) 정월 1일부터 4월 22일까지, 을미(乙未) 정월 1일부터 12월 20일까지, 또 무술(戊戌) 11월 8일부터 17일까지의 기사가 《이충무공전서》 수록의 《난중일기》에는 보이고 있으나 그 원본은 남아 있지 않다고 부언하고 있다. 그러나 조선사편수회 활자본의 권말 해설은 무술 10월 8일부터 12일까지의 닷새분 일기 기사가 《이충무공전서》 수록의 《난중일기》에는 보이고 있으나 그 친필 원본은 남아 있지 않는 사실을 빠뜨리고 있다. 이 유실된 친필일기 부분에 대해서 조선사편수회 활자본은 《이충무공전서》 수록의 《난중일기》에서 원문을 그대로 옮기되, '보補'의 명칭으로 친필초본과 구분하여 수록하고 있다.

표 제	크 기	매수	내 용
壬辰日記	세로 25.7cm* 가로 34.5cm*	27매	임진 5월 1일~4일 　　 5월 29일~6월 10일 　　 8월 24일~28일 계사 2월 1일~3월 22일
癸巳	세로 24.7cm 가로 27.5cm	30매	계사 5월 1일~9월 15일
日記 甲午年	세로 26.5cm 가로 29.0cm	52매	갑오 정월 1일~11월 28일
丙申日記	세로 25.5cm 가로 30.0cm	41매	병신 정월 1일~10월 11일
丁酉日記	세로 25.0cm 가로 28.0cm	27매	정유 4월 1일~10월 8일
(표지 다음 장에 '丁酉'로 표기)	세로 23.5cm 가로 24.2cm	20매	정유 8월 4일~무술 정월 4일
日記 戊戌	세로 23.0cm 가로 27.0cm	8매	무술 9월 15일~10월 7일

* 임진일기의 표지 크기에서 세로와 가로의 숫자가 뒤바뀌어 있다.

　　조선사편수회편《난중일기초》의 편찬에 관한 상세 사항은 2017년 중반, 국사편찬위원회에 보존(등록번호 5194호)되어 있는《亂中日記草本》이라는 표제를 가진 7권의 책으로부터 확인되었다. 도판 6, 7은 국사편찬위원회 소장《亂中日記草本》권1 임진일기의 겉표지와 본문 첫 장을 각각 보인 것인데, 첫장 우측 상단에 주인(朱印)으로써 '조선사편수회도서인朝鮮史編修會圖書印'을 나타내고 있다. 속표제는 각각 '壬辰日記', '亂中日記 癸巳', '日記 甲午年', '丙申日記', '丁酉日記', '(없음)', '戊戌日記'로써 친필일기초의 표제를 그대로 옮기고 있고, 책의 내용은 친필일기초(親筆日記草)를 판독하여 펜글씨로써 수필(手筆) 등사(謄寫)한 것이다. 각 책의

끝에는 작성에 관련된 일자와 인명이 수록되어 있는데 이를 옮기면 다음
과 같다. 探訪 中村榮孝 1928년(昭和 3년) 4월, 所有者 충남도 아산군 염
치면 李種玉, 謄寫 林敬鎬 1929년(昭和 4년) 2월, 校正 洪熹 1930년(昭
和 5년) 12월, 檢閱 中村榮孝 1930년(昭和 5년) 12월.

    따라서 이는 조선사편수회 활자본《난중일기초》의 발간을 위해 첫단
계의 친필초 판독을 수행해 작성한 수필(手筆) 등사본(謄寫本)에 해당하
는 것이며, 이로써 '조선사료총간 제6'의 편찬에 직접 참여한 우리나라 학
자들과 일본인이 밝혀졌다. 1928년 4월 채방(사진 촬영), 1929년 2월 등
사(원문 작성), 1930년 12월 교정 및 검열로부터 1935년 12월의 활자
판 인쇄 간행에 이르기까지 7여 년의 기간에 원문 판독 및 교정, 인명, 지
명, 문장 부호 및 기타 주석 추가, 지운 글자 처리, 활자 조판상의 교정 등
의 세밀한 작업이 반복적으로 이루어진 것이다. 조선사편수회의 수필등사
《亂中日記草本》과 활자본《난중일기초》를 비교해보면, 가령 임진일기에
서만 판독 및 등사 글자의 수정 52군데, 등사 누락 혹은 미판독 글자 69
군데를 추가 교정한 후 완성된 것으로 조사된다. 등사 과정에서 빠뜨려진
곳도 3군데 정도로 찾아진다. 이로써 7여 년간의 발간과 교정작업을 거친
후에야 비로소 활자본《난중일기초》를 간행하기에 이르렀던 내력과 관련
된 분들의 노고가 이해되는 것이다.

5. 拙編著《李舜臣의 日記草》

　　2007년 발간된 졸편저《李舜臣의 日記草》(조광출판인쇄)는 아산 현충사 소장의 국보 제76호 이순신의 친필일기초(親筆日記草)를 활자화·편집한 것이다. 앞 장에서 살펴본 바와 같이 기간(旣刊)의 활자화된 전례가 있음에도 불구하고 이 책을 발간하게 된 동기로는《이충무공전서 난중일기》의 경우 편찬과정에서 친필일기의 내용을 심히 감가(減加)하여 오히려 원문에서 멀어진 바 적지 않으므로 오늘날에 와서는 더욱이 납득할 수 없이 안타까우며, 다만 지금까지 전승되지 못하고 유실된 친필초 부분에 대한 보충자료 또는 상호 비교 상의 참고자료로나 유용하다고 할 것이다. 일제시대에 발간된《난중일기초·임진장초》에 수록된 일기는 매우 충실한 편집이라 할 수 있으나 (출판 당시의 교정상 오류를 포함하여) 판독상의 틀린 부분과 해설, 주석에 있어서의 오류가 상당히 있다. 또한 발간된 지 이미 상당 시간이 경과하였으므로, 1978년 일본 동경에서 복각 발행된 바 있음에도 불구하고 구해 보기조차 용이하지 않다. 아울러 근래에 이르기까지 출간된 여러《난중일기》국역본들이 이순신의 친필일기를 번역의 원본(text)으로 하였다고 하면서도 실상 사용한 그 활자판(活字版) 원본의 상세한 출판정보에 대해서는 대부분 명확한 언급을 피하고 있는 점은 시사하는 바 있다.
　　졸저《李舜臣의 日記草》의 편집에서는《이충무공전서》와《난중일기초·임진장초》를 참조하되, 친필일기초와의 비교와 검독을 통하여 기간(旣刊)의 잘못된 판독을 바로잡았다. 또한 필시 이순신의 손길로 보이되 기간(旣刊)에서 고려하지 않았던 친필일기초의 문장 교정 기호 등을 포함하여 편집 가능한 범위 내에서 최대한 친필일기초의 내용과 형식을 일치시킴으로써 향후의 독자, 국역자(國譯者) 또는 연구자에게 원문(原文)과 그 분위기를 그대로 전달할 수 있는 활자화된 원본 제시를 목표로 하였다. 이에 따라, 친필일기초에 포함된 장계 초고(狀啓草稿), 서간 초고(書簡草稿), 비망록, 시(詩) 등은 일기 기사와 동등하게 취급하여 그대로 옮겼으며, 원문의 종류 등 관련 정보를 조사하여 두주(頭註)로 제시하였다. 낙서·습서(習書)에 해당되는 부분은 판독과 편집상의 이유로 제외하되 친필일기 곳곳의 빈 면은 따로 해당 지면을 두어 친필일기와 정확히 면(面)대면(面)으로 일치되게 편집하였다. 검독·편집 작업에는 이충무공문헌편찬위원회(대표 李載勳) 편찬의 영인본《亂中日記·親筆草本》(1977)과 조선사편수회 편찬의《난중일기초·임진장초》의 활자판본(1935) 및 등사본(1930)을 참조하고, 친필원문은 문화재청 홈페이지에 등재된《이순신 난중일기》원문이미지를 사용하였다. 이번 편집 작업에서는 앞서 발간된《李舜臣의 日記草》(조광출판인쇄, 2007; 시와진실, 2016)에서 미처 반영하지 못하였던 친필초의 내어쓰기(擡頭)와 띄어쓰기(間字)를 일관된 형식으로써 가능한 편집 범위에서 모두 반영하였다. 이로써 내용과 형식상으로 친필일기초와 가장 가까운 활자 편집이 완성, 수록됨을 알린다. 완성된《李舜臣의 日記草》에는 2017년 말경 평론가 박종평 선생이 제시한 판독 오류 또는 의문에 대해 재검토를 거쳐 추가 수정한 25여 군데가 포함된다. 작업의 최종성과로서는 조선사편수회의《난중일기초·임진장초》에서 판독이 잘못된 150여 곳을 찾았고 이를 개정에 반영하였다. 이 중 여러 곳이 2005년 노승석 발간의《이순신의 난중일기 완역본》권말〈난중일기 필사본 판독대조표〉 또는 2018년 박종평 번역《난중일기》(글항아리)를 참조하되, 친필초의 재검토로써 확정한 것이다.

《李舜臣의 日記草》의 편저 과정을 통하여 밝혀진 또 하나의 중요한 사실이 있다.《친필일기》「임진일기」 책자의 맨 끝에 붙어있는 〈서간초〉는《이충무공전서》에서도 이 문건의 성격이나 상세 사항에 대해서는 아무런 검토 없이 단지 '상모인서2上某人書二'라는 제명으로 편집에 포함된 바 있는 것이다(도판 8 참조). 이에 관해 그 형식과 내용을 추적하여, 이는 영의정 유성룡에게 보내는 서간초로서 갑오년(1595) 7월 하순에 작성된 것이며, 이 무렵 이순신의 종사관으로 근무하던 '정경달(丁景達)의 함양군

수 임명에 따른 교체를 추수 때까지 만이라도 늦추어 달라'는 청원임을 밝
혔다. 또한 이 서간 내용을 장계로 만든 초록이 「갑오일기」 책의 일기 본
문 다음에 기록되어 존재한다. 따라서 《이충무공전서》에서 '상모인서2上
某人書二'라는 제명으로 편집된 이 서간문을 〈갑오서간초〉로 명확하게 개
칭하였다. 서간문 용지의 크기(가로 약 25.1cm, 세로 약 24.9cm)는 임진
일기의 용지 크기(가로 25.7cm, 세로 34.5cm)보다 확연히 구분되게 작
고 바랜 정도가 심하나, 훨씬 덜 바랜 백지의 밑받침 종이(背紙)에 붙여
져 임진일기의 용지와 비슷한 크기로 만들어져 임진일기 맨 끝에 제본되
어 있다. 이는 기나긴 세월 전승되는 동안 제본과 보존 상태가 나빠진 「갑
오일기」에서 떨어져 나와 그 원위치를 상실한 상태에서 착오로 인하여 임
진일기 크기에 맞추어 보수 작업을 하고, 「임진일기」의 맨 끝에 잘못 붙여
진 것이다!! 《난중일기초·임진장초》(1935)를 참조하더라도 현재와 동일
한 제본 위치였음이 확인되므로, 보수 오류의 시기는 그 이전으로 소급된
다. 참고로 현존의 「갑오일기」 맨 끝에 있는 한 장의 비망록 또한 원래 지
면 크기의 일부만이 남아 밑받침 용지에 붙여져 있는데, 그 내용을 살피면
갑오일기 7월 19일 일기 기록과 일치하는 '명나라 장수 장홍유'에 관한
것이다. 따라서 이 쪽도 원 위치에서 떨어져 나왔으나 배지 작업을 거쳐
제 위치인 「갑오일기」에 되붙여져 있는 것으로서 그 보수의 흔적이 밝혀
졌다. 이에 관한 상세한 사항은 2006년에 졸고 〈이순신의 「임진일기」에
첨부된 서간문초에 관한 추론적 소고〉, 순천향대학교 이순신연구논총 제
7호, 63~77쪽에서 최초로 다룬 바 있다. 문화재청은 국보이자 세계적 문
화유산에서 발견된 이러한 결함 — 전승 과정상의 오류 — 을 지속적으로
방치할 것인지의 논의와 보수 절차를 확립하여야 할 것임을 지적한지 오
래이건만 여전히 진행 중인 것 같다.

　　한편 2005년 무렵 문화재청에서는 국가기록유산을 웹에 수록하는 전
산화 작업을 수행하여 국보 제76호 '이순신 난중일기 및 서간첩, 임진장
초'에 대해 '서지', '해제', '원문이미지', '원문텍스트'의 네 항목을 제공
함으로써 대중화에 크게 기여하기 시작했다(2020. 9. 23. 현재, http://
www.heritage.go.kr 및 그 하위 웹페이지). 그러나 문화재청 홈페이지의

《이순신 난중일기》는 원문 확정의 경위, 작업에 참여한 인명, 원문의 지운 글자 처리, 개정 및 교정 일자와 버전 등의 상세 배경 정보를 포함도, 공개도 않고 있는 점과 친필원문의 열(列)을 일대일(一對一) 대응시키는 활자화 편집 원칙을 고수(固守)함으로써 오히려 일기 본연의 형태로부터는 멀어지게 된 점을 비롯하여, 실상 필자들이 확인해 본 바로는 조선사편수회 편찬의 《난중일기초·임진장초》(1935)를 따른 것으로 추정한 바 있다(이순신의 일기, 시와진실, 2016).

II

《난중일기》 국역본에 대한 재검토

1. 《난중일기》 국역본에 관한 열람

왜정시대에 《李忠武公全書》가 유지들에 의하여 보완, 복간된 일은 있으나, 《친필일기》의 국역본이 출간된 일은 (확실치는 않으나) 없는 것 같다. 한편, 일제 강점기에 이순신에의 관심은 대단하였을 것으로 쉽게 짐작되는 바로서 《이충무공전서》는 일본어로도 간행되었고, 우리말로도 옮겨졌다. 1916년(일본연호 大正 5년) 전한국내각(前韓國內閣) 편집(권말에는 아오야기 고우타로(靑柳綱太郎) 편집, 성문사 인쇄로 기록됨), 조선연구회(朝鮮硏究會) 발행의 《原文和譯對照 李舜臣全集》 상, 하권이 그것인데, 《이충무공전서》의 내용을 발췌하여 일본어로 번역하거나 혹은 원문대로 수록하고 있다. 주목되는 점은 전서의 《난중일기》 부분 중 임진 1월 1일~을미 5월 29일에 이르는 부분의 일역(日譯)이 상, 하권에 걸쳐 각각 〈난중일기1亂中日記一〉, 〈난중일기2亂中日記二〉의 명칭으로 나뉘어 수록되어 있는 것이다. 이어서 이듬해인 1917년(일본연호 大正 6년)에는 《이순신전집·전李舜臣全集·全》이 위와 동일한 편집인, 인쇄소 및 발행소로써 간행되었는데, 이는 《原文和譯對照 李舜臣全集》 상, 하권을 단행본으로 압축한 편집이되, 국한문 혼용으로 번역하여 출판한 것이며, 179쪽에서 269쪽에 걸쳐 〈난중일기장亂中日記狀〉(임진 1월 1일~을미 5월 29일)을 수록하고 있다. 따라서 조선연구회(朝鮮硏究會) 발행의 《이순신전집·全》에 수록된 〈난중일기장〉은 초역이기는 하나 최초의 국한문 혼용 번역으로 파악된다. 이듬해인 1918년에는 최남선 편수, 신문관(新文館) 중간(重刊)의 《이충무공전서》 상, 하권이 활판인쇄로 발행된 바 있으므로 이 일련의 출간은 당시 이순신에의 높은 관심을 반영하는 것임에 분명하나 작업 상호 간의 연관성이나 독립적 작업 여부 등의 상세 사항은 추가적인 연구조사가 필요할 것이다. 이러한 일련의 발간을 통하여 이순신의 친필일기초에까지 관심이 이르게 되고 앞장에서 서술한 친필일기초의 활자화 작업에 착수하게 된 것으로 추정되나 상세한 사항을 이제 와서 밝히기는 쉽지 않을 것이다.

이 외에 최찬식(崔瓚植)이 저작 발행한《李舜臣實記》(박문서관, 1925), 장도빈(張道斌)의《李舜臣傳》(고려관, 1925) 및 해방 이듬해에 나온 이윤재(李允宰)의《성웅 李舜臣》(통문관, 1946) 등의 작은 책자들이 있으나, 《난중일기》를 직접 옮긴 부분은 들어 있지 않다.

해방(1945) 이후, 또는 6·25동란(1950) 이후 두서너 가지의《난중일기》국역본이 나온 것 같으나, 그중에서 기억되는 것으로 1953년에 발간된 소오(小梧) 설의식(薛義植, 1900~1954) 편역의《亂中日記·抄》가 있다. 이 역자는 권두의 해제에서 번역에 사용한 원본(text)에 관하여 솔직하고 명확하게 그 경위를 밝히고 있다. 즉, "《이충무공전서》수록의《난중일기》에는 생략된 부분이 많은데 일제시대의 조선사편수회 간행본은 완전하나 역자로서는 그 간행본을 입수치 못하였고, 또 원본(친필초본)도 보지 못하였던 관계로 초역은 전서(全書)만에 의거케 되었다."고 언급함으로써 원본 확정의 고충을 피력하고 있다. 그리고 역자는 "초역을 조판한 뒤에서야 원본도 보았고 조선사편수회 간본도 입수하게 되었으나 큰 차가 없으므로 그대로 인쇄하였고, 그 대신 임진일기만은 편수회 간본대로 전역하였다."라고 추기하고 있다. 또 "조선사편수회 간행본에는 무술년 11월 8일부터 17일까지의 초고는 없다고 단언하였으나 편자가 본 바에는 확실히 있다"고 밝히고, 그 친필초를 권두에 도판으로 제시하고 있으나, 이 부분은 필사본〈日記抄〉의 일부분이다(도판 2 참조).

그 후 1960년 노산(鷺山) 이은상(李殷相, 1903~1982)의 국역본《李忠武公全書》와 따로 단행본을 낸 같은 역자의《난중일기》를 비롯하여 적지 않은 국역본이 출간되었다. 1965년 현암사(玄岩社)에서 초판이 발간된 이은상의《난중일기》국역본은 같은 출판사에서 상당히 많은 중판이 거듭되었을 뿐만 아니라, 같은 시기에 여타의 여러 출판사에서도 같은 책이 출판되었으므로《난중일기》국역본의 주류를 이루게 되었던 것이 사실이다. 그리고 이은상 이후에 나온 일련의 국역본을 개관하건대, 적지 않

은 국역본이 이은상의 국역본에서 몇몇 틀린 부분들까지 그대로 답습하고
있는 것이 아쉽다. 그러나, 각 저자마다 특유한 접근방식을 보여 주어 독자
들에게 큰 도움이 될 것으로 사려된다. 가령, 송찬섭 교수의 번역본(2004)
에는 일기 본문과 관련된 장계도 수록하고 숱한 고증적인 그림과 사진도
판을 삽입하여 독자들의 이해를 돕고 일기 분위기를 재현하고 있다.

　　근래에 발행된 《난중일기》 국역본으로서는 한학자 노승석의 일련의
작업들로서, 그는 2005년 《이순신의 난중일기 완역본》(동아일보사)을 시
작으로, 《교감완역 난중일기》(민음사, 2010) 및 2014년에는 《증보교감완
역 난중일기》(도서출판 여해)를 출간하였다. 노승석의 작업은 원문확정에
대한 상세한 설명이 추가된 번역본이라는 점에서 《난중일기》 국역본의
개선을 이루었으나 번역을 위한 원문확정작업에서 저자가 적용하였다고
밝힌 원문교감이라는 방식이 《난중일기》의 번역에 타당한가에 대해서는
공감되지 않는다. 2014년에 발행된 《증보교감완역 난중일기》에서는 벽
초 홍명희의 아들인 홍기문에 의해 한글 번역되고 1955년 평양에서 발간
된 난중일기를 새로이 소개하고, 이를 이은상의 국문번역에 앞서는 것으
로 평가하고 있는 점이 괄목되나 저자들로서는 이 입수하기도 난해한 저
서를 살펴볼 기회가 없었으므로 그 상세한 평은 추후로 미룰 수밖에 없다.

　　2018년에는 비평가 박종평에 의해 국보 제76호 《난중일기》, 《서간
첩》, 《임진장초》 및 이분의 《행록》에 대한 전체 완역본이 《난중일기》(글
항아리)라는 제하에 발간되었다. '이순신 순국 7주갑 기념'이라는 발간 동
기와 더불어 무려 1,229쪽에 이르는 방대한 작업으로서, 《난중일기》에만
해당 본문 713쪽, 주석 2,660여 개를 상회하는 등의 대작에 해당한다. 관
련된 참고자료를 총망라하여 제시하고 있으므로 향후 일반 독자를 위시
하여 학술적인 문헌 및 자료로서 유용할 것이다. 아울러 박종평 선생은 조
선사편수회 편 《난중일기초》의 수필초고 《난중일기초본》이 국사편찬위
원회에 보관되어 있음을 전언(傳言)함으로써 하나의 옛 자료로서 새삼 알
려지게 되었다. 이로써 조선사편수회 편 《난중일기초》의 편찬에 참여한
한학자들이 밝혀지게 되었으며 제 I 장 4절에서 소개하였다.

　　참고로 근간에 이르기까지 출판된 《난중일기》 국역본에 대한 그 열람

목록을 연도별로 정리해 보면 대략 다음과 같다.

아오야기 고우타로 편집, 《이순신전집·전李舜臣全集·全》, 〈亂中日記狀〉
　　(조선연구회, 1917)

설의식, 《亂中日記·抄》 (수도문화사, 1953)

이은상, 《李忠武公全書》 상권 (충무공기념사업회, 1960)

이은상, 《난중일기》 초판 (현암사, 1965)

이석호, 《이충무공의 난중일기》 (지문각, 1968)

조성도, 《충무공의 난중일기》 (해군본부 정훈감실, 1968)

이찬도, 《난중일기》 (금자각, 1969)

이응렬, 《난중일기》 (금자각, 1972)

한상수, 《이순신일기》 (한국자유교육협회, 1973)

이민수, 《난중일기》 (범우사, 1976)

이은상, 《난중일기》 (대학서림, 동화출판사, 동서문화사, 1977)

이응렬, 《난중일기》 (경문출판사, 1977)

신동호, 《난중일기》 (일신서적공사, 1987)

한상수, 《난중일기》 (명문당, 1989)

이은상, 《난중일기》 (세명문화사, 1989)

이은상, 《完譯·李忠武公全書》 상권 (성문각, 1989)

장흥래, 《난중일기》 (혜원사, 1989)

김영일, 《난중일기》 (한진출판사, 1990)

이은상, 《난중일기》 (현암사, 1993)

정희선, 《난중일기》 (여수문화원, 1993)

신동호, 《이순신 난중일기》 (일신서적출판사, 1995)

이석호, 《이충무공의 난중일기》 (집문당, 1996)

최두환, 《새번역·난중일기》 (학민사, 1996)

허경진, 《난중일기》 (한양출판, 1997)

이재원, 《새 난중일기》 (영지사, 1998)

최두환, 《완역 초서체 진중일기》 (우석, 1999)

김중일·윤광원,《난중일기》(혜원출판사, 1999)

송찬섭,《난중일기》(서해문집, 2004)

김경수,《평역 난중일기》(행복한 책읽기, 2004)

구인환,《난중일기》(신원문화사, 2004)

노승석,《이순신의 난중일기 완역본》(동아일보사, 2005)

정욱,《신 난중일기》(진한엠앤비, 2010)

노승석,《증보교감완역 난중일기》(여해, 2014)

박종평,《난중일기》(글항아리, 2018)

　국역본 중 몇 가지는 초역을 한 것이며, 이충무공전서의 난중일기를 국역한 것도 있다. 근래의 어느 국역본의 경우, 현재 아산 현충사에 보관 중인 친필초본의 친필 여부를 의심하여 이충무공전서의 난중일기를 표준으로 삼아 번역했다 하는 황당무계한 역자도 있어 불편한 마음 견디기 어렵다. 여타의 국역본에 대한 자세한 검토 내용은 생략하여 독자들의 관심에 맡기고자 한다. …

　유일한 영역본(英譯本)으로는 하태홍의 《NANJUNG ILGI(War Diary of Admiral Yi Sun-sin)》(연세대학교 출판부, 1977)가 있으며, 역자는 한국 고전의 영역으로 이미 잘 알려진 바 있거니와,《난중일기》본문의 영역문은 우리가 읽어 보아도 구절마다 새로운 감동을 안겨 주는 명역이다. 조선 수군의 편제상의 명칭이나 관직명에 대한 영역 부분 또한 앞으로 귀중한 참고자료가 될 것이다. 단지 권두의 해설에 다소 미흡한 데가 없지 않으나, 소위 옥의 티라 하여 마땅할 것이다. 출판에 앞서 이 영역본을 검독한 바 있는 원일한 박사(Horace G. Underwood)는 후일 사담에서 "…《난중일기》를 읽어 보고 이순신 선생이 그 당시 얼마나 고통스러웠는지를 알게 되었다"고 말한 일이 있다.

2. 이은상의 국역본 《난중일기》에 대한 재검토

1960년 노산 이은상은 국역주해(國譯註解) 《李忠武公全書》 상, 하권을 '충무공기념사업회' 및 '충무회'를 발행처로 하여 각각 발행하였다. 전절에서 열람한 바와 같이 《난중일기》의 번역은 상권의 권5~권8에 들어 있다. 저자는 서문의 사사문에서 권상로(權相老), 성순영(成純永), 성낙훈(成樂薰), 신호열(辛鎬烈), 김용국(金龍國) 등 여러 학자의 도움에 감사의 뜻을 전하고, 또 국역본의 발행에 전적인 책임을 지고 협력한 충무공 후손 이재훈(李載勳) 동지에게도 아울러 감사의 뜻을 표한다고 맺고 있다. 그러나 저자는 '충무공 정신'의 앙양과 '충무공전서'의 의의 역설에 집중한 반면, 《전서》의 국역 작업에 위의 한문학자들이 각각 어떠한 방식으로 기여했는지에 대한 언급이 없는 것이 아쉽다.

《전서》의 국역에서 가장 큰 고통은, 필경 《전서》 수록의 《난중일기》를 어떻게 마무리할 것인가의 문제였을 것이다(I장 3절 참조). 《난중일기》가 시작되는 《전서》 권5의 해설에서 "… 여기서는 전서 번역을 위주하기는 하는 것이나 난중일기 초고 가운데서 귀중하다고 볼 만한 자료만을 참고란에 옮겨 실어 그날의 기사를 읽는 데 참고가 되게 하였다"고 하여, 《전서》에서 누락된 귀중한 부분(?)을 참고란을 통해 보완하는 방법을 택하고 있다. 독자는 참고란 읽기에 바쁘나, 그 설명 내용 또한 모호한 데가 적지 않아 연구 자료로서의 가치는 오히려 상실된 감이 없지 않다. 그러나 초기에 《이충무공전서》의 국역에 심혈을 기울인 이은상의 공로와 후학에 미친 영향은 높이 평가되어 마땅할 것이다. 또한 여담이나, 같은 시기에 이은상 시인은 수많은 강연회를 통해 이른바 '충무공 정신'의 선양에도 크게 헌신하였다. 한편 박정희의 제3공화국 시절에는 소위 '충무공의 우국정신'이나 '백의종군'의 정신을 염치없이 구가하는 정치가들도 생기게 되었다. 청렴하지 못한 사람일수록 더욱 그러했던 것 같다.

　앞 절에서 열람한 바와 같이, 노산 이은상은《전서》의 국역에 이어
《난중일기》의 국역본을 여러 출판사를 통하여 출판하였다. 1965년 9월
현암사(玄岩社)에서 '충무공 친필초고 완역, 노산 이은상 역·주·해'로 된
《난중일기》의 국역본 초판이 발간되었다. 이어 1968년에는 제3판, 1972
년에는 제4판 등이 같은 출판사에서 판을 거듭하여 출판됨으로써《난중
일기》 국역본이 널리 보급되었던 것이다. 그 후 근년에 이르기까지 몇 판
이 발행되었는지는 알 수 없으나, 책의 내용에는 전혀 변한 것이 없다. 중
판이 거듭되어도 역자 자신이나 출판사의 편집자들이 재교정이나 보완에
는 전적으로 무관심했던 것이 사실이다. 역자의 생존시에도 마찬가지였다.

　우선 권두의 해설에서는 "그러므로 이제 와서는 … 불행히도 초고를
잃어버리고《전서》에만 수록되어 있는 부분은, 부득이 그것으로써 보충할
수밖에 없는 것이다"라고 하면서도, 표지에는 '충무공 친필초고본 완역'
이라는 어울리지 않는 표현을 쓰고 있다. 또 권말에 수록한 '亂中日記 原
文'은 과연 어떠한 경위로 확정된 것인가에 대하여 해설이 없는 것이 매
우 아쉽다. 내용을 살펴보면, 조선사편수회 편찬의《亂中日記草·壬辰狀
草》(1935)에서 옮긴 것으로 보인다. 기실, 식자(植字)상의 착오로 인한 차
이 말고는 차이가 없는 것 같다. 우연의 일치일 가능성도 있겠으나, 거기
에서 틀린 판독(判讀)이 여기에서도 같이 틀리고 있는 것이 더욱 아쉬울
따름이다. 여하간, 원문(text)으로 채택하였음에도 불구하고 일기 본문의
번역에는 전서에서 추가된 부분이 그대로 남아 있는 경우도 있다.

　노산 이은상의《난중일기》 국역본을 읽어 보며, 의문스러운 번역, 번
역에 누락된 부분, 그리고 정정이 필요한 사항 등 여러 검토 항목들은 기
간(既刊)의 졸저《李舜臣의 日記》(서울대학교출판부, 1998, 2002, 2005,
2014)에서 지적한 바 있으나, 세월의 경과에 따라 보다 완성된 국역판이
발간되었으므로 상세한 사항을 여러 발간된 문헌에 맡겨두고 생략하기로
한다.

Ⅲ

《난중일기》 내용에 대한 해제

1. 《난중일기》의 초역(抄譯) 및 주해(註解)

다음에는 《난중일기》 전체 중에서 287일분을 초역(抄譯)하였다. 제1장에서 언급한 바와 같이 정유년(1597) 일기장은 두 권이 있는데, 8월 초4일부터 10월 초8일까지의 64일분 일기는 중복되어 있다. 두 권의 기사가 서로 보완하는 내용으로 되어 있으나, 정유Ⅱ의 기사가 정유Ⅰ에 비해 보다 많은 것을 담고 있다. 따라서 초역에서 발병(發病)으로 인해 고통받는 내용과 명량해전을 치뤄내는 과정에 관련된 10일분의 기사는 중복하여 번역하였다.

정유Ⅰ의 7월 초2일부터 10월 초3일까지 일기의 간지는 그 12지(支)가 틀려 있으나, 번역함에 있어 친필초본에 있는 그대로 옮겨 실었다. 또, 임진년(1592) 5, 6, 8월, 무술년(1598) 11월 등의 일기에는 아예 간지가 기입되어 있지 않으므로 없는 그대로 두었다(이충무공전서 활자본에는, 임진일기 등 일부분에 대해 초본에는 없는 간지를 추가로 삽입하고 있음). ― 한편, 난중일기와 선조실록 원문의 간지를 매월 초1일(朔日)을 기준으로 비교해 본 결과, 정유년(1597) 8, 9월에 대해 大月(30일), 小月(29일)이 서로 바뀌어 있어 9월의 간지가 하루씩 어긋나게 기록되어 있다. 즉, 정유일기Ⅱ의 '(8월)三十日戊子'가 선조실록에는 '九月朔戊子'로, '九月初一日己丑'은 '(9월 2일)己丑'으로, … '(9월)二十九日丁巳'는 '(9월 30일)丁巳'로 되어 있으나, '十月初一日戊午'는 '十月朔戊午'로 날짜와 간지가 일치되어 있다. 날마다 빈틈없는 작전을 수행한 통제사 이순신이 일일이 간지를 붙여가며 기록한 난중일기의 날짜가 틀렸을 리는 만무하며, 선조수정실록에는 이순신의 일기와 동일한 간지로 기록되어 있는 것으로 보아 나중에 선조실록의 오류를 바로잡은 것 같다.

이순신은 날짜를 기입함에 있어 초1일부터 초10일까지의 날짜에 대

해서는 숫자 앞에 '初'자를 넣기도 하고 빼기도 하였는데, 일기 원체(原
體)의 분위기를 남기기 위해 친필초의 기록을 그대로 따랐다. 또한, '二十
□日'을 '廿□日'과, '三十日'을 '卅日' 또는 '晦日(그믐날)'과 겸용하고
있음도 흥미롭다.

　　번역에는 힌문 원문(原文)의 표현과 용어를 가급적 직역에 가깝도록
충실히 옮기고자 노력하였으며, 보다 의미심장한 표현의 경우와 그 음이
한글음과 다른 한자 단어의 경우에는 한자 원문을 〔 〕 괄호 속에 넣어 번
역에 붙여 놓았다. 특히, 독자들에게 참고가 되도록 일기의 배경에 해당하
는 설명이나 일기 내용에 대한 주해(註解)에 비중을 두어, 해당 부분에 *
또는 ** 부호를 부기하고 각주(脚註) 대신 본문(本文) 서술의 형식을 취하
여, 그 날짜의 번역 본문에 연이어 배치하였다. 한편 임진왜란의 가장 큰
해전으로 기록되는 한산해전, 명량해전, 노량해전에 대한 수군의 이동 상
황 및 해전지를 지도에 표시하여 실었으며, 1597년(정유)의 백의종군으
로부터 이듬해(무술) 고금도에 진영을 설치하기까지의 행적도를 작성하
여 덧붙였다. 또한 일기 원문에 나오는 지명(地名)과 직책명으로 표기된
인물들에 대해 각각 현재의 지명과 해당 인명을 조사하여 그 위치에 주석
의 형태로 (　) 괄호 속에 첨가하였으며, 그 밖에도 이해에 도움이 될 만한
한자 단어들은 (　) 괄호로써 한자들을 첨가하고 필요에 따라 짧은 설명
을 부가하였다.

　　본 초역에는 I장 2절에서와 마찬가지로 이충무공문헌편찬위원회(대
표 李載勳) 편찬의 영인본《亂中日記·親筆草本》(1977)과 조선사편수회
편찬의《亂中日記草》(1935)를 겸하여 사용하였고, 노산 이은상을 비롯한
여러 역자들의 국역본에 크게 힘입었음을 밝혀둔다. 한편 친필일기의 재
검독 작업을 통하여《이순신의 일기초》(박혜일 외, 조광출판인쇄, 2007),
《이순신의 일기》(별책부록, 시와진실, 2016),《이순신의 일기》(북코리아,
2022)를 발간함에 따라 다시 여러 곳의 수정을 추가하였음을 알린다.

임진(壬辰) 선조 25년(1592), 48세

정월

초1일 임술. 맑음. 새벽에 아우 여필(汝弼, 禹臣의 字)과 조카 봉(菶), 아들 회(薈)가 와서 이야기했다. 다만 어머님[天只]*을 떠나 두 번이나 남도에서 설을 쇠니 서운한 마음을 이길 길이 없다. 병사(兵使)의 군관 이경신(李敬信)이 와서 병사의 편지와 설선물[歲物]과 장편전(長片箭) 등 여러 가지 물건을 바쳤다.

---

* 《난중일기》의 첫 날로부터 일기 전체를 통하여 100여 회 반복되는 어머님에 관한 기사에서, '늙으신 어머님[老堂]', '병드신 어머님[病親]', '어머님…[覲]', '어머님[親]' 등으로 쓴 7차례를 제외하면, 이순신은 어머님을 한결같이 높여 '천지(天只)'로 부르고 있다. 여기서, 어머님[母]을 일컫는 '천지(天只)'의 어원(語源)은, 중국 고전 사서삼경(四書三經)의 하나인 《시경詩經》에서 비롯된 것으로 짐작된다. 《시경》의 권 1 〈국풍國風〉에서, 네 번째 장 〈용풍鄘風〉의 첫 번째 시(詩) '백주(柏舟, 잣나무배)'를 보면 "汎彼柏舟 在彼中河 … 母也天只 不諒人只 …"라고 하였으며, 이는 "둥실 둥실 저 잣나무 배는 저기 저 하수(河水) 가온대 떠있고나. … 어머님은 진실로 하늘이어니 어찌타 내 마음 모르시는가. …"로 옮겨진다(양주동, 《시경초詩經抄》, 을유문화사, 1954).

초2일 계해. 맑음. 나라의 제삿날이라 공무를 보지 않았다. 김인보(金仁甫)와 함께 이야기했다.

초3일 갑자. 맑음. 동헌(東軒)에 나가 별방군(別防軍)을 점고하고, 각 고을과 포구*에 공문을 써 보냈다.

---

* 이순신이 관할하던 전라좌수영에는 소속 행정구역으로서 다섯 고을[五官]과 다섯 포구[五浦]가 가장 주요한 위치를 차지하고 있었으며 이 밖에 여타 고을과 포구가 있었다. 이 다섯 고을[五官]과 다섯 포구[五浦]는 《난중일기》를 통

하여 끊임없이 나타나고 있는데, 다섯 고을[五官]은 순천(順天), 보성(寶城), 광양(光陽), 낙안(樂安, 전남 순천시 낙안면 남내리), 흥양(興陽, 전남 고흥군 고흥읍)이며, 다섯 포구[五浦]는 방답(防踏, 전남 여천군 돌산읍), 사도(蛇渡, 전남 고흥군 영남면 금사리), 발포(鉢浦, 전남 고흥군 도화면 내발리), 여도(呂島, 전남 고흥군 점암면 여호리), 녹도(鹿島, 전남 고흥군 도양읍 봉암리)이다. 이 밖의 고을과 포구로서는 장흥(長興, 전남 장흥군 장흥읍 예양리), 회령포(會寧浦, 전남 장흥군 회진면 회진리), 고돌산(古突山) 등이 있었다.

초4일 을축. 맑음. 동헌에 나가 공무(公務)를 보았다[坐東軒公事].

초6일 정묘. 맑음. 동헌에 나가 공무를 보았다.

16일 정축. 맑음. 동헌(東軒)에 나가 공무를 보았다. 각 고을 품관(品官)과 색리(色吏)들이 와서 인사했다. 방답(防踏)의 병선(兵船) 군관과 색리들이 병선을 수선하지 않았기에 곤장을 때렸다. 우후(虞候)와 가수(假守)들도 점검을 하지 않아 이렇게까지 되었으니 해괴하기 이를 데 없었다. 헛된 일로 제 몸 살찌우기만 하고, 살펴보지 않음이 이와 같으니 앞날의 일도 역시 알 수 있다. 성 밑에 사는 토병(土兵) 박몽세(朴夢世)가 석수(石手)를 부려서 선생원(先生院, 전남 여천군 율촌면 신풍리)의 채석장에 가서 사방 이웃집 개에게까지 피해를 끼치기로 곤장 80대를 때렸다.

2월

초4일 을미. 맑음. 동헌에 나가 공무를 본 후에, 북봉(北峯)의 연대(煙臺, 신호대)를 쌓는 데로 올라가 보니, 쌓는 위치가 매우 좋아 무너질 리 만무했다. 이봉수(李鳳壽)가 노력한 것을 알 수 있었다. 종일토록 바라보다가 해질 무렵에 내려 와서 해자 구덩이를 돌아보았다.

초8일 기해. 맑으나 바람이 세게 불었다. 동헌에 나가 공무를 보았다. 이날, 거북선[龜船]에 쓸 돛베 29필을 받았다. 정오에 활을 쏘았는데, 조이립(趙而立)과 변존서(卞存緖)가 자웅을 겨루었으나 조(趙) 가 이기지 못했다. 우후(이몽구李夢龜)가 방답(防踏)으로부터 돌아 와 방답첨사(이순신李純信)가 방비에 진력하고 있다고 극찬하였다. 동헌 뜰에 화대(火臺) 돌기둥을 세웠다.

초10일 신축. 안개비가 오면서 개다 흐리다 했다. 동헌에 나가 공무를 보 았다. 김인문(金仁問)이 순영(巡營, 순찰사영)에서 돌아왔다. 순찰사 의 편지를 보니, 통사(通事, 통역관)들이 뇌물을 많이 받고 명나라에 무고하여 군사를 청하는 일이 있게 했을 뿐 아니라, 중국에서도 우 리가 일본과 함께 딴 뜻이 있는가 의심하게까지 했으니, 그 흉악스 러움은 참으로 이를 길이 없었다. 통사들이 이미 잡아 갇혔다고는 하나, 해괴하고 통분함을 이길 길이 없었다.

20일 신해. 맑음. 아침에 여러 가지 방비와 전선(戰船)을 점검해 보니, 모두 새로 만들었고, 무기도 어느 정도 완비되어 있었다. 늦게 떠 나서 영주(瀛洲, 전남 고흥군 고흥읍)에 이르니, 좌우의 산에 핀 꽃과 들가의 향기로운 풀들이 그림 같았다. 옛날에 있었다는 영주(瀛洲) 도 역시 이 같은 경치이던가.

25일 병진. 흐림. 갖가지 전쟁 방비에 결함이 많으므로 군관과 색리(色 吏)들에게 벌을 주고, 첨사(僉使)를 잡아들이고, 교수(教授)는 내 보냈다. 이곳의 방비가 다섯 포구 중에서 최하이건만 순찰사가 표 창하는 장계를 올렸기 때문에 죄상을 조사하지 못하니 가소롭다. 역풍이 크게 불어 배가 떠날 수 없으므로 그대로 머물렀다.

3월

초5일 을축. 맑음. 동헌에 나가 공무를 보았다. 군관들은 활을 쏘았다. 저 물녘에 서울 갔던 진무(鎮撫)가 들어왔는데, 좌의정(유성룡柳成龍) 이 편지와 《증손전수방략增損戰守方略》이란 책을 보내왔다. 그것을 본즉, 수전(水戰, 해전)·육전(陸戰)·화공(火攻) 등에 대한 내용이 일일이 논의되어 있으니, 참으로 만고에 특이한 저술이었다.

27일 정해. 맑고 바람도 불지 않았다. 일찍 조반을 먹은 뒤 배를 타고 소포(召浦, 전남 여수시 종화동 종포)에 이르렀다. 쇠사슬 가로 긴니 매는 것을 감독하며 종일 기둥나무 세우는 것을 보았다. 또한 거북선에서 대포 쏘는 것도 시험하였다.

28일 무자. 맑음. 동헌에서 공무를 보았다. 활 10순을 쏘았는데, 5순은 모조리 맞고, 2순은 네 번 맞고, 3순은 세 번 맞았다.*

---

  *   1순(巡)이라 함은 다섯 살씩을 쏘는 것이므로, 50살 중 42살이 명중한 것이다.

4월

11일 경자. 아침에 흐리더니 늦게는 맑음. 공무를 끝내고 활을 쏘았다. 순찰사(巡察使, 이광李洸)의 편지와 별록(別錄)을 군관 남한(南僴)이 가져왔다. 비로소 베돛[布帆]*을 만들었다.

---

  *   새로 건조된 거북선에 사용할 돛인 듯하다.

12일 신축. 맑음. 식후에 배를 타고 거북선[龜船]에서 지자(地字)·현자(玄字)포를 쏘아 보았다. 순찰사 군관 남공(南公, 남한南僴)이 살펴보고 갔다. 정오에 동헌으로 옮겨 앉아 활 10순을 쏘았다. 관아로 올라 가면서 노대석(路臺石)을 보았다.

15일 갑진. 맑음. 나라 제삿날[國忌日]이라 공무를 보지 않았다. 순찰사에게 보내는 답장과 별록(別錄)을 작성하여 즉시 역졸(驛卒)을 시켜 달려 보냈다. 해질 무렵, 영남우수사(원균元均)의 전통(傳通)에, 왜선 90여 척이 나타나 부산 앞 절영도에 대었다고 하였다. 같은 시각에 수사(水使, 경상좌수사 박홍朴泓)의 공문도 또한 왔는데, 왜적 350여 척이 이미 부산포 건너편에 와 대었다고 하였기로, 즉각 장계를 띄우고 순찰사(전라순찰사, 이광李洸), 병사(전라병사, 최원崔遠), 우수사(전라우수사, 이억기李億祺)에게도 공문을 보냈다. 영남관찰사(김수金睟)의 공문도 왔는데 역시 같은 내용이었다.

18일 정미. 아침엔 흐렸다. 이른 아침 동헌에 나가 공무를 보았다. 순찰사(이광李洸)의 공문이 왔는데, 발포권관(鉢浦權管)은 이미 파직되어 갔으니, 가장(假將, 임시로 대리할 장수)을 정해 보내라 했기에 나대용(羅大用)을 그날로 정해 보냈다. 오후 2시쯤에 영남우수사(원균元均)의 공문이 왔는데, 동래(東萊)도 함락되었고 양산(梁山, 조영규趙英珪), 울산(蔚山, 이언함李彦誠)의 두 원도 조방장(助防將, 홍윤관洪允寬)을 앞세워 입성했다가 모두 패했다고 한다. 분하고 원통함을 이루 다 말할 수 없었다. 병사(경상좌병사, 이각李珏)와 수사(경상좌수사, 박홍朴泓)가 군사를 이끌고 동래 뒤쪽까지 이르렀다가 겁내어 즉시 회군했다고 하니 더욱 원통했다. 저녁에 순천 군사를 거느린 병방(兵房, 각 지방에서 군사 관계의 업무를 맡은 아전)이 석보창(石堡倉, 전남 여천시 봉계동 석창)에 머물고 있으면서 군사를 거느리고 오지 않으므로 잡아다 가두었다.

20일 기유. 맑음. 동헌에 나가 공무를 보았다. 영남관찰사(김수金睟)의 공문이 왔는데, 강한 왜적들이 거세게 몰아치므로 당적해 낼 도리가 없고 승승장구(乘勝長驅)하기를 마치 무인지경에 들어온 것 같으니, 전함(戰艦)을 정리하여 지원하러 와주기를 요청한다는 내용이다.*

---

* 1592년(임진) 4월 13일 왜군의 부산 침입으로 임진왜란은 발발되었다(너무나도 충분히 예상되었던 전란이다!). ― 동래(東萊) 수영에 본영을 둔 경상좌수사 박홍(朴泓)은 단 한번도 싸워보지 않은 채 황급히 상륙하여 몸을 피했고, 거제(巨濟) 가배량(加背梁)에 본영을 둔 경상우수사 원균(元均)은 취임 후 몇 개

월밖에 되지 않아 수군의 정비 편성을 못한 채 지리멸렬한 후퇴를 시도하였으
나, 많은 군선과 병기와 군사를 잃어, 그를 따르는 전선(戰船)은 겨우 4, 5척에
불과하였다 한다(당시의 원균에 대하여 여러 가지 말이 남아 있으나, 여기서는 생
략한다).

　　이순신은 4월 15일에 왜군 침입에 관한 원균의 통첩을 받았다. 거듭 지원
요청을 받게 된 이순신은 각기 지키는 경계가 있어 심사숙고하게 되나, 막하
장령들의 결의를 재삼 확인하고, 출전 준비를 서두르는 한편 조정의 하명을 앙
청하는 장계를 속속 올리고 있었다. 즉, 3회에 걸친 〈경상도로 구원 나가는 장
계赴援慶尙道狀〉에서, "… 같이 나가 싸우라는 조정의 명령을 엎드려 기다리
면서 소속 수군과 각 고을과 포구에 전선을 정비하고 주장(主將)의 명령을 기
다리도록 급히 공문을 돌리고, 본도의 각 감(監)과 병사(兵使)에게도 그 뜻을
통보하였습니다. …"(임진 4월 27일), 또, "… 지난 4월 29일 상오 12시, 경상
수사(원균)의 회답 내용에 '… 연해안 각 고을과 포구의 우리 병영과 수영은 거
의 다 함락되어 봉홧불이 끊어진 것이 지극히 통분합니다. 그래서 본도의 수군
을 뽑아 추격하여 적선 10척을 불살라 없앴으나, … 적은 많고 우리는 적기 때
문에 대적할 수가 없어, 본영도 또한 이미 함락되었으니, … 귀도의 군선을 남
김없이 이끌고 당포(唐浦) 앞바다로 달려옴이 좋겠습니다.'고 하였기에 …"(임
진 4월 30일)와 같이 아리고 있다. ― 위의 장계 내용에서, 이순신은 원균 자신
이 '적선 10척을 불살라 없앴다'고 전하는 내용을 그대로 인용하고 있으나, 그
사실 여부를 입증할 만한 사료(史料)가 전혀 없음을 유의해야 할 것이다.

5월

초1일 수군들이 모두 앞바다에 모였다. 오늘은 흐리되 비는 오지 않았으
며 남풍이 크게 불었다. 진해루(鎭海樓)에 앉아서 방답첨사(이순
신李純信), 흥양원(배흥립裴興立), 녹도만호(정운鄭運)를 불러 들였다.
모두 분격하며 제 한몸을 잊어버리는 것이 과연 의사(義士)라 할
만하다.

초2일 맑음. 삼도순변사(三道巡邊使, 이일李鎰)와 우수사(원균元均)의 공
문이 왔다. 송한련(宋漢連)이 남해로부터 돌아와서 말하되, 남해원
(기효근奇孝謹)과 미조항첨사(김승룡金勝龍)와 상주포(尙州浦, 경남

남해군 상주면 상주리)만호, 곡포(曲浦, 경남 남해군 이동면 화계리)만호, 평산포(平山浦, 경남 남해군 남면 평산리)만호(김축金軸) 등이 왜적의 소문을 한번 듣고는 벌써 도망쳐 흩어졌고, 무기 등 물자도 흩어버려 남은 것이 없다고 했다. 가히 놀랍고 또 놀라웠다. 오정 때 배를 타고 바다로 나가 진을 치고 여러 장수들과 함께 약속하니, 모두 즐거이 나갈 뜻이 있었으나, 낙안군수(신호申浩)는 피하려는 뜻을 가진 듯하여 탄식스러웠다. 그러나 군법이 있는데 설사 물러나 피하고자 한들 될 일인가. 저녁에 방답의 첩입선(疊入船) 3척이 돌아와 앞바다에 닿았다. 비변사(備邊司)의 명령이 내려왔다. 창평현령(昌平縣令)이 공식 부임장을 가져 와서 바쳤다. 이날 밤 군호(軍號)는 용호(龍虎)라 하고, 복병(伏兵)은 산수(山水)*라 했다.

---

* 친필초본(親筆草本)에는 '水山'으로 쓰고 순서 교정 부호가 붙어있다. 즉, 도판 1의 임진일기 5월 2일조 끝을 보면 '水山'으로 쓰고 글자 우측에 희미하게 보이는 순서 교정부호를 붙여서 '山水'로 교정하고 있는 것이다. 졸저의 초판본 및 이후 몇몇 개정판에서는 친필일기초의 이 부분에 관해 '山' 우측의 교정부호(▲)를 미처 식별하지 못하여《이충무공전서》와《난중일기초·임진장초》의 기존 판독이 잘못된 것으로 판단하였으나, 판독-활자화 재작성 작업인《李舜臣의 日記草》편집을 통하여 이는 착오였음을 밝혀둔다. 이순신의 親筆日記草를 상세히 들여다보면, 수많은 곳에서 교정부호가 보인다. 즉, 한번 작성하고 만 것이 아니고 거듭 살펴서 단순한 글자 착오를 교정하거나 표현을 수정한 곳이 여러 군데에 나타나고 있으며, 이는 이순신의 일기가 세심한 기록으로서 작성되었음을 가리키는 동시에 단순 비망록을 넘어서 사실성에 충실한 최우선의 사료로 인지되어야 함을 나타낸다. 아울러《이충무공전서》와《난중일기초·임진장초》의 친필일기 탈초 판독자들을 위시해서 근래의 대부분의 국역자들이 주로 본문에만 관심을 두고 이 교정부호에 관해서는 아무런 언급없이 지나치고 있음을 환기코자 한다. 이러한 교정부호는 초고를 간편히 수정하는 데 통용되던 보편적인 것으로 보이며, 가령 후대의 필사본〈日記抄〉의 필사자도 이와 같은 방식으로 글자 순서를 교정하고 있음이 확인된다.

　　親筆日記草의 교정부호로는 글자 또는 문장의 순서를 바꾸는 순서 교정부호와 삽입 또는 첨가부호가 있다. 순서 교정부호로 사용되고 있는 것은 '▲'

또는 '▼'로서 두 글자 또는 여러 글자 간의 전후 순서 교정을 하고 있는 곳이 현존의 친필일기 전체를 통하여 12곳 정도로 조사된다. 순서 교정부호로서는 '▲', '├┬' 및 '├⊥'와 같이 두 개의 조합부호로 된 것도 보이며, 현존 친필일기 전체를 통하여 46군데 정도로 조사된다. 글자 삽입부호도 보이는데, 삽입 위치에 ▶, 줄(ー), 또는 동그라미로써 위치를 정하거나 경우에 따라서는 기호 없이 삽입 또는 덧붙여 기록하였다. 삽입한 글자, 지운 글자, 지운 후 다시 작성한 글자 등으로 교정 또는 첨가된 부분은 무수히 많다.

교정부호 외에도 일기 기사의 확인, 식별 또는 비망(備忘)의 용도로 추정될 뿐인 부호인 방점, 긴 줄, 동그라미도 20여 곳 이상에서 보인다. 몇 군데에서는 행간에 '厶(작을 요, 사소할 요)'자가 금문(金文), 전문(篆文)의 형태로 쓰이고 있고, 두 번 이상 중복된 곳도 있는데, 인명 옆에 부기되어 체형의 왜소함을 기록한 것으로 짐작되기도 하나, 비망(備忘)의 용도로 사용되었음직한 곳도 많으므로 원 의미는 알 수 없다.

다음 표는 친필일기(1592-1598)의 순서 교정부호 용례와 〈日記抄〉 (1693년경 추정), 《이충무공전서》(1795) 및 《난중일기초·임진장초》(1935)에서 이를 어떻게 반영하였는지를 정리한 것이다. 친필초에는 종서로 작성되어 있으나 여기서는 편집 체계상 횡서로 옮기며, 부호의 방향도 회전된 형태로 작성하였다. 상세한 사항은 일기원문에 최대한 가깝게 편집한 졸편저 《李舜臣의 日記草》(부록 3)을 참조하기 바란다.

친필일기초에서 교정부호를 새삼 발견하고서 이에 관련하여 저자들 사이에서 제기된 우려의 하나는 이 부호가 후대에 이순신의 친필초를 접하게 된 누군가가 가필한 것은 아닐까 하는 것이었다. 그런데, 교정부호는 임진일기로부터 무술일기에 걸쳐 일관되게 나타나므로, 이를 작성할 수 있는 사람은 일기를 오랜 기간 가까이 접할 수 있는 사람이어야 하며, 따라서 그 가능성은 이순신 자신, 혹은 〈日記抄〉, 《이충무공전서》의 편찬자만이 가능했을 것이다. 그러나 〈日記抄〉와 《이충무공전서》의 편찬에서는 교정부호에 관련된 기사의 상당수가 편집에 누락되어 있으며, 교정부호와 무관한 기사도 또한 편집에서 상당히 탈락되었으므로, 교정부호와 두 책자의 편찬에 연관성을 부여하기는 어렵다. 교정의 내용상으로도 어떤 경우는 이순신 자신만이 교정을 판단할 수 있는 성격의 것에 해당되므로, 이는 치밀하고 세심한 기록을 할 수 있었던 기록자 본인만이 가능한 작업이었을 것이다. 전란 도중 일기를 기록하는 것만도 힘든 작업이었을 것인바, 상세한 교정까지 해 둔 것을 보면 이순신의 기록 정신에 새삼 놀라울 뿐이다.

이순신 친필일기초의 순서 교정 부호의 용례 및 문헌별 편집

문헌 연도/일자	친필초	日記抄	이충무공전서	난중일기초
임진 5월 2일조	水山◀	山水	山水	山水
계사 2월 17일조	來見	(기사 누락)	來見	來見
6월 10일조	元使水	(기사 누락)	元水使	元水使
6월 11일조	南海▶	(기사 누락)	(기사 누락)	海南
갑오 1월 28일조	弘文理校	弘文校理	弘文校理	弘文校理
4월 16일조	▶施行回啓◀	回啓施行	回啓施行	回啓施行
4월 17일조	▶來見	(기사 누락)	來見	來見
5월 13일조	在隱▶	隱在	隱在	隱在
6월 2일조	晩往▶	(기사 누락)	晩往	晩往
6월 21일조	▶梁馬▶歛使	(기사 누락)	(기사 누락)	馬梁歛使
7월 27일조	吉大▶	(기사 누락)	(기사 누락)	大吉
11월 13일조	▶月夜如晝	(기사 누락)	(기사 누락)	夜月如晝
병신 1월 17일조	奴京▶	(기사 누락)	京奴	京奴
3월 6일조	出去事敎之◀ 또는 出去事敎之▶	(기사 누락)	(기사 누락)	出去事敎之
	▶戶▶◀萬	(기사 누락)	萬戶	萬戶
5월 8일조	吐嘔再度◀	(기사 누락)	再度嘔吐	嘔吐再度
8월 27일조	▶話論	(기사 누락)	論話	論話
정유 9월 7일조	包放◀	(기사 누락)	放砲	放〔炮〕
10월 19일조	▶家鄕▶奴◀	(기사 누락)	(기사 누락)	鄕家奴
10월 30일조	造家處◀	(기사 누락)	造家處	造家處
12월 20일조	去上◀	(기사 누락)	上去	上去
무술 9월 21일조	水潮▶	潮水	水潮	潮水

초3일 가랑비가 아침내내 왔다. 새벽에 경상우수사(원균元均)의 답장이 왔다. 오후에 광양(光陽, 어영담魚泳潭)과 흥양(興陽, 배흥립裴興立)을 불러서 함께 이야기하는 가운데 모두가 분발하였다. 본도(전라도全羅道) 우수사(이억기李億祺)가 수군을 이끌고 오기로 함께 약속하였는데, 방답의 판옥선(板屋船)이 첩입군(疊入軍)을 싣고 오는 것을 보고 우수사가 온다고 좋아하였으나, 군관을 보내어 알아보니 방답 배였다. 아연함을 이길 수 없었다. 조금 뒤에 녹도만호(정운鄭運)가 보고져 하기에 불러들여 물은 즉, 우수사는 오지 않고 적의 세력은 점점 경기도에 이르니 통분한 마음 이길 길 없거니와 만약 기회를 놓치면 후회해도 소용없다는 것이었다. 이 때문에 곧 중위장(이순신李純信)을 불러 내일 새벽 떠날 것을 약속하고, 장계를 써서 내보냈다.* 이날 여도(呂島) 수군 황옥천(黃玉千)이 적이 온다는 소리를 듣고 집으로 도망간 것을 잡아와 참수(斬首)하여 효시(梟示)했다.

---

* 드디어 "… 오늘 5월 초4일 첫 닭이 울 때 출발하여 바로 경상도로 향하오며, 한편으로 전라우수사 이억기(李億祺)에게 속히 달려오라는 일로 급히 공문을 띄웠습니다."(임진 5월 초4일)고 하는 출전계획을 아뢰고(〈赴援慶尙道狀〉), 5월 초4일 새벽 첫 출전을 결행한다. 마침내 이순신 함대의 제1차 출동은 1592년(임진) 5월 7일의 옥포해전(玉浦海戰)에서의 큰 승리로 그 서전을 장식하였다. 옥포해전에 참전한 이순신 휘하의 군선은 전선(戰船, 일명 판옥선板屋船) 24척, 협선(挾船) 15척, 포작선(鮑作船)이 46척 등이다(〈玉浦破倭兵狀〉, 임진 5월 10일).

▷ 5월 초5일부터 28일까지는 빠졌음.

29일* 맑음. 우수사(이억기李億祺)가 오지 않으므로 혼자 여러 장수들을 거느리고 새벽에 떠나 곧장 노량(露梁, 경남 남해군 설천면 노량리)에 이른 즉, 경상우수사(원균元均)가 만나기로 약속한 곳에 이르렀다. 더불어 상의하고 왜적이 머물고 있는 곳을 물으니 적의 무리는 지금 사천선창(泗川船倉, 경남 사천시 용현면 선진리)에 있다는 것이다. 그래서 곧 거기로 다가갔으나, 왜인들은 이미 육지로 내려가 산 위에 진을 치고, 배는 그 산 밑에 나란히 매어 놓고는 완강히 항전하였다. 나는 여러 장수들에게 영을 내려 일시에 달려들어 화살을 빗발치듯 퍼붓고 각종 총통(銃筒)을 바람과 우뢰같이 어지러이 쏘아대니 적의 무리는 겁내어 물러났는데, 화살을 맞은 자가 몇 백인지 알 수 없으며, 왜적의 머리도 많이 베었다. 군관 나대용(羅大用)이 탄환에 맞았고, 나도 왼쪽 어깨 위에 탄환을 맞아 등으로 관통되었으나 중상에는 이르지 않았다.** 또 사부(射夫)와 격군(格軍)으로 탄환에 맞은 자가 많았다. 적선 13척을 불살라 버리고 물러나 주둔하였다.

---

* 5월 29일은 이순신 함대의 제2차 출동에서 사천선창(泗川船倉)의 해전이 있은 날이며, 거북선〔龜船〕이 처음으로 참전한 날이기도 하다. 이순신은 임진년 6월 14일 써올린 〈당포파왜병장唐浦破倭兵狀〉에서 자기 자신이 창제한 귀선의 구조와 기능에 대하여 간략하게 설명하고, 귀선의 실전상황을 역력히 기술하고 있다. 즉, 사천선창의 전황을 보고하는 대목에서 "신이 일찍부터 섬 오랑캐가 침노할 것을 염려하고 특별히 귀선을 만들었사옵니다〔別制龜船〕. 앞에 용두를 설치하여〔前設龍頭〕 아가리로 대포를 쏘게 하고〔口放大炮〕, 등에는 쇠꼬챙이를 심었으며, 안에서는 밖을 내다볼 수 있으나 밖에서는 안을 엿볼 수 없게 되어, 비록 적선 수백 척이 있다 하더라도 그 속으로 돌입하여 대포를 쏠 수 있게 된 것입니다. 이번 싸움에 돌격장(突擊將)으로 하여금 이 귀선을 타고 적선 속으로 먼저 달려들어가 천자포(天字砲)·지자포(地字砲)·현자포(玄字砲)·황자포(黃字砲) 등의 각종 총통(銃筒)을 쏘게 한즉, 산 위와 언덕 아래와 배를 지키는 세 군데의 왜적도 또한 비오듯이 철환을 함부로 쏘아 …" 하고, 또 당포선창의 해전실황에서는 "왜선은 판옥선(板屋船)만큼 큰 배 9척과 아울러 중소선 12척이 선창에 나누어 묶고 있는데, 그 가운데 한 큰 배 위에는 층루가 우뚝 솟고 높이는 서너너덧 길이나 되며 밖에는 붉은 비단휘장을 쳤고, 사면에 '黃'자를 크게 썼으며 그 속에는 왜장이 있는데 앞에는 붉은 일산(日傘)을 세우고 조금도 겁내지 아니하였습니다. 먼저 거북선으로 곧장 층루선(層樓船) 밑으로 치고 들어가 용아가리로 현자철환을 치쏘고〔仰放〕, 또 천자·지자

철환과 대장군전(大將軍箭)을 쏘아 그 배를 쳐 깨뜨리고〔撞破其船〕 …"라고
쓰고 있다.

** 이순신은 사천선창 싸움에서 입은 관통상으로 많은 고통을 겪고 있었다. 그는
유성룡(柳成龍)에게 다음과 같이 쓰고 있다. "접전할 때에 스스로 막지 못하고
적의 철환(鐵丸)에 맞아 비록 사경(死境)에는 이르지 않았으나 깊이 어깨뼈를
상하였습니다. 그런데다 연일 갑옷을 입고 있으므로〔連日着甲〕 상처구멍이
헐어서 궂은 물이 늘 흐르고 있어, 밤낮 뽕나무 잿물과 바닷물로 씻으나 아직
낫지를 않아 민망스럽습니다. …"(《이충무공전서》).

6월

초2일 맑음. 아침에 떠나 바로 당포(唐浦, 경남 통영시 산양읍 삼덕리) 앞 선창
에 이르니 적선 20여 척이 벌여 정박했으므로 둘러싸고 서로 싸움
을 시작했다. 그중의 큰 배 1척은 크기가 우리나라 판옥선(板屋船)
만 한데, 배 위에는 누각을 꾸며서 높이가 두 길이나 됨직했다. 그
누각 위에는 왜장이 우뚝 앉아서 움직이지 아니했다. 편전(片箭)
과 크고 작은 승자총통(勝字銃筒)을 비 퍼붓듯 마구 쏘아 왜장이
화살에 맞아 떨어지자, 모든 왜적들이 일시에 놀라 흩어졌다. 모든
장졸(將卒)들이 일제히 모여 쏘아 대니 화살에 맞아 꺼꾸러지는
자, 그 수를 알 수 없었으며, 남기지 않고 섬멸하였다. 조금 뒤에 큰
왜선 20여 척이 부산으로부터 바다에 열지어 들어오다가 우리 수
군을 바라보고는 도망쳐서 개도(介島, 경남 통영시 산양읍 추도)로 들
어갔다.

초4일 맑음. 우수사(이억기李億祺)가 오기만을 고대하면서 이리저리 배회
하며 바라보고 있었는데, 정오에 우수사가 여러 장수들을 거느리
고 돛을 달고 나타났다. 진중 장병들이 기뻐 뛰지 않는 이가 없었
다. 군사를 합치고 약속을 명확히 한 뒤에 착포량(鑿浦梁, 경남 통영
시 당동)에서 잤다.

초5일 아침에 떠나서 고성 당항포(唐項浦, 경남 고성군 회화면 당항리)에 이르니, 왜선 1척이 크기는 판옥선만 한데, 배 위에는 누각이 우뚝하고 이른바 적장이 그 위에 앉아 있었다. 중간 배가 12척이며 작은 배가 20척이었다. 한꺼번에 무찔러 깨뜨리면서 비오듯 화살을 쏘아대니, 화살에 맞는 자가 얼마인지 그 수를 알 수 없었다. 왜장 머리는 7급(級)을 베었고, 남은 왜적들은 육지로 내려가 달아나서 그 나머지 수는 매우 적었다. 우리 군사의 기세가 크게 떨쳤다.

초7일 맑음. 아침에 출발하여 영등(永登, 경남 거제시 장목면 구영리) 앞바다에 이르러 적선이 율포(栗浦, 경남 거제시 장목면 율천리 구율포)에 있다는 말을 듣고 복병선(伏兵船)을 시켜 가보게 했더니, 적선 5척이 우리 수군을 먼저 알아채고 남쪽 넓은 바다로 바삐 달아났다. 여러 배들이 일제히 뒤를 추격하여 사도첨사(蛇渡僉使) 김완(金浣)이 1척을 통째로 잡고, 우후(虞候, 이몽구李夢龜)도 1척을 통째로 잡았으며, 녹도만호 정운(鄭運)도 1척을 통째로 잡았다. 왜적의 머리는 합하여 모두 36급이었다.

▷ 6월 11일부터 8월 23일까지의 일기는 빠져 있다. 제2차 출동인 당포해전(唐浦海戰)에서 이기고 돌아와 함대의 재정비에 이어, 제 3차 출동(도판 9 참조)이 있은 시기에 해당되어 일기를 쓸 겨를조차 없었을 것이다. 참고로 '한산대첩'으로 기록되는 7월 8일의 한산도전양해전(閑山島前洋海戰)*과 7월 10일의 안골포해전(安骨浦海戰)**의 전황을 간략하게 살펴본다.

---

* 7월 8일, 이순신은 이른 아침에 미리 약속한 전라우수사(이억기李億祺)와 깨어진 전선(戰船) 7척을 수리하여 이끌고 온 경상우수사(원균元均)와 함께 고성(固城) 땅 견내량(見乃梁)에서 대, 중, 소 70여 척의 왜수군과 대치하게 되며, 이어 한산도 앞바다로 유인한다(도판 10 참조).
　　이순신의 승전보고는 대략 다음과 같다. 즉, "… 견내량의 지형이 협착하고 암초가 많아서, 판옥선(板屋船)은 배끼리 부닥치게 될 것이므로 싸움하기

가 어려울 뿐만 아니라, 적이 만일 전세가 궁하게 되면 기슭을 타고 육지로 올라 갈 것이라 …. 먼저 판옥선 5, 6척으로 하여금 적의 선봉을 쫓아가 습격할 기세를 보인즉, 여러 배의 왜적들이 일시에 돛을 달고 쫓아오므로 우리 배가 거짓으로 물러나 돌아오매〔佯退而還〕, 적선들도 줄곧 쫓아오는데, 바다 한가운데 이르자 여러 장수에게 명령하여 학의 날개와 같이 진을 치며〔鶴翼列陣〕 긱각 지자(地字), 현자(玄字), 승자(勝字) 등 각종 총통을 쏘아서 먼저 2, 3척을 깨뜨린즉, …. 한편, 왜적의 큰 배 20척 중간 배 17척과 작은 배 5척 등을 좌우도(左右道)의 여러 장수가 힘을 합하여 불태워 깨뜨렸으며, …"(〈見乃梁破倭兵狀〉, 임진 7월 15일). 한편, 왜측의 기록에 따르면 한산도해전에서 왜장 와키자카 야스하루(脇坂安治)는 갑옷에 화살을 맞아 십사일생(十死一生)에 이르러 간신히 김해로 피신하였고, 막하 선장 마나베 사마노죠(眞鍋左馬允)는 자결하였다 한다(〈脇坂記〉).

　　H. B. Hulbert는 '한산대첩'의 의의를 평가하여 "이 해전은 실로 조선의 살라미스해전이라 할 수 있다. 이 해전이야말로 히데요시(秀吉)의 조선 침략에 사형선고를 내린 것이며, 중국정벌의 야욕을 분쇄시켰던 것이다. 그후 비록 수년 동안 전쟁이 지속되었지만, 그것은 오직 히데요시의 실망을 누그러뜨리기 위한 것이었다."라고 쓰고 있다(C. N. Weems, 《Hulbert's History of Korea(Vol.1)》, 1962).

** 7월 10일, "… 안골포(安骨浦)에 이르러 선창을 바라본즉, 왜수군의 큰 배 21척, 중간 배 15척, 작은 배 6척이 와서 대어 있는데, 그중에 3층 방이 있는 큰 배 1척과 2층으로 된 큰 배 2척이 포구에서 밖을 향하고 떠 있으며 그 나머지 배들은 차례로 줄지어 정박했는데, 그 포구의 지세가 좁고 얕아서 조수가 나가면 육지가 되므로, 판옥선(아군의 전선) 같은 큰 배는 쉽게 출입할 수가 없으므로 몇 번이나 적을 꾀어 내었지만, … 전세가 궁해지면 육지로 올라갈 계획으로 … 배를 매고 무서워 나오지 않았습니다. 부득이 여러 장수에게 명하여 번갈아 나들면서 천자(天字), 지자(地字), 현자(玄字) 등의 각종 총통(銃筒)과 장편전(長片箭) 등을 빗발치듯 쏘아댔는데 … 이렇게 하기를 종일토록 하여 거의 다 쳐 깨뜨려서 살아남은 왜적들은 모두 상륙하여, … 숨어 지내는 우리 백성들이 살육을 면치 못할 것이므로 잠깐 1리쯤 물러나와 밤을 지냈습니다. …"(〈見乃梁破倭兵狀〉, 임진 7월 15일).

　　왜측 기록에 따르면 안골포해전에서 참패한 왜적은 구키 요시다카(九鬼嘉隆)와 카또오 요시아키(加藤嘉明) 두 왜장이 한산도해전의 패장 와키자카 야스하루(脇坂安治)를 염려하여 부산포로부터 이끌고 온 왜함대였던 것이다. 이 왜함대에 종군한 소토오카 진자에몬(外岡甚左衛門, 69세)이 이날의 해전을 지척에서 목격하고 기록한 《고려선전기高麗船戰記》(도판 11 참조)에서 거북선〔龜船〕의 활약이 여하히 맹렬했던가를 알아보기로 한다. 즉, "… 9일(조선력 10일) 오전 8시경부터 적의 큰 배 58척과 작은 배 50척가량이 공격해 왔다. 큰 배 중의 3척은 맹선(盲船 : 장님배, 거북선에 대한 왜측의 별명)인데, 철(鐵) 로 덮여져 있으며, 석화시(石火矢), 봉화시(棒火矢), 오가리마따(大狩俣) 등을 쏘며 오후 6시경까지 번갈아 달려들어 공격을 걸어와 망루로부터 복도, 테두 리 밑의 방패에 이르기까지 모조리 격파되고 말았다. 석화시라고 하는 것은 길 이가 5척 6촌의 견목(堅木)이며(玄字砲가 쏜 次大箭 정도의 것에 해당된다.), … 또 봉화시의 끝은 철로 둥글게 든든히 붙인 것이다. 이와 같은 화살〔大箭〕 로 다섯 칸(間), 또는 세 칸 이내까지 접근하여 쏘아대는 것이다. …"(《高麗船 戰記》, 임진 7월 28일).

▷ 정월 1일~4월 22일의 원본은 충무공전서에 수록된 후 유실됨.

계사(癸巳) 선조 26년(1593), 49세

2월*

* 친필초본에는 간지(干支)의 옛 명칭을 써서 '昭陽大荒落令月'로 적고 있다.
즉, '계사(癸巳)년 2월'의 뜻.

초8일 계사. 맑음. 아침에 영남우수사(원균元均)가 내 배로 와서, 전라우
수사(이억기李億祺)가 기일에 늦어지는 잘못을 몹시 말하며, 지금
곧 먼저 떠나겠노라고 하였다. 내가 애써 말려 기다리게 하고, 오
늘 해 안으로는 당도할 것이라고 다짐하였더니, 과연 정오에 돛을
펼치고 들어왔다. 모여 바라보면서 기뻐 뛰지 않는 이가 없었다.
도착하고서 보니, 거느리고 온 것이 40척 미만이었다. 이날 오후
4시쯤에 출발하여 저녁 8시쯤에 온천도(溫川島, 경남 거제시 하청면
칠천도)에 이르렀다. 본영(本營, 전라좌수영, 전남 여수)으로 써 보냈다.

초10일 을미. 아침에 흐렸으나 늦게 갬. 오전 6시쯤에 배를 띄워 바로 웅
천 웅포(熊川熊浦, 경남 진해시 남문동)에 이르니 적선들이 예와 같이
줄지어 정박하고 있었다. 두 번이나 싸우도록 유인해 보았으나, 우
리 수군을 겁내어, 나올 듯하다가 도로 들어가 버렸다. 끝내 잡아
무찌르지 못하니 통분, 통분하다. 밤 10시경에 도로 영등포(永登
浦) 뒤 소진포(蘇秦浦, 경남 거제시 장목면 송진포리)에 이르러 배를 매
고 밤을 지냈다. 병신일(丙申日) 아침에 순천 탐후선이 돌아가므로
본영에 보내는 편지를 썼다.

11일 병신. 흐림. 병사들을 쉬게 하고 그대로 머물렀다.

12일 정유. 아침엔 흐리다가 늦게 맑아졌다. 삼도 수군이 일제히 새벽
에 떠나 바로 웅천 웅포에 닿았다. 적의 무리들은 어제와 같이 나

왔다 물러났다 하며, 유인하였으나 끝내 바다로 나오지 아니 했다. 두 번이나 추격했으나, 두 번 다 섬멸하지 못하였으니 어찌 하랴, 어찌 하랴. 참으로 통분, 통분하다. 이날 저녁에 도사(都事)가 우후(虞候)에게 통지를 보냈는데, 명나라 장수에게 줄 군수 물품을 배정한 것이라고 한다. 저녁 8시쯤에 칠천도(漆川島)에 이르자 비가 크게 쏟아지기 시작해서 밤새 그치지 아니했다.

14일 기해. 증조부의 제삿날이다. 맑음. 이른 아침에 본영 탐후선(探候船)이 왔다. 아침 식사 후에 삼도 군사가 모여 약속할 적에 영남수사(원균元均)는 병으로 참석하지 못하고, 전라좌우도의 여러 장수들만 모여서 약속했다. 다만 우후(虞候, 이몽구李夢龜)가 술주정으로 망언(妄言)을 하였다. 그 꼴이 이를데 없으니, 어찌 다 말할 수 있으랴. 어란포만호 정담수(鄭聃壽)와 남도포만호(南挑浦萬戶) 강응표(姜應彪)도 역시 마찬가지였다. 이같이 큰 적을 맞아 무찌르는 일로 약속하는 마당에, 어지럽게 술을 마시고 이 지경에 이르렀으니, 그들 사람됨을 더욱 형언할 수가 없다. 통분, 통분함을 이길 수 없었다. 저녁에 헤어지고 결진(結陣)한 곳으로 왔다. 가덕첨사(加德僉使) 전응린(田應獜)이 보러 왔다.

18일 계묘. 맑음. 이른 아침에 행군하여 웅천(熊川, 경남 진해시 성내동)에 이르니 적의 세력은 여전했다. 사도첨사(김완金浣)를 복병장(伏兵將)으로 정하여, 여도만호(呂島萬戶, 김인영金仁英), 녹도가장(鹿島假將), 좌우별도장(左右別都將), 좌우돌격장(左右突擊將), 광양 2호선, 흥양대장(興陽代將), 방답 2호선 등을 거느리고 송도(松島, 경남 진해시 안골동 송도)에 복병하게 하였다. 여러 배들을 시켜서 적을 유인하니 적선 10여 척이 뒤를 따라 나왔다. 경상도 복병선 5척이 날쌔게 나가 쫓을 때에 다른 복병선이 돌입하여 둘러싸고 수없이 쏘아대니, 부지기수의 많은 왜적이 죽었으며, 1급을 참수하였다. 적의 무리는 기세가 크게 꺾이어 끝내 쫓아 나오지 못하였다.

날이 저물기 전에 모든 배를 거느리고 원포(院浦, 경남 진해시 원포동)에 이르러 물을 길었다. 어두운 틈을 타서 영등포 뒷바다로 돌아왔다. 사화랑(沙火郞, 경남 거제시 장목면 구영리 사불이)에 진을 치고 밤을 지냈다.

20일 을사. 맑음. 새벽에 배를 띄우자 동풍이 잠깐 불더니, 적과 교전할 때에는 바람이 갑자기 세게 불기 시작해서 여러 배들이 서로 맞부딪쳐 깨지고, 거의 다들 배를 제어할 수 없었다. 즉시 호각을 불도록 명령하고, 초요기(招搖旗)를 세워 전투를 중지시켰다. 여러 배들이 다행히도 크게 상하는 데까지 이르지는 않았으나, 흥양의 1척, 방답의 1척, 순천의 1척, 본영의 1척이 서로 부딪쳐 깨졌다. 날이 저물기 전에 소진포(蘇秦浦)에 다달아 물을 긷고 밤을 지냈다. 이 날 사슴 떼가 동서로 달아나는데, 순천(권준權俊)이 1마리를 잡아 보내 왔다.

22일 정미. 새벽에 구름이 끼어 어둡고 동풍이 세게 불었다. 그러나 적을 토벌하는 일이 급하므로, 출발하여 사화랑에 이르러 바람 멎기를 기다렸다. 바람이 조금 자는 듯하므로 나아가기를 재촉하여 웅천(熊川)에 이르렀다. 두 승장(僧將, 삼혜三惠, 의능義能)과 성의병(義兵, 성응지成應祉)을 제포(薺浦, 경남 진해시 제덕동)로 보내어, 곧 뭍에 내리려는 것처럼 하고, 우도(右道) 여러 장수의 배 중에서 부실한 것을 택하여 동쪽 해안으로 보내어 역시 뭍에 내릴 것처럼 꾸미자 왜적들은 허둥지둥 달아나는 것이었다. 이때를 틈타서 전선(戰船)을 합하여 바로 공격하니, 적의 세력은 갈라지고 약해져서 거의 섬멸되었다. 그러나 발포(鉢浦) 2호선과 가리포(加里浦) 2호선이 명령도 없었는데 돌입하다가 그만 얕고 좁은 곳에 걸려서 적들이 배에 오르게 되었다. 통분, 통분하여 간담이 찢어지는 듯하였다. 얼마 후에는 진도 지휘선이 적에게 포위되어 하마터면 구할 수 없게 되었으나, 우후(虞候)가 바로 들어가 구출했다. 경상좌위장(慶尙左衛將)과 우부장(右部將)은 보고도 못 본 체하며 끝내 구하러 돌아서지 않았으니 그 괘씸함은 말할 수 없다. 참으로 통분, 통분했다. 이 때문에 경상수사(원균元均)에게 따져 물었거니와 가히 한탄스럽다. 오늘의 분한 것을 어찌 말로 다 할 수 있으랴. 모두가 경상수사의 탓이다. 돛을 펴고 소진포(蘇秦浦)로 돌아와 잤다. 아산에서 뇌(蕾)와 분(芬)의 편지가 웅천의 싸움터로 왔다. 어머님〔天只〕의 편지도 왔다.

28일 계축. 맑고 바람도 없었다. 새벽에 떠나 가덕(加德, 부산 강서구 가덕도)에 이르니, 웅천의 적은 웅크리고 있으면서 나와 항전할 생각도 내지 못했다. 우리 배가 바로 김해강(金海江) 아래쪽 끝의 독사리목(禿沙伊項, 부산 강서구 녹산동)으로 향했는데 우부장(右部將, 김득광金得光)이 변고를 알렸다. 즉시 여러 배들이 돛을 달고 바로 가서 작은 섬을 에워싸고 보니, 경상수사의 군관과 가덕첨사(전응린田應獜)의 사후선(伺候船) 2척이 아울러 섬에 들락날락하면서 그 태도조차 수상하므로 묶어서 영남수사(원균元均)에게 보냈더니, 수사가 크게 노했다. 그의 본뜻이 다 군관을 내보내 어부들을 찾아내어 그 머리를 베어 오자는 데 있었기 때문이다. 저녁 8시쯤에 아들 염(苒)이 왔다. 사화랑(沙火郞)에서 잤다.

3월*

---

* 친필초본 계사 3월 초1일의 경우, 얼핏 보기에는 2월 초1일로 쓰여 있으나 '三'의 가운데 획이 위에 붙은 것처럼 애매하게 쓰여 있고, 기존 문헌에서는 모두 '二月'로 판독하되 '三月'의 착오로 취급하고 있다.

초2일 정사. 종일 비, 비. 뜸〔篷〕 밑에 쭈그리고 앉았노라니 온갖 생각이 떠올라 회포가 어지러웠다. 이응화(李應華)를 불러다가 같이 한참 이야기하고, 순천(순천부사, 권준權俊)의 배로 보내서 병세를 알아보게 했다. 이영남(李英男)과 이여념(李汝恬)이 왔다. 그들에게서 원영공(원균元均)의 비리(非理)를 들으니 깊이 탄식할 따름이다. 이 영남이 왜놈의 작은 칼을 놓고 갔다. 이영남에게 들은 즉, 강진 사람 둘이 살아 왔는데, 고성(固城)으로 붙들려 가서 문초를 받고 왔다고 한다.

▷ 3월 23일부터 4월 그믐까지는 빠졌음.

5월

초4일 정사. 맑음. 이날은 어머님[天只] 생신이건만, 적을 토벌하는 일 때문에 헌수(獻壽)의 술잔을 드리러 가지 못하니 평생의 한이다. 우수사(이억기李億祺)와 군관 등과 더불어 진해루(鎭海樓)에서 활을 쏘았다. 순천(권준權俊)도 모여 약속했다.

13일 병인. 맑음. 식후에 작은 산봉우리 꼭대기에 소포[帿, 베로 만든 과녁]를 치고 순천(권준權俊), 광양(어영담魚泳潭), 방답(이순신李純信), 사도(김완金浣), 우후(이몽구李夢龜), 발포(황정록黃廷祿)들과 더불어 편을 갈라 활쏘기 시합을 했다. 날이 저물어 배로 내려 왔다. 밤에 들으니, 영남우수사(원균元均)의 처소로 선전관 도언량(都彦良)이 왔다고 했다. 이날 밤, 바다의 달빛은 배 위에 가득한데, 혼자 앉아서 이 생각 저 생각하니 온갖 근심이 가슴을 치밀어, 누웠으나 잠들지 못하다가, 닭이 울어서야 어렴풋이 잠이 들었다.

14일 정묘. 맑음. 선전관(宣傳官) 박진종(朴振宗)이 왔다. 또한 선전관 영산령(寧山令) 예윤(禮胤)이 임금의 분부를 가지고 같이 왔는데, 그들에게 피란중인 임금의 사정과 명나라 군사들의 하는 짓을 물어보니 참으로 통탄스러웠다. 나도 또한 우수사의 배로 옮겨 타고 선전관과 이야기하며 수차례 술을 나누자, 경상수사 원평중(平仲, 원균의 字)이 와서 술주정을 부리는 것이 말할 수 없을 정도였다. 한 배 안의 장병들이 분개하지 않는 이가 없었다. 그 속이고 망령됨은 말할 수가 없었다. 영산령이 취해 넘어져 정신을 못차리니 우스웠다. 이날 저녁 두 선전관은 돌아갔다.

16일 기사. 맑음. 아침에 적량만호(赤梁萬戶) 고여우(高汝友), 감목관(監牧官) 이효가(李孝可), 이응화(李應華), 강응표(姜應彪) 등이 보러 왔다. 각 고을 공문과 소지(所志, 소장)를 처결해 주었다. 해(荄)와 회(薈)가 돌아갔다. 몸이 몹시 불편하여 베개를 베고 누워 신음했다. 명나라 장수가 중도에서 늦추며 머뭇거리는 데는 무슨 딴 꾀가 없지 않다는 말을 들었다. 나라를 위해서 걱정은 많은데 일들이 모두 이와 같으니 극히 한탄스러워 눈물을 지었다. 점심 때, 윤봉사(奉事, 윤제현尹齊賢)에게서 관동(館洞, 서울 종로구 연건동) 숙모(叔母)가 양주천천(楊州泉川, 경기 양주군 회천읍)으로 피란갔다가 거기서 세상을 떠났다는 말을 전해 듣고 거듭 통곡이 터져 나옴을 이기지 못하였다. 어찌 세상 일이 이렇게도 혹독한가. 상례와 장사는 누가 맡아 치를 것인가. 대진(大進)은 이미 먼저 세상을 떠났다 하니 더욱더 마음이 쓰리고 쓰렸다.

17일 경오. 맑음. 새벽에 바람이 미칠듯이 심하게 불었다. 아침에 순천(권준權俊), 광양(어영담魚泳潭), 보성(김득광金得光), 발포(황정록黃廷祿)와 이응화(李應華)가 보러 왔다. 변존서(卞存緒)는 병 때문에 돌아갔다. 영남우수사(원균元均)가 군관을 보냈는데, 들고온 진양(晋陽, 진주)의 긴급 보고를 보니, 이제독(李提督, 이여송李如松)은 지금 충주에 있다고 한다. 그러나 적의 무리들은 사방으로 흩어져 분탕질을 하고 있으니 통분, 통분하다. 종일토록 바람이 크게 불었으며, 마음도 번란하고 어지러웠다. 고성원(固城倅, 조응도趙凝道)이 군관을 보내어 문안하며, 또 추로(秋露, 또는 추로수. 가을 이슬이 엉긴 물로 달여서 약으로 씀)와 쇠고기 한 꼬치와 꿀통을 보내왔으나, 상(喪)을 당한 중이라 받기가 미안했다. 하지만 간절한 정으로 보낸 것이라 돌려 보낼 수 없어서 군관들에게 주었다. 몸이 몹시 불편하여 일찍 선실로 들어갔다.

18일 신미. 맑음. 이른 아침에 몸이 몹시 불편하여 온백원(溫白元)* 4알
을 먹었다. 아침식사 후에 우수사(이억기李億祺)와 가리포(加里浦,
구사직具思稷)가 보러 왔다. 얼마 있다가 설사를 하고 나니 몸이 좀
편안해진 듯했다. 종 목년(木年)이 해포(蟹浦, 충남 아산시 인주면 해암
리)로부터 왔는데 어머님[天只]이 편안하시다는 소식을 듣고, 곧
답신을 써서 돌려보내며 미역 5동을 집으로 보냈다. 이날 접반사
(接伴使)에게 적 형세의 난이함에 관하여 3건의 공문을 한 서류로
만들어 보냈다. 전주부윤(全州府尹)이 보내 온 공문에 지금 순찰
사(권율權慄)가 절제사(節制使)까지 겸임하게 되었다 하면서도 도
장은 찍지 않았으니 그 까닭을 알 수 없는 일이다. 방답첨사(이순
신李純信)가 보러왔다. 대금산(大金山, 경남 거제시 장목면)과 영등(永
登)의 탐망군들이 와서 보고하기를, 왜적이 출몰하기는 하나 별로
대단한 흉모는 없다고 한다. 협선(挾船) 2척을 새로 만드는데 못이
없다고 한다.

---

* 온백원(溫白元)이라는 약은, 선조(宣祖) 때의 명의 허준(許浚)이 저술한《동의
   보감東醫寶鑑》등 관련 문헌에서 그 성분과 약효를 확인할 수 있다. 온백원은
   10여 종의 약미의 분말을 개어 만든 녹두알만 한 환약(丸藥)이며, 만성위염,
   소화불량, 황달, 신장염, 풍증 등에 더하여 일종의 정신안정제로도 널리 이용
   된 약이나, 천오(川烏)와 파두상(巴豆霜) 같은 극약성 성분이 들어 있는 약으
   로, 환자에 따라 하루에 식후 3번, 매회 3~7알 정도로 복용케 하는 약이다. 이
   순신 장군이 이른 아침 식사 전에 온백원(溫白元) 4알을 먹었다고 쓴 것으로
   미루어, 필경 극도의 정신적 압박(스트레스)으로 위염 증상이 악화되어 고통을
   견디지 못했던 것으로 추정된다(경희대 한의학과 교수 최용태 박사의 주석 및
   소견).

24일 정축. 비가 오다 개다 하였다. 아침에 진(陣)을 거제(巨濟) 앞 칠천
량(漆川梁) 바다 어귀로 옮겼다. 나대용(羅大用)이 명나라 관원(양
보楊甫)을 사량(蛇梁, 경남 통영시 사량면 양지리) 뒷바다에서 발견하고

먼저 와서 전하기를, 명나라 관원과 통역 표헌(表憲)이 선전관 목광흠(睦光欽)과 함께 온다 하였다. 오후 2시쯤에 명나라 관원 양보(楊甫)가 진문(陣門)에 당도하므로 우별도장 이설(李渫)을 시켜 나가 맞아 배로 인도해 오도록 하니, 무척 기뻐하는 모양이었다. 내 배에 오를 것을 권하고, 황제의 은혜를 재삼 사례하며 함께 마주 앉기를 권하였으나 굳이 사양하여 앉지 않고 선 채로 한시간이 지나도록 이야기하며, 우리 수군이 장하다고 많이 칭찬하는 것이었다. 예물단자를 주자, 처음에는 굳이 사양하는 듯하였으나 마침내 받고는 무척 기뻐하며 두 번 세 번 거듭 감사하였다. 선전관의 표신(票信, 영문 출입증표)을 상 위에 놓은 후 또 조용히 이야기했다. 아들 회(薈)가 밤에 본영으로 돌아갔다.

26일   비, 비. 기묘. 아침에 명나라 사람을 만나 보니 절강(浙江)의 포수(炮手) 왕경득(王敬得)인데 문자는 좀 아나, 한참 동안 서로 이야기하여도 알아듣지 못하여 한심스러웠다. 순천(順天, 권준權俊)이 노루고기를 차려, 광양(光陽, 어영담魚泳潭)도 오고 우수사 영공(이억기李億祺)도 와서 함께 이야기했다. 가리포(加里浦, 구사직具思稷)는 청했으나 오지 않았다. 비가 저녁내내 그치지 않고, 밤새도록 퍼붓듯 내렸다. 밤 10시쯤부터는 바람이 미칠듯이 세게 불어 여러 배들이 가만 있지 못했다. 처음에는 우수사의 배와 맞부딪치는 것을 간신히 구해 냈더니, 또 발포(鉢浦)만호(황정록黃廷祿)가 탄 배와 부딪쳐 부서질 뻔하다가 겨우 면했다. 송한련(宋漢連)이 탄 협선(挾船)은 발포의 배와 부딪쳐서 많이 상했다고 한다. 아침 늦게 영남수사(원균元均)가 보러 왔다 돌아갔다. 순변사(巡邊使) 이빈(李薲)의 공문이 왔는데, 지나친 말이 많아 가소로웠다.

27일   경진. 비바람으로 배가 부딪치기 때문에 유자도(柚子島, 경남 거제시 신현읍 교도, 죽도)로 진을 옮겼다. 협선(挾船) 3척이 간 곳이 없더니 늦게야 들어왔다. 순천(順天, 권준權俊)과 광양(光陽, 어영담魚泳潭)이 와서 노루고기를 차렸다. 영남우병사(최경회崔慶會)의 답장이

왔는데, 원수사(元均)가 송경략(經略, 송응창宋應昌)이 보낸 화전
(火箭)을 혼자 쓰려고 계책하고 있다 하니 매우 가소롭다. 전라병
사(선거이宣居怡)의 편지도 왔는데, 창원(昌原)의 적을 오늘 토벌키
로 예정했으나 흐리고 비가 개지 않아 출동하지 못했다 한다.

30일 계미. 종일 비, 비. 오후 4시쯤에 잠깐 개었다가 다시 비가 왔다. 아
침 나절 윤봉사(奉事, 윤제현尹齊賢), 변유헌(卞有憲)에게 적의 사
정을 물었다. 이홍명(李弘明)이 보러 왔었다. 원수사가 송경략(經
略, 송응창)이 보낸 화전(火箭)을 혼자 쓰려고 꾀하였으나, 병사(兵
使)의 공문에 따라서 나눠 보내라고 한즉, 공문을 인정하지 않는
심한 언사로 무리한 말만 많이 하니 우습다. 명나라 고관이 보낸,
화공(攻) 무기인 화전(火箭) 1,530개를 나눠 보내지 않고 독차
지해서 쓰려고 하다니, 그것은 말로써 도저히 할 수 없었다. 저녁
때 조붕(趙鵬)이 와서 이야기하였다. 남해(南海) 기효근(奇孝謹)이
배를 내 배 곁에 대었는데, 그 배 속에 어린 색시를 싣고선 남이 알
까봐 두려워하니 가소롭다. 이같이 나라가 위급한 때를 당하고도
예쁜 색시를 태우기까지 하니 그 마음씀이야말로 이를 길이, 이를
길이 없다. 그러나 그 대장인 원수사(元水使, 원균)가 역시 그러하
니 어찌 하랴, 어찌 하랴. 윤봉사는 일이 있어서 본영으로 돌아갔
다. 군량미(軍糧米) 14섬을 실어 왔다.

6월

초3일 병술. 새벽에 맑다가 늦게 큰 비. 지휘선을 연기로 그을리는 일[烟
燻, 배의 수명 연장을 위한 것] 때문에 좌별선(左別船)으로 옮겨 탔다.
막 활을 쏘려 하자 큰 비가 내리기 시작했다. 온 배에 비가 새지 않
는 곳이 없으니 마른 데를 찾아 앉을 수가 없어 한심스러웠다. 평
산포(平山浦)만호(김축金軸), 소비포(所非浦)권관(權管, 이영남李英
男), 방답(防踏)첨사(이순신李純信)가 함께 보러 왔다. 저물 무렵 순
찰사(권율權慄), 순변사(이빈李薲), 병사(선거이宣居怡), 방어사(이복

남李福男) 등의 답장이 왔는데, 딱한 사정이 많았다. 각 도의 군마 (軍馬)가 많아야 5천을 넘지 못하는데다, 양식 또한 거의 떨어졌다 고 했다. 적도들의 발악이 날로 더해가는데, 사정이 모두 이러하니 어찌 하랴, 어찌 하랴. 저녁 8시쯤에 지휘선으로 돌아와 침방으로 들어갔다. 비가 밤새도록 내렸다.

11일 갑오. 비가 오다 개다 하였다. 아침에 왜적을 토벌할 공문을 작성 하여 영남수사(원균元均)에게 보냈더니, 술이 취하여 인사불성이므 로 회답을 받지 못했다. 정오에 충청수사(정걸丁傑)의 배로 갔으나, 충청수사는 바로 내 배로 와서 앉아 있어 잠깐 이야기하고 헤어졌 다. 그 길로 우수사(이억기李億祺)의 배로 가니, 가리포(첨사, 구사 직具思稷), 진도(현감, 김만수金萬壽), 해남(현감, 위대기魏大器) 등이 수사(우수사)와 함께 술자리를 차려 놓고 있었다. 나도 몇 잔 마시 고 돌아왔다. 탐후인(探候人)이 와서 고목(告目)을 바치고 갔다.

12일 을미. 비가 오다 개다 했다. 아침에 흰 머리털 십여 오라기를 뽑았 다. 흰 머리털인들 어떠랴마는 다만 위로 늙으신 어머님[老堂]이 계시기 때문이다. 종일 혼자 앉아 있었다. 사량(蛇梁, 이여념李汝恬) 이 다녀 갔다. 밤 10시쯤 변존서(卞存緖)와 김양간(金良幹)이 들어 왔다. 행궁(行宮)의 기별을 들은 즉, 동궁(東宮, 광해군)께서 편찮 으시다고 하니 걱정스럽기 짝이 없다. 유정승(유성룡柳成龍)의 편 지와 윤지사(知事, 윤우신尹又新)의 편지도 왔다. 종 갓동[㺚同]과 종 철매(哲每)가 병으로 죽었다는 말을 들으니 참으로 가여웠다. 해당(海棠)이란 종도 왔다. 밤에 원수사의 군관이 와서 명나라 군 인 5명이 들어온 것을 전하고 갔다.

25일 무신. 큰 비가 종일 내렸다. 아침식사 후 우수사(이억기李億祺)와 함 께 앉아 적을 능히 토벌할 일을 의논하고 있노라니, 가리포(구사직 具思稷)도 오고 영남수사(원균元均)도 와서 의논했다. 듣자니 진주 (晋州)성이 포위당했으나 아무도 감히 나가 싸우지 못한다고 한다.

연일 비가 내려 적이 물에 막히어 해를 끼치지 못하는 것을 보면
하늘이 호남(湖南)을 크게 돕는 것이다. 다행, 다행이다. 낙안(樂
安, 신호申浩)에게 군량 1백 30섬 9말을 나누어 주었고, 또 순천(順
天, 권준權俊)이 가져와 바친 군량 2백섬은 찧는다고 했다.

29일 임자. 맑음. 서풍이 잠시 불더니 청명하게 개었다. 순천(順天)과 광
양(光陽)이 보러 왔고, 어란(於蘭)만호(정담수鄭聃壽)와 소비포(所
非浦, 권관 이영남李英男) 등도 왔다. 종 봉손(奉孫) 등이 아산(牙
山)으로 가는 편에, 홍(洪), 이(李) 두 선비와 윤선각명문(尹先覺明
聞)에게 편지를 써서 보냈다. 〔진주가 함락되었다. 황명보(明甫, 黃
進의 字), 최경회(崔慶會), 서예원(徐禮元), 김천일(金千鎰), 이종인
(李宗仁), 김준민(金俊民)이 전사하였다 한다.〕*

---

* 후일 보고를 받고 추기한 기사.

7월

초1일 계축. 맑음. 인종(仁宗)의 제삿날이다. 밤 기운이 몹시 서늘하여,
누웠어도 잠이 들지 못했다. 나라를 근심하는 생각이 조금도 놓이
지 않아, 홀로 배 뜸 밑에 앉아 있으니 떠오르는 생각이 만갈래였
다〔獨坐篷下 懷思萬端〕. 선전관(유형柳珩)이 내려 온다고 하더니
저녁 8시쯤에 임금의 분부를 가지고 왔다.

9일 신유. 맑음. 남해(南海, 현령 기효근奇孝謹)가 또 와서 전하되, 광양
(光陽)과 순천(順天)이 이미 불난리가 났다고 하므로 광양(현감,
어영담魚泳潭), 순천(부사, 권준權俊)과 송희립(宋希立), 김득룡(金
得龍), 정사립(鄭思立) 등을 내어 보냈고, 이설(李渫)을 어제 먼저
떠나 보냈다. 소식을 듣자 하니, 비통함이 골수에 사무쳐 말이 나
오지 않는다. 우수사와 경상수사와 함께 일을 공론하였다. 이날
밤, 바닷달은 청명하고, 티끌 하나 일지 않아 물과 하늘이 한 빛을

이루고, 서늘한 바람도 불어 오곤 하는데, 홀로 뱃전에 앉아 있노라니, 온갖 근심이 가슴을 치민다〔是夜 海月淸明 一塵不起 水天一色 涼風乍至 獨坐船舷 百憂攻中〕. 한밤중 상오 1시쯤에 본영 탐후선(探候船)이 들어와서 적에 관한 소식을 전하는데, 그것이 실은 왜적들이 아니라 영남의 피란민들이 왜적처럼 가장하고 광양으로 돌입하여 여염집을 분탕했다는 것이다. 우선 다행한 마음을 이길 수 없었다. 진주(晉州)의 함락도 역시 거짓말이라고 하나, 진주 일은 그럴 리가 만무하다. 닭이 벌써 운다.

10일 임술. 맑음. 늦게 김붕만(金鵬萬)이 두치(豆恥, 경남 하동군 하동읍 두곡리)로부터 와서 말하기를, 광양(光陽)의 일은 사실이나 다만 왜적 100여 명이 도탄(陶灘)으로부터 건너와 이미 광양을 침범했으나 가서 보니 총통(銃筒) 한 방도 쏜 일이 없었다고 한다. 그러나 왜적이라면 어찌 총을 쏘지 않았을 리가 있겠는가. 영남 우수사와 본도 우수사가 왔다. 원연(元埏, 원균의 아우)도 왔다. 저녁에 오수(吳水)가 거제(巨濟) 가참도(加參島, 경남 거제시 사등면 가조도)로부터 와서 보고하기를, 적선은 안팎에 모두 보이지 않는다 하며, 또 사로잡혔다가 도망쳐 온 자들이 말하기를 무수한 왜적들이 창원 등지로 돌아가더라고 했다 한다. 그러나 사람의 말이란 믿을 것이 못된다. 저녁 8시쯤에 진(陣)을 한산도 끝에 있는 세포(細浦)로 옮겼다.

13일 을축. 맑음. 늦게 본영 탐후선(探候船)이 들어왔는데, 광양과 두치 등지에는 적의 꼴을 볼 수 없다고 한다. 흥양(興陽)현감(배흥립裵興立)이 들어왔다. 우수사도 왔다. 순천(順天) 거북선 격군(格軍)이며 경상도 사람인 종 태수(太守)가 도망가다가 잡혀 왔기로 처형했다. 늦게 가리포가 보러 왔다. 흥양 원이 들어와서 두치(豆恥)의 거짓 소문과 장흥(長興)부사 유희선(柳希先)이 겁내던 일을 전했다. 또 말하기를, 자기 고을 산성(山城, 전남 고흥군 남양면 대곡리?) 창고의 곡식은 남김없이 나누어 주었고, 해포(蟹浦, 충남 아산시 인주면 해암리)에 백중(白中, 百中인 듯함)콩 40(섬)을 보냈다고 한다. 또, 행주(幸

州)의 승첩*을 말했다. 저녁 8시쯤에 우수사 영공(令公, 이억기李億祺)이 청하므로 나서서 그의 배로 가 본 즉, 가리포 영공(구사직具思稷)이 몇 가지 먹음직한 것을 차렸다. 날이 샐 녘에 헤어졌다.

---

* 1593년(계사) 2월 12일, 전라순찰사 권율(權慄)이 거둔 행주대첩(幸州大捷)은 육군으로서는 희귀하고 매우 고무적인 성과였다. 이 전투에서 왜군의 총대장 우키다 히데이에(宇喜多秀家, 22세)와 그의 막하 장수 이시다 미쯔나리(石田三成) 등이 부상을 입고 퇴진하였다. 한편 아군은, '행주치마'의 전설을 낳은 부녀자들의 도움도 컸으려니와, 무엇보다도 화차(火車)의 위력을 발휘할 수 있었다는 사실을 특기하지 않을 수 없다.

　　전남 장성(長城)의 변이중(邊以中, 召募使, 호는 望庵)은 사재를 써서 화차 3백 대를 만들어 권율에게도 40대를 나누어 보내 행주산성의 전투를 도왔다(《月沙集》, 卷之四十六). 그 후 변이중은 화차의 제작에 관련, 성경현전(聖經賢傳)에도 없는 기교와 재주를 부려 고약한 짓을 하였다 하여 조정으로부터 벌을 받게 되었다 한다. 그러나 그를 도울 사람은 없었다. 그는 같은 해 6월 권율 장군에게 "… 영감님의 마음과 힘으로도 면할 길이 없으니 인정의 남을 헐뜯고 비방함이 이렇듯 심합니다그려 …"라는 편지를 보내어 자신의 원통함을 호소하고 있다(조선일보, 1978년 10월 14일자, 논설위원 송지영의 '변이중 선생' 기사).

14일 병인. 맑더니 늦게 조금 비가 내렸다. 한산도(閑山島) 두을포(豆乙浦, 경남 통영시 한산면 의항)로 진을 옮겼다. 비는 먼지를 적실 정도로 내렸다. 몸이 몹시 불편하여 종일 신음하였다. 순천(順天)부사(권준權俊)가 들어와서 전하기를, 장흥(長興)부사(유희선柳希先)가 본부(本府)의 일을 망령되게 말한 것은 무어라 형언할 수가 없다고 했다. 함께 점심을 먹고 그대로 머물렀다. 한산도(閑山島) 두을포(豆乙浦)로 진을 옮겼다.*

---

* 4일 전인 7월 10일자 일기에 이미 진(陣)을 한산도 끝에 있는 세포(細浦)로 옮겼다고 적고 있으나, 이순신의 전라좌도 본영(麗水)의 한산도 이진(閑山島移陣)은 오늘 날짜인 1593년(계사) 7월 14일로 기록되며, 한달 후인 8월 15

일에는 전라좌수사(全羅左水使)의 직에 더하여 삼도수군통제사(三道水軍統制使)에 임명되었다. 이순신은 향후 3년 반이 넘도록, 정유년 2월에 파면될 때까지, 한산도를 본거지로 하여 수군의 증강에 진력함으로써 왜군의 서진북상(西進北上)의 전략적 해상요로를 빈틈없이 차단하였다. 한편, 둔전(屯田)을 조직적으로 취진하여 민생문제의 해결과 전란의 장기화에 대비하기도 하였다. — '한산섬 달밝은 밤'의 시(詩)를 읊은 것도 이 무렵이 아닌가 한다.

　　참고로, 한산도 본영의 수군 전력을 2년 후인 을미(乙未)년의 외교 문서에서 알아보면 대략 다음과 같다. 즉, "… 수군통제사 이순신(李順臣, 李舜臣임)은 경상우도 수군절도사 배설(裵楔)과 전라우도 수군절도사 이억기(李億祺) 등을 도맡아 다스리고, 궁포수(弓砲手), 소수(梢水, 배를 부리는 수병) 등 모두 6,838명과, 전선(戰船) 60척, 거북선〔龜船〕5척, 초탐선(哨探船) 65척 등을 거제현(巨濟縣) 서쪽 바다 한산도(閑山島)에 거느리고 있다."(《事大文軌》, 卷之十二).

15일 정묘. 쾌청(快晴). 늦게 사량(蛇梁)의 수색선, 여도(呂島)의 김인영(金仁英)과 순천(順天)의 지휘선을 타는 김대복(金大福)이 들어왔다. 가을 기운이 바다에 들어오니, 나그네 회포가 어지럽다. 홀로 뱃뜸 밑에 앉으니, 마음이 몹시 번거롭다. 달빛이 뱃전에 드니 정신이 맑아져 잠을 이루지 못하는데, 어느덧 닭이 울었다.
(이날의 일기 뒷부분은 아래와 같이 4언 절구 형식으로 되어 있어 그대로 옮겨 본다.)

秋氣入海　客懷撩亂
獨坐篷下　心緒極煩
月入船舷　神氣淸冷
寢不能寐　鷄已鳴矣

21일 맑음. 계유. 경상수사(원균元均)와 우수사(이억기李億祺) 그리고 정수사(정걸丁傑)가 한꺼번에 와서, 같이 적을 토벌할 일을 의논하는데, 원수사(원균元均)가 하는 말은 극히 흉측하여 무어라 형용할 수가 없다. 이런 이와 일을 같이 하니, 뒷걱정이 없을까. 그 아우 연

(埏)이 뒤이어 와서 군량을 얻어 가지고 갔다. 저녁에 흥양(興陽, 배흥립裵興立)도 왔다가 어두울 녘에 돌아갔다. 초저녁에 오수(吳水) 등이 거제(巨濟) 망보는 곳으로부터 돌아와 고하기를, 영등(永登, 경남 거제시 장목면 구영리)의 적선이 아직도 머물러 있어 멋대로 횡행한다고 하였다.

8월

초1일 임오. 맑음. 새벽 꿈에 커다란 대궐에 이르렀는데, 모양이 서울인 것 같았으며, 기이한 일이 많았다. 영의정(유성룡柳成龍)이 와서 절을 하기에 나도 답례절을 하였다. 임금이 피란 가신 일에 대하여 이야기가 미치자 눈물을 흘리며 탄식하였다. 적의 세력은 이미 종식되었다고 말하였다. 서로 정세를 의논할 즈음 좌우의 사람들이 구름같이 무수히 모여들었다. 아침에 우후(이몽구李夢龜)가 보러 왔다가 돌아갔다.

초2일 계미. 맑음. 조반을 들고 난 후에 마음이 답답하여 닻을 올리고 포구로 나가니, 정수사(정걸丁傑)가 따라 나오고, 순천(권준權俊), 광양(어영담魚泳潭)이 보러 왔다. 소비포(이영남李英男)도 왔다. 저녁에 진(陣)친 곳으로 돌아왔다. 이홍명(李弘明)이 와서 저녁밥을 함께 먹었다. 어둘녘에 우수사(이억기李億祺)가 내 배로 와서, 방답(이순신李純信)이 부모를 뵈러 갈 일을 간절히 원한다고 하기에, 아직은 모든 장수들을 내보낼 수 없다고 대답했다. 또 원수사가 나에 대해 도리에 어긋난 처사가 많다는 망언(妄言)을 하더라고 했다. 그러나 모두 망령된 짓이라 무슨 상관이 있으랴. 아침부터 염(苒)의 병이 어떤지도 모르고, 적(賊)을 토벌하는 일도 더디기만 하여, 근심스럽고 마음이 무거워 밖으로 나와 심기를 달랬다. 탐선(探船)이 들어 왔는데, 염의 아픈 데가 부어서 침으로 쨌더니 악즙이 흘러나왔으며, 며칠만 늦었더라면 구하기 어려웠을 것이라고 했다. 놀라 탄식하지 않을 수 없었다. 지금은 조금 생기가 있다고 하니,

기쁘고 다행스러움을 어찌 말로 할 수 있으랴. 의사 정종(鄭宗)의 은혜가 참으로 크다.

9월

14일   을축. 종일 비가 내리고 또한 큰 바람이 불었다. 홀로 뜸 창문 아래 앉아 있노라니 생각이 만갈래였다. 순천(順天, 권준權俊)이 돌아왔다.

15일   (날짜만 쓰고 기록은 없음).

  ▷ 9월 16일부터 12월 그믐까지는 빠졌음.

갑오(甲午) 선조 27년(1594), 50세

정월

초1일 경진. 비가 퍼붓듯이 내렸다. 어머님〔天只〕을 모시고 함께 한 살을 더하게 되니 이는 난리중에서도 다행한 일이다. 늦게 군사 훈련과 전열 정비 때문에 본영으로 돌아왔다. 비는 그치지 않았다. 신사과 (愼司果, 司果는 五衛의 정6품의 관직)에게 문안하였다.

11일 경인. 흐리되 비는 오지 않았다. 아침에 어머님을 뵙기〔覲〕 위해 배를 타고 바람을 따라 바로 고음천(古音川, 전남 여천시 시전동 웅천)에 대었다. 남의길(南宜吉), 윤사행(尹士行), 조카 분(芬)이 함께 갔다. 어머님〔天只〕께 가니 아직 주무시고 깨시지 않으셨다. 웅성대는 바람에 놀라 깨시어 일어나셨는데, 숨이 아주 가물가물해 앞이 얼마 남지 않으신 듯하여, 다만 남몰래 눈물을 흘렸다. 그러나 말씀하시는 데는 착오가 없으셨다. 적을 토벌할 일이 급하여 오래 머무를 수 없었다. 이날 저녁 손수약(孫守約)의 처의 부고를 들었다.

12일 신묘. 맑음. 조반 후 어머님〔天只〕께 하직을 고하니, '잘 가거라, 나라의 치욕을 크게 씻어라' 하고 재삼 타이르시며, 이별하는 데 조금도 서운한 기색을 보이지 않으셨다. 선창에 돌아와서는 몸이 불편한 것 같아 바로 뒷방으로 들어갔다.

14일 계사. 흐리면서 바람이 세게 불었다. 아침에 조카 뇌(蕾)의 편지를 보니, 설날 아산(牙山) 산소에서 제사를 지내는데, 떠돌아다니는 무리들이 무려 200여 명이나 산을 둘러싸고 음식을 구걸하러 올라왔다가 물러갔다고 한다. 놀랍고도 놀라운 일이다. 늦게 동헌에 나가 장계 올릴 것을 봉함하고, 또 의능(宜能)을 면천(免賤)시켜 준다는 공문도 봉해 올렸다.

18일　정유. 맑음. 새벽에 출발할 때에는 역풍이 크게 일더니 창신도(昌
信島, 경남 남해군 창선면 창선도)에 이르자 바람이 순풍으로 순하게 불
었다. 그래서 돛을 달고 사량(蛇梁, 경남 통영시 사량면 양지리)에 이르
니 도로 역풍이 불고 비가 크게 쏟아졌다. 만호(사량만호, 이여념
李汝恬)와 수사(원균元均)의 군관 전윤(田允)이 보러 왔다. 전(田)이
말하기를, 수군을 거창으로 붙들어 갔다고 하며, 원수(元帥, 도원
수 권율)가 방해하려 한다고 들었다 했다. 가소롭다. 예로부터 남
의 공을 시기함이 이와 같은 것이니 무엇을 한탄하랴. 그대로 눌러
묵었다.

19일　무술. 흐리다가 늦게 맑아졌다. 바람이 크게 불다가, 날이 저물자
더 거세졌다. 아침에 떠나 당포(唐浦, 경남 통영시 산양읍 삼덕리) 바깥
바다에 이르러 바람을 따라 반(半) 돛을 달고 순식간에 한산도에
이르렀다. 사정(射亭)에 올라 앉아 여러 장수들과 이야기했다. 저
녁에 원수사도 왔다. 소비포(所非浦, 이영남李英男)에게 들으니, 영
남 여러 배의 사부(射夫)와 격군(格軍)들이 거의 다 굶어 죽게 되
었다고 하는데 참혹하여 차마 들을 수가 없었다. 원수사와 공연수
(孔連水)와 이극함(李克諴)이 서로 함께 곁눈질하던 여자들을 모
두 다 관계하였다고 한다.

2월

4일　계축. 맑으나 바람이 크게 불었다. 아침식사 후에 순천(권준權俊)과
우조방장(어영담魚泳潭)을 불러다가 이야기했다. 늦게 본영의 전선
(戰船)과 거북선〔龜船〕이 들어왔다. 조카 봉(菶)과 이설(李渫), 이
언량(李彦良), 이상록(李尙祿) 등이 강돌천(姜乭千)을 거느리고 왔
다. 동궁(東宮, 광해군)의 명령을 지니고 왔고, 정찬성(정탁鄭琢)의
편지도 왔다. 각 고을과 포구의 서류를 처결해 보냈다. 순천서 와
보고하기를, 무군사(撫軍司)의 공문에 의거한 순찰사(이정암李廷
馣)의 공문에는, 진중에서 과거 치르는 것을 아뢴 장달(狀達)이 아

주 옳지 않으니 문책해야 한다고 하였다는 것이다. 매우 가소로운 일이다. 조카 봉(菶)이 오는 편에 어머님[天只]이 평안하시다는 소식을 들으니 기쁘고 다행, 다행한 일이다.

초5일 갑인. 맑음. 새벽 꿈에 좋은 말을 타고 바위가 첩첩한 큰 산마루에 곧바로 올라가니, 아름다운 산봉우리들이 동서로 뻗어 있고, 또 산봉우리 위에 평평한 곳이 있어서 거기다 자리를 잡으려다 깨었는데 무슨 징조인지 모르겠다. 한 미인이 혼자 앉아 손짓을 하는데, 나는 소매를 뿌리치고 응하지 않았으니 우습다. 아침에 군기시(軍器寺)에서 받아 온 흑각(黑角, 물소의 뿔로서 활 만드는 데 쓰임) 100장(張)을 세어서 수결했고, 화피(樺皮, 벚나무 껍질. 활 만드는 데 또는 약재로 이용됨) 89장도 수결했다. 발포(鉢浦)만호(황정록黃廷祿)와 우우후(右虞候, 이정충李廷忠)가 보러 왔기에 같이 식사를 했다. 늦게 사정(射亭)에 올라가 순창(淳昌), 광주(光州)의 색리들의 죄를 다스렸다. 우조방장(어영담魚泳潭)과 우우후, 여도(呂島, 김인영金仁英) 등이 활을 쏘았다. 원수(권율權慄)의 회답이 왔는데, 심유격(遊擊, 심유경沈惟敬)이 이미 화친을 결정하였다고 했다. 그러나 간사한 꾀와 교묘한 계책[奸謀巧計]을 헤아릴 수 없으니, 이전에도 그 술수에 빠졌으나 또다시 이렇게 빠져드니 한탄스럽다. 저녁에 날씨가 찌는 듯하여 마치 초여름이나 된 것 같았다. 밤 10시경 비가 내리기 시작했다.

9일 무오. 맑음. 새벽에 우후(이몽구李夢龜)가 2호선, 3호선을 거느리고 소비포(所非浦, 경남 고성군 하일면 춘암리) 뒷쪽으로 띠풀을 베러 나갔다. 아침에 고성(固城, 조응도趙凝道)이 돼지를 가지고 왔다. 그래서 당항포(唐項浦, 경남 고성군 회화면 당항리)에 적선이 내왕하는가를 묻고, 또 백성들이 굶어서 서로 잡아먹는다 하니 장차 어떻게 살게 하겠는가를 물었다. 늦게 사정에 올라 활 10여 순을 쏘았다. 또한 이유함(李惟誠)이 와서 작별 인사를 하므로 그의 자(字)를 물으니 여실(汝實)이라 했다. 순천(권준權俊)과 우조방장(어영담魚泳潭), 그리고 우우후(右虞候, 이정충李廷忠), 사도(蛇渡, 김완金浣), 여도(呂島, 김인영金仁英), 녹도(鹿島, 송여종宋汝悰), 강진(康津, 유해柳瀣), 사천(泗川, 기직남奇直男), 하동(河東, 성천유成天裕), 소비포(所非浦, 이영남李英男) 등이 또한 왔다. 저물녘에 보성(寶城, 김의검金義儉)이 들어왔다. 무군사(撫軍司)의 공문을 가져왔는데, 시위(侍衛) 군사가 쓸 장창(長槍) 수십 자루를 만들어 보내라는 것이다. 이날 동궁(東宮, 광해군)의 문책에 대해서 답장을 보냈다.

13일 임술. 맑고 따뜻했다. 아침에 영의정(유성룡柳成龍)에게 편지를 썼다. 식후에는 선전관(송경령宋慶苓)을 불러 다시 이야기하고 늦게 작별했다. 종일토록 배에 있었다. 오후 4시쯤에 소비포(이영남李英男), 사량(이여념李汝恬), 영등만호(우치적禹致績)가 왔다. 오후 5시께 나팔을 불어 배를 띄워 한산도로 돌아올 때에 경상(원균) 군관 제(諸, 제홍록諸弘祿)가 삼봉(三峯, 경남 고성군 삼산면 삼봉리)으로부터 와서 말하기를, 적선 8척이 춘원포(春元浦, 경남 통영시 광도면 안정리 예포)에 들어와 대었으니, 들이칠 만하다고 했다. 따라서 곧 나대용(羅大用)을 원수사에게 보내어 상의케 하면서, 작은 이익을 보고 들이친다면 큰 이득을 이루지 못하므로〔見小利入勦 大利不成〕, 잠시 머물러 있으면서 적선이 많이 나오는 것을 보고 있다가 때를 타서 무찌르는 것으로 서로 정하자고 전하였다. 미조항(彌助項, 김승룡金勝龍)과 순천(順天, 권준權俊), 조방장(助防將, 우조방장 어영담?)이 왔다가 밤이 깊어서 돌아갔다. 박영남(朴永男)과 송덕일(宋德馹)이 돌아갔다.

15일 갑자. 맑음. 새벽에 거북선〔龜船〕 2척과 보성(寶城) 배 1척 등을 멍에〔駕木〕로 쓸 재목 치는 곳으로 보내어 저녁 8시쯤에 실어 왔다. 조식 후에 사정(射亭)에 올라가 좌조방장(左助防將, 흥양 배흥립裴興立)이 늦게 온 죄를 물었다. 흥양 배를 검열하자, 허술한 일이 많았다. 또한 순천(권준權俊), 우조방장(어영담魚泳潭)과 우우후(右虞候, 이정충李廷忠), 발포만호(황정록黃廷祿), 여도만호(김인영金仁

英), 강진현감(유해柳瀣)이 함께 와서 활을 쏘았다. 날이 저물어 순찰사(이정암李廷馣)가 공문을 보냈는데, 조도어사(調度御史) 박홍로(朴弘老)가 순천, 광양, 두치(豆恥)에 복병 파수하는 일로 장계하였던 바, 수군과 수령(守令)을 함께 이동하는 것이 합당하지 않다는 회답이 내려 왔다는 것이었다. 서류도 같이 도착했다.

16일 을축. 맑음. 아침에 흥양(배흥립裴興立)과 순천(권준權俊)이 왔다. 흥양이 암행어사(유몽인柳夢寅)의 비밀 장계 초안을 가지고 와서 보이는 바, 임실(任實) 이몽상(李夢祥), 무장(茂長) 이충길(李忠吉), 영암(靈岩) 김성헌(金聲憲), 낙안(樂安) 신호(申浩)는 파면하고 순천은 탐관오리로 논란하며, 기타 담양(潭陽) 이경로(李景老), 진원(珍原) 조공근(趙公瑾), 나주목(羅州牧) 이용순(李用淳), 장성(長城) 이귀(李貴), 창평(昌平) 백유항(白惟恒) 등의 수령들은 악행을 덮어 주고 칭양하여 장계하였다. 임금을 속임이 여기까지 이르니 나랏일이 이러하고야 평정될 리가 만무하다. 천장만 쳐다볼 뿐이다〔欺罔天聽 至於此極 國事如是 萬無平定之理 仰屋而已〕. 또 수군 일족(一族)을 징발하는 일과 장정 넷 중에 둘은 전쟁에 나가야 한다는 일을 심히 그르다고 말했으니, 암행어사 유몽인은 국가의 위급한 난(亂)은 생각지 않고, 당장 눈앞의 평안만을 위해 힘쓰며, 남쪽 지방의 종작없는 거짓말만 믿으니, 나라를 그르치는 교활하고 간사한 말이 무목(武穆, 악비岳飛)에 대한 진회(秦檜)*와 다를 것이 없다. 나라를 위하여 심히 마음 아픈 일이다. 늦게 사정(射亭)에 올라 순천, 흥양, 우조방장(어영담魚泳潭), 우우후(이정충李廷忠), 사도(김완金浣), 발포(황정록黃廷祿), 여도(김인영金仁英), 녹도(송여종宋汝悰), 강진(유해柳瀣), 광양(송전宋詮) 등과 더불어 활 12순을 쏘았다. 순천 감목관(監牧官)이 진에 왔다가 돌아갔다. 우수사(이억기李億祺)가 당포(唐浦)에 도착했다고 한다.

---

* 악비(岳飛, 1103~1141)와 진회(秦檜, 1090~1155)는 중국 남송(南宋) 초기

의 인물로서, 진회(秦檜)는 금(金)이 침입했을 때 굴욕적인 화의(和議)를 성립
시켰으며, 금의 침입을 막아 내던 무장(武將) 악비는 진회의 간계에 의해 무고
한 누명을 쓰고 투옥되어 끝내 옥사하였다. 악비는 학문이 높고 글씨도 능하였
으며, 1914년 이후에는 관우(關羽)와 함께 무묘(武廟)에 배향(配享)되어 오늘
날에도 민족의 영웅으로 존경받고 있다.

17일 병인. 맑음. 따뜻하기가 초여름 같았다. 아침에 지휘선을 연기로 그
을리기 위해 활터 정자로 올라가서 각처의 서류를 처결해 보냈다.
오전 10시쯤 우수사(이억기李億祺)가 들어왔다. 행수(行首) 군관
정홍수(鄭弘壽)와 도훈도(都訓導)는 군령으로 곤장 90대를 때렸
다. 이홍명(李弘明)과 임희진(任希璡)의 손자도 왔다. 대(竹)로써
총통(銃筒)을 만들어 왔기에 시험해 놓아 본 즉, 소리가 나는 듯하
나 별로 소용이 없으니 가소로웠다. 우수사가 거느리고 온 전선(戰
船)이 겨우 20척이니 한심스러웠다. 순천(권준權俊)과 우조방장(어
영담魚泳潭)이 와서 활 5순을 쏘았다.

3월

초4일 임오. 맑음. 새벽 2시께 배를 띄워 진해(鎭海) 앞바다에 이르러 왜
선 6척을 뒤쫓아 잡아 불태워 없애고, 저도(猪島, 경남 창원시 귀산동
저도)에서 2척을 불태워 버렸다. 소소강(召所江, 경남 고성군 마암면 두
호리)에 14척이 들어가 정박해 있다 하므로, 조방장(어영담魚泳潭)
과 원수사(원균元均)가 함께 나가 토벌하도록 전령하고 고성땅 아
자음포(阿自音浦, 경남 고성군 동해면)에서 진을 치고 밤을 지냈다.

초5일 계미. 맑음. 새벽에 겸사복(兼司僕, 윤붕尹鵬)을 당항포(唐項浦)로
보내어 적선을 깨뜨렸는지를 탐문하였더니, 우조방장 어영담(魚泳
潭)이 급히 보고하되, 적의 무리들이 우리 군사들의 위엄을 겁내어
밤을 타서 도망쳤으므로 빈 배 17척을 남김없이 불태워 버렸다고
하였다. 경상수사(원균元均)의 보고도 같은 내용이었다. 우수사(이

억기(李億祺)가 보러왔을 때 비가 크게 퍼붓고 바람도 미친듯이 심하게 불어 바로 자기 배로 돌아갔다. 이날 아침 순변사(巡邊使)에게서도 토벌을 독려하는 공문이 왔다. 우조방장과 순천(권준權俊), 방답(이순신李純信), 배첨사(배경남裴慶男)도 와서 서로 이야기하는 동안 원(元)수사가 배에 이르자 여러 장수들은 각각 돌아갔다. 이날 저녁 광양의 새 배가 들어왔다.

초6일 갑신. 맑음. 새벽에 탐망군이 본 즉, 적선 40여 척이 청슬(青膝, 경남 거제시 사등면 지석리)로 건너 오더라는 것이었다. 당항포(唐項浦)의 왜선 21척은 모조리 불태워 버렸다는 긴급 보고가 왔다. 늦게 거제(巨濟)로 향할 때에 역풍이 불어 간신히 흉도(胷島)에 이르자, 남해현령(기효근奇孝謹)이 보낸 급보에, 명나라 군사 두 명과 왜놈 여덟이 패문(牌文)을 가지고 들어왔기에 그 패문과 명나라 군사를 올려 보낸다고 하였다. 그것을 받아 유심히 살펴보니, 명나라 도사부(都司府) 담(譚, 담종인譚宗仁)의 '적을 치지 말라는 패문〔禁討牌文〕'*이었다. 나는 몸이 몹시 좋지 않아, 앉았다 누웠다 하는 것조차 불편했다. 저물녘에 우수사와 함께 명나라 병정을 면접하고서 보냈다.

---

* 이순신은 3월 초3일부터 지도(紙島), 진해(鎭海) 앞바다, 소소강(召所江), 고성(固城) 땅 아자음포(阿自音浦), 당항포(唐項浦) 등지에서 적을 토벌하고 3월 초6일 흉도(胷島)에 이르렀다. 이때 웅천(熊川)에 머무르며 왜적과 강화를 의논하던 명나라 도사(都司) 담종인(譚宗仁)은 명나라 조정으로부터 화친을 허락하는 명령을 기다리고 있었는데, 왜장 묵감(墨甘)이 조선 수군의 공격을 겁내어 갖가지로 애걸하니 왜군을 치지 말라는 이 패문을 지어 이순신에게 보낸 것이다. 이에 이순신은 다음 날인 3월 초7일 아랫 사람을 시켜 답하는 글을 짓게 했으나 마음에 들지 않았고, 원균(元均)이 손의갑(孫義甲)을 시켜 지어 온 것도 마찬가지여서 병중에 억지로 일어나 그 답서를 친히 지어 정사립(鄭思立)으로 하여금 써 보내게 하였다. 일기에 나타나 있듯이 이순신은 3월 초6일부터 20여 일을 하루도 빠짐없이 앓았으며, 3월 27일에 가서야 겨우 조금 회복되었다. 즉, "병세는 별로 가감이 없었다. 몸이 또 고달파 종일 고통스

러웠다."(3월 초8일), "종일 신음했다."(3월 15일), "몸이 여전히 쾌차하지 않았다."(3월 23일), "우수사가 보러 왔는데, 몸은 조금 나은 것 같았다."(3월 27일)와 같이 신음하며 고통스런 나날을 보내고 있었다. 자제들이 휴양하기를 권하였으나, "… 장수된 자가 죽지 않았으니 누울 수가 있을 것이냐〔爲將者不之死則不可臥〕." 하며 계속 공무를 보았다 한다(李芬,〈行錄〉).

　　이순신이 친히 지은 이 답서의 내용은 다음과 같다. "조선 신하 삼도수군통제사(三道水軍統制使) 이순신이 명나라 선유도사(宣諭都司) 대인께 삼가 답서를 올리나이다. … 대군을 거느리고 곧바로 적의 소굴을 격멸하려는 때에 도사 대인의 타이르시는 패문이 뜻밖에 진중에 도착하므로 받들어 두 번 세 번 읽어 보니 친절히 가르치는 말씀이 간절하고도 극진합니다. 그런데 다만 패문의 말씀 가운데, 일본 장수들이 마음을 돌려 귀화하지 않는 자가 없고 모두 병기를 거두어 저희 나라로 돌아가려고 하니, 너희들 모든 병선들은 속히 각각 제 고장으로 돌아가고 일본 진영에 가까이 하여 트집을 일으키지 말도록 하라고 하였는데, 왜인들이 거제(巨濟), 웅천(熊川), 김해(金海), 동래(東萊) 등지에 진을 치고 있는바, 거기가 다 우리 땅이어늘 우리더러 일본 진영에 가까이 가지말라 하심은 무슨 말씀이며, 또 우리더러 속히 제 고장으로 돌아가라 하니 제 고장이란 또한 어디에 있는 것인지 알 길이 없고〔謂我速回本處地方云 本處地方亦未知在何所耶〕, 또한 트집을 일으킨 자는 우리가 아니요 왜적들인 것입니다. 또 왜인들이란 간사스럽기 짝이 없어 예로부터 신의를 지켰다는 말을 들은 적이 없습니다. … 그대로 우리 임금께 아뢰려 하오니, 대인은 이 뜻을 널리 타이르시어 놈들에게 역(逆)과 순(順)의 도리가 무엇인지를 알게 하시오면 천만다행이겠습니다. 삼가 죽음을 무릅쓰고 답서를 드립니다."(〈答譚都司宗仁禁討牌文〉). 이렇게 쓴 후, 이순신은 자신과 함께 원균(元均)과 이억기(李億祺) 두 수사(水使)의 이름을 같이 적어 담종인에게 보냈으며, 조정에는 답서의 내용과 함께 적의 정세를 보아 다시 진격할 것임을 보고하였다(〈陳倭情狀〉).

　　이 패문을 가지고 온 왜군의 통역은 상주에 살던 종 희순(希順)으로서 우리나라 사람이었는데 포로가 되었다가 나왔으므로, 이순신은 "빌고 항복하러 여기에 온 것인데, 우리나라 사람을 어떻게 데리고 갈 것이냐." 하며 돌려 보내지 않았으며, 그를 심문하여 왜의 정세를 파악하였다. 일기의 3월 25일 기사에 나타나 있는 '포로되었던 아이'가 바로 희순이다.

초7일 을유. 맑음. 몸이 몹시 불편하여 움직이기조차 어려웠다. 아랫사람더러 패문에 대한 답을 만들라 하였더니 글 꼴이 아니었다. 원수사 (원균元均)가 손의갑(孫義甲)을 시켜 만들어 보내 왔으나 그것 역시 아주 마땅치 아니했다. 내가 병중에 억지로 일어나 앉아 글을 짓고 정사립(鄭思立)을 시켜 써서 보내게 했다. 오후 2시쯤 배를 출발시켜 밤 10시경에 한산 진중에 이르렀다.

13일 신묘. 맑음. 아침에 장계를 봉해 보냈다. 몸은 차츰 낫는 것 같으나 기력은 몹시 노곤했다. 회(薈)와 송두남(宋斗南)을 내보냈다. 오후 에 원수사(元水使)가 와서 자기의 잘못되고 망령된 일을 말하므로 장계를 도로 가져다가 원사진(元士震)과 이응원(李應元) 등이 가 왜(假倭)를 목잘라 바친 일은 고쳐 보냈다.

4월

초6일 갑인. 맑음. 별시(別試)보는 장소를 개설했다. 시관(試官)은 나와 우수사(이억기李億祺), 충청수사(구사직具思稷)요, 참시관(參試官)은 장흥(부사, 황세득黃世得), 고성(현령, 조응도趙凝道), 삼가(현감, 고 상안高尚顔),* 웅천(현감, 이운룡李雲龍)으로 시험을 감독했다.

---

* 삼가현감(三嘉縣監) 고상안〔高尚顔, 1553(명종 8)~1623(인조 1), 호는 태촌 (泰村)〕은 1576년(선조 9) 이순신이 식년무과(式年武科)에 급제한 같은 해에 식년문과(式年文科)에 급제한 인물이며, 이순신보다 8세 아래였다. 이순신은 갑오년(1594)의 3월 30일, 4월 2, 4, 6 및 12일자 일기에서 고상안에 대해 언급하고 있다. 즉, "… 늦게 삼가원(三嘉倅) 고상안이 보러 왔다. 저녁에 숙소 로 내려갔다."(3월 30일), 또는 "… 조반 후 사정(射亭)에 올라가 삼가현감(고 상안) 및 충청수사(구사직具思稷)와 하루종일 이야기했다. …"(4월 초2일) 등의 일기 내용으로 보아 고상안이 참시관(參試官)으로 10여 일 동안 이순신의 진 영에 머물며 매우 친밀한 대화를 나누는 사이가 되었던 것 같다.

후일 고상안은 매우 흥미로운 회상문을 남기고 있다. 몇 구절을 인용하면 다음과 같다. 즉, "… 원수사(원균元均)는 거칠고 사납고 무모한데다 인심마저 잃고 있었다〔元水使麤厲無謀又失衆心〕"라고 하였고, 이순신에 대한 인상(印

象)으로는 "그 언론과 꾀를 쓰는 지혜가 참으로 난을 다스리고 바로잡을 재주를 지니고 있으나, 세상에 넉넉히 받아들여지지 못하는 용모이며 또 입술은 위로 들려 있다. 내 혼자 생각으로는 박복한 장수였다〔其言論術智固是撥亂之才 而容不豐厚相又褰脣 私心以爲非福將也〕"라고 쓴 다음 "불행히도 하옥되었다가 다시 등용되기는 했지만, 겨우 한 해를 넘기고 날아오는 적탄에 맞아 제 명을 다하지 못하였으니 어찌 통탄함을 이길 수 있으랴"라고 맺고 있다(《泰村先生文集 卷之三》에서). 고상안의 관상가다운 표현으로 보아 그는 이순신의 용모에서 이순신이 타고난 '박복한 운명'의 그림자를 읽고 있었던 것 같다.

　　한편 유성룡(柳成龍)은 그의 《징비록懲毖錄》에서 이순신의 인상을 "용모는 단아하고 삼가는 모습이어서, 수양 근신하는 선비와 같았다〔容貌雅飭 如修謹之士〕"고만 쓰고 있다.

5월

초4일 신사. 흐리고 미친듯이 바람이 불고 큰 비가 종일 그치지 않았으며, 밤에는 더욱 악화되었다. 경상우수사 군관이 와서 고하되, 왜적 3명이 중선(中船)을 타고 추도(楸島)에 온 것을 서로 마주쳐서 잡아 왔다고 하므로 신문한 뒤에 압송해 올 것을 일러 보냈다. 저녁에 공대원(孔大元)에게 물으니, 왜들이 바람을 따라 배를 띄워 저희 본토로 향하다가 바다 한가운데서 회오리 바람〔颶風〕을 만나서 배를 부리지 못하고 표류하여 이 섬에 댄 것이라 하였다. 그러나 간사한 놈들의 말이라 믿을 수가 없었다. 이설(李渫)과 이상록(李尙祿)이 돌아갔다. 본영 탐선(探船)이 들어왔다.

7일 갑신. 맑음. 몸이 편안한 것 같았다. 침 16군데를 맞았다.

9일 병술. 비, 비. 종일 빈 정자에 홀로 앉아 있으니, 온갖 생각이 가슴을 치밀어 마음이 산란했다. 무슨 말을 하랴, 어떻게 말하랴. 어지럽고, 꿈에 취한 듯, 멍청이가 된 것도 같고, 미친 것 같기도 했다.

13일 경인. 맑음. 이날 금모포(黔毛浦, 전북 부안군 보안면 구진)만호(萬戶)의 보고에 경상우수사(원균元均)에 소속된 보자기〔鮑作, 해물을 채취하는 사람] 등이 격군(格軍)을 싣고 도망가다 현지에서 붙들렸는데, 보자기들은 원수사가 머무는 곳에 숨었다 하였다. 사복(司僕) 등을 보내어 붙들어 오려는데, 원수사가 크게 성내어 사복들을 결박했다고 하므로 노윤발(盧潤發)을 보내어 풀려 나게 했다. 밤 10시쯤에 비가 오기 시작했다.

16일 계사. 흐리고 가는 비가 오더니, 저녁에는 큰 비가 내렸다. 밤새도록 집이 새어 마른 데가 없었다. 여러 배 사람들의 거처에서 겪는 괴로움이 매우 염려스러웠다. 곤양원(昆陽倅, 이광악李光岳)이 편지를 보내고 겸하여 유정(惟精, 惟政 사명대사)이 적진 사이를 왕래하며 문답한 초기(草記)를 보내 왔기로 그것을 보았더니 통분함을 이길 길이 없었다.

6월

4일 신해. 맑음. 충청수사(이순신李純信), 미조항첨사(김승룡金勝龍) 및 웅천(이운룡李雲龍)이 보러 왔기에 종정도를 놀게 했다. 저녁에 겸사복(兼司僕)이 임금의 분부를 가지고 왔는데, 그 말씀에 이르기를, 수군 여러 장수들과 경주(慶州)의 여러 장수들이 서로 합심하지 못한다 하니, 앞으로는 그런 습관을 모두 버리라는 것이었다. 통탄스럽기가 그지없다. 이는 원균(元均)이 취해서 망발을 부렸던 때문이었다.

9일 병진. 맑음. 충청수사(이순신李純信)와 우우후(右虞候, 이정충李廷忠)가 와서 활을 쏘았다. 우수사(이억기李億祺)가 와서 함께 이야기했다. 밤이 깊자 해(海)의 젓대소리와 영수(永壽)의 거문고[琴]를 들으면서 조용히 이야기하다가 돌아갔다.

15일 임술. 맑더니 오후에 비가 뿌렸다. 신경황(申景潢)이 들어오는 편에 영의정(유성룡柳成龍)의 편지를 가지고 왔다. 나라를 근심함이 이보다 더한 분은 없을 것이다. 윤우신(尹又新, 知事)이 세상을 떠났다는 소식을 들으니 슬픈 마음을 가눌 수가 없었다. 순천(권준權俊), 보성(김의검金義儉)의 보고에, 명나라 총병관(摠兵官) 장홍유(張鴻儒)가 호선(虎船)을 타고 100여 명을 거느리고 바닷길로 벌써 진도(珍島) 벽파정(碧波亭, 전남 진도군 고군면 벽파리)에 이르렀다고 했다. 날짜로 따지자면 오늘 내일중에 도착될 것이지만 역풍으로 배를 마음대로 부리지 못한 것이 연이어 닷새째이다. 이날 밤 소나기가 흡족하게 내렸으니, 일찍이 하늘이 백성을 살리려는 뜻이 아니겠는가. 아들의 편지가 왔는데, 잘 돌아갔다고 했다. 또 아내의 한글편지[諺書]에는 면(葂)이 더위를 먹어 심하게 앓는다고 한다. 무척이나 애타고 답답하다.

18일 을축. 맑음. 아침에 원수(元帥, 권율權慄)의 군관 조추년(趙秋年)이 전령을 가지고 온 즉, 원수가 두치(豆恥)에 이르러서, 광양원(송전宋詮)이 수군을 옮겨다 복병을 정할 적에 사정(私情)을 썼다는 말을 들었기 때문에 군관을 보내어 까닭을 묻는다는 것이었다. 실로 놀랍고 놀라웠다. 원수가 그 서처남[妻孼男] 조대항(曹大恒)의 말을 듣고 이토록 사사로이 행하니, 통탄스럽기 그지없다. 이날 경상수사(원균元均)가 청하여 불렀으나 가지 않았다.

7월

12일 무자. 맑음. 아침에 소근(所斤, 충남 태안군 소원면 소근진리)첨사(僉使, 박윤朴潤)가 보러 와서 화살 54개를 만들어 바쳤다. 서류를 처결하여 주었다. 충청(수사, 이순신李純信)과 순천(권준權俊), 사도(김완金浣), 발포(황정록黃廷祿), 충청우후(원유남元裕男)가 함께 와서 활을 쏘았다. 저녁에 탐선(探船)이 들어와, 어머님[天只]께서 평안하시다는 것은 살폈으나, 또한 면(葂)의 병세는 여전히 중하다는 것이었다. 애타는 마음을 어찌 하랴. 유정승(유성룡柳成龍)이 죽었다는 소식이 순변사(巡邊使, 이일李鎰)에게 왔다고 하나, 이는 시기하는 자들이 말을 꾸며 험담하는 것이리라. 통분, 통분함을 참을 수 없다. 이날 저녁 심사가 극히 어지러워 홀로 빈 마루에 앉아 있는데, 마음을 스스로 가눌 수 없었다. 걱정스럽고 번거로워 밤이 늦도록 잠들지 못했다. 만일 유정승이 어찌 되었다면 나랏일을 어찌 할 것인가, 어찌 할 것인가.

13일 기축. 비, 비. 홀로 앉아 면(葂)의 병세가 어떤지 염려되어 글자 점을 쳐 보니, '군왕을 만나 보는 것 같다[如見君王]'는 괘(卦)를 얻었다. 아주 좋았다. 다시 하니, '밤에 등불을 얻은 것과 같다[如夜得燈]'였다. 두 괘가 모두 좋은 것이었다. 조금 마음이 놓였다. 또 유정승(유성룡柳成龍)의 점을 친 즉, '바다에서 배를 얻은 것과 같다[如海得船]'는 괘를 얻었고, 다시 치니 '의심하다가 기쁨을 얻은 것과 같다[如疑得喜]'는 괘가 나왔다. 아주 좋다. 저녁내 비가 내리는데, 홀로 앉은 정회를 스스로 이길 길이 없었다. 늦게 송전(宋荃, 광양원 宋詮)이 돌아가는데, 소금 1곡(斛, 또는 휘. 곡식을 되는 20말 또는 15말들이의 그릇)을 주어 보냈다. 오후에 마량(馬梁, 충남 서천군 서면 마량리)첨사(僉使, 강응호姜應虎)와 순천(권준權俊)이 보러 왔다가 어두워서야 돌아갔다. 비가 올지 갤지를 점쳐 보니, '뱀이 독을 뱉는 것과 같다[如蛇吐毒]'는 괘를 얻었다. 장차 큰 비가 내리겠으니 농사를 위해 걱정, 걱정스럽다. 밤에 비가 퍼붓듯이 내렸다. 밤 8시경 발포(鉢浦, 전남 고흥군 도화면 내발리)의 탐선이 편지를 받아 돌아갔다.

14일 경인. 비, 비. 어제 저녁부터 빗발이 삼대 같았다. 집이 새어 마른 데가 없어 간신히 밤을 지냈다. 점괘 얻은 그대로이니 극히 절묘하였다. 충청수사(이순신李純信)와 순천(권준權俊)을 청해다가 장기 [博]를 두게 하면서 관전으로 소일했다. 그러나 근심이 속에 있으니 어찌 조금인들 편할 수 있으랴. 함께 점심을 먹고, 저녁 때 수루로 걸어 올라가 몇 차례 거닐다가 돌아왔다. 탐선이 들어오지 않으니 까닭을 모르겠다. 자정께 또 비가 내렸다.

17일   계사. 맑음. 새벽에 포구를 나가 진을 쳤다. 오전 10시쯤에 명나라
장수 파총(把摠) 장홍유(張鴻儒)가 병호선(兵唬船) 5척을 거느리
고 돛을 달고 들어왔다. 곧바로 영문에 이르러 육지에 내려 함께
이야기하기를 청했다. 나는 여러 수사(水使)와 함께 먼저 사정(射
亭)에 올라가서 올라오기를 청했더니, 파총이 배에서 내려 곧 왔
다. 함께 앉아 먼저 만리 바닷길에 어렵게도 여기까지 온 것을 이
를 길 없이 감사하다고 인사했더니, '작년 7월에 절강(浙江)서 배
를 타고 요동(遼東)에 이르렀더니, 요동 사람들이 말하기를, 해로
중에 돌섬과 암초들이 많고 또 장차 화친이 될 것이니 갈 것 없다
하며, 굳이 말리므로 그대로 요동에 머무르면서 시랑(侍郎) 손광
(孫鑛)과 총병(總兵) 양문(楊文) 등에게 바로 보고하고, 금년 3월
초승에 배를 출발하여 왔으니 무슨 수고가 있을 것이오' 하고 대답
하였다. 나는 차를 드시라 하고, 술잔을 권하며 강개(慷慨)한 정을
나누었다. 또 적의 정세를 이야기하느라고 밤이 깊은 줄도 몰랐다.
조용히 이야기하고서 헤어졌다.

20일   병신. 맑음. 아침에 통역관이 와서 전하되, 명나라 장수(장홍유張鴻
儒)가 남원(南原)의 유총병(總兵, 유정劉綎)이 있는 곳에 들르지 않
고 바로 돌아간다고 하였다. 나는 명나라 장수에게 간절히 말을 전
하기를, 처음에 파총이 남원으로 간다는 믿음직한 소식이 이미 유
총병에게 전해졌는데, 이제 와서 중지하고 가지 않는다면 그 중간
에 남의 말들이 있을 터이니, 원컨대 가서 보고 돌아가시는 것이
좋겠다고 하였다. 그런즉 파총이 듣고, 과연 그렇다며, 말을 타고
혼자 가서 서로 만나 본 뒤에 바로 군산(群山)으로 가서 배를 타겠
다고 말하였다. 아침을 먹은 뒤에 파총이 내 배로 내려 와서 조용
히 이야기하고 이별하는 술 7잔을 권했다. 닻줄을 풀고 함께 포구
밖으로 나가 재삼 간곡한 뜻으로 송별하였다. 그대로 경수(景修,
景受, 李億祺의 字)와 충청(이순신李純信), 순천(권준權俊), 발포(황정
록黃廷祿), 사도(김완金浣)와 함께 사인암(舍人岩)으로 올라가 종일

취하여 이야기하다가 돌아왔다.

8월

초4일 기유. 아침 나절엔 비가 뿌리다가 늦게 개었다. 충청수사(이순신李
純信)와 순천(권준權俊), 발포(황정록黃廷祿) 등이 와서 활을 쏘았다.
수루 방의 도배를 마쳤다. 경상수사의 군관과 색리(色吏)가 명나라
장수(장홍유張鴻儒)를 접대할 적에 여인들에게 떡과 음식물을 이고
오게 한 죄를 다스렸다. 화살 만드는 장인[箭匠]인 박옥(朴玉)이
와서 대(竹)를 가져 갔다. 이종호(李宗浩)가 안수지(安守智) 등을
잡아 오기 위해 흥양(興陽)으로 떠났다.

17일 임술. 흐리다가 저물녘에 비가 내렸다. 원수(권율權慄)가 정오에 사
천(泗川)으로 와서 군관을 보내어 이야기하자고 부르므로, 곤양
(昆陽, 이광악李光岳) 말을 타고 원수가 머무르고 있는 사천원(기직
남奇直男)의 접대 처소로 갔다. 교서(敎書)에 숙배(肅拜)한 뒤에 공
적, 사적 인사를 마치고, 함께 이야기하니 오해가 많이 풀리는 빛
이었다. 원수사(원균元均)를 몹시 책망하니 원수사는 머리를 들지
못하였다. 가소로웠다. 가져간 술을 마시기를 청하여 여덟 차례를
돌렸다. 원수가 잔뜩 취하여 파했다. 숙소로 돌아오자 박종남(朴宗
男), 윤담(尹潭)이 보러 왔다.

27일 임신. 맑음. 우수사(이억기李億祺)가 가리포(이응표李應彪), 장흥(황
세득黃世得), 임치(홍견洪堅), 우후(이몽구李夢龜) 및 충청우후(원유
남元裕男)와 함께 와서 활을 쏘았다. 흥양(배흥립裵興立)이 술을 내
놓았다. 아침에 울(蔚, 둘째 아들)의 편지를 보니 아내의 병이 중하다
하므로 회(薈, 장남)를 내어보냈다.

그믐날 을해. 맑고 바람도 없었다. 아침에 해남원 현집(玄楫)이 보러 오
고, 늦게 우수사(이억기李億祺)와 장흥(황세득黃世得)이 보러 왔다.

저물녘에는 충청우후(원유남元裕男), 웅천(이운룡李雲龍), 거제(안위安衛), 소비포(이영남李英男)가 함께 보러 왔고, 허정은(許廷誾)도 왔다. 이날 아침에 탐선(探船)이 들어 왔는데, 아내의 병세가 매우 위중하다고 했다. 벌써 생사 간의 결말이 났을지도 모르겠다. 나라의 일이 이 지경에 이르렀으니 다른 일에까지 생각이 미칠 수는 없겠으나, 세 아들과 딸 하나는 어찌 살아갈 것인가. 아프고 괴롭구나. 김양간(金良幹)이 서울로부터 영의정(유성룡柳成龍)의 편지와 심충겸(沈忠謙, 병조판서)의 편지를 가지고 왔는데, 분개하는 뜻이 많았다. 원수사(元水使)의 일은 참으로 해괴하다. 날더러 머뭇거리며 앞으로 나가지 않는다 했다니, 이는 천고에 탄식할 일이다. 곤양(昆陽, 이광악李光岳)이 병으로 돌아갔는데 보지 못하고 보내서 더욱 유감스러웠다. 밤 10시경부터 심사가 어지러워 잠을 이루지 못했다.

9월

초1일 병자. 맑음. 앉았다 누웠다 잠을 못 이루어 촛불을 켠 채 뒤척였다. 이른 아침에 세수하고 조용히 앉아 아내의 병세에 대해 점을 쳤더니, '중이 환속하는 것 같다〔如僧還俗〕'는 괘(卦)를 얻고, 다시 '의심하다 기쁨을 얻은 것과 같다〔如疑得喜〕'는 괘를 얻었다. 아주 좋았다. 또 병세가 나아 간다는 기별이 올 것인지에 대해서 쳐 보니 '귀양 땅에서 친척을 만난 것 같다〔如謫見親〕'는 괘였다. 이 역시 오늘중에 좋은 소식을 받을 징조였다. 무사(撫使, 순무사巡撫使) 서성(徐渻)의 공문과 장계 초안이 들어왔다.

초2일 정축. 맑음. 아침에 웅천(이운룡李雲龍), 소비포권관(이영남李英男)이 와서 함께 아침식사를 했다. 늦게 낙안(김준계金遵繼)이 보러 왔다. 저녁 때 탐선(探船)이 들어와서, 아내의 병이 덜해지기는 하나 원기가 몹시 약하다 하니 심히 염려가 된다.

초3일 무인. 비가 조금 왔다. 새벽에 밀지(密旨)가 들어왔는데, 바다와 육
지의 여러 장수들이 팔짱만 끼고 서로 바라보면서, 적을 토벌하기
위해 한 가지의 계책이라도 세워 진격해 나가지 않고 있다고 했다.
3년 동안의 해상(海上)에서 그럴 리가 만무하다. 여러 장수들과 함
께 맹세하여, 원수 갚을 뜻으로 죽기를 결심하고 하루하루를 되풀
이하고 있으나, 다만 험고한 소굴 속에 웅거하는 적이라 경솔히 나
가 칠 수 없는 일이요, 또 더구나 '나를 알고 적을 알아야만 백 번
싸워도 위태함이 없다〔知己知彼 百戰不殆〕'하지 않았는가. 종일
큰 바람이 불었다. 초저녁에 촛불을 밝히고 혼자 앉아 스스로 생각
하니, 나랏일이 엎드러지고 자빠졌건만 안으로 구할 길이 없으니
〔國事顚沛 內無濟策〕 이 일을 어찌 하랴, 어찌 하랴. 밤 10시께 홍
양(배흥립裴興立)이 내가 홀로 앉아 있는 줄을 알고 들어와 자정까
지 이야기하다 헤어졌다.

13일 무자. 맑고 따뜻했다. 어제 취한 것이 아직 안 깨어 방 밖으로 나가
지 않았다. 아침에 충청우후(원유남元裕男)가 보러 왔다. 또 조도어
사(調度御史) 윤경립(尹敬立)의 장계 초안 2통을 본 즉, 하나는 진
도군수(김만수金萬壽)의 파면을 청한 것이고, 하나는 수군과 육군
은 서로 침해하지 말 것과 고을 수령들을 전쟁터로 내 보내지 말라
는 것이었다. 그 의견은 일시 미봉에만 치우쳐 있었다. 저녁에 하
천수(河千壽)가 장계 회답과 홍패(紅牌) 97장을 가지고 왔다. 영의
정(유성룡柳成龍)의 편지도 가지고 왔다.

20일 을미. 새벽에 바람은 그치지 않으나 비는 잠깐 들었다. 홀로 앉아
간밤의 꿈을 새겨 보니, 바다에 있는 외딴 섬이 달려 가다가 내 눈
앞에 와서 멈춰 서는데, 그 소리가 우뢰와 같아 사방이 놀라 달아
나고 나만이 홀로 서서 처음부터 끝까지 그것을 구경했다. 참으로
기뻤다. 이것은 왜놈이 화친을 애걸하고 스스로 멸망할 징조다. 또
내가 준마(駿馬)를 타고 천천히 가고 있었는데, 이것은 임금의 부
르심을 받아 올라갈 징조다. 충청수사(이순신李純信)와 흥양(배흥

립裵興立)이 왔다. 거제(안위安衛)도 보러 왔다가 곧 돌아갔다. 체찰
사(體察使)의 공문에, 수군은 군량을 받아들여 계속해서 대라고 하
였다. 잡아 가두었던 친족과 이웃은 다 놓아 보냈다고 했다.

26일 신축. 맑음. 새벽에 곽재우(郭再祐),* 김덕령(金德齡)** 등이 견내
량(見乃梁)에 이르렀으므로 박춘양(朴春陽)을 내보내 건너 온 까
닭을 물으니, 원수(권율權慄)의 전령에 따라 수군과 합세하는 일로
왔다는 것이다.

---

* 의병장 곽재우(郭再祐, 호는 망우당忘憂堂)는 1552년(명종 7) 경남 의령(宜
寧)에서 감사(監司) 곽월(郭越)의 셋째 아들로 출생, 어릴 때부터 부친을 따라
독서를 익혔으며, 성년이 되자 유학경전(儒學經典)이나 성리학(性理學)뿐만이
아니라 천문, 지리, 의학 등 폭넓은 학문에 정통하였다. 1585년(선조 18) 34
세 때 별시(別試)의 정시(庭試)에 나가 2등으로 급제하였으나, 그가 쓴 논지
(論旨)가 왕의 뜻에 거슬러서 발표 수일만에 낙방이 선언되었다. 그 이후 그는
아예 과거를 보거나, 관직에 출사할 것을 포기해 버렸다.
    한편 그는 무경칠서(武經七書)와 병요(兵要), 장감(將鑑) 등 각종 병서(兵
書)에도 능통하였으며, 활쏘기와 말타기 등 무예를 연마하는 일도 게을리하지
않았다. 나라의 그릇된 사정을 개탄하는 야인으로서, 그는 강가에서 낚시를 즐
기는 은둔 생활로 족했던 것이다.
    1592년(임진) 4월 13일 임진왜란이 일어나자 11일 후인 '4월 24일'(《선
조실록》), 그는 다른 사람들보다 가장 먼저 의병을 일으킨 의병장으로서 정암
진(鼎岩津)과 낙동강(洛東江)을 근거지로 하여 의병활동을 전개하였다. 그는
붉은 옷을 입은 장군, 즉 홍의장군(紅衣將軍)의 이름으로 용맹을 떨치며 기습
과 유격전술을 발휘하여 많은 왜적을 무찔렀다. 그러나 관찰사 김수(金睟)와
의 불화로 도적의 누명을 쓰고 구금되었다가 초유사(招諭使) 김성일(金誠一)
의 장계로 무죄가 밝혀져 석방되기도 하였다.
    임진년 7월 유곡찰방(幽谷察訪)과 형조정랑(刑曹正郎)에 제수되었으나
사퇴하였고, 그 후에도 조방장(助防將)을 비롯한 여러 관직에 임명되었으나,
그는 미리 사퇴하거나 또는 얼마 안가서 자진하여 관직에서 물러나는 것이 상
례였다. 전란 후에도 여러 번 관직에 제수되었으나, 그가 벼슬을 멀리하는 태
도에는 변함이 없었던 것 같다. 벼슬을 버리고 낙동강변에 창암강사(滄岩江

舍)를 지어 명예와 재물을 탐하지 않고 유유자적하였다. 1617년 3월에 발병, 4월 10일 강사(江舍)에서 66세의 천수를 다하고 별세하였다(곽망우당기념사 업회 편찬,《忘憂堂郭再祐研究》(1), 1988).

　　의병장 곽재우와 김덕령(金德齡)은 함께 몇 번인가 이순신의 본영을 방문 하여 왜적과 싸우기 위한 계책을 의논하고 있다. 특히 이날(갑오 9월 26일자) 곽재우와 김덕령이 함께 건내량으로 이순신을 찾아온 것은 원수이 전령에 따라 수륙(水陸) 합동작전을 상의하기 위해서였다(갑오 10월 초4일자 일기 참조).

** 의병장 김덕령(金德齡)은 1567년(명종 22) 전남 광주(光州)에서 출생하여, 성 혼(成渾)에 사사하였다. 그는 임진왜란이 일어나자 담양(潭陽)부사 이경린(李 景麟)과 장성(長城)현감 이귀(李貴)의 천거로 조정에서 종군 명령을 받고, 세 자 광해군(光海君)으로부터는 호익(虎翼)장군의 호를 받았다. 1594년(갑오) 선전관으로 임명되자 의병을 정리하고 권율(權慄)의 휘하로 들어가 진해 및 고성 지방을 방어하여 왜군의 호남 지방 침입을 저지하였다. 그리고 의병장 곽 재우(郭再祐)와 더불어 곳곳에서 왜군을 기습하여 격퇴시키자, 왜군이 가장 두려워하는 의병장이 되었다.

　　1596년(병신) 도체찰사 윤근수(尹根壽)의 종들을 장살(杖殺)한 죄로 체포 되었으나 왕의 특명으로 석방되었다. 그러나 이 사건으로 인하여 조정 대신들 의 시기의 대상이 되기도 하였다.

　　정유재침의 전해인 1596년(병신) 7월 김덕령은 이몽학(李夢鶴)의 난에 내통한 것으로 무고되어 도원수 권율의 밀사 성윤문(成允文)에 의하여 포박, 투옥되었다. 그는 20여 일 동안 전후 6차의 골육이 부서지는 국문 끝에 "신 (臣)에게 딴 뜻이 있었다면 당초 원수가 오라고 할 때, 왜 운봉(雲峰)에 갔으리 까. … 신은 이제 모든 일이 끝났으니 또 무엇을 말하리오. 다만 말하고 싶은 것은 무고(無辜)한 사람을 죽이지 말라는 것이외다."란 말을 남기고 절명하였 다 한다(《昭代紀年》卷之十三, 宣祖朝六). 8월 21일 향년 30세의 옥사였다. 판중추부사 정탁(鄭琢)과 좌의정 김응남(金應南)이 구명에 힘썼으나, 그는 이 미 죽었다. 그 후로는 '호남과 영남의 부자형제들이 의병은 되지 말라고 서로 경계하였다' 한다(李敏敍 撰,《金忠壯公遺事》卷三).

　　1974년 11월 17일, 378년만에 그의 무덤이 발굴되어 광주시 무등산 자락 '금곡동'의 새 묘소로 이장(移葬)되었다. 그의 시신(미이라 상태)에서 거 둔 수의와 누비포 등 여러 가지 유품이 충장사(忠壯祠) 유물관에 전시되어 있 다. 관(棺)은 내관(內棺), 외관(外棺) 두 겹으로 되어 있는데, 내관의 속 길이가

178cm인 것으로 미루어, 그의 키는 168cm 내외가 아니었을까 한다.

28일   계묘. 흐림. 새벽에 촛불을 밝히고 홀로 앉아 적을 칠 일로 길흉을
점쳐 보았다. 첫 점은 '활이 화살을 얻은 것과 같다[如弓得箭]'는
것이었고, 다시 치니 '산이 움직이지 않는 것과 같다[如山不動]'는
것이었다. 바람이 고르지 못했다. 흉도(胸島)* 안 바다에 진을 치고
서 잤다.

---

*   갑오 3월 6일, 이순신이 금토패문(禁討牌文)을 받게 된 곤경의 장소이자, 이
날을 포함하여 여러 차례 진(陣)을 치게 되는 흉도(胸島)의 현 위치에 대해 조
선사편수회 편《난중일기초》의 주석과 이은상 역《이충무공전서》난중일기의
주석은 각각 경남 거제군 거제면 또는 거제면 산달도(山達島)로 언급하고 있
다. 흉도의 위치에 대한 가장 결정적인 언급으로서는 이순신 자신의 장계,〈왜
의 정형을 진술하는 장계陳倭情狀〉(《이충무공전서》卷之四 十六) 및 〈당항
포에서 왜병을 쳐부순 장계唐項浦破倭兵狀〉(《이충무공전서》卷之四 二十)에
모두 "… 거제읍 앞에 있는 흉도[巨濟邑前胸島] …"라고 되어 있다. 여기서 당
시의 거제읍(거제현아)의 위치는 현 거제시 신현읍(新縣邑) 내의 고현성(古縣
城)에 해당된다. 따라서 조선사편수회 편《난중일기초》와 이은상 역《난중일
기》의 주석들은 모두 현종 5년(1664년)에 옮겨 간 후대의 거제현 위치(현재의
거제면 거제리)에 근거하여 판단한 것으로 보인다. "… 거제읍 앞에 있는 흉도
[巨濟邑前胸島]"를 문자 그대로 해석할 경우, 흉도는 거제읍(현재의 거제시 신
현읍) 앞에 있는 두 개의 섬 중 하나를 의미하는 것으로 해석될 수 있으나, 이
들 두 섬(현재의 거제시 신현읍 교도와 죽도)은 조선말기의 대동여지도에 유도
(柚島), 소유도(小柚島)로 표시되어 있다(金正浩,《大東輿地圖》, 서울 匡祐堂
영인판, 1991).《신증동국여지승람》에는 거제현의 유자도(柚子島)에 대해 거
제현 북쪽에 위치하며 유자나무가 번창하여 이름 붙여진 섬이라고 기술되어
있다(《신증동국여지승람》, 민족문화추진회 국역, 삼성인쇄, 1969, 1982). 따라
서 위의 두 섬은 임진왜란 당시의 유자도에 해당하며, 이 유자도(柚子島)는 계
사 5월 21일, 25일, 27일자의《난중일기》기사에 언급되고 있는 섬으로서 흉
도(胸島)와는 다른 별개의 섬으로 판단된다.
    《난중일기》의 문맥상(갑오 3월 3일, 10월 8일 및 을미 11월 3일자 기사 참
조)으로 추정해 본 흉도의 위치는 거제시 둔덕면(屯德面)의 해간도(海干島,

옛 海北島)에서 견내량을 거쳐 통영시(統營市) 용남면(龍南面)의 지도(紙島)에 이르는 통로상의 어느 지점으로서, 이는 현재의 거제시(巨濟市) 사등면(沙等面)의 고개섬(高介島)으로 추정된다. 고개섬(高介島)은 육지에서 견내량을 통해 거제도로 들어가는 통로상에서 볼 때에는 거제도 앞에 놓여진 섬이므로 "… 거제읍 앞에 있는 흥도〔巨濟邑前胃島〕"로 추정할 수 있을 것이다.

29일 갑진. 맑음. 배를 띄워 장문포(場門浦, 경남 거제시 장목면 장목리) 앞 바다로 돌입하니, 적의 무리는 험준한 곳에 웅거하여 나오지를 아니했다. 누각을 높이 짓고 양쪽 봉우리에는 보루를 쌓고서 나와 항전하려 들지 않았다. 선봉에 선 적선 2척을 습격하였더니 그만 뭍으로 내려가 도망쳐 숨어버렸다. 빈 배만 불태워 깨뜨리고 칠천량(漆川梁)에서 밤을 지냈다.

10월

초1일 을사. 새벽에 떠나 장문포(場門浦)에 이르니, 경상우수사(원균元均), 전라우수사(이억기李億祺)가 장문포 앞바다에 머무르고 있었다. 나는 충청수사(이순신李純信) 및 여러 선봉장과 함께 바로 영등포(永登浦, 경남 거제시 장목면 구영리)로 들어 갔는데, 흉악한 적들은 바닷가에 배를 대어 놓고, 일체 나와서 항전하지 않았다. 날이 저물어 장문포 앞바다로 돌아왔다. 바로 사도(蛇渡) 2호선이 뭍에 배를 대려 할 즈음, 적의 작은 배가 곧장 들어와 불을 던졌다. 비록 불이 일어나지 않고 꺼졌지만 분통, 분통하기 그지없었다. 우수사 군관과 경상수사 군관은 그 실수한 것을 잠깐 꾸짖고, 사도(蛇渡) 군관은 그 죄를 중하게 다스렸다. 밤 10시쯤에 도로 칠천량(漆川梁)에 이르러 밤을 지냈다.

초4일 무신. 맑음. 곽재우(郭再祐), 김덕령(金德齡) 등과 함께 약속하되, 군사 수백명을 뽑아 육지에 내려 산으로 올라가게 하고, 선봉은 먼저 장문포로 보내어 들락날락하면서 싸움을 걸게 했다. 늦게 중군(中軍)을 거느리고 진격하여 바다와 육지에서 서로 호응하니, 적의 무리들은 갈팡질팡하며 기세를 잃고 동서로 분주한데, 육지의 병사들은 한놈의 왜적이 칼을 휘두르는 것을 보고 도로 배로 내려오는 것이었다. 날이 저물어 칠천량으로 돌아와 진을 쳤다. 선전관(宣傳官) 이계명(李繼命)이 표신(標信)과 선유교서(宣諭敎書)를 가지고 왔다. 그중에는 임금이 내리시는 초피(貂皮)가 있었다.

초6일 경술. 맑음. 일찍 선봉장을 시켜 장문포 적의 소굴로 보냈더니, 왜인들이 패문(牌文)을 땅에 꽂아 놓았는데, 거기에 써 있기를, 일본은 대명(大明)과 더불어 화친을 의논하는 터이라 서로 싸울 수 없다는 것이었다. 왜놈 1명이 칠천(漆川) 산 기슭으로 와서 투항하고자 하므로 곤양(昆陽)군수(이광악李光岳)가 불러서 배에 싣고 물어보니 그것은 영등포 왜적이었다. 흉도(胷島)로 진을 옮겼다.

초7일 신해. 맑고 따뜻했다. 선병사(兵使, 선거이宣居怡), 곽재우(郭再祐), 김덕령(金德齡) 등이 떠나 갔다. 그대로 머무른 채 나아가지 않았다. 띠〔茅〕 283동을 베었다.

17일 신유. 맑음. 아침에 어사(서성徐渻)에게 사람을 보냈더니, 식후에 오겠다고 했다. 늦게 우수사(이억기李億祺)가 오고 어사도 와서 조용히 이야기하는데, 원수사(원균元均)의 기만하는 짓을 많이 말했다. 참으로 해괴했다. 원(元)도 또한 왔다. 그 흉악하고 어그러진 꼴은 이루 다 말할 수 없다. 아침에 종사관(從事官, 윤돈尹暾)이 들어왔었다.

11월

13일 정해. 맑음. 바람이 종일 자고 따뜻했다. 신첨지(僉知, 신호申浩)와 아들 회(薈)가 이희남(李喜男), 김숙현(金叔賢)과 함께 본영으로 갔다. 종 한경(漢京)은 은진(恩津) 김정휘(金廷輝) 집에 다녀오도록 일렀다. 장계도 떠나 보냈다. 원수(元帥, 권율權慄)가 방어사(防

饋使) 군관을 시켜 항복한 왜인 14명을 인솔해 보냈다. 저녁때 윤연(尹連)이 그 누이의 편지를 가져 왔는데, 망언(妄言)이 많았다. 우스웠다. 버리고자 하면서 버리지 못하는 것에 까닭이 있다. 남은 세 아이가 마침내 의지할 곳이 없게 되는 까닭이다. 15일은 아버님(이정李貞) 제삿날이라 나가지 않겠다. 밤에 달빛이 대낮 같아 잠을 못이루고, 밤새 이리저리 뒤척였다.

25일 기해. 흐림. 새벽 꿈에 이일(李鎰, 순변사)과 서로 만나 내가 많은 말을 하며 이르기를, 국가가 위급한 난리를 당하게 된 오늘날에, 몸에 무거운 책임을 지고서도 나라의 은혜를 갚겠다는 생각은 하지 않고, 배짱 좋게 음란한 계집을 끼고서 관사에는 들어오지 않고 성 바깥의 집에 사사로이 거처하면서 사람들의 비웃음을 사니 그 의도가 무엇이며, 또 각 고을과 포구에 배치된 수군〔舟師〕에게 육전(陸戰)에서 필요한 군기를 독촉하기에 겨를이 없으니 이것은 또한 무슨 이치이냐고 하니, 순변사가 말이 막혀 대답을 못하는 것이었다. 기지개를 켜는데 깨어나니, 그것은 하나의 꿈이었다. 아침 식사 후 대청에 나가 앉아 서류를 처결했다. 잠시 후 우우후(이정충李廷忠), 금갑도만호(이정표李廷彪)가 와서 젓대를 듣다가 저물어 돌아갔다. 흥양의 총통 만드는 색리 등이 와서 회계를 밝히고 돌아갔다.

26일 경자. 소한(小寒)인데 맑고 따뜻했다. 공무를 보지 않고 방안에 있었다. 이날 메주 10섬을 쑤었다.

▷ 11월 29일부터 12월 그믐까지는 빠졌음.

을미(乙未) 선조 28년(1595), 51세

정월

초1일 갑술. 맑음. 촛불을 밝히고 혼자 앉아 생각이 나랏일에 이르자 모르는 사이에 눈물이 흘렀다. 또 팔십의 병드신 어머님〔病親〕을 생각하니 마음이 편치 않아 밤을 새웠다. 새벽에는 여러 장수들과 색군(色軍)들이 와서 해가 바뀐 인사를 하였다. 원전(元㙉), 윤언심(尹彦諶), 고경운(高景雲) 등이 보러 왔다. 모든 색군들에게 술을 먹였다.

5월

초4일 병자. 맑음. 이날은 어머님〔天只〕 생신인데, 몸소 나가 잔을 드리지 못하고 홀로 먼 바다에 앉았으니 회포를 어찌 다 말하랴. 늦게 활 15순을 쏘았다. 해남(최위지崔緯地)이 고하고 돌아갔다. 아들의 편지를 보니, 요동(遼東)의 왕작덕(王爵德)*이 왕(王)씨의 후손으로서 군사를 일으키려 한다고 했다. 참으로 놀랄 일이다.

＊　《이충무공전서》에 있는 왕작덕(王爵德)에 대한 해당 기사 내용은 〈日記抄〉 검토 결과 《이충무공전서》의 편집 오류로 보이며, 을미년 11월 4일 날짜에 해당하는 것으로 판단된다(부록 2 참조).

15일 정해. 궂은 비가 개지 않고, 지척을 분간할 수 없었다. 새벽 꿈이 매우 어지러웠다. 어머님〔天只〕 안부를 못 들은 지 벌써 이레라 무척 초조했으며 또 해(荄)가 잘 갔는지 모르겠다. 아침 식후에 나가 공무를 보자니, 광양(光陽)의 김두검(金斗劒)이 복병(伏兵)으로 갈 적에 순천(順天)과 광양(光陽)의 두 관아에서 이중으로 삭료(朔料)

를 받은 것 때문에 벌로써 수군에게 왔으나, 칼도 차지 않고 또한 활도 차지 않고서 오만한 일을 많이 일으키므로 곤장 70대를 때렸다. 늦게 우수사(이억기李億祺)가 술을 가지고 와서 몹시 취하여 돌아갔다.

21일 계사. 흐림. 오늘은 필시 본영에서 사람이 올 터이나, 아직 어머님〔天只〕 안부를 몰라 몹시 답답하다. 종 옥이(玉伊)와 무재(武才)를 본영으로 보냈다. 포어(鮑魚)와 소어(蘇魚) 젓갈, 어란쪽 등을 어머님〔天只〕께 보냈다. 아침에 나가 공무를 보자니, 항복한 왜인들이 와서 고하기를, 저희 동료 왜인으로 산소(山素)란 자가 흉칙한 짓을 많이 하기 때문에 죽이겠다고 했다. 그래서 왜인을 시켜 목을 베게 하였다. 활 20순을 쏘았다.

29일 신축. 비바람이 그치지 아니 하고 종일토록 퍼부었다. 사직(社稷)의 위엄과 영험에 힘입어 겨우 조그마한 공로를 세웠는데, 임금의 총애와 영광이 지나쳐 분에 넘치는 바가 있다. 장수의 직책을 띤 몸으로 티끌만 한 공도 바치지 못했으며, 입으로 교서(敎書)를 외면서도 얼굴에는 군인으로서의 부끄러움이 있음을 어찌 하랴.

6월

12일 계축. 가는 비가 오고 바람이 불었다. 새벽에 울(蔚)이 오는 편에 들으니, 어머님〔天只〕 병환이 조금 덜해졌다고는 하나 구십 나이에 이런 위태한 병을 얻었으니 걱정스러워 소리없이 울었다.

7월

초1일 임신. 잠깐 비가 왔다. 나라의 제삿날이라 공무를 보지 아니했다. 홀로 다락에 기대어, 나라 정세가 아침 이슬같이 위태로운데〔國勢危如朝露〕, 안으로는 대책을 결정할 대들보가 없고〔內無決策之棟

樑), 밖으로는 나라를 바로잡을 만한 주춧돌이 없음(外無匡國之柱石)을 생각하니, 사직이 장차 어떻게 될지 몰라 심사가 어지러웠다. 종일 누웠다 앉았다 했다.

초2일 계유. 맑음. 오늘은 선친(이정李貞)의 생신이다. 슬프게 사모하고 그리운 생각에 눈물이 흐르는 것도 깨닫지 못했다. 늦게 활 10순을 쏘았다. 또 철전(鐵箭) 5순, 편전(片箭) 3순을 쏘았다.

초7일 무인. 흐리되 비는 오지 않았다. 경상수사(권준權俊)와 두 조방장(박종남朴宗男, 신호申浩) 및 충청수사(선거이宣居怡)가 왔다. 방답(장린張麟)과 사도(김완金浣) 등에게 명령하여 편을 갈라 활을 쏘게 했다. 경상우병사(김응서金應瑞)에게 온 유지(諭旨)에, '전화(戰禍)가 나라를 참혹케 하고, 원수(怨讐)는 종묘 사직에 남아 있어, 신(神)의 부끄러움과 사람의 원통함이 천지에 사무쳤건만, 아직도 요망한 기운을 속히 쓸어 버리지 못하여 모두 극히 통분하도다. 무릇 혈기를 가진 자로서, 어느 누가 팔을 걷어붙이고 마음을 썩히면서 그 놈의 살을 저미고자 아니 하리오. 그대는 원수와 마주 진치고 있는 장수로서 조정의 명령도 없이 함부로 적과 대면하여 감히 패악한 역적의 말을 늘어놓고, 또 자주 사사로운 편지를 통하며, 놈들을 높이고 아첨하는 태도가 현저할 뿐더러, 서로 화친하자는 말이 명나라 조정에까지 다다랐다. 부끄러움을 끼치고 사이를 벌려놓기에 조금도 꺼림이 없이 했으니, 군법에 부쳐도 모자랄 것이 없건마는 오히려 너그러이 용서하고 돈독히 타일러 책망하여 경고하기를 분명히 했었다. 그럼에도 미혹함이 더욱 심하여 스스로 죄구덩이로 빠져 들어가니, 내 보기에는 심히 해괴하고 또 그 까닭을 알 수가 없다. 그래서 이제 비변사(備邊司) 낭청(郎廳) 김용(金涌)을 보내어 구두로 내 뜻을 전하니, 그대는 마음을 고치고 각별히 삼가하여 후회할 일을 하지 말라' 하였다. 이것을 보니 놀랍고 황송함을 이길 길이 없다. 김응서(金應瑞)는 어떤 사람이기에 스스로

회개하여 다시 힘쓴다는 말을 듣지 못하였다. 만일 그에게 쓸개가
있다면 반드시 자결하였을 것이다.

초10일 신사. 맑음. 몸이 몹시 불편했다. 늦게 우수사(이억기李億祺)를 만
나 서로 이야기했다. 양식이 모자르나 아무런 계책이 없다는 말을
많이 했다. 참으로 민망하였다. 박조방장(박종남朴宗男)도 왔다. 몇
잔을 마시고 몹시 취했다. 밤이 깊어 다락 위에 누웠으니, 초승 달
빛은 다락에 가득하고, 정회를 스스로 이길 길이 없었다.

14일 을유. 늦게 개다. 군사들에게 휴가를 주었다. 녹도(鹿島) 송여종(宋
汝悰)을 시켜 사망한 군졸들을 제사 지내도록 하여 백미 2섬을 주
었다. 이상록(李祥祿), 태구련(太九連), 공태원(孔太元) 등이 들어
왔다. 어머님〔天只〕께서 쾌평하시다 하니 기쁘기 한이 없다.

8월

27일 정묘. 맑음. 군사 5,480명에게 음식을 먹였다. 저녁때 산봉우리 높
은 곳에 올라가, 적의 진(陣)과 적선들이 다니는 길을 손짓하여 가
리켜 보였다. 바람이 몹시 사나왔다. 저녁을 타고 돌아 내려왔다.

9월

14일 계미. 맑음. 늦게 나가 공무를 보았다. 우수사(이억기李億祺)와 경상
우수사(권준權俊)가 나란히 와서 작별하는 술잔을 같이 나누고 밤
이 깊어 헤어졌다. 선수사(선거이宣居怡)*와 작별하며 증정한 짧은
시(詩)인즉, 북쪽에 가서는 쓴 고생을 같이하고, 남쪽에 와서는 죽
고 삶을 함께 하더니, 오늘밤 달빛 아래 한 잔 술을 나누면, 내일은
우리 서로 헤어지겠구려.
(이날의 일기 뒷부분은 아래와 같이 5언 절구 형식으로 되어 있어
그대로 옮겨 본다.)

北去同勤苦 南來共死生
一杯今夜月 明日別離情

---

* 　선거이(宣居怡)는 이순신의 가장 막역한 친구였으며 이순신보다 5세 연하였다. 그는 1550년(명종 5) 광주(光州)에서 도사(都事) 선상(宣祥)의 아들로 태어나, 1570년(선조 3) 무과에 급제하였으며, 1586년(선조 19) 함경북도 병마절도사 이일(李鎰)의 계청군관(啓請軍官)이 되었다. 그 이듬해 8월에는 녹둔도(鹿屯島)에서 당시 조산만호(造山萬戶)였던 이순신과 함께 여진족을 격퇴하였다. 이순신이 여진족을 격퇴하였을 때, 상관이었던 이일은 자신의 방비에 대한 과오가 드러날까 겁내어 이순신에게 책임을 물어 투옥하였다. 이순신이 투옥되게 되었을 때, 이순신을 걱정하는 선거이의 두터운 우정을 엿볼 수 있는 일화가 남아 있다. 즉, 선거이가 이순신을 찾아와서 손을 잡고 눈물을 흘리며, "술을 마시고 들어가는 것이 좋겠소〔飮酒而入可也〕"라고 하니, 이순신이 "죽고 사는 것이 천명인데 술은 마셔 무엇하오〔死生有命飮酒何也〕" 하였다. 선거이가 다시 말하되 "그럼 술은 마시지 않더라도 물이나 마시오〔酒雖不飮水則可飮〕"라고 했으나, 이순신은 "목이 마르지 않은데 물은 무엇 때문에 마시겠소〔不渴何必飮水〕" 하며 그대로 들어갔으며 결국 백의종군하게 되었다(李芬, 〈行錄〉). 위 시에서 '북쪽에 가서는 쓴 고생을 같이하고 …'는 이때의 일을 회상함일 것이다.

　　임진왜란이 일어나자, 선거이는 전라병사로서 1592년(임진) 12월에 독산산성(禿山山城) 전투에 참가하여 부상을 입었으며, 1593년(계사) 2월에는 전라순찰사 권율(權慄)과 함께 행주대첩(幸州大捷)을 이룸에 큰 공을 세웠다. 1593년 5월 이후에는 이순신과 줄곧 편지를 주고받으며 적을 토벌하는 일을 의논하였으며, 1594년(갑오)에는 곽재우(郭再祐), 김덕령(金德齡)과 함께 장문포해전에서 적을 토벌하였다. 즉, "… 전라병사(선거이宣居怡)의 편지도 왔는데, 창원(昌原)의 적을 오늘 토벌키로 예정했으나, 흐리고 비가 개지 않아 출동하지 못했다 한다."(계사 5월 27일), "이경복(李景福)이 병사에게 보내는 편지를 가지고 떠났다.…"(계사 7월 19일), "병사의 편지와 명나라 장수의 통첩이 왔는데, …"(계사 7월 20일), 또 "… 저녁에 선병사가 배에 이르렀으므로 본영 배를 타게 했다. …"(갑오 9월 27일), "선병사(兵使, 선거이宣居怡), 곽재우(郭再祐), 김덕령(金德齡) 등이 떠나갔다. …"(갑오 10월 초7일)와 같이 언제나 일선에서 생사(生死)를 같이하였다. 1595년(을미)에는 충청수사로 부임하여 이순신과 진을 같이하며, 거의 매일 만나 군사 일을 의논함은 물론, 같이 활을 쏘기도 하고, 생일 때는 음식을 나눠 먹으며(을미 7월 25일), 또 이순신이 환도 (環刀)를 증정하기도 했다(을미 7월 21일). 선거이가 병들었을 때에는, "… 충 청수사가 말을 분명하게 못한다는 말을 듣고 저녁 때에 친히 가서 본 즉, 중태 에는 이르지 않았으나 바람과 습기에 많이 상했다. 심히 염려된다."(을미 6월 20일), "… 저녁에 박조방장(박종남朴宗男)과 함께 충청수사에게로 가서 그 병 세를 보니 이상한 점이 많았다."(을미 6월 25일), "아침에 충청수사에게로 가서 문병하니 많이 덜해졌다고 한다. …"(을미 7월 초3일)와 같이 거듭 병문안하여, 이순신의 선거이를 대함이 얼마나 극진했는가를 짐작케 한다. 오늘 날짜인 9 월 14일에는 선거이가 황해병사(?)로 전임되어 헤어지게 되었으므로 이억기 (李億祺), 권준(權俊) 두 수사와 함께 모여 작별의 술을 나누고, 위와 같은 시를 주고받으며 이별의 정을 나누고 있는 것이다. 다음 날 일기에서, "선수사가 와 서 작별을 고했다. 또 작별하는 술잔을 들고 헤어졌다."(을미 9월 15일)고 하여 헤어짐을 못내 아쉬워하고 있음을 알 수 있다. 그 이후 1596년(병신) 9월 24 일에, "일찍 떠나서 선병사(宣兵使)의 집에 이르니 선(宣)의 병이 극히 위중하 였다. 그 위급함이 가히 염려스러웠다.…"라 하여, 선거이를 병문안한 기록이 있다. 이 즈음에 선거이는 중풍을 앓고 있었던 것으로 보인다(《선조실록》卷 82 병신 11월 7일조 참조). 선거이는 1598년(무술) 선화도(宣化島), 의령(宜 寧) 등지에서 적과 싸웠으며, 울산전투에서 명나라 장수 양호(楊鎬)를 도와 왜 적과 싸우다 전사하였다.

▷ 12월 21일부터 30일까지는 빠졌음.

▷ 을미(乙未) 정월 1일부터 12월 20일까지의 기사는 《이충무공전 서》 수록의 《난중일기》에는 보이고 있으나 그 원본은 남아 있지 않다.

병신(丙申) 선조 29년(1596), 52세

정월

12일 기묘. 맑았으나 서풍이 세게 불어 추위가 혹독했다. 새벽 2시쯤, 꿈에 어떤 곳에 이르러 영의정(유성룡柳成龍)과 함께 이야기했다. 잠시 함께 속 아랫도리[中裳]*를 끄르고 앉았다 누웠다 하면서, 서로 나라를 걱정하는 생각을 털어 놓다가 끝내는 가슴이 막히어 그만두었다. 이윽고 비바람이 퍼붓는데도 오히려 흩어지지 않고 조용히 이야기하는 중에, '만일 서쪽의 적이 급히 들어오고 남쪽의 적까지 덤비게 된다면 임금이 어디로 다시 가시랴' 하고 걱정만 되뇌이며 할 말을 알지 못했다. 앞서 듣건대, 영의정이 천식으로 몹시 편찮다고 하더니 나았는지 모르겠다. 글자점을 던져 보았더니, '바람이 물결을 일으키는 것 같다[如風起浪]'는 괘가 나왔다. 또 오늘 중으로 길흉 간에 무슨 소식을 듣게 될지를 점쳐 보니 '가난한 사람이 보배를 얻은 것과 같다[如貧得寶]'는 괘가 나왔다. 이 괘는 참 좋다, 참 좋다. 어제 저녁에 종 금(金)을 본영으로 내보냈는데, 바람이 심히 고약하니 매우 염려된다. 늦게 나가서 각처 서류를 처결해 보냈다. 낙안(선의문宣義問)이 들어왔다. 웅천현감(熊川縣監, 이운룡李雲龍)의 보고에 왜선 14척이 거제(巨濟) 금이포(金伊浦, 경남 거제시 장목면 군항포 부근으로 추정)에 들어와서 대고 있다 하기에 경상수사(권준權俊)로 하여금 삼도의 여러 장수를 거느리고 가 보도록 했다.

---

* 중상(中裳): 국상(國喪)에 종친문무백관이 입는 복제식(服制式)의 하나로서 약간 가는 생베(生布)를 사용하여 만든 것이다(규장각12181, 《호남읍지》 제4책 '강진·해남', 丙申年國恤膽錄, 1895년 편찬, 86~87쪽). 1752년(영조28)에 완성된 《국조상례보편國朝喪禮補編》(규장각3940)에는 '중상中裳'은 나오지

않으며 '중의中衣'에 관한 제식만이 나오는데, 이 두 복식이 동일한 것인지 별개인지의 여부는 확인되지 않고 있다.

2월

초3일 경자. 맑았으나 바람이 크게 불었다. 홀로 앉아서 아들이 떠나간 것을 생각하고 심회가 스스로 편치 않았다. 아침에 장계를 수정했다. 경상수사(권준權俊)가 보러 왔다. 그 편에 적량(赤梁, 경남 남해군 창선면 진동리 적량)만호 고여우(高汝友)가 장담년(張聃年)에게 소송을 당한 일로 순찰사가 장계를 올려 파면하려 한다는 글을 보았다. 초저녁에 어란만호(於蘭萬戶)가 견내량(見乃梁)의 복병(伏兵)한 곳으로부터 와서 보고하되, 부산의 왜놈 3명이 성주(星州)에서 항복한 사람을 데리고 복병한 곳에 와서 장사를 하겠다고 한다 하므로, 곧 장흥부사(長興府使, 배흥립裵興立)에게 전령하여, 내일 새벽에 가서 보고 타일러 쫓으라 하였다. 이 왜적들이 어찌 물건을 사러 온 것이랴. 우리의 허실(虛實)을 엿보려 함이다.

초5일 임인. 아침에 흐리다가 늦게 갰다. 사도(蛇渡, 김완金浣), 장흥(長興, 배흥립裵興立)이 일찍 왔기에 조반을 같이 했다. 식후에 권숙(權俶)이 와서 돌아간다 하므로 종이, 먹 2개와 패도(佩刀)를 주어 보냈다. 늦게 삼도(三道)의 여러 장수들을 불러 모아 위로하는 음식을 대접하고, 겸하여 활도 쏘고, 풍악도 울리며 모두 취해서 헤어졌다. 웅천(熊川, 이운룡李雲龍)이 손인갑(孫仁甲)과 좋아지내던 여인을 데려왔기에 여러 장수들과 함께 가야금 몇 곡조를 들었다. 저녁에 김기실(金己實)이 순천에서 돌아왔는데, 그 편에 (어머님께서) 편안하심을 알게 되니 기쁘고 다행하다. 우수사의 편지가 왔는데 군사에 대한 기일을 늦추기 바란다니, 우습고 한심스러웠다.

14일 신해. 맑음. 늦게 나가서 장계 초안을 수정했다. 동복(同福, 전남 화순군 동복면 독상리)서 군량 대는 유사(有司) 김덕린(金德獜)이 인사

차 왔다. 경상수사(권준權俊)가 쑥떡과 초 한 쌍을 보내 왔다. 새 곳
간에 지붕을 이었다. 낙안(선의문宣義問)과 녹도(송여종宋汝悰) 등을
불러서 떡을 먹였다. 얼마 뒤 강진(康津, 이극신李克新)이 보러 왔기
에 위로하고 술을 마셨다. 저녁에 물을 부엌가로 끌어들여 물 긷는
수고를 덜게 했다. 이날 밤, 바다 달빛은 대낮처럼 밝고, 물결은 비
단결 같은데, 혼자서 높은 다락에 기대었노라니 심사가 몹시 어지
러워 밤이 깊어서야 잠자리에 들었다. 흥양(興陽, 전남 고흥군 고흥읍)
의 유사(有司) 송상문(宋象文)이 와서 쌀과 벼를 합해 7섬을 바치
었다.

15일   임자. 새벽에 망궐례(望闕禮)를 행하려다, 비가 부슬부슬 내려 마
당이 젖어 행사가 곤란하므로 중지하였다. 어두울 무렵에 들으니
우도(右道)에 항복한 왜놈이 경상도의 왜놈과 짜고서 도망할 계획
을 꾸민다 하므로 전령을 놓아 알렸다. 아침에 화살대를 골라내어
큰 살대 111개와 그 다음치 154개를 옥지(玉只)에게 주었다. 아
침에 장계 초안을 수정했다. 늦게 나가 공무를 보는데 웅천(이운
룡李雲龍), 거제(안위安衛), 당포(안이명安以命), 옥포(이담李曇), 우우
후(이정충李廷忠), 경상우후(이의득李義得)가 같이 보러 왔다가 돌아
갔다. 순천의 둔전에서 추수한 벼를 내가 직접 보는 앞에서 받아들
였다. 동복(同福)의 유사(有司) 김덕린(金德獜), 흥양(興陽)의 유사
송상문(宋象文) 등이 돌아갔다. 저녁때 사슴 한 마리와 노루 두 마
리를 사냥해 왔다. 이날 밤에 달빛이 대낮처럼 밝고 물결이 비단결
같아 누워도 잠이 들지 않았다. 아랫사람 등은 밤새도록 술에 취해
서 노래를 불렀다.

20일   정사. 맑음. 일찍 조계종(趙繼宗)이 현풍(玄風) 수군 손풍련(孫風
連)에게 소송을 당하여, 마주 대면하고 공술하기 위해 여기까지 왔
다가 돌아갔다. 늦게 나가 서류를 처결하여 나누어 보냈다. 입대에
관한 공문을 사사로이 만든 죄로 손만세(孫萬世)를 처벌했다. 오후

에 활 7순을 쏘았는데 낙안(선의문宣義問)과 녹도(송여종宋汝悰)가
와서 같이 쏘았다. 비가 오려는 징조가 있었다. 새벽에 몸이 노곤
했다.

27일　갑자. 흐리다가 늦게 개다. 이날 녹도(鹿島, 전남 고흥군 도양읍 봉암리)
만호(송여종宋汝悰) 등과 함께 활을 쏘았디. 흥양(興陽, 최회량崔希
亮)이 휴가를 얻어 돌아갔다. 둔전(屯田)에서 받아들인 벼 2백 20
섬은 다시 작석해 보니 여러 섬이 줄었다.

28일　을축. 맑음. 일찍 침을 맞았다. 늦게 (동헌에) 나갔더니, 장흥(長興,
배흥립裵興立)과 체찰사(體察使, 이원익李元翼)의 군관이 같이 왔다.
들어 보니, 체찰사의 종사관(從事官)이 낸 전령 때문에 장흥부사를
체포하러 온 것이라 한다. 그리고 또, 전라도 수군 내에서 우도(右
道) 수군이 좌우도를 왕래하며 제주와 진도를 성원하라는 것이다.
조정의 획책이 이러하니 가소롭다. 체찰사로서 세우는 계획이 이
렇게 무작정할 수 있는가.* 국가의 일이 이러하니 어찌 하랴, 어찌
하랴. 저녁에 거제(巨濟, 안위安衛)를 불러 일을 물어본 후 곧 돌려
보냈다.

***

　＊　동년 3월 12일과 26일 기사에 의하면, 체찰사는 이날의 처사에 대해 잘못을
　　　인정하고 있다.

30일　정묘. 맑음. 아침에 정사립(鄭思立)에게 보고문을 쓰게 하여 체찰
사(이원익李元翼)에게 보냈다. 장흥(배흥립裵興立)이 체찰사에게 갔
다. 해가 느직해서 우수사(이억기李億祺)가 보고하기를, 이제 바람
도 온화해졌으니 대응책을 세울 시기라, 소속 부대를 거느리고 급
히 본도(本道, 전라우도)로 가야겠다고 했다. 그 마음가짐이 극히 해
괴스러워서 그의 군관과 도훈도(都訓導)에게 곤장 70대를 때렸다.
수사가 자기 부하를 거느리고 견내량(見乃梁)에 복병하고 있는 그
일에 대해 분하게 생각하는 말을 했으니, 무척 가소롭다. 저녁에

송희립(宋希立), 노윤발(盧潤發), 이원룡(李元龍) 등이 들어왔다. 희립은 술까지 가지고 왔다. 심기가 몹시 편치 않아 밤새도록 허한(虛汗)을 흘렸다.

3월

12일 기묘. 맑음. 아침식사 후 노곤하여 잠깐 잠을 자고 일어났다. 경상 수사(권준權俊)가 와서 같이 이야기했다. 또 여도(呂島, 김인영金仁英), 금갑도(金甲島, 가안책賈安策), 나주(羅州) 판관(어운급魚雲伋)이 왔는데 군관들이 술을 내놓았다. 저녁에 소국진(蘇國秦)이 체찰 사(이원익李元翼) 처소에서 돌아왔는데, 회답 내용은 우도 수군을 모두 본도로 보내라는 것은 본의가 아니었다고 한다. 가소롭다. 또 들으니, 원흉(元兇, 원균元均)은 곤장 40대를 맞고, 장흥(배흥립裵興立)은 20대를 맞았다고 한다.

26일 계사. 맑고 남풍이 불었다. 늦게 나갔더니 조방장(김완金浣)과 방답 (장린張麟), 녹도(송여종宋汝悰)가 와서 활을 쏘고 경상수사도 와서 이야기했다. 체찰사의 전령이 왔는데, 전날 우도(右道)의 수군을 돌려 보내라고 한 것은 회계(回啓, 임금의 하문에 대답하는 글)를 잘못 본 까닭이라는 것이었다. 아주 가소로웠다.

4월

초3일 기해. 맑았으나 종일 동풍이 불었다. 어제 저녁 견내량에 있는 복 병의 급보에, 왜놈 4명이 부산(釜山)으로부터 장사하러 나왔다가 바람 때문에 표류한 것이라 하므로, 새벽에 녹도만호(鹿島萬戶) 송여종(宋汝悰)을 보내어 그 사유(事由)를 물어 다스리고 타일러 보내려고 했다. 그러나 그 정황을 살펴보니, 정탐하러 왔던 것이 분명하므로 참수하였다. 우수사(이억기李億祺)에게 가보려다가 몸 이 불편하여 가지 못했다.

19일 을묘. 맑음. 습열(濕熱)로 인해 침을 20여 군데 맞았다. 속에 번열
(煩熱)이 나는 것 같아 방으로 들어와 종일 나가지 않았다. 어둘녘
에 영등(永登, 조계종趙繼宗)이 와보고 돌아갔다. 종 목년(木年)과
금화(今花), 풍진(風振) 등이 와서 나타났다. 이날 아침 남여문(南
汝文)에게서 수길(秀吉, 풍신수길)이 죽었다는 말을 들었다. 기뻐
뛰지 않을 수 없으나 믿을 수가 없다. 이 소문이 진작부터 퍼졌는
데 아직 확실한 기별은 오지 않았다.

5월

5일 신미. 맑음. 이날 새벽에 여제(厲祭)를 지냈다. 일찍 아침식사를 마
치고 나가 공무를 보았다. 회령(會寧, 전남 장흥군 회진면 회진리)만호
(민정붕閔廷鵬)가 교서에 숙배한 후, 여러 장수들이 모여 인사하고,
그대로 들어가 앉아 위로하는 술잔을 네 차례 돌렸다. 경상수사(권
준權俊)가 술 돌리기를 반쯤 했을 때, 씨름[角力]을 붙인 결과 낙안
(樂安, 전남 순천시 낙안면 남내리)의 임계형(林季亨)이 으뜸이었다. 밤
이 깊도록 즐거이 뛰놀게 했는데 그것은 내 스스로 즐겁자는 것이
아니라, 다만 오랫동안 고생하는 장수와 병사들을 위로하고 피곤
을 풀어주자는 생각에서였다.

25일 신묘. 비, 비. 저녁 내내 홀로 다락 위에 앉았으니 정회가 만 갈래였
다. 우리나라 역사를 읽는데 개탄(慨嘆)할 기록이 많았다[讀東國
史 多有慨嘆之志也]. 무재(武才) 등이 만드는 화살로서 흰 굽[白
蹄]에 톱질 넣은 것이 1,000개, 흰 굽이 그대로 있는 것이 870개
였다.

7월

13일 무인. 맑음. 명나라 사신을 모시고 따라갈 사람들이 탈 배 3척을
정비하여 오전 10시쯤에 띄워 보냈다. 늦게 활 13순을 쏘았다. 저

물녘에 항복한 왜인들이 광대놀이를 차렸다. 장수된 사람으로서는 그대로 둘 것이 못되지만, 진정으로 항복해 온 왜인들이 마당놀음 한 번을 간절히 바라기 때문에 금하지 않았다.

17일 임오. 새벽에 비가 뿌리다 곧 그쳤다. 충청도 홍산(鴻山)에서 큰 도적(이몽학李夢鶴 일당)이 일어나 홍산원(鴻山倅) 윤영현(尹英賢)이 붙잡히고, 서천(舒川)군수 박진국(朴振國)도 끌려 갔다고 한다. 바깥 적을 멸하지 못하였는데, 안 도적이 이러하니 참으로 가슴 아픈 일이다. 남치온(南致溫)과 고성(조응도趙凝道), 사천(기직남奇直男)이 돌아갔다.

21일 병술. 맑음. 늦게 나가 공무를 보았다. 거제(안위安衛)와 나주판관(어운급魚雲伋), 홍주판관(박윤朴崙)이 옥포(이담李曇), 웅천(김충민金忠敏), 당진포(조효열趙孝悅)와 함께 왔다. 옥포는 배 만드는 데 쓸 양식이 없다고 하므로, 체찰사 관계의 군량 중에서 2곡(斛)을 내주고, 웅천과 당진포에게는 배 만들 쇠 15근을 함께 주었다. 이날 아들 회(薈)가 방자(房子) 수(壽)에게 곤장을 때렸다 하기에, 아들을 뜰 아래로 붙들어다가 잘 타일렀다. 밤 10시쯤 땀이 줄줄 흘렀다. 통신사(通信使)가 청하는 표범 가죽을 가져 오라고 본영에 배를 보냈다.

8월

초1일 병신. 맑음. 새벽에 망궐례(望闕禮)를 행했다. 충청우후(원유남元裕男), 금갑(가안책賈安策), 목포(방수경方守慶), 사도(황세득黃世得), 녹도(송여종宋汝悰)가 와서 참석했다. 늦게 파지도(波知島, 충남 서산시 팔봉면 고파도)권관 송세응(宋世應)이 돌아갔다. 오후에 활터에 나가서 말을 달리다가 저물어서 돌아왔다. 부산(釜山)에 갔던 곽언수(郭彦水)가 돌아와서 통신사의 답장 편지를 전했다. 어두울 무렵에 비가 올 징조가 많으므로 비 오기 전에 대비할 일들을 지시했다.

초4일 기해. 맑았으나 동풍이 크게 불었다. 회(薈)는 면(葂), 완(莞) 등과 함께 아내의 생일 헌수잔[獻盃]을 드리기 위해 떠나갔다. 정선(鄭 愃)도 나가고 정사립(鄭思立)은 휴가를 얻어서 갔다. 다락에 앉아 서 아이들이 떠나는 것을 바라보느라고 몸 상하는 줄도 몰랐다. 늦 게 대청에 나가서 활 몇 순을 쏘다가 몸이 몹시 불편하여 활쏘기를 멈추고 안으로 들어왔다. 거북이처럼 몸이 얼어붙어서 바로 옷을 두텁게 하고 땀을 냈다. 저물녘에 경상수사(권준權俊)가 와서 문병 하고 갔다. 밤에는 낮보다 훨씬 더 아파서 신음하며 밤을 새웠다.

21일 병진. 맑음. 식후에 사정(射亭)에 나가 아들들에게 활쏘기를 연습 시키고 또 말을 타고 달리면서 활쏘는 것도 연습시켰다. 배조방장 (배흥립裵興立), 김조방장(김완金浣)이 충청우후(원유남元裕男)와 함 께 와서 같이 점심을 먹었다. 저물어서 돌아왔다.

윤8월

10일 갑술. 맑음. 이날 새벽에 초시(初試) 장을 열었다. 늦게서 면(葂)이 쏜 것은 모두 55보(步), 봉(菶)이 쏜 것은 모두 35보, 해(荄)가 쏜 것은 모두 30보, 회(薈)가 쏜 것은 모두 35보, 완(莞)이 쏜 것은 25 보라고 했다. 진무성(陳武晟)이 쏜 것은 모두 55보였다. 합격이었 다. 어둘녘에 우수사(이억기李億祺), 경상수사(권준權俊), 배조방장 (배흥립裵興立)이 같이 왔다가 밤 10시께 헤어져 돌아갔다.

12일 병자. 맑음. 종일 노(櫓)를 재촉하여 밤 10시쯤에 어머님[天只] 앞 에 이르러 보니 백발이 무성하셨다. 나를 보고 놀라 일어나시는데, 기운이 점점 없어져 아침 저녁을 보전하시기 어려웠다. 눈물을 머 금고 서로 붙들고 앉아, 밤이 새도록 위로하여 그 마음을 풀어 드 렸다.

13일 정축. 맑음. (어머님을) 모시고 옆에 앉아 아침 진지상을 드리니 대단히 기뻐하시는 빛이었다. 늦게 하직 인사를 드리고 본영으로 돌아왔다가, 오후 6시쯤에 작은 배를 타고 밤새 노를 재촉하였다.

14일 무인. 맑음. 새벽에 두치(豆恥)에 다다르니 체찰사(이원익李元翼)와 부사(한효순韓孝純)가 어제 벌써 와서 잤다고 한다. 점검하는 곳으로 쫓아가다 소촌찰방(召村察訪)을 만나고 일찍 광양현(光陽縣)에 이르렀다. 지나온 지역이 온통 쑥대밭이 되어 그 참혹함을 차마 볼 수 없었다. 우선 전선(戰船) 정비하는 것을 잠시 면제하여 군사와 백성들이 당하는 노고를 풀어 주어야겠다.

24일 내가 부사(한효순韓孝純)와 함께 가리포(加里浦, 전남 완도군 완도읍)로 갔더니 우우후(右虞候) 이정충(李廷忠)이 또한 먼저 와 있었다. 같이 남망(南望, 전남 완도군 완도읍 군내리 남망산 망대)에 오르니, 좌우로 적들이 다니는 길과 여러 섬을 역력히 헤아릴 수 있었다. 참으로 한 도(道)의 요충지이나 형세가 극히 외롭고 위태롭기 때문에 부득이 이진(梨津, 전남 해남군 북평면 이진리)으로 옮겨 합친 것이다. 병영(兵營, 전남 강진군 병영면 성남리)에 도착했다. 원공(元公, 원균元均)의 흉한 행동은 기록하지 않는다.

9월

8일 신축. 맑음. 나라 제삿날〔國忌, 세조대왕의 제삿날〕이라서, 새벽에 식사상의 고기 반찬을 먹지 않고 도로 내놓았다. 조반 후 길을 떠나 감목관(나주감목관, 나덕준羅德駿)에게 가니 감목관과 영광(靈光, 김상준金尙寯)이 같이 있었다. 국화꽃들 사이에서 술 몇 잔을 마셨다. 저물어서 동산원(東山院, 전남 무안군 현경면 동산리)에 다다라 말에 여물을 먹이고, 말을 재촉하여 임치진(臨淄鎭, 전남 무안군 해제면 임수리)에 다다르니, 8살 먹은 이공헌(李公獻)의 딸이 그 사촌의 계집종 수경(水卿)과 함께 보러 왔다. 공헌을 생각하니 애처로운 마음을 이길 수 없었다. 수경은 버려진 것을 이염(李琰)의 집에서 얻어다 기른 아이였다.

12일 을사. 비와 바람이 크게 일어났다. 늦게 출발하여 길에 올랐다. 10 리쯤의 개천가에 이광보와 한여경이 술을 가지고 와서 기다리고 있으므로 말에서 내려서 같이 이야기하는데 비바람이 그치지 않았 다. 안세희도 도착하였다. 저녁에 무장에 이르러 숙박했다.

여진(女眞)*

13일 병오. 맑음. 이중익과 이광축도 와서 같이 이야기했다. 비와 바람이 크게 일어났다. 이중익이 곤궁하고 급한 사정을 많이 말하므로 옷 을 벗어주고 종일 이야기했다.

14일 정미. 맑음. 계속 머물렀다. 여진 20(女眞廿)*

15일 무신. 맑음. 체찰사 행렬이 고을에 도착하여 들어가서 인사하고 대 책을 의논했다. 여진 30(女眞卅)*

---

* '여진(여자 이름)과 잤다' 혹은 '관노(官奴)와 잤다'라는 고약한 해석이 나오고, 수십 년을 걸쳐 거듭해서 일어나는 부분이다. 친필본문에는 '숙박했다'와 '여 진' 부분이 4~5자의 빈 공백을 두고 띄어져 있고, '과(와)'에 해당되는 한자 '與' 를 찾을 수 없으며, 동침(同寢)을 의미할 경우 '近' 또는 '寢'을 사용하는 법이 다. 더우기 '관노(官奴)'는 남자종을 일컫고, 여자종이라면 '비(婢)'이되 사삿집 에 속한 여자종은 사비(私婢), 관가에 속한 여자종은 관비(官婢)라 구분해 일 컫는다. '입(廿)'(이십, 20)과 '삽(卅)'(삼십, 30)의 한자 해독의 경우에도 각각 '공(共)' 및 '홍(洪)'으로 오독(誤讀)하기 쉬운 것이나 (친필원문의) 붓글씨 필 체와 문장에 정통한 옛 학자(들)의 견해로는 '입(廿)'(이십, 20)과 '삽(卅)'(삼십, 30)으로 해독하는 것이며, "이 날짜의 여진(女眞)은 가을철의 추수된 곡식을 구하러 배로 이동해 와서 무장현에 돌아다니던 '여진족' 혹은 '여진인'을 언급 한 것으로 본다"(故 석도륜 교수님)는 견해가 합당할 것이다.

10월

7일　　경오. 맑고 따스했다. 일찍이 (어머님을 위한) 수연(壽宴)을 베풀고 종일토록 즐기니 다행, 다행이다. 남해(박대남朴大男)는 제사 때문에 먼저 돌아갔다.

9일　　임신. 맑음. 서류를 처결하여 보냈다. 종일토록 어머님[天只]을 모셨다. 내일 진중으로 돌아가는 일로 어머님이 퍽 서운해 하시는 기색이었다.

▷　10월 12일부터 정유 3월 그믐까지는 빠졌음.

정유(丁酉) I 선조 30년(1597), 53세

4월

초1일 맑음. 옥문을 나오게 되었다.* 남문(남대문) 밖 윤간(尹侃)의 종의
집에 이르러 봉(菶), 분(芬)과 울(蔚), 사행(士行), 원경(遠卿)과 함
께 한 방에 같이 앉아 오래도록 이야기하였다. 지사(知事) 윤자신
(尹自新)이 와서 위로하고, 비변랑(備邊郎) 이순지(李純智)가 보러
왔다. 탄식이 더함을 이길 길이 없다. 지사가 돌아갔다가 저녁 식
사 후에 술을 가지고 다시 왔다. 기헌(耆獻)도 왔다. 정으로 권하며
위로하기로 사양할 수가 없어 억지로 술을 마시고 몹시 취했다. 또
영공(令公) 이순신(李純信)이 술병을 차고 와서 함께 취하며 간담
하였다. 영의정(유성룡柳成龍)이 종을 보냈고, 판부사(判府事) 정탁
(鄭琢)**, 판서(判書) 심희수(沈禧壽), 찬성(贊成) 김명원(金命元),
참판(參判) 이정형(李廷馨), 대사헌(大司憲) 노직(盧稷), 동지(同
知) 최원(崔遠), 동지(同知) 곽영(郭嶸) 등이 사람을 보내어 문안하
였다. 취해서 땀이 몸을 적셨다.

---

* "왜장을 놓아 주어 나라를 저버렸다"는 치열한 모함으로 파직된 이순신은 2월
   26일 함거(檻車)에 실려 서울로 압송되어 3월 4일에 투옥되었다. 그리고 4월
   초1일 28일간의 옥고 끝에 석방된 것이다.

   1596년(병신) 11월 이순신에 대한 원균의 중상모략이 조정내의 분당(分
   党)적 시론에 거세게 파급되고 있을 무렵, 왜장 코니시 유끼나가(小西行長)의
   막하 간첩 요시라(要時羅, 본명은 梯七大夫)는 경상우병사 김응서(金應瑞)의
   진영을 드나들며, "카또오 키요마사(加藤淸正)가 오래지 않아 다시 바다를 건
   너올 것이니, 그날 조선수군의 백전백승의 위력으로 이를 잡아 목을 베지 못할
   바 없을 것인즉, …" 하며 간곡히 권유하였다. 이 요시라의 헌책(獻策)이 도원
   수 권율(權慄)을 거쳐 조정에 보고되자, 조정 또한 절호의 기회를 놓칠세라 왜

간첩 요시라의 계책에 따를 것을 하명하였다.

　　병사 김응서는 요시라에게 의관(衣冠)을 갖추어 숙배(肅拜)케 한 후 벼슬 주는 것을 허락하고, 또 은자(銀子) 80냥을 상으로 내리는 등 조정의 후한 뜻을 전하여 그의 헌책을 치하하였다(《宣祖實錄》, 선조 30년 1월 22일조). (후일 명량대첩으로 이순신에게 하사된 것은 은자 20냥에 불과하였다!)

　　드디어 1597년(정유) 정월 21일, 도원수 권율이 한산도에 이르러 요시라의 계책대로 하라는 명을 전하였으나, 통제사 이순신은 그것이 필경 왜군의 간교한 유인책일 것이 분명하여, 적의 동향을 탐색하며 함대의 출동을 자제하였다. 도원수가 육지로 돌아간 지 하루 만에 웅천(熊川)에서 알려 오기를 "지난 정월 15일에 왜장 카또오가 장문포에 와 닿았다" 하였고(李芬, 〈行錄〉), 일본 측 기록에 따르면 정월 14일(일본력 13일) 카또오는 서생포(西生浦)에 나베시마(鍋島勝茂)는 죽도(竹島)에 각각 상륙한 것이 사실이다(舊參謀本部編, 《朝鮮の役》, 德間書店, 1965). ― 즉, 왜장 카또오는 도원수 권율이 독전차 한산도에 내려오기 7일이나 이전에 이미 상륙했던 것이다.

　　이 같은 왜군의 반간책(反間策)은 원균이 통제사가 된 후에도 똑같은 방식으로 시도되어, 거듭 적중되었던 것이다(柳成龍, 《懲毖錄》). 다가올 조선 수군의 궤멸은 왜군과 우리 조정의 합작이라 하여 마땅할 것이다! 정유재침(丁酉再侵)은 통제사 이순신의 투옥으로 개막되었던 것이다.

　　가혹한 문초 끝에 이순신을 죽이자는 주장이 분분하였으나, 이미 죄상의 규명 같은 것은 전혀 중요하지 않았다. 즉, 이 하옥사건은 정치적 모살(謀殺)의 일종이었다. 그러나 이순신은 마침내 판중추부사 정탁(鄭琢, 당시 72세)이 올린 신구차(伸救箚, 구명탄원서)에 크게 힘입어 백의종군(白衣從軍) 하명으로 간신히 특사되었다(도판 12는 정탁의 신구차 초고의 한 부분). 이순신 구명의 결정적 역할을 한 정탁은 곽재우(郭再祐), 김덕령(金德齡)을 천거하였으며, 모함으로 억울하게 죽은 김덕령 장군의 구명에도 힘을 쏟은 바 있다(國朝人物考). 유성룡은 《懲毖錄》에서 이순신의 처리를 논의하던 어전회의 도중, "정탁만이 말하기를, '순신은 명장입니다, 죽여서는 안됩니다〔舜臣名將 不可殺〕…' 하였다."라고 쓰고 있어, 화를 입어 본인의 목숨을 부지하지 못할 수도 있는 정치상황에서 홀로 이순신을 구명하려는 노신(老臣) 정탁의 노력을 엿볼 수 있다.

**　〈伸救箚〉를 쓴 정탁의 당시 관직명에 대해 유성룡은 《懲毖錄》에서 정유년 어전회의 당시 정탁의 관직명을 판중추부사로 쓰고 있으며, 《이충무공전서》에 수록되어 있는 이여(李畬)가 다시 쓴 〈伸救箚〉에는 정탁의 직명이 우의정으

로 되어 있다. 정탁은 1594년(갑오)에 우의정, 의금부사를 지냈으며, 1599년 관직을 사퇴하였다. 1600년 좌의정에 등용되었으나 고사하여 판중추부사에 임명되었고, 1603(선조 36)년 영중추부사, 1604년 호종공신 3등에 봉해졌다. 《조선왕조실록》에는 1597년(정유)에 지중추부사로 언급되어 있으며, 그보다 두 해 앞선 선조 28년(을미) 2월 20일조에는 '領事 鄭琢'이라고 언급되어 있는데, 領事란 의정부, 중추부, 돈령부, 홍문관, 춘추관 등에 두었던 정1품 관직으로서 3정승과 영중추부사, 영돈령부사를 지칭할 수 있어 정탁의 정확한 관직을 알 수는 없다. 한편 이순신은 난중일기에서 정탁을 '鄭二相'(좌찬성, 갑오(1594)년 2월 4일조), '右台'(우의정, 을미(1595)년 4월 12일조)로 부르고 있으며, 병신년 4월 15일조에는 '鄭領府事', 5월 30일조에는 '鄭判府事'로 언급하고 있다. 뿐만 아니라 정유년 옥에서 나왔을 때에는 판부사 정탁〔鄭判府事琢〕이라고 명확하게 언급하고 있어 이순신은 당시 정탁의 관직을 시종 '判中樞府事'로 인식하고 있음을 알 수 있다. 영중추부사는 의정에서 물러난 대신이 관례적으로 받던 대우직이었고, 물러난 의정이 많을 경우 1인 외에는 판중추부사로 임명된 것을 생각하면 우의정이었던 정탁이 물러난 후 지중추부사에 임명되기 전까지 이순신이 정탁을 영부사, 판부사로 부르는 것은 타당한 호칭이었을 것이다.

2일   임술. 종일 비, 비. 여러 조카들과 함께 이야기했다. 방업(方業)이 음식을 아주 넉넉하게 차려 왔다. 필공(筆工)을 불러다가 붓을 매게 하였다. 저물녘에 성(城)으로 들어갔다. 정승(유성룡柳成龍)과 밤새 이야기하고, 닭이 울고서야 헤어져 나왔다.

3일   계해. 맑음. 일찍 남쪽으로의 길에 올랐다(도판 13-1 참조). 금오랑(金吾郎, 금부도사의 별칭) 이사빈(李士贇), 서리(書吏) 이수영(李壽永), 나장(羅將) 한언향(韓彦香)은 먼저 수원부(水原府)에 도착하였다. 나는 인덕원(仁德院, 안양시 관양동)에서 말을 먹이고, 조용히 누워서 쉬다가 저물녘에 수원으로 들어가, 경기체찰사(京畿體察使, 홍이상洪履祥) 수하의 이름도 모르는 병사(兵士)의 집에서 잤다. 신복룡(愼伏龍)이 우연히 왔다가 나의 행색을 보고는 술을 차려와 위로하였다. 부사(府使, 수원부사) 유영건(柳永健)이 나와 보았다.

4일   갑자. 맑음. 일찍 출발하여 길에 올랐다. 독성(禿城, 오산시 양산동) 아
래에 이르니 판자(判刺) 조발(趙撥)이 술을 갖추고 막(幕)을 설치
하여 놓고는 기다렸다. 마시고 취해서 길에 올라 바로 진위구로(振
威舊路)를 거쳐 냇가에서 말을 먹였다. 오산(吾山) 황천상(黃天祥)
의 집에 도착하여 점심을 들었다. 황(黃)은 내 짐이 무겁다고 말을
내어 실어 보내게 해주니 고맙기가 이를 데 없다. 수탄(水灘)을 거
쳐 평택(平澤) 고을 이내절손(李內卩孫) 집에 들어가자 주인의 대
접이 매우 은근하였다. 잠자는 방이 아주 좁은데 불을 때서 땀이
흘렸다.

5일   을축. 맑음. 해가 뜰 때 길에 올라, 바로 선산(先山, 충남 아산시 염치
읍)에 이르렀다. 수목이 거듭 들불[野火]을 겪어 타죽었으니 차마
볼 수가 없었다. 무덤 아래에서 절하고 곡하였으며[拜哭], 시간이
지나도록 일어나지 못했다. 저녁이 되자 내려와 외가(外家)로 가서
사당(祠堂)에 절했다. 그 길로 뇌(蕾)의 집에 가서 선대의 사당에
곡하고 절하였다. 또한 들으니 남양(南陽) 아저씨가 세상을 떠나셨
다고 한다. 저물어 집에 이르러 장인, 장모님의 신위(神位) 앞에 절
하고, 곧바로 작은 형님과 여필(汝弼)의 부인인 제수의 사당에 다
녀와서 잠자리에 들었으나 심회(心懷)가 편하지 않았다.

6일   병인. 맑음. 멀고 가까운 친척, 친구들이 모두 와서 만났다. 여러 가
지 이야기를 하고 돌아갔다.

7일   정묘. 맑음. 금오랑(金吾郎, 이사빈李士贇)이 아산 고을로부터 오므
로 내가 가서 아주 은근히 대접하였다. 홍찰방(洪察訪), 이별좌(李
別坐), 윤효원(尹孝元)이 와서 보았다. 금오랑은 홍백(興伯, 변홍
백)의 집에서 잤다.

8일   무진. 맑음. 아침에 자리를 차려 남양 아저씨 영전에 곡하고 복을

입었다. 늦게 홍백(興伯)의 집으로 가서 이야기하였다. 강계장(姜
稽長)이 세상을 떠났다 하므로 가서 조문하고, 오는 길에 홍석견
(洪石堅)의 집에 들러 보았다. 늦게 홍백의 집에 들러 금부도사(금
오랑, 이사빈李士贇)를 만났다.

9일 기사. 맑음. 동네 안에서 사람들이 술병을 들고 와서 멀리 가는 길
을 정으로써 위로하므로 거절할 수 없어 몹시 취하여 헤어졌다. 홍
군우(洪君遇)가 노래부르고, 이별좌(李別坐) 역시 노래하는데 나
는 노래를 들어도 조금도 즐겁지가 않았다. 금부도사는 술을 잘 마
셨으나 흐트러짐이 없었다.

10일 경오. 맑음. 아침식사 후 흥백(興伯, 변흥백)의 집으로 가서 금부도
사(금오랑, 이사빈李士贇)와 함께 이야기했다. 늦게 홍찰방(洪察訪),
이별좌(李別坐) 형제, 윤효원(尹孝元) 형제가 보러 왔다. 이언길
(李彦吉), 허제(許霽)가 술을 들고 왔다.

11일 신미. 맑음. 새벽 꿈이 매우 번거로워 어찌 할 바를 몰랐다. 덕(德)
이를 불러 대략 이야기하고 또한 아들 울(蔚)에게도 말하였다. 마
음이 더없이 심란하여 취한 것도 같고, 미친 듯도 하여 마음을 가
눌 수가 없으니 이 무슨 징조인가. 병드신 어머님[病親]을 생각하
니 눈물이 흐르는 것을 깨닫지 못했다. 종을 보내서 소식을 듣고
오게 했다. 금부도사는 온양(溫陽)으로 돌아갔다.

12일 임신. 맑음. 종 태문(太文)이 안흥량(安興梁, 충남 태안군 근흥면 안흥
리)으로부터 들어왔다. 편지를 전하는데 어머님[天只]은 숨이 거
의 끊어지려 하시며, 초9일에 위 아래 여러 사람은 무사히 안흥(安
興)에 이르러 묵고 있다 한다. 오는 길에 법성포(法聖浦, 전남 영광
군 법성면 법성리)에 닿아 자고 있을 때 닻이 끌려 떠내려 가서 두 선
박이 엿새동안 서로 헤어졌다 무사히 다시 만났다고 한다. 아들 울
(蔚)을 먼저 바닷가로 보냈다.

13일 계유. 맑음. 아침식사 후 어머님 마중을 나가려고 바닷가〔海汀〕로
나갔다. 도중에 홍찰방(洪察訪) 집에 들러 잠깐 이야기하는 동안
울(蔚)이 애수(愛壽)를 보냈을 때에는 아직 배가 오는 소식이 없다
고 했다. 또한 황천상(黃天祥)이 술병을 들고 흥백(興伯, 변흥백)의
집에 왔다고 하므로 홍(洪, 홍찰방)과는 작별하고 흥백의 집에 이
르렀다. 잠시 후 종 순화(順花)가 배로부터 와서 어머님〔天只〕께서
는 돌아가셨다고 말한다. 뛰쳐나가 가슴을 치고 뛰며 슬퍼하였다.
하늘의 해조차 캄캄하다. 바로 해암(蟹巖, 충남 아산시 인주면 해암리)으
로 달려가자 배가 벌써 와 있었다. 길에서 바라보며 가슴이 찢어지
는 슬픔을 이루 다 어찌 적으랴. 뒷날 대강 적었다〔追錄草草〕.

14일 갑술. 맑음. 홍찰방(洪察訪)과 이별좌(李別坐)가 들어와서 곡(哭)
하고 관(棺)을 짰다. 관은 본영(本營)에서 준비한 것을 가지고 와
서 조그만 흠도 없다고 했다.

15일 을해. 맑음. 늦게 입관(入棺)하였다. 친구 오종수(吳終壽)가 마음을
다해 주니 뼈가 가루가 되더라도 잊지 못하겠다. 관에 대해서만은
하나도 후회가 없도록 잘 되었으니 그나마 다행이었다. 천안(天安)
원이 들어와서 행상을 준비해 주고, 전경복(全慶福) 씨가 연일 진
심으로 상복 만드는 일 등을 돌봐 주니 슬프고 감사함을 어찌 말로
다하랴.

16일 병자. 흐리고 비. 배를 끌어다 중방포(中方浦, 충남 아산시 염치읍 중
방리) 앞에 옮겨 대고 영구(靈柩)를 상여 위에 모시고 집으로 돌아
왔다. 마을을 바라보며 슬프고 찢어지는 아픔이야 어찌 다 말하
랴, 어찌 말하랴. 집에 도착하여 빈소를 차렸다. 비가 억수로 쏟아
지며, 나는 기력이 다 하였는데다 남쪽으로 내려갈 길이 또한 촉박
하니 부르짖고 또 부르짖어 울었다. 다만 어서 죽기를 기다릴 뿐이
다. 천안(天安)이 돌아갔다.

17일 정축. 맑음. 금부도사의 서리(書吏) 이수영(李秀榮)이 공주(公州)
로부터 와서 갈 길을 재촉하였다.

18일 무인. 종일 비, 비. 몸이 몹시 불편하여 나가지 못하고 다만 빈소
앞에서 곡하다가 물러나와 종 금수(今守)의 집으로 왔다. 늦게 계
(稧)원들이 나 있는 곳에 모두 모여 곗일을 의논하고 헤어졌다.

19일 기묘. 맑음. 일찍이 길을 떠나며, 어머님 영연(靈筵)에 하직을 고
하고 목놓아 울었다. 어찌 하랴, 어찌 하랴. 천지(天地)간에 나 같
은 사정이 또 어디 있단 말인가. 어서 죽는 것만 같지 못하구나. 뇌
(蕾)의 집에 이르러 선조의 묘당에 하직을 아뢰고 길을 떠났다. 금
곡(金谷, 충남 아산시 배방면 중리) 강선전(姜宣傳)의 집 앞에 도착하
여 강정(姜晶), 강영수(姜永壽)씨를 만나 말에서 내려 곡(哭)하였
다. 길을 떠나 보산원(寶山院, 충남 천안시 광덕면 보산원리)에 이르자
천안(天安)원이 먼저 와 있어, 냇가에서 말을 내려 쉬러 갔다. 임
천(林川, 충남 부여군 임천면)군수 한술(韓述)이 서울에서 중시(重試)
를 보고 돌아오는 길에 앞길을 지나다가 내가 간다는 소문을 듣고
들어와서 조문하고 갔다. 회(薈), 면(葂), 봉(菶), 해(荄), 분(芬), 완
(莞)과 변주부(主簿, 변존서卞存緖)들이 함께 천안(天安)*까지 따라
왔다. 원인남(元仁男)도 와서 인사하기에 작별하고 말에 올라 길
을 떠났다. 일신역(日新驛, 충남 공주시 신관동)에 이르러 잤다(도판
13-2 참조). 저녁에 비가 뿌렸다.

---

* 이날 이순신의 남행길은 아산(牙山)을 떠나 금곡(金谷, 충남 아산시 배방면 중
리), 보산원(寶山院, 충남 천안시 광덕면 보산원리)을 거쳐 공주(公州) 일신역
(日新驛, 충남 공주시 신관동)을 향하고 있다. '천안(天安)'을 군청 관아가 있었
던 천안(현재의 천안시)으로 생각할 경우 남행길은 보산원에서 다시 북쪽으로
거슬러 되올라 가게 되나, 또한 바쁜 걸음을 재촉하는 터에(4월 17일자 일기
참조), 천안을 들러서 다시 내려오는 길(약 24km 거리)을 갔을 이유를 찾기 어
렵게 된다(도판 13-1 참조). 따라서 여기서의 '천안(天安)'은 '천안시(天安市)'

또는 '천안시 경계'의 의미로 받아들여야 할 것 같다.

20일 경진. 맑음. 공주(公州) 정천동(定天洞)에서 아침을 먹었다. 저녁에 이산(泥山, 충남 논산시 노성면 읍내리)에 들어가자 이 고을 원이 극진히 맞이했다. 관아 동헌에서 잤다. 김덕장(金德章)이 우연히 와서 서로 만나 보았고, 도사(都事, 금부도사 이사빈)도 와서 보았다.

21일 신사. 맑음. 일찍 출발하여 은원(恩院, 충남 논산시 은진면 연서리)에 이르자, 김익(金瀷)이 우연히 왔다고 했다. 임달영(任達英)이 곡식을 거래할 일로 배가 은진포(恩津浦)에 도착하였다고 하는데, 그가 지내온 꼴이 매우 괴상하고 거짓이 많았다. 저녁에 여산(礪山, 전북 익산시 여산면 여산리) 관노(官奴)의 집에서 잤다. 한밤중에 홀로 앉았으니 슬프고 가슴 아픔을 어찌 견디랴, 어찌 견디랴.

22일 임오. 맑음. 낮에 삼례(參禮, 전북 완주군 삼례읍) 역장(驛長)의 집에 도달했다. 저녁에는 전주(全州) 남문(南門) 밖 이의신(李義臣)의 집에 가서 잤다. 판관(判官) 박근(朴勤)이 와서 보았고 부윤(府尹)도 후하게 대접해 주었다. 판관 처소에서 두꺼운 기름종이와 생강(生薑) 등을 보내 왔다.

23일 계미. 맑음. 일찍 출발하여 오원역(烏原驛, 전북 임실군 관촌면 관촌리)에 도착하여 역관(驛館)에서 말을 먹이고 아침식사를 하였다. 잠시 후에 도사(都事)가 왔다. 저물어서 임실현(任實縣)에 들어가자 고을 원이 예사로이 대접했다. 원은 홍순각(洪純慤)이다.

24일 갑신. 맑음. 일찍 출발하여 남원(南原)에 이르렀다(도판 13-3 참조). 읍에서 15리쯤 되는 곳에서 정철(丁哲) 등과 만나 남원부에서 5리 안에까지 이르러 서로 작별했다. 나는 계속 가서 바로 10리 밖의 동면(東面) 이희경(李喜慶)의 종 집에 이르렀다. 아픈 마음이야 어찌 달래랴.

25일 을유. 비 올 기미가 많음. 아침식사 후 길에 올라 운봉(雲峯, 전북 남
원시 운봉면) 박산취(朴山就) 집에 들어갔다. 비가 크게 내리므로 머
리를 내놓을 수가 없었다. 그곳에서 소식을 듣게 되었는데 원수(元
帥, 권율權慄)가 이미 순천(順天)으로 향했다고 한다. 즉시 금오랑
(금부도사, 이사빈李士贇)의 처소로 사람을 보내어 머물러 있게 했
다. 고을의 원(남간南侃)은 병으로 나오지 못했다.

26일 병술. 흐리고 비. 개이지 않음. 일찍 식사하고 길을 떠났다. 구례현
(求禮縣)에 이르자 금오랑(金吾郎)은 먼저 와 있었다. 손인필(孫仁
弼)의 집에 자리를 잡으니 고을의 원(이원춘李元春)이 급히 나와 보
러 왔다. 대접은 아주 은근하였다. 금오랑 역시 보러 왔다. 내가 금
오랑에게 마실 것을 권하도록 고을 주인원에게 청하였더니, 원이
진심으로 대접했다고 한다. 밤에 앉아 있으니, 비통함을 어찌 말로
다하랴.

27일 정해. 맑음. 일찍 출발하여 송치(松峙, 전남 순천시 서면 학구리) 아래에
도착하자 구례(求禮)원(이원춘李元春)이 점심을 짓도록 사람을 보
내 왔으나 도로 돌려보냈다. 순천(順天) 송원(松院)에 이르자 이득
종(李得宗)과 정선(鄭瑄)이 와서 안부를 물었다. 저녁에 정원명(鄭
元溟)의 집에 이르자 원수(元帥, 권율權慄)가 내가 도착한 것을 알
고는 군관(軍官) 권승경(權承慶)을 보내어 조의를 전하고 또 안부
도 물어 왔다. 위로의 말은 자못 정성스러웠다. 저녁에는 이 고을
의 원이 보러 오고, 정사준(鄭思竣)도 와서 원공(원균元均)의 패망
(悖妄)스럽고 엉망된 꼴을 많이 말했다.

28일 무자. 맑음. 아침에 원수가 다시 군관 승경(承慶)을 보내어 안부를
묻고, 상중(喪中)이어서 몸이 피곤할 것이므로 기운이 회복되면 나
오라 했다고 전해 왔다. 또, 이제 들으니 친근한 군관이 통제영에
있다 하므로 공문과 함께 편지를 보내어 나오게 할 터이니 데리고
가서 간호(看護)케 하라 했다고 전하며 편지와 공문을 만들어 왔

다. 부사(府使, 순천부사 우치적禹致績)의 소실이 세상을 떠났다
한다.

29일 기축. 맑음. 신사과(愼司果)와 응원(應元)이 와서 보았다. 병사(兵
使, 이복남李福男) 역시 원수(元帥, 권율權慄)의 지시를 듣고 의논할
일이 있어 고을로 들어왔다고 한다. 신사과와 함께 이야기했다.

30일 경인. 아침에 흐리고 저물어 비. 아침식사 후 신사과(愼司果)와 함
께 의논하며 이야기하는데, 병사는 머물러 술을 마셨다고 한다. 병
사 이복남(李福男)은 아침 식전에 보러 와서 원공(元公, 원균元均)
의 일에 대해 많이 말했다. 감사(監司, 전라감사 박홍로朴弘老) 또한
원수(元帥)에게 왔다가 군관을 보내어 문안해 왔다.

5월

초1일 신묘. 비, 비. 신사과(愼司果)가 머물면서 이야기했다. 순사(巡使,
순찰사 박홍로), 병사(兵使, 이복남)가 원수(元帥)가 내려와 있는
정사준(鄭思竣)의 집에 같이 모여 술을 마시며 아주 즐겁게 논다
고 한다.

2일 임진. 늦게 맑음. 원수(元帥)는 보성(寶城)으로 가고, 병사(兵使)는
본영(本營)으로 갔다. 순사(巡使)는 담양(潭陽)으로 가는 길에 보
러 들렀다 돌아갔다. 부사(府使, 우치적)가 보러 왔다. 진흥국(陳興
國)이 좌수영에서 와서 눈물을 흘리며 원(元, 원균)의 처사를 이야
기했다. 이형복(李亨復), 신홍수(申弘壽)도 왔다. 남원(南原)의 종
말석(末石)이 아산집에서 와서 어머님의 영연(靈筵)이 평안함을
전하고 또한 유헌(有憲, 변유헌)이 그 집안 식구들을 거느리고 무
사히 금곡(金谷)에 도착했다고 전했다. 빈 동헌(東軒)에 홀로 앉아
있는데 비통함을 견딜 수 없다.

3일 계사. 맑음. 신사과(愼司果), 응원(應元), 진흥국(陳興國)이 돌아갔

다. 이기남(李奇男)이 보러 왔다. 아침에 울(蔚)의 이름을 열(莌)로 고쳤다. 열(莌)은 음(音)이 열(悅)과 같은데, 싹이 터서 생명을 시작하고, 초목(草木)이 무성히 자란다는 것이니 글자의 뜻이 매우 아름답다. 늦게 강소작지(姜所作只)가 보러 왔다가 곡(哭)을 하였다. 오후 4시쯤에 비가 뿌렸다. 저녁에 고을의 원이 보러 왔다.

4일 갑오. 비. 오늘은 어머님〔天只〕의 생신이다. 슬프고 애통한 마음을 어찌 견디랴. 닭이 울자 일어나 앉아 눈물만 흘렸다. 오후에 비가 크게 내렸다. 정사준(鄭思竣)이 와서 하루종일 돌아가지 않았다. 이수원(李壽元)도 왔다.

5일 을미. 맑음. 새벽 꿈이 매우 어지러웠다. 아침에 부사(府使, 우치적 禹致績)가 보러 왔다. 늦게는 충청우후(忠淸虞候) 원유남(元裕男)이 한산(閑山)으로부터 와서 원공(元公, 원균)의 흉스럽고 패악한 점들을 많이 말했다. 또한 도(道)와 진(陣)에 속한 장수와 병사들이 서로 나뉘어 반목하는데, 그 형세가 장차 어찌 될지를 모른다고 한다. 이날은 오절(午節, 단오절)인데 천리 밖에 멀리 와서 종군하며, 장례도 못 모시고, 곡(哭)하고 우는 일조차 뜻대로 맞추지 못하니, 무슨 죄와 허물이 있어 이런 갚음을 당하는가. 나와 같은 사정은 고금을 통하여 그 짝이 없을 것이다. 가슴이 찢어지는 듯 아프고, 아프다. 다만 때를 만나지 못한 것이 한(恨)스러울 따름이다.

6일 병신. 맑음. 꿈에 돌아가신 두 형님을 보았는데 서로 부축하시고 통곡하며 하시는 말씀이 '장삿일〔襄事〕을 치르지도 않고 천리를 종군하고 있으니, 도대체 누가 일을 주관하며, 통곡한들 어찌 하느냐'고 하셨다. 이는 두 형님의 혼령이 천리길을 따라오신 것이며, 걱정하고 애달파하심이 이렇게까지 되니 비통함을 금할 길이 없다. 또한 남원(南原)의 추수 감독하는 일을 염려하시는데 이는 무슨 뜻인지를 모르겠다. 연일 꿈자리가 어지러운 것은 돌아가신 혼령들이 말없이 염려하여 주는 터이라 마음 아픔이 한결 더하다. 새벽부터 저녁까지 사무치고 슬픈 마음에, 눈물은 엉기어 피가 되건 마는 아득한 저 하늘은 어찌 내 사정을 살펴주지 못하는고, 왜 빨리 죽지 않는가〔淚凝成血 天胡漠漠不我燭兮 何不速死也〕. 늦게 능성원(綾城倅) 이계명(李繼命)이 역시 상제의 몸으로서 보러 왔다가 돌아갔다. 흥양(興陽)의 종 우노음금(禹老音金), 박수매(朴守每), 조택(趙澤)이 순화(順花)의 처(妻)와 함께 와서 인사했다. 이기윤(李奇胤)과 몽생(夢生)이 왔고, 송정립(宋廷立), 송득운(宋得運)도 왔다가 바로 돌아갔다. 저녁에 정원명(鄭元溟)이 한산(閑山)에서 돌아왔는데 흉한 자〔兇人, 원균元均〕의 소행을 많이 이야기했다. 또한 들으니, 부찰사(副察使, 한효순韓孝純)가 좌수영(左水營)으로 나왔는데 병이 나서 머무르며 몸조리를 한다는 것이다. 우수백(右水伯, 우수사 이억기李億祺)이 편지를 보내어 조문하였다.

7일 　정유. 맑음. 아침에 정혜사(定惠寺) 중 덕수(德修)가 와서 미투리(망혜 芒鞋, 삼이나 모시 등으로 삼은 신) 한 켤레를 바치나 거절하고 받지 아니했다. 두 번 세 번 드나들며 간청하므로 그 값을 주어 보내고 미투리는 바로 원명(元溟, 정원명)에게 주었다. 늦게 송대기(宋大器)와 유몽길(柳夢吉)이 보러 왔다. 서산(瑞山)군수 안괄(安适)도 한산(閑山)에서 와서 흉한 자(원균)의 소행을 많이 말했다. 저녁에 이기남(李奇男)도 왔다. 이원룡(李元龍)은 수영(水營)에서 돌아왔다. 괄(适, 안괄)이 구례(求禮)에 이르러 조사겸(趙士謙)의 수절녀를 사통(私通)하려 했으나 뜻을 이루지 못했다 한다. 놀랍고 놀랍다.

8일 　무술. 맑음. 아침에 승장(僧將) 수인(守仁)이 밥짓는 중 두우(杜宇)를 데리고 왔다. 종 한경(漢京)은 일이 있어 보성(寶城)으로 보냈다. 흥양(興陽)의 종 세충(世忠)이 녹도(鹿島)로부터 망아지를 끌고 왔다. 궁장(弓匠) 이지(李智)가 돌아갔다. 이날 새벽 꿈에서 사나운 호랑이를 때려 죽이고 껍질을 벗겨 휘둘렀는데, 이 무슨 징조

인지를 모르겠다. 조종(趙琮)이 연(瑔)으로 개명하고서 보러 왔고,
조덕수(趙德秀)도 왔다. 낮에 망아지에 안장을 얹어 정상명(鄭詳
溟)이 타고 갔다. 음흉한 원(元均)이 편지를 보내 조문하니 이는 원
수(元帥, 권율權慄)의 명령이었다. 이경신(李敬信)이 한산(閑山)에
서 와서 음흉한 원(元, 원균)의 일에 대해 많이 이야기하고, 또 말
하기를, 그가 데리고 온 서리(書吏)를 곡식 살 일을 꾸며 육지로 내
보내고는 그의 처를 사통하려 하자 그 여자가 악을 쓰며 듣지 않고
밖으로 나와 고함을 질렀다 한다. 원(元均)이 온갖 계략을 다 써서
나를 모함하려 하니 이 역시 운수인가. 뇌물 짐이 서울로 가는 길
을 연잇고 있으며, 그러면서 날이 갈수록 나를 헐뜯으니, 그저 때
를 못만난 것이 한스러울 따름이다.

9일 기해. 흐림. 아침에 이형립(李亨立)이 보러 왔다가 곧 돌아갔다. 이
수원(李壽元)이 광양(光陽)에서 돌아왔고, 순천(順天)의 과거 급제
자 강승훈(姜承勳)이 사람을 모으러 왔다. 부사(府使, 순천부사 우
치적禹致績)가 좌수영에서 돌아왔고, 종 경(京)이 보성(寶城)에서
말을 끌고 왔다.

10일 경자. 흐리고 비. 이날은 태종(太宗)의 제삿날이다. 예로부터 비가
온다고 하더니 늦게 큰 비가 왔다. 박줄생(朴注叱生)이 와서 인사
했다. 집 주인이 보리밥을 지어 내왔다. 장님 임춘경(任春景)이 운
수를 봐 가지고 왔다. 부사(副使, 부찰사 한효순韓孝純)는 조문하는
서장을 보내 왔다. 녹도만호(鹿島萬戶) 송여종(宋汝悰)이 삼[麻]
과 종이 두 가지를 부의차 보내 왔다. 전라도 순사(巡使, 순찰사)는
백미와 중품미 각각 1곡(斛)씩과 콩, 소금도 구해 놓았는데 군관을
시켜 보내겠다고 말했다.

11일 신축. 맑음. 김효성(金孝誠)이 낙안(樂安)에서 왔다가 곧 돌아갔다.
전 광양(光陽)현감 김성(金惺)이 체상(체찰사)의 군관을 이끌고 화
살에 쓸 대나무를 구하러 순천(順天)에 이르렀다가 보러 왔다. 소

문을 많이 전하는데, 그 소문이란 것이 모두 흉한 자(원균)의 일이
었다. 부사(副使, 한효순)가 온다는 통지가 왔다. 장위(張渭)가 편
지를 보내오고, 정원명(鄭元溟)은 보리밥을 지어 내왔다. 장님 임
춘경(任春景)이 와서 운수에 대해 이야기해 주었다. 부사(副使)가
부(府, 순천부)에 도착하자 정사립(鄭思立), 양정언(梁廷彦)이 와
서 부사가 보러 오겠다 한다고 전했으나 나는 몸이 불편하여 거절
했다.

12일 임인. 맑음. 새벽에 이원룡(李元龍)을 보내어 부사(副使, 부찰사 한
효순)에게 문안했더니 부사 또한 김덕린(金德獜)을 보내어 문안해
왔다. 늦게 이기남(李奇男), 기윤(奇胤)이 보러 왔다가 도양장(道
陽場)으로 돌아간다고 말했다. 아침에 아들 열(莅)을 부사의 처소
로 보냈다. 신홍수(申弘壽)가 보러 와서 원공(元公, 원균)에 대한
점을 쳤는데, 첫 괘가 수뢰(水雷) 둔(屯)인데, 천풍(天風) 구(姤)로
변(變)했으니 본체를 이기는 것이라 대흉(大凶), 대흉(大凶)이라
했다. 남해원(南海倅, 박대남朴大男)이 조문 편지를 보내며 또 여러
가지 물품, 쌀 2(섬), 참기름 2(되), 꿀 5(되), 조 1(섬), 미역 2(동)
등을 보내 왔다. 저녁에 향사당(鄕舍堂)에 가서 부사(副察使, 한효
순韓孝純)와 함께 밤이 깊도록 이야기하고 자정에야 숙소로 돌아왔
다. 정사립(鄭思立)과 양정언(梁廷彦) 등이 와서 닭이 운 뒤에 돌
아갔다.

13일 계묘. 맑음. 어젯밤 부찰사의 말이 상사(上使)가 보낸 편지에 나에
대한 일을 많이 탄식하고 있더라고 한다. 늦게 정사준(鄭思竣)이
떡을 해왔다. 부사(順天府使, 우치적禹致績)가 노자를 보내주어 미
안, 미안하다.

14일 갑진. 맑음. 아침에 부사(府使, 우치적禹致績)가 보러 왔다 갔고, 부
찰사(한효순韓孝純)는 부유(富有, 전남 순천시 주암면 창촌리)로 향해 떠
났다. 정사준(鄭思竣), 정사립(鄭思立), 양정언(梁廷彦) 등이 와서

모시고 가겠노라고 하므로 조반을 일찍 마치고 길을 떠나 송치(松峙, 전남 순천시 서면 학구리) 밑에 이르러 말을 쉬게 하고, 혼자 바위 위에 앉아 한 시간이 넘도록 곤하게 잤다. 운봉(雲峯)의 박산취(朴山就)가 왔다. 저물녘에 찬수강(粲水江, 전남 순천시 황전면 섬진강)에 이르러 말에서 내려 걸어서 건너가 구례현(求禮縣)의 손인필(孫仁弼)의 집에 이르니, 현감(이원춘李元春)이 곧 보러 왔다(도판 13-4 참조).

20일 경술. 맑음. 늦게 김첨지(僉知, 김경로金敬老)가 보러 와서 무주(茂朱) 장박지리(長朴只里)의 농토가 아주 좋다고 말하였다. 옥천(沃川)에 사는 권치중(權致中)은 김첨지의 서처남인데, 장박지리라는 곳이 바로 옥천 양산창(梁山倉, 충북 영동군 양산면 가곡리) 근처라고 한다. 체상(체찰사, 이원익李元翼)은 내가 머무르고 있는 것을 듣고 먼저 공생(貢生)을 보내고, 또 군관 이지각(李知覺)을 보내더니, 또 잠시 지나서는 사람을 보내어, 진작 초상 당한 소식을 듣지 못했다가 이제야 듣고 놀라며 애도, 애도한다고 하며 군관을 보내어 조문(弔問)하며, 저녁에 서로 만나 볼 수 있겠는지를 물으므로, 나는 저녁에 당연히 가서 인사 드리겠다고 대답하고, 어둘녘에 들어가서 뵈니, 체상(체찰사)은 소복(素服)을 입고 기다리고 있었다. 조용히 일을 의논하는 중에 체찰사는 개탄해 마지 않았다. 밤이 되도록 이야기하는 중에 '일찍이 임금의 분부가 있었는데, 거기에도 미안스러운 말이 많았는 바, 어떤 살피심인지 미심쩍어, 그 뜻을 알지 못하겠다'고 하며, 또 말하되, '음흉한 자(원균元均)의 무고하는 소행이 극심하건만 임금이 굽어 살피지 못하니 나랏일을 어찌 하리'하는 것이었다. 나와서 돌아올 때에 남종사(從事, 종사관 남이공南以恭)가 사람을 보내서 문안하였으나 나는 밤이 깊어서 인사하고 이야기하러 나가지 못하노라고 대답해 보냈다.

21일 신해. 맑음. 박천(博川, 평북 박천군 박천읍) 유해(柳海)가 서울서 내려

와서, 한산(閑山)으로 가서 공을 세우겠다고 했다. 또 말하기를, 오는 길에 은진현(恩津縣)에 이르니, 은진(恩津) 원이 배를 부리는 일에 대해 이야기하더라고 했다. 유(柳)는 또 말하기를, 중한 죄수 이덕룡(李德龍)을 고소한 사람이 옥에 갇혀 세 차례나 형장을 맞고 곧 죽을 것이라고 하니, 놀랍고도 놀라웠다. 또 과천(果川) 좌수(座首) 안홍제(安弘濟) 등은 말과 스무살 난 계집종을 이상공(李尙公)에게 바치고서 풀려 나갔다고 하였다. 안(安)은 본시 죽을 죄도 아닌데, 여러 번 형장을 맞아 거의 죽게 되었다가 뇌물을 바치고서야 석방되었다는 것이다. 안팎이 모두 바치는 뇌물의 다소(多少)로 죄의 경중을 결정한다니, 이러다가는 결말이 어찌 될지 모르겠다. 이야말로 한줄기 돈만 있다면 죽은 사람의 넋도 되찾아온다는 것인가.

24일 갑인. 맑음. 동풍이 종일 크게 불었다. 아침에 광양 고응명(高應明)의 아들 언선(彥善)이 보러 왔다가 한산도 사정을 많이 전했다. 체상(체찰사, 이원익李元翼)이 군관 이지각(李知覺)을 보내어 안부를 묻고, 경상우도(慶尙右道)의 연해안 지도를 그리고 싶으나 그릴 수가 없으니 본 바대로 그려 보내 주면 다행이겠다고 하므로 나는 거절할 수 없어 대략 그려서 응답했다. 저녁에 비가 크게 쏟아졌다.

6월

2일 신유. 비가 오다 개이다 함. 일찍 떠나 아침식사를 단계(丹溪, 경남 산청군 신등면 단계리) 시냇가에서 하였다. 늦게 삼가현(三嘉縣, 경남 합천군 삼가면)에 이르니, 현감(신효업申孝業)은 벌써 산성으로 가고 없어 빈 관아에서 잤다. 고을 사람들이 밥을 지어와 먹으라고 하는 것을 종들에게 먹어서는 안된다고 타일렀다. 삼가현 5리 밖에 홰나무 정자가 있어서 그 아래에 앉아 있노라니, 근처에 사는 노순일(盧錞鎰) 형제가 보러 왔다.

3일 임술. 비, 비. 아침에 떠나고 싶었으나 비가 오는 기세가 이렇듯 하
여 쪼그리고 앉아 어찌 할까 망설이는 참에 도원수(도원수의 군
관) 유홍(柳泓)이 흥양(興陽)으로부터 와서 길을 이야기하며 떠날
수 없다고 하므로 그대로 묵었다. 아침에 종들이 고을 사람의 밥을
얻어 먹었다는 말을 듣고 종들을 매 때리고 밥쌀은 도로 갚아 주
었다.

4일* 계해. 흐리다 맑음. 일찍 떠나려 하는데, 고을의 원(삼가 원, 신효업
申孝業)이 문안장과 함께 노자까지 보내 왔다. 낮에 합천(陜川) 땅
에 이르렀다. 고을(경남 합천군 합천읍)에서 10리쯤 떨어진 곳에 괴
목정(槐木亭)이 있어 그곳에서 아침밥을 먹고, 너무 더워서 한동
안 말을 쉬고, 5리쯤 가니 앞에 갈림길이 있었다. 한 길은 바로 고
을로 들어가는 길이고, 다른 한 길은 초계(草溪, 경남 합천군 초계면 초
계리)로 가는 길이다. 그래서 강(江, 경남 합천군 대양면 황강)을 건너지
않고 그대로 가니 10리 남짓한 곳에 원수(元帥, 권율權慄)의 진(陣)
이 바라 보였다. 문보(文珤)가 우거하는 집에 들어 묵었다. 개연(介
硯, 속칭 '개벼루')으로 오는데, 기암절벽이 천 길이나 되며, 강물은
굽이 돌며 깊고, 길 또한 건너질러 놓은 다리가 위태로웠다. 만일
이 험한 곳을 눌러 지킨다면, 적이 만 명이라도 지나가기 어렵겠
다. 이곳이 모여곡(毛汝谷)이다.

---

* 이날 이순신이 초계(草溪)땅에 있는 원수 권율의 진에 이르러, 7월 18일 남해
안 지역의 사정을 살피러 떠나게 될 때까지 한달 보름가량 머물게 되는 장소
에 대해서 지금까지는 대략, '초계(草溪)의 원수진'이라고만 알려져 있다. 그러
나 이 날짜의 일기는 정확하게도 그 자신이 거처하던 곳과 또한 권율(權慄) 원
수진(元帥陣)의 위치까지를 가리키고 있다.
    이순신은 삼가(三嘉, 경남 합천군 삼가면)를 떠나 합천(陜川)으로 오다가
갈림길에서 황강(黃江)을 건너지 않고〔不越江而行〕, 초계(草溪, 경남 합천군
초계면 초계리)로 향하는 길을 갔다. 오늘날의 갈림 지점은 경남 합천군 대
양면 정양리의 황강가 삼거리로서 다리를 건너 약 1.2km 정도의 거리를 가면

합천읍의 중심부에 이르게 된다. 한편 갈림 지점인 삼거리로부터 동쪽으로 24번 국도를 따라 약 11.5km를 간 위치에 옛 초계현(草溪縣), 현재의 초계면 초계리가 위치하고 있다. 현재의 국도가 당시에도 존재하여 이순신이 이를 따라 갔던 것인지, 아니면 고갯길과 산길로 이루어졌을 수도 있는 어떤 옛길을 따라 갔을지는 더 연구해 봐야 판단될 수 있겠으나, 후자의 경우에도 이동경로의 대략적인 거리는 비슷할 것이며 지름길이라면 더 가까웠을 것으로 추정된다. 이 갈림길로부터 '10리쯤 되는 곳〔纔十里〕'에 이르러 원수의 진이 보였고, 문보(文珤)의 집에 들었으며, 이후 거처를 한 번 옮겼을 가능성도 있으나 여하간, 그 주인집은 모여곡(毛汝谷)이라는 골짜기에 위치하고 있었다. 즉, 6월 6일의 일기에는, '… 늦게 모여곡 주인집의 이웃에 사는 윤감, 문익신이 보러 왔다. …'라고 하였고, 또 6월 24일의 일기에는, '… 새벽 안개가 사방에 가득하니 골짜기 안에는 분간이 어려웠다. …'라고 한 바와 같다. 모여곡의 위치에 관련된 또 하나의 지명은 이날 일기 끝에 언급된 '개벼루〔介硯〕'라는 지명이다. 이 부분은 기존의 거의 모든 국문번역에서 '고갯길을 타고 오는데〔介硯行來〕'라는 식으로 번역되고 있으나 앞의 두 글자 '개연(介硯)'을 지명으로 해석하지 않는 한 번역은 난해해지게 된다. 이에 관해서는 6월 26일자 일기에도, '… 황(黃)종사관이 개벼루〔犬硯〕 강가의 정자에 나왔다가 돌아갔다. …'라고 쓰고 있어, 개벼루를 음에 따라 또는 뜻에 따라 '개연(介硯)' 또는 '견연(犬硯)'으로 기록한 것으로 짐작된다. 이순신은《난중일기》에서 그 모친이 기거하던 곳인 웅천(熊川, 전남 여천시 시전동)을 기록하면서, '고음천(古音川)'(갑오 정월 11일, 을미 7월 6일, 병신 9월 30일)으로 쓰고 있다. 즉, '고음천(古音川)'의 '古音'은 '곰〔熊〕'을 음에 따라 한자로 표기한 것이며, 다른 한 글자 '川'은 뜻 그대로 '천(川)'으로 표기한 것이다. 이는 한 글자를 음에 맞추고, 다른 한 글자를 뜻에 맞추어 표기하는 방식인 것으로 보이며, '개연(介硯)'과 '견연(犬硯)'이 동일한 곳인 '개벼루'를 표기하고 있다고 판단할 수 있는 뒷받침이 된다. 따라서 이순신이 기거한 곳은 도원수(권율) 진영의 외곽 지대인 개벼루 부근의 모여곡으로 추정된다.

　여기서 언급된 '개벼루〔介硯 또는 犬硯〕'라는 곳은 현재 합천군 율곡면의 지역주민들이 '개비리' 또는 '개벼리'라고 부르고 있으며, 한자명은 없는 것으로 알려져 있고, 그 위치는 율곡면 문림리와 율곡면 영전리 사이에 위치하는 영전교(永田橋, 강북의 제내리와 연결) 부근의 기암절벽을 이루는 산을 말한다고 한다(합천군 율곡면 면사무소 직원 확인). 현재의 행정상으로는 율곡면 문림리에 속한다. 《난중일기》에 나오는 한자명(介硯 또는 犬硯)으로부터 국문으로 옮길 경우 '개벼루'이나, 경남 지방의 사투리에 의해 '개비리', 또는 '개벼리'로 불릴 것이다(예를 들면, 경상남도 지역에서 '밀가루'를 '밀가리', '국수'를 '국시', '벼슬'을 '비실'이라고 일컫는 것과 유사한 경우). '개비리'의 한자명이 원래 존재하지 않는 것을 이순신이 음에 맞추어 적은 것인지, 아니면 한자명이 전래되어 내려오다 근래에 잊혀진 것인지는 더 조사해 봐야 할 것이다. 이 지역은 위의 강가 삼거리로부터 24번 국도를 따라 약 3.8~4.9km의 거리에 위치하는 곳이다. 임진왜란 당시의 10리를 오늘날의 미터법으로 환산하는 일 또한 쉽지 않으나 대개 4km로 보는 현재의 거리 개념을 따를 수 있다. 한편, 조선 말기의 대동여지도를 주척(周尺)에 근거하여 조사, 분석한다면 10리는 약 5.4km에 해당된다는 추정도 있다(李祐炯, 《大東輿地圖의 讀圖》, 광우당, 1990). 어느 척도로 환산하더라도 거리로 판단하는 위치뿐만 아니라 지명에 의해서도 개벼루의 위치는 확실하며, 또한 기암절벽이 있는 점과 남쪽으로 흐르는 황강이 이 부근에서 다시 굽이쳐 북동쪽으로 흐르는 점은 이 날짜의 일기의 묘사와 꼭 일치된다. 다만 합천과 초계로의 갈림길 지점이 합천읍에서 5리가량인 것으로 일기에 적힌 것에 비해, 현재의 24번 국도가 갈라지는 강가 삼거리가 합천읍에서 약 1.2km 정도의 거리밖에 되지 않는 것을 의미있는 차이로 간주한다면, 당시의 갈림길은 현재의 삼거리 위치보다 약간 더 남쪽이었을 것이며, 또한 이순신이 현재의 국도길 대신 보다 험한 산길을 통해 모여곡에 이르렀을 가능성도 배제할 수 없다.

일기 내용으로 확인되는 모여곡(毛汝谷), 모여 골짜기의 위치는 개벼루 부근이다. 1998년 졸저의 초판과 이후의 개정판에서는 일기의 행적만으로써 이곳의 위치를 경남 합천군 율곡면 영전리(栗谷面 永田里)로 추정하였으나, 일기 정유 7월 8일조에 언급된 '(모여곡) 집주인 이어해 李漁海'의 10대 직손 이윤형 氏와 후손 이종규 氏가 오늘날의 율곡면 매야리(梅也里)에 살고 있음을 이종규 氏가 알려옴으로 인해 모여곡의 위치는 경남 합천군 율곡면 매야리로 확정된다.

도원수 권율이 진치고 있던 곳은 개벼루에서 바라 보이는(약간 내려다 보이는) 율곡면 낙민리 일대의 황강변 평지의 위치로 판단된다. 흔히 알려진 '초계(草溪) 원수진'에서의 초계를 옛 초계현(草溪縣)으로 해석한다면, 옛 초계현의 현 위치인 초계면 초계리 일대에 존재하는 넓은 평지도 진을 칠 수 있었음 직한 곳이나, 이곳은 합천 입구의 갈림길로부터 지나치게 멀리 떨어져 있어 일기에 적힌 거리 치수에 합당치 않을 뿐 아니라, 초계마을 입구에 있는 택정재라는 작은 고개를 넘지 않고서는 지형상 오는 길의 도중에서는 도저히 보이지 않는 위치이므로 일기의 내용에 전혀 부합되지 않는다. 율곡면 매야리, 낙민리 및 초계면 초계리는 임진왜란 당시 모두 초계군에 속하였으며, 따라서 '초계의 원수진'이라고 불린 것은 포괄적인 영내 위치의 의미로써 이해되어야 할 것이다. 1786년 정조대에 발간된 '草溪郡邑誌'(서울대학교 규장각 소장)의 기록에 따르면 율곡면 벽전리(栗谷面 碧田里)에 병영(兵營)이 있었으며, 낙민리(樂民里)에는 역원제도의 일환인 낙민원(樂民院)이 있었다고 하므로 이는 참조할 만한 사항이되, 초계의 원수진의 위치는 그 소요 면적과 용수 공급상 등의 여러 조건으로 인해 낙민리 일대의 황강변이 적합하였을 것이다. 6·25 사변 때에도 낙민리 일대의 황강변이 국군 병사들의 야진터로 활용되었다고 한다(2011년 5월 16일, 합천 율곡면 이종규 씨의 서신).

5일 갑자. 맑음. 서풍이 크게 불었다. 아침에 초계(草溪)원이 달려 왔기에 불러들여 이야기했다. 식후에 중군(中軍) 이덕필(李德弼)도 달려와, 서로 지나간 이야기를 나누었다. 잠시 후에 심준(沈俊)이 보러 왔기에 점심을 같이 했다. 거처할 방을 도배(塗排)했다. 저녁에 이승서(李承緒)가 보러 와서 파수병과 복병들이 도망간 일을 말하였다. 이날 아침 구례(求禮) 사람과 하동(河東)현감(신진申蓁)이 보내 준 종과 말들을 모두 돌려 보냈다.

6일 을축. 맑음. 잠자는 방을 새로 도배하고, 군관의 휴식소 두 칸을 만들었다. 늦게 모여곡(毛汝谷) 주인집의 이웃에 사는 윤감(尹鑑), 문익신(文益新)이 와서 인사하였다. 종 경(京)을 이대백(李大伯)의 처소로 보냈더니 담당 아전이 나가고 없어서 그냥 왔다고 하며, 대백(大伯)도 나를 보러 오고자 한다고 했다. 저녁에 집에 들어갔다. 이 집 과부는 다른 집으로 옮겨 갔다.

8일 정묘. 맑음. 아침에 정상명(鄭翔溟)을 보내어 황(黃)종사관(황여일黃汝一)에게 문안하였다. 늦게 이덕필(李德弼)과 심준(沈俊)이 보러 왔고, 고을 원이 그 아우와 함께 보러 왔으며, 원수(元帥, 권율權

慄)를 마중가는 사람들 10여 명도 보러 왔다. 점심 후에 원수가 진
(陣)에 이르므로 나도 가서 보았다. 종사관이 원수 앞에 있었고, 원
수와 함께 이야기했다.* 한참 있다가, 원수가 박성(朴惺)이 올린 사
직하는 글의 초한 것을 보였는데, 박성은 원수(權慄)의 처사에
허술한 데가 있다고 많이 진술하였고, 원수는 스스로 불안하여 체
찰사(이원익李元翼)에게 글을 올렸다는 것이다. 또 복병 등에 관한
사항을 보고 저물어서야 돌아왔다. 몸이 몹시 불편하여 저녁을 먹
지 않았다.

---

* 이순신은 '백의종군'의 신분으로 드디어 6월 초4일, 초계(草溪)땅에 있는 도원
   수(권율權慄)의 진영 안에 도착하였다. 그러나 원수와 직접 만난 것은 6월 초8
   일이었다. 그 동안 권율은 사람을 보내어 문상(問喪)을 겸해 문안을 전하기는
   하였으나, 한산도(閑山島) 이래로 실로 오래간만의 대면이었다. 이순신의 초
   췌한 모습을 대하는 권율의 표정이 과연 어떠했을까는 알 길이 없으나, 적어도
   조정(朝廷)의 중앙 세력이 보장하는 체제측 인사로서 이순신의 백의종군을 공
   식적으로 받아들이는 덤덤한 태도로 족했을 것이다(권율은 선조 초기의 영의정
   권철(權轍)의 아들이며, 임진왜란 이래 병조판서로서 활약, 후일 영의정에 오
   른 백사(白沙) 이항복(李恒福)의 장인이었다).
       이순신 또한 자신에게 주어진 기구한 죄인의 신분으로 병든 전마(戰馬)를
   보살피고, 대전(大箭, 총통으로 발사되는 큰 화살)을 다듬고, 또 무밭을 가꾸고
   돌보는 등의 담담한 나날을 보내고 있었다. 그러나 달밝은 밤이면 울음으로 지
   새우며 잠을 이루지 못했다. 한편 그의 결백(潔白)은 거의 결벽증(潔癖症)에
   가까운 경우가 많아졌다. 마을 사람들에게 종들의 밥쌀을 갚아 준 것(6월 3일),
   중이 바치는 미투리 한 켤레를 거절하다 못해 값을 주어 보낸 것(5월 7일), 보
   내온 말을 도로 돌려 보내는 등(6월 5일, 4월 27일). ─ 그는 객지 노변에서 청
   천벽력 같은 모친상을 당하고도 빈소만 차려 놓은 채 길을 떠나야만 했던 자
   식으로서의 자책감에 시달리며, 자신이 처한 비통한 운명을 한탄하지 않을 수
   없었다. 그러나 한편 (어찌 생각한다면), 지난 날 갑옷과 전대(戰帶)를 끄르지
   못하고 밤을 지새우며, 통제사의 사명과 책임에 빈틈없이 임했던 그의 완벽주
   의(完璧主義)와 정신적인 압박(스트레스)에서 잠시나마 해방된 때가 있었다면
   이 시기말고는 없었다.

원수 권율에게는 오래지 않아 또다시 한산도에 내려가 재차 왜간첩 요시라(要時羅)의 계책대로 할 것을 신임 통제사 원균(元均)에게 명령, 독전할 역할이 남아 있었다. 병사(兵使) 김응서(金應瑞)도, 원수 권율도, 물론 조정(朝廷)까지도 왜간첩의 간계(奸計)에 거듭 속고 있었던 것이다(柳成龍,《懲毖錄》).

15일　갑술. 맑고 흐리기가 반반. 이날은 보름〔望〕인데, 몸이 군(軍)에 있어, 영위를 갖추고 곡(哭)하지 못하니 슬프고 사무치는 정회가 어떠하랴, 어떠하랴. 초계(草溪)원이 떡과 물건을 마련해 보내 왔다. 원수(元帥, 권율)의 종사관(從事官) 황여일(黃汝一)이 군관을 보내어 말을 전하기를, 원수가 오늘 산성으로 (가려) 한다고 했다. 나도 뒤따라 가서 큰 냇가에 이르렀다가, 혹시 다른 의견이 있는가 염려되어 냇가에 앉아서 정상명(鄭翔溟)을 보내어 병(病)이라 아뢰고 그대로 돌아왔다.

17일　병자. 흐리되 비는 오지 않았다. 서늘한 기운이 들기 시작하니, 야경이 더욱 쓸쓸하다. 새벽에 일어나 앉으니 아프고 그리움을 어찌 다 말하랴. 아침식사 후에 원수(元帥, 권율)에게로 갔더니, 원공(元公, 원균)의 정직하지 못한 점을 많이 말하고, 또 비변사(備邊司)에서 내려온 공문을 보이며 말하기를, 원균의 장계에 '수군과 육군이 함께 나가서 안골(安骨, 경남 진해시 안골동)의 적을 먼저 무찌른 연후에 수군이 부산(釜山) 등지로 진입하겠으니 안골의 적을 먼저 칠 수 없겠습니까' 하였고, 원수(元帥)의 장계에는 '통제사 원(元, 원균)이 전진하고 싶지 않아서, 오직 안골의 적을 먼저 쳐야 한다고만 말하며, 수군의 여러 장수들이 많이들 다른 마음을 품고 있을 뿐더러, 원균(元均)은 거처 안으로 들어가 나오지 아니하므로 절대로 여러 장수들과 계책을 세우지 못할 것이라 일을 망쳐 버릴 것은 뻔합니다'라고 하였다. 원수에게 아뢰어 이희남(李喜男)과 변존서(卞存緖), 윤선각(尹先覺)을 모두 공문으로 독촉해 (전속)오도록 해 달라고 하였다. 돌아올 적에 황(黃)종사관(황여일黃汝一)이 내려

와 묵고 있는 집에 들어가 앉아 한참 동안 의논했다. 내 숙소로 와
서 바로 희남(喜男, 이희남)의 종을 의령산성(宜寧山城)으로 보냈
다. 청도(淸道)가 파발을 보내어 공문(公文)을 초계(草溪)원에게
보여 주었으니, 실로 양심이 없는 자라 하겠다.

18일 정축. 흐리되 비는 오지 않았다. 아침에 황종사(종사관, 황여일黃汝
一)가 그의 종을 보내어 문안했다. 늦게 윤감(尹鑑)이 떡을 해가지
고 왔다. 명나라 사람 엽위(葉威)가 초계로부터 와서 이야기하는
데, '명나라 사람 주언룡(朱彦龍)이 일찍이 일본에 사로잡혀 있다
가 이번에 처음으로 빠져 나왔는데, 적병 10만 명이 벌써 사자마
(沙自麻)나 대마도(對馬島)에 왔으며, 행장(行長)은 의령(宜寧)을
거쳐 곧장 전라도를 치고자 하고, 청정(淸正)은 경주(慶州), 대구
(大丘) 등지로 진을 옮기고서 안동(安東)땅으로 가려 한다'고 했다
한다. 저물어 원수(권율權慄)가 사천(泗川) 갈 일을 통지해 왔기에
곧 정사복(司僕, 정상명鄭翔溟)을 보내어 물었더니, 원수가 수군 일
때문에 사천으로 간다는 것이었다.

19일 무인. 새벽 닭이 세 번 울자 문을 나서 곧 원수(元帥) 진영에 도착
할 즈음 이미 날이 훤히 밝았다. 진에 이르니 원수(권율權慄)와 황
종사관(황여일黃汝一)이 함께 나와 앉았다. 내가 들어가 뵈니, 원수
가 내게 원공(원균)의 일을 말하되, '통제(통제사, 원균元均)의 일은
그 흉함을 말할 수가 없소. 조정에 요청하기를 안골(安骨, 경남 진해
시 안골동), 가덕(加德, 부산 강서구 가덕도)을 모조리 무찌른 뒤에야 수
군[舟師]이 나가 토벌한다 하니, 이게 무슨 심사겠소. 그럴듯이 핑
계대어 진격하지 않으려는 뜻에 불과하기 때문에 사천(泗川)으로
가서 세 수사(三水使, 최호, 이억기, 배설)를 독촉하여 진격하도록
할 예정이오. 통제사(統制使, 원균)는 지휘가 되지를 않소' 하였다.
또한 내가 임금의 분부를 보니, '안골의 적은 경솔히 들어가 칠 것
이 못된다'고 하였다. 원수가 나간 후, 황종사관과 함께 이야기했

다. 한참 후 초계(草溪)원이 왔다. 작별하고 나오려 할 때에 (황종사관이) 초계에게 진찬순(陳贊順)을 심부름시키지 말라고 말하니 바로 원수부(元帥府)의 병방(兵房) 군관과 원(초계원)이 모두 그렇게 하겠다고 응낙하였다. 돌아올 때, 사로잡혔다가 도망해 온 사람이 나를 따라왔다. 이날 대지가 온통 찌는 듯 더웠다. 저녁에 작은 워라말〔月羅馬〕이 풀을 조금 먹었다. 낮에는 군사(軍士) 변덕기(卞德基), 우영리(右營吏) 덕장(德章), 나이가 차서 전역한 아전〔老除吏〕 변경완(卞慶琬), 18세의 변경남(卞敬男)이 보러 왔고, 진사(進士) 이신길(李信吉)의 아들인 진사(進士) 이일장(李日章)도 보러 왔다. 밤에 소나기가 크게 퍼부어 처마의 낙수가 물을 쏟아 붓는 것 같았다.

24일   계미. 이날은 입추(立秋)다. 새벽 안개가 사방에 가득하니 골짜기와 산이 분간키 어려웠다. 아침에 수사(水使, 경상수사) 권언경(彦卿, 권준의 字)의 종 세공(世功)과 종 감손(甘孫)이 와서 무밭에 대한 일을 아뢰었다. 또, 생원(生員) 안극가(安克可)가 보러 와서 세상일을 의논하고 이야기하였다. 무밭을 갈고 씨 뿌리는 일을 돌보는 감관(監官)으로 이원룡(李元龍), 이희남(李喜男), 정상명(鄭翔溟)과 문임수(文林守) 등을 정하여 보냈다. 오후에 합천(陜川)군수(오운 吳澐)가 조언형(曹彦亨)을 보내어 문안 인사를 해왔다. 더위가 찌는 듯하였다.

26일   을유. 맑음. 새벽에 순천(順天)의 종 윤복(允福)이 와서 보이기에 바로 곤장 50대를 때렸다. 거제(巨濟)에서 온 사람은 돌아갔다. 늦게 중군장(中軍將) 이덕필(李德弼)과 변홍달(卞弘達), 심준(沈俊) 등이 보러 왔다. 황종사관(황여일黃汝一)이 개벼루〔犬硯〕 강가의 정자에 나왔다가 돌아갔다. 어응린(魚應獜), 박몽삼(朴夢參) 등이 보러 왔다. 아산(牙山)의 종 평세(平世)가 들어와서 어머님 영연(靈筵)이 평안하시고 각 집의 위아래 분들도 모두 무사하다고 한

다. 다만 석달이나 날이 가물어 농사는 틀려 가망도 없다는 것이
다. 장삿날은 7월 27일로 가려 정했다가 다시 8월 초4일로 택일했
다고 한다.* 그립고 애달픈 생각이 미치자 슬픈 정회를 어찌 다 말
하랴, 어찌 말하랴. 저녁에 우병사(右兵使, 김응서金應瑞)가 체상(體
相, 체찰사 이원익李元翼)에게 보고하되, '아산 이방(李昉)과 청주
이희남(李喜男)이 복병하기를 꺼리어 원수진(元帥陣) 옆에 피해
있다'고 하여 체상(체찰사)이 원수(권율權慄)에게 공문을 옮겨 보
내왔다. 원수는 크게 노하여 공문(公文)을 만들어 보냈는데, 병사
(兵使) 김응서(金應瑞)의 뜻은 알 수가 없었다. 이날 작은 워라말
이 죽어 내다 버렸다.

---

* 아들(이순신)의 하옥으로 심병을 얻은 모부인은 순천(順天)에서 아산(牙山)으
로 돌아오던 도중 4월 11일 배에서 세상을 떠났다. 지난날 모부인은 훌륭한
어머니였다. ─ "조반 후 어머님께 하직을 고하니, '잘 가거라, 나라의 치욕을
크게 씻어라' 하고 재삼 타이르시며, 이별하는 데 조금도 서운한 기색을 보이
지 않으셨다. …"(갑오 정월 12일).

　　4월 초1일 석방된 이순신은 이틀 만에 원수(元帥) 권율(權慄)의 본영이 있
는 초계(草溪)로 백의종군의 길을 떠나야 했으며, 아산(牙山)을 지날 때, 즉 4
월 13일에 어머니 돌아가신 소식을 듣고 통곡하나, 죄인된 몸으로 성빈(成殯)
만 마친 채 바로 떠나야 했다. 즉, 4월 15일 늦게 입관(入棺)하였고, 발인(發
靷) 때까지 관(棺)을 모셔 둘 빈소(殯所)를 마련하고, 4월 19일 영연(靈筵) 앞
에 곡(哭)하며 하직하였던 것이다.

　　이순신은 하루도 잊지 않고 빈소를 잘 보살피고 있는지를 걱정하고 있다.
오늘 일기(6월 26일)에서는 장사(葬事) 날짜를 예정했던 7월 27일에서 8월
초4일로 다시 택일했다는 소식을 써넣고 있다. 그러면 모부인의 장사는 별세
이후 3개월 20여 일 만에 이루어지는 것이다. ─ 참고로, 사대부나 고위 관료
는 대개가 3월장(葬), 왕족의 경우는 왕명에 따라 가감이 있으나 9개월 내외,
평민들은 5, 7 및 9일장, 그리고 가난한 사람들은 3일장 등으로 장사지냈던
것이 관례였다.

7월

9일 무자. 맑음. 열(菀)을 아산(牙山)으로 보내서 제사에 쓸 과실들을
감봉(監封)하라고 했다. 늦게 윤감(尹鑑), 문보(文珤) 등이 술을 가
지고 와서 열과 변주부(主簿, 변존서卞存緖)에게 작별 술을 권하고
돌아갔다. 이날 밤 달빛이 대낮 같은데 어머님〔親〕 그리는 슬픔과
울음으로 밤이 깊도록 잠들지 못했다.

10일 기축. 맑음. 새벽에 열(菀)과 존서(存緖)를 보낼 일로 앉아 날이 새
기를 기다렸다. 일찍 조반을 먹고 정을 스스로 억제하지 못하여 통
곡하며 보냈다. 내가 무슨 죄를 지었기에 이 지경에 이르렀는가
〔吾何造罪 至於此極耶〕. 구례(求禮)에서 온 말을 타고 가니 더욱
염려, 염려된다. 열(菀) 등이 막 떠나자 황(黃)종사관(황여일黃汝一)
이 또한 와서 한참동안 담론(談論)하였다. 늦게 서철(徐徹)이 보러
왔다. 정상명(鄭翔溟)이 종이로써 마혁(馬革) 만들기를 끝냈다. 저
녁에 홀로 빈 방에 앉아 있노라니, 정회가 심히 혼란하여, 밤이 깊
도록 잠을 못이루고 밤새도록 뒤척거렸다.

15일 갑오. 비가 오다 개다 함. 늦게 조신옥(趙信玉), 홍대방(洪大邦)과
여기 있는 윤선각(尹先覺) 등 9명을 불러 떡을 차려 먹였다. 아주
늦어서 중군(中軍) 이덕필(李德弼)이 왔다가 저물어 돌아갔다. 그
에게서 들으니, 수군〔舟師〕 20여 척이 적에게 패했다는 것이다.
통분, 통분하다. 막아 낼 방책이 없으니 심히 한스럽다. 어두워서
비가 크게 내렸다.

16일 을미. 비가 오다 그치다 하며 종일 흐리고 개지 않음. 아침식사 후
에 손응남(孫應男)을 중군(中軍, 중군장 이덕필) 처소로 보내어 수
군 소식을 들어 보게 했더니 곧 돌아와 중군의 말을 전하는데, 우
병사(右兵使)의 긴급 보고로 보아 불리한 일이 많다고 하면서도
갖추어 말하지 않더라는 것이다. 한탄스런 일이다. 늦게 변의정

(卞義禎)이란 사람이 서과(西果, 西瓜, 수박) 두 덩이를 가지고 왔
다. 그 사람이 꼴답잖아 우직하고 용렬하다. 두메에 박혀 사는 사
람이라 배우지 못하고 가난해서 저절로 그렇게 되는 것이나, 이 역
시 순박하고 후한 태도이다. 이날 낮에 이희남(李喜男)을 시켜 칼
을 갈게 했는데, 아주 잘 들어 적장의 맨대가리를 찍어 벨 만했다.
소나기가 갑자기 쏟아졌다. 아들 열(葆)이 길 가기에 고생될 것을
많이 생각하니 마음이 놓이지 않아, 묵묵히 생각할 따름이다. 저녁
에 영암(靈岩) 송진면(松進面)에 사는 사삿집 종 세남(世男)이 서
생포(西生浦, 울산 울주구 서생면 서생리)로부터 알몸으로 왔기에 그 까
닭을 물어 보니, '7월 초4일 전(前) 병사(원균)의 우후(虞候, 이의
득李義得)가 타고 있던 배의 격군이 되어, 초5일에 칠천량(漆川梁,
경남 거제시 하청면)에 이르러 자고 초6일에 옥포(玉浦, 경남 거제시 옥포
동)로 들어갔다가, 초7일 날이 밝기 전에 말고지〔末串〕를 거쳐 다
대포(多大浦, 부산 사하구 다대동)에 이르자 왜선 8척이 정박해 있어
서 여러 배들이 바로 돌격했더니, 왜인은 남김없이 뭍으로 내려가
고 빈 배만 걸려 있어 우리 수군들은 그것을 끌어내어 깨뜨리고 불
질렀습니다. 그 길로 부산 절영도(絶影島, 부산 영도구 영도) 바깥 바
다로 향하다가 무려 천여 척의 적선과 마주쳤는데 대마도(對馬島)
로부터 건너오는 것이었습니다. 서로 싸우려 했더니 왜선은 흩어
져 회피하므로 끝내 잡지 못하였고, 세남(世男)이 탄 배와 다른 배
6척은 배를 제어하지 못하고 표류하여 서생포 앞바다에 닿아 뭍으
로 내릴 때 거의 다 살육당하고 세남만은 혼자서 나무숲 속으로 들
어가 기어서 목숨을 건져 간신히 여기까지 왔습니다'라는 것이었
다. 듣고 있자니 참으로 놀랄 일이다. 우리나라가 믿는 것은 오직
수군밖에 없는데, 수군이 이러하니 다시는 더 가망이 없다. 이래저
래 생각할수록 분한 가슴이 찢어지는 듯하다, 찢어지는 듯하다. 선
장(船將) 이엽(李曄)은 적에게 사로잡혔다 하니 더욱더 통분, 통분
하다. 손응남(孫應男)이 집으로 돌아갔다.

18일 정유. 맑음. 새벽에 이덕필(李德弼)이 변홍달(卞弘達)과 함께 와서
전하기를, 16일 새벽 수군이 밤 기습을 당해 통제사 원균(元均)을
비롯하여 전(전라)우수사 이억기(李億祺), 충청수사(최호崔湖) 및
여러 장수들과 많은 사람이 해를 입고 수군이 크게 패했다고 한다.
듣자 하니 통곡이 터져 나와 원통함을 이길 길이 없었다. 이윽고
원수(元帥, 권율權慄)가 와서 말하기를, '일이 이미 이 지경에 이르
렀으니 어찌, 어찌 할 바를 모르겠다'고 하였다.* 오전 10시경까지
이야기했으나, 뜻을 정할 수가 없었다. 나는, 내가 직접 해안 지역
으로 가서 듣고 본 뒤에 방책을 정하겠노라고 하였더니, 원수는 그
렇게 좋아할 수가 없었다. 나는 송대립(宋大立), 유황(柳滉), 윤선
각(尹先覺), 방응원(方應元), 현응진(玄應辰), 임영립(林英立), 이
원룡(李元龍), 이희남(李喜男), 홍우공(洪禹功) 등을 데리고 길을
떠났다(도판 14-1 참조). 삼가현(三嘉縣)에 이르니 새로 부임한 원
이 나와서 기다리고 있었다. 한치겸(韓致謙)도 와서 오래 이야기하
였다.

---

* 도원수 권율이 몸소 이순신의 거처로 찾아온 것은 이날이 처음이었다. 즉, 이
틀 전인 7월 16일 야밤(달이 밝았다고도 한다), 통제사 원균이 이끄는 조선 함
대는 칠천량(漆川梁)에서 왜 함대의 계획적인 기습을 받아 제대로 싸워 보지
도 못한 채 크게 패하였다. 원균은 도원수의 명령으로 아무런 계책도 없이 출
동하였다가 7월 9일 절영도(絕影島) 앞바다에서 접전하였으나, 큰 풍랑을 만
나 표류하는 등, 전세가 불리하여 황망히 후퇴하려 하였으나 배들이 이산되어
일부는 서생포(西生浦) 앞바다에서 왜군에게 패몰되었고, 주력 함대는 가덕도
(加德島)에 이르렀으나 적의 복병을 만나 손실을 입고 황급히 칠천량(칠천도)
으로 회진하였던 것이다. 며칠 후 왜 수군의 밤 기습을 당하여 백전백승을 기
록한 무적 함대는 하룻밤 사이에 무참히 괴멸되었다. 여러 배에서 치솟는 불길
과 연기가 오래도록 밤하늘을 덮었다고 한다. 수 척의 거북선도 이 원균의 패
전과 그 운명을 같이하였다. 경상우수사 배설(裴楔)만이 몇 척(10척?)의 전선
을 이끌고 한산도로 빠져 나왔다가 전라도 쪽으로 도망했다.
　　이번에도 왜장 코니시(小西行長)와 그의 부하 요시라(要時羅)의 간계(奸

計)가 병사(兵使) 김응서(金應瑞), 도원수 권율을 통하여 전과 똑같은 방식으
로 적중된 셈이었다. 다만 차이가 있었다면, 명색이 통제사인 원균을 곤장을
쳐서 강제로 출동케 한 도원수의 체통 잃은 독전이라 할 것이다. ― 수군의 참
패로 전국에 치명적인 파탄이 초래되었으나, 조정(朝廷)도 도원수도 속수무책
이었다. 책임을 묻는 사람도 없었고, 책임을 뒤우칠 양심은 더 더욱 없었다. …

　　전라우수사 이억기(李億祺)를 비롯하여 왕년에 이순신의 휘하에서 공이
많았던 역전의 장령들이 조리없는 고전 끝에 전사하였다. 원균은 배를 버리고
육지로 몸을 피했으나, 왜병의 추격을 받아 살해되었다 한다. 그의 죽음도 전
사임에는 틀림없었다. 그의 패전의 공은 난 후에 이루어진 조정의 논공행상에
서 높이 평가되어, 선무(宣武) 일등공신에 이름을 더할 사후의 영광을 기다리
고 있었다(상과 벌의 뒤바뀜은 예나 지금이나 당파와 체제의 명분 유지용으로 사
용된 필수의 수단이 아니었던가).

21일 경자. 맑음. 일찍 떠나 곤양군(昆陽郡, 경남 사천시 곤양면 성내리)에 이
르니 군수(郡守) 이천추(李天樞)는 고을에 있었고, 백성들도 많이
제 고장에 있어 혹은 올벼를 거두기도 하고, 혹은 보리밭을 갈기도
했다. 점심 후 노량(露梁, 경남 하동군 금남면 노량진)에 이르니 거제원
(巨濟倅) 안위(安衛)와 영등(永登, 영등포만호) 조계종(趙繼宗) 등
10여 인이 와서 통곡하였고 피해 나온 군사와 백성들도 울부짖지
않는 이가 없는데, 경상수사(慶尙水使, 배설裵楔)는 피해 달아나서
보이지 아니했다. 우후(虞候) 이의득(李義得)이 보러 왔기에 패전
의 정황을 캐물었다. 모든 사람들이 울며 말하기를, '대장(大將) 원
균(元均)이 적을 보자 먼저 뭍으로 내려 달아나고 여러 장수들도
모두 따라 뭍으로 내려가 이 지경에 이르렀다'라는 것이었다. 대장
(大將)의 잘못을 말하는 것이, 입으로 형용할 수가 없는데 그 살점
이라도 뜯어 먹고 싶다고들 했다. 거제의 배 위에서 자면서 거제원
(巨濟倅)과 새벽 2시경까지 이야기했다. 조금도 눈을 붙이지 못해
안질(眼疾)에 걸렸다.

8월

초1일 기유. 큰 비가 내려 물이 불어남. 늦게 이찰방(察訪, 이시경李蓍慶)
이 보러 오고 기신옥(起信玉, 趙信玉의 착오), 홍대방(洪大邦) 등
이 보러 왔다.

초2일 경술. 잠시 맑음. 홀로 수루의 뒷마루에 앉았으니 사무치는 회포가
어떠하랴. 비통함을 이기지 못했다. 이날 밤 꿈에 임금의 명령을
받들 징조가 있었다.

3일 신해. 맑음. 이른 아침에 선전관(宣傳官) 양호(梁護)가 뜻하지 않게
들어와 교서(敎書)와 유서(諭書)를 가져 왔는데, 분부의 내용인즉,
겸삼도통제사(兼三道統制使)의 임명이었다. 숙배(肅拜)한 뒤에 받
자온 서장(書狀)을 써서 봉해 올리고 곧 길을 떠나 바로 두치(豆
恥, 경남 하동군 하동읍 두곡리) 가는 길로 들어섰다. 오후 8시경 행보역
(行步驛, 경남 하동군 횡천면 여의리)에 이르러 말을 쉰 다음, 자정이 넘
어 길에 올라 두치에 이르니 먼동이 트려 했다. 박남해(南海, 남해
원 박대남)가 길을 잃고 강정(江亭)으로 잘못 들어갔으므로 말에
서 내려 불러왔다. 쌍계동(雙溪洞, 경남 하동군 화개면 탑리)에 이른 즉,
모가 난 돌들이 흩어져 있고, 새로 온 비에 물이 넘쳐 간신히 건넜
다. 석주(石柱, 전남 구례군 토지면 송정리)에 이르자 이원춘(李元春)과
유해(柳海)가 복병하여 지키다가 나와서 보고 적을 토벌할 일에
대해 많이 이야기하였다. 저물어서 구례현(求禮縣)에 이르렀는데
경내가 모두 쓸쓸하였다(도판 14-2 참조). 성 북문 밖의 전날 (머
문) 주인집에서 잤는데 주인은 이미 산골로 피란했다는 것이었다.
손인필(孫仁弼)이 곧 보러 왔는데 벼곡식까지 지고 왔으며, 손응남
(孫應男)은 그 전에 이른 감[柿]을 갖다 바쳤다.

7일 을묘. 맑음. 이른 아침에 길에 올라 곧바로 순천(順天)으로 가는데
(도판 14-3 참조), 길에서 선전관(宣傳官) 원집(元潗)을 만나 임금
의 분부를 받았다. 병사(兵使, 이복남李福男)의 군대가 모조리 무너
져 줄지어 돌아가고 있으므로 말 세 필과 활, 화살을 약간 빼앗아

왔다. 곡성(谷城) 강정(江亭, 전남 곡성군 석곡면 유정리)에서 잤다.

8일   병진. 새벽에 떠났다. 아침식사를 부유창(富有倉)에서 먹었는데, 병사(兵使, 이복남李福男)가 이미 명령하여 불을 질러 버렸다. 광양원(光陽倅) 구덕령(具德齡), 나주판관(羅州判官) 원종의(元宗義), 옥구원(沃溝倅, 김희온金希溫) 등이 근처에 숨어 있다가 내가 왔다는 것을 듣고 나와, 배경남(裴慶男)과 함께 급히 달려 구치(鳩峙, 전남 순천시 주암면 접치)에 같이 이르렀다. 내가 내려가 앉아 명령을 전달하자, 한꺼번에 나와 절을 하였다. 나는 피해 다니는 것을 들어 책망하니 모두 그 죄를 병사(兵使) 이복남(李福男)에게로 돌리는 것이었다. 곧 길에 올라 순천(順天)에 이르니 성 안팎이 인적하나 없이 쓸쓸했다. 중 혜희(惠熙)가 와서 인사하기에 의병장[義將]의 직첩을 만들어 주고, 또 총통(銃筒) 따위는 옮겨 묻어 두라고 지시했다. 장편전(長片箭)은 바로 군관들이 나누어 갖도록 명령하고, 그 부(府, 순천부)에서 눌러 잤다.

21일   기사. 맑음. 새벽 전에 곽란(藿亂)이 일어 몹시 앓았다. 차게 해서 그런가 싶어 소주(燒酒)를 마셨더니, 이윽고 인사불성이 되어 깨어나지 못할 뻔했다. 밤내 앉아 새웠다.

22일   경오. 맑음. 곽란(藿亂)이 점점 심해져 기동할 수가 없었다.

23일   신미. 맑음. 통증이 지극히 심해 배에 머무르는 것이 불편하기로 배를 버리고 바다에서 나와 묵었다.

25일   계유. 맑음. 그대로 동일한 곳(어란)에 머물렀다. 아침식사 때, 당포(唐浦, 경남 통영시 산양읍 삼덕리)의 보자기[鮑作]가 놓아 먹이던 소를 훔쳐 끌고 가면서 헛소문을 퍼뜨리되, 왜적이 왔다, 왜적이 왔다고 하는 것이었다. 나는 이미 그것이 거짓임을 알고 헛소문 퍼뜨린 두 명을 잡아 곧 목베어 효시(梟示)하게 하니 군중(軍中)이 크게 안정되었다.

28일 　병자. 맑음. 적선 8척이 뜻밖에 들어오니 여러 배들이 겁을 집어 먹고 달아나려 하고 경상수사(배설裴楔)도 피해 달아나려고 했다. 나는 꼼짝않고 있다가 적선이 다가오자 명령하여 각지기(角指旗)를 세워 뒤쫓으니 적선은 물러갔다. 갈두(葛頭, 전남 해남군 송지면 갈두리)까지 쫓다가 돌아왔다. 저녁에 장도(獐島, 전남 해남군 송지면 내장)로 옮겨 머물렀다.

9월

7일 　을유. 바람이 비로소 그침. 탐망(探望) 군관 임중형(林仲亨)이 와서 고하기를, 적선 55척 가운데 13척이 이미 어란(於蘭, 전남 해남군 송지면 어란리) 앞바다에 이르렀는데, 그 뜻이 (우리) 수군에 있는 것이라 했다. 그래서 각 배에 엄하게 타일러 경계토록 했다. 오후 4시경 적선 13척이 바로 진치고 있는 곳으로 향해 왔다. 우리 배도 닻을 올리고 바다로 나가 마주 공격하며 나아가니, 적선은 배를 돌려 바삐 도망쳤다. 먼바다까지 쫓아가는데, 바람과 물결이 함께 거슬리므로 배를 부릴 수 없어 벽파진(碧波津, 전남 진도군 고군면 벽파리)으로 되돌아 왔다. 밤 습격이 있을 것 같았는데, 밤 10시경 적선이 포를 쏘면서 밤 습격을 해왔다. 모든 배들이 겁을 먹고 있는 것 같으므로 다시 엄하게 영을 내리고 내가 탄 배가 곧바로 적선을 향해 달려들며 포를 쏘아대니 적의 무리는 능히 당해 내지 못하고 자정경에 달아나 버렸다. (이들은) 전에 한산(閑山)에서 승리를 얻은 자들이다.

9일 　정해. 맑음. 이날은 9일(중양절重陽節)이다. 군사를 먹이려는 참에 마침 부찰사(副察使)의 군량에 이어서 제주 소 5마리가 왔다. 녹도(鹿島, 녹도만호 송여종宋汝悰)와 안골포(安骨浦, 안골포만호 우수禹壽)에게 그 소를 잡게 하여 장수와 병사들에게 먹이고 있을 때 적선 2척이 감보도(甘甫島, 전남 진도군 고군면 감부도)로 곧장 들어와 우

리 배의 많고 적음을 염탐하는 것이었다. 영등만호(永登萬戶) 조
계종(趙繼宗)이 끝까지 뒤좇았으나 잡지는 못했다.

14일 임진. 맑음. 북풍이 크게 불었다. 임준영(任俊英)이 육지를 정탐하
고 달려와 말하기를, 적선 55척이 벌써 어란(於蘭) 앞바다에 들어
왔다고 했다. 또한 사로잡혀 갔다가 도망쳐 온 중걸(仲乞, 김중걸
金仲傑)의 말을 전하기를, '중걸은 이 달 초6일 달마산(達磨山, 전
남 해남군 송지면)으로 피란갔다가 왜적에게 사로잡혀 묶인 채 왜
의 배에 실렸는데, 이름을 모르는 김해(金海) 사람이 그 처소에서
왜장에게 청을 해서 결박을 풀어 주더니, 밤에 그 김해 사람이 귀
에다 대고 가만히 말하기를, (왜놈들이 하는 말이) 조선 수군 10여
척이 우리 배를 뒤좇아 혹은 사살하고 혹은 배를 불질렀으니 보복
을 하지 않을 수 없다. 여러 배를 불러 모아 수군을 모조리 죽인 뒤
곧바로 경강(京江)으로 올라가자고 하더라'는 것이다. 비록 이 말
을 모두 믿을 수는 없으나, 또한 그럴 까닭이 없는 것도 아니었다.
그래서 우수영(右水營, 전남 해남군 문내면)으로 전령선(傳令船)을 보
내어 피란민들을 (뭍으로) 올라가게 하도록 타일렀다.

16일 갑오. 맑음. 이른 아침 망군(望軍)이 와 보고하기를 무려 200여 척
의 적선이 명량(鳴梁, 전남 해남군 문내면과 진도군 군내면 사이)을 거쳐
곧바로 진치고 있는 곳으로 들어온다고 했다. 여러 장수를 불러 모
아 약속을 되풀이하여 설명한 다음 닻을 올리고 바다로 나가니, 적
선 133척이 우리 배를 에워쌌다. 대장선〔上船〕이 홀로 적선 속으
로 들어가 포환(炮丸)과 화살〔矢〕을 비바람같이 쏘아내건만 여러
배들은 바라만 보면서 진군하지 않아 사태를 헤아릴 수 없게 되었
다. 배 위에 있는 군사들이 서로 돌아보며 질려 있기로 나는 부드
럽게 타이르되, 적이 비록 천 척이라도 감히 곧바로 우리 배에 덤
벼들지 못할 것이니 조금도 동요치 말고 힘을 다해 적을 쏘아라
고 했다. 그리고 돌아보니 여러 배들이 이미 1마장(馬場)가량 물

러났고, 우수사(右水使) 김억추(金億秋)가 탄 배는 멀리 떨어져 가
물가물했다. 배를 돌려 바로 중군(中軍) 김응함(金應諴)의 배로 가
서 먼저 목 베어 효시(梟示)하고 싶었지마는, 내 배가 머리를 돌리
면 여러 배가 점점 더 멀리 물러나고 적선이 점점 달려들게 되어
사세(事勢)가 낭패될 것이라 중군(中軍)에게 군령(軍令) 내리는 기
와 초요기(招搖旗)를 세워 부르니 김응함(金應諴)이 점차 배를 가
까이 해오고, 거제(巨濟, 거제현령縣令) 안위(安衛)의 배도 왔다. 나
는 뱃전에 서서 친히 안위를 불러 말하기를, 네가 그렇게도 군법에
죽고 싶으냐 하고, 다시 안위를 불러, 군법에 감히 죽으려느냐. 물
러가면 살 듯 싶으냐 했더니, 안위가 황급히 곧바로 들어와 맞붙어
싸울 때, 적장의 배와 다른 두 적선의 적이 안위의 배에 개미같이
달라붙고, 안위의 격군 7, 8명이 물에 빠져 헤엄을 치니 거의 구하
지 못할 것 같았다. 그래서 나는 배를 돌려 바로 안위의 배가 있는
데로 들어갔다. 안위의 배 위의 군사들은 죽기를 무릅쓰고 마구 쏘
아대고 내 배의 군관들도 빗발같이 마구 쏘아대어 적선 두 척의 적
을 남김없이 섬멸하니 천행, 천행이다. 우리를 에워쌌던 적선 31척
도 쳐 깨뜨리자 모든 적들은 당해 내지 못하고 다시는 범하려 들지
못했다. 이곳에 머무르려 했으나 물이 빠져 배를 정박시키기가 어
려워 건너편 …포(…浦)로 진을 옮겼다가 달빛을 타고 당사도(唐
笥島, 전남 신안군 암태면)로 옮겨 밤을 지냈다.

▷ 정유일기 I 은 10월 8일까지만 쓰여 있다. 정유일기 II 는 8월 4일
　 이전의 친필초가 유실되어 있는 것으로 보이므로, 그 시작 날짜가
　 언제인지 분명하지가 않다.

정유(丁酉)Ⅱ 선조 30년(1597), 53세

8월

6일 갑자. 맑음. 아침식사 후에 길을 떠나 옥과(玉果, 전남 곡성군 옥과면 옥과리) 경계에 이르니 순천(順天)과 낙안(樂安, 전남 순천시 낙안면 남내리)의 피란민들로 길이 가득 찼으며, 남자 여자가 서로 부축하고 가는 것이 참혹해 볼 수가 없었다. (그들은) 외쳐 울면서 사또가 다시 오셨으니 이제는 우리가 살았다고 하였다. 길 옆에 큰 홰나무 정자가 있기에 내려 앉아서 말을 쉬게 했다. 순천 이기남(李奇男)이 보러 와서 장차 자기 시체가 어느 도랑 구덩이에 버려질지 모르겠다고 하였다. 옥과현(玉果縣)에 이르니, 원은 병이라 하고 나오지 않았다. 정사준(鄭思竣), 사립(思立)이 먼저 와서 관아 문 앞에 기다리고 있고, 조응복(曺應福), 양동립(梁東立)도 나를 따라 이리로 왔다. 나는 병을 핑계로 나오지 않는 고을 원(옥과 원)을 붙잡아 내다가 곤장을 치려고 하였더니, 원 홍요좌(洪堯佐)가 미리 그 뜻을 알고 급히 (나왔다).

8일 병인. 맑음. 새벽에 떠나 바로 부유(富有)로 오다가 중도에서 이형립(李亨立)을 병사(兵使, 이복남李福男)에게로 보냈다. 부유(富有)에 이르니, 병사(兵使) 이복남(李福男)이 벌써 부하들을 시켜 불을 질렀기 때문에 재만 남아 있어 보기가 참담하였다. 점심 후에 구치(鳩峙, 전남 순천시 주암면 접치)에 이르니, 조방장(助防將) 배경남(裴慶男), 나주판관(羅州判官) 원종의(元宗義), 광양현감(光陽縣監) 구덕령(具德齡)이 복병한 곳에 있었다. 저물녘 순천부(順天府)에 (이르니), 관사(官舍)와 창고 곡식〔倉穀〕이 그대로 여전하고, 군기(軍器) 따위를 병사(兵使, 이복남)가 처치하지 않은 채 달아나 버렸으니 놀랍고도 놀라웠다. 상동(上東)*(땅)에 들어가니 사방이 적막한데, 오직 혜희(惠熙)라는 중이 와서 인사할 뿐이었다. 그에게 승병(僧兵)의 직첩을 주고, 군기(軍器) 중 장편전(長片箭)은 군관들에게 져 나르게 하고, 총통(銃筒)과 운반하기 어려운 잡다한 것들은 (깊이 묻고 표를 세워 두라고 하였다). 눌러 상방(上房)에서 잤다.

---

* 이순신은 이날 새벽 석곡 강정(전남 곡성군 석곡면 유정리)을 떠나 부유(富有, 전남 순천시 주암면 창촌리), 구치(鳩峙, 전남 순천시 주암면 행정리 접치)를 거쳐 저녁 무렵에 순천부(順天府, 전남 순천시)에 도달하며, 이는 대략 오늘날의 22번 국도를 따라 내려와 순천시에 이른 것으로 생각한다면 크게 어긋나지 않을 것이다. 순천부 경내를 통과하여 이후, 저녁 혹은 야간의 행로로써 낙안(樂安, 전남 순천시 낙안면 남내리)으로 향하는데(8월 9일자 일기와 도판 14-3 참조), 이는 오늘날 순천시 남부의 덕월동에서 낙안으로 향하는 가장 가까운 길인 818번 지방도로를 택한 것으로 보인다. 그리고 도중에 '上東' 땅에 들어갔다. 이곳에서 중 혜희가 와서 인사하자 승병의 직첩을 주고, 병기들을 묻어 두도록 하는 지시도 한 후 눌러 잤다는 것이다. 이로부터 이 '上東'이라는 지역을 추정해 본다면, 순천에서 낙안으로 향하는 도중의 어느 지점일 것이며, 저녁 혹은 야간의 이동이었을 것이므로 빠른 속도로 이동하지 못했을 터이라, 순천을 벗어나 멀리 오지 못하였을 것이다. 그러나, 여기서의 '上東'이라는 지역은 현 지도는 물론이고 조선 말기의 대동여지도나 지방군현지도에서도 찾을 수 없는 지명이다. 한편 순천에서 낙안으로 향하는 길에 만나는 첫 지역은 '上沙', 즉 현재의 전남 순천시 상사면(上沙面)으로서 조선 말기에도 '上沙'로 불렸음이 지방군현지도(서울대학교 규장각 소장, 1872년 제작 추정)로부터 확인된다. 따라서 '上東'은 현재의 '上沙' 위치로 추정된다. 그러나 '上東'이 '上沙'의 옛 지명인지는 밝혀지지 않고 있다.

9일　정묘. 일찍 떠나 낙안군(樂安郡, 전남 순천시 낙안면 남내리)에 이르니 관사(官舍)와 창고 곡식〔倉穀〕과 병기(兵器)가 모두 타버렸다. 관리(官吏)와 마을 백성들로 눈물을 흘리지 않고 말하는 이가 없었다. 이윽고 순천부사(順天府使) 우치적(禹致績), 김제군수(金蹄郡守) 고봉상(高鳳翔)이 산골짜기로부터 와서 병사(兵使, 이복남李福

男)의 엉망된 처사를 모두 말하면서, 그 하는 짓을 짐작해 보면 패망(敗亡)할 것이 알 만하다고 했다. 점심 후 길에 올라 10리쯤에 이르니 노인들이 길가에 늘어서서 다투어 술병을 가져다 바치는데 받지 않으면 울면서 억지로 권하는 것이었다. 저녁에 보성(寶城) 조양창(兆陽倉, 전남 보성군 조성면 조성리)에 이르렀다. 사람은 하나도 없고 창고 곡식은 봉쇄한 채 옛 그대로 있으므로, 군관 네 사람을 시켜 맡아 지키게 하였다. 나는 김안도(金安道)의 집에서 잤다. 그 집 주인은 이미 피란 떠나고 없었다.

10일 무진. 맑음. 몸이 몹시 불편하여 그대로 머물렀다. 배동지(同知, 배흥립裵興立)도 같이 묵었다.

12일 경오. 맑음. 아침에 장계(狀啓) 초고를 수정하였다. 늦게 거제(巨濟, 안위安衛), 발포(鉢浦, 소계남蘇季男)가 들어와 명령을 들었다. 그 편에 배설(裵楔)의 겁내어 두려워하는 꼴을 들으니 괘씸하고 한탄스러움을 이기지 못하겠다. 권세있는 집안에 아첨하여 제가 감당치 못할 지위에까지 올라 나라의 일을 크게 그르치건만 조정에서 살피지 못하고 있으니 어찌 하랴, 어찌 하랴. 보원(보성원寶城倅)이 왔다.

19일 정축. 맑음. 여러 장수들에게 명하여 교유서(敎諭書)에 숙배케 했다. 배설(裵楔)은 교유서를 받들어 맞이하지 않으니 그 심사가 참으로 놀랍다. 이방(吏房)과 영리(營吏)에게 곤장을 때렸다. 회령만호(會寧萬戶) 민정붕(閔廷鵬)은 위덕의(魏德毅)* 등에게서 술과 음식을 얻어먹고 전선(戰船)을 사사로이 내준 까닭에 곤장 2(20)대를 때렸다.

---

* 피란인(避亂人) 위덕의〔魏德毅, 1540(중종 34)~1613(광해군 5), 호는 청계(聽溪)〕는 이순신보다 3년 앞선 1573년(선조 6)에 생원시(生員試)에 합격한 인물이다. 임진년(1592)에는 의주로 가서 피란 중이던 선조에게서 주부(主簿)에 제수되고, 영남 운향관(運餉官)이 되어 임지에서 군량의 운반을 감독하다

형조좌랑(刑曹佐郞)으로 승진하였다. 이후의 난중 행적은 불분명하나, 정유일기 I의 같은 날짜 기록(정유 I 8월 19일)을 보면, 벼슬이 있는 자이되 이순신에 의해 '피란인(避亂人)'으로 불리고 있음은 주목할 만하다.

위덕의에 대한 문헌상의 기록으로는, 명나라 장수 여응종(呂應鍾)이 극찬하여 이르기를 "공이 살고 있는 곳에 천관산(天冠山)이 있으니 승경(勝景)이 동국(東國)의 으뜸이요. 사람은 관산인(冠山人)이 있으되 위덕의(魏德毅)가 있어 가히 보배로다"라고 하고 후에 〈동정기東征記〉에 쓰기를 "柳成龍의 충성 강개(忠誠慷慨), 李德馨의 소년영기(少年英氣), 魏德毅의 치축험조(馳逐險阻), 李恒福, 申湜, 崔致遠, 禹倬, 鄭夢周 등이 이름있는 현인이다."라 하였다 (《湖南節義錄》, 《湖南誌》). 여기서 '치축험조(馳逐險阻)'란 '험하게 막힌 것을 달려들어 물리친다'는 뜻으로서, 군량 운반에 관련된 일종의 해결사적인 의미의 업적 평가로 보이기도 하나, 극찬에 적당한 연유는 확실치 않다. 그런데 이 날짜의 기사를 보면, 회령포만호 민정붕은 위덕의의 술과 음식 등에 매수되어, 전선(戰船)을 사적(私的) 용도에 이용하도록 내주었다가 때마침 당도한 통제사 이순신에게 발각되어 곤장 20대의 처벌을 받고 있다. 여기서, 위덕의의 사적 용도란 전선을 이용할 정도로 규모있는 전란중의 상(商)거래임을 의미할 것이며, 그의 솜씨있는 장사 수완은 명나라 장수 여응종의 찬사와도 무관치 않은 것으로 짐작될 뿐이다.

20일 무인. 맑음. 포구(浦口)가 좁아서 이진(梨津, 전남 해남군 북평면 이진리) 아래 창사(倉舍, 전남 해남군 북평면 남창리)로 진을 옮겼는데, 몸이 몹시 불편하여 음식도 먹지 못하고 신음(呻吟)하였다.

21일 기묘. 맑음. 새벽 2시쯤에 곽란(霍亂)이 일어났다. 차게 한 탓인가 하여 소주를 마셔 다스리려 했다가 인사불성에 빠져 거의 구하지 못할 뻔했다. 토하기를 10여 차례나 하고 밤새도록 고통을 겪었다.

22일 경진. 맑음. 곽란으로 인사불성, 기운이 없고 또 뒤도 보지 못하였다.

23일 신사. 맑음. 병세가 몹시 위급하여* 배에서 거처하기가 불편하고, 또 실상 전쟁터도 아니므로 배에서 내려 포구 밖에서 묵었다.

---

* 8월 20일에 발병하여 4일동안 음식을 폐하고, 계속 구토와 곽란, 인사불성으

로 신음하는 등의 고통을 호소하고 있다. — 이것은 내과 전문의의 증상 진단
에 따르면, 극심한 신체적 과로와 극도의 정신적 압박에서 비롯된 일종의 신경
성 위장(胃腸) 반응이며 '급성 위염(胃炎)'의 증상군에 속하는 병상이다(전 경
찰병원 내과과장 최동수 박사의 소견, 1979). 다행히도 다음 날에는 함대를 이
끌고 바다 가운데로 나간다.

　　비록 12척이나〔尙有十二〕, 이미 지난 날의 패기와 군율을 되찾아 막강한
왜수군과 맞싸울 결의를 다지며 남해 서쪽 바다를 힘차게 누비고 있었다!

24일　임오. 맑음. 아침에 괘도포(掛刀浦)에 이르러 조반을 먹고 낮에 어
란(於蘭) 앞 바다로 나왔다. 곳곳이 모두 비어 있었다. 바다 가운데
서 잤다.

25일　계미. 맑음. 그대로 머물고 있었다. 아침식사 때, 당포(唐浦)의 어
부가 피란민의 소 두 마리를 훔쳐 끌고 와서는 잡아 먹고자 적이
왔다고 거짓말을 외쳤다. 나는 이미 그런 줄을 알고 배를 굳게 매
고 움직이지 않고 있다가 그 자들을 잡아 오게 했더니 과연 예상한
바와 같았다. 군대내의 정상은 안정되었으나, 배설(裴楔)은 이미
도망쳐 나갔다. 거짓말한 두 사람은 목을 잘라 두루 효시했다.

28일　병술. 맑음. 새벽 6시경에 적선 8척이 불의에 덤벼들어 여러 배들
이 겁을 먹고 물러서려고만 하는 것 같았다. 나는 조금도 동요하
지 않고 각지기(角指旗)로 지시하여 추격을 명령하니 여러 배들은
피하지 못하고 일시에 쫓아 갈두(葛頭, 전남 해남군 송지면 갈두리)까지
이르렀다. 적선이 멀리 도망가므로 더 쫓지 않았다. 뒤따르던 배가
50여 척이라고 했다. 저녁에 장도(獐島, 전남 해남군 송지면 내장)*에
진을 쳤다.

---

　*　이날 이순신이 진(陣)을 치는 장도(獐島)는, 무술년 9월부터 순천 왜교 앞바다
에서 전투하게 되는 곳의 장도(獐島, 전남 여천군 율촌면 장도)와는 동일한 지
명이나 상이한 위치이다. 1994년 해남문화원(海南文化院)에서 발간한《海南
傳來地名總覽》을 보면, 해남군(海南郡) 송지면(松旨面) 내장리(內長里)의 옛

이름이 '안노리섬[內獐] : 東峴 북쪽에 있는 마을'이라고 기술되어 있다. 여기서 동현(東峴)이란 해남군 송지면 동현리를 일컫는다. 이로부터 내장(內長)의 옛 이름은 안노리섬[內獐]이었으며, 임진왜란 당시의 섬(노루섬 : 獐島)이 언제부턴가 육지화되어 오늘에 이른 것으로 추정된다. 이곳의 위치는 이순신이 며칠 전에 진(陣)을 쳤던 어란(於蘭)으로부터 북쪽으로 약 5km 정도 떨어진 곳이다.

30일   무자. 맑음. 그대로 벽파진(碧波津, 전남 진도군 고군면 벽파리)에 머물고 있으면서 정찰병들을 나누어 내보냈다. 늦게 배설(裴楔)은 적이 많이 올 것을 염려해서 도망하려 했으나 자기 관하의 여럿이 지시를 구하기도 하고, 또 나도 그 속 사정을 잘 알지만 드러나지 않은 일을 먼저 드러내는 것은 장수(將帥)로서 할 방법이 아니므로 참고 있을 즈음, 배설이 제 종[奴]을 시켜 뜻하는 바를 이르기를, 병세가 극히 심하여 조리를 하겠다고 하였다. 내가 육지로 내려가서 조리하라고 처결해 보냈더니 설(楔)은 우수영(右水營)에서 육지로 내려갔다.

9월

7일   을미. 맑음. 탐망 군관(探望軍官) 임중형(林仲亨)이 와서 보고하기를, 적선 55척 중에 13척이 이미 어란(於蘭, 전남 해남군 송지면 어란리) 앞바다에 와 닿았는데, 그 뜻이 반드시 우리 수군에 있는 것이라 하므로 여러 장수들에게 군령을 전하여 재삼 경계토록 하였다. 오후 4시경 적선 13척*이 과연 이르렀다. 우리 여러 배들이 닻을 올리고 바다로 나가 추격하니 적선은 뱃머리를 돌려 피해 도망쳤다. 먼 바다까지 쫓아가다가, 바람과 물결이 모두 역류요, 또 복병선(伏兵船)이 있을 우려도 있어 더 쫓아가지 않았다. 벽파정(碧波亭, 전남 진도군 고군면 벽파리)으로 돌아와서 여러 장수들을 불러 모아 약속하여 이르기를, 오늘 밤에는 반드시 야습(夜襲)이 있을 것이니 모든 장수들은 각각 미리 알아서 대비할 것이며, 조금이라도 군령을 어기는 일이 있으면 군법에 따르겠다 하고 재삼 타일러 확실히 하고 헤어졌다. 밤 10시경에 과연 야습이 있어 포환(炮丸)을 많이 쏘며 덤볐다. 내가 탄 배가 바로 앞장을 서서 지자포(地字砲)를 쏘니 강산이 흔들렸다. 적들은 범할 수 없음을 알고 네 번 나왔다 물러갔다 하면서 화포만 쏘다가 자정이 지나서야 아주 물러갔다.

---

* 위 일기 기사의 '… 적선 13척'은 아래의 친필초 도판에서 보는 바와 같이 '13척' 또는 '12척'으로의 두 가지 판독이 가능한데, 정유 II 9월 14일의 '… 十餘隻', 정유 I 9월 16일의 '… 一百三十三隻' 등 다른 날짜의 '三', '隻'자 친필의 흘림체를 대조하여 판독한 결과 '13척'으로 판단되었다.

8일 병신. 맑음. 여러 장수들을 불러서 대책을 논의하였다. 우수사 김억추(金億秋)는 겨우 만호(萬戶)에나 합당할까 대장 임무를 맡길 수는 없는데, 좌의정 김응남(金應南)이 서로 정두터운 사이라고 해서 감히 벼슬을 주어 보냈다. 이러고야 조정(朝廷)에 사람이 있다고 할 수 있겠는가. 다만 때를 못 만난 것이 한스러울 따름이다.

9일 정유. 맑음. 이날은 9일(중양절重陽節)이라 일년 중 명절이다. 나는 비록 상제의 몸이지만 여러 장수와 군졸들이야 먹이지 않을 수 없어 제주에서 가져온 소 5마리를 녹도(鹿島, 송여종宋汝悰), 안골(安骨, 우수禹壽) 두 만호에게 맡겨 장사(將士)들을 먹일 일을 지시하였다. 늦게 적선 2척이 어란(於蘭, 전남 해남군 송지면 어란리)으로부터 바로 감보도(甘甫島, 전남 진도군 고군면 감부도)로 와서 우리 수군의 많고 적음을 정탐하므로 영등만호(永登萬戶) 조계종(趙繼宗)이 바

짝 추격해서 쫓아가자 적들은 당황하고 급해지자 배에 실었던 갖가지 물건을 모두 바다 가운데 던져 버리고 달아났다.

11일 기해. 흐리고 비가 올 듯했다. 홀로 배 위에 앉아 (어머님) 그리운 생각에 잠겨 눈물을 흘렸다. 천지(天地)간에 어찌 나 같은 사람이 있으랴. 자식 회(薈)는 내 심정을 알고 몹시 언짢아하였다.

13일 신축. 맑으나 북풍(北風)이 크게 불어서 배가 안정할 수 없었다. 꿈에 이상한 일이 있었다. 임진(壬辰) 대첩(大捷) 때의 꿈과 대강 비슷했다. 이것이 무슨 징조인지 모르겠다.

14일 임인. 맑음. 북풍이 크게 불었다. 벽파(碧波) 맞은 편에서 연기가 오르기에 배를 보내서 싣고 오니 바로 임준영(任俊英)이었다. (그는) 정탐하고 와서 보고하여 이르기를, 적선 200여 척 가운데 55척이 먼저 어란(於蘭, 전남 해남군 송지면 어란리)으로 들어왔다고 했다. 그리고 또 이르기를, 사로잡혀 갔다가 도망쳐 돌아온 김중걸(金仲傑)이 전하는 말 가운데, 중걸은 이달 초6일 달마산(達磨山, 전남 해남군 송지면)에서 왜적에게 붙잡혀서 묶인 채 왜선에 실렸던 바 다행히 임진년에 포로된 김해 사람을 만나 왜장(倭將)에게 빌어서 결박을 풀고 같은 배에서 지낼 수 있었다. 한밤중 왜놈들이 깊이 잠들었을 때 (그 김해 사람이) 귀에다 대고 몰래 이야기하기를, 왜놈들이 모여 의논하는 말이, '조선 수군 10여 척이 우리 배를 추격해서 혹은 쏘아 죽이고 혹은 배를 불태웠으니 극히 통분할 일이다. 각 처의 배를 불러 모아 합세해서 모조리 섬멸한 후에 곧장 경강(京江)으로 올라가자'고 하더라는 것이다. 이 말을 비록 다 믿을 수는 없으나 또한 그럴 까닭이 없는 것도 아니어서 곧 전령선(傳令船)을 보내어 피란민들에게 일러서 (뭍으로) 올라가게 할 것을 급히 명령하였다.

15일 계묘. 맑음. 조수(潮水)를 타고 여러 장수들을 이끌고 진(陣)을 우수영(右水營, 전남 해남군 문내면) 앞바다로 옮겼다. (이는) 벽파정(碧

波亭, 전남 진도군 고군면 벽파리) 뒤에 명량(鳴梁)이 있는데, 수효 적은
수군으로 명량을 등지고 진을 칠 수 없기 때문이다. 여러 장수들을
불러 모아 약속하되, '병법에 이르기를〔兵法云〕* 죽고자 하면 오히
려 살고, 살고자 하면 도리어 죽는다〔必死則生 必生則死〕 하였고,
또 한 사람이 길목을 지킴에, 천 명도 족히 두렵게 할 수 있다〔一大
當逕 足懼千夫〕는 말이 있는데, 오늘의 우리를 두고 이른 말이다.
너희 여러 장수들이 조금이라도 명령을 어기는 일이 있다면 마땅
히 군율(軍律)대로 시행해서 작은 일일망정 용서치 않겠다'고 재
삼 엄히 약속하였다. 이날 밤 꿈에 신인(神人)이 나타나 가르쳐 주
기를 '이렇게 하면 크게 이기고, 이렇게 하면 지게 된다'고 하였다.

---

* 이순신이 병법에서 인용한 '죽고자 하면 오히려 살고, 살고자 하면 도리어 죽
는다〔必死則生 必生則死〕' 그리고 '한 사람이 길목을 지키면, 천 명도 족히 두
렵게 할 수 있다〔一夫當逕 足懼千夫〕'라는 부분은 중국의 전국시대에 오기(吳
起, 440? BC~381? BC)가 지은 병법서《오자吳子》에서 연유한 것으로 지목
된다. 즉,《오자》의 第三篇〈치병治兵〉 중에 보면, "오자(吳子)가 말하기를〔吳
子曰〕, 무릇 병사들의 싸움터는 시체가 뒹구는 곳이다〔凡兵戰之場止屍之地〕.
죽으려 한다면 오히려 살고, 요행히 살려고 한다면 도리어 죽는다〔必死則生
幸生則死〕. …"로서 전쟁에 임하는 자세를 논하고 있다. 한편 第四篇〈논장論
將〉에는, 전쟁의 승리를 위해 장수가 갖출 네 가지 조건 중 하나로서 지기(地
機, 지세를 이용함)에 관해 설명하면서, "오자(吳子)가 말하기를〔吳子曰〕, …
길이 좁고 험하며, 높은 산이 크게 가로막은 곳에서는〔路狹道險 名山大塞〕, 열
사람이 지키더라도 천 사람이 통과하지 못하는데〔十夫所守 千夫不過〕, 이를
지기라 한다〔是謂地機〕. …"라고 설명하고 있다. 또한 第六編〈여사勵士〉에
는, "이것은 한 사람이 목숨을 걸면 족히 천 명을 두렵게 한다는 것이다〔是以
一人投命 足懼千夫〕. …"라고 하여 유사한 문맥을 표현하고 있다.

16일* 갑진. 맑음. 이른 아침에 별망군(別望軍)이 다가와 보고하기를, '수
효를 알 수 없도록 많은 적선이 명량(鳴梁)을 거쳐 곧바로 우리
가 진치고 있는 곳을 향해 오고 있다'고 했다. 즉각 여러 배에 명령
하여 닻을 올려 바다로 나가니, 적선 130여 척이 우리 배들을 에

위쌌다. 여러 장수들은 적은 수로 많은 적을 대적하는 것이라 모두 회피하기만 꾀하는데, 우수사(右水使) 김억추(金億秋)가 탄 배는 이미 2마장 밖으로 나가 있었다. 나는 노를 재촉하여 앞으로 돌진하며 지자(地字), 현자(玄字) 등 각종 총통(銃筒)을 폭풍과 우뢰같이 쏘아대고, 군관들이 배 위에 총총히 들어서서 화살을 빗발처럼 쏘니 적의 무리가 감히 대들지 못하고, 나왔다 물러갔다 하였다. 그러나 겹겹이 둘러싸여서 형세가 어찌 될지 알 수 없어 온 배의 사람들이 서로 돌아다 보며 얼굴 빛을 잃고 있었다. 나는 조용히 타이르되, '적선이 비록 많다 해도 우리 배를 바로 침범치 못할 것이니 조금도 마음을 동(動)하지 말고, 다시 힘을 다하여 적을 쏘고 또 쏘아라' 하였다. 여러 장수들의 배들을 돌아본 즉, 먼 바다로 물러서 있는데, 배를 돌려 군령(軍令)을 내리고자 해도 적들이 그 틈을 타서 더 대들 것이라 나가지도 돌아서지도 못할 형편이었다. 호각(互角)을 불어 중군(中軍)에게 군령(軍令)을 내리는 깃발을 세우게 하고, 또 초요기(招搖旗)를 세웠더니 중군장(中軍將) 미조항 첨사(彌助項僉使) 김응함(金應諴)의 배가 차츰 내 배로 가까이 왔으며, 거제현령(巨濟縣令) 안위(安衛)의 배가 먼저 다가왔다. 나는 배 위에 서서 친히 안위(安衛)를 불러 말하기를, '너는 군법으로 죽고 싶으냐, 네가 군법으로 죽고 싶으냐, 도망간다고 어디 가서 살 것이냐' 하니, 안위도 황급히 적선 속으로 돌입하였다. 또 김응함(金應諴)을 불러, '너는 중군(中軍)으로서 멀리 피하여 대장을 구원하지 않으니 죄를 어찌 피할 것이냐, 당장에 처형할 것이로되 적세가 또한 급하니 우선 공을 세우게 하리라' 하였다. 그래서 두 배가 앞서 나가자, 적장이 탄 배가 그 휘하의 배 2척에 지시하여 일시에 안위의 배에 개미가 붙듯이 서로 먼저 올라가려 하니 안위와 그 배에 탄 사람들이 모두 죽을 힘을 다하여, 혹은 모난 몽둥이로, 혹은 긴 창으로, 혹은 수마석(水磨石) 덩어리로 무수히 마구 쳐 대다가 배 위의 사람들이 거의 기진맥진하므로, 나는 뱃머리를 돌려 바로 쫓아 들어가 빗발치듯 마구 쏘아댔다. 적선 3척의 적이 거의 다 엎어지고 쓰러졌을 때 녹도(鹿島)만호 송여종(宋汝悰)과 평산포대장(平山浦代將) 정응두(丁應斗)의 배들이 뒤따라 와서 힘을 합해 적을 사살하니, 몸을 움직이는 적은 하나도 없었다. 투항한 왜인 준사(俊沙)는 안골포(安骨浦, 경남 진해시 안골동)의 적진으로부터 항복해 온 자인데, 내 배 위에 있다가 바다를 굽어 보더니 말하기를, '그림 무늬 놓은 붉은 비단 옷을 입은 저 자가 바로 안골포 적진의 적장 마다시(馬多時)**요' 했다. 내가 무상(無上, 물긷는 군사) 김돌손(金乭孫)을 시켜 갈구리로 뱃머리에 낚아 올린 즉, 준사(俊沙)가 좋아 날뛰면서 바로 마다시(馬多時)라고 말하므로 곧 명하여 토막토막 자르게 하니, 적의 사기가 크게 꺾였다. 이때 우리 배들은 적이 다시 범하지 못할 것을 알고 북을 울리며 일제히 진격하여 지자(地字), 현자(玄字) 포를 쏘아대니 그 소리가 산천을 뒤흔들었고, 화살을 빗발처럼 퍼부어 적선 31척을 쳐 깨뜨리자 적선은 퇴각하여 다시는 가까이 오지 못했다. 우리 수군은 싸웠던 바다에 그대로 묵고 싶었으나, 물결이 몹시 험하고 바람도 역풍인데다 형세 또한 외롭고 위태로워, 당사도(唐笥島, 전남 신안군 암태면)로 옮겨가서 밤을 지냈다. 이번 일은 실로 천행이었다〔此實天幸〕.

---

* 1597년(정유) 9월 16일은 이른바 '명량대첩(鳴梁大捷)'의 날이다. — 난국 수습에 나선 이순신은 해안 지역을 두루 살피며 고을의 관리들과 밤을 지새우며 대책을 논의, 안질(眼疾)에 걸리기도 했다. 마침내 8월 3일, 이순신은 진주(晉州) 땅 운곡(雲谷)에서 삼도수군통제사 재임명의 교서를 받게 되나, 그는 배도 군사도 없는 매우 기구한 통제사였다. "성문들이 다시 열려, 재침의 일본군은 제멋대로 쳐들어 왔다. 참변을 당하자 모든 사람의 눈길은 이순신에게로 쏠렸다. 그는 다시 통제사로 임명되었다. 그러나 무엇을 지휘한단 말인가? 그가 모은 배는 겨우 12척에 불과하였다"(H. H. 언더우드, 원한경元漢慶 박사).

이순신은 8월 18일 회령포(會寧浦)에 이르러 칠천량(漆川梁)에서 패해 온 전선(戰船) 10척을 거두었고(李芬,〈行錄〉), 그 후 2척이 더 회수됨으로써 12척이 되었던 것이다. 명량해전을 앞두고 또 1척이 추가되니 해전 당일에는 모두 13척의 전선이 싸운 것으로 생각된다. 즉, "… 공(公)은 홀로 상하고 남은 병졸들로써 전선(戰船) 13척을 거느리고 …"(李恒福,〈忠愍祠記〉), 또 명나라

와의 외교 문서에도 "… 삼도수군통제사 이순신(李順臣, 李舜臣임)이 급히 아뢰기를, 한산도의 패멸 이후 병선(兵船)과 병기들도 거의 모두 흩어져 없어졌고, 신(臣)이 전라우도 수군절도사 김억추(金億秋) 등과 함께 전선(戰船) 13척과 초탐선(哨探船) 32척을 수습하여 해남현 관내의 해로 입구를 차단하여 본년 9월 16일에 …"(《事大文軌》, 卷之二十四)라고 되어 있다. 초탐선 32척이란, 아마도 전선의 종선(從船)으로 동원된 숫자인 듯하다.

9월 16일, 이순신은 13척의 전선을 이끌고 지형이 험난하고 협소한 명량해협(鳴梁, 별칭 '울두목')으로 200여 척의 왜함대를 유인, 격파하는 데 성공하였다(도판 15. 명량해전도 참조). 그는 '죽고자 하면 오히려 살고, 살고자 하면 도리어 죽는다〔必死則生 必生則死〕'라는 결의를 각 전선의 장령들에게 엄히 촉구하였고, 역조(逆潮, 배와 반대 방향의 조류)에서 사력을 다하여 왜수군의 해협 통과를 저지했으며, 순조(順潮)를 맞이하자 일제히 진격함으로써 적선 31척을 깨뜨렸다. 적선들은 다시는 우리 수군에 가까이 오지 못했다. 이번 승리로 은자(銀子) 20냥이 하사되었다(왜간첩 요시라에게 내렸던 것이 은자 80냥이었으니, 조선 수군을 괴멸시킨 왜간첩의 공이 4배나 컸던가?).

명량대첩은 일본군의 서진북상(西進北上)의 전략을 결정적으로 좌절시킴으로써 전란의 역사적 전기를 마련했던 한산대첩(閑山大捷)과 그 전략적 의의를 같이하고 있으나, 명량해전은 동족의 박해와 역경을 이겨낸 이순신의 초인적 실존(實存)으로 극복된 승리임을 잊어서는 안될 것이다!

해전 후 당사도(唐笥島)로 옮겨 가서 밤을 지낸 함대는 해안을 따라 고군산도 부근까지 계속 북상하며, 육지의 상황을 살피고, 군사들의 휴식도 도모한 것으로 보이나, 무엇보다도 군량의 보급이 시급했을 것으로 추측된다(전선 1척당 군사 130명이 탔으므로, 전선 13척만 하더라도 1,690명임). 말이 정규 수군이나, 사실상 의병의 처지나 다름 없었다. 한편 왜수군의 동향 파악에는 빈틈이 없었으며, 해전 후 20여 일 만에 명량의 우수영으로 되돌아 왔던 것이다. 참고로, 해전 전후의 함대의 이동 경로를 도판 16-1~16-4에 도시하였다.

** 왜장 마다시(馬多時)는 필경 조류가 거의 바뀔 무렵에 부상을 입고 물에 빠져 우리 배 쪽으로 흘러온 것 같다. 일본측 문헌에 따르면, 마다시는 일본 수군의 대장격인 구루시마 미찌후사(來島通總)로 추정된다(有馬成甫, 《朝鮮役水軍史》, 1942).

또 일본측 기록은 명량해전에서의 패전 상황을 다음과 같이 평가하고 있다. 즉, "… 9월 16일의 일이었다. 이순신은 여러 장수를 격려하여 방전(防戰)에 힘썼다. 일본군은 분전하였으나, 구루시마 미찌후사(來島通總) 이하 10명

이 죽었고, 토우도우 다카도라(藤堂高虎)는 부상, 모오리 다카마사(毛利高政)
는 물에 빠졌다가 위급하게 구제되는 등 마구 당했는데 배도 수척이 침몰했다.
저녁 무렵이 되자 이순신은 배를 당사도(唐笥島)로 옮겨 갔지만, 일본군은 수
로에 밝지 않아 추격할 수도 없어 웅천(熊川)으로 철수하였다. 이것으로 일본
수군의 서쪽으로 진출하려 하는 계책은 좌절된 것이었다"(舊參謀本部編,《朝
鮮の役》, 德間書店, 1965).

10월

초1일 무오. 맑음. 아들 회(薈)를 보내서 저의 모친에게도 인사하고 집안
　　　여러 사람의 생사도 알아 오게 하였다. 심회가 몹시 나빠 편지를
　　　쓸 수가 없었다. 병조(兵曹)의 역자(驛子)가 공문을 가지고 내려왔
　　　는데, 아산(牙山) 고을의 집이 온통 분탕질 당해 잿더미가 되고 남
　　　은 것이 없다고 전했다.

9일 병인. 맑음. 일찍 출발하여 우수영(右水營, 전남 해남군 문내면)에 이
　　　르니 성 안팎에 인가라고는 하나도 없고, 또 인적도 없으니 보기에
　　　참담하였다. 저녁에 들으니, 해남(海南)에 흉적들이 진을 치고 머
　　　물러 있다고 한다. 초저녁에 김종려(金宗麗), 정조(鄭詔), 백진남
　　　(白振南) 등이 보러 왔다.

11일 무진. 맑음. 새벽 2시경 바람 기운이 자는 것 같으므로 첫 나팔을
　　　불고 닻을 올려 바다 가운데 이르렀다. 정탐인(偵探人) 이순(李順),
　　　박담동(朴淡同), 박수환(朴守還), 태귀생(太貴生)을 해남(海南)으
　　　로 보냈다. 해남에는 연기가 하늘을 덮었다 하니 필경 적의 무리가
　　　달아나 돌아가면서 불을 지른 것이리라. 낮에 안편도(安便島) 즉,
　　　발음도(發音島)*에 이르렀는데(도판 16-4 참조), 바람도 좋고 날
　　　씨도 화창했다. 배를 내려서 산봉우리 위에 올라가서 배를 감추어
　　　둘 만한 곳을 살펴보았다. 동쪽은 앞에 섬이 있어서 멀리 바라볼
　　　수 없으나, 북쪽으로는 나주(羅州)와 영암(靈岩)의 월출산(月出山)
　　　까지 통하고, 서쪽으로는 비금도(飛禽島)까지 통하여 시야가 널리

트여 있었다. 얼마 후 중군장(中軍將, 김응함金應諴)과 우치적(禹致
績)이 올라오고, 조효남(趙孝南), 안위(安衛), 우수(禹壽)가 잇따라
왔다. 날이 저물어 산에서 내려와 언덕에 앉았는데, 조계종(趙繼
宗)이 와서 왜적의 정세를 말하고, 또 왜들이 우리 수군을 몹시 꺼
려한다고 말했다. 이희급(李希伋)의 부친이 인사 와서 또한 포로되
었던 경위를 전하는데 마음 아픔을, 마음 아픔을 견딜 수 없었다.
저녁엔 따뜻한 기운이 마치 봄과 같아 아지랑이가 하늘에 아른거
리고, 비가 내릴 징조가 많았다. 초저녁에 달빛은 비단결 같고, 홀
로 앉아 봉창(篷窓)을 바라보니 회포가 만 갈래였다. 밤 10시경 허
한(虛汗)이 몸을 적셨다. 자정께 비가 내렸다. 이날 우수사(右水使,
김억추金億秋)가 군량선에 있는 사람의 무릎뼈를 몹시 때렸다고 한
다. 놀라운 일이다.

---

* 이 날짜에 이순신이 들러 10월 29일 목포의 보화도(고하도)로 진을 옮기기까
지 보름 넘게 머무는 안편도(安便島)라는 섬은 그가 막내아들 면의 전사 소식
을 듣게 되어 비통한 심정과 통곡을 더하게 되는 장소이나 오늘날 사람들의
기록과 기억에서는 잊혀져 있는 섬이다. 이순신 자신이 '발음도(發音島)'라고
병기한 '안편도(安便島)'(정유II 10월 11일, 12일) 또는 '소음도(所音島)'(정유
II 10월 20일)라는 섬은 현재 위치가 확인되지 않는 곳이자 문헌에 따라서 지
명비정이 상이하게 주어지는 곳이다. 따라서 이 날짜의 일기 내용에서 서술된
바를 면밀히 추적해 볼 수밖에 없다. '… 동쪽은 앞에 섬이 있어서 멀리 바라
볼 수 없으나, 북쪽으로는 나주(羅州)와 영암(靈岩)의 월출산(月出山)까지 통
하고, 서쪽으로는 비금도(飛禽島)까지 통하여 시야가 넓고 시원했다. …'라는
언급을 그대로 따라 그 위치를 추정해보면, 현재의 전남(全南) 완도군(莞島郡)
소안면(所安面) 소안도(所安島)가 그럴듯한 곳이다. 동쪽과 동북쪽으로 각각
청산도 및 신지도에 의해 시야가 가리며, 서쪽으로는 상하 조도군도까지 드러
나는 위치이다. 이 날짜의 함대 경로상(우수영→상중하마도→어란→소안도) 도
중의 해남 정찰도 그럴 듯하며 새벽 2시경 우수영으로부터 출발하여 낮에 이
르게 되는 경로 거리에도 적합하다. 한편 소안도 북봉에서 북쪽으로 완도와 해
남의 두륜산 너머 월출산까지 보일지는 현지답사로서 확인할 수밖에 없으나,
이 날짜의 기사는 외딴 섬에서의 관찰상 방향 착오 혹은 작성 착오의 가능성

도 배제할 수 없다. 소안도(所安島)에는 임진왜란 때부터 주민이 거주하기 시작했다고 하며, 바닷가에 널린 묵석이라는 돌이 바람이 심한 날에는 소리를 낸다(발음 發音)는 이야기가 있다. 이 섬은 왜정 시대에 강렬한 항일운동을 주도한 곳으로 이름높다. 일각에서 제시하는 지명 비정으로서 '안편도'는 현재의 '안좌도(신안군)', '발음도'는 현재의 '팔금도(신안군)'라는 견해를 고려해 보면, '서쪽으로는 비금도(전남 신안군 비금도)까지…'라는 일기 서술과 합당하나, '동쪽은 앞에 섬이 있어서 멀리 바라볼 수 없으나,북쪽으로는 나주(羅州)와 영암(靈岩)의 월출산(月出山)까지 통하고…'라는 서술과는 방향상 東(안좌도, 비금도에서 보는 나주, 영암의 월출산은 동쪽 방향)과 북(北)의 완연한 차이로써 일치하지 않으며, 이동시간상(새벽 2시경 우수영으로부터 출발하여 낮에 도착)으로도 의문스럽고 '동쪽 앞의 섬'의 실체도 연결키 어려우므로, 이 무렵 이순신의 건강 이상과 방향-시간 감각의 상실을 전제하지 않는다면 소안도로 비정할 수밖에 없다.

13일 경오. 맑음. 아침에 배조방(助防, 조방장 배경남裴慶男)과 경우후(慶虞候, 경상우후 이의득李義得)가 보러 왔다. 얼마 후 탐망선(探望船)이 임준영(任俊英)을 싣고 왔다. 그 편에 적의 조짐을 들으니 해남(海南)으로 들어와 웅거했던 적들이 초10일에 우리 수군이 내려오는 것을 보고 11일에 하나도 빠짐없이 분주히 도망했는데, 해남향리(海南鄕吏) 송언봉(宋彦逢)과 신용(愼容) 등이 적진 속으로 들어가서 왜놈들을 데리고 나와 선비들을 많이 죽였다 하니 통분함을 이길 길이 없다. 그래서 곧 순천부(順天府, 순천부사) 우치적(禹致績), 금갑만호(金甲萬戶) 이정표(李廷彪), 제포만호(薺浦萬戶) 주의수(朱義壽), 당포만호(唐浦萬戶) 안이명(安以命), 조라만호(助羅萬戶) 정공청(鄭公淸) 및 군관 임계형(林季亨), 정상명(鄭翔溟), 봉좌(逢佐), 태귀생(太貴生), 박수환(朴壽還) 등을 해남으로 보냈다. 늦게 언덕 자리 위에 내려가 앉아 배조방장(裴慶男)과 장흥부사(長興府使) 전봉(田鳳) 등과 함께 이야기했다. 이날, 우수영 우후(右水營虞候) 이정충(李廷忠)의 뒤떨어진 죄를 다스렸다. 우수사(右水使, 김억추金億秋) 군관 배영수(裴永壽)가 와서 보고하기를 수사(水使)의 부친이 바깥 바다로부터 살아 돌아왔다고 했다.

이날 새벽 꿈에 우의정을 만나 조용히 의논하고 이야기하였다. 낮에 들으니 선전관(宣傳官) 네 명이 법성포(法聖浦)로 내려와 대었다고 한다. 저녁에 중군(中軍) 김응함(金應諴)에게서 들으니, 섬 안에 알 수 없는 어떤 자가 산골에 숨어서 소와 말을 죽인다고 하므로 황득중(黃得中), 오수(吳守) 등을 보내어 탐색하게 하였다. 이날 밤 달빛은 비단결 같고 미풍(微風)조차 일지 않는데 혼자 뱃전에 앉았으니 심회를 스스로 다스릴 수가 없었다. 이리저리 뒤척이며 앉았다 누웠다 하며 밤새 잠을 이루지 못했다. 하늘을 쳐다보며 원망하고, 탄식할 따름이다.

14일 신미. 맑음. 새벽 2시경 꿈에 내가 말을 타고 언덕 위를 가다가 말이 실족하여 개울 가운데로 떨어지긴 했으나 엎으러지지는 않았는데, 막내아들 면(葂)이 붙들어 껴안는 것 같은 형상이 있음을 보고 깨었다. 이것이 무슨 조짐인지 모르겠다. 늦게 배조방(助防, 배경남裴慶男)과 우후 이의득(李義得)이 보러 왔다. 배(裴)의 종이 영남(嶺南)으로부터 와서 적의 정세를 전하였다. 황득중(黃得中) 등이 와서 보고하기를, 내수사(內需司)의 종 강막지(姜莫只)라는 자가 소를 많이 치므로 12마리를 끌어 간 것이라고 하였다. 저녁에 천안(天安)으로부터 사람이 와서 집안 편지를 전하는데, 겉봉을 뜯기도 전에 뼈와 살이 먼저 떨리고 심기가 혼란해졌다. 겉봉을 대강 뜯고 열(葔)의 글씨를 보니, 바깥 면에 '통곡(慟哭)' 두 자가 쓰여 있어 면(葂)이 전사하였음을 알고, 간담이 떨어지는 것도 모르고 목놓아 통곡, 통곡하였다. 하늘이 어찌 하여 이다지도 어질지 못하신고. 간담이 타고 찢어지고, 타고 찢어지는 것 같다. 내가 죽고 네가 사는 것이 이치에 맞거늘, 네가 죽고 내가 살아 있으니 이렇게 어긋난 이치가 어디 있으랴. 천지가 어두워 캄캄하고 밝은 해조차 빛이 변했구나. 슬프다 내 아들아. 나를 버리고 어디로 갔느냐. 남달리 영특하기로 하늘이 이 세상에 놔두지 않는 것이냐. 내가 죄를 지어 앙화가 네 몸에 미친 것이냐. 내 지금 세상에 살아 있으나,

마침내 어디에 의지할 것이냐. 너를 따라 죽어 지하에서 같이 힘 쓰고 같이 울고 싶건마는 네 형, 네 누이, 네 어머니가 또한 의지할 곳이 없으므로 아직은 참고 연명이야 한다마는 마음은 죽고 형상 만 남아 있어 울부짖을 따름이다, 울부짖을 따름이다〔心死形存 號 慟而已 號慟而已〕. 하룻밤 지내기가 1년 같구나, 하룻밤 지내기가 1년 같구나〔度夜如年 度夜如年〕. 이날 밤 10시경 비가 내렸다.

15일 임신. 종일 바람과 비. 누웠다 앉았다 하면서 종일 이리저리 뒤척 였다. 여러 장수들이 위문하러 오니 어떻게 얼굴을 들고 대하랴. 임홍(林葒), 임중형(林仲亨), 박신(朴信)은 적세를 살피기 위하여 작은 배에 타고 흥양(興陽), 순천(順天) 등의 바다로 나갔다.

16일 계유. 맑음. 우수사(右水使, 김억추金億秋)와 미조항첨사(彌助項僉 使, 김응함金應諴)를 해남(海南)으로 보냈다. 해남원(海南倅, 유형 柳珩)도 보냈다. 나는 내일이 막내아들의 부음을 들은 지 나흘째 되 는 날인데 마음껏 통곡(慟哭)해 보지도 못했으므로, 소금 만드는 사람인 강막지(姜莫只)의 집으로 갔다. 밤 10시경에 순천부사(順 天府使, 우치적禹致績), 우후 이정충(李廷忠), 금갑(金甲, 이정표李廷 彪), 제포(薺浦, 주의수朱義壽) 등이 해남으로부터 돌아왔는데 왜적 13명과 투항해 들어갔던 송언봉(宋彦鳳) 등의 머리를 베어 왔다.

17일 갑술. 맑았으나 종일 큰 바람. 새벽에 향을 피우고 곡하였다. 흰 띠 를 두르니 비통함을 어찌 견디랴, 어찌 견디랴. 우수사가 보러 왔다.

18일 을해. 맑디 맑음. 바람 기운이 자는 것 같았다. 우수사(右水使, 김억 추)는 배를 부릴 수가 없어 바깥 바다에서 잤다. 강막지(姜莫只)가 인사오고, 임계형(林季亨), 임준영(任俊英)이 와서 인사하였다. 자 정초에 꿈을 꾸었다.

19일 병자. 맑음. 새벽 꿈에 고향 집의 종 진(辰)이 내려 왔기에 나는 죽 은 아들이 생각나서 통곡하였다. 늦게 조방장(助防將, 배경남)과 경우후(慶虞候, 경상우후 이의득)가 보러 왔다. 백진사(白進士, 백진남白振南)가 보러 오고, 임계형(林季亨)이 인사하러 왔다. 김신웅(金信雄)의 처(妻), 이인세(李仁世), 정억부(鄭億夫)를 붙잡아 왔다. 거제(巨濟, 안위), 안골(安骨, 우수), 녹도(鹿島, 송여종), 웅천(熊川, 김충민金忠敏), 제포(薺浦, 주의수), 조라포(助羅浦, 정공청鄭公淸), 당포(唐浦, 안이명安以命)와 우우후(右虞候, 이정충李廷忠)가 보러 왔다. 적을 잡은 공문을 가져와 바쳤다. 윤건(尹健) 등 형제가 적에게 붙었던 자 2명을 붙잡아 왔다. 어두울 무렵에 코피〔鼻血〕를 되 남짓이나 흘렸다. 밤에 앉아 생각하며 눈물지었다. 어찌 말할 수 있으랴. 이제는 영령(英靈)이시니, 불효가 마침내 여기까지 이를 줄을 어찌 알았으랴. 비통한 마음 가슴이 찢어지는 듯하여 누를 길이 없구나, 누를 길이 없구나〔悲慟摧裂 難抑難抑〕.

29일 병술. 맑음. 새벽 2시경에 첫 나발을 불어 발선하여 목포(木浦)로 향했다. 비와 우박이 섞여 내리고 동풍이 약하게 불었다. 목포에 이르러 보화도(寶花島, 전남 목포시 고하동 고하도)에 배를 옮겨 대니, 서북풍을 막음직하고, 배를 감추기에 아주 적합하였다. 그래서 육지로 내려 섬 안을 둘러본즉, 지형이 좋은 곳이 많아 이곳에 머물러 진을 치기 위해 집 지을 계획을 세웠다.*

＊ 정유 8월 18일, 이순신은 회령포(會寧浦)에 이르러 칠천량(漆川梁)에서 패해 온 수군을 수습하여, 9월 16일, 전선 13척으로 명량해전(鳴梁海戰)에서 대승을 거두었다. 그러나 이순신 함대는 여전히 기항지 없이 군수품 보급, 전선정비는 물론이거니와 군량미 조달까지 자체적으로 해결해야 하는 떠돌이 함대였다. 명량대첩 이후 이순신 함대는 서해안을 따라 고군산도(古群山島)까지 북상하여(9월 21일) 열하루를 머문 뒤 비로소 남하, 법성포(法聖浦)에서 닷새를 머물고(10월 3일~7일), 다시 떠나 우수영을 거쳐(10월 9일~10일), 안편도(安便島)에서 보름 남짓 머문 후(10월 11일~28일), 또다시 이동하여 목포의 보화도에 진을 치고 겨울을 나게 되었다(10월 29일). 이와 같이 여러 차례 이동한 까닭은 적절한 수영(水營)의 터를 찾기 위함이며, 또한 음력 시월 하순의 추운 날씨에 견딜 의복의 조달, 재출동에 대비한 전선과 군기(軍器)의 정비 및

군량미 확보 등이 긴급했었기 때문일 것이다. 이러한 배경에서, 일기에는 나타나 있지 않으나, 이순신은 이곳 보화도에 진을 친 후 '해로통행첩(海路通行帖)' 제도를 실시하였다. 이는 3도 연해안을 통행하는 모든 공사선(公私船)에 대해 통행허가의 증명서인 통행첩을 발급하면서 배의 크기에 따라, 큰 배는 3석(石, 섬), 중간 배는 2석, 작은 배는 1석의 양곡을 바치도록 정한 것이며, 이순신은 "3도의 연해를 통행하는 공사선(公私船)으로서 통행첩이 없는 자는 간첩선으로 인정하고 통행을 금지한다"는 영을 내렸다. 당시 이순신 함대의 수군은 기천명 정도로 추정되며(8천 명에 달했다는 기록도 있다), 해로통행첩에 의한 군량미 조달은 상당한 도움이 된 것으로 기록되어 있다. 이 제도는 이듬해(무술) 2월 중순, 고금도(古今島)로 다시 진을 옮긴 후까지도 계속 시행되었다(《懲毖錄》,《宣廟中興誌》).

11월

3일 경인. 맑음. 일찍 새로 지은 집으로 올라가니 선전관(宣傳官) 이길원(李吉元)이 배설(裴楔)을 처단할 일로 들어왔다. 배(裴)는 이미 성주(星州) 본가에 갔는데, 본가로 안가고 바로 이리로 왔으니 그 사사로이 보아 주는 죄가 매우 크다. 녹도(鹿島, 송여종宋汝悰)의 배로 보냈다.

16일 계묘. 맑음. 아침에 조방장(배흥립裴興立), 장흥부사(長興府使, 전봉田鳳) 및 진중에 있는 여러 장수가 함께 보러 왔다. 군공마련기(軍功磨鍊記)를 서로 살펴보니, 거제현령(巨濟縣令) 안위(安衛)가 통정(通政)이 되고 그 나머지도 차례차례 벼슬을 받았으며, 나에게는 은자(銀子) 20냥을 상금으로 보내 왔다. 명나라 장수 양경리(經理, 양호楊鎬)가 붉은 비단 한 필을 보내면서, 배에다 괘홍(掛紅, 승전했을 때에 배에다 붉은 비단을 걸어 그 공을 치하하는 예식)하는 예를 올리고 싶으나 길이 멀어 행하지 못한다고 하였다. 영의정(유성룡柳成龍)의 답장도 왔다.

17일 갑진. 비, 비. 양경리(經理, 양호楊鎬)의 차관(差官)이 초유문(招諭文,

적이나 적에게 붙은 자들을 너그러운 조건으로 포용하는 것에 관한 포고문)과 면사첩(免死帖, 사형을 적용하지 않을 것을 보증하는 증명서)을 가지고 왔다.

12월

25일   신사. 눈이 내렸다. 아침에 아들 열(葆)이 그 어머니* 병 때문에 돌아갔다. 늦게 경상수사(이순신李純信)와 배(裵)조방장(배경남裵慶男)이 보러 왔다. 하오 6시경 순찰사(巡察使, 황신黃愼)가 진중에 와서 군사에 관한 일을 함께 의논하였고, 연해(沿海) 19개 읍(邑)을 수군에 전속시키도록 했다. 저녁에 방으로 들어가 조용히 이야기하였다.

---

*   이순신은 그의 아내에 대하여 염려하는 마음을 여러 번 쓰고 있다. 즉, 그것은, "… 울(蔚, 둘째 아들)의 편지를 보니 아내의 병이 중하다 하므로 회(薈, 장남)를 내보냈다"(갑오 8월 27일), "… 아침에 탐선이 들어왔는데, 아내의 병세가 매우 위중하다고 했다. 벌써 생사 간의 결말이 났을지도 모르겠다. 나라의 일이 이 지경에 이르렀으니 다른 일에까지 생각이 미칠 수는 없겠으나, 세 아들과 딸 하나는 어찌 살아갈 것인가. …"(갑오 8월 그믐날), 또는 "… 아침에 탐선이 들어왔는데 어머님은 편안하시다 하고, 아내는 불이 난 후로 심신이 많이 상해서 천식[痰喘]도 더해졌다고 한다. 걱정, 걱정이다. …"(을미 5월 16일) 등의 일기에 잘 나타나 있다. 또 아내의 생일 축하를 위해 아들과 조카를 집으로 보내기도 하였다(병신 8월 초4일). …

     이순신의 부인 상주 방씨(方氏)는 보성군수 진(震)의 딸이며, 이순신의 전몰 후 정경부인(貞敬夫人)의 품계에 올랐고, 80이 넘도록 살았다. — 제7대 통제사 이운룡(李雲龍)이 지난날 부하로 있었던 옛 의리를 지켜 이순신의 사당에 참배하고자 지나는 길에 성대한 위엄을 갖추고 들어가 먼저 방씨 부인께 문안드리는 예단을 올렸으나, 부인은 받지 않고 이르기를 "대장과 막하의 신분은 본시 한계가 엄연한데, 저승과 이승이 비록 다르다 할지라도 예의에는 사이가 없거늘 대감의 사당을 지척에 두고 호각을 불며 곧장 들어오시기가 미안하지 않았소!" 했다. 신임 통제사가 마침내 결례했음을 사과하므로 방씨부인도 비로소 예단을 받더라는 일화가 남아 있다(〈方氏夫人傳〉).

무술(戊戌) 선조 31년(1598), 54세

9월

16일 무술. 맑음. 나로도(羅老島, 전남 고흥군 봉래면, 동일면)에 머물며 도독
(都督, 진린陳璘)과 술을 마셨다.

17일 기해. 맑음. 나로도에 머물며 진(陳, 진린)과 함께 술을 마셨다.

21일 계묘. 맑음. 아침에 진군하여 혹은 활을 쏘고 혹은 화포를 놓고 종
일 서로 싸웠으나 바닷물이 너무 얕아서 다가가 싸울 수가 없었다.
남해(南海)의 적이 경강선(輕舡船)을 타고 들어와서 정탐하려 할
때 허사인(許思仁) 등이 추격해 가자 적은 육지로 내려 산으로 올
라갔다. 그래서 그 배와 여러 가지 물건을 빼앗아 도독(都督, 진린)
에게 바쳤다.

23일 을사. 맑음. 도독(都督)이 화를 내어, 서천만호(舒川萬戶)와 홍주대
장(洪州代將), 한산대장(閑山代將) 등을 각각 곤장 7대를 때렸다.
금갑(金甲, 이정표李廷彪), 제포(薺浦, 주의수朱義壽), 회령포(會寧
浦, 민정붕?閔廷鵬)도 함께 15대씩 곤장을 맞았다.

10월

초2일 갑인. 맑음. 오전 6시에 진군했는데, 우리 수군이 앞서 나가 오정까
지 서로 싸웠고 적을 많이 죽였다. 사도첨사(蛇渡僉使, 황세득黃世
得)가 탄환에 맞아 전사하고, 이청일(李淸一)도 역시 전사했다. 제
포만(薺浦萬, 제포만호) 주의수(朱義壽)와 사량(蛇梁, 사량만호)
김성옥(金聲玉), 해남(海南, 해남현감) 유형(柳珩), 진도(珍島, 진
도군수) 선의문(宣義問), 강진(康津, 강진현감) 송상보(宋尙甫)는

탄환에 맞았으나 죽지는 아니했다.

11월

초8일 도독부(都督府)로 나아가니 위로연을 베풀어서 어둠을 타고 돌아왔다. 조금 있다가 도독(都督, 진린陳璘)이 보자고 청하므로 바로 나갔더니, 도독이 말하기를, 순천(順天) 왜교(倭橋, 전남 순천시 해룡면 신성리)의 적들이 초10일 사이에 철퇴한다는 기별이 육지로부터 긴급 통문으로 왔으니 급급히 진군하여 돌아가는 길을 끊어 막자고 했다.

초9일 도독(都督, 진린)과 더불어 일시에 행군하여 백여량(白礖梁, 전남 여천군 화정면 백야도, 제도 사이의 해협)에 이르러 진(陣)을 쳤다.

초10일 좌수영(左水營) 앞바다에 이르러 진을 쳤다.

11일 유도(狖島, 전남 여천시 묘도 또는 묘도동 창촌 괴입섬)에 이르러 진을 쳤다.

13일 왜선 10여 척이 장도(獐島, 전남 여천시 율촌면 장도)에 모습을 보이므로, 곧 도독(都督, 진린陳璘)과 더불어 약속하여 수군을 거느리고 추격했다. 왜선은 물러가 움츠리고 종일 나오지 아니했다. 도독과 함께 장도(獐島)로 돌아와 진(陣)을 쳤다.

14일 왜선 2척이 강화(講和)할 일로 바다 가운데까지 나오니 도독(都督)이 왜말 통역관을 시켜 왜선을 맞이하여, 조용히 붉은 기(旗)와 환도(還刀) 등 물건을 받았다. 오후 8시경에 왜장이 작은 배를 타고 독부(督府, 도독부)로 들어와서 돼지 2마리와 술 2통을 도독에게 바쳤다고 한다.

15일 이른 아침에 도독에게 가 보고 잠깐 이야기하고 돌아왔다. 왜선 2척이 강화할 일로 재삼 드나들었다.

17일 어제 복병장 발포(鉢浦)만호 소계남(蘇季男)과 당진포(唐津浦)만
호 조효열(趙孝悅) 등이 왜군의 중간 배 1척이 군량을 가득 싣고
남해(南海)로부터 바다를 건너는 것을 한산도 앞 바다까지 추격하
니 왜적은 기슭을 타고 육지로 올라가 도망갔고, 잡은 왜선과 군량
은 명나라 군사에게 빼앗기고 빈 손으로 돌아와 보고했다.

---

* 이순신의 일기는 이 날짜로 절필(絶筆), 이틀 후인 11월 19일 새벽 7년 전란
의 막을 내리는 노량해전(露梁海戰)에서 전사했다. 1598년(무술) 8월 19일
(일본력 18일), 도요토미 히데요시(豊臣秀吉)가 일본 후시미성(伏見城)에서 병
사하자, 왜군은 일제히 철군을 서두르게 되었다. 순천(順天)에 집결한 코니시
유끼나가(小西行長)의 왜군단은 해상의 퇴로 확보에 초조하였다. 왜장 코니시
는 명(明)나라의 수군도독 진린(陳璘), 그리고 조선의 수군통제사 이순신에게
뇌물을 보내며 퇴각로의 보장을 간청하였다(李芬, 〈行錄〉). 그러나 이순신은
'조각배도 돌려보내지 않겠다〔片帆不返〕'는 결연한 태도로 일축해 버렸다. 진
린 도독과의 의견 대립이 미묘하였으나, 이순신의 상황 판단과 설복에 따라 명
나라 수군도 왜군의 퇴로를 차단하는 작전에 합세하게 되었다.

　　통제사 이순신은 경상우수사 이순신(李純信), 해남현감 유형(柳珩), 가리
포첨사 이영남(李英男), 군관 이언량(李彦良), 송희립(宋希立) 등 역전의 휘하
장령들과 함께 출전하였고, 명나라 수군도독 진린(陳璘), 부총병(副總兵) 등자
룡(鄧子龍)과 진잠(陳蠶) 그리고 여러 유격장이 이끄는 명나라 수군이 조선 수
군과 연합하였다. 한편 순천에서 해상의 퇴로가 차단되어 고전하는 코니시의
왜군단을 구출하기 위하여 남해 각처의 왜수군이 결속하여 속속 노량(露梁)을
향하여 몰려들고 있었다.

　　약 500척의 조·명(朝明) 연합함대는 11월 18일 밤 10시쯤 왜교(倭橋 :
지금의 新城)의 봉쇄를 풀고 급히 노량으로 진격, 다음 날인 11월 19일 새벽
2시경, 사천(泗川)의 시마즈 요시히로(島津義弘), 고성(固城)의 타찌바나 토우
도라(立花統虎), 부산(釜山)의 테라자와 마사시게(寺澤正成), 그리고 남해(南
海)에 있던 소오 요시토모(宗義智) 등 여러 왜장이 합세한 500여 척의 왜함대
와 혼전난투의 접근전을 벌이게 되었다(도판 17. 노량해전도 참조). 해전은 춥
고 달밝은 밤의 전투였다. 각종 화포를 쉴 새 없이 발사하고, 불화살을 날리고,
잎나뭇불을 마구 던지는 등, 치열한 야간 전투가 계속되는 동안 밤은 서서히
트이기 시작하였다.

이 마지막 해전이 고비에 이른 19일 새벽(시계가 트였을 무렵) 이순신은 몸소 지휘 독전(督戰)중에 아주 가까운 거리에서 발사된 적의 탄환을 왼쪽 가슴에 맞아 관통상을 입고 쓰러졌다. 군사들이 급히 그를 방패로 가리었으나, 그는 "싸움이 한창 급하니, 나의 죽음을 알리지 말라!"고 당부하며 숨을 거두었다(《懲毖錄》,《宣廟中興誌》등). 전사한 곳은 관음포(觀音浦, 별칭 '이락포李落浦') 앞바다였고, 승세는 이미 압도적이었다. H. H. 언더우드(元漢慶 박사)는 이 이순신의 최후를 '승리를 완전히 감지하고 임종을 맞이하는 바이킹의 죽음'에 비유하고 있다.

이 해전에서 이영남(李英男), 방덕룡(方德龍), 고득장(高得蔣) 등 10여명의 부장이 전사하였고, 해남현감 유형(柳珩), 군관 송희립(宋希立) 등이 중상을 입었다. 임진년에 귀선돌격장(龜船突擊將)으로 활약한 이언량(李彦良)도 이 싸움에서 최후를 맞은 것 같다. 그리고 명나라 수군의 70세 노장 등자룡(鄧子龍)도 전사하였다. 전과는 태워 버린 적선이 200여 척, 적병의 머리가 500여 급으로 추정되고 있다. 전란 이래 최대 규모의 격전이었다. 왜측 기록에 따르면 왜장 코니시(小西行長)가 순천성을 떠나 철군한 것은 다음 날(20일) 이른 아침이었다고 한다.

이순신은 일찍이 그가 신뢰하던 막하 장수 유형(柳珩, 후일 제5대 수군통제사)에게 그의 속마음을 토로하여, "자고로 대장이 만일 조금이라도 공을 이룰 마음을 갖는다면 대개는 몸을 보전하지 못하는 법이다. 나는 적이 물러가는 그 날에 죽는다면 아무런 유감도 없을 것이다〔吾死於賊退之日 則可無憾矣〕"라고 말했다 한다(柳珩,〈行狀〉). …

명나라 수군도독 진린(陳璘)은 거칠고 오만한 인물로만 전해지고 있으나, 1598년(무술) 7월 16일 수군 5천 명을 거느리고 와서 합세한 후 4개월 동안 조선 수군과 진(陣)을 같이함으로써 이순신의 천재와 인품을 가장 잘 알고 지냈던 유일한 타국인이다. 그는 지휘권을 거의 이순신에게 양보하게 되었고, 이순신 또한 전리품과 적의 수급 등을 명나라 수군에게 양보함으로써 진(陳)도독의 명분과 공로를 위하여 인색치 않았다. 때로는 소신의 차이로 격론을 벌일 때도 있었다.

후일 진린은 "이순신은 천지를 주무르는 재주와 나라를 바로잡은 공이 있다〔李舜臣有經天緯地之才 補天浴日之功〕" 하여 고사에서 인용한 최고의 찬사를 이순신에게 바치고 있다. 그는 이순신의 죽음을 그 누구보다도 슬퍼하였고, 장례에도 남다른 관심과 정성을 기울였으며, 고인의 자제들을 친히 위로하는 예를 잊지 않았다. 또, 이순신의 첫 장지였던 아산 금성면(錦城面)의 묏자리 선정에도 명나라 지관이 참여한 것으로 전해지고 있다.

조정의 관직자들은 난후의 새로운 분당활동에 여념이 없어, 통제사의 장례 행사에까지 마음을 쓸 여유가 없었을 것이다. 후임 통제사의 임명조차도 매우 지연되었던 것 같다.

도독 진린은 통제사를 제사하는 글 〈제이통제문祭李統制文〉에서 "평시에 사람을 대해 이르되 '나라를 욕되게 한 사람이라, 오직 한 번 죽는 것만 남았노라〔辱國之夫只欠一死〕' 하시더니 이제 와선 강토를 이미 찾았고 큰 원수마저 갚았거늘 무엇 때문에 오히려 평소의 맹세를 실천해야 하시던고. 어허! 통제여. …"(이은상 역)라 하여, 이순신의 죽음에 대한 집착을, 따라서 그의 전사가 이미 예감된 죽음이었음을 서슴지 않고 애통하게 전해 주고 있다(박혜일, 〈李舜臣의 戰死와 自殺說에 대하여〉, 창작과비평, 1993년 가을호, pp. 324~348 참조).

▷ 현존하는 친필초본에는 무술(戊戌) 정월 5일부터 9월 14일까지와 10월 8일부터 절필된 11월 17일까지의 일기는 남아있지 않다. 위의 날짜 가운데, 《이충무공전서》수록의 《난중일기》에는 10월 8~12일, 11월 8~17일 일기가 수록되어 있으며, 〈日記抄〉에는 7월 24일, 10월 9~12일, 11월 8~17일 일기가 수록되어 있다. 일기 기사가 남아있는 두 문헌의 비교로써 유실된 친필초의 복원이 일부나마 가능해진 점은 주목할 만하다.

2. 주제별로 모아 본《난중일기》의 기사 내용

이순신의《난중일기》는 임진왜란(1592~1598) 당시의 수군의 대책, 군사 외교, 정치 및 사회상 등이 잘 묘사되어 있는 귀중한 1차 사료이며, 또한 이순신 자신이 전란 속에서의 막중한 책임감과 전쟁 수행으로 인한 급박한 긴장 속에서 어떠한 모습으로 일상생활을 꾸려 나갔는지를 잘 전해주는 순수한 개인의 기록이다. 일기를 통하여 이순신의 하루를 그려 볼 수 있는바, 그 현실감이 몸에 와 닿는 듯 생생하다. 즉, 출전 중이 아닌 때에는, 수군의 지휘관으로서, 또 고을의 수령으로서 매일 동헌에 좌정하여 서류를 처결하거나 죄를 다스리는 등 공무를 보았으며, 틈을 내어 여러 장수들과 활을 쏘았다. 또, 시를 읊으며 밤을 지새거나 가야금 줄을 매고, 거문고와 피리를 듣기도 하였다. 간밤의 꿈자리에 대해서는 소박한 심정으로 음미해 보는가 하면 점을 쳐보기도 하였다. 항상 어머님 생각에 노심초사하였으며, 이순신 자신은 7년 전란 기간 중, 극심한 정신적 압박 등으로 빈번히 또 장기간 심신의 고통을 겪으며 지냈다.

본 절에서는 위와 같은 이순신의 일상생활을 엿볼 수 있는 몇 가지 주제들에 대한 기사들을 일기 전체에서 주제별로 나누어 모아 보았으며, 그 외에도 일기에 기록되어 있는 '거북선〔龜船〕' 및 '전선(戰船, 판옥선板屋船)'에 관한 기사도 빠짐없이 옮겼다. 한편 주제별로 모은 항목 중에서 '병(病)', '술〔酒〕', '어머님', '죄 다스림' 및 '활쏘기' 주제에 대한 기사는 그 언급 횟수가 많아 일부만 수록하였으며, 일기 전체를 통해 관련 기사가 들어 있는 일기의 날짜 수를 추기하였다.

가야금(伽耶琴)·쟁(箏)

1. **병신 2월 5일:** … 여러 장수들과 함께 가야금(伽耶琴) 몇 곡조를 들었다.
2. **병신 3월 19일:** 아침에 새로 만든 가야금〔箏〕줄을 매었다.

거문고〔琴〕

1. **갑오 6월 9일:** 충청수사(이순신李純信)와 우우후(右虞候, 이정충李廷忠)가 와서 활을 쏘았다. 우수사(이억기李億祺)가 와서 함께 이야기했다. 밤이 깊자 해(海)의 젓대소리와 영수(永壽)의 거문고〔琴〕를 들으면서 조용히 이야기하다가 돌아갔다.
2. **을미 5월 13일:** 배영수(裴永壽)를 불러 거문고를 타게 했다.
3. **을미 6월 26일:** 오늘은 언경(彦卿) 영공(권준權俊)의 생신이라 하므로 국수를 만들어 먹고 술도 취하고 거문고도 듣고 젓대〔笛〕도 불다가 저물어서야 헤어졌다.
4. **병신 윤8월 18일:** 어둘녘에 이지화(李至和)가 거문고를 가지고 오고 영(英)도 보러 와서 밤새 이야기했다.

거북선〔龜船〕

1. **임진 2월 8일:** 이날, 거북선〔龜船〕에 쓸 돛베 29필을 받았다.
2. **임진 3월 27일:** 또한 거북선〔龜船〕에서 대포 쏘는 것도 시험하였다.
3. **임진 4월 11일:** 비로소 베돛〔布帆, 새로 건조된 거북선에 사용할 돛〕을 만들었다.
4. **임진 4월 12일:** 식후에 배를 타고 거북선〔龜船〕에서 지자(地字)·현자(玄字)포를 쏘아 보았다.
5. **계사 7월 13일:** 순천(順天) 거북선 격군(格軍)이며 경상도 사람인 종태수(太守)가 도망가다가 잡혀 왔기로 처형했다.
6. **갑오 2월 4일:** 늦게 본영의 전선(戰船)과 거북선〔龜船〕이 들어왔다.
7. **갑오 2월 15일:** 새벽에 거북선〔龜船〕 2척과 보성(寶城) 배 1척 등을

멍에[駕木]로 쓸 재목 치는 곳으로 보내어 저녁 8시쯤에 실어 왔다.

고전 인용/책 읽기

1. **임진 3월 5일**: 저물녘에 서울 갔던 진무(鎭撫)가 들어왔는데, 좌의정 (유성룡柳成龍)이 편지와 《증손전수방략增損戰守方略》이란 책을 보내 왔다. 그것을 본즉, 수전(水戰, 해전)·육전(陸戰)·화공(火攻) 등에 대한 내용이 일일이 논의되어 있으니, 참으로 만고에 특이한 저술이었다.

2. **갑오 2월 16일**: … 암행어사 유몽인(柳夢寅)은 국가의 위급한 난(亂) 은 생각지 않고, 당장 눈앞의 평안만을 위해 힘쓰며, 남쪽 지방의 종작 없는 거짓말만 믿으니, 나라를 그르치는 교활하고 간사한 말이 무목 (武穆, 악비岳飛)에 대한 진회(秦檜)와 다를 것이 없다.

3. **병신 5월 25일**: 우리나라 역사를 읽는데 개탄(慨嘆)할 기록이 많았다 〔讀東國史 多有慨嘆之志也〕.

▷ 정유일기Ⅰ의 맨 끝부분에 송(宋)나라 역사를 읽고 그 소감을 써넣은 글이 있는데, 그 내용인즉, 송나라 재상 이강(李綱)은 나라가 위태로울 때 자신의 뜻대로 되지 않는다 하여 물러나려 하지만, 본인(이순신)이 이강이라면 끝까지 그 뜻을 밝히고, 아무리 해도 그것이 되지 않는다면 죽을 것이고, 또 그렇지 못하면 그 속에 몸을 던져 온갖 일을 낱낱이 꾸려가며 나라를 건질 도리를 찾을 것임을 적고 있다(《李忠武公全書》권1, 〈讀宋史〉 참조).

꿈자리 음미

1. **계사 7월 29일**: 새벽 꿈에 사내 아이를 얻었는데, 포로가 되었던 아이를 얻을 징조이다.

2. **계사 8월 1일**: 새벽 꿈에 커다란 대궐에 이르렀는데, 모양이 서울인 것 같았으며, 기이한 일이 많았다. 영의정(유성룡柳成龍)이 와서 절을 하기에 나도 답례절을 하였다. 임금이 피란 가신 일에 대하여 이야기가 미치자 눈물을 흘리며 탄식하였다. 적의 세력은 이미 종식되었다

고 말하였다. 서로 정세를 의논할 즈음 좌우의 사람들이 구름같이 무수히 모여들었다.

3. **계사 8월 25일**: 꿈에 적의 행색이 나타나므로, 새벽에 각 도(道)의 대장에게 알려서 바깥 바다에 나가 진치게 하였다가 날이 저물어 한산도 안바다로 돌아왔다.

4. **갑오 2월 3일**: 새벽 꿈에서 눈 하나가 먼 말을 보았다. 무슨 징조인지 모르겠다.

5. **갑오 2월 5일**: 새벽 꿈에 좋은 말을 타고 바위가 첩첩한 큰 산마루에 곧바로 올라가니, 아름다운 산봉우리들이 동서로 뻗어 있고, 또 산봉우리 위에 평평한 곳이 있어서 거기다 자리를 잡으려다 깨었는데 무슨 징조인지 모르겠다. 한 미인이 혼자 앉아 손짓을 하는데, 나는 소매를 뿌리치고 응하지 않았으니 우습다.

6. **갑오 7월 27일**: 밤에 꿈을 꾸었는데, 머리를 풀고 크게 울었다. 이것은 아주 좋은 징조라고 한다.

7. **갑오 8월 2일**: 초1일 한밤중 꿈에 부안(扶安)댁(이순신의 첩)이 아들을 낳았다. 달수로 따져 낳을 달이 아니었으므로 꿈이지만 내쫓아 버렸다.

8. **갑오 9월 16일**: 이날 밤 꿈에 아들을 보았는데, 경(庚)의 모(母)가 아들을 낳을 징조였다.

9. **갑오 9월 20일**: 홀로 앉아 간밤의 꿈을 새겨 보니, 바다에 있는 외딴섬이 달려 가다가 내 눈앞에 와서 멈춰 서는데, 그 소리가 우뢰와 같아 사방이 놀라 달아나고 나만이 홀로 서서 처음부터 끝까지 그것을 구경했다. 참으로 기뻤다. 이것은 왜놈이 화친을 애걸하고 스스로 멸망할 징조다. 또 내가 준마(駿馬)를 타고 천천히 가고 있었는데, 이것은 임금의 부르심을 받아 올라갈 징조다.

10. **갑오 10월 10일**: 이날 밤 두 가지 상서로운 꿈을 꾸었다.

11. **갑오 10월 14일**: 새벽 꿈에 왜적들이 항복을 빌면서 육혈총통(六穴銃筒) 5자루를 바치고, 또 환도(環刀)도 바쳤다. 말을 전하는 사람의 이름은 김서신(金書信)이라고 하는데, 왜놈들이 모두 항복한다고 했다.

12. **갑오 11월 8일**: 새벽 꿈에 영의정(유성룡柳成龍)은 모양을 이상하게

차리고 나는 관(冠)을 벗은 채 함께 민종각(閔宗慤) 집에 가서 이야기
하다가 깨었다. 이것이 무슨 징조인지 모르겠다.

13. **갑오 11월 25일:** 새벽 꿈에 이일(李鎰, 순변사)과 서로 만나 내가 많
은 말을 하며 이르기를, 국가가 위급한 난리를 당하게 된 오늘날에, 몸
에 무거운 책임을 지고서도 나라의 은혜를 갚겠다는 생각은 하지 않
고, 배짱 좋게 음란한 계집을 끼고서 관사에는 들어오지 않고 성 바깥
의 집에 사사로이 거처하면서 사람들의 비웃음을 사니, 그 의도가 무
엇이며, 또 각 고을과 포구에 배치된 수군[舟師]에게 육전(陸戰)에서
필요한 군기를 독촉하기에 겨를이 없으니 이것은 또한 무슨 이치이냐
고 하니, 순변사가 말이 막혀 대답을 못하는 것이었다. 기지개를 켜는
데 깨어나니, 그것은 하나의 꿈이었다.

14. **을미 5월 15일:** 새벽 꿈이 매우 어지러웠다.

15. **병신 정월 12일:** 새벽 2시쯤, 꿈에 어떤 곳에 이르러 영의정(유성룡柳
成龍)과 함께 이야기했다. 잠시 함께 속 아랫도리[中裳]를 끄르고 앉
았다 누웠다 하면서, 서로 나라를 걱정하는 생각을 털어 놓다가 끝내
는 가슴이 막히어 그만두었다. 이윽고 비바람이 퍼붓는데도 오히려
흩어지지 않고 조용히 이야기하는 중에, '만일 서쪽의 적이 급히 들어
오고 남쪽의 적까지 덤비게 된다면 임금이 어디로 다시 가시랴'하고
걱정만 되뇌이며 할 말을 알지 못했다.

16. **병신 6월 3일:** 새벽 꿈에 난 지 겨우 대여섯 달 되는 어린 아이를 친히
안았다가 내려 놓았다.

17. **병신 7월 10일:** 새벽 꿈에 화살을 멀리 쏘는 사람이 있었으며, 또 갓
을 발로 차서 부수는 사람도 있었다. 스스로 점을 쳐보니, 화살을 멀리
쏘는 것은 적의 무리들이 멀리 도망하는 것이요, 갓을 발로 차서 부수
는 것은 머리 위에 있는 갓이 발길에 걸어 채이는 것이므로 적의 괴수
를 모조리 잡아 없앨 징조라 하겠다.

18. **병신 7월 28일:** 밤 10시쯤 꿈속에서 땀을 흘렸다.

19. **병신 7월 30일:** 밤 꿈에 영의정(유성룡柳成龍)과 함께 조용히 이야기
했다.

20. **정유 I 4월 11일:** 새벽에 꿈이 매우 번거로워 어찌 할 바를 몰랐다.

21. **정유 I 5월 5일:** 새벽 꿈이 매우 어지러웠다.

22. **정유 I 5월 6일:** 꿈에 돌아가신 두 형님을 보았는데, 서로 부축하시고 통곡하며 하시는 말씀이, '장삿일〔襄事〕을 치르지도 않고 천리를 종군하고 있으니, 도대체 누가 일을 주관하며, 통곡한들 어찌 하느냐'고 하셨다. 이는 두 형님의 혼령이 천리길을 따라오신 것이며, 걱정하고 애달파하심이 이렇게까지 되니 비통함을 금할 길이 없다. 또한 남원(南原)의 추수 감독하는 일을 염려하시는데 이는 무슨 뜻인지를 모르겠다. 연일 꿈자리가 어지러운 것은 돌아가신 혼령들이 말없이 염려하여 주는 터이라 마음 아픔이 한결 더하다.

23. **정유 I 5월 8일:** 이날 새벽 꿈에서 사나운 호랑이를 때려 죽이고 껍질을 벗겨 휘둘렀는데, 이 무슨 징조인지를 모르겠다.

24. **정유 I 6월 21일:** 새벽 꿈에 덕(德)과 율온(栗溫), 대(臺)가 같이 보였는데, 나를 보고 기뻐하는 기색이 많았다.

25. **정유 I 6월 28일:** 이날 새벽 꿈이 매우 어지러웠다.

26. **정유 I 7월 6일:** 꿈에 윤삼빙(尹三聘)을 만났는데, 나주로 귀양간다고 했다.

27. **정유 I 7월 7일:** 꿈에 원공(元公, 원균元均)과 같이 모였는데, 내가 원공 위에 앉아 음식상을 받자 원공이 즐거운 기색을 보이는 것 같았다. 무슨 징조인지 모르겠다.

28. **정유 I 7월 14일:** 새벽 꿈에 내가 체찰사(이원익李元翼)와 함께 한 곳에 이르니 송장들이 널렸는데, 혹은 밟고 혹은 목을 베기도 하였다.

29. **정유 I 8월 2일:** 이날 밤 꿈에 임금의 명령을 받들 징조가 있었다(8월 3일 겸삼도통제사의 임명을 받음).

30. **정유 I 9월 15일:** 밤 꿈에 이상한 징조가 많았다.

31. **정유 II 9월 13일:** 꿈에 이상한 일이 있었다. 임진(壬辰) 대첩(大捷) 때의 꿈과 서로 대강 비슷했다. 이것이 무슨 징조인지 모르겠다.

32. **정유 II 9월 15일:** 이날 밤 꿈에 신인(神人)이 나타나 가르쳐 주기를 '이렇게 하면 크게 이기고, 이렇게 하면 지게 된다'고 하였다.

33. **정유Ⅱ 10월 13일:** 이날 새벽 꿈에 우의정을 만나 조용히 의논하고 이야기하였다.

34. **정유Ⅱ 10월 14일:** 새벽 2시경 꿈에 내가 말을 타고 언덕 위를 가다가 말이 실족하여 개울 가운데로 떨어지긴 했으나 엎으러지지는 않았는데, 막내아들 면(葂)이 붙들어 껴안는 것 같은 형상이 있음을 보고 깨었다. 이것이 무슨 조짐인지 모르겠다. … 면(葂)이 전사하였음을 알고 ….

35. **정유Ⅱ 10월 18일:** 자정초에 꿈을 꾸었다.

36. **정유Ⅱ 10월 19일:** 새벽 꿈에 고향 집의 종 진(辰)이 내려 왔기에 나는 죽은 아들이 생각나서 통곡하였다.

37. **정유Ⅱ 11월 7일:** 이날 밤 자정께 꿈에 면(葂)이 죽는 것을 보고 울부짖으며 통곡하였다.

38. **정유Ⅱ 11월 8일:** 새벽 2시경 꿈에서 물에 들어가 고기를 잡았다.

바둑〔手談, 奕〕

1. **계사 3월 12일:** 식후에 우수사(이억기李億祺)의 사첫방〔下處房〕에서 바둑을 두었다.

2. **계사 5월 11일:** 바둑을 두기도 했다.

3. **계사 5월 25일:** 광양(어영담魚泳潭)이 오고, 최천보(崔天寶), 이홍명(李弘明)이 와서 바둑을 두고서 헤어졌다.

4. **계사 9월 6일:** 식후에 나는 우수사(이억기李億祺)의 배로 가서 … 바둑 두고 돌아왔다.

5. **갑오 4월 20일:** 우수사(이억기李億祺)와 충청수사(이순신李純信), 장흥(長興, 황세득黃世得), 마량(馬梁, 강응호姜應虎)이 와서 바둑도 두고, 또 군사 의논도 했다.

6. **갑오 6월 3일:** 충청수사(이순신李純信)와 배첨사(배경남裵慶男)가 와서 바둑〔奕〕을 두었다.

병(病)

1. **임진 3월 20일:** 몸이 몹시 불편하여 일찍 들어왔다.
2. **임진 3월 21일:** 몸이 불편하여 아침내 누워 앓다가 늦게야 동헌에 나가 공무 보았다.
3. **임진 4월 2일:** 식후에 몸이 몹시 불편하더니 점점 더 통증이 심해져서 종일토록 또 밤새도록 신음했다.
4. **임진 5월 29일:** 군관 나대용(羅大用)이 탄환에 맞았고, 나도 왼쪽 어깨 위에 탄환을 맞아 등으로 관통되었으나 중상에는 이르지 않았다.
5. **계사 5월 18일:** 이른 아침에 몸이 몹시 불편하여 온백원(溫白元) 4알을 먹었다. … 얼마 있다가 설사를 하고 나니 몸이 좀 편안해진 듯했다.
6. **계사 5월 19일:** 아침밥을 윤봉사(奉事)와 먹는데, 여러 장수들이 몹시 권하여 몸은 불편해도 억지로 먹게 되니 더욱 슬프고 서러웠다.
7. **계사 8월 2일:** 아침부터 염(苒)의 병이 어떤지도 모르고, 적(賊)을 토벌하는 일도 더디기만 하여, 근심스럽고 마음이 무거워 밖으로 나와 심기를 달랬다. … 염의 아픈 데가 부어서 침으로 쨌더니 악즙이 흘러 나왔으며, 며칠만 늦었더라면 구하기 어려웠을 것이라고 했다. … 의사 정종(鄭宗)의 은혜가 참으로 크다.
8. **계사 8월 12일:** 몸이 몹시 불편하여 종일 누워 신음했다. 허한(虛汗)이 무시로 흘러 옷이 젖었기 때문에 억지로 일어나 앉았다.
9. **갑오 정월 29일:** 몸이 불편하여 저녁내 누워 신음하는데, 큰 바람과 파도로 배를 안정시킬 수 없고 심회는 극히 어지러웠다.
10. **갑오 3월 6일:** 나는 몸이 몹시 좋지 않아, 앉았다 누웠다 하는 것조차 불편했다.
11. **갑오 3월 7일:** 몸이 몹시 불편하여 움직이기조차 어려웠다.… 내가 병중에 억지로 일어나 앉아 글(禁討牌文에 대한 답서)을 짓고 ….
12. **갑오 5월 1일:** 종일 땀이 퍼붓듯이 흘렀다. 몸은 쾌차한 것 같았다. 아침에 아들 면(葂)과 집안 계집종 4명, 관비 4명이 병 심부름을 위하여 들어왔는데, 덕(德)만 남겨 두고 그 나머지는 모두 내일 돌려 보내라고 일렀다.

13. **갑오 5월 7일**: 몸이 편안한 것 같았다. 침 16군데를 맞았다.

14. **갑오 5월 10일**: 소비포(所非浦, 이영남李英男)가 약을 보내 왔다.

15. **갑오 6월 22일**: 저녁에 몸이 몹시 불편해서 두 끼나 밥을 먹지 아니
했다.

16. **갑오 7월 27일**: 충청수사(이순신李純信)가 과하주(過夏酒)를 가지고
왔다. 나는 몸이 불편해서 조금 마셔 보았으나 역시 나아지지 않았다.

17. **갑오 7월 29일**: 몸이 아주 편치 않았다. … 이날 밤은 신음하며 지새
워 아침이 되었다.

18. **갑오 10월 11일**: 아침에 몸이 편치 않았다. … 공문을 처결하고 일찍
자는 방으로 들어갔다.

19. **을미 3월 25일**: 저녁에 몸이 몹시 불편하더니 닭이 울 무렵에 열이 조
금 내렸고 땀은 흐르지 아니했다.

20. **을미 5월 5일**: 몸이 춥고 편치 않았으며 아파서 토하고 잤다.

21. **을미 6월 5일**: 나는 몸이 몹시 불편하여 저녁밥을 먹지 않았으며, 종
일 고통스러웠다.

22. **을미 6월 24일**: 늦게 침을 맞아 활을 쏘지 못했다.

23. **병신 2월 28일**: 일찍 침을 맞았다.

24. **병신 3월 2일**: 몸이 몹시 불편하여 공무 보지 않았다. 몸이 피곤하고
땀이 흐르니 이것이 병의 시초인 것이다.

25. **병신 3월 21일**: 초저녁에 곽란(霍亂)이 일어나 토하다가 자정에 가서
야 조금 가라앉았다. 일어났다 앉았다 몸을 뒤척거렸다. 마치 말못할
일을 저지른 듯하여 한스럽기 짝이 없었다. … 방을 나가 거니는데 몸
이 몹시 피곤했다.

26. **병신 4월 3일**: 우수사(이억기李億祺)에게 가보려다가 몸이 불편하여
가지 못했다.

27. **병신 4월 19일**: 습열(濕熱)로 인해 침을 20여 군데 맞았다. 속에 번열
(煩熱)이 나는 것 같아 방으로 들어와 종일 나가지 않았다.

28. **병신 5월 8일**: 몸이 몹시 불편하고 두 번이나 구토를 했다.

29. **병신 8월 4일**: 다락에 앉아서 아이들이 떠나는 것을 바라보느라고 몸

상하는 줄도 몰랐다. 늦게 대청에 나가서 활 몇 순을 쏘다가 몸이 몹시 불편하여 활쏘기를 멈추고 안으로 들어왔다. 거북이처럼 몸이 얼어붙어서 바로 옷을 두텁게 하고 땀을 냈다. 저물녘에 경상수사(권준權俊)가 와서 문병하고 갔다. 밤에는 낮보다 훨씬 더 아파서 신음하며 밤을 새웠다.

30. **병신 8월 6일:** 아침에 김조방장(김완金浣)과 충청우후(원유남元裕男), 경상우후(이의득李義得) 등이 문병하러 왔다.

31. **병신 8월 10일:** 아침에 충청우후(원유남元裕男)가 문병하러 왔다가 조방장과 함께 아침밥을 먹었다.

32. **정유I 4월 18일:** 몸이 몹시 불편하여 나가지 못하고 다만 빈소 앞에서 곡하다가 물러나와 종 금수(今守)의 집으로 왔다.

33. **정유I 5월 29일:** 몸이 몹시 불편하여 떠나지 못하고 그대로 머물러 조리했다.

34. **정유I 6월 8일:** 몸이 몹시 불편하여 저녁을 먹지 않았다.

35. **정유I 7월 21일:** 조금도 눈을 붙이지 못해 안질(眼疾)에 걸렸다.

36. **정유I 8월 21일:** 새벽 전에 곽란(藿亂)이 일어 몹시 앓았다. 차게 해서 그런가 싶어 소주(燒酒)를 마셨더니, 이윽고 인사불성이 되어 깨어나지 못할 뻔했다. 밤내 앉아 새웠다.

37. **정유I 8월 22일:** 곽란(藿亂)이 점점 심해져 기동할 수가 없었다.

38. **정유I 8월 23일:** 통증이 지극히 심해 배에 머무르는 것이 불편하기로 배를 버리고 바다에서 나와 묵었다.

39. **정유II 8월 20일:** … 몸이 몹시 불편하여 음식도 먹지 못하고 신음(呻吟)하였다.

40. **정유II 8월 21일:** 새벽 2시쯤에 곽란(霍亂)이 일어났다. 차게 한 탓인가 하여 소주를 마셔 다스리려 했다가 그만 인사불성에 빠져 거의 구하지 못할 뻔했다. 토하기를 10여 차례나 하고 밤새도록 고통을 겪었다.

41. **정유II 8월 22일:** 곽란으로 인사불성, 기운이 없고 또 뒤도 보지 못하였다.

42. **정유II 8월 23일:** 병세가 몹시 위급하여 배에서 거처하기가 불편하

고, 또 실상 전쟁터도 아니므로 배에서 내려 포구 밖에서 묵었다.

43. **정유Ⅱ 10월 19일:** 어두울 무렵에 코피〔鼻血〕를 되 남짓이나 흘렸다.

……

▷ 몸이 불편한 것에 관한 기사는 일기 전체를 통하여 180여 회에 이른다.

술〔酒〕

1. **계사 5월 14일:** 나도 또한 우수사의 배로 옮겨 타고 선전관과 이야기 하며 수차례 술을 나누자, 경상수사 원평중(平仲, 원균의 字)이 와서 술 주정을 부리는 것이 말할 수 없을 정도였다. 한 배 안의 장병들이 분 개하지 않는 이가 없었다. 그 속이고 망령됨은 말할 수가 없었다. 영산 령이 취해 넘어져 정신을 못차리니 우스웠다.

2. **계사 6월 11일:** 아침에 왜적을 토벌할 공문을 작성하여 영남수사(원 균元均)에게 보냈더니, 술이 취하여 인사불성이므로 회답을 받지 못했 다. … 그 길로 우수사(이억기李億祺)의 배로 가니, 가리포(첨사, 구사 직具思稷), 진도(현감, 김만수金萬壽), 해남(현감, 위대기魏大器) 등이 수 사(우수사)와 함께 술자리를 차려 놓고 있었다. 나도 몇 잔 마시고 돌 아왔다.

3. **갑오 4월 3일:** 삼도(三道)의 싸움하는 군사들에게 술 1,080동이〔盆〕 를 먹였다.

4. **갑오 8월 17일:** 원수(권율權慄)가 … 이야기하자고 부르므로 … 가져 간 술을 마시기를 청하여 여덟 차례를 돌렸다. 원수가 잔뜩 취하여 파 했다.

5. **을미 6월 26일:** 오늘은 언경(彦卿) 영공(권준權俊)의 생신이라 하므로 국수를 만들어 먹고 술도 취하고 거문고도 듣고 젓대〔笛〕도 불다가 저물어서야 헤어졌다.

6. **을미 9월 14일:** 우수사(이억기李億祺)와 경상우수사(권준權俊)가 나란 히 와서 작별하는 술잔을 같이 나누고 밤이 깊어 헤어졌다. 선수사(선 거이宣居怡)와 작별하며 증정한 짧은 시(詩)인즉, … 오늘밤 달빛 아래 한 잔 술을 나누면, 내일은 우리 서로 헤어지겠구려.

7. **을미 9월 15일:** 선수사(선거이宣居怡)가 와서 돌아간다고 고했다. 또 작별하는 술잔을 들고 헤어졌다.

8. **병신 2월 5일:** 늦게 삼도(三道)의 여러 장수들을 불러 모아 위로하는 음식을 대접하고, 겸하여 활도 쏘고, 풍악도 울리며 모두 취해서 헤어졌다.

9. **병신 6월 6일:** 사도(四道)의 여러 장수들을 모두 모아 활을 쏘고, 술과 음식을 먹였다. 또다시 모여 활을 쏘아 승부를 겨루고 헤어졌다.

10. **정유 I 4월 1일:** 지사(知事) 윤자신(尹自新)이 와서 위로하고, 비변랑(備邊郎) 이순지(李純智)가 보러 왔다. 탄식이 더함을 이길 길이 없다. 지사가 돌아갔다가 저녁 식사 후에 술을 가지고 다시 왔다. 기헌(耆獻)도 왔다. 정으로 권하며 위로하기로 사양할 수가 없어 억지로 술을 마시고 몹시 취했다. 또 영공(令公) 이순신(李純信)이 술병을 차고 와서 함께 취하며 간담하였다.

11. **정유 I 4월 9일:** 동네 안에서 사람들이 술병을 들고 와서 멀리 가는 길을 정으로써 위로하므로 거절할 수 없어 몹시 취하여 헤어졌다. 홍군우(洪君遇)가 노래부르고, 이별좌(李別坐) 역시 노래하는데 나는 노래를 들어도 조금도 즐겁지가 않았다. 금부도사는 술을 잘 마셨으나 흐트러짐이 없었다.

12. **정유 II 8월 9일:** 점심 후 길에 올라 10리쯤에 이르니 노인들이 길가에 늘어서서 다투어 술병을 가져다 바치는데 받지 않으면 울면서 억지로 권하는 것이었다.

13. **무술 9월 16일:** 나로도(羅老島)에 머물며 도독(都督, 진린 陳璘)과 술을 마셨다.

……

▷ 술에 관한 기사는 일기 전체를 통하여 140여 회에 이른다.

시(詩, 絶句)

1. **임진 2월 12일:** … 조이립(趙而立)은 시〔絶句〕를 읊었다.
2. **을미 8월 15일:** 이날 밤 어스름 달빛이 다락을 비치는데, 잠들지 못하

고 시를 읊어 긴 밤을 새웠다.

3. **을미 9월 14일**: 선수사(선거이宣居怡)와 작별하며 증정한 짧은 시(詩)인즉, 북쪽에 가서는 쓴 고생을 같이하고, 남쪽에 와서는 죽고 삶을 함께 하더니, 오늘밤 달빛 아래 한잔 술을 나누면, 내일은 우리 서로 헤어지겠구려.

4. **병신 5월 17일**: 다락에 기대어 혼자 시를 읊조렸다.

씨름〔角力〕

1. **갑오 9월 21일**: 저물어서 여러 장수가 뛰어넘기를 하고, 군사들로 하여금 씨름을 겨루게 했다.

2. **을미 7월 15일**: 경상수사(권준權俊)도 와서 같이 이야기하고, 씨름의 승부를 겨루게 했다.

3. **병신 4월 23일**: 늦게 군사들 중에서 힘센 사람을 뽑아서 씨름을 시켰더니, 성복(成卜)이란 자가 혼자 뛰어나므로 상으로 쌀 말을 주었다.

4. **병신 5월 5일**: … 씨름을 붙인 결과 낙안(樂安)의 임계형(林季亨)이 으뜸이었다.

어머님〔天只〕

1. **임진 정월 1일**: 새벽에 아우 여필(汝弼, 禹臣의 字)과 조카 봉(菶), 아들 회(薈)가 와서 이야기했다. 다만 어머님〔天只〕을 떠나 두 번이나 남도에서 설을 쇠니 서운한 마음을 이길 길이 없다.

2. **계사 5월 4일**: 이날은 어머님〔天只〕 생신이건만, 적을 토벌하는 일 때문에 헌수(獻壽)의 술잔을 드리러 가지 못하니 평생의 한이다.

3. **계사 5월 18일**: 종 목년(木年)이 해포(蟹浦)로부터 왔는데 어머님〔天只〕이 편안하시다는 소식을 듣고, 곧 답신을 써서 돌려보내며 미역 5동을 집으로 보냈다.

4. **계사 6월 12일**: 아침에 흰 머리털 십여 오라기를 뽑았다. 흰 머리털인들 어떠랴마는 다만 위로 늙으신 어머님〔老堂〕이 계시기 때문이다. 종일 혼자 앉아 있었다.

5. **갑오 정월 1일:** 어머님〔天只〕을 모시고 함께 한 살을 더하게 되니 이는 난리 중에서도 다행한 일이다. 늦게 군사 훈련과 전열 정비 때문에 본영으로 돌아왔다.

6. **갑오 정월 11일:** 아침에 어머님을 뵙기 위해 배를 타고 바람을 따라 바로 고음천(古音川)에 대었다. 남의길(南宜吉), 윤사행(尹士行), 조카 분(芬)이 함께 갔다. 어머님〔天只〕께 가니 아직 주무시고 깨시지 않으셨다. 웅성대는 바람에 놀라 깨시어 일어나셨는데, 숨이 아주 가물가물해 앞이 얼마 남지 않으신 듯하여, 다만 남몰래 눈물을 흘렸다. 그러나 말씀하시는 데는 착오가 없으셨다. 적을 토벌할 일이 급하여 오래 머무를 수 없었다.

7. **갑오 정월 12일:** 조반 후 어머님〔天只〕께 하직을 고하니, '잘 가거라, 나라의 치욕을 크게 씻어라' 하고 재삼 타이르시며, 이별하는 데 조금도 서운한 기색을 보이지 않으셨다. 선창에 돌아와서는 몸이 불편한 것 같아 바로 뒷방으로 들어갔다.

8. **을미 정월 1일:** 촛불을 밝히고 혼자 앉아 생각이 나랏일에 이르자 모르는 사이에 눈물이 흘렀다. 또 팔십의 병드신 어머님을 생각하니 마음이 편치 않아 밤을 새웠다.

9. **을미 5월 4일:** 이날은 어머님 생신인데, 몸소 나가 잔을 드리지 못하고 홀로 먼 바다에 앉았으니 회포를 어찌 다 말하랴.

10. **을미 5월 13일:** 날은 거듭되는데 탐선(探船)이 6일이 지나도록 오지 않아 어머님께서 평안하신지 아닌지를 알 수가 없다. 어찌 속이 타고 염려되지 않으리오.

11. **을미 5월 21일:** 오늘은 필시 본영에서 사람이 올 터인데, 아직 어머님〔天只〕 안부를 몰라 몹시 답답하다. 종 옥이(玉伊)와 무재(武才)를 본영으로 보냈다. 포어(鮑魚)와 소어(蘇魚) 젓갈, 어란쪽 등을 어머님〔天只〕께 보냈다.

12. **을미 6월 12일:** 새벽에 울(蔚)이 오는 편에 들으니, 어머님〔天只〕 병환이 조금 덜해졌다고는 하나 구십 나이에 이런 위태한 병을 얻었으니 걱정스러워 소리없이 울었다.

13. **을미 7월 3일:** 밤 10시쯤에 탐선(探船)이 들어왔는데, 어머님께서 평안하시기는 하나, 입맛이 달지 않으시다고 하니 민망, 민망스럽다.

14. **병신 5월 4일:** 이날은 어머님의 생신인데 헌수하는 술잔을 올리지 못하여 심회가 평온하지 않았다. 나가지 않았다.

15. **병신 5월 18일:** 저녁에 탐후선(探候船)이 들어왔다. 어머님께서는 평안하시다고 했다. 그러나 진지 드시는 것이 전보다 줄으셨다 하니 민망스러워 눈물만 지었다.

16. **병신 윤8월 12일:** 종일 노(櫓)를 재촉하여 밤 10시쯤에 어머님[天只] 앞에 이르러 보니 백발이 무성하셨다. 나를 보고 놀라 일어나시는데, 기운이 점점 없어져 아침 저녁을 보전하시기 어려웠다. 눈물을 머금고 서로 붙들고 앉아, 밤이 새도록 위로하여 그 마음을 풀어 드렸다.

17. **병신 윤8월 13일:** 모시고 옆에 앉아 아침 진지상을 드리니 대단히 기뻐하시는 빛이었다. 늦게 하직 인사를 드리고 본영으로 돌아왔다가, 오후 6시쯤에 작은 배를 타고 밤새 노를 재촉하였다.

18. **병신 10월 7일:** 일찍이 (어머님을 위한) 수연(壽宴)을 베풀고 종일토록 즐기니 다행, 다행이다.

19. **병신 10월 9일:** 종일토록 어머님[天只]을 모셨다. 내일 진중으로 돌아가는 일로 어머님이 퍽 서운해 하시는 기색이었다.

20. **정유Ⅰ 4월 11일:** 병드신 어머님을 생각하니 눈물이 흐르는 것을 깨닫지 못했다. 종을 보내서 소식을 듣고 오게 했다.

21. **정유Ⅰ 4월 13일:** 아침식사 후 어머님 마중을 나가려고 바닷가[海汀]로 나갔다. … 잠시 후 종 순화(順花)가 배로부터 와서 어머님[天只]께서는 돌아가셨다고 말한다. 뛰쳐나가 가슴을 치고 뛰며 슬퍼하였다. 하늘의 해조차 캄캄하다. 바로 해암(蟹巖)으로 달려가자 배가 벌써 와 있었다. 길에서 바라보며 가슴이 찢어지는 슬픔을 이루 다 어찌 적으랴. 뒷날 대강 적었다.

22. **정유Ⅰ 4월 19일:** 일찍이 길을 떠나며, 어머님 영연(靈筵)에 하직을 고하고 목놓아 울었다. 어찌 하랴, 어찌 하랴. 천지(天地)간에 나 같은 사정이 또 어디 있단 말인가. 어서 죽는 것만 같지 못하구나.

23. **정유 I 5월 4일:** 오늘은 어머님의 생신이다. 슬프고 애통한 마음을 어찌 견디랴. 닭이 울자 일어나 앉아 눈물만 흘렸다.

24. **정유 I 5월 5일:** 이날은 오절(午節, 단오절)인데 천리 밖에 멀리 와서 종군하며, 장례도 못 모시고, 곡(哭)하고 우는 일조차 뜻대로 맞추지 못하니, 무슨 죄와 허물이 있어 이런 갚음을 당하는가. 나와 같은 사정은 고금을 통하여 그 짝이 없을 것이다. 가슴이 찢어지듯 아프고 아프다. 다만 때를 만나지 못한 것이 한(恨)스러울 따름이다.

25. **정유 I 6월 26일:** 아산(牙山)의 종 평세(平世)가 들어와서 어머님 영연(靈筵)이 평안하시고 …. 장삿날은 7월 27일로 가려 정했다가 다시 8월 초4일로 택일했다고 한다. 그립고 애달픈 생각이 미치자 슬픈 정회를 어찌 다 말하랴, 어찌 말하랴.

26. **정유 I 7월 9일:** 이날 밤 달빛이 대낮 같은데 어머님[親] 그리는 슬픔과 울음으로 밤이 깊도록 잠들지 못했다.

27. **정유 II 9월 11일:** 홀로 배 위에 앉아 (어머님) 그리운 생각에 잠겨 눈물을 흘렸다. 천지(天地)간에 어찌 나 같은 사람이 있으랴. 자식 회(薈)는 내 심정을 알고 몹시 언짢아 하였다.

……

▷ 어머님에 관한 기사는 일기 전체를 통하여 100여 회에 이른다.

일식(日蝕)·월식(月蝕)

1. **갑오 4월 1일:** 일식(日食)을 할 것인데 하지 않았다.
2. **을미 9월 16일:** 이날 저녁 월식(月食)을 하고 밤들어 밝아졌다.
3. **병신 윤8월 1일:** 일식(日食)을 했다.

장기[博]

1. **계사 8월 12일:** 순천(권준權俊)이 와서 보았다. 우영공(우수사, 이억기 李億祺)이 와서 보았다. 이첨사(이순신李純信)도 왔다. 종일 장기를 두었다.

2. **갑오 5월 10일**: 늦게 우우후(이정충李廷忠)와 충청수사(이순신李純信) 가 와서 둘이서 수를 다투며 장기를 겨루었다.

3. **갑오 6월 2일**: 나는 몸이 불편하여 일찍 돌아와 누워서 충청수사(이 순신李純信)와 배문길(門吉, 배경남의 字)이 장기를 두어 내기 승부하는 것을 구경하였다.

4. **갑오 7월 14일**: 충청수사(이순신李純信)와 순천(권준權俊)을 청해다가 장기〔博〕를 두게 하면서 관전으로 소일했다. 그러나 근심이 속에 있 으니 어찌 조금인들 편할 수 있으랴.

5. **을미 3월 12일**: 박조방장(박종남朴宗男)과 우후(이몽구李夢龜)가 장기 를 두었다.

6. **을미 3월 25일**: 권동지(권준權俊)와 장기를 두었는데 권이 이겼다.

7. **을미 5월 20일**: 선수사(선거이宣居怡)와 권조방장(권준權俊)과 함께 장 기를 두었다.

전선(戰船)·판옥선(板屋船)

1. **임진 5월 3일**: … 방답의 판옥선(板屋船)이 첩입군(疊入軍)을 싣고 오 는 것을 보고 …

2. **임진 6월 2일**: … 그중의 큰 배 1척은 크기가 우리나라 판옥선(板屋 船)만 한데, …

3. **임진 6월 5일**: … 왜의 배 1척이 크기는 판옥선만 한데, …

4. **계사 2월 20일**: 새벽에 배를 띄우자 동풍이 잠깐 불더니, 적과 교전할 때에는 바람이 갑자기 세게 불기 시작해서 여러 배들이 서로 맞부딪 쳐 깨지고, 거의 다들 배를 제어할 수 없었다. 즉시 호각을 불도록 명 령하고, 초요기(招搖旗)를 세워 전투를 중지시켰다. 여러 배들이 다행 히도 크게 상하는 데까지 이르지는 않았으나, 흥양의 1척, 방답의 1 척, 순천의 1척, 본영의 1척이 서로 부딪쳐 깨졌다.

5. **계사 2월 22일**: … 이때를 틈타서 전선(戰船)을 합하여 바로 공격하 니, 적의 세력은 갈라지고 약해져서 거의 섬멸되었다. 그러나 발포(鉢 浦) 2호선과 가리포(加里浦) 2호선이 명령도 없었는데 돌입하다가 그

만 얕고 좁은 곳에 걸려서 적들이 배에 오르게 되었다. 통분, 통분하여 간담이 찢어지는 듯하였다. 얼마 후에는 진도 지휘선이 적에게 포위되어 하마터면 구할 수 없게 되었으나, 우후(虞候, 이몽구李夢龜)가 바로 들어가 구출했다.

6. **계사 5월 18일:** 협선(挾船) 2척을 새로 만드는데 못이 없다고 한다.

7. **계사 5월 26일:** 밤 10시쯤부터는 바람이 미칠듯이 세게 불어 배들이 가만 있지 못했다. 처음에는 우수사의 배와 맞부딪치는 것을 간신히 구해 냈더니, 또 발포(鉢浦)만호(황정록黃廷祿)가 탄 배와 부딪쳐 부서질 뻔하다가 겨우 면했다. 송한련(宋漢連)이 탄 협선(挾船)은 발포의 배와 부딪쳐서 많이 상했다고 한다.

8. **계사 6월 2일:** 판옥선과 군관 송두남(宋斗男), 이경조(李景祚), 정사립(鄭思立) 등이 본영으로 돌아갔다.

9. **계사 6월 3일:** 지휘선을 연기로 그을리는 일[烟燻, 배의 수명 연장을 위한 것] 때문에 좌별선(左別船)으로 옮겨 탔다. 막 활을 쏘려 하자 큰 비가 내리기 시작했다. 온 배에 비가 새지 않는 곳이 없으니 마른 데를 찾아 앉을 수가 없어 한심스러웠다.

10. **계사 6월 20일:** 이날 배 만들 재목[船材]을 운반해 오고 …

11. **계사 6월 22일:** 전선(戰船)을 (만들기 위해) 자귀질을 시작했다. 목수[耳匠] 214명이었다. 운반하는 일은 본영의 72명, 방답의 35명, 사도의 25명, 녹도의 15명, 발포의 12명, 여도의 15명, 순천의 10명, 낙안의 5명, 흥양과 보성의 각 10명이 맡았다. 방답에서 처음에는 15명밖에 보내지 않아서 군관과 색리(色吏)를 처벌하였는데, 그 하는 짓이 아주 간교하였다. 듣기에, 제2호 지휘선[二上船]의 무상(無上, 물긷는 군사) 손걸(孫乞)을 본영으로 돌려 보냈던 바, …

12. **계사 6월 23일:** 이른 아침에 목수를 점호하였는데, 한 명도 결근이 없었다고 한다. 새 배에 쓸 밑판[本板]을 다 만들었다.

13. **계사 8월 8일:** 충청수사의 전선(戰船) 2척이 들어왔으나, 1척은 쓸 수 없는 것이라 한다.

14. **계사 8월 17일:** 지휘선을 연기로 그을리기 위해 좌별도선에 옮겨 탔

다. … 밤 들기 전에 지휘선으로 옮겨 탔다. … 새로 만든 배를 진수했다.

15. **계사 9월 6일**: 새벽에 배 만들 재목을 운반해 올 일로 여러 배를 내 보
냈다. … 배 재목을 여러 배가 끌어 왔다.

16. **계사 9월 7일**: 아침에 재목을 받아들였다.

17. **갑오 정월 23일**: 흥양의 전선(戰船) 2척이 들어왔다.

18. **갑오 정월 25일**: 송두남(宋斗男), 이상록(李尙祿)이 새로 만든 배를
돌려 댈 일로 사격(射格, 射夫와 格軍) 132명을 거느리고 갔다.

19. **갑오 정월 27일**: 새벽에 배 만들 목재를 끌어오기 위해 우후(이몽구)
가 나갔다.… 우후의 배가 재목을 끌고 왔다.

20. **갑오 정월 28일**: 전선(戰船)을 만들기 시작했다.

21. **갑오 정월 29일**: 미조항첨사(김승룡金勝龍)가 배 꾸밀 일로 고하고 돌
아갔다.

22. **갑오 2월 1일**: 저녁 8시경에 사도첨사(김완金浣)가 전선(戰船) 3척을
거느리고 진에 이르렀다.

23. **갑오 2월 4일**: 늦게 본영의 전선(戰船)과 거북선〔龜船〕이 들어왔다.

24. **갑오 2월 7일**: 보성(寶城)의 전선 2척이 들어왔다.

25. **갑오 2월 15일**: 새벽에 거북선〔龜船〕 2척과 보성(寶城) 배 1척 등을
멍에〔駕木〕로 쓸 재목 치는 곳으로 보내어 저녁 8시쯤에 실어 왔다.
… 흥양 배를 검열하자, 허술한 일이 많았다.

26. **갑오 2월 17일**: 아침에 지휘선을 연기로 그을리기 위해 활터 정자로
올라 가서 각처의 서류를 처결해 보냈다. … 우수사가 거느리고 온 전
선(戰船)이 겨우 20척이니 한심스러웠다.

27. **갑오 3월 1일**: 저녁 8시경에 장흥 2호선(長興二船)이 실화(失火)로
인하여 다 타 버렸다

28. **갑오 3월 5일**: 이날 저녁 광양의 새 배가 들어왔다.

29. **을미 정월 19일**: 조금 있다가 여도 전선(戰船)에서 실화하여 광양, 순
천, 녹도 전선 4척이 연이어 타버렸다. 통탄함을 이길 수 없었다.

30. **을미 2월 15일**: 지휘선을 연기로 그을렸다.

31. **을미 5월 14일**: 사도(김완金浣)가 와서 고하되, 흥양(배흥립裵興立)이

받아간 전선(戰船)이 암초에 걸려 기울어 넘어졌다고 하므로 대장(代將) 최벽(崔璧)과 10호 선장(十船將) 및 도훈도(都訓導)를 잡아다가 곤장을 때렸다.

32. **병신 정월 15일**: 낙안과 흥양의 전선(戰船)의 병기와 부속물 및 사부와 격군들을 점검하니, 낙안이 극히 제내로 되어 있지 않다고 했다.

33. **병신 2월 6일**: 새벽에 목수 10명을 거제로 보내 배를 만들도록 지시했다.

34. **병신 2월 18일**: 늦게 체찰사의 비밀 공문 3통이 왔는데, … 또 하나는 진도(珍島) 전선(戰船)을 아직 독촉하여 모으지 말라는 것이었다.

35. **병신 5월 9일**: 부안(扶安) 전선에서 불이 났으나 과히 타지 않아 다행이었다.

36. **병신 8월 20일**: 새벽에 전선 만들 재목을 끌어 내리기 위해서 우도 군사 300명, 경상도 100명, 충청도 300명, 좌도 390명을 송희립이 거느리고 갔다.

37. **병신 윤8월 14일**: 지나온 지역이 온통 쑥대밭이 되어 그 참혹함을 차마 볼 수 없었다. 우선 전선(戰船) 정비하는 것을 잠시 면제하여 군사와 백성들이 당하는 노고를 풀어 주어야겠다.

38. **정유Ⅱ 11월 2일**: 아침 일찍 들으니, 우수사의 전선(戰船)이 바람에 떠내려 가다가 암초에 걸려 깨졌다고 한다. 극히 통분할 일이다. 병선(兵船) 군관 당언량(唐彦良)을 곤장 80대 쳤다.

점(占)

1. **갑오 7월 13일**: 홀로 앉아 면(葂)의 병세가 어떤지 염려되어 글자 점을 쳐 보니, '군왕을 만나 보는 것 같다〔如見君王〕'는 괘(卦)를 얻었다. 아주 좋았다. 다시 하니, '밤에 등불을 얻은 것과 같다〔如夜得燈〕'였다. 두 괘가 모두 좋은 것이었다. 조금 마음이 놓였다. 또 유정승(유성룡柳成龍)의 점을 친 즉, '바다에서 배를 얻은 것과 같다〔如海得船〕'는 괘를 얻었고, 다시 치니 '의심하다가 기쁨을 얻은 것과 같다〔如疑得喜〕'는 괘가 나왔다. 아주 좋다. 저녁내 비가 내리는데, … 비가 올

지 갤지를 점쳐 보니, '뱀이 독을 뱉는 것과 같다[如蛇吐毒]'는 괘를 얻었다. 장차 큰 비가 내리겠으니 농사를 위해 걱정, 걱정스럽다. 밤에 비가 퍼붓듯이 내렸다.

2. **갑오 7월 14일:** 어제 저녁부터 빗발이 삼대 같았다. … 점괘 얻은 그 대로이니 극히 절묘하였다.

3. **갑오 9월 1일:** 이른 아침에 세수하고 조용히 앉아 아내의 병세에 대해 점을 쳤더니, '중이 환속하는 것 같다[如僧還俗]'는 괘(卦)를 얻고, 다시 '의심하다 기쁨을 얻은 것과 같다[如疑得喜]'는 괘를 얻었다. 아주 좋았다. 또 병세가 나아 간다는 기별이 올 것인지에 대해서 쳐 보니 '귀양 땅에서 친척을 만난 것 같다[如謫見親]'는 괘였다. 이 역시 오늘중에 좋은 소식을 받을 징조였다.

4. **갑오 9월 28일:** 새벽에 촛불을 밝히고 홀로 앉아 적을 칠 일로 길흉을 점쳐 보았다. 첫 점은 '활이 화살을 얻은 것과 같다[如弓得箭]'는 것이었고, 다시 치니 '산이 움직이지 않는 것과 같다[如山不動]'는 것이었다.

5. **병신 정월 10일:** 이른 아침에 적이 다시 나올지 안 나올지 점쳤더니, '수레에 바퀴가 없는 것 같다[如車無輪]'는 괘가 나왔다. 다시 또 치니 '임금을 뵙는 것과 같다[如見君王]'는 괘가 나왔다. 모두 기쁘고 좋은 괘였다.

6. **병신 정월 12일:** 글자점을 던져 보았더니, '바람이 물결을 일으키는 것 같다[如風起浪]'는 괘가 나왔다. 또 오늘중으로 길흉 간에 무슨 소식을 듣게 될지를 점쳐 보니 '가난한 사람이 보배를 얻은 것 같다[如貧得寶]'는 괘가 나왔다. 이 괘는 참 좋다, 참 좋다.

7. **정유 I 5월 10일:** 장님 임춘경(任春景)이 운수를 봐 가지고 왔다.

8. **정유 I 5월 11일:** 장님 임춘경(任春景)이 와서 운수에 대해 이야기해 주었다.

9. **정유 I 5월 12일:** 신홍수(申弘壽)가 보러 와서 원공(元公, 원균)에 대한 점을 쳤는데, 첫 괘가 수뢰(水雷) 둔(屯)인데, 천풍(天風) 구(姤)로 변(變)했으니 본체를 이기는 것이라 대흉(大凶), 대흉(大凶)이라 했다.

젓대소리〔笛〕

1. **갑오 6월 9일**: 밤이 깊자 해(海)의 젓대소리와 영수(永壽)의 거문고
   〔琴〕를 들으면서 조용히 이야기하다가 돌아갔다.
2. **갑오 6월 11일**: 달 아래 함께 이야기할 때 옥저(玉笛) 소리가 처량했다.
3. **갑오 8월 13일**: 달빛은 비단결 같고 바람은 없어 잔잔한데 해(海)를
   시켜 젓대를 불게 했다. 밤이 깊어 헤어졌다.
4. **갑오 8월 20일**: 저녁에 젓대를 불고 노래하다가 밤이 깊어서야 헤어
   졌다.
5. **갑오 9월 4일**: 젓대를 불다가 밤이 되어 헤어졌다.
6. **갑오 11월 25일**: 잠시 후 우우후(이정충李廷忠), 금갑도만호(이정표李
   廷彪)가 와서 젓대를 듣다가 저물어 돌아갔다.
7. **을미 6월 26일**: 오늘은 언경(彦卿) 영공(권준權俊)의 생신이라 하므로
   국수를 만들어 먹고 술도 취하고 거문고도 듣고 젓대〔笛〕도 불다가
   저물어서야 헤어졌다.
8. **병신 정월 29일**: 김대복(金大福)이 으뜸으로 활을 쏘았다. 젓대를 듣
   다가 자정에야 헤어져 진으로 돌아왔다.

종정도(從政圖)

1. **갑오 5월 14일**: 영리(營吏)를 시켜 종정도를 그렸다.
2. **갑오 5월 15일**: 아전을 시켜 종정도를 그렸다.
3. **갑오 5월 21일**: 웅천(이운룡李雲龍)과 소비포(이영남李英男)가 와서 종
   정도를 놀았다.
4. **갑오 5월 24일**: 웅천(이운룡李雲龍)과 소비포(이영남李英男)가 와서 종
   정도를 놀았다.
5. **갑오 6월 4일**: 충청수사(이순신李純信), 미조항첨사(김승룡金勝龍) 및
   웅천(이운룡李雲龍)이 보러 왔기에 종정도를 놀게 했다.
6. **병신 5월 27일**: 충청우후(원유남元裕男)와 좌우후(이봉구李夢龜)가 여
   기로 와서 종정도를 놀았다.

죄를 다스림〔論罪〕

1. **임진 정월 16일:** 방답(防踏)의 병선(兵船) 군관과 색리들이 병선을 수
선하지 않았기에 곤장을 때렸다. … 성 밑에 사는 토병(土兵) 박몽세
(朴夢世)가 석수(石手)를 부려서 선생원(先生院)의 채석장에 가서 사
방 이웃집 개에게까지 피해를 끼치기로 곤장 80대를 때렸다.

2. **임진 2월 25일:** 갖가지 전쟁 방비에 결함이 많으므로 군관과 색리(色
吏)들에게 벌을 주고, 첨사(僉使)를 잡아들이고 교수(教授)는 내보냈다.

3. **임진 3월 6일:** 무기를 검열해 보니 활, 갑옷, 투구, 전통, 환도가 깨지
고 헐은 것이 많고, 모양도 제대로 갖추지 못한 것이 심히 많기에 색
리(色吏), 궁장(弓匠), 감고(監考)들의 죄를 물어 처벌했다.

4. **임진 4월 18일:** 저녁에 순천 군사를 거느린 병방(兵房, 각 지방에서 군사
관계의 업무를 맡은 아전)이 석보창(石堡倉)에 머물고 있으면서 군사를 거
느리고 오지 않으므로 잡아 가두었다.

5. **계사 2월 1일:** 발포(鉢浦) 진무(鎭撫) 최이(崔已)가 두 번이나 군법을
범했으므로 처형했다〔行刑〕.

6. **계사 2월 3일:** 이날 경상도에서 옮겨 온 귀화인 김호걸(金浩乞)과 나
장(羅將) 김수남(金水男) 등 명부에 올린 격군(格軍) 80여 명이 도망
갔다고 하며, 다들 뇌물을 받은지라 잡아오지 않는다고 하므로, 군관
이봉수(李鳳壽)와 정사립(鄭思立)을 비밀리 보내어 70여 명을 찾아서
잡아다가 각 배로 나누고, 호걸과 김수남 등은 그날로 처형했다.

7. **계사 6월 8일:** 각 고을의 색리(色吏) 11명을 처벌했다. 옥과(玉果) 향
소(鄉所)는 지난해부터 군사를 보내오는 사무를 성실히 보지 않아서
요구되는 인원이 기백명에 달했는데, 매양 거짓말로 꾸며대 왔기 때
문에 이날 목을 베어 효시했다.

8. **계사 6월 18일:** 아침에 탐후선(探候船)이 들어왔다. 그러나 5일만에
들어왔으니 극히 잘못된 일이다. 그래서 곤장을 때려 보냈다.

9. **계사 7월 13일:** 순천(順天) 거북선의 격군(格軍)이며 경상도 사람인
종 태수(太守)가 도망가다가 잡혀 왔기로 처형했다.

10. **계사 7월 28일:** 사도(蛇渡)첨사(김완金浣)가 복병했을 때 잡은 보자기

〔鮑作〕 10명이 왜놈의 옷으로 바꿔 입고 그 하는 짓이 수상하다고 하므로 자세히 추궁했더니, 어떤 근거가 있는 듯한데, 경상수사(원균元均)가 시킨 것이라고 해서 족장(足掌) 10여 대씩만 때리고 놓아 주었다.

11. 갑오 4월 16일: 경상수사의 군관 고경운(高景雲)과 도훈도 및 사변을 대비하는 색리, 영리를 잡아 와서, 지휘에 응하지 않고 적의 변고도 보고하지 않은 죄로 곤장을 때렸다.

12. 갑오 7월 26일: 늦게 녹도(鹿島)만호(송여종宋汝悰)가 도망간 군사 8명을 잡아 왔기에, 그중 괴수 3명은 처형하고 나머지는 곤장을 때렸다.

13. 갑오 8월 4일: 경상수사의 군관과 색리(色吏)가 명나라 장수(장홍유張鴻儒)를 접대할 적에 여인들에게 떡과 음식물을 이고 오게 한 죄를 다스렸다.

14. 갑오 8월 26일: 흥양(興陽)의 보자기〔鮑作〕 막동(莫同)이란 자가 장흥 군사 30명을 몰래 그의 배에 싣고 도망나간 죄로 사형에 처하여 효시했다.

15. 갑오 10월 1일: 날이 저물어 장문포 앞바다로 돌아왔다. 바로 사도(蛇渡) 2호선이 뭍에 배를 대려 할 즈음, 적의 작은 배가 곧장 들어와 불을 던졌다. 비록 불이 일어나지 않고 꺼졌지만 분통, 분통하기 그지없었다. 우수사 군관과 경상수사 군관은 그 실수한 것을 잠깐 꾸짖고, 사도(蛇渡) 군관은 그 죄를 중하게 다스렸다.

16. 갑오 11월 12일: 일찍 대청에 나가 순천 색리 정승서(鄭承緒)와 남원에서 폐해를 끼친 역자(驛子)를 다스렸다. … 견내량(見乃梁)에서 경계선을 무릅쓰고 넘어가 고기를 잡은 사람 24명에게 곤장을 때렸다.

17. 을미 2월 1일: 일찍 대청에 나가 보성(안홍국安弘國)의 기한 늦은 죄를 다스리고, 도망갔던 왜놈 2명을 처형했다.

18. 을미 4월 29일: 하동현감(성천유成天裕)이 두 번이나 제 기일에 오지 않았으므로 곤장 90대를 때리고, 해남원(최위지崔緯地)은 곤장 10대를 때렸다.

19. 을미 5월 14일: 사도(김완金浣)가 와서 고하되, 흥양(배흥립裴興立)이 받아간 전선(戰船)이 암초에 걸려 기울어 넘어졌다고 하므로 대장(代

將) 최벽(崔璧)과 10호 선장(十船將) 및 도훈도(都訓導)를 잡아다가 곤장을 때렸다.

20. **을미 5월 15일**: 아침 식후에 나가 공무를 보자니 광양(光陽)의 김두 검(金斗劍)이 복병(伏兵)으로 갈 적에 순천(順天)과 광양(光陽)의 두 관아에서 이중으로 삭료(朔料)를 받은 것 때문에 벌로써 수군에게 왔 으나, 칼도 차지 않고 또한 활도 차지 않고서 오만한 일을 많이 일으 키므로 곤장 70대를 때렸다.

21. **을미 11월 16일**: 항복한 왜 여문연기(汝文戀己), 야시로(也時老) 등 이 와서 보고하되, 왜놈들이 도망치려 한다 하므로 우우후(右虞候, 이 정충李廷忠)를 시켜 잡아 왔다. 그 주모자를 가려 준시(俊時) 등 2명의 머리를 베었다.

22. **병신 2월 13일**: 식후에 나가서 강진(이극신李克新)이 기한에 늦은 죄 를 다스렸다. 가리포(이응표李應彪)는 보고를 하고 늦게 왔으므로 타일 러 내보냈다.

23. **병신 2월 30일**: 해가 느직해서 우수사(이억기李億祺)가 보고하기를, 이제 바람도 온화해졌으니 대응책을 세울 시기라, 소속 부대를 거느 리고 급히 본도(本道, 전라우도)로 가야겠다고 했다. 그 마음가짐이 극 히 해괴스러워서 그의 군관과 도훈도(都訓導)에게 곤장 70대를 때렸 다. 수사가 자기 부하를 거느리고 견내량(見乃梁)에 복병하고 있는 그 일에 대해 분하게 생각하는 말을 했으니, 무척 가소롭다.

24. **병신 3월 1일**: 늦게 해남현감 유형(柳珩)과 임치첨사 홍견(洪堅), 목 포만호 방수경(方守慶)을 기일에 늦은 죄로 처벌했다. 해남만은 새로 부임한 까닭에 곤장을 때리지 않았다.

25. **병신 4월 3일**: 어제 저녁 견내량에 있는 복병의 급보에, 왜놈 4명이 부산(釜山)으로부터 장사하러 나왔다가 바람 때문에 표류한 것이라 하므로, 새벽에 녹도만호(鹿島萬戶) 송여종(宋汝悰)을 보내어 그 사유 (事由)를 물어 다스리고 타일러 보내려고 했다. 그러나 그 정황을 살 펴보니, 정탐하러 왔던 것이 분명하므로 참수하였다.

26. **병신 6월 20일**: 평산포만호(김축金軸)에게 진작 진에 도착하지 않은

일을 문책하니 대답하되, 기일을 정해 주지 않았기 때문에 50여 일 동안 물러나 있은 것이라고 했다. 해괴스럽기 짝이 없으므로 곤장 30대를 때렸다.

27. **병신 7월 16일:** 이날 충청도 홍주(洪州)의 격군으로 신평(新平)에 사는 사삿집 종 엇복[於叱卜]이 도망가는 것을 붙잡아 가두었다가 목을 베어 효시했다.

28. **정유 I 8월 25일:** 아침식사 때, 당포(唐浦)의 보자기[鮑作]가 놓아 먹이던 소를 훔쳐 끌고 가면서 헛소문을 퍼뜨리되, 왜적이 왔다, 왜적이 왔다고 하는 것이었다. 나는 이미 그것이 거짓임을 알고 헛소문 퍼뜨린 두 명을 잡아 곧 목베어 효시(梟示)하게 하니 군중(軍中)이 크게 안정되었다.

29. **정유 II 8월 13일:** 우후(虞候) 이몽구(李夢龜)가 전령을 받고 들어 왔는데, 본영의 군기와 군량을 하나도 옮겨 싣지 않았으므로 곤장 80대를 때려 보냈다.

30. **정유 II 8월 19일:** 여러 장수들로 하여금 교유서(敎諭書)에 숙배케 했다. 배설(裵楔)은 교유서를 받들어 맞이하지 않으니 그 심사가 참으로 놀랍다. 이방(吏房)과 영리(營吏)를 붙들어다가 곤장을 때렸다. 회령만호(會寧萬戶) 민정붕(閔廷鵬)은 위덕의(魏德毅) 등에게서 술과 음식을 얻어먹고 전선(戰船)을 사사로이 내준 까닭에 곤장 2(20)대를 때렸다.

31. **정유 II 8월 25일:** 아침식사 때, 당포(唐浦)의 어부가 피란민의 소 두 마리를 훔쳐 끌고 와서는 잡아 먹고자 적이 왔다고 거짓말을 외쳤다. 나는 이미 그런 줄을 알고 배를 굳게 매고 움직이지 않고 있다가 그 자들을 잡아 오게 했더니 과연 예상한 바와 같았다. 군대내의 정상은 안정되었으나, 배설(裵楔)은 이미 도망쳐 나갔다. 거짓말한 두 사람은 목을 잘라 두루 효시했다.

32. **정유 II 10월 23일:** 낮에 윤해(尹海), 김언경(金彦京)을 처형했다.

33. **정유 II 11월 2일:** 아침 일찍 들으니, 우수사의 전선(戰船)이 바람에 떠내려 가다가 암초에 걸려 깨졌다고 한다. 극히 통분할 일이다. 병선

(兵船) 군관 당언량(唐彦良)을 곤장 80대 쳤다.

34. **정유Ⅱ 11월 12일:** 이날 늦게 영암, 나주 사람들이 타작을 못하게 했다고 해서 결박지어 왔으므로, 그중 주모자를 가려 처형하고, 나머지 4명은 각 배에 가두었다.

35. **정유Ⅱ 12월 2일:** 영암(靈岩)의 향병장 유장춘(柳長春)이 적을 토벌한 사유를 보고하지 않았으므로 곤장 50대를 때렸다.

......

▷ 죄를 다스린 기사는 일기 전체를 통하여 110여 회에 이른다.

활쏘기〔射帳〕

1. **임진 3월 28일:** 활 10순(巡)을 쏘았는데, 5순은 모조리 맞고, 2순은 네 번 맞고, 3순은 세 번 맞았다.

2. **계사 3월 15일:** 우수사(이억기李億祺)가 이곳에 와서 여러 장수들이 관덕정에서 활을 쏘았는데, 우리편 여러 장수들이 이긴 것이 66분(分)이었다.

3. **갑오 6월 14일:** 충청 영공(이순신李純信), 사도(김완金浣), 여도(김인영金仁英), 녹도(宋汝悰)와 더불어 활 20순을 쏘았는데, 충청이 아주 잘 맞혔다. 이날 경상 수백(水伯, 원균元均)이 활쏘는 관원을 거느리고 우수사 처소에 왔다가 크게 지고 돌아갔다 한다.

4. **갑오 9월 4일:** 활을 쏘았는데, 원(원균元均)이 9분(分)을 지고 술이 올라서 갔다.

5. **을미 7월 2일:** 늦게 활 10순을 쏘았다. 또 철전(鐵箭) 5순, 편전(片箭) 3순을 쏘았다.

6. **을미 7월 4일:** 미조항(성윤문成允文)과 웅천(이운룡李雲龍)이 와서 활을 쏘았다. 군관들도 활쏘기를 겨루며 향각궁(鄕角弓) 내기를 걸었는데, 노윤발(盧潤發)이 1등을 해서 탔다.

7. **병신 정월 28일:** 순찰사(서성徐渻)가 나와 활쏘기를 겨루었는데, 7분을 지고 섭섭한 기색이 없지 않았다. 우스웠다. 군관 세 사람도 모두 졌다.

8. **병신 2월 5일:** 늦게 삼도(三道)의 여러 장수들을 불러 모아 위로하는 음식을 대접하고, 겸하여 활도 쏘고, 풍악도 울리며 모두 취해서 헤어졌다.

9. **병신 6월 6일:** 사도(四道)의 여러 장수들을 모두 모아 활을 쏘고, 술과 음식을 먹였다. 또다시 모여 활을 쏘아 승부를 겨루고 헤어졌다.

10. **병신 6월 9일:** 충청우후(원유남元裕男), 당진만호(조효열趙孝悅), 여도(김인영金仁英), 녹도(송여종宋汝悰)와 활을 쏠 때에, 경상수사(권준權俊)가 와서 같이 20순을 쏘았다. 경상수사가 잘 맞혔다.

11. **병신 8월 4일:** 늦게 대청에 나가서 활 몇 순을 쏘다가 몸이 몹시 불편하여 활쏘기를 중지하고 안으로 들어왔다.

12. **병신 8월 21일:** 사정(射亭)에 나가 아들들에게 활쏘기를 연습시키고 또 말을 타고 달리면서 활쏘는 것도 연습시켰다.

13. **병신 윤8월 10일:** 이날 새벽에 초시(初試) 장을 열었다. 늦게서 면(葂)이 쏜 것은 모두 55보(步), 봉(菶)이 쏜 것은 모두 35보, 해(荄)가 쏜 것은 모두 30보, 회(薈)가 쏜 것은 모두 35보, 완(莞)이 쏜 것은 25보라고 했다. 진무성(陳武晟)이 쏜 것은 모두 55보였다. 합격이었다.

······

▷ 활쏘기에 관한 기사는 일기 전체를 통하여 270여 회에 이른다.

3. 지명 비정(比定)

　　본 지명(地名) 비정(比定)에서는 친필초《난중일기》및 이충무공전서《난중일기》에서 언급되고 있는 지명(地名) 또는 위치명에 대한 현재(2020년대)의 지명 및 위치를 조사하여 수록하였으며, 동일 지명들의 경우나 일기 전체를 통해 5, 6차례 이하로 드물게 언급되는 경우에 대해 구분과 참고에 편리하도록 일기상에서의 언급된 일자들을 정리하였다. 언급 일자에는 이들 지명이《난중일기》의 내용상 순전히 지명의 의미로서 사용된 경우를 위주로 하되, 직책명의 일부로서 나오는 지명, 즉 '가배량 권관' 또는 '남도포 만호' 등과 같은 경우에는 일자에 포함하였다. 현재 지명, 위치와의 대조작성에는 임진왜란 후 현재까지의 400여 년 동안 행정구역의 변경이나 명칭의 변동들이 끊임없이 일어나고 있음을 고려하여 본 절의 끝에 수록한 문헌들을 검토 또는 상호 비교하여 종합하였으며, 현재 지명으로서는 2020년대를 기준으로 삼아 가능한 한 최근의 행정구역명을 수록하고자 하였다. 특히 본 대조 작업에는 조선사편수회 발행의《난중일기초》에 지명 주석으로 부기된 당시(1935년 무렵)의 위치 지명에 힘입은 바가 크나, 본 지명 비정의 작성 결과와 일치하지 않거나 의심스러운 것들은 추후의 연구를 위하여 병행하여 기술하였고, 또한 필요할 경우 주(註)를 붙여 현재의 지명 또는 위치에 대한 견해를 밝혔다. 도저히 현 위치를 알아내기 어려운 지명들이나 확인이 곤란한 지명들은 문헌으로부터 또는《난중일기》의 문맥상 행적에 근거하여 추정하여 보았으며, 이들은 의문부호를 붙이거나 또는 추정된 위치임을 밝혀서 추후의 연구에 도움이 되도록 명백히 구분하였다. 1998년 초판 및 이후 개정판에서는 조선사편수회 편《난중일기초·임진장초》에 주로 의존하여 본 비정이 작성되었으나, 친필일기의 재검독 작업으로 발간된《이순신의 일기초》(박혜일 외, 조광출판인쇄, 2007 및 이 책 부록 3)와 고지도 및 문헌 조사, 연구 논문 참조에 따라 여러 군데의 수정을 추가하였고, 지역 지리에 통하신 여러 有志의 사신과 자료 제시로써 몇몇 어려운 비정의 작성, 수정이 가능했다.

【ㄱ】

가덕加德, **가덕진**加德鎭 : 부산 江西區 加德島 城北洞.

가리포加里浦 : 전남 莞島郡 莞島邑.

가배량加背梁 : 경남 統營郡 道山面 蘆田里(조선사편수회). 경남 巨濟市
    東部面 加背里. (甲午 2월 7일, 乙未 8월 25일)

* 조선사편수회 활자본의 주석은 권관(權菅)을 두었던 곳으로 가배량수(加背梁戌)로 칭
  해짐. 임진왜란 당시 거제 동부면 가배리에는 가배량진(加背梁鎭)이 있어 만호를 두었
  으며, 선조 26년에 경상우수영 겸 삼도통제영을 두었다가, 선조 37년에 고성(固城)의
  용두포(龍頭浦, 현재의 통영시)로 옮겨 간 것으로 되어 있음(신증동국여지승람).《난중일
  기》상으로는 가배량 권관의 언급인 갑오 2월 7일에는 통영시 도산면 노전리를 언급했
  다고 볼 수 있으나, 을미 8월 25일의 당포와 가배량을 합병(合並)한 기록에서는 어느 곳
  을 지칭했는지 불명확함.

가참도加參島 : 거제(巨濟) 가참도(加參島) 참조.

각호사角呼寺 : 巨濟市 河淸面 柳溪里 앵산의 북사(北寺) 옛터. (壬辰 8월
    26일)

* 김백훈 선생(전 거제종합고등학교장, 거제시 거주)의 지적 및 자료 제공(2016년 9월 9일
  자)에 따라 초판 이래의 불확실한 비정을 바로잡음. 하청면 유계리의 옛지명은 '가곡加
  谷'으로서 지역민의 호칭으로는 '각골' 또는 '각고'로 불리웠고, 동네 노인들과 불자(佛
  子)들은 북사(北寺) 옛터에 있는 절 '광청사'(조선말에는 정수사)를 '각고절'로도 부르며,
  '角呼'와 '각고'의 음운 차이는 차음표기(借音表記)로 보인다고 전교함(참고문헌 17,《하
  청면지》723쪽).

갈두葛頭 : 전남 海南郡 松旨面 葛頭里. (丁酉Ⅰ, Ⅱ 8월 28일)

감동포甘同浦 : 부산 沙下區 甘川洞. (癸巳 6월 5일)

감보도甘甫島 : 전남 珍島郡 古郡面 甘釜島 또는 감부섬. (丁酉Ⅰ, Ⅱ 9월
    9일)

강정江亭 : 석곡(石谷) 강정(江亭) 또는 곡성(谷城) 강정(江亭) 참조.

강정江亭 : 개벼루강정〔犬硯江亭〕. 개벼루 참조. (丁酉Ⅰ 6월 26일)

강정江亭 : 정개산성(鼎蓋山城) 아래의 강정(江亭). 경남 河東郡 玉宗面
    藪村里 또는 宗化里로 추정. (丁酉Ⅰ 7월 20일)

강정江亭 : 경남 河東郡 岳陽面 개치의 岳陽樓로 추정. (丁酉Ⅰ 8월 3일)

강진康津 : 전남 康津郡 康津邑.

강화江華 : 인천 江華郡. (丁酉Ⅱ 10월 24일)

개도介島 : 경남 統營市 山陽邑 楸島. (壬辰 6월 2일, 3일)

개벼루介硯, 犬硯 : 지역민의 호칭 '개비리'. 경남 陜川郡 栗谷面 永田里
　　와 文林里 사이. 정유일기Ⅰ 6월 4일조 본문주석 참조. (丁酉Ⅰ 6월
　　4일, 26일)

개성開城 : 송도(松都) 참조.

개이도介伊島 : 전남 麗水市 華井面 蓋島. (壬辰 2월 26일, 5월 4일)

---

* '개도(蓋島)'는 섬의 봉화산-천제산 모양이 개귀〔犬耳〕처럼 보이는 것으로부터 음차하
　여 지어진 것으로 전함. 음훈에 따르면 '개이도(介伊島)'가 되며, 개벼루, 고음내 및 온천
　도와 비슷한 용례임. 개벼루, 고음내, 온천도 참조.

거망포巨網浦 : 걸망포(乞望浦) 참조.

거제巨濟 : 경남 巨濟市 巨濟島 또는 巨濟市 新縣邑 古縣城.

---

* 임진왜란 당시의 거제읍(巨濟邑) 위치는 현재 지방문화재 기념물 제64호로 지정되어
　있는 신현읍(新縣邑)내의 고현성(古縣城)으로서 이는 세종 5년(1423년)에 거제읍성으
　로 축성되었으나, 왜란을 겪으며 폐허화되어, 현종 5년(1664년)에 명진(溟珍, 현재 거제
　면 명진리) 서쪽 3리 지점(현재 거제면 거제리 부근)으로 현아를 이전하였음. 이후 임진왜
　란 당시의 거제읍성은 고현성(古縣城)으로 불리움(신증동국여지승람).

거제 가참도巨濟加參島 : 경남 巨濟市 沙等面 加助島. (癸巳 7월 10일)

거제 선창巨濟船滄 : 경남 巨濟市 新縣邑 船滄. (癸巳 5월 21일)

---

* 조선사편수회 편《난중일기초》의 주석에는 거제면 동하리(東下里)로 되어 있는데, 동하
　리(東下里)는 현재의 거제면 동상리(東上里) 부근의 해변에 해당됨. 이는 임진왜란 당시
　의 거제읍 위치를 현재의 거제면 거제리 위치로 착오한 바에 연유한 것으로 추정됨. 앞
　의 거제 주석 참조.

거창居昌 : 경남 居昌郡 居昌邑. (甲午 1월 18일)

걸망포乞望浦, 巨乙望浦 : 경남 統營市 龍南面 花三里? 또는 統營市 山陽
　　邑 永運里?

견내량見乃梁 : 경남 巨濟市 沙等面 德湖里와 統營市 龍南面 長坪里 사
　　이의 해협.

결성結城 : 충남 洪城郡 結城面 邑內里. (乙未 5월 18일. 丙申 3월 24일,
　　27일, 4월 23일, 5월 14일)

경강京江 : 서울 한강(漢江). (壬辰 3월 12일. 丁酉Ⅰ,Ⅱ 9월 14일)

경도京島 : 전남 麗水市 鏡湖洞 大鏡島. (壬辰 2월 27일)

경상 수영慶尙水營 : 부산 南區 水營洞. (丁酉Ⅱ 11월 14일)

경상도 진慶尙陣 : 원균의 진. 경상우수영. (乙未 8월 3일)

경주慶州 : 경북 慶州市. (丁酉Ⅰ 6월 12일, 18일)

고군산도古群山島 : 전북 群山市 沃島面 仙遊島. (丁酉Ⅰ,Ⅱ 9월 21일)

---

* 　고군산군도(古群山群島) : 선유도, 야미도, 신시도.

고령高靈 : 경북 高靈郡 高靈邑. (丁酉Ⅰ 7월 3일, 7일)

고막원古莫院 : 전남 羅州市 文平面 古幕里. (丙申 9월 6일)

고부古阜 : 전북 井邑市 古阜面 古阜里. (壬辰 1월 24일. 癸巳 3월 16일)

고산高山 : 전북 完州郡 高山面 邑內里. (丁酉Ⅰ 8월 4일)

고성固城 : 경남 固城郡 固城邑.

고성 역포固城亦浦 : 경남 統營市 龍南面 내포? (癸巳 6월 19일, 20일)

고음내, 고음천古音川 : 전남 麗川市 柿田洞 熊川. (甲午 1월 11일. 乙未
　　7월 6일. 丙申 9월 30일)

고참도古參島 : 전북 扶安郡 蝟島面 蝟島. (丁酉Ⅰ 9월 20일)

고창高敞 : 전북 高敞郡 高敞邑. (丙申 9월 16일)

곡성, 곡성현谷城縣 : 전남 谷城郡 谷城邑. (乙未 4월 12일. 丁酉Ⅰ
　　5월 16일, 8월 4일. 丁酉Ⅱ 8월 5일)

곡성 강정谷城江亭 : 석곡(石谷) 강정(江亭) 참조.

곡포曲浦 : 경남 南海郡 二東面 花溪里.

곤양昆陽 : 경남 泗川市 昆陽面 城內里.

곤이도昆伊島 : 경남 統營市 山陽面 昆里島. (乙未 8월 20일)

공주公州 : 충남 公州市. (甲午 4월 4일. 丁酉Ⅰ 4월 17일)

공주 정천동公州 定天洞 : 충남 公州市 鷄龍面 敬天里로 추정. (丁酉Ⅰ 4월
　　20일)

---

* 　이순신은 이날 日新驛(공주시 신관동)을 출발하여 公州城(공주시)을 통과하지 않고 갑
　　천(甲川)을 따라 오늘의 23번 도로를 통해 尼山(논산시 노성면)에 이른 것으로 보인다.

일기의 문맥상 공주성을 경유할 이유를 찾아볼 수 없으며, 참고문헌 3 '郡縣地圖, 公州
牧 지도'를 살펴보면, 노성(魯城)에 이르는 거경대로(距京大路)와 경천주막(敬天酒幕)을
표기하고 있어 조선시대 서울로 향하는 주요 도로로 이용되었음을 보이고 있다. 신증동
국여지승람의 '공주목'에도 경천역(敬天驛)이 있었다고 기록된 점, '정천'과 '경천'의 음
이 유사한 점과, 일기에서 '정천동에서 아침식사'를 한 점을 참조하여 추정하였다.

과천果川 : 경기 果川市. (丁酉 I 5월 21일)

관덕觀德 : 좌수영성 동문 밖. 麗水市 蓮燈洞 관덕정 터. (癸巳 3월 15일)

관동館洞 : 서울 鐘路區 蓮建洞. (癸巳 5월 16일)

광양光陽 : 전남 光陽市 光陽邑.

광주光州 : 光州廣域市.

괘도포掛刀浦 : 또는 도괘(刀掛). 전남 해남군 梨津과 葛頭 사이. 전남 海
南郡 北平面 永田里 또는 南城里로 추정. (丁酉 I, II 8월 24일)

구라량仇羅梁 : 경남 泗川市(옛 三千浦市) 大芳洞. (丙申 8월 29일)

---

* 진주목의 남쪽 60리에 위치한 바닷가 개펄로서 흥선도(興善島), 현재의 창선도(昌善島)
로 들어가는 길목이며 각산(角山)에 구라량(仇羅梁) 수군만호영(水軍萬戶營)이 있었음
(신증동국여지승람, 대동여지도).

구례求禮, **구례현**求禮縣 : 전남 求禮郡 求禮邑.

구례 명협정求禮蓂莢亭 : 구례 읍성(邑城) 동문(東門) 밖. 전남 求禮郡 求
禮邑 鳳東里. (丁酉 I 5월 19일)

구례 모정求禮茅亭 : 구례 동헌내(內). 求禮邑. (丁酉 I 5월 15일)

구례 성求禮城 : 전남 求禮郡 求禮邑. (丁酉 I 5월 19일)

구례 성求禮城 **북문**北門 **밖** : 求禮邑 鳳北里. (丁酉 I 8월 3일)

구치鳩峙 : 전남 順天市 住岩面 杏亭里 接峙. (丁酉 I, II 8월 8일)

구허역丘墟驛 : 또는 구화역(仇化驛, 丘化驛). 구화역(仇化驛) 참조.

구화역仇化驛 : 경남 統營市 光道面 魯山里. (甲午 2월 21일, 22일. 乙未
4월 10일, 25일)

군산群山 : 전북 群山市. (甲午 7월 20일)

군영구미軍營仇未 : 전남 寶城郡 會泉面 全日里 群鶴마을. (丁酉 I, II 8월
17일)

* 초판 이래, '군영(軍營)'은 강진현 남쪽 30리에서 90리'(신증동국여지승람, 강진현) 및 '팔도분도'와 '동여도(김정호 作, 1860년경)'에 기입된 '軍營'을 참조하여 현재의 康津郡 大口面 九修里 부근으로 비정하였으나, 정유년 8월의 노정에서 장흥 백사정 및 군영구미의 위치에 대한 〈보성의 지명유래〉(참고문헌 18, 590쪽)을 참조하여 '보성군 회천면 군학마을'로 수정함.

굴동屈洞 : 진주 운곡(雲谷). 경남 河東郡 玉宗面 宗化里, 大井里, 屛川里, 龍東里 일대. 경남 晋陽郡 水谷面 昌村里(조선사편수회). (丁酉Ⅰ 7월 20일)

* 진주 운곡면(雲谷面)은 1914년에 가덕동(加德洞) 일부가 진양군 수곡면으로 편입되고 나머지 동네들은 하동군 옥종면에 포함됨. 조선사편수회 활자본 주석은 《난중일기》의 문맥상 맞지 않음.

굴암屈岩 : 전남 寶城郡 寶城邑 부근? (丁酉Ⅰ 8월 16일)

금갑도金甲島 : 전남 珍島郡 義新面 金甲里와 接島.

금곡金谷 : 충남 牙山市 排芳面 中里. 충남 天安市 廣德面 大德里(조선사편수회). (丙申 1월 23일. 丁酉Ⅰ 4월 19일, 5월 2일)

* 조선사편수회 활자본의 주석은 하금곡(下金谷)에 가까운 곳이어서 정확하지 않음.

금모포黔毛浦 : 전북 扶安郡 保安面 舊鎭. (甲午 3월 1일, 5월 13일)

* 부안현 남쪽 51리에 위치함(신증동국여지승람).

금오도金鰲島 : 전남 麗川郡 南面 金鰲島. (壬辰 2월 3일, 4월 22일)

금이포金伊浦 : 경남 巨濟郡 長木面 군항포 부근으로 추정.(丙申 1월 12일)

* 참고문헌 3 '郡縣地圖, 거제부 지도'의 이포리(俚浦里) 위치로써 추정함.

김제金蹄 : 전북 金堤市. (丁酉Ⅰ, Ⅱ 8월 9일)

김해金海 : 경남 金海市.

김해강金海江 : 부산 江西區 西洛東江. (癸巳 2월 28일)

【ㄴ】

나로도羅老島 : 전남 高興郡 蓬萊面, 東日面 內外羅老島. (戊戌 9월 15일,

16일, 17일, 10월 12일)

나주羅州 : 전남 羅州市.

나주 별관羅州別館 : (丙申 9월 3일)

나주 신원羅州新院 : 전남 羅州市 旺谷面 新院里. (丙申 9월 3일)

낙안樂安 : 전남 順天市 樂安面 南內里.

남도포南挑浦 : 전남 珍島郡 臨淮面 南洞里. (癸巳 2월 14일. 甲午 3월
    21일. 丙申 3월 3일, 6월 8일. 丁酉Ⅱ 10월 20일)

---

   *   남도석성(南桃石城)이 있음.

남려역男女驛 : 남리역(南利驛) 참조. (丙申 윤8월 29일)

남리역南利驛 : 전남 海南郡 黃山面 南利里.

남망南望 : 남망산(南望山) 망대(望臺). 전남 莞島郡 莞島邑 郡內里 산
    814. (丙申 윤8월 24일)

남문南門 : 서울 南大門. (丁酉Ⅰ 4월 1일)

남양南陽 : 전남 高興郡 南陽面 南陽里? 경기 華城郡 南陽面 南陽里? 충
    남 靑陽郡 南陽面? (丙申 1월 1일, 9월 28일, 10월 5일. 丁酉Ⅰ 4월
    5일, 8일)

남원南原 : 전북 南原市.

남평南平 : 전남 羅州市 南平邑. (甲午 1월 6일, 9월 11일)

남해南海 : 경남 南海郡 南海邑.

내외나로도內外羅老島 : 전남 高興郡 蓬萊面, 東日面. (壬辰 3월 20일)

냇가川邊 : 경남 晋州市 水谷面 元溪里. (丁酉Ⅰ 7월 29일)

---

   *   진주시 수곡면 원계리에는 '진뱀이 유지(遺址)'가 지정되어 이순신 장군의 군사훈련 유
    적비(경남 기념물 16호, 1974년 12월 28일)가 세워져 있음.

냇가川邊 : 전남 靈光郡 靈光邑 桂松里 부근 瓦灘川 냇가로 추정. (丙申
    9월 12일)

노량露梁 : 경남 河東郡 金南面 露梁津과 南海郡 雪天面 露梁里 사이의
    해협. (壬辰 5월 29일, 8월 24일. 甲午 1월 17일. 丁酉Ⅰ 7월 21
    일, 23일)

녹도鹿島 : 전남 高興郡 道陽邑 鳳岩里.

녹도 문루鹿島門樓 : (壬辰 2월 22일)

능성綾城 : 전남 和順郡 綾州面 綾州里. (丙申 9월 19일, 21일. 丁酉 I 5월
　　　6일)

【ㄷ】

다경포多慶浦 : 전남 務安郡 雲南面 城內里. (乙未 2월 29일. 丙申 3월 6일,
　　　7월 19일, 27일, 9월 7일. 丁酉 II 10월 24일)

다대포多大浦 : 부산 沙下區 多大洞. (丁酉 I 7월 16일)

다섯 섬五島 : 고토열도(五島列島). 일본 규슈 북서쪽. (丙申 5월 15일)

---

　　*　한문으로 '五島'인 것이나, 주석없이 '다섯 섬'으로만 번역하면 그 위치를 이해하기 어
　　　　려움.

단계丹溪 : 경남 山淸郡 新登面 丹溪里. (丁酉 I 6월 2일)

단성丹城, 단성현丹城縣 : 경남 山淸郡 丹城面 城內里. (丁酉 I 6월 1일,
　　　7월 19일)

달마산達磨山 : 전남 海南郡 松旨面 達馬山. (丁酉 I, II 9월 14일)

달야의산達夜依山 : 친필초(丁酉 II 9월 14일)에 "달마산(達磨山)"으로
　　　되어 있으나 과거 활자화 판독 과정 — 조선사편수회 편《난중일
　　　기초·임진장초》— 에서의 착오와 이의 답습으로 생겨난 지명.

담양潭陽 : 전남 潭陽郡 潭陽邑. (丁酉 I 5월 2일)

당사도唐筍島 : 전남 新安郡 岩泰面 唐沙島. (丁酉 I, II 9월 16일)

당진포唐津浦 : 충남 唐津郡 高大面 옛 唐津浦里. (丙申 4월 14일, 23일,
　　　6월 9일, 7월 21일. 戊戌 11월 17일)

---

　　*　당진현(현 당진읍)의 서쪽 34리 지점(신증동국여지승람, 대동여지도).

당포唐浦 : 경남 統營市 山陽邑 三德里.

당포 산唐浦山 : 경남 統營市 山陽邑 龍華山. (癸巳 9월 8일)

당항포唐項浦 : 경남 固城郡 會華面 堂項里. (壬辰 6월 5일. 甲午 2월 9일.
　　　3월 3일, 5일, 6일)

대구大丘 : 大邱廣域市. (丁酉Ⅰ 6월 18일)

대금산大金山 : 경남 巨濟市 長木面 大金山. (癸巳 5월 18일, 20일, 21일.
6월 16일, 24일)

대마도對馬島 : 일본 쓰시마섬. (丙申 5월 15일, 6월 10일. 丁酉Ⅰ 6월
18일, 7월 16일)

대소평두大小平斗 : (壬辰 3월 20일)

* 이 날짜의 친필초가 전해지지 않으므로 친필로부터 확인할 방법은 없으며,《이충무공
전서》영인본의 '대소평두(大小平斗)'를 당시에 '대소평도(大小平島)'를 오판독했던 것
으로 가정하면 전남 여천군(麗川郡) 삼산면(三山面) 평도(平島), 소평도(小平島)를 일컫
는 것이나,《난중일기》의 문맥상으로는 지나치게 먼 거리임. 다른 가능성으로는 대동여
지도에 대두도(大斗島), 소두도(小斗島)로 나타나고 있는 현재의 여천군 돌산읍 대두라
도(大斗羅島), 소두라도(小斗羅島)가《난중일기》의 문맥상으로도 그럴듯한 위치임. 여
수문화원에서 발간(1993)한《난중일기》번역판에서는 고흥군 산내면과 봉래면 사이로
보고 있음.

대평정大平亭 : 또는 태평정(太平亭). 우수영(右水營) 대평정(大平亭) 참조.

도괘刀掛 : 괘도포(掛刀浦) 참조. (丁酉Ⅰ 8월 24일)

도독부都督府, 도독진중都督陣中 : 도독 陳璘의 진. (戊戌 11월 8일, 14일,
15일)

도양道陽, 도양장道陽場 : 도양장은 도양 목장(牧場)의 약칭. '신증동국여
지승람, 흥양현'에 "도양폐현(道陽廢縣)은 세종 이래로 목장에 속
했다"고 언급되며, 참고문헌 3 '郡縣地圖, 흥양현 지도'에도 목장
을 기입하고 있다. 도양리(道陽里) 참조.

도양리道陽里 : 전남 高興郡 道德面 道德里.

도탄陶灘 : (癸巳 7월 10일)

독사리목禿沙伊項 : 부산 江西區 菉山洞. (癸巳 2월 28일)

독성禿城 : 경기 烏山市 陽山洞. (丁酉Ⅰ 4월 4일)

돌산도突山島 : 전남 麗川郡 突山邑 突山島. (壬辰 2월 9일, 4월 22일. 癸
巳 8월 20일)

동래東萊 : 부산 東萊區. (壬辰 3월 24일, 4월 18일. 乙未 7월 8일. 丙申
1월 18일)

동복同福 : 전남 和順郡 同福面 獨上里. (丙申 2월 14일, 15일)

동산산성東山山城 : 경남 山淸郡 新安面 中村里 白馬山 산성. (丁酉Ⅰ 7월
　　19일)

　* 　단성현(丹城縣) 북쪽 7리 지점에 위치 (신증동국여지승람).

동산원東山院 : 전남 務安郡 玄慶面 東山里. (丙申 9월 8일, 9일)

두모포豆毛浦 : 부산 機張郡 機張邑 竹城里. (丁酉Ⅰ 7월 14일)

두산도斗山島 : 돌산도(突山島) 참조.

두을포豆乙浦 : 경남 統營市 閑山面 蟻項. (癸巳 7월 14일)

두치 豆恥, 豆峙 : 경남 河東郡 河東邑 豆谷里.

　* 　대동여지도의 두치(斗治)는 현 하동읍 두곡리 부근임. 조선사편수회 활자본의 위치(전
　　남 光陽市 多鴨面 蟾津里)는 두곡리와는 섬진강의 반대편에 해당되나 《난중일기》의 문
　　맥에 따라 위의 두 위치 중 하나에 해당되는 것으로 판단됨.

등산登山 : 경남 鎭海市? (乙未 12월 13일. 丙申 8월 11일)

【ㅁ】

마도馬島 : 전남 康津郡 馬良面 馬良里 元馬마을. (丙申 4월 18일)

마량馬梁 : 충남 舒川郡 西面 馬梁里.

마북산馬北山 : 전남 高興郡 浦頭面 馬伏山. (壬辰 2월 24일)

마흘방馬訖坊 : 경남 陜川郡 赤中面 末方里로 추정. (丁酉Ⅰ 6월 29일, 7월
　　5일, 6일)

말곶末串 : 부산 江西區 加德島 城北洞 古直末로 추정. (丁酉Ⅰ 7월 16일)

망하응포望何應浦 : 경남 統營市 閑山面 荷浦里로 추정. (癸巳 6월 21일)

명량鳴梁 : 전남 海南郡 門內面 명안 나루터와 珍島郡 郡內面 鹿津 나루
　　터 사이의 해협. (丁酉Ⅱ 9월 15일, 丁酉Ⅰ,Ⅱ 9월 16일)

명협정蓂莢亭 : 구례(求禮) 명협정(蓂莢亭) 참조.

모사랑포毛思郎浦 : 경남 泗川市 龍見面 朱文里. (壬辰 8월 24일)

모여곡毛汝谷 : 경남 陜川郡 栗谷面 梅也里 혹은 매실. (丁酉Ⅰ 6월 4일,
　　6일, 24일)

* 1998년 초판과 이후 개정판에서는 경남 陝川郡 栗谷面 永田里로 추정하였으나, 《난중일기》정유 7월 8일조에 언급된 '(모여곡) 집주인 李漁海'의 10대 직손 이윤형 氏, 후손 이종규 氏가 梅也里에 살고 있고, 조상대대로 마을을 이어오고 있음을 이종규 氏가 2011년 초에 私信으로써 알려옴으로써 매실로 확정된다. 매실 마을은 매아실, 매야 또는 매곡(梅谷)으로도 불린다(한글학회 편, 한국지명총람 10, 경남편, 도문사, 1980).

모정 茅亭 : 구례(求禮) 모정(茅亭) 참조.

목포 木浦 : 전남 木浦市. (丙申 3월 1일, 6월 25일. 丁酉 II 10월 24일, 29일. 12월 21일)

무안 務安 : 전남 務安郡 務安邑.

무장 茂長 : 전북 高敞郡 茂長面 城內里. (乙未 11월 1일. 丙申 9월 12일, 15일. 丁酉 II 9월 22일)

무주 장박지리 茂朱長朴只里 : 충북 永同郡 鶴山面 磚溪里? (丁酉 I 5월 20일)

미조항 彌助項 : 경남 南海郡 彌助面 彌助里.

미평 未坪 : 전남 麗水市 未坪洞. (甲午 1월 27일)

밀포 密浦 : 경남 統營市 閑山面 하소리로 추정. (을미 3월 20일, 4월 12일)

* 참고문헌 3 '郡縣地圖, 거제부 지도'의 한산도 밀포리(密浦里) 위치로써 추정함.

【ㅂ】

바닷가 海汀 : 해암(蟹岩)인 듯함. 해암(蟹岩) 참조. (丁酉 I 4월 12일)

박실 朴谷 : 전남 寶城郡 得粮面 松谷里 박실 부락. (丁酉 II 8월 11일)

* 청주(淸州) 양씨(梁氏)의 집단 거주지임.

박천 博川 : 평북 博川郡 博川邑. (丁酉 I 5월 21일)

발음도 發音島 : 안편도(安便島) 참조.

발포 鉢浦 : 전남 高興郡 道化面 內鉢里.

방답 防踏 : 전남 麗川郡 突山邑.

배천 白川 : 황해도 平山郡 新岩面 배천리〔白川里〕. (丁酉 I 6월 28일)

백사정 白沙汀 : 장흥(長興) 백사정(白沙汀)과 동일한 위치로 추정. 장흥

백사정 참조. (丙申 윤8월 20일)

백야곶 白也串 : 전남 麗川郡 華陽面 세포 남단. (壬辰 2월 19일)

* 여지도(서울대학교 규장각 소장, 古4709-37)에 麗川郡 華井面 白也島를 마주보는 화
  양반도 끝에 백야곶이라고 기입되어 있다.

백여량 白礖梁 : 전남 麗川郡 華井面 白也島와 諸島 사이의 해협. (戊戌
　　11월 9일)

* 이 날짜의 친필초는 전해지지 않으나《이충무공전서》수록의《난중일기》에 백서량(白
  嶼梁), 필사본《일기초日記抄》에는 백여량(白礖梁)으로 되어 있고, 두 문헌의 신빙도
  및 관련 지명인 백야도를 각각 고려하여《일기초日記抄》에 기입된 백여량(白礖梁)으
  로 정함. 1998년 초판과 이후 개정판에서는 조선사편수회 편《난중일기초·임진장초》
  의 지명 주석을 따라 전남 麗川郡 南面 橫干島로 추정하였으나《난중일기》의 문맥상
  수긍되지 않으며, 재검토와 당대의 항로인 백야수로(白也水路)를 참조하여 백야도(白也
  島)-제도(諸島) 해협으로 수정하였다(정진술,〈고금도 통제영과 이순신의 전사 후 행적〉,
  이순신연구논총 제20호, 순천향대학교 이순신연구소 (2013) 참조).

법성포 法聖浦 : 전남 靈光郡 法聖面 法聖里.

벽견산성 碧堅山城 : 삼가(三嘉) 부근으로 추정. (丁酉 I 7월 17일. 丁酉 I,
　　II 8월 13일)

* 삼가(三嘉)에 존재했던 악견산성(嶽堅山城)을 지칭하는 듯함. 또한 삼가산성(三嘉山城)
  과는 별개의 것인지도 불분명함.

벽방 碧方 : 경남 統營市 光道面 碧方山. (甲午 2월 21일, 29일, 3월 3일,
　　6월 28일)

벽파정 碧波亭 : 전남 珍島郡 古郡面 碧波里.

벽파진 碧波津 : 전남 珍島郡 古郡面 碧波里.

변산 邊山 : 전북 扶安郡 邊山半島. (丁酉 I 10월 3일)

병영 兵營 : 전남 康津郡 兵營面 城南里. (丙申 윤8월 22일, 24일. 丁酉 I
　　5월 2일)

보령 保寧 : 충남 保寧市 周浦面 保寧里. (乙未 5월 18일, 9월 7일)

보산원 寶山院 : 충남 天安市 廣德面 寶山院里. (丁酉 I 4월 19일)

보성 寶城 : 전남 寶城郡 寶城邑.

보성군 寶城郡 : 전남 寶城郡. (丙申 9월 22일. 丁酉 I, II 8월 14일)

보성 조양창 寶城兆陽倉 : 전남 寶城郡 鳥城面 鳥城里. (丁酉 I, II 8월 9일)

보화도 寶花島 : 전남 木浦市 高下洞 高下島. (丁酉 II 10월 29일, 11월
16일, 12월 1일, 23일, 25일)

본부 本府 : 전남 順天市. (甲午 9월 7일)

본영 本營 : 전라좌수영(全羅左水營), 전남 麗水市 君子洞 左水營城址.

부산포 釜山浦, **부산진** 釜山鎮 : 부산 東區 釜山鎮.

부산 바다 釜山海 : (癸巳 5월 19일)

부안 扶安 : 전북 扶安郡 扶安邑. (癸巳 6월 18일. 乙未 10월 17일. 丙申
2월 19일, 5월 9일. 丁酉 II 10월 25일)

부요 富饒 : 전남 寶城郡 松谷面으로 추정. (丙申 5월 4일)

> *   서울대학교 규장각 소장, 官府文書 4책에 '松谷面尊位爲到付事 本面內富饒之家 …'
>   라는 기록이 보이므로 이로써 추정 결정함.

부유 富有, **부유창** 富有倉 : 전남 順天市 住岩面 倉村里. (丁酉 I 5월 14일.
丁酉 I, II 8월 8일)

북경 北京 : 중국 北京. (癸巳 2월 16일)

북봉 北峯, **북봉 연대** 北峯烟臺 : 좌수영성(左水營城) 북봉 및 북봉 연대. 전
남 麗水市 萬興洞 烽火山 또는 東山洞 鐘鼓山. (壬辰 2월 4일, 3월
22일)

북봉 北峯 : 방답(方踏) 북봉. 전남 麗川郡 突山邑 天王峰 또는 平沙里 大
美山. (壬辰 2월 27일)

> *   방답에 가까운 북봉은 천왕봉(天王峰)이나 산성에 관한 기록이 없으며, 대미산(大美山)
>   에는 달암산성(達巖山城) 성지(城址)가 있음.

분산 墳山 : 선영(先塋) 참조.

불을도 弗乙島 : 경남 巨濟市 屯德面 述亦里 花島. (癸巳 6월 27일, 28일)

> *   1998년 초판과 이후 개정판에서는 巨濟市 屯德面 述亦里 放火島로 추정하였으나 잘
>   못된 것으로서 밝혀짐. 그 근거로서, 乙未日記 4월 8일에 기록된 '침도(砧島)'가 오늘의
>   '방화도(放火島)'로 결정되었고, 또한 '불을도(弗乙島)' 지명은 '적도'의 뜻인 '붉을 섬'에
>   서 훈을 따라 '불乙弗乙'로 적은 경우이다. 이순신의 일기 내에는 이와 유사한 용례로서
>   '칠천도-칠내도-온천도', '웅천-고음내-고음천' 및 '개연-견연' 등 여러 지명이 찾아진

다. 일기 문맥상으로도 계사 6월 26일에 '적도(赤島)에 결진하였다'고 적었고, 다음 날
인 27~28일에는 '불을도 바깥에 진을 쳤다', '불을도로 돌아왔다'는 언급이 있으므로 동
일한 섬이 확실함. 적도(赤島), 침도(砧島), 해북도(海北島) 참조.

비금도飛禽島 : 전남 珍島郡 鳥島群島로 추정. (丁酉 II 10월 11일)

* 1998년 초판과 이후 개정판에서는 전남 新安郡 飛禽島로 제시하였으나《난중일기》
  의 문맥상으로 납득하기 어려운 위치이므로 추가로 조사하였다. 新安郡 飛禽島는 참고
  문헌 4 '신증동국여지승람 나주목'에 비이도(飛尔島, 尔는 爾의 약자)로 나타나나 조선
  후기에 현재의 지명으로 바뀌었고 더 상세한 사항은 알려지지 않음. 이 날짜의 '비금도'
  의 지명 비정은 일기 내에서 나타나는 '안편도, 발음도, 소음도'의 지명비정과 직접적으
  로 연계됨. '안편도' 참조.

비망 나루飛望底 : 경남 泗川市 仙龜洞 望山 아래의 三千浦川 나루터로
추정. (丙申 윤8월 1일)

비인庇仁 : 충남 舒川郡 庇仁面 城內里. (丙申 5월 8일, 11일, 16일, 6월
2일)

【ㅅ】

사개도沙介島 : 전남 麗水市 낙포동 沙浦(沙介, 모래개)의 방어도(防禦島
또는 鲂魚島). (戊戌 9월 19일)

* 《이충무공전서》 수록의《난중일기》 및 조선사편수회 편《난중일기초·임진장초》에서
  의 판독 착오로 인해 지금까지 '하개도何介島'로 알려져 왔으나 최근의 연구로써 판독
  을 바로잡고 현 위치를 추적하였으며 상세 사항은 拙稿〈무술년(1598년) 이순신의 최
  후 結陣處 – '独島'에 관한 고찰〉, 이순신연구논총 제20호, 순천향대학교 이순신연구소
  (2013) 참조. 沙浦(沙介 또는 모래개)는 현재 엘지화학단지 내로 편입되어 있고, 방어도
  또한 육지화되어 사라졌음.

사도蛇渡 : 전남 高興郡 影南面 錦蛇里.

사량沙梁 : 전남 高興郡 道化面 南星里로 추정. (壬辰 2월 24일)

사량蛇梁 : 경남 統營市 蛇梁面 良池里.

사인암舍人岩 : 선인암, 선암과 함께 모두 동일지점으로 추정. 선암, 선인
암 참조. (甲午 7월 20일)

사자마沙自麻 : 일본 규슈 남부의 '사쓰마薩摩'가 발음상 유사하고 사쓰마
번주의 출병(出兵) 기록도 있으나 정유재란 당시의 출정 경로와의

관련성은 의문이고, 이 날짜의 기록 문맥상 '쓰시마對馬島'를 일본 발음에 따라 옮겨 적은 것으로 간주됨. (丁酉Ⅰ 6월 18일)

사천泗川 : 경남 泗川市 泗川邑.

사천 선창泗川船滄 : 경남 泗川市 龍見面 船津里. (壬辰 5월 29일. 甲午 8월 16일. 丙申 8월 29일)

사화랑沙火郎 : 경남 巨濟市 長木面 舊永里 사불이(사울이, 사이말). (癸 巳 2월 18일, 19일, 22일, 28일)

---

*   조선사편수회 편《난중일기초·임진장초》의 지명 주석은 경남 진해시 남양동으로 되어 있다. 참고문헌 3 '郡縣地圖, 웅천현, 제포진' 지도에는 사화랑봉수(沙火郎烽燧)가 보이 며 그 위치는 제포진(경남 창원시 진해구 제덕동)과 원포(경남 창원시 진해구 원포동) 사이 의 사화랑산에 해당되나 일기의 행적상 전혀 옳지 않고, 오히려 거제도 북부의 長木面 舊永里 사불이(사울이)와 黃浦里 부근으로 추정된다. 김백훈 선생(전 거제종합고등학교 장, 거제시 거주)께서는 私信(2016. 9. 28.)과 참고문헌 17의 제시로써 이러한 추정에 동의한 바 있다.《거제지명총람》(참고문헌 16)에 따르면 이 지역의 한자명은 '사이말蛇 啁末'로서 거제도 최북단으로 뻗은 지형이 뱀주둥이 모양이라 하여 지역민에 의해 '뱀 부리 끝' 또는 '사부리 끝'으로 불리고 있다. 음운에 따라 '사불이'라고도 전하는데 이는 '沙火郎'의 '沙'를 그대로 따오되 '火郎' 부분은 우리말 '불이'로 옮겨 합친 형태로 해석되 므로, 긴 세월의 전승 이후 근대에 지명이 기록화되는 과정 또는 지역민의 구전 전승 과 정에서 변형된 것으로 짐작된다. 한편으로, '沙火郎'은 가덕도에서 서울에 이르는 '사화 랑봉수'의 고유 명칭으로서 거제도 내에는 여러 군데에 봉수가 있었으나 모두 계사일기 에 기록된 행적상의 '사화랑' 위치와는 맞지 않고, '사불이'는 봉수의 위치로서도 그럴듯 한 곳에 해당되나 봉수 유적은 확인되지 않고 있다.

산성山城 : 전남 高興郡 南陽面 大谷里. (癸巳 7월 13일. 丙申 윤8월 18일)

산성山城 : 경남 陜川郡 栗谷面 己里의 白馬山城으로 추정. 경남 합천군 율곡면 매야리의 이종규 씨 의견 참조. (丁酉Ⅰ 6월 10일, 15일, 7월 5일)

삼가三嘉 : 경남 陜川郡 三嘉面.

삼가 산성三嘉山城 : 경남 陜川郡 三嘉面? 벽견산성 참조. (丁酉Ⅰ 6월 2일)

삼례參禮 : 전북 完州郡 參禮邑. (丁酉Ⅰ 4월 22일)

삼봉三峰 : 경남 固城郡 三山面 三峰里. (甲午 2월 13일)

삼척三陟 : 강원 三陟市. (丁酉Ⅰ 6월 10일)

삼천진三千鎭, **삼천포**三千浦 : 경남 사천시. 옛 삼천포시(三千浦市).

* 1488년(성종 19)에 사천현(옛 삼천포시)에 삼천진과 진성(鎭城)을 축조하고, 임진왜란 이후인 1619년(광해군 11)에 통영 미륵산(통영시 산양면 영운리)으로 옮겼다. (참고문헌 3 '郡縣地圖, 삼천진 지도' 해제).

삼천포三千浦 **앞바다** : (壬辰 8월 25일)

상동上東 : 순천부(順天府) 상동(上東). (丁酉 II 8월 8일)

* 《난중일기》의 행적상으로는 현재의 순천시 상사면(上沙面)에 해당되는 것으로 추정되며, 한편 친필초를 살펴보면 '상동(上東)'의 '東'자 판독에 대해 의문이 없지 않음.

상주尙州 : 경북 尙州市. (甲午 11월 15일)

상주포尙州浦 : 경남 南海郡 尙州面 尙州里. (壬辰 5월 2일, 4일. 甲午 5월 18일. 乙未 8월 25일. 丙申 1월 3일)

쌍계동雙溪洞 : 경남 河東郡 花開面 塔里. (丁酉 I 8월 3일)

서산瑞山 : 충남 瑞山市. (乙未 9월 7일. 丁酉 I 5월 7일)

서생포西生浦 : 울산 울주군 西生面 西生里. (丁酉 I 6월 12일, 7월 16일)

서울京, 京城 : 서울특별시

서원포西院浦 : 경남 鎭海市 院浦洞. (壬辰 8월 27일)

서천舒川 : 충남 舒川郡 舒川邑. (乙未 5월 18일. 丙申 7월 17일. 戊戌 9월 23일)

석곡 강정石谷江亭 : 전남 谷城郡 石谷面 柳亭里. (丁酉 I, II 8월 7일)

석보창石保倉 : 전남 麗川市 鳳溪洞 石倉. (壬辰 4월 18일. 丙申 10월 5일)

석제원石梯院 : 전남 康津郡 城田面 城田里. (丙申 9월 1일)

석주石柱, **석주관문**石柱關門 : 전남 求禮郡 土旨面 松亭里. (丁酉 I 5월 26일, 8월 3일)

* 참고문헌 3 '郡縣地圖, 구례현 지도'를 참조하면 석주관은 구례군 간전면 백운암으로부터 토지면 송정리에 걸쳐 있고, 일기 문맥상 위치는 섬진강 북편을 가리키므로 토지면 송정리에 해당됨.

선생원先生院 : 전남 麗川郡 栗村面 新豊里. (壬辰 1월 11일, 17일. 3월 14일, 17일)

선암仙岩 : 경남 統營市 閑山面 한산진 포구(浦口). (丙申 7월 4일)

선영 先塋 : 이순신의 선영. 충남 牙山市 鹽峙邑. (丁酉Ⅰ 4월 5일)

선인암 仙人岩 : 선암을 일컫는 듯함. (乙未 5월 8일. 丙申 4월 13일)

설한령 雪寒嶺 : 함경남도와 평안북도 경계의 총전령(葱田嶺). (癸巳 3월 4일)

> * 함남(咸南) 양거수리(梁巨水里)에서 평북(平北) 강계(江界)에 이르는 도(道) 경계선의 낭림산맥상에 있음 (대동여지도).

섬 북쪽 산 島北峯 : 보화도(寶花島) 북봉(北峯). (丁酉Ⅱ 10월 30일)

성 城 **동쪽** : 좌수영(左水營) 성(城) 동쪽. (癸巳 2월 4일)

성주 星州 : 경북 星州郡 星州邑. (丙申 2월 3일, 3월 29일. 丁酉Ⅰ 7월 3일. 丁酉Ⅱ 11월 3일)

세포 細浦 : 경남 巨濟市 沙等面 城浦里. (癸巳 6월 13일. 丙申 3월 14일)

세포 細浦 : 한산도 끝 세포(細浦). 한산도 관암마을? (癸巳 7월 10일)

소근 所斤, **소근포** 所斤浦 : 충남 泰安郡 所遠面 所斤鎭里. (甲午 5월 2일. 7월 12일, 21일)

소근두 所斤頭 : 경남 統營市 閑山面 염호리 소고포(小羔浦). (丙申 3월 4일)

> * 참고문헌 3 '郡縣地圖, 거제부 지도'에 고포리(羔浦里)라는 지명으로 나타나며, 일기 문맥상 일치함.

소라포 召羅浦 : 조라포(助羅浦) 참조.

소비포 所非浦 : 경남 固城郡 下一面 春岩里.

소소강 召所江 : 경남 固城郡 馬岩面 頭戶里 河川. (甲午 3월 4일)

소소포 召所浦 : 경남 固城郡 馬岩面 頭戶里. (甲午 2월 8일, 29일)

소음도 所音島 : 또는 발음도. 안편도 참조. (丁酉Ⅱ 10월 20일)

소진포 蘇秦浦 : 경남 巨濟市 長木面 松眞浦里. (癸巳 2월 10일, 20일, 22일. 6월 24일)

소질포 召叱浦 : 소소포(召所浦) 참조.

소촌 召村 : 진주(晋州) 일대의 역체도(驛遞道) 이름. (丙申 윤8월 14일. 丁酉Ⅰ 7월 28일)

> * 동으로 부다(富多), 서로는 평거(平居), 남으로 영창(永昌), 북으로 지남(指南) 등 15개

역을 포함함.

소포 召浦 : 전남 麗水市 鐘和洞 鐘浦. (壬辰 3월 12일, 27일)

송도 松都, **송경** 松京 : 황해도 開城市. (癸巳 2월 16일. 3월 4일, 10일)

송도 松島 : 경남 鎭海市 安骨洞 松島. (癸巳 2월 18일)

송미포 松未浦 : 경남 巨濟市 南部面 加乙串里. (丙申 8월 11일)

송원 松院 : 순천(順天) 송원(松院) 참조.

송정 松亭 : 정성(鼎城) 아래의 송정. 정개산성 참조. (丁酉 I 7월 26일)

송치 松峙 : 전남 順天市 西面 鶴口里. (丁酉 I 4월 27일, 5월 14일)

수영 水營 : 전라좌수영 또는 전라우수영. (丁酉 I 5월 7일)

수원부 水原府 : 경기 水原市. (丁酉 I 4월 3일)

수탄 水灘 : 경기도 평택시 안성천. (丁酉 I 4월 4일)

---

* 　참고문헌 3 '郡縣地圖, 평택현 지도' 내에 읍탄천제(邑灘淺堤)라는 지명이 보이며, 일기 문맥상 오산과 평택(현재의 팽성읍) 중간의 안성천에 해당됨.

순영 巡營, **순찰사영** 巡察使營 : 전라감영(全羅監營). 전북 전주시(全州市). (壬辰 1월 18일, 2월 10일. 癸巳 2월 15일)

순창 淳昌 : 전북 淳昌郡 淳昌邑. (甲午 2월 5일. 乙未 5월 11일)

순천 順天 : 전남 順天市.

순천 둔전 順天屯田 : 전남 順天市 豊德洞으로 추정. (丙申 2월 15일)

순천 송원 順天松院 : 전남 順天市 西面 雲坪里로 추정. (丁酉 I 4월 27일)

순천 왜교 順天倭橋 : 전남 順天市 海龍面 新城里. (戊戌 11월 8일)

순천 향사당 順天鄕舍堂 : (丁酉 I 5월 12일)

승평 昇平 : 순천(順天) 참조.

신원 新院 : 나주(羅州) 신원(新院) 참조.

신장 薪場 : 전남 莞島郡 薪智面 薪智島. (甲午 3월 14일)

---

* 　'신지도(新智島)는 둘레가 90리이며 牧場이 있다'(신증동국여지승람, 권37 강진현)는 기록에서 보듯 薪智島에는 당시에 목장이 있었고 신장(薪場)은 '薪智島 牧場'의 약칭으로서 일기 문맥상으로도 합당한 위치이다. 《난중일기》에는 이와 비슷한 예가 많은데, 가령 도양(道陽; 전남 고흥군 도덕면 도덕리)에는 목장이 있었는데 일기 여러 군데에서 도양장(道陽場)으로도 언급되며, 또한 해평장(海坪場)과 황원장(黃原場)도 목장이 있던

곳으로서 이와 유사한 경우이다 (본 절의 道陽場, 海坪場, 黃原場 항목 참조). '新智島'와 '薪智島'의 한자 '땔나무 薪'의 차이에 대해 신증동국여지승람에는 '新智島'로 표기되어 있고, 숙종대 이후의 사료에는 '薪智島'로 기록된 것으로 보고되고 있으나(참조 : 김경숙, 〈신지도의 역사 문화 배경〉 주석 31, 島嶼文化 제14집, 목포대학교 도서문화연구소, 1996), 이순신의 기록을 참조한다면 임진란의 선조대에 이미 '薪智島'로 불린 것이거나 혹은 혼용된 것으로 보인다.

신평 新平 : 충남 洪城郡 金馬面 富平里, 인산리로 추정. (丙申 7월 16일)

십오리원 十五里院 : 경남 泗川市 昆明面 鳳溪里. (丁酉 I 7월 23일)

【ㅇ】

아산 牙山 : 충남 牙山市.

아자음포 阿自音浦 : 경남 固城郡 東海面. (甲午 3월 4일)

아자포 阿自浦 : 경남 巨濟市 屯德面 아지량? (丙申 8월 11일)

---

* 아자포, 아자음포는 《난중일기》의 문맥상 별개 지점으로 보임.

악양 岳陽 : 경남 河東郡 岳陽面 平沙里. (丁酉 I 5월 26일)

안골 安骨, **안골포** 安骨浦 : 경남 鎭海市 安骨洞.

안동 安東 : 경북 安東市. (丁酉 I 6월 18일)

안편도 安便島 : 전남 莞島郡 所安面 所安島로 추정. (丁酉 II 10월 11일-安便島, 發音島, 12일-發音島, 20일-所音島)

---

* 所安島에는 임진왜란 때에 사람이 거주하기 시작했고, 해변의 묵석이라는 돌들은 바람이 강할 때 소리를 낸다〔發音〕는 것과 임진왜란 때 함대가 들어왔었다는 구전이 있음. 정유일기II 10월 11일조에 안편도, 10월 11~12일조에 발음도(發音島)로 언급되고, 10월 20일조에는 소음도(所音島)로 언급됨. 저술에 따라서는 전남 신안군 안창도(최석남 저, 구국의 명장 이순신, 하권, 교학사, 1992, 399쪽), 팔금도(정진술, 〈고금도 통제영과 이순신의 전사 후 행적〉, 이순신연구논총 제20호, 순천향대학교 이순신연구소, 2013), 혹은 신안군 장산도(김진오, 〈신안문화〉 14호, 신안군청, 2004) 등 여러 주장이 있으나 대체로 단편적 근거에 의존하고 있어 신뢰성이 낮고, (이순신의 방위, 지리 착오를 가정치 않는 한) 이 날짜의 일기 내용('북쪽으로 영암 월출산까지 시야가 틔었다')과 배치됨. 신안군 안창도는 기좌도와 연륙화되어 합쳐져서 현재는 안좌도로 칭하며, 팔금도는 발음도, 소음도와의 음운 유사성 이상으로는 근거 추정이 안됨. 비정이 불확실한 여지를 남겨둠.

안편도 상봉 安便島上峯 : (丁酉 II 10월 11일)

안흥安興, **안흥량**安興梁 : 충남 泰安郡 近興面 安興里. (丁酉Ⅰ 4월 12일)

압록강원鴨綠江院, **압록원**鴨綠院 : 전남 谷城郡 竹谷面 鴨綠里. (丁酉Ⅰ 8월 4일. 丁酉Ⅱ 8월 5일)

애산厓山 : 친필초(丙申 1월 7일)에 '부산(釜山)'으로 되어 있으나 조선사 편수회 편 《난중일기초·임진장초》 활자화 판독 과정에서의 착오 와 이의 답습으로 생겨난 지명.

양강역陽江驛 : 전남 高興郡 南陽面 南陽里. (丙申 윤8월 18일)

양산梁山 : 경남 梁山郡 梁山邑. (壬辰 4월 18일)

양산창梁山倉 : 옥천(沃川) 양산창(梁山倉) 참조.

양주 천천楊州泉川 : 경기 楊州郡 檜泉邑. (癸巳 5월 16일)

양화陽花 : 양화진(楊花津). 서울 永登浦區 楊坪洞. (癸巳 2월 23일)

어란於蘭, **어란포**於蘭浦 : 전남 海南郡 松旨面 於蘭里.

어외도於外島 : 전남 新安郡 智島邑 於義島. (丁酉Ⅱ 9월 17일, 18일. 10월 8일)

여도呂島 : 전남 高興郡 占岩面 呂湖里.

여산礪山 : 전북 益山市 礪山面 礪山里. (丁酉Ⅰ 4월 21일)

여오을도汝吾乙島 : 전남 新安郡 智島邑 於義島. (丁酉Ⅰ 9월 17일, 18일)

역포亦浦 : 고성(固城) 역포(亦浦) 참조.

연안延安 : 황해도 延白郡 延安邑. (丙申 1월 14일)

연주산連珠山 : 능성산(綾城山). 능성(綾城) 참조. (丙申 9월 21일)

---

　　*　연주(連珠)는 능성(綾城)의 옛 이름.

열선루列仙樓 : 전남 寶城郡 寶城邑內. (丁酉Ⅰ 8월 15일, 丁酉Ⅱ 8월 14일)

---

　　*　'신증동국여지승람, 권40 보성군'에 "열선루列仙樓는 객관客舘 북쪽에 있다"고 언급되 며, 참고문헌 3 '郡縣地圖, 보성군 지도'에 읍성 내에 制勝樓가 있었던 것으로 나타남.

영광靈光 : 전남 靈光郡 靈光邑. (甲午 1월 15일. 乙未 7월 16일. 丙申 9월 7일, 11일. 丁酉Ⅱ 10월 27일)

영덕盈德 : 경북 盈德郡 盈德邑. (丁酉Ⅰ 6월 21일)

영등永登, **영등포**永登浦 : 경남 巨濟市 長木面 舊永里.

영산靈山 : 경남 昌寧郡 靈山面. (丙申 5월 8일)

영암靈岩 : 전남 靈岩郡 靈岩邑.

영암 송진면靈岩松進面 : 전남 海南郡 松旨面? (丁酉Ⅰ 7월 16일)

영암 월출산靈岩月出山 : 전남 靈岩郡 月出山. (丁酉Ⅱ 10월 11일)

영암 향사당靈岩鄕舍堂 : 전남 靈岩郡 靈岩邑內. (丙申 9월 1일)

영주瀛州 : 흥양(興陽) 참조.

오리량五里梁, 吾里梁 : 경남 昌原市 龜山洞. (甲午 3월 3일)

오산吾山 : 전북 茂朱郡 茂朱邑 吾山里로 추정. (丁酉Ⅰ 4월 4일)

오양역烏揚驛 : 경남 巨濟市 沙等面 烏楊里. (癸巳 6월 19일, 26일)

오원역烏原驛 : 전북 任實郡 館村面 館村里. (丁酉Ⅰ 4월 23일)

옥과玉果 : 전남 谷城郡 玉果面 玉果里.

옥구沃溝 : 전북 群山市 沃溝邑. (乙未 1월 19일. 丁酉Ⅰ 8월 8일. 丁酉Ⅰ,
　　　　Ⅱ 9월 21일)

옥천沃川 : 충북 沃川郡 沃川邑. (丁酉Ⅰ 5월 20일)

옥천 양산창沃川梁山倉 : 충북 永同郡 陽山面 柯谷里. (丁酉Ⅰ 5월 20일)

* 대동여지도의 옥천(沃川) 양산창(陽山倉)으로 추정함.

옥포玉浦 : 경남 巨濟市 玉浦洞.

온양溫陽 : 충남 牙山市 邑內洞. 구온양(舊溫陽). (癸巳 2월 24일, 6월 2일.
　　　　甲午 1월 28일, 2월 7일. 丁酉Ⅰ 4월 11일)

온천溫川, **온천도**溫川島 : 경남 巨濟市 河淸面 漆川島. (癸巳 2월 8일, 6월
　　　　22일)

* 일기에서 칠천도(漆川島)는 '칠천도', '칠내도漆乃島', '온천도'로서 혼용되고 있다. 여기
서 '칠내도'의 '내乃'는 '칠천도漆川島'의 '내川'을 훈(訓)에 따라 '내乃'로 쓴 것인 반면,
'옻漆'을 음차한 '옻내도'로부터 자음동화에 의해 '온내도' 즉 '온천도溫川島'로 표기한
것으로 간주된다. 일기에는 이와 비슷한 지명 용례가 보이는데, 가령 '옹천-고음내-고
음천' 및 '개연介硯, 견연犬硯'의 경우가 있다. '고음내, 고음천' 및 '개벼루' 각각 참조.

와두瓦頭 : 전남 麗川市 猫島洞 油頭末 혹은 洛浦洞 沙介 부근으로 추정.
　　　　(甲午 1월 17일)

* 조경남 저, 난중잡록 3권, 무술 10월 16일조에 "진린과 이순신이 함께 물러나 와두에
  주둔했다"는 기록이 보이며, 일기 행적 등을 고려하여 추정한 위치. 유두말은 묘도 유두
  산 동쪽 해변의 위치였으나 부근의 간척지 확장으로 인해 지형 변동에 포함되어 들어간
  것으로 보임. 낙포동 사개 부근은 순전히 행적에 따른 추정임.

와량 臥梁 : 사량만호(蛇梁萬戶)의 별칭 기록으로 추정. (癸巳 2월 23일)

* 친필초를 재판독하더라도 '臥梁'이 맞으며, 蛇梁萬戶를 일컬음.

완도 莞島 : 전남 莞島郡 莞島. (丁酉 II 11월 20일)

완산 完山 : 전주(全州) 참조.

왜교 倭橋 : 순천(順天) 왜교(倭橋) 참조.

외도 外島 : 해당 일자의 일기 문맥상 '바깥섬' 의미의 보통명사로 추정됨.
  (丁酉 II 10월 10일)

요동 遼東 : 중국 요동(遼東). (甲午 7월 17일. 을미 5월 4일)

용인 龍仁 : 경기 龍仁郡. (癸巳 6월 18일)

우수영 右水營 : 전라우수영(全羅右水營). 전남 海南郡 門內面 右水營.

우수영 대평정 右水營大平亭 : 전남 海南郡 門內面 右水營. (丙申 윤8월
  26일)

* '신증동국여지승람, 권37 해남현'에 "대평정大平亭은 水營(우수영)에 있다"고 언급됨.

우수영 右水營 **앞바다** : 경상우수영 앞바다. (乙未 2월 17일)

우수영 右水營 **앞바다** : 전라우수영 앞바다. (丁酉 I 9월 15일)

운곡 雲谷 : 진주(晋州) 운곡(雲谷) 참조.

운봉 雲峰 : 전북 南原市 雲峰邑. (丁酉 I 4월 25일. 5월 14일, 17일)

울산 蔚山 : 울산광역시. (壬辰 4월 18일)

웅천 熊川 : 경남 鎭海市 城內洞.

웅천 입암 熊川笠岩 : 경남 鎭海市 薺德洞. (甲午 4월 18일)

웅포 熊浦 : 경남 鎭海市 南門洞. (癸巳 2월 10일, 12일. 6월 16일. 甲午 4월
  18일)

원두구미 元頭龜尾 : 경남 巨濟市 東部面 함박금으로 추정. (乙未 7월 23일)

  * 참고문헌 3 '郡縣地圖, 거제부 지도'에 '成朴仇味'로 나오는 곳의 현재 위치이며 바로
    앞바다에 구도(龜島)가 있어 지명이 변형된 곳으로 추정됨.

원수부 元帥府 : (甲午 4월 19일)

원수부 元帥府 : '진陣, 진중陣中 : 원수 권율의 진' 참조.

원포 院浦 : 또는 서원포(西院浦). 경남 鎭海市 院浦洞. (癸巳 2월 18일)

월명포 月明浦 : 경남 統營市 山陽邑 豊和里의 무인도 月明島. 鳥飛島 서
　　　쪽 200m 인접. (甲午 8월 15일)

월출산 月出山 : 영암(靈岩) 월출산(月出山) 참조.

위도 猬島 : 전북 扶安郡 蝟島面 蝟島. (丁酉 II 9월 20일)

유도 独島 : 전남 麗天市 猫島 또는 猫島洞 창촌 괴입섬. (戊戌 9월 20일,
　　　11월 11일)

  * 조선사편수회 편 《난중일기초·임진장초》의 지명 주석에서 전남 '光陽郡 骨若面 松島'
    로 되어 있고, 1998년 초판과 이후 개정판에서는 이것을 상세한 검토없이 변경된 행정
    지명으로만 옮겨 '麗川郡 栗村面 松島'로 제시하였다. 그러나 참고문헌 3 '郡縣地圖,
    순천부 지도'를 살펴보면 '独島'와 '松島'는 별개의 섬이며, '松島'는 '栗村面 松島'를, '独
    島'는 '麗水市 猫島'를 가리키고 있다. 拙稿〈무술년(1598년) 이순신의 최후 結陣處 -
    '独島'에 관한 고찰〉, 이순신연구논총 제20호, 순천향대학교 이순신연구소(2013) 참조.

유자도 柚子島 : 경남 巨濟市 新縣邑 橋島, 竹島. (癸巳 5월 21일, 25일,
　　　27일)

  * 유자도는 거제현 북쪽에 위치하며 크고 작은 두 개의 섬으로 되어 있고, 유자 나무가 많
    이 번창하여 붙여진 이름임(신증동국여지승람). 대동여지도에는 유도(柚島), 소유도(小
    柚島)로 나타나고 있음. 동일한 이름의 유자도(柚子島)가 현재 통영시 한산면(閑山面)
    창좌리(倉佐里) 내에 작은 무인도(0.09km²)로 존재하므로 혼동되기 쉬움.

유포 幽浦 : ? (癸巳 8월 8일)

율진 栗津 : 합천(陜川) 율진(栗津) 참조.

율포 栗浦 : 경남 巨濟市 長木面 大錦里 북방 1km 부근, 舊栗里. (壬辰 6월
　　　7일. 乙未 8월 25일)

  * 율포보(栗浦堡)는 세종대에 상기(上記)한 지점에 존재했다가, 현종 5년, 숙종 13년에 옮
    겨졌고, 경종 4년에 현재의 동부면(東部面) 율포리(栗浦里)로 옮겨졌으며 원래의 장소

는 율포구보(栗浦舊堡)로 불리웠음(신증동국여지승람). 구한말에는 구율리(舊栗里)로 불
리웠고(군현지도, 조선 고종대), 현재의 장목면 율천리(栗川里)에 구율포 성지(城址)가 남
아 있음. 따라서 동부면 율포리는 율포해전(임진 6월 7일)의 장소에 대한 혼동과 의문을
일으켰던 지역임.

은원恩院, **은진**恩津, **은진포**恩津浦, **은진현**恩津縣 : 충남 論山市 恩津面
蓮西里. (甲午 11월 13일. 丙申 1월 17일, 3월 5일. 丁酉 I 4월
21일, 5월 21일)

의령宜寧 : 경남 宜寧郡 宜寧邑. (癸巳 6월 16일. 丁酉 I 6월 18일, 29일,
7월 7일)

의령 산성宜寧山城 : (丁酉 I 6월 17일)

---

* 의령에는 현재 벽화산성(碧華山城)이 남아 있음. 기록상으로는 정진산성(鼎津山城), 지
남산성(之南山城)들도 존재했었음.

이목구미梨木龜尾 : 전남 麗川郡 華陽面 梨木里. (壬辰 2월 19일)

이산泥山 : 충남 論山市 魯城面 邑內里. (丁酉 I 4월 20일)

이양원李楊院 : 전남 和順郡 梨陽面 梨陽里. (丙申 9월 22일)

이진梨津 : 전남 海南郡 北平面 梨津里. (乙未 10월 21일. 丙申 윤8월 24
일, 25일. 丁酉 I, II 8월 20일, 26일)

익산益山 : 전북 益山市. (丁酉 II 12월 5일)

인덕원仁德院 : 경기 安養市 冠陽洞 仁德院. (丁酉 I 4월 3일)

일신역日新驛 : 충남 公州市 新官洞. (丁酉 I 4월 19일)

임실현任實縣 : 전북 任實郡 任實邑. (丁酉 I 4월 23일)

임천林川 : 충남 扶餘郡 林川面. (丁酉 I 4월 19일)

임치臨淄, **임치진**臨淄鎭 : 전남 務安郡 海際面 臨水里.

임치진 성臨淄鎭城 : (丙申 9월 9일)

---

* 임치진(臨淄鎭) 성지(城址)가 남아 있음.

입봉立峯 : 경남 統營市 閑山面 閑山島내로 추정. (丙申 4월 7일)

입암笠岩 : 웅천(熊川) 입암(笠岩) 참조.

입암산성立岩山城 : 전남 長城郡 北二面 笠岩山城. (丙申 9월 17일)

【ㅈ】

장도獐島 : 전남 海南郡 松旨面 內長. (丁酉 I , II 8월 28일)

* 《해남전래지명총람》에 '안노리섬〔內獐〕-東峴 북쪽에 있는 마을'로 되어 있는데 이로부터 東峴(해남군 송지면 동현리) 북쪽에 있는 마을인 송지면 내장리가 원래 안노리섬〔內獐〕이었음을 알 수 있고, 임진왜란 때에는 섬(노루섬-獐島)이었던 것이 육지화된 것으로 추정된다.

장도獐島 : 전남 麗川郡 栗村面 獐島. (戊戌 11월 13일)

장문포場門浦, 長門浦 : 경남 巨濟市 長木面 長木里.

장박지리長朴只里 : 무주(茂朱) 장박지리(長朴只里) 참조.

장성長城 : 전남 長城郡 長城邑. (丙申 9월 16일)

장흥長興 : 전남 長興郡 長興邑 예양리(汭陽里).

장흥 백사정長興白沙汀 : 전남 寶城郡 會泉面 碧橋里 明敎마을. (丁酉 I , II 8월 17일)

* 초판 이래 '벽사역(碧沙驛)'을 유추하여 대동여지도에 근거해 전남 長興郡 長興邑 元道里로 추정하였으나 새로운 자료에 따라 수정함. 《보성의 지명유래》(참고문헌 18, 583-584쪽)에 의하면, 마을의 구전 사실로서 정유년에 이순신의 이동을 전래하고 있고, 마을 해변가 백사장에 정자가 있었다는 사실을 기록하고 있음. 明敎마을은 이순신의 종사관 정경달의 고향이며, 그가 '白沙'에 집을 짓고 살았다는 기록이 그의 반곡집(참고문헌 19, 259쪽)에 있음. 난중일기 丙申 윤8월 20일조의 '白沙汀'도 이동 경로 및 시간상 동일한 '장흥 백사정'으로 추정됨. 또한 임진란 당시의 장흥 백사정이 오늘의 보성군(회천면)으로 편입된 시기에 대해서는 추가 조사가 필요함.

저도猪島 : 경남 昌原市 龜山洞 猪島. (甲午 3월 4일)

적도赤島 : 경남 巨濟市 屯德面 述亦里 花島. (癸巳 6월 26일, 7월 5일. 甲午 2월 12일, 9월 27일. 丙申 7월 10일)

* '신증동국여지승람, 권32 고성현'에 "赤火島는 고성현 동남해 가운데에 있다"고 하였고, 해동지도(1730년대~1780년대 추정), 여지도(1736년~1767년 추정), 동역도(1767년경?), 지승(1776년 이후 추정) 등의 지도에 공통적으로 '赤島'로 나타나며, 조선총독부 편 '조선오만분일지형도'(1918년)에는 '花島'로 나오므로 '赤島-赤火島'가 일제시대를 통해 한자지명의 변형이 일어난 경우이다.

적량赤梁 : 경남 南海郡 昌善面 鎭東里 赤梁.

전주全州 : 전북 全州市. (癸巳 5월 18일. 乙未 10월 3일. 丁酉 I 5월 17일)

전주 남문 全州南門 : 전북 全州市 殿洞 豊南門. (丁酉 I 4월 22일)

절갑도 折甲島 : 전남 高興郡 錦山面 居金島. (壬辰 4월 22일)

───────────────────

　　　*　절이도(折尒島)와 같은 섬으로 추정(대동여지도, 1872년 군현지도 참조).

절강 浙江 : 중국 절강(浙江). (癸巳 5월 26일. 甲午 7월 17일)

절영도 折影島, 絶影島 : 부산 影島區 影島. (壬辰 4월 15일. 甲午 4월 17일.
　　　丁酉 I 7월 14일, 16일)

절이도 折尒島 : 전남 高興郡 錦山面 居金島. (戊戌 7월 24일)

정개산성 鼎蓋山城, 定介山城 : 경남 河東郡 玉宗面 藪村里, 宗化里의 정
　　　개산(鼎蓋山). (丁酉 I 7월 20일, 24일, 27일. 丁酉 I, II 8월 13일)

정성 鼎城 : 정개산성(鼎蓋山城, 定介山城) 참조.

정읍 井邑 : 전북 井邑市. (丁酉 I 7월 3일)

정혜사 定惠寺 : 전남 順天市 西面 鷄足山 定慧寺. (丁酉 I 5월 7일)

제주 濟州, 제주도 濟州島 : 제주도(濟州島).

제포 薺浦 : 경남 鎭海市 薺德洞.

조라포 助羅浦 : 경남 巨濟市 一運面 舊助羅里. (乙未 8월 25일, 丁酉 II
　　　10월 13일)

조양창 兆陽倉 : 보성(寶城) 조양창(兆陽倉) 참조.

좌리도 佐里島 : 경남 統營市 閑山面 倉佐里 佐島. (丙申 3월 4일)

좌수영 左水營 : 전라좌수영. 본영 참조.

죽도 竹島 : 경남 統營市 閑山面 上竹島-下竹島. (甲午 4월 13일, 7월 15일)

중방 中方 : 충남 牙山市 鹽峙邑 中方里. (丁酉 I 4월 16일)

지도 紙島 : 경남 統營市 龍南面 紙島. (甲午 3월 3일. 乙未 7월 18일, 11월
　　　3일)

지세포 知世浦 : 경남 巨濟市 一運面 知世浦里. (乙未 8월 25일. 丙申 7월
　　　10일. 戊戌 9월 22일)

진 陣, 진중 陣中, 본진 本陣, 진영 陣營 : 이순신 장군의 진. (癸巳 2월 17일.
　　　甲午 7월 16일, 8월 14일, 20일, 11월 3일. 乙未 2월 16일, 17일,
　　　4월 1일, 5일, 8일, 27일, 5월 8일, 18일, 27일, 7월 4일, 19일, 27일,

28일, 8월 25일, 10월 3일, 11월 24일. 丙申 3월 5일, 5월 2일,
    15일, 6월 16일, 7월 1일, 윤8월 1일, 6일, 11일, 10월 9일. 戊戌
    9월 30일)

진陣, 진중 陣中 : 원수(元帥) 권율(權慄)의 진(陣). 경남 陜川郡 栗谷面 樂
    民里 일대의 황강변 평지 및 언덕으로 추정. (丁酉 I 6월 9일, 15일,
    19일, 25일, 26일, 7월 1일, 3일)

*   1786년 정조대에 발간된 '草溪郡邑誌'(서울대학교 규장각 소장)에 따르면 栗谷面 碧田
   里에 兵營이 있었으며, 樂民里에는 역원제도의 일환인 樂民院이 있었다는 기록이 있으
   므로 이를 참조하여 추정한 위치이다.

진도 珍島 : 전남 珍島郡 珍島.

진성 晋城, **진양** 晋陽, **진주** 晋州 : 경남 晋州市.

진양 동문 晋陽東門 : (癸巳 6월 26일)

진원 珍原 : 전남 長城郡 珍原面 珍原里. (丙申 9월 17일, 19일)

진위 구로 振威舊路 : 경기 平澤市 振威面 鳳南里. (丁酉 I 4월 4일)

진주 남강가 晋州南江邊 : (乙未 8월 22일)

진주 운곡 晋州雲谷 : 경남 河東郡 玉宗面 宗化里, 大井里, 屛川里, 龍東
    里 일대. 굴동(屈洞) 참조. (丁酉 I 7월 23일)

진해 鎭海 : 경남 鎭海市.

진해루 鎭海樓 : 전남 麗水市 君子洞 鎭南館터로 추정. (壬辰 4월 6일, 5월
    1일. 癸巳 5월 4일, 7일)

【ㅊ】

착량 鑿梁, **착포량** 鑿浦梁 : 경남 統營市 堂洞. (壬辰 6월 4일, 癸巳 7월
    12일, 甲午 5월 19일)

찬수강 粲水江 : 전남 順天市 黃田面 蟾津江. (丁酉 I 5월 14일)

창녕 昌寧 : 경남 昌寧郡 昌寧邑. (丙申 2월 10일, 12일)

창사 倉舍 : 이진(梨津) 아래의 창사(倉舍). 전남 海南郡 北平面 南倉里.
    (丁酉 II 8월 20일)

창신昌信, **창신도**昌信島 : 경남 南海郡 昌善面 昌善島. (癸巳 5월 8일. 甲
　午 1월 18일, 3월 26일, 9월 10일. 乙未 2월 29일)
창원昌原 : 경남 昌原市. (癸巳 5월 23일, 27일, 6월 17일, 7월 10일. 丁
　酉 I 6월 12일)
창평昌平 : 전남 潭陽郡 昌平面 昌平里. (壬辰 5월 2일, 甲午 9월 23일)
천성天城 : 부산 江西區 加德島 天城洞. (壬辰 6월 9일. 乙未 2월 5일, 6월
　2일. 丙申 1월 30일)
천안天安 : 충남 天安市. (丁酉 I 4월 15일, 19일. 丁酉 II 10월 14일)
천천泉川 : 양주(楊州) 천천(泉川) 참조.
청도淸道 : 경북 淸道郡 淸道邑. (丁酉 I 6월 11일, 17일)
청등靑登 : 경남 巨濟市 沙等面 靑谷里? (乙未 11월 3일)
청수역淸水驛 : 경남 河東郡 玉宗面 正水里. (丁酉 I 6월 1일)
청슬靑膝 : 경남 巨濟市 沙等面 支石里. (甲午 3월 6일)
청주淸州 : 충북 淸州市.
초계草溪 : 경남 陜川郡 草溪面 草溪里.
촉석루矗石樓 : 경남 晋州市 南城洞. (乙未 8월 23일)
최경루最景樓 : 능성(綾城). (丙申 9월 21일)
추도楸島 : 경남 巨濟市 沙等面 싸리섬〔楸島〕으로 추정. (甲午 5월 4일)
춘원春原 : 춘원포(春院浦) 참조.
춘원도春院島, 春原島 : 경남 統營市 光道面 安井里 楮島 또는 딱섬. (乙
　未 2월 16일. 丙申 7월 10일)
춘원포春院浦 : 경남 統營市 光道面 安井里 曳浦.
충주忠州 : 충북 忠州市. (癸巳 5월 17일, 6월 9일)
충청 병영忠淸兵營 : 충남 瑞山市 海美面 邑內里. (乙未 9월 7일)
충청 수영忠淸水營 : 충남 保寧市 鰲川面 蘇城里. (丁酉 I 5월 18일)
칠내도漆乃島 : 경남 巨濟市 河淸面 漆川島. (壬辰 8월 27일. 癸巳 2월 8일,
　12일, 6월 22일)
칠산도七山島 : 전남 靈光郡 落月面 七山島. (丁酉 I 9월 19일)
칠산 바다七山海 : (丁酉 II 9월 19일)

칠천량漆川梁 : 경남 巨濟市 河淸面.

칠천 산漆川山 : 경남 巨濟市 河淸面 漆川島. (甲午 10월 6일)

침도針島 : 경남 泗川市 龍見面 船津里 대섬? 또는 泗川市 龍見面 新村
　　里 法島? (乙未 8월 21일)

침도砧島 : 巨濟市 屯德面 述亦里 放火島. (乙未 4월 8일)

---

* 을미일기 4월 7일~8일조를 보면 견내량으로부터 8일 낮에 침도에서 활쏘기를 하고 저
  녁에 본영(한산도)으로 돌아오는 것으로 기록하고 있다. 따라서 침도(砧島)는 한산만 내
  의 어느 섬이다. 해동지도(1730년대~1780년대 추정), 여지도(1736년~1767년 추정),
  동역도(1767년경?), 지승(1776년 이후 추정) 등의 지도에 공통적으로 '침도砧島'가 '적
  도赤島' 인근에 별도로 나타나며, 그 상대적인 위치와 크기를 감안하면 '방화도放火島'
  로 결정된다. 불을도(弗乙島), 적도(赤島), 해북도(海北島) 참조.

침벽정侵碧亭 : (壬辰 8월 24일)

【ㅌ】

탐라耽羅 : 제주(濟州), 제주도(濟州島) 참조.

통제처統制處 : 원균(元均)의 진(陣). (丁酉Ⅰ 4월 28일)

【ㅍ】

파지도波知島 : 충남 瑞山市 八峰面 古波島. (丙申 3월 27일, 4월 23일,
　　5월 16일, 8월 1일)

평산平山, **평산포**平山浦 : 경남 南海郡 南面 平山里.

평택平澤 : 경기도 평택시 팽성읍. (丁酉Ⅰ 4월 4일)

---

* 참고문헌 3 '郡縣地圖, 평택현 지도'와 해제를 참조하면 오늘의 팽성읍 위치임. 1998
  년 초판과 이후 개정판에서의 지명비정(평택시)은 착오임.

평해平海 : 경북 蔚珍郡 平海邑. (丁酉Ⅰ 7월 2일)

【ㅎ】

하개도何介島 : 친필초에 '사개도(沙介島)'로 되어 있으나 과거의 모든 문

헌 —《이충무공전서 난중일기》, 조선사편수회 편《난중일기초·임
진장초》를 위시한 모든 원문판독서 및 번역서 — 에서 활자화 판
독 착오와 이의 답습으로 생겨난 지명. 사개도(沙介島) 참조.

하동河東 : 경남 河東郡 河東邑.

한산閑山, **한산도**閑山島 : 경남 統營市 閑山面 閑山島.

한산閑山 **뒷산** : 경남 統營市 閑山面 閑山島 望山. (丙申 5월 15일)

----

* 망곡산(望谷山)이라고도 함.

한산 진閑山陣 : (甲午 3월 7일. 丁酉 I 6월 12일)

함안咸安 : 경남 咸安郡 咸安面. (癸巳 6월 16일, 17일)

함평咸平 : 전남 咸平郡 咸平邑.

합천陜川 : 경남 陜川郡 陜川邑. (丁酉 I 6월 4일, 24일, 7월 3일)

합천 율진陜川栗津 : 경남 陜川郡 栗谷面 栗津里. (丁酉 I 6월 10일)

합포合浦 : 경남 馬山市 山湖洞. (乙未 12월 13일, 14일)

해남海南 : 전남 海南郡 海南邑.

해농창평海農倉坪 : 전남 順天市 海龍面 海倉里. (壬辰 3월 14일)

해북도海北島 : 경남 巨濟市 屯德面 海干島 또는 海艮島. (乙未 11월 3일)

해암蟹岩, **해포**蟹浦 : 충남 牙山市 仁州面 海岩里. (癸巳 5월 6일, 18일.
丁酉 I 4월 13일)

해운대海雲臺 : 전남 麗水市 德忠洞 海雲臺址. (壬辰 2월 12일. 甲午 1월
27일)

해평장海坪場 : 경남 統營市 龍南面 長坪里 또는 院坪里로 추정. (乙未 4월
17일, 丙申 2월 26일). 해평목장(海坪牧場)의 약칭.

----

* '신증동국여지승람, 권32 고성현'에 "해평곶(海平串)은 고성현 남쪽 40리 지점이며, 목
장이 있다"고 언급되므로 이로부터 유추한 지점임.

행보역行步驛 : 경남 河東郡 橫川面 如意里. (丁酉 I 8월 3일)

행재소行在所, **행조**行朝 : 평북 義州. (癸巳 3월 10일, 7월 6일)

행주성幸州城 : 경기 高陽市 幸州外洞. (癸巳 7월 13일)

향사당鄕舍堂 : 영암 향사당 또는 순천 향사당 참조.

현풍玄風 : 대구 達城郡 玄風面. (丙申 2월 20일)

홍농弘農 : 전남 靈光郡 弘農邑. (丁酉II 9월 19일)

홍룡곶洪龍串 : 전남 靈光郡 弘農邑 계마리. (丁酉I 9월 19일)

홍산鴻山 : 충남 扶餘郡 鴻山面. (丙申 7월 17일, 22일. 丁酉II 11월 7일)

홍주洪州 : 충남 洪城郡 洪城邑 洪州城.

화순和順 : 전남 和順郡 和順邑. (丙申 9월 20일)

환선정喚仙亭 : 전남 順天市 梅谷洞 東川 부근 추정. (壬辰 3월 16일)

* 현재 환산정(喚山亭)이 순천시 조곡동(稠谷洞)에 위치하고 있으나, 구한말의 환선정은 상기한 위치에 있었음(지방군현도, 고종8년).

황산동黃山洞 : 경남 梁山郡 院東面 院里의 역체도(驛遞道). (癸巳 6월 16일)

* 서로는 윤산(輪山), 북으로 위천(渭川) 등 16개 역을 포함함(신증동국여지승람, 대동여지도).

황원黃原, **황원장**黃原場 : 전남 해남군 門內面 서상리, 花源面 청룡리 일대. 황원장은 황원목장(黃原牧場)의 약칭. (丁酉II 10월 22일, 11월 6일)

* '신증동국여지승람, 권37 해남현'에 "황원폐현(黃原廢縣)은 … 고려 때 영암군에 속하여 내려오고, 목장이 있다"고 언급되며, 참고문헌 3 '郡縣地圖, 해남현 지도'에도 목장을 기입하고 있다.

회령會寧, **회령포**會寧浦 : 전남 長興郡 會鎭面 會鎭里. (甲午 6월 8일. 丙申 5월 5일, 6월 25일. 丁酉I,II 8월 18일, 19일)

* 고려 때 현재 보성군 회천면(會泉面) 회령리(會寧里)에 있던 진을 폐하여 회령폐현(會寧廢縣)이라 부르고 당시의 장흥도호부에 귀속시킴(신증동국여지승람). 따라서 임진왜란 당시의 회령포는 장흥군의 위치이나, 근래의 여러 난중일기 관련 문헌에서 보성군 회천면(會泉面) 회령리(會寧里)로써 지명 비정을 제시하고 있는바, 신증동국여지승람의 기록 및 정유일기 8월 18, 19일조의 노정(路程)으로 따져 보더라도 오류로 판단됨.

흉도胷島 : 경남 巨濟市 沙等面 고개섬(高介島)으로 추정. (甲午 3월 3일, 6일, 9월 28일, 10월 6일, 8일. 乙未 11월 3일)

흥양興陽 : 전남 高興郡 高興邑.

흥양 둔전 興陽屯田 : (丙申 2월 8일)

흥양 산성 興陽山城 : 전남 高興郡 高興邑. (癸巳 7월 13일)

---

* 호동리(虎東里)의 고흥성지(高興城址) 또는 호덕리(虎德里)의 수덕산성(修德山城)이 전해지나 일기 문맥상 더 이상의 추정은 어려움.

흥양 전선소 興陽戰船所 : 전남 高興郡 道化面 內鉢里. (壬辰 2월 22일)

---

* 참고문헌 3 '郡縣地圖, 흥양현 지도'에 발포진 밖 도화천 해안에 선소창이 있음.

참고문헌

1. 興地圖書, 국사편찬위원회, 探求堂, 1973.
2. 大東輿地圖, 金正浩, 서울 匡祐堂 影印版, 1991.
3. 郡縣地圖, 조선 고종대, 서울대학교 규장각 소장, 1872.
4. 신증동국여지승람, 李荇 등 편저, 1530 (신증동국여지승람, 민족문화추진회, 민문고, 1989).
5. 新舊對照 朝鮮全道府郡面里洞 名稱一覽, 越智唯七, 太學社, 1917, 1985.
6. 島嶼誌, 내무부, 신우인쇄주식회사, 1985.
7. 한국지명요람, 건설부, 국립지리원, 교학사, 1982.
8. 한국지명사전, 손성우 편저, 경인문화사, 1974.
9. 1993-1994 한국지명사전, 이민우 편저, 한국교열기자회, 1993.
10. 亂中日記草, 조선사편수회 편 조선사료총간 제6, 近澤印刷部, 1935.
11. 이충무공전서, 이은상 역, 成文閣, 1989.
12. 난중일기, 정희선, 여수문화원, 1993.
13. 海南傳來地名總覽, 海南文化院, 청해문화사, 1994.
14. 韓國行政區域總覽, 編纂會, 1995.
15. 이순신의 일기초, 박혜일 등 편저, 조광출판인쇄, 2007.
16. 巨濟地名總覽, 巨濟文化院, 거제제일출판기획사, 1996, 2004.
17. 河淸面誌, 전갑생 편저, 하청면지편찬위원회, 선인출판사, 2009.
18. 보성의 지명유래, 임윤용, 백준선 편집, 임기환 집필, 보성문화원 발행, 도서출판 사람들, 2007.
19. 반곡 정경달 시문집 一, 정경달 지음, 박용우 옮김, 역락, 2017.

4. 인명 난중일기 색인

본 인명(人名) 색인에서는 《난중일기》에 직접 또는 간접적으로 나타나는 인명 또는 직책명으로 언급된 이들의 인명 및 인적(人的) 관계로서 언급된 이들을 대상으로 하여 가나다 순으로 정리하여, 대략 1,050여 명에 대한 일기상의 언급 일자를 수록하였다. 일기상에서 직책으로 언급된 이의 신원 확인에는 조선사편수회 편 《난중일기초》에 부기된 인명 주석에 크게 의존하였으되, 이들의 약전을 조사하여 서로 일치되지 않는 경우 또는 《난중일기》의 내용과 불일치되는 경우와 같은 몇 차례의 경우들은 수정하여 작성하였다. 인물 숫자가 1,000명이 넘게 방대한데다가, 직책명으로 언급되어 있으나 그 신원이 확인되지 않는 경우가 여전히 상당수 남아 있어 완전치 못함을 밝혀 두고자 한다. 일기의 원문에서 동일 인물에 대한 예외적인 표현이나, 한자가 다른 표현들은 참조의 편의상 해당 날짜들에 괄호로써 부기하였으며, 직책으로만 언급되고 그 신원이 확실치 못한 경우에는 추정되는 인물에 포함시키되, 해당 날짜를 괄호로 묶고 의문시하였다. 또한 《난중일기》 내에는 동일 인물에 대한 한자명의 착오, 이미 죽은 인물이 일기상에 살아 나타나는 경우, 성(姓)만 언급된 경우, 성(姓) 없이 이름만 쓰인 경우, 원래의 이름에 다른 한자를 써서 별명처럼 만든 경우 등 이순신 자신의 비망록(備忘錄)의 목적으로 쓰인 사적(私的), 상징적 또는 암호적인 경우, 혹은 (아마도) 단순 착오인 경우가 섞여 존재하고 있으므로, 이러한 경우 기록된 이름들에 대한 사실 확인은 영원히 불가능하며 따라서 의문 또는 어떤 가능성들을 제시하는 형태로 편집하였다. 또한 이순신의 인척 관계로 언급된 인물들에 대해서는 독립적으로 색인을 작성하여 추가하였다.

【ㄱ】

가등청정加藤淸正 : 丙申 5月 13, 28日, 丁酉 6月 18日, 7月 3日

가안책賈安策 : 乙未 7月 6日, 10月 17, 20, 21, 25日, 11月 5, 11日

갈몰葛沒 : 丙申 7月 30日, '갈역(葛役 : 칡일꾼)'의 판독 착오로 생겨난 인명.

감손甘孫 : 丁酉 6月 24日

갓동鴚同 : 癸巳 6月 12日

강 계장姜 禊長 : 丁酉 4月 8日, '禊長'은 계(契)조직 혹은 계제사(禊) 우 두머리(長)의 약칭. 병신일기 끝의 비망기록 중에도 '禊納物 계납 물'이란 기록이 있음.

강기경姜起敬 : 癸巳 8月 3日, 乙未 6月 2日, 11月 4日, 丙申 2月 26日

강대수姜大壽 : 丙申 1月 17日

강돌천姜乭千 : 甲午 2月 4日

강막지姜莫只 : 丁酉 10月 14, 16, 18, 28日

강 선전姜 宣傳 : 丁酉 4月 19日, '宣傳'은 宣傳官의 약칭.

강소작지姜所作只 : 丙申 2月 22日, 丁酉 5月 3日

강승훈姜承勳 : 丁酉 5月 9日

강영수姜永壽 : 丁酉 4月 19日

강용수姜龍壽 : 癸巳 6月 2日

강운姜雲 : 甲午 9月 23日

강응표姜應彪 : 癸巳 2月 14, 17日, 5月 16日, 甲午 3月 21日, 8月 21日, 10月 25日, 11月 21日, 乙未 2月 13日, 3月 25日, 6月 3日, 10月 20日, 11月 5, 16, 25日, 12月 8日, 丙申 2月 22日, 3月 3, 6日, 6月 4, 8日, 丁酉 10月 20日

강응호姜應虎 : 甲午 3月 26日, 4月 20, 24日, 6月 20, 21, 26日, 7月 4, 9, 13, 21日, 8月 2, 21, 29日, 9月 6, 23日, 乙未 2月 13日, 8月 21日, 9月 3日

강인중姜仁仲 : 甲午 2月 7日

강정姜晶 : 丁酉 4月 19日

강중룡姜仲龍 : 甲午 9月 27日

강집 姜緝 : 甲午 8月 1日

강천석 姜千石 : 乙未 4月 24日

강첨 姜簽 : 乙未 3月 16日

강희로姜熙老 : 丙申 8月 8, 16日(姜姬老)

개남介南 : 甲午 9月 6日

건손巾孫 : 丁酉 7月 3日

걸산巨叱山 : 丁酉 10月 28日

경京 : 甲午 7月 15日, 9月 15日, 乙未 6月 5日, 11月 8日, 丙申 1月 17,
　　　　23日, 3月 19日, 7月 27, 28日, 丁酉 5月 9日, 6月 6, 12, 25, 28,
　　　　29日

경(庚)의 모친 : 癸巳 8月 13日, 甲午 9月 16日, 丁酉 6月 11日

계생戒生 : 丁酉 9月 18日

고경운高景雲 : 甲午 4月 16日, 乙未 1月 1日

고봉상高鳳翔 : 丁酉 8月 9日

고상안高尙顔 : 甲午 3月 30日, 4月 2, 4, 6, 12日

고세충高世忠 : 癸巳 5月 10, 11日

고언선高彦善 : 丁酉 5月 24日

고여우高汝友 : 癸巳 2月 19日, 5月 16日, 6月 22日, 8月 20日, 甲午 3月
　　　　18日, 5月 29日, 8月 6日(赤島), 乙未 2月 29日, 4月 22日, 6月 2日,
　　　　丙申 1月 10, 30日, 2月 3, 6日, 7月 10日(赤島), 丁酉 10月 23日

고응명高應明 : 丁酉 5月 24日

고종후高從厚 : 고종후(계사년 전사)의 아들(?)을 지칭하는 듯함. 丁酉
　　　　12月 5日

공대원孔大元 : 甲午 5月 4日

공돌孔石 : 丙申 1月 23日

공생貢生 : 丁酉 5月 20日

공수복孔守卜 : 乙未 9月 3日

공연수孔連水 : 甲午 1月 19日

공태원孔太元 : 乙未 7月 14日, 10月 21日, 丙申 1月 7日

곽언수郭彦壽 : 癸巳 7月 6日, 丙申 4月 15日(郭彦守), 5月 30日, (7月 24日, 8月 1, 9日 : 郭彦水)

곽영郭嶸 : 丁酉 4月 1日

곽재우郭再祐 : 甲午 9月 26, 27日(郭僉知), 10月 4, 7日

곽 첨지郭 僉知 : 첨지 곽재우(郭再祐). '곽재우' 참조.

광해군光海君 : 癸巳 6月 12日, 甲午 1月 15日, 2月 2, 4, 9日, 4月 22日

구덕령具德齡 : 丁酉 8月 8日

구사직具思稷 : 癸巳 2月 22, 24日, 5月 9, 10, 11, 18, 26日, 6月 2, 10, 11, 14, 22, 25日, 7月 7, 12, 13, 26日, 8月 7, 12, 16, 26日, 甲午 1月 27日, 3月 14, 16日, 4月 1, 2, 3, 6, 12, 13, 14, 15日, 5月 24日

구우경具虞卿 : 구사직(具思稷)의 자(字). '구사직' 참조.

권길權吉 : 丁酉 10月 24日

권문임權文任 : 丁酉 7月 20日

권숙權俶 : 丙申 1月 7日, 2月 1, 5日

권승경權承慶 : 丁酉 4月 27, 28日

권언경權彦慶 : 권준(權俊)의 자(字). '권준' 참조.

권율權慄 : 癸巳 5月 12, 18, 19, 29日, 6月 2, 3日, (8月 20日?), 甲午 1月 18日, 2月 5日, 3月 22日, 4月 4日, 5月 8日, 6月 18, 19日, 7月 1, 21日, 8月 12, 17, 18, 28日, 9月 22, 26日, 10月 12日, 11月 7, 13日, 乙未 1月 22日, 2月 4日, 5月 25日, 6月 25日, 7月 16日, 8月 7日, 丁酉 4月 25, 27, 28, 29日, 5月 1, 2, 8, 17日, 6月 3, 4, 7, 8, 9, 10, 12, 13, 15, 17, 18, 19, 21, 25, 26, 28日, 7月 1, 3, 7, 8, 18, 23, 29日, 12月 5日, 戊戌 9月 24日, 10月 6日

권이청權以淸 : 丁酉 7月 20日

권 조방장權 助防將 : 권준(權俊). 乙未 4月 3, 4, 13, 17, 18, 22, 29日, 5月 13, 17, 18, 19, 20, 23, 26, 28日, 6月 1, 3, 4, 5, 8, 10日

권준權俊 : 壬辰 1月 26日, 2月 19, 29日, 3月 16日, 4月 21日, 8月 26日,

癸巳 2月 1, 3, 13, 15, 16, 20, 21, 23, 24, 29日, 3月 1, 2, 4, 5
日, 5月 4, 5, 7, 11, 13, 15, 17, 19, 20, 26, 27, 28日, 6月 1, 4,
6, 7, 9, 10, 14, 15, 16, 20, 25, 26, 27, 29日, 7月 7, 8, 9, 13,
14, 15, 19, 20, 24, 26, 28, 29日, 8月 2, 4, 6, 8, 10, 12, 14, 15,
16, 18, 20, 26日, 9月 14日, 甲午 1月 17, 20, 23, 26, 27, 30日,
2月 4, 6, 8, 9, 10, 13, 15, 16, 17, 19, 21日, 3月 2, 3, 5, 17, 4月
14, 18, 23, 24日, 6月 15, 23, 24, 26, 29日, 7月 2, 3, 7, 9, 12,
13, 14, 20, 21, 22, 25, 26, 27, 29日, 8月 2, 3, 4, 5, 9, 10, 12日,
9月 7, 16, 17, 19, 21日, 10月 25日, 11月 23日, 乙未 3月 16,
18, 19, 25日, 4月 6, 26, 27日, 5月 12, 14, 16, 22日, 6月 2, 13,
14, 17, 21, 22, 26日, 7月 3, 7, 12, 15, 19, 25, 28日, 8月 6, 8,
12, 20, 21, 29日, 9月 2, 4, 5, 7, 12, 14, 21, 22, 24, 28日, 10月
2, 6, 10, 14, 15, 18, 24, 29日, 11月 7, 16, 18, 23, 26, 30日, 12月
6, 12, 13, 14, 15日, 丙申 1月 4, 5, 7, 9, 12, 13, 16, 19, 22日,
2月 3, 9, 12, 14, 19, 26, 29日, 3月 1, 4, 8, 12, 15, 22, 26日, 4月
2, 7, 16, 20, 21, 26, 28日, 5月 1, 5, 8, 18, 26日, 6月 9, 13, 16,
21, 23, 24日, 7月 4, 7, 9, 10, 11, 15, 20, 24, 26, 29日, 8月 4,
6, 15, 17, 22, 23, 25日, 閏8月 1, 2, 6, 9, 10日, 丁酉 (5月 22日?),
6月 24日, '권 조방장' 참조.

권진경 權晉慶 : 丁酉 6月 21日
권치중 權致中 : 丁酉 5月 20日
권협 權悏 : 甲午 1月 28日
권황 權滉 : 丙申 7月 9, 10, 11, 13, 21, 25日
귀인 貴仁 : 丁酉 7月 14日
금今 : 丙申 3月 22, 23日
금金 : 또는 금이(金伊). 丙申 1月 12, 17, 23日, 3月 23日
금산 金山 : 甲午 6月 5日
금선 金善 : 甲午 11月 21日
금수 今守 : 丁酉 4月 18日

금이金伊 : 癸巳 9月 13日, 乙未 3月 27日, 丙申 4月 4日, 6月 9日, 丁酉 9月 20日

금화今花 : 丙申 4月 19日

기경충奇景忠 : 乙未 6月 24日

기성백奇誠伯 : 乙未 6月 24日

기숙흠奇叔欽 : 기효근(奇孝謹)의 자(字). '기효근' 참조.

기업基業 : 丁酉 12月 4日

기직남奇直男 : 甲午 2月 9日, 8月 16, 17日, 10月 9, 13日, 乙未 1月 14日, 丙申 1月 18, 21日, 2月 19日, 7月 16, 17日

기징헌奇澄憲 : 乙未 6月 24, (27日?)

기효근奇孝謹 : 壬辰 5月 2日, 癸巳 2月 7, 19日, 3月 18日(奇南海), 5月 11, 19, 30日, 7月 9, 20日, 9月 2日, 甲午 2月 3日, 3月 6, 18日, 10月 9日, 乙未 3月 14日, 4月 20, 22日, 6月 3, 13日, 11月 5, 7日, 12月 14日, 丙申 1月 4日

김개金介 : 乙未 6月 2日

김경로金敬老 : 甲午 4月 19, 21(金惺叔), 22日(金僉知), 9月 6, (8, 9, 25日 : 金僉知), 10月 9日, 丁酉 5月 20日(金僉知)

김경록金景祿 : 丙申 4月 23, 30日, 閏8月 25日

김경숙金敬叔 : 甲午 9月 10日

김경희金景禧 : 乙未 6月 2日

김광엽金光燁 : 丁酉 5月 22日

김굉金軦 : 乙未 4月 1日, 丙申 6月 24, 25日

김교성金敎誠 : 甲午 11月 21日

김국金國 : 丙申 2月 18日, 丁酉 9月 27日

김기실金己實 : 丙申 2月 5日

김대복金大福 : 癸巳 2月 16日, 7月 15日, 乙未 7月 16, 19日, 10月 24日, 丙申 1月 14, 29日, 3月 21日, 5月 6日, 6月 13日, 閏8月 9日

김대인金大仁 : 丙申 7月 30日

김덕령金德齡 : 甲午 1月 28日(虎翼將), 9月 26, 27日(金忠勇), 10月

4, 7日, 乙未 10月 3日, 丁酉 5月 26日

김덕록 金德祿 : 丙申 6月 1日

김덕린 金德獜 : 丙申 2月 14, 15日, 丁酉 5月 12, 26日

김덕수 金德秀 : 丁酉 11月 28日

김덕유 金德酉 : 戊戌 9月 24日

김덕인 金德仁 : 癸巳 8月 8日

김덕장 金德章 : 丁酉 4月 20日

김돌손 金乭孫 : 丁酉 9月 16日, 12月 5日

김두검 金斗劍 : 乙未 5月 15日

김득광 金得光 : 壬辰 5月 4日, 癸巳 2月 3, 5日, 5月 2, 17日, 6月 6日

김득남 金得男 : 丁酉 10月 22日

김득룡 金得龍 : 癸巳 7月 2, 9日

김륵 金玏 : 乙未 8月 24, 25, 26, 28日

김만수 金萬壽 : 癸巳 6月 11日, 甲午 4月 1日, 5月 29日, 8月 28日, 9月
          13日

김명원 金命元 : 癸巳 5月 11, 29日, 甲午 1月 26日, 丙申 4月 15日, 5月
          30日, 丁酉 4月 1日

김방제 金邦濟 : 甲午 2月 6日

김붕만 金鵬萬 : 癸巳 6月 26日, 7月 8, 10日, 丙申 6月 16日, 丁酉 8月
          16日, 戊戌 1月 2日

김상용 金尙容 : 甲午 10月 26日

김상준 金尙雋 : 丙申 9月 7, 8, 11日

김서신 金書信 : 甲午 10月 14日

김선명 金善鳴 : 乙未 6月 4日

김성 金惺 : 丙申 1月 11, 21日, 丁酉 5月 11日

김성숙 金惺叔 : 김경로의 자(字). '김경로' 참조.

김성업 金成業 : 乙未 10月 17, 19日

김성옥 金聲玉 : 丙申 7月 10日, 戊戌 10月 2日

김성일 金誠一 : 壬辰 3月 25日, 4月 7, 17日

김성헌金聲憲 : 甲午 2月 16日

김수金晬 : 壬辰 3月 24日, 4月 7, 15, 20日, 癸巳 5月 29日

김수남金水男 : 癸巳 2月 3日

김숙金俶 : 丙申 1月 14日

김숙金橚 : 丙申 1月 17日

김숙현金叔賢 : 甲午 11月 13日

김승룡金勝龍 : 壬辰 5月 2日, 甲午 1月 27, 29, 30日, 2月 11, 13日, 3月 15日, 5月 18日, 6月 4, 8日

김시중金始仲 : 甲午 7月 15日

김신웅金信雄 : 丁酉 10月 19, 30日

김안도金安道 : 丁酉 8月 9, 10日

김암金岩 : 甲午 9月 12日

김애金愛 : 丁酉 11月 22日

김애남金愛南 : 丁酉 10月 30日

김양간金良幹 : 癸巳 6月 12日, 甲午 6月 26日, 8月 30日, (丙申 4月 26日, 6月 3日 : 金良看)

김억金億 : 丁酉 7月 14日

김억창金億昌 : 丙申 9月 9日, 丁酉 12月 5日

김억추金億秋 : 丁酉 8月 26日, 9月 8, 16日, 10月 11, 12, 13, 16, 17, 18, 22日, 11月 2, 9日

김언경金彦京 : 丁酉 10月 22, 23日

김언공金彦恭 : 丁酉 7月 25日

김완金浣 : 壬辰 2月 25日, 3月 20日, 5月 4日(右斥候), 6月 7日, 癸巳 2月 2, 18日, 5月 13, 15日, 7月 11, 28, 29日, 8月 15, 20日, 甲午 2月 1, 2, 6, 9, 16日, 3月 26日, 4月 14日, 5月 2, 5, 6, 27, 28日, 6月 5, 14, 26日, 7月 7, 12, 20日, 8月 6, 9, 14, 20, 21, 22, 25日, 9月 10, 17日, 10月 1日, 11月 2, 7, 16, 27日, 乙未 3月 16, 27, 28日, 4月 3, (10, 12 : 中衛將), 18, 26日, 5月 14, 19日, 6月 3, 4, 9, 14日, 7月 7, 16日, 9月 20日, 10月 14, 15, 20日, 11月 1日, 丙

申 1月 5, 6, 7, 10, 19, 21, 24日, 2月 2, 5, 6日, '김 조방장' 참조.

김용金涌 : 乙未 7月 7日, 丙申 閏8月 18日(金俑), 9月 17, 19日

김윤金倫 : 甲午 8月 24日

김윤명金允明 : 丁酉 12月 4日

김윤선金允先 : 乙未 10月 3日

김응겸金應謙 : 乙未 8月 11, 12, 17日, 10月 25日, 11月 8, 27日, 丙申
    3月 21日, 8月 3, 9日

김응남金應男 : 丙申 閏8月 20日

김응남金應南 : 乙未 5月 27日, 丁酉 9月 8日

김응서金應瑞 : 甲午 11月 14日, 乙未 5月 25, 27日, 7月 7日, 8月 23日,
    丙申 8月 27日, 丁酉 6月 12, 14, 16, 22, 23, 26日

김응수金應綏 : 丙申 2月 11日

김응인金應仁 : 丁酉 11月 7日

김응함金應諴 : 甲午 10月 9日, 丁酉 9月 16日, 10月 10, 11, 13, 16,
    20日, 11月 14日

김응황金應璜 : 丙申 3月 24, 27日, 4月 23日, 6月 25日, 8月 9日(金應潢)

김의검金義儉 : 癸巳 6月 6日, 7月 29日, 8月 6日, 9月 10日, 甲午 2月
    7, 9日, 3月 18, 25日, 4月 25日, 5月 6, 10, 18日, 6月 15日, 7月
    6, 7, 9日, 8月 6日, 10月 10日

김의동金義同 : 甲午 9月 23日

김이실金已實 : 이은상 번역본에서 '己'의 한자 착오. '김기실' 참조.

김익金瀷 : 丁酉 4月 21日

김인문金仁問 : 壬辰 2月 10日, 4月 22日, 癸巳 3月 12日, 6月 1日

김인보金仁甫 : 壬辰 1月 2日

김인복金仁福 : 丙申 1月 23日, 5月 2日

김인수金仁守 : 丁酉 11月 14日, 12月 29日(金仁秀)

김인영金仁英 : 癸巳 2月 1, 18日, 7月 15日, 8月 11日, 9月 12日, 甲午
    1月 17, 25日, 2月 5, 9, 15, 16日, 3月 21日, 5月 6, 27, 28日, 6月
    5, 6, 14, 26日, 7月 5, 16日, 9月 4日, 11月 7, 16, 27日, 乙未 1月

　　4, 14, 19日, 4月 26日, 6月 3, 4日, 7月 15日, 10月 14, 20日, 11月
　　5, 9日, 丙申 1月 19, 21, 30日, 2月 4, 6, 22, 26日, 3月 3, 7, 8,
　　12, 13, 24日, 6月 9, 23日, 丁酉 6月 12日, 10月 20日

김자헌金自獻 : 丁酉 6月 12, 13日

김전金銓 : 丁酉 7月 7日

김정현金鼎鉉 : 戊戌 9月 24, 25日

김정휘金廷輝 : 甲午 11月 13日

김제남金悌男 : 甲午 4月 13, 14日

김 조방장金 助防將 : 김완(金浣). 丙申 3月 23, 26日, 4月 18, 22日, 5月
　　2日, 6月 15, 23, 25, 27, 29日, 7月 12, 30日, 8月 3, 6, 10, 15,
　　21日, 丁酉 6月 12日

김종려金宗麗 : 丁酉 5月 18日, 10月 9, 20, 23, 26日, 12月 2日

김준계金遵繼 : 癸巳 5月 22日, 甲午 2月 7日, 3月 18, 30日, 5月 6, 11,
　　14日, 7月 8, 9, 10, 29日, 8月 1, 22日, 9月 2日, 乙未 1月 19日,
　　2月 22日, 3月 8日

김준민金俊民 : 癸巳 6月 29日, 乙未 8月 23日

김중걸金仲傑 : 또는 김중걸(金仲乞). 丁酉 9月 14日

김천석金天碩 : 甲午 11月 3日

김천일金千鎰 : 癸巳 6月 29日, 乙未 8月 23日

김축金軸 : 壬辰 5月 2日, 8月 25日, 癸巳 6月 3日, 乙未 2月 19, 21日, 6月
　　2, 21日, 12月 7日, 丙申 1月 4日, 3月 8, 24日, 6月 20日, 8月 15日

김충남金忠男 : 甲午 9月 27日

＊　이 날짜의 친필초를 판독하면 '金忠男'에 가까우나, 문맥상 '忠勇將 김덕령'을 지칭함이
　　분명하므로 '金忠勇'을 흘려 쓴 형태로서 수정 판독하고 기존 문헌상의 '金忠男'은 판독
　　상의 애매함으로부터 기인한 인명으로 판단함.

김충용金忠勇 : 충용장(忠勇將) 김덕령(金德齡). '김덕령' 참조.

김충민金忠敏 : 丙申 (2月 22, 23日?), 5月 20日, 7月 6, 21日, 丁酉 10月
　　19日

김충의金忠義 : 乙未 4月 12日

김탁金卓 : 乙未 11月 26日, 丁酉 9月 18日

김태정金太丁 : 戊戌 10月 7日

김필동金弼同 : 丙申 5月 12日

김함金瑊 : 甲午 3月 29日

김호걸金浩乞 : 癸巳 2月 3日

김혼金渾 : 丙申 3月 5, 19日

김홍金軼 : 이은상 번역본에서 김굉의 한자음 착오. '김굉' 참조.

김홍원金弘遠 : 丁酉 9月 24日

김효성金孝誠 : 壬辰 1月 17日, 丙申 5月 8日, 丁酉 5月 11日

김희방金希邦 : 乙未 12月 4日, 丁酉 8月 16日(또는 金希方)

김희번金希番 : 乙未 9月 17日, 11月 1日

김희수金希壽 : 乙未 9月 23日

김희온金希溫 : 丁酉 8月 8日

【ㄴ】

나굉羅宏 : 丙申 7月 1日(羅浤), 丁酉 6月 23日

나대용羅大用 : 壬辰 4月 18日, 5月 29日, 癸巳 3月 12日, 5月 22, 24日,
　　　　6月 1, 8日, 甲午 2月 13, 14日

나덕명羅德明 : 丁酉 12月 5, 24日

나덕준羅德駿 : 丙申 9月 6, 7, 8日, 丁酉 12月 6日(羅德峻)

나재흥羅再興 : 丁酉 6月 23日

나정언羅廷彦 : 丙申 8月 27, 28日

난여문亂汝文 : 丙申 2月 19日, 4月 16日, 6月 26日

남간南侶 : 이은상 번역본의 주석에서 남한(南僩)의 착오. '남한(南僩)' 참조.

남간南侃 : 丁酉 4月 25日

남언상南彦祥 : 丙申 9月 7日, 丁酉 10月 21, 22, 24日, 11月 29日, 12月
　　　　4日, 戊戌 1月 4日

남여문南汝文 : 丙申 4月 19, 29日, 7月 18, 19日

남의길南宜吉 : 甲午 1月 7, 8, 9, 10, 11, 15, 16日

남이공南以恭 : 丙申 4月 15日, 5月 30日, 丁酉 5月 20日, 7月 5日
남치온南致溫 : 丙申 7月 12, 17日
남한南僴 : 壬辰 4月 11, 12日
남홍점南鴻漸 : 甲午 1月 4日
내산월萊山月 : 丙申 9月 11日. 노승석 저《이순신의 난중일기 완역본》
　　　　(동아일보사, 2005년)의 원문 판독에 따름.
노경임盧景任 : 乙未 8月 24, 25, 28日, 9月 1日
노대해盧大海 : 乙未 3月 5日
노순일盧錞鎰 : 丁酉 6月 2日
노윤발盧潤發 : 甲午 2月 1, 14日(盧閏發), 5月 13日, 7月 2, 26日, 8月
　　　　13日, 乙未 4月 29日, 7月 4日, 丙申 2月 30日
노직盧稷 : 丁酉 4月 1日
노천기盧天紀 : 丙申 4月 22日
뇌蕾 : 이순신의 조카. '이뇌' 참조.

【ㄷ】

담종인譚宗仁 : 甲午 3月 6, 22(譚指揮), 25日(天將)
담화曇花 : 甲午 9月 18日
당언국唐彦國 : 丁酉 11月 7日
당언량唐彦良 : 丁酉 11月 2日
대臺 : 丁酉 6月 21日
대남大男 : 丁酉 8月 16日
대방大邦 : 癸巳 2月 13日
대진大進 : 癸巳 5月 16日
덕德 : 甲午 5月 1日, 丙申 1月 1, 2日, 3月 15日, 丁酉 4月 11日, 6月 21日
덕금德今 : 丙申 3月 5日
덕민德敏 : 癸巳 3月 12日
덕수德修 : 丁酉 5月 7日
도언량都彦良 : 癸巳 5月 13日

도진의홍島津義弘 : 乙未 3月 17日, 丙申 1月 8日

독동禿同 : 丁酉 12月 5日

독수禿水 : 乙未 8月 13日

돌세石世 : 乙未 12月 13日

돌쇠乭世 : 癸巳 9月 13日

동궁東宮 : '광해군(光海君)' 참조.

두우杜宇 : 丁酉 5月 8日, 12月 29日

득복得福 : 乙未 4月 25日

【ㅁ】

마귀麻貴 : 丁酉 11月 29日

마다시馬多時 : 丁酉 9月 16日

마 유격麻 遊擊 : 명 제독(提督) '마귀' 참조, '遊擊'은 遊擊將.

막동莫同 : 甲午 8月 26日

말석㐁石 : 丁酉 5月 2日

망기시로望己時老 : 乙未 4月 24日

면葂 : 이순신의 셋째 아들. '이면' 참조.

명종明宗 : 癸巳 6月 28日, 丙申 6月 28日

명 황제明皇帝 : 癸巳 5月 24日, 8月 26日

목광흠睦光欽 : 癸巳 5月 22, 24, 25日

목년木年 : 癸巳 5月 18日, 甲午 7月 23日, 乙未 7月 6, 8日, 丙申 4月
        19日, 丁酉 12月 9日

몽생夢生 : 丁酉 5月 6日

무재武才 : 乙未 5月 21日, 7月 11日, 丙申 5月 24, 25日, 6月 5日, 7月
        30日

무학武鶴 : 丙申 7月 28日

무화武花 : 丙申 7月 28日

문보文珤 : 丁酉 6月 4, 9, 20, 22日, 7月 9日

문어공文於公 : 乙未 6月 30日(文語恭), 丙申 5月 4日

문익신 文益新 : 丁酉 6月 6, 9, 20, 22日
문인수 文獜壽 : 丁酉 7月 14日
문임수 文林守 : 丁酉 6月 24, 29日
민정붕 閔廷鵬 : 甲午 6月 8日, 8月 21日, 11月 16, 22日, 乙未 2月 13,
　　　19日, 10月 25日, 11月 5, 11日, 丙申 2月 23日, 3月 18日, 5月 5日,
　　　6月 25日, 丁酉 8月 19日, 戊戌 9月 23日
민종각 閔宗慤 : 甲午 11月 8日
민종의 閔宗義 : 癸巳 5月 10日

【ㅂ】

박근 朴勤 : 丁酉 4月 22日
박 남해 朴 南海 : 남해현령 박대남. '박대남' 참조.
박녹수 朴祿守 : 乙未 9月 23日
박담동 朴淡同 : 丙申 8月 8日, 丁酉 10月 11日
박대남 朴大男 : 丙申 3月 6日, 6月 1, 12, 20, 21, 22, 23, 24, 29日, 8月
　　　8日, 10月 4, 5, 7日, 丁酉 5月 12日, 6月 12日, 7月 3, 13, 14,
　　　22, 25, 29日, 8月 3, 4日
박돌이 朴乭伊 : 甲午 8月 29日
박명현 朴名賢 : 丁酉 7月 12日
박몽삼 朴夢參 : 丁酉 6月 26, 27日
박몽세 朴夢世 : 壬辰 1月 16日
박사명 朴士明 : 丁酉 8月 16日
박산취 朴山就 : 丁酉 4月 25日, 5月 14日
박성 朴惺 : 丁酉 6月 8日
박수매 朴守每 : 丁酉 5月 6日
박수매 朴壽每 : 丙申 7月 28日
박수환 朴守還 : 丁酉 10月 11日, 13日(朴壽還)
박신 朴信 : 丁酉 10月 15日
박안의 朴安義 : 丁酉 7月 3日

박언춘朴彦春 : 甲午 8月 24日, 10月 19日

박영朴永 : 乙未 7月 11日

박영남朴永男 : 甲午 2月 13日, 丁酉 7月 7, 8日, 9月 18日

박옥朴玉 : 甲午 8月 4日, 丙申 5月 24日, 6月 5日

박윤朴崙 : 丙申 4月 14, 23日, 5月 16, 22日, 6月 1, 4日, 7月 10, 18, 21, 23日

박윤朴潤 : 甲午 5月 2, 6日, 7月 9, 12, 21日

박응사朴應泗 : 丁酉 6月 7日, 7月 7日

박의영朴義英 : 甲午 4月 4日

박인룡朴仁龍 : 乙未 2月 13, 14, 15日, 3月 7日

박인영朴仁英 : 乙未 3月 17日

박자朴仔 : 丁酉 12月 5日

박자방朴自邦 : 丙申 1月 19(朴自方), 23日(朴自芳), 3月 17, 22日, 7月 9日

박자윤朴子胤 : 박종남의 자(字). '박종남' 참조.

박 조방장朴 助防將 : 박종남(朴宗男). 乙未 3月 4, 7, 8, 10, 12, 21, 22, 23, 24, 26, 27, 29日, 4月 3, 4, 9, 13, 17, 19, 29日, 5月 13, 17, 18, 19, 23, 24, 26, 28日, 6月 1, 4, 8, 10, 16, 17, 18, 23, 25日, 7月 5, 7, 8, 10, 15, 18, 19, 20, 21, 23, 28日, 8月 6, 7, 8, 12, 16, 17, 18, 19日, 9月 2, 6, 8, 10, 12, 21日

박종남朴宗男 : 甲午 8月 17日, 9月 25日, 10月 9, 10日, 乙未 3月 13日, 6月 5日, 8月 21日, 9月 22日, '박 조방장' 참조.

박종백朴宗伯 : 丙申 2月 11日

박주사리朴注沙里 : 甲午 7月 15日

박주생朴注生 : 丁酉 11月 7日

박주하朴注河 : 甲午 5月 22日

박줄생朴注叱生 : 丁酉 5月 10日

박진朴晋 : 甲午 4月 4日, 乙未 1月 10, 11, 12, 19日, (丙申 5月 14日?)

박진국朴振國 : 丙申 7月 17日

박진남朴振男 : 甲午 9月 27日

박진종朴振宗 : 癸巳 5月 14日

박창령朴昌齡 : 甲午 4月 4日

박천봉朴天鳳 : 丁酉 8月 15, 16日

박춘양朴春陽 : 甲午 7月 6日, 9月 26日, 10月 15日, 丙申 1月 6日, 2月
    10, 17日

박충간朴忠侃 : 癸巳 6月 14日

박취朴就 : 丙申 2月 26日

박치공朴致公 : 癸巳 8月 7(朴致召), 18日

박치공朴致恭 : 甲午 6月 20日, 乙未 1月 13日

박태수朴台壽 : 乙未 10月 22, 24日

박호원朴好元 : 丁酉 6月 1日

박홍朴泓 : 壬辰 4月 15, 18日, (癸巳 6月 14日?)

박홍로朴弘老 : 甲午 2月 15日, 乙未 12月 10日, 丁酉 4月 30日, 5月 1,
    2日, 9月 21日

박홍장朴弘章 : 甲午 4月 24日, 乙未 1月 27日, 2月 14日, 丙申 2月 13日

박희무朴希茂 : 丁酉 10月 25日

반관해潘觀海 : 丙申 3月 3日

방덕수方德壽 : 丁酉 7月 1日

방수경方守慶 : 丙申 3月 1, 24日, 6月 4, 25日, 8月 1日, 丁酉 10月 24日

방승경方承慶 : 乙未 2月 29日

방언순方彦淳 : 乙未 1月 7日

방업方業 : 丁酉 4月 2日

방응원方應元 : 壬辰 4月 9日, 癸巳 6月 1日, 乙未 2月 14日, 丁酉 7月
    12, 14, 18, 24日

방익순方益淳 : 甲午 9月 6日, 乙未 9月 24日(方益純)

방진方震 : 甲午 10月 26日(氷), 丁酉 4月 5日(聘父)

방충서方忠恕 : 甲午 3月 29日

방필순方必淳 : 甲午 9月 6日

배경남裴慶男 : 甲午 1月 2, 4, 8, 16日, 2月 14, 18, 20日, 3月 5, 14日, 6月 1, 2, 3, 7日, 7月 2日, 丁酉 8月 8日, '배 조방장' 참조.

배문길裴門吉 : 배경남의 자(字)

배백기裴伯起 : 배흥립의 자(字)

배설裴楔 : 甲午 10月 9日, 乙未 2月 27, 29日, 3月 8, 20, 26, 29日, 4月 4, 8, 12, 17, 18, 28日, 5月 5, 25日, 6月 10, 13, 14, 15日, 丁酉 5月 22日, 6月 12, 19日, 7月 21, 22日, 8月 12, 13, 17, 18, 19, 25, 27, 28, 30日, 9月 2日, 11月 3日

배세춘裴世春 : 丁酉 9月 27日

배수립裴樹立 : 丁酉 7月 25日

배수립裴秀立 : 壬辰 2月 21日

배승련裴承鍊 : 乙未 4月 12日, 丙申 6月 16日

배영수裴永壽 : 甲午 6月 9日(永壽), 乙未 5月 13日, 6月 23日, 7月 8日, 8月 11, 12日, 丁酉 10月 13日

배응경裴應褧 : 丁酉 8月 16日, 9月 22日

배응록裴應祿 : 壬辰 4月 22日, 甲午 6月 19日, 7月 1, 10日(裴應)

배 조방장裴 助防將 : 배경남(裴慶男). 丁酉 7月 24日, 10月 13, 14, 19, 21, 23日, 11月 11, 19日, 12月 11, 21, 25, 26, 28, 30日

배 조방장裴 助防將 : 배흥립(裴興立). 丙申 8月 6, 10, 11, 14, 15, 21日, 閏8月 10日

배춘복裴春福 : 甲午 2月 14日

배흥립裴興立 : 壬辰 1月 26日, 2月 19, 21(主人), 22, 24日, 3月 20日, 5月 1, 3日, 癸巳 2月 2, 20, 24日, 5月 10日, 6月 27日, 7月 6, 13, 21, 24, 29日, 8月 8, 15, 20, 26日, 9月 5, 11日, 甲午 1月 23, 24日, 2月 6, 14, 15, 16日, 3月 2, 3, 23, 25日, 4月 21, 22, 23日, 5月 2, 3日, 7月 21日, 8月 25, 27日, 9月 3, 4, 8, 14, 18, 19, 20日, 10月 10日, 11月 23日, 乙未 1月 7, 10, 11, 23, 25, 26日, 2月 1, 2日, 4月 14, 25, 26日, 5月 14日, 6月 6日, 7月 26日, 丙申 1月 27日, 2月 3, 4, 5, 7, 11, 12, 16, 19, 22, 25, 28, 29, 30日,

3月 12日, 丁酉 (5月 22(裵伯起), 23日, 6月 12日 : 裵同知), 7月
23, 25, (27, 29日, 8月 10日?), '배 조방장' 참조.

백사림 白士霖 : 甲午 10月 9日, 丙申 5月 12, 14日

백시 白是 : 丙申 閏8月 7日

백유항 白惟恒 : 甲午 2月 16日

백진남 白振南 : 丁酉 10月 9, 19, 20(白振男), 22, 26日, 12月 2日

백 진사 白 進士 : 진사(進士) 백진남(白振南). 丁酉 10月 19日, '進士'는
小科 科擧의 初場에 급제한 자의 호칭.

변경남 卞敬男 : 丁酉 6月 19日

변경완 卞慶琬 : 丁酉 6月 19日

변광조 卞光祖 : 丁酉 6月 16日

변대성 卞大成 : 丁酉 7月 4日

변대헌 卞大獻 : 丁酉 7月 17日

변덕기 卞德基 : 丁酉 6月 19日

변덕수 卞德壽 : 丁酉 7月 2, 5, 8日

변덕장 卞德章 : 丁酉 6月 19日

변사안 卞師顔 : 甲午 5月 21日

변사증 卞師曾 : 丁酉 7月 4日

변여량 卞汝良 : 丁酉 7月 4日

변유 卞瑜 : 丁酉 6月 20日

변유헌 卞有憲 : 이순신의 외조카(外姪). 癸巳 5月 29, 30日, 6月 19日(兩
姪), 甲午 1月 27日, 2月 14日, 3月 17日, 10月 10日(有憲), 乙未
9月 3日, 丁酉 5月 2日

변응각 邊應慤 : 甲午 5月 8, 10日

변의정 卞義禎 : 丁酉 7月 16日

변익성 邊翼星 : 乙未 11月 24, 25日, 12月 2日, 丙申 1月 10, 17, 21日,
7月 12日, 丁酉 5月 26, 27, 28日

변존서 卞存緒 : 壬辰 2月 8日, 癸巳 5月 17日, 6月 12日, 7月 5日, 8月
29日, 9月 1日, 甲午 2月 8, 14, 19日, 3月 25日, 6月 19日, 10月

10日, 乙未 2月 11日, 4月 11日, 11月 4, 11(卞主簿), 22日, 丙申
1月 17日, 丁酉 4月 19日(卞主簿), 6月 17, 21(卞主簿), 29日(卞
主夫,卞主簿), 7月 5, 6, 9(卞主簿), 10日

변홍달卞弘達 : 甲午 4月 4日, 丁酉 6月 26日, 7月 11, 18日

변회보卞懷寶 : 丁酉 7月 4日

변흥백卞興伯 : 丁酉 4月 7, 8, 10, 13日, 6月 11日, 7月 6日

복 유격福 遊擊 : '복일승(福日升)' 참조. 戊戌 9月 30日

복일승福日升 : 戊戌 9月 30日

복춘福春 : 甲午 9月 6, 18, 23日(復春), (10月 9日, 丙申 2月 25日 : 春福)

봉菶 : 이순신의 조카, 이요신의 맏아들. '이봉' 참조.

봉奉 : 甲午 7月 23日

봉손奉孫 : 癸巳 6月 28, 29日

봉좌逢佐 : 丁酉 10月 13日

봉학奉鶴 : 甲午 7月 11日, 丁酉 9月 18日, 12月 5日

분芬 : 이순신의 조카. '이분' 참조.

【ㅅ】

사고여음沙古汝音 : 丙申 4月 29日

사이여문沙耳汝文 : 丙申 7月 18, 19日

사택정성寺澤正成 : 丙申 1月 19日

사행士行 : 丁酉 4月 1日

사화士花 : 丙申 2月 25日

사화士化 : 丁酉 10月 20日

산소山素 : 乙未 5月 21日

삼혜三惠 : 癸巳 2月 22日

서몽남徐夢男 : 癸巳 9月 11日

서성徐渻 : 甲午 4月 10, 11, 12, 13, 14日, 7月 11日, 9月 1日, 10月 16,
17, 18, 19, 20日, 丙申 1月 19, 27, 28, 29日, 2月 29日, 6月 28日,
7月 1, 2, 3, 4日, 8月 8日

서예원徐禮元 : 癸巳 6月 29日, 乙未 8月 23日

서철徐徹 : 丁酉 6月 10, 20日, 7月 1, 10日

석세石世 : '돌세' 참조.

선거이宣居怡 : 癸巳 5月 23, 27, 29, 30日, 6月 3日, 7月 19, 20日, 9月
　　　2日, 甲午 9月 27日, 10月 7日, 乙未 5月 18, 19, 20, 24, 25, 26,
　　　27, 28日, 6月 1, 10, 17, 20, 25日, 7月 3, 7, 19, 21, 23, 24, 25,
　　　26, 28日, 8月 2, 5, 7, 8日, 9月 2, 5, 6, 8, 10, 12, 14, 15日, 丙申
　　　9月 24日(宣兵使)

선기룡宣起龍 : 丁酉 10月 22日

선의先衣 : 丁酉 8月 16日

선의문宣義問 : 丙申 1月 12, 15, 20日, 2月 6, 7, 11, 14, 19, 20, 22, 24,
　　　26日, 丁酉 11月 4, 7日, 戊戌 1月 2日, 10月 2日

선조宣祖 : 癸巳 5月 10, 12, 14日, 7月 1日, 8月 1, 10日, 甲午 2月 1,
　　　12日, 5月 8日, 6月 4日, 9月 20日, 10月 4日, 乙未 2月 11日, 5月
　　　29日, 7月 7日, 11月 11, 22日, 丙申 1月 12日, 2月 17日, 丁酉
　　　5月 20日, 8月 2, 7, 15日, 11月 22日

선중립宣仲立 : 丙申 9月 25日

성문개成文漑 : 癸巳 5月 12日

성복成卜 : 丙申 4月 22, 23日

성언길成彦吉 : 癸巳 2月 17, 22, 24日

성윤문成允文 : 甲午 10月 27日, 11月 2日, 乙未 1月 17日, 3月 29日,
　　　4月 10, 12, 18, 22, 27, 29日, 6月 16日, 7月 4, 9, 16日, 10月
　　　15, 17, 22日, 11月 7日, 12月 14日, 丙申 1月 5, 17, 21日, 2月
　　　17日

성응지成應祉 : 癸巳 2月 22日(成義兵), 5月 28日(龍虎將), 6月 9日, 7月
　　　5日, 甲午 8月 29日

성천유成天裕 : 甲午 2月 9日, 3月 29日, 10月 9日, 乙未 4月 28, 29日,
　　　丙申 6月 3日

세공世功 : 丁酉 6月 24日

세남世男 : 丁酉 7月 16, 17日

세산월歲山月 : '내산월(萊山月)'의 판독 착오 인명. 내산월(萊山月) 참조.

세충世忠 : 丁酉 5月 8日

소계남蘇季男 : 丁酉 8月 12, 13日, 戊戌 11月 17日

소국진蘇國進 : 壬辰 3月 23日, 丙申 3月 12日(蘇國秦), 9月 1日

소서비小西飛 : 丙申 1月 19日

소서행장小西行長 : 甲午 4月 18日, 乙未 6月 25日, 11月 18日, 丙申 1月
  18, 19日, 4月 30日, 丁酉 6月 18日

소희익蘇希益 : 乙未 5月 18日, (戊戌 9月 23日?)

손걸孫乞 : 癸巳 6月 22日

손경례孫景禮 : 丁酉 7月 27日

손경지孫景祉 : 丙申 3月 6日, 9月 9日, 丁酉 12月 22日

손광孫鑛 : 甲午 7月 17日

손만세孫萬世 : 丙申 2月 20日

손사랑孫四郎 : '망기시로' 참조.

손수약孫守約 : 甲午 1月 11日

손안국孫安國 : 乙未 5月 18日, 7月 15日, 8月 10日, 丙申 3月 24, 27日,
  4月 23日, 5月 14日

손응남孫應男 : 丁酉 7月 16日, 8月 3日

손의갑孫義甲 : 甲午 3月 7日

손인갑孫仁甲 : 丙申 2月 5, 8日

손인필孫仁弼 : 丁酉 4月 26日, 5月 14, 15, 22日, 8月 3日

손충갑孫忠甲 : 甲午 2月 19日

손풍련孫風連 : 丙申 2月 20日

손현평孫絃平 : 丙申 2月 22日

송 경략宋 經略 : 경략군무(經略軍務) 송응창. '송응창' 참조.

송경령宋慶笭 : 甲午 2月 12, 13日

송구宋逑 : 丙申 6月 27日

송대기宋大器 : 丁酉 5月 7日

송대립宋大立 : 丁酉 7月 1, 8, 13, 17, 18, 23日, 8月 6, 7日, 戊戌 1月 2日

송덕일宋德馹 : 甲午 1月 24日, 2月 13日, 6月 7日, 乙未 4月 28日(宋德 一), 9月 6, 8日

송두남宋斗男 : 癸巳 6月 2日, 7月 12日, 8月 13日, 甲午 1月 25日, 3月 13日(宋斗南), 4月 16日(宋斗南), 乙未 10月 19日

송득운宋得運 : 丁酉 5月 6日, 7月 1, 25日, 戊戌 1月 2日

송상문宋象文 : 丙申 2月 14, 15日

송상보宋尙甫 : 丁酉 11月 9日, 戊戌 10月 2日

송성宋晟 : 壬辰 4月 22日. '송일성' 참조.

송세응宋世應 : 丙申 3月 24, 27日, 4月 23日, 5月 16日, 6月 25日, 8月 1日

송언봉宋彦逢 : 丁酉 10月 13, 16日(宋彦鳳)

송여종宋汝悰 : (癸巳 8月 15日?) 甲午 1月 20, 21, 22日, 2月 9, 16日, 4月 1日, 5月 27日, 6月 5, 14日, 7月 7, 26日, 8月 23日, 11月 16, 21日, 乙未 1月 19日, 2月 22日, 3月 8, 27日, 6月 3, 4, 30日, 7月 14, 15, 16日, 10月 14, 25日, 11月 16日, 丙申 2月 8, 14, 20, 22, 27日, 3月 3, 7, 14, 15, 24, 26日, 4月 3日, 6月 9, 25日, 7月 27日, 8月 1日, 丁酉 5月 10日, 6月 12日, 9月 9, 16日, 10月 19日, 11月 3日

송응기宋應璣 : 丁酉 11月 21日, 戊戌 1月 3日

송응창宋應昌 : 癸巳 5月 12, 22, 25, 27, 30日

송의련宋義連 : 乙未 4月 12日, 10月 25日, 丙申 8月 19日

송일성宋日成 : 송성宋晟의 판독 착오 인명. '송일성宋日成'은《이충무공전서》에 수록된《난중일기》임진 4월 22일조에서 근거한 것인데, 같은 책의 〈임진장초〉 '당포파왜병장唐浦破倭兵狀'에서는 '송성宋晟'으로 편집함으로써 이 동일 인명의 판독 혼동을 초래하고 있다. 한자 판독에 따라 '송일성宋日成' 혹은 '송성宋晟'이 되기도 하는데 이 날짜의 친필초는 유실되었으므로 직접 확인할 방법은 없다. 그 대신《친필일기초》〈병신일기〉의 맨 끝 비망록에 동일 인명이 친필로

기록되어 있으므로 이를 판독하여 '송성宋晟'으로 정하였다(부록 3
〈丙申日記〉備忘錄(八) 참조).

송전宋詮 : 甲午 2月 16日, 3月 5, 14日, 5月 28, 30日, 6月 18日, 7月
8(宋銓), (10, 13日 : 宋荃), 乙未 1月 8, 10, 19日, 2月 28日, 3月
8日, 5月 15日

송정립宋廷立 : 丁酉 5月 6日

송한宋漢 : 丙申 1月 4日, 5月 16日, 丁酉 9月 27, 28, 29日, 11月 15日

송한련宋漢連 : 壬辰 4月 22日, 5月 2日, 癸巳 5月 26日, 8月 6日, 甲午
11月 5日, 乙未 2月 19日, 丙申 1月 4日, 2月 6日, 5月 16日, 8月
10日, 戊戌 10月 7日

송홍득宋弘得 : 甲午 4月 4日, 乙未 10月 12, 13, 26日

송희립宋希立 : 壬辰 3月 24, 26日, 癸巳 6月 16日, 7月 9日, 8月 20日,
9月 8日, 甲午 2月 14日, 5月 19日, 6月 5日, 8月 2日, 11月 6日,
乙未 6月 6日, 7月 16日, 10月 22, 26日, 11月 6, 21日, 丙申 2月
30日, 3月 3, 21日, 8月 3, 20日, 丁酉 8月 11日

수壽 : 丙申 7月 21日

수경 水卿 : 丙申 9月 8日

수석 水石 : 甲午 11月 21日

수원壽元 : 乙未 3月 18, 21日, 丙申 3月 5, 11日, 6月 14, 28日

수인守仁 : 丙申 8月 9日, 丁酉 5月 8日

순생順生 : 丁酉 11月 21日

순화順花 : 丁酉 4月 13日, 5月 6日, 10月 25日(順化)

신경덕辛慶德 : 丙申 9月 11日

신경징申景澄 : 丙申 5月 8, 11, 16日, 6月 1, 2日

신경황申景潢 : 癸巳 3月 17日, 7月 18日, 甲午 3月 25日, 6月 15日, (7月
5, 10日 : 審藥), 8月 24日, 11月 21日, 乙未 5月 5日

신덕수申德壽 : 乙未 2月 3日

신복룡愼伏龍 : 丁酉 4月 3日

신 사과 愼 司果 : 司果는 정6품 군직 벼슬. 甲午 1月 1, 2, 4, 5日, 丙申 1月

1日, 3月 27日, 4月 1, 2日, 10月 1日, 丁酉 4月 29, 30日(愼果),
5月 1, 3日

신시노 信是老 : 乙未 11月 30日, 丙申 6月 24日

신식 申湜 : 乙未 7月 27, 28, 29日, 8月 1, 3, 4, 5日, 丙申 2月 4日, 4月
15日, 5月 30日

신여길 申汝吉 : 丁酉 7月 17日

신여량 申汝樑 : 丁酉 6月 30日, 11月 5日

신여윤 申汝潤 : 丙申 1月 23日

신용 愼容 : 丁酉 10月 13, 16日

신인 神人 : 丁酉 9月 15日

신정 愼定 : 癸巳 5月 6日

신제운 申霽雲 : 甲午 7月 26, 28日, 丁酉 6月 30日, 7月 2, 11日

신 조방장 申 助防將 : 신호(申浩). 乙未 2月 16, 17, 20, 23, 29日, 3月
7, 8, 22, 23, 24, 26, 29日, 4月 3, 13, 17, 18, 22, 26, 29日, 5月
12, 13, 18, 19, 23, 26, 28日, 6月 1, 3, 4, 8, 9, 10, 15, 16, 17,
23, 27, 30日, 7月 5, 7, 15, 18, 19, 20, 21, 23, 25, 28日, 8月 6,
7, 8, 12, 16, 17, 18, 19, 9月 2, 5, 6, 8, 10, 12, 21日, 10月 1日,
丙申 4月 21日

신진 申蓁 : 丙申 2月 23日, 3月 6日, 6月 23日, 7月 16日, 8月 9日, 丁酉
5月 28, 29日, 6月 1, 5, 12日, 8月 13日, 11月 11日

신천기 申天機 : 甲午 7月 26日

신천기 申天紀 : 甲午 8月 25日

신탁 申拆 : 丙申 9月 30日

신호 申浩 : 壬辰 5月 2日, 癸巳 2月 2, 3日, 3月 8, 16日, 5月 5, 15日, 6月
14, 15, 16, 25日, 7月 12, 29日, 8月 15, 26日, 9月 11日, 甲午 1月
20, 23日, 2月 2, 7, 16日, 10月 25, 26日, 11月 6, 7, 12, 13日,
(乙未 8月 21日 : 彦深)? '신 조방장' 참조.

신호의 愼好義 : 戊戌 9月 27日

신홍수 申弘壽 : 丙申 1月 13日, 丁酉 5月 2, 12日

신홍언申弘彦 : 乙未 6月 2日

신홍헌申弘憲 : 壬辰 2月 21日, 甲午 7月 10日, 乙未 6月 19, 21日

신환愼環 : 癸巳 2月 16日

신효업申孝業 : 丁酉 6月 2, 4日

신훤申萱 : 丁酉 11月 11日, 12月 30日

심사립沈士立 : 壬辰 1月 11日

심안돈沈安頓 : '도진의홍(島津義弘)'. 乙未 3月 17日, 丙申 1月 8日(沈
安屯)

심안돈오沈安頓吾 : '심안돈(沈安頓)' 참조.

심안은기沈安隱己 : 이은상 번역본에서 '巳'의 한자 착오. '심안은이' 참조.

심안은이沈安隱巳 : 乙未 3月 17日

심유沈愉 : 丙申 9月 17日

심유경沈惟敬 : 甲午 2月 5日, 丙申 1月 18, 19日, 丁酉 6月 29日

심준沈俊 : 甲午 8月 12, 13日, 丁酉 6月 5, 8, 26, 29日, 7月 7日

심충겸沈忠謙 : 甲午 7月 24日, 8月 30日

심충항沈忠恒 : 乙未 3月 17日

심희수沈喜壽 : 癸巳 7月 6日, 9月 4日, 丁酉 4月 1日(沈禧壽)

【ㅇ】

안각安珏 : 丁酉 7月 1, 6, 7日

안괄安适 : 丁酉 5月 7日

안극가安克可 : 丁酉 6月 24日, 7月 4日

안득安得 : 乙未 6月 4日

안세걸安世傑 : 癸巳 3月 17日

안세희安世熙 : 丙申 9月 12日

안수지安守智 : 甲午 8月 4日

안습지安習之 : 癸巳 9月 4日

안위安衛 : 甲午 4月 17, 18, 5月 29日, 8月 18, 22, 23, 30日, 9月 20日,
10月 25日, 11月 27日, 乙未 1月 4, 10, 17, 25日, 2月 19日, 3月

26日, 4月 13日, 5月 2, 18日, 6月 1, 5, 21, 27, 30日, 7月 9, 17, 18, 20日, 11月 20, 22日, 12月 2, 7, 9日, 丙申 1月 5, 11日, 2月 4, 15, 23, 28日, 4月 17日, 5月 11, 15, 29日, 7月 6, 21, 24日, 8月 11, 17, 19日, 丁酉 6月 12, 25日, 7月 21日, 8月 12, 13日, 9月 16日, 10月 11, 19日, 11月 7, 16日, 12月 4, 29日

안이명 安以命 : 丙申 2月 4, 15日, 6月 25日, 8月 6日, 丁酉 10月 13, 19日

안홍국 安弘國 : 乙未 1月 30日, 2月 1, 7, 21日, 3月 8, 10日, 丙申 3月 2, 4, 19日, 丁酉 6月 25日

안홍제 安弘濟 : 丁酉 5月 21日

애수 愛守 : 癸巳 6月 28日

애수 愛壽 : 丙申 1月 23日, 丁酉 4月 13日

애환 愛還 : 甲午 10月 23日

야시로 也時老 : 乙未 11月 16日

야여문 也汝文 : 甲午 11月 3日, 乙未 1月 7, 9日, 11月 30日, 丙申 6月 24, 29日

양간 梁諫 : 丁酉 6月 29日

양 경리 楊 經理 : 명나라 장수 양호(楊鎬), '양호' 참조.

양기 梁紀 : 丁酉 7月 4日

양동립 梁東立 : 丁酉 8月 6日

양문 楊文 : 甲午 7月 17日

양밀 梁蜜 : 甲午 1月 27日

양밀 梁謐 : 丁酉 10月 30日

양방형 楊方亨 : 乙未 10月 6日, 丙申 4月 22日, 5月 12, 13, 24日

양보 楊甫 : 癸巳 5月 22, 23, 24, 25日, 6月 1日

양산원 梁山沅 : 丁酉 8月 11日

양수개 楊水漑 : 乙未 10月 25日

양원 楊元 : 丁酉 5月 17日, 6月 29日

양응원 梁應元 : 癸巳 8月 3日, 乙未 4月 12日

양점 梁霑 : 丁酉 7月 4日

영인 永人 : 丙申 4月 21, 23日

예윤 禮胤 : 癸巳 5月 14日

예손 禮孫 : 丁酉 7月 24日

오계성 吳繼成 : 乙未 8月 21日

오수 吳水 : 癸巳 7月 10, 21, 22, 24日, 甲午 5月 22日, 乙未 4月 25日,
　　12月 4日, 丙申 1月 6(吳壽), 9日, 2月 17日, 丁酉 10月 13日(吳守)

오수성 吳壽成 : 癸巳 7月 11, 12日

오운 吳澐 : 丁酉 6月 24日, 7月 3, 12日

오종수 吳終壽 : 乙未 2月 4日(吳從壽), 丁酉 4月 15日

오철 吳轍 : 丙申 2月 8日, 3月 21日, 4月 4日

옥 玉 : 丙申 1月 14日

옥이 玉伊 : 乙未 5月 21日

옥지 玉只 : 癸巳 2月 13日, 丙申 2月 15日, 5月 24日, 6月 5, 9日, 8月
　　19日

온개 溫介 : 乙未 9月 24日

완 莞 : 이순신의 조카 이완(李莞). '이완' 참조.

왕경 王敬 : 癸巳 6月 13日

왕경득 王敬得 : 癸巳 5月 25, 26日

왕원주 王元周 : 戊戌 9月 30日

왕 유격 王 遊擊 : 유격장 왕원주(王元周). '왕원주' 참조.

왕작덕 王爵德, **왕울덕** 王鬱德 :《이충무공전서》에는 을미 5월 4일조에 왕
　　작덕(王爵德)으로, 〈일기초〉에는 을미 11월 4일조에 왕울덕(王鬱
　　德)으로 나온다. 일기 기사 내용으로 미루어 보아 〈日記抄〉 날짜에
　　해당하는 것으로 보는 것이 타당하다(부록 2 참조).

왕재 王才 : 丁酉 11月 29日

요신 堯臣 : 이순신의 둘째 형님. '이요신' 참조.

용산 龍山 : 丁酉 7月 25日

우 禹 : 丙申 8月 13日

우년 禹年 : 甲午 11月 21日

우로于老 : 丙申 7月 28日

우로음금禹老音金 : 丁酉 5月 6日

우수禹壽 : 乙未 9月 3, 27日, 11月 22日, 12月 9日, 丙申 1月 5, 7日, 3月
    8日, 6月 27日, 丁酉 9月 9日, 10月 11, 19, 20日, 戊戌 10月 3日

우조방장右助防將 : 어영담(魚泳潭), '어영담' 참조. 甲午 2月 3, 4, 5, 7, 8,
    9, 11, 15, 16, 17, 19, 20(또는 右令公), 21日(또는 魚令公), 3月
    2, 3, 4, 5, 23, 26日, 4月 9日(또는 魚助防將)

우치적禹致績 : 癸巳 2月 15, 23日, 5月 29日, 甲午 2月 13日, 3月 26日,
    丙申 9月 25, 26日, 10月 5, 6, 8日, 丁酉 4月 27, 28日, 5月 2, 5,
    9, 13, 14日, 6月 12, 26日, 8月 9日, 10月 11, 13, 16日

울蔚 : 이순신의 둘째 아들. '이열' 참조.

원견元玪 : '원현元玹'의 오역. 이은상 역주해《난중일기》에서 '현玹(계집
    가두는 옥 현 또는 하인청 현)'의 음을 '견'으로 정한 것으로부터 유
    래된 인명. 이와 유사한 글자로서 '玪'은 '옥모양 현' 또는 고음(古
    音)으로는 '견'으로 불린 것으로 되어 있으므로 혼동된 것으로 추
    측됨.《친필일기초》에는 '현玹'의 우측 수부(首部)에 '입구口' 대신
    '마늘모厶'로 작성되어 있으나 이는 공용되는 용법-용례로서 '玹'
    으로 판독되며 좌부 또한 명확히 '土'이며 '王'이 아님. 조선사편수
    회 편《난중일기초·임진장초》에서도 '元玹'으로 판독되어 있음.

원경遠卿 : 丁酉 4月 1日

원균元均 : 壬辰 4月 15, 16, 18日, 5月 2, 3, 29日, 8月 25, 27日, 癸巳
    2月 7, 8, 14, 15, 17, 21, 22, 23, 28, 29日, 3月 2, 4, 11, 16日,
    5月 8, 9, 12, 13, 14, 15, 17, 21, 22, 23, 26, 27, 30日, 6月 5,
    10, 11, 12, 14, 16, 17, 18, 25, 28日, 7月 9, 10, 11, 21, 25, 28日,
    8月 2, 6, 7, 8, 9, 19, 26, 28, 30日, 9月 1, 6日, 甲午 1月 18, 19,
    21, 24, 27日, 2月 11, 13, 18日, 3月 3, 4, 5, 7, 13日, 4月 12,
    16, 24日, 5月 4, 6, 8, 13日, 6月 2, 4, 14, 18日, 7月 11, 16, 19,
    21日, 8月 4, 5, 15, 17, 18, 19, 30日, 9月 4, 9, 11, 23日, 10月 1,
    12, 16, 17, 18, 21日, 11月 20日, 乙未 1月 10日, 2月 20, 27日,

　　　丙申 3月 12日, 閏8月 22, 24日, 丁酉 4月 27, 30日, 5月 2, 5,
　　　6(兇人), 7(兇公), 8(元兇), 11(兇人), 12, 20(兇人), 23, 28日, 6月
　　　12, 17, 19日, 7月 7, 18, 21, 22日

원사진元士震 : 甲午 3月 13日

원사표元士彪 : 甲午 4月 13, 15日

원식元埴 : 癸巳 3月 9日, 7月 2日, 甲午 1月 28日, 2月 3日

원연元埏 : 癸巳 6月 21日, 7月 2, 10, 11, 21日, 8月 19日

원유남元裕男 : 甲午 7月 8, 9, 12, 22日, 8月 20, 26, 27, 30日, 9月 6,
　　　13, 15日, 乙未 3月 17日, 丙申 4月 14, 18, 23, 30日, 5月 16, 22,
　　　23, 26, 27日, 6月 1, 4, 7, 9, 12, 15, 20, 23, 24, 25, 27, 29日,
　　　7月 5, 8, 10, 12, 18, 19, 28, 29日, 8月 1, 3, 6, 10, 13, 14, 15,
　　　17, 21, 26日, 丁酉 5月 5日, 10月 25日

원인남元仁男 : 丁酉 4月 19日

원전元㙉 : 甲午 2月 3日, 乙未 1月 1日, 2月 24日

원종의元宗義 : 乙未 3月 21, 25日, 7月 4日, 丙申 2月 25日, 9月 3日,
　　　丁酉 8月 8日

원집元潗 : 丁酉 8月 7日

원현元㙉 : 癸巳 6월 2일. 앞의 '원견元㙉' 참조.

위대기魏大器 : 癸巳 6月 11日, 8月 10日, 甲午 2月 18日, 3月 17日

위덕의魏德毅 : 丁酉 8月 19日

유경남柳景男 : 癸巳 6月 22日

유공진柳拱辰 : 乙未 5月 2, 5, 6, 7, 8, 9, 10日

유기룡柳起龍 : 乙未 6月 18日, 10月 17, 19日, 丁酉 5月 27日

유몽길柳夢吉 : 丁酉 5月 7日

유몽인柳夢寅 : 甲午 1月 16, 24日, 2月 16日

유 박천柳 博川 : 박천군수(博川郡守) 유해. '유해(柳海)' 참조.

유섭兪攝 : 壬辰 3月 20日(順天代將), 丙申 2月 6日(順天別監)?

유성룡柳成龍 : 壬辰 3月 5日, 癸巳 5月 11日, 6月 12日, 8月 1日, 9月 4日,
　　　甲午 2月 12, 13日, 3月 12日, 6月 15日, 7月 12, 13, 24日, 8月

30日, 9月 13日, 11月 8, 15日, 乙未 2月 25日, 4月 12日, 5月
27日, 9月 17日, 11月 1日, 丙申 1月 12日, 2月 4日, 4月 15日, 5月
30日, 7月 30日, 9月 18日, 丁酉 4月 1, 2日, 8月 15日, 11月 16日

유영건柳永健 : 丁酉 4月 3日

유 원외劉 員外 : '유황상' 참조. 계사 5月 19日

유장춘柳長春 : 丁酉 12月 2日

유정劉綎 : 甲午 1月 28日, 7月 20日, 戊戌 9月 20, 25日, 10月 1, 3, 6日

유정惟政 : 甲午 5月 16日(惟精)

유척柳滌 : 乙未 11月 26, 28日

유충서柳忠恕 : 癸巳 6月 8日

유충신柳忠信 : 癸巳 9月 12日, 甲午 1月 23日

유해柳海 : 丁酉 5月 21, 22日, 8月 3日

유해柳瀣 : 甲午 1月 30日, 2月 9, 15, 16日, 3月 14日, 6月 2日

유헌有憲 : '변유헌(卞有憲)' 참조. 甲午 10月 10日(有□), 丁酉 5月 2日

유형柳珩 : 癸巳 7月 1, 2日, 丙申 3月 1, 6日, 丁酉 10月 16, 20, 22, 30日,
11月 14日, 戊戌 1月 2日, 10月 2日

유홍兪弘 : 甲午 7月 26日

유홍柳泓 : 丁酉 6月 3, 7日(柳洪), 7月 8(柳洪), 17日(柳弘)

유홍근柳洪根 : 乙未 7月 16日

유황柳滉 : 甲午 1月 23, 24日, 2月 14日, 丙申 2月 8日, 丁酉 7月 4, 17,
18日

유황상劉黃裳 : 癸巳 5月 19日

유희선柳希先 : 癸巳 7月 13, 14日

윤간尹侃 : 癸巳 8月 23日, 9月 4日, 丙申 9月 19日, 丁酉 4月 1日(尹生
侃), 12月 10, 20日

윤감尹鑑 : 丁酉 6月 6, 9, 18, 20, 22日, 7月 9日

윤건尹健 : 丁酉 10月 19日

윤경립尹敬立 : 甲午 9月 13日

윤근수尹根壽 : 甲午 7月 24, 26日, 乙未 10月 3日

윤금 允金 : 丁酉 9月 20日

윤기헌 尹耆獻 : 癸巳 7月 6日, 9月 4日, 丁酉 4月 1日

윤단중 尹端中 : 丁酉 11月 14日

윤담 尹潭 : 甲午 8月 17日

윤덕종 尹德種 : 乙未 6月 19日, 丙申 8月 20日

윤돈 尹暾 : 甲午 7月 26日, 10月 13, 17, 18, 19, 21日

윤동구 尹東耈 : 癸巳 5月 12, 15日, 甲午 6月 29日, 8月 5日

윤두수 尹斗壽 : 癸巳 7月 6日, 甲午 9月 7, 20, 27日, 10月 25, 26日, 乙
　　未 6月 3日

윤백년 尹百年 : 甲午 2月 1日

윤복 允福 : 丁酉 6月 26日

윤붕 尹鵬 : 甲午 3月 5日

윤사공 尹思恭 : 甲午 6月 19日

윤사행 尹士行 : 甲午 1月 11日, 丁酉 4月 1日

윤삼빙 尹三聘 : 丁酉 7月 6日

윤선각 尹先覺 : 癸巳 6月 29日, 丁酉 6月 17, 21日, 7月 14, 15, 18日, 8月
　　14日

윤소인 尹素仁 : 癸巳 7月 20日

윤승남 尹承男 : 丙申 3月 6日, 7月 19, 24, 26, 27日, 丁酉 10月 24日

윤언심 尹彦諶 : 乙未 1月 1日

윤언침 尹彦忱 : 甲午 7月 11日

윤연 尹連 : 甲午 11月 13日, 丙申 6月 1日, 丁酉 10月 25日

윤엽 尹曄 : 甲午 11月 15日, 乙未 2月 12日, 7月 26日

윤영현 尹英賢 : 丙申 7月 17日, 丁酉 11月 7, 15, 18日, 12月 2, 21日

윤우신 尹又新 : 癸巳 6月 12日, 9月 4日, 甲午 6月 15日

윤운로 尹雲輅 : 乙未 6月 19, 27日(奇雲輅)

윤자신 尹自新 : 癸巳 7月 6日, 9月 4日, 丙申 4月 15日, 5月 30日, 丁酉
　　4月 1日

윤제현 尹齊賢 : 癸巳 5月 10, 15, 16, 19, 30日

윤지눌尹志訥 : 丁酉 10月 20日

윤해尹海 : 丁酉 10月 22, 23日

윤홍년尹弘年 : 乙未 2月 5日, 6月 2日, 10月 29日, 12月 7日, 丙申 1月
  30日, 3月 11日

윤효원尹孝元 : 丁酉 4月 7, 10日

율온栗溫 : 丁酉 6月 21日

음금音金 : 丙申 7月 28日

응원應元 : 丁酉 4月 29日, 5月 3日

의능宜能 : 癸巳 2月 22日, 6月 26日, 甲午 1月 14日, 7月 28日(義能),
  10月 22日, 丙申 8月 8日

이각李珏 : 壬辰 4月 18日

이감李瑊 : 甲午 1月 17日, 11月 14日

이경로李景老 : 甲午 2月 16日

이경록李景祿 : 丙申 2月 11, 13, 18日, 6月 20日

이경명李景明 : 乙未 1月 21日

이경복李景福 : 壬辰 4月 22日, 癸巳 7月 19日, 8月 3, 13日, 9月 4日,
  甲午 1月 27日, 2月 1, 7日, 11月 23日

이경사李景思 : 甲午 4月 15日

이경수李景受 : 이억기(李億祺)의 자(字). '이억기' 참조.

이경신李敬信 : 壬辰 1月 1日, 丁酉 5月 8日

이경조李景祚 : 癸巳 6月 2日

이계李繼 : 乙未 6月 2日, 丙申 1月 2日

이계명李繼命 : 甲午 10月 4日, 丙申 9月 19, 21日, 丁酉 5月 6日

이계훈李繼勛 : 乙未 3月 16, 17日

이곤변李坤忭 : 乙未 3月 9日

이곤변李鯤變 : 丙申 7月 6日, 8月 29日, 閏8月 1日

이공헌李公獻 : 丙申 9月 8日

이광李洸 : 壬辰 1月 17, 24日, 2月 6, 10, 25, 29日, 3月 13, 14, 17, 23,
  24日, 4月 11, 15, 16(三道), 18日, 癸巳 2月 5, 15日, 8月 20日

이광보李光輔 : 丙申 9月 12日, 丁酉 9月 20日

이광악李光岳 : 甲午 4月 21, 23, 26日, 5月 16日, 8月 16, 17, 18, 21, 22, 23, 25, 30日, 10月 6, 10日, 乙未 6月 8日

이광축李光軸 : 丙申 9月 13日, 丁酉 9月 20日

이광후李光後 : 乙未 8月 7, 8日

이군거李君擧 : 이천의 자(字). '이천' 참조.

이귀李貴 : 甲午 2月 16日

이극신李克新 : 乙未 1月 27日, 2月 21日, 丙申 2月 13, 14, 23日, 3月 6, 8, 9日, 丁酉 9月 18日, 10月 20日

이극일李克一 : 丙申 6月 23日

이극함李克諴 : 甲午 1月 19日

이기남李奇男 : 乙未 8月 13日, 丁酉 5月 3, 7, 12日, 8月 5, 6日

이기윤李奇胤 : 丁酉 5月 6, 12日

이길원李吉元 : 丁酉 11月 3, 4日

이내절손李內卩孫 : 丁酉 4月 4日

---

* 《이충무공전서》(1795)와 조선사편수회편《난중일기초·임진장초》(1935)에서는 '이내은손李內隱孫'으로 판독 제시하고 있으며, 이후 국역판 난중일기의 대부분이 이를 따르고 있다. 〈日記抄〉(숙종19년 1693년 전후 작성 추정)에는 이 날짜의 일기가 필사되지 않았다. 졸저에서는 친필일기의 재검독 작업을 통하여, '허내절만許內卩萬'의 경우와 유사하게 '이내절손李內卩孫'으로 확정하였다. 아래 '허내절만許內卩萬' 참조.

이뇌李蕾 : 癸巳 2月 22日, 8月 23日, 9月 1日, 甲午 1月 14日, 11月 10, 17, 21日, 乙未 4月 24日, 丁酉 4月 5, 19日

이담李曇 : 乙未 3月 9日, 5月 2日, 11月 22日, 丙申 1月 5日, 2月 4, 15日, 3月 18日, 4月 23日, 7月 10, 21日, (戊戌 9月 22日?)

이대백李大伯 : 丁酉 5月 23日, 6月 6日

이대진李大振 : 丁酉 11月 7日

이덕룡李德龍 : 丁酉 5月 21日

이덕필李德弼 : 丁酉 6月 5, 8, 12, 26, 29日, 7月 15, 16, 18日

이득종李得宗 : 丙申 2月 26日, 丁酉 4月 27日

이람李覽 : 丁酉 9月 22日

이량李良 : 丁酉 7月 3日

이면李葂 : (癸巳 2月 28日, 3月 12日, 7月 22, 29日, 8月 2, 3, 9日 : 莪),
　　　甲午 5月 1, 19, 22日, 6月 15, 17日, 7月 10, 11, 12, 13, 15, 26日,
　　　8月 6, 30日, 乙未 3月 17日, 6月 19日, 9月 24日, 10月 19日, 丙
　　　申 1月 22(兒輩), 23日(三子), 2月 17, 19, 3月 5日, 4月 17日,
　　　7月 30日, 8月 4, 20, 21日(豚輩), 閏8月 5(兒輩), 10, 15日(豚輩),
　　　丁酉 4月 19日, 10月 14, 16(末子), 19日(亡子), 11月 7, 23日(子)

이몽구李夢龜 : 壬辰 2月 1, 3, 8, 27日, 3月 3, 22, 24, 26日, 6月 7日, 癸
　　　巳 2月 12, 14日, 5月 13, 22日, 8月 1, 5日, 9月 5日, 甲午 1月 17,
　　　27, 28日, 2月 9日, 3月 3日, 6月 23日, 8月 27日, 9月 17日, 10月
　　　21日, 乙未 1月 23, 25日, 2月 22日, 3月 7, 8, 12, 21, 23, 25, 26日,
　　　5月 7, 8, 9日, 7月 21日, 8月 7, 13日, 9月 1, 12日, 10月 22, 25日,
　　　11月 16日, 12月 12日, 丙申 1月 4, 5, 7, 17, 19, 24日, 2月 2, 7,
　　　9日, 3月 23, 24, 27日, 5月 4, 19, 21, 22, 26, 27日, 6月 1, 2日,
　　　丁酉 8月 13, 14日, 10月 21, 24日, (12月 20日?)

이몽상李夢祥 : 甲午 2月 16日

이몽상李夢象 : 丙申 1月 5日

이몽서李夢瑞 : 丁酉 6月 23日

이몽학李夢鶴 : 丙申 7月 17, 18, 20, 22日

이문향李文鄕 : 丁酉 6月 11日

이방李昉 : 丁酉 6月 26, 27, 29日

이방李芳 : 丁酉 6月 23日, 7月 4, 6, 8, 13日

이 별좌李 別坐 : 丁酉 4月 7, 9, 10, 14日, '別坐'는 각 관아 소속의 정5
　　　품 또는 종5품의 벼슬.

이복남李福男 : 癸巳 5月 29日, 6月 3日, 丙申 9月 4日, 丁酉 4月 29, 30日,
　　　5月 1, 2日, 8月 5, 7, 8, 9, 13日

이봉李菶 : 이순신의 조카. 둘째형 이요신의 맏아들. 壬辰 1月 1, 7日, 癸
　　　巳 5月 6日, 6月 1, 19日, 9月 3, 4日, 甲午 2月 4, 7, 8日, 3月 27,
　　　28, 29日, 乙未 1月 5日, 2月 4, 14日, 3月 18, 21日, 8月 19日,

11月 4, 19, 22日, 丙申 8月 20, 21日(豚輩), 閏8月 5(兒輩), 9,
10, 15日(豚輩), 9月 19日, 丁酉 4月 1, 2, 19日

이봉李逢 : 甲午 2月 21日

이봉수李鳳壽 : 壬辰 1月 11日, 2月 4日, 癸巳 2月 3日

이분李芬 : 이순신의 조카. 癸巳 2月 22日, 甲午 1月 11, 17日, 2月 7, 8,
12日, 7月 15日, 乙未 1月 20日, 2月 11, 14日, 11月 19, 25, 28日,
12月 4, 11日, 丙申 1月 17日, 丁酉 4月 1, 2, 19日

이빈李濱 : 癸巳 5月 26, 29日, 6月 3日

이사빈李士贇 : 丁酉 4月 3, 7, 8, 9, 10, 11, 20, 23, 25, 26日

이사순李士順 : 丁酉 5月 23日

이산겸李山謙 : 甲午 1月 28日

이상李祥 : 甲午 2月 1日

이상록李尙祿 : 癸巳 7月 11日(李詳祿), 甲午 1月 25日, 2月 4日, 5月 4日,
(乙未 6月 30日, 7月 14日, 10月 25日 : 李祥祿)

이선손李先孫 : 丁酉 6月 22日

이설李渫 : 癸巳 5月 24日, 7月 9日, 甲午 2月 4日, 5月 4日, 11月 21日,
乙未 10月 21日, 11月 12日, 丙申 6月 19日

이섬李暹 : 乙未 9月 3日

이수李銖 : 癸巳 5月 29日

이수영李壽永 : 丁酉 4月 3, 17日(李秀榮)

이수원李壽元 : 甲午 9月 18日, 乙未 3月 18, 21日, 5月 22, 24日, 7月
26日, 11月 11日, 丙申 3月 5, 11日, 6月 14, 28日, 丁酉 5月 4, 9日

이수일李守一 : 乙未 11月 2日, 丙申 1月 18, 19, 21日

이숙도李叔道 : 甲午 2月 7日

이순李順 : 丁酉 10月 11日

이순생李順生 : 丁酉 11月 7日

이순신李純信 : 壬辰 1月 10日, 2月 8, 26, 27日, 5月 1, 2, 3日, 癸巳 2月
13, 16, 20, 23日, 3月 1, 8日, 5月 13, 15, 18, 19, 22, 29日, 6月 3,
6, 15, 20, 22日, 7月 6, 20, 24, 26, 29日, 8月 2, 8, 10, 12, 14,

15, 16, 20日, 9月 7, 10, 11日, 甲午 1月 16日, 2月 7, 14日, 3月
2, 3, 5, 23, 26, 29日, 4月 14, 18, 20, 21日, 5月 8, 10, 14, 23,
24, 25, 27, 28, 30日, 6月 1, 2, 3, 4, 5, 6, 7, 8, 9, 11, 14, 16,
17, 19, 20, 21, 23, 24, 25, 26, 29日, 7月 1, 2, 3, 4, 5, 7, 8, 11,
12, 14, 15(其三寸), 16, 19, 20, 22, 23, 25, 26, 27, 29日, 8月 2,
3, 4, 5, 6, 9, 10, 12, 20日, 9月 5, 6, 11, 12, 14, 15, 16, 17, 18,
20, 21, 23, 24日, 10月 1, 11, 12, 13日, 乙未 2月 5日, 3月 16日
(李立夫), 丁酉 4月 1日, 12月 1(李立夫), 3, 11, 21, 25, 26, 28日,
戊戌 1月 1日

이순일李純一 : 癸巳 5月 3, 5日

이순지李純智 : 丁酉 4月 1日

이숭고李崇古 : 壬辰 1月 24日

이승서李承緒 : 癸巳 7月 5日, 丁酉 6月 5日

이시경李蓍慶 : 丁酉 7月 28, 29日, 8月 1日

이시발李時發 : 丙申 7月 20日

이시언李時言 : 丁酉 12月 11日, 戊戌 9月 24日

이신길李信吉 : 丁酉 6月 19日

이심李深 : 甲午 7月 2日

이안겸李安謙 : 甲午 9月 27日

이안인李安仁 : 丁酉 7月 24日

이어해李漁海 : 丁酉 7月 8日

이억기李億祺 : 壬辰 2月 13日, 4月 15, 16日(三道), 5月 3, 29日, 6月 4,
8, 9, 8月 24, 26日, 癸巳 2月 8, 16, 17, 23, 24, 27, 29日, 3月 4,
7, 8, 11, 12, 13, 15, 17, 18, 19, 20日, 5月 3, 4, 5, 7, 8, 9, 10,
11, 14, 18, 21, 23, 25, 26日, 6月 2, 5, 7, 10, 11, 15, 16, 17,
21, 25, 28日, 7月 2, 7, 9, 10, 11, 13, 18, 21, 25, 26, 28日, 8月
2, 5, 6, 8, 9, 10, 12, 14, 15, 16, 17, 18, 19, 26日, 9月 1, 6, 8,
9, 10, 11日, 甲午 2月 16, 17, 18, 20, 28日, 3月 5, 6, 16, 27日,
4月 3, 6, 12, 14, 15, 17, 20日, 5月 2, 6, 8, 12, 24, 28日, 6月 2,

9, 14, 17, 29日, 7月 5, 7, 16, 19, 20(景修), 21, 23, 25日, 8月 5, 9, 20, 27, 30日, 9月 10, 12, 14, 15, 22日, 10月 1, 12, 13, 16, 17, 19, 20日, 乙未 2月 13, 15, 20日, 3月 8, 17, 18, 20, 22, 27日, 4月 3, 4, 8, 11, 18, 20, 26, 27, 28日, 5月 5, 15, 25日, 6月 5, 14, 29日, 7月 8, 10, 13, 19, 25, 26(丁水使), 28日, 8月 6, 12, 15, 20, 21日(景受), 9月 2, 6, 9, 10, 14, 20, 24, 28日, 10月 2, 6, 10, 14, 15, 16日, 丙申 1月 27日, 2月 5, 24, 25, 29, 30日, 3月 3, 5, 8, 15, 22日, 4月 3, 4, 6, 7, 16, 21, 25, 30日, 5月 2, 4, 15, 16, 30日, 6月 4, 15, 17日, 7月 4, 7, 15, 19, 26日, 8月 6, 12, 15, 19, 25日, 閏8月 1, 2, 6, 9, 10日, 丁酉 5月 6, 22日, 6月 12, 19日, 7月 18日

이언길 李彦吉 : 丁酉 4月 10日

이언량 李彦良 : 甲午 2月 4日, 乙未 9月 26日, 丙申 3月 21日, 丁酉 12月 10日, 戊戌 1月 3日

이언준 李彦俊 : 乙未 7月 15日

이언함 李彦諴 : 壬辰 4月 18日

이언형 李彦亨 : 癸巳 2月 5日

이여념 李汝恬 : 癸巳 2月 7, 15, 21, 23日(臥梁?), 3月 2日, 5月 8日, 6月 12日, 7月 15日, 8月 7日, 9月 2日, 甲午 1月 18日, 2月 13日, 3月 26日, 6月 25日, 7月 22日, 乙未 4月 25日, 6月 3日, 丙申 1月 4日

이여송 李如松 : 癸巳 3月 4日(李汝松), 5月 17日, 6月 9, 13日

이열 李莈 : (癸巳 5月 15日, 7月 12, 22, 23, 24日, 8月 23, 29日, 甲午 1月 17日, 2月 20日, 4月 28日, 6月 11, 15(豚), 29日, 7月 10, 11日, 8月 27, 30日(三子), 10月 10日, 11月 15, 17日, 乙未 1月 5, 20日, 2月 25日, 4月 24日, 6月 12, 15日, 7月 21日, 8月 7, 19日, 9月 3, 4, 24, 28日, 12月 6日, 丙申 2月 2, 3日(子), 3月 5日, 4月 17日, 5月 6, 7日, 8月 19日, 丁酉 4月 1, 11, 12, 13日, 5月 3 : 蔚), 12, 26日, 6月 11, 16日, 7月 9, 10, 11, 12, 16日, 10月 14日(汝兄), 12月 10, 25日

이염 李琰 : 丙申 9月 8日

이염 李薴 : 이순신의 셋째 아들. 나중에 '면(葂)'으로 고침. '이면' 참조.

이엽 李曄 : 丁酉 7月 16日

이엽 李燁 : 丁酉 5月 18日

이영 李瑛 : 癸巳 6月 1日

이영남 李英男 : 癸巳 2月 7, 15, 17, 21, 23日, 3月 2, 18日, 5月 8, 10, 12, 20, 21日, 6月 3, 8, 22, 29日, 7月 6, 19, 29日, 8月 2, 5, 7日, 9月 2, 12日, 甲午 1月 19, 20, 27日, 2月 7, 9, 13日, 3月 18, 21, 26, 29日, 5月 10, 20, 21, 23, 24, 25, 27日, 7月 4, 6, 7, 16, 21, 22日, 8月 5, 12, 14, 18, 21, 22, 23, 24, 25, 29, 30日, 9月 2, 4, 11日, 11月 4, 6日, 乙未 1月 4, 17日, 2月 21日, 4月 20日, 丙申 1月 7日, 5月 7, 8, 9, 11, 12日

이예 李禮 : 癸巳 8月 5日

이완 李莞 : 이순신의 조카. 乙未 4月 24日, 10月 8日, 11月 8日, 丙申 1月 22(兒輩), 23日, 3月 11日, 5月 8日, 8月 4, 20, 21日(豚輩), 閏8月 5(兒輩), 10, 15日(豚輩), 丁酉 4月 19日

이완 李緩 : 癸巳 8月 4, 5, 6日

이요 李堯 : 癸巳 6月 13日

이요신 李堯臣 : 壬辰 1月 23日(仲兄), (丙申 1月 23日, 丁酉 4月 5日 : 季兄), 5月 6日(亡兄)

이용순 李用淳 : 甲午 2月 16日

이용제 李用濟 : 丙申 8月 27日

이우신 李禹臣 : 이순신의 동생. 자는 汝弼. 壬辰 1月 1日, 2月 27日, 4月 6, 8日, 癸巳 8月 29日, 9月 1日, 甲午 1月 17, 27日, 3月 25, 29日, 乙未 1月 20日, 3月 18, 21日, 9月 3, 4日, 丙申 1月 3日, 3月 27日, 4月 16, 17日, 丁酉 6月 9日

이운룡 李雲龍 : 甲午 1月 20日, 2月 6日, 3月 29日, 4月 6日, 5月 20, 21, 23, 24, 29日, 6月 4日, 7月 3日, 8月 5, 12, 14, 23, 30日, 9月 2日, 乙未 1月 10, 11日, 2月 21日, 3月 26, 29日, 4月 18, 22日,

　　　　5月 2日, 6月 1, 5日, 7月 4, 9日, 10月 6, 19, 29日, 11月 16, 18,
　　　　22, 25日, 12月 7日, 丙申 1月 5, 10, 12, 16日, 2月 5, 9, 10, 12,
　　　　15, 17, 19, 22, 23日, 3月 4, 8, 9, 10日

이울 李蔚 : 이순신의 둘째 아들. '이열' 참조.

이원룡 李元龍 : 壬辰 2月 9日, 乙未 11月 11日, 丙申 2月 30日, 3月 3日,
　　　　丁酉 5月 7, 12日, 6月 16, 24日, 7月 18日

이원익 李元翼 : 乙未 8月 19, 20, 22, 23, 24, 25, 28, 29日, 9月 5日, 12月
　　　　8, 15, 17, 18, 19日, 丙申 1月 10, 13, 21日, 2月 11, 18, 28, 30日,
　　　　3月 12, 14, 26日, 4月 4, 18, 27日, 5月 18日, 6月 19日, 7月 3,
　　　　8, 9, 10, 11, 21, 26, 29日, 8月 10, 11, 16, 17, 27, 28日, 閏8月
　　　　5, 11, 14, 15, 19, 20, 27日, 9月 4, 6, 15, 16, 17, 19日, 丁酉 5月
　　　　16, 19, 20, 23, 24, 26日, 6月 26, 29, 30日, 7月 14, 27, 29日

이원진 李元軫 : 乙未 1月 19, 24日

이원춘 李元春 : 丙申 8月 18, 19日, 丁酉 4月 26, 27日, 5月 14, 15, 16,
　　　　19日, 8月 3日

이유함 李惟諴 : 甲午 2月 8, 9日, 4月 28日

이응복 李應福 : 乙未 1月 20日

이응원 李應元 : 甲午 3月 13日

이응춘 李應春 : 癸巳 3月 12日

이응표 李應彪 : 甲午 2月 18日, 3月 3日, 6月 23日, 7月 7, 9, 23日, 8月
　　　　20, 27日, 乙未 2月 15日, 3月 8日, 4月 10(中衛將), 12, 18日, 6月
　　　　3日, 7月 12, 13日, 8月 15日, 10月 17, 20, 22, 25, 27, 29日, 丙
　　　　申 2月 13, 16, 22日, 3月 7, 8, 15, 19日, 4月 16日, 6月 4, 15,
　　　　27日, 8月 5, 15日, 丁酉 5月 22日, 6月 12日, 10月 12, 21, 22日

이응화 李應華 : 癸巳 3月 2日, 5月 16, 17日, 7月 24日, 8月 6, 15, 16,
　　　　20日

이의득 李義得 : 癸巳 5月 10日, 6月 8日, 9月 2日, 甲午 1月 28日(慶虞候),
　　　　3月 3, 26日, 5月 30日, 6月 6日, 8月 22日, 9月 22日, 10月 28日
　　　　(慶虞候), 乙未 1月 12日, 4月 18, 25日, 10月 28日, 11月 11, 22,

25日, 丙申 (1月 22日, 2月 15日, 3月 8日 : 慶虞候), 4月 18日, 5月
3, 7月 10, 12, 19, 29日, 8月 6, 15日, 丁酉 7月 16(前兵虞候),
21日, 10月 13(慶虞候), 14, 19(慶虞候), 23日(虞候)

이의신 李義臣 : 丁酉 4月 22日

이인세 李仁世 : 丁酉 10月 19日

이인원 李仁元 : 甲午 5月 26日, 6月 20日

이일 李鎰 : 壬辰 5月 2日, 癸巳 5月 12日, 9月 4日, 甲午 2月 21日, 3月
5日, 7月 12日, 10月 26日, 11月 5, 23, 25日, 乙未 1月 21日

이일장 李日章 : 丁酉 6月 19日

이입부 李立夫 : 경상수사 이순신(李純信)의 자(字). '이순신(李純信)' 참조.

이적 李迪 : 甲午 10月 22日

이전 李荃 : 乙未 2月 25日, 7月 4日, 丙申 7月 9(李田), 26日

이정 李正 : 丙申 5月 11日

이정란 李廷鸞 : 丁酉 5月 26日

이정암 李廷馣 : 癸巳 9月 3, 7日, 甲午 2月 4, 15日

이정충 李廷忠 : 癸巳 6月 7日, 7月 27日, 甲午 1月 20, 25, 30日, 2月 1,
3, 5, 9, 15, 16日, 3月 3日, 4月 14, 18日, 5月 10日, 6月 8, 9, 23日,
10月 24, 28日, 11月 2, 6, 11, 16, 22, 25, 27日, 乙未 1月 4, 10,
15, 17日, 2月 4, 6, 12, 21, 28日, 10月 2, 9, 18, 21, 27日, 11月
16, 25日, 12月 8, 13日, 丙申 1月 5, 8, 10, 16(右虞), 19, 24日,
2月 10, 11, 15, 16, 19, 22日, 3月 5, 6, 8, 9日, 閏8月 24, 26日,
丁酉 10月 10, 13, 16, 19, 23日, 11月 6, 10, 11日

이정표 李廷彪 : 甲午 10月 24, 28日, 11月 7, 16, 25日, 乙未 1月 4, 22日,
5月 3日, 丙申 3月 12, 13, 18日, 6月 3日, 7月 24日, 8月 1, 19日,
丁酉 10月 13, 16日, 12月 4日, 戊戌 9月 23日

이정형 李廷馨 : 丁酉 4月 1日

이종성 李宗城 : 丙申 4月 7, 22日

이종성 李宗誠 : 丁酉 11月 5日

이종인 李宗仁 : 壬辰 8月 27日, 癸巳 6月 29日, 乙未 8月 23日

이종호李宗浩 : 甲午 8月 4日, 乙未 9月 21日, 11月 4, 21, 23日, 丁酉 5月
　　26, 27日, 11月 7日, 12月 24日

이준李俊 : 乙未 8月 21日

이중李中 : 丙申 5月 8日

이중익李仲翼 : 丙申 9月 13日

이지李智 : 또는 지이(智伊). '지이' 참조. 丁酉 5月 8日, 8月 16日

이지각李知覺 : 丁酉 5月 20, 24日

이지남李智男 : 丙申 閏8月 17日

이지화李至和 : 丙申 閏8月 18日, 丁酉 9月 20日, 11月 8日

이진李璡 : 丙申 2月 23(李進), 25日

이진李珍 : 丙申 7月 30日

이찬李燦 : 乙未 4月 5, 7日

이천李薦 : 丁酉 7月 27, 28, 29日

이천문李天文 : 甲午 9月 27日

이천상李天常 : 戊戌 9月 30日

이천추李天樞 : 丁酉 7月 21日

이청일李淸一 : 戊戌 10月 2日

이축李軸 : 乙未 4月 12日

이춘영李春榮 : 癸巳 2月 17日, 5月 2, 3日

이충길李忠吉 : 甲午 2月 16日, 9月 27日

이충성李忠誠 : 乙未 2月 29日

이충일李忠一 : 乙未 5月 5日, 7月 22日

이태수李台壽 : 乙未 1月 22日, 丁酉 7月 13日

이 파총李 把總 : 파총(把總) 이천상(李天常). '이천상' 참조.

이함李瑊 : 甲午 1月 17日, 11月 14日

이함림李咸臨 : 丙申 閏8月 8, 9日

이해李荄 : 癸巳 5月 15, 16日, 7月 20日, 8月 23, 24日, 甲午 4月 2日, 5月
　　24, 25日, 7月 15, 23日, 乙未 1月 20日, 2月 14日, 4月 25日, 5月
　　15, 16日, 6月 24, 27日, 10月 8日, 11月 4, 19, 28日(姪), 12月

　　　　4, 11日, 丙申 3月 5, 11日, 8月 20, 21日(豚輩), 閏8月 5(兒輩),
　　　　10, 15日(豚輩), 9月 19日, 丁酉 4月 19日, 12月 10, 17, 18日

이향離鄕 : 甲午 11月 21日

이헌李憲 : 甲午 4月 15日

이형립李亨立 : 丁酉 5月 9日, 8月 8日

이형복李亨復 : 丁酉 5月 2日

이호李琥 : 癸巳 5月 22日

이호문李好問 : 丙申 閏8月 17日

이홍명李弘明 : 癸巳 3月 10, 13日, 5月 11, 19, 21, 23, 25, 28, 30日, 6月
　　　　4, 5, 6, 7日, 8月 2, 5, 15日, 甲午 2月 17, 19日

이홍사李弘嗣 : 甲午 9月 27日

이홍훈李弘勛 : 丁酉 7月 24, 25日

이회李薈 : 이순신의 장남. 壬辰 1月 1日, 癸巳 5月 16, 23, 24日, 6月
　　　　1(豚), 21日, 8月 9, 15日, 甲午 3月 13, 25日, 5月 2, 10, 19, 22日,
　　　　8月 27, 28, 30日(三子), 10月 30日, 11月 13日, 乙未 2月 4, 25日,
　　　　4月 25日, 7月 21日, 8月 19日, 9月 8, 28日, 10月 19日, 11月
　　　　19日, 丙申 1月 17日, 3月 5, 11日, 6月 14日, 7月 21日, 8月 4,
　　　　20, 21日(豚輩), 閏8月 5(兒輩), 9, 10, 15日(豚輩), 丁酉 4月 19日,
　　　　9月 11日, 10月 1, 2, 14日(汝兄)

이효가李孝可 : 癸巳 2月 19日, 5月 16日, 6月 22日, 8月 7日

이흥종李興宗 : 甲午 7月 15日

이희李禧 : 乙未 1月 26日

이희경李喜慶 : 丁酉 4月 24日

이희급李希伋 : 丁酉 10月 10, 11日

이희남李喜男 : 甲午 11月 10, 13日, 乙未 12月 7日, 丙申 1月 30日, 丁
　　　　酉 6月 13, 14, 16, 17, 22, 24, 26, 27, 29日, 7月 12, 16, 17, 18日

이희량李希良 : 丁酉 7月 28日

이희만李希萬 : 丁酉 7月 20日

이희삼李希參 : 乙未 6月 9, 11日

이희신 李羲臣 : 이순신의 맏형. 壬辰 1月 24日(伯兄), 丁酉 5月 6日(亡兄)

인 仁 : 丁酉 6月 12日

인종 仁宗 : 癸巳 7月 1日, 丙申 7月 1日

일추 一秋 : 丙申 9月 4日

임계형 林季亨 : 丙申 5月 5日, 7月 22日, 丁酉 10月 13, 18, 19日

임달영 任達英 : 乙未 10月 26日, 丙申 2月 11, 13日, 6月 20日, 丁酉 4月 21日

임득의 林得義 : 甲午 9月 27日

임몽정 任夢正 : 丁酉 8月 14, 16日

임발영 任發英 : 癸巳 5月 28日

임선 林愃 : 丁酉 9月 17日, 10月 4日

임업 林業 : 丁酉 9月 17日, 10月 4日(林僕)

임영 林英 : 乙未 2月 17日(林榮), 6月 6日, 7月 4, 5日, 11月 26, 28日

임영립 林英立 : 丁酉 7月 12, 18日

임정로 林廷老 : 丙申 閏8月 8日

임준영 任俊英 : 丁酉 8月 26日, 9月 14日, 10月 13, 18日, 11月 20日

임중형 林仲亨 : 丁酉 7月 11日, 9月 7日, 10月 15日

임찬 林瓚 : 丙申 2月 11日

임춘경 任春景 : 丁酉 5月 10, 11日

임홍 林葒 : 丁酉 10月 15日

임환 林懽 : 丁酉 9月 17日, 11月 15日

임희진 任希璡 : 甲午 2月 17日

【ㅈ】

자모종 自募終 : 癸巳 9月 13日

장담년 張聃年 : 丙申 2月 3日

장득홍 張得洪 : 丁酉 7月 13, 17日(張得弘)

장린 張麟 : (甲午 9月 14日?), 乙未 3月 9日, 5月 8, 19日, 6月 3, 4, 9, 30日, 7月 5, 7, 15日, 8月 19日, 10月 26日, 11月 1, 5, 16, 25日,

　　　　12月 13日, 丙申 1月 5, 7, 8, 17日, 2月 23, 24日, 3月 3, 7, 8,
　　　　11, 14, 15, 18, 24, 26, 27日, 4月 16, 18日, 5月 19日, 閏8月 6日

장세호張世豪 : 丁酉 5月 19日, 23日(張世輝)

장손張孫 : 甲午 8月 29日

장언춘張彦春 : 甲午 2月 14日

장위張渭 : 丁酉 5月 11日

장응진張應軫 : 丙申 2月 6日

장의현張義賢 : 丙申 5月 23日

장일張溢 : 乙未 6月 16日

장준완蔣俊琬 : 丁酉 7月 3日

장홍유張鴻儒 : 甲午 6月 15, 21日, 7月 15, 16, 17, 18, 19, 20, 21日, 8月
　　　　4日

장후완蔣後琓 : 丙申 6月 20日

전경복全慶福 : 丁酉 4月 15日

전득우田得雨 : 丁酉 10月 27日

전봉田鳳 : 丁酉 10月 12, 13, 21, 22日, 11月 11, 16, 19, 27日

전윤田允 : 甲午 1月 18日

전응린田應獜 : 癸巳 2月 14, 23, 28日, 乙未 6月 2日

전협田浹 : 丁酉 10月 27日

전희광田希光 : 甲午 5月 14日, 7月 22日, 乙未 2月 28日, 10月 16日,
　　　　丁酉 11月 29日, 12月 4日

절節 : 丙申 2月 18日

점세占世 : 丁酉 9月 1, 2日, 12月 5日

정걸丁傑 : 壬辰 2月 21日(丁助防將), 8月 24日, 癸巳 6月 1, 2, 4, 6, 7,
　　　　11, 15, 16, 17, 27日, 7月 20, 21, 23, 28日, 8月 2, 6, 8, 9, 14,
　　　　15, 16, 17, 18, 19, 26日(丁令), 9月 1, 5, 8, 9, 11日

정경달丁景達 : 甲午 2月 28, 29日, 3月 1日, 6月 25日, 丙申 閏8月 21日

＊　1998년 초판과 이후 개정판에서는 갑오 10월 13, 17, 18, 19, 21일자의 '종사관'을
　　'정경달'로 간주하였으나, 정경달의 전직 일자에 관한 구체적인 증거가 찾아짐에 따라

이 날짜의 종사관은 '윤돈'에 해당됨. 보다 상세한 사항은 拙稿〈李舜臣의 壬辰日記에 첨부된 書簡文草에 대한 推論的 小考〉, 이순신연구논총 제7호, 순천향대학교 이순신 연구소 발행 (2006) 참조.

정공청鄭公淸 : 丁酉 10月 13, 19日

정광좌鄭光佐 : 乙未 7月 8日, 丙申 1月 18日

정구종鄭仇從 : 丁酉 7月 17日

정담수鄭聃壽 : 癸巳 2月 13, 14, 17日, 3月 8日, 6月 29日, 9月 6日, 甲午 11月 11, 16, 22日, 乙未 11月 5日

정대청鄭大淸 : 丙申 9月 7, 10日, 丁酉 12月 6日.

정득룡鄭得龍 : 丁酉 7月 17日

정량丁良 : 甲午 1月 23日, 丙申 3月 19日

정립廷立 : 송정립(宋廷立)을 이르는 듯함. 甲午 10月 10日

정말동丁唜同 : 甲午 10月 23日

정사겸鄭思謙 : 丁酉 6月 22日

정사룡鄭思龍 : 丁酉 5月 23日

정사립鄭思立 : 癸巳 2月 3日, 6月 2日, 7月 9, 18日, 甲午 3月 7, 24日, 5月 29日, 7月 10日, 乙未 9月 1日(思立), 丙申 1月 14日, 2月 30日, 3月 3, 23日, 8月 4日, 丁酉 5月 11, 12, 14日, 8月 5, 6日

정사준鄭思竣 : 乙未 4月 22日, 丙申 閏8月 15日, 丁酉 4月 27日, 5月 1, 4, 13, 14日, 8月 5, 6日

정상명鄭翔溟 : 丁酉 5月 8(鄭詳溟), 16日, 6月 8, 9, 15, 16, 18(鄭司僕), 24, 30日, 7月 10, 14日, 10月 13, 21日

정석주鄭石柱 : 乙未 7月 16日

정선鄭愃 : 丙申 8月 4, 20日, 丁酉 4月 27日(鄭瑄)

정수鄭遂 : 丁酉 10月 20, 23, 26日, 12月 2日

정순신鄭舜信 : 丁酉 6月 22日

정승서鄭承緖 : 甲午 11月 12日

정억부鄭億夫 : 丁酉 10月 19日, '정은부(鄭銀夫)' 참조.

정여흥鄭汝興 : 癸巳 7月 28日, 乙未 2月 26日, 4月 11日

정연丁淵 : 乙未 3月 25, 26日

정영동鄭永同 : 乙未 7月 26日

정운鄭運 : 壬辰 2月 22日, 5月 1, 3, 4日(後部將), 6月 7日

정운룡鄭雲龍 : 丁酉 7月 17日

정원명鄭元明 : 癸巳 2月 16日, 甲午 8月 25日

정원명鄭元溟 : 甲午 7月 6日, 丁酉 4月 27日, 5月 6, 7, 10(主人), 11日

정은부鄭銀夫 : 丁酉 10月 30日

정응남鄭應男 : 丁酉 12月 5日

정응두丁應斗 : 丁酉 9月 16日, 12月 30日

정응룡鄭應龍 : 戊戌 9月 26日

정응운丁鷹運 : (甲午 8月 8, 9, 20, 24日, 9月 12日, 乙未 2月 17日, 3月 1, 22, 23, 24日, 7月 25, 28日, 8月 5日, 9月 18, 19日 : 丁助防將)

정응청鄭應淸 : 丁酉 12月 6日

정인서鄭仁恕 : 丁酉 7月 2, 4, 14日

정제鄭霽 : 乙未 8月 10日, 丁酉 7月 27日, 9月 27, 28, 29日

정조鄭詔 : 丁酉 10月 9日

정존극鄭存極 : 丙申 7月 12日

정종鄭宗 : 癸巳 8月 2日, 甲午 2月 14日

정창연鄭昌衍 : 甲午 1月 26日

정철丁哲 : 乙未 5月 27日, 丁酉 4月 24日

정철鄭澈 : 癸巳 2月 16日

정탁鄭琢 : 甲午 2月 4日(鄭二相), 乙未 4月 12日(右台), 丙申 4月 15日 (鄭領府事), 5月 30日(鄭判府事), 丁酉 4月 1日

정한기鄭漢起 : 丁酉 11月 18日(鄭漢己)

정항鄭沆 : 甲午 1月 20, 22日, 乙未 6月 6日, 7月 6, 15, 17, 20日, 8月 14日, 9月 3, 12日, 10月 17, 25日

정홍수鄭弘壽 : 甲午 2月 17日

정황수鄭凰壽 : 丁酉 11月 29日

정희열丁希悅 : 丁酉 9月 23日

제만춘諸萬春 : 癸巳 8月 16, 17(齊萬春), 20日, 9月 4日, 甲午 2月 7, 8日

제한국諸漢國 : 甲午 2月 21, 29日, 3月 1, 3日(碧方望)

제홍록諸弘祿 : 甲午 2月 13, 21, 22日

조계종趙繼宗 : 甲午 6月 20, 26日, 7月 22日, 8月 5, 21, 22, 23日, 10月
    21, 22, 25日, 11月 7, 16日, 乙未 1月 11, 14, 25日, 3月 29日, 4月
    22, 27日, 5月 2, 6月 30日, 7月 6, 8日, 8月 14日, 10月 20日,
    11月 20日, 丙申 2月 11, 18, 20日, 3月 23日, 4月 19日, 5月 2,
    11, 17日, 丁酉 6月 12日, 7月 21日, 9月 9日, 10月 11, 23日

조공근趙公瑾 : 甲午 2月 16日

조기趙琦 : 丙申 1月 14日, 2月 2日

조대항曹大恒 : 甲午 6月 18日

조덕수趙德秀 : 丁酉 5月 8日

조명趙銘 : 丙申 5月 11日

조발趙撥 : 乙未 2月 13, 14, 16日, 丁酉 4月 4日

조붕趙鵬 : 癸巳 5月 25, 30日, 6月 17, 20日, 7月 8, 25日, 8月 5, 18日,
    甲午 9月 25日, 丙申 4月 10日

조사겸趙士謙 : 丁酉 5月 7日

조사척趙士惕 : 丙申 4月 15日, 5月 30日

조서방趙西房 : 甲午 3月 29日

조신옥趙信玉 : 丁酉 6月 28日, 7月 13, 15日, 8月 1日(起信玉)

조언형曹彦亨 : 丁酉 6月 24日

조연趙瑗 : '조종(趙琮)' 참조. 丁酉 5月 8日

조영규趙英珪 : 壬辰 4月 18日

조응도趙凝道 : 癸巳 5月 12(趙應道), 17日, 6月 20日(趙應道), 甲午 2月
    7, 9日, 4月 6日, 6月 26日, 7月 9日, 8月 6日, 10月 9日, 乙未 1月
    6, 10, 11日, 4月 13日, 8月 24日, 丙申 2月 23日, 3月 6日, 5月
    29日, 6月 28日, 7月 14, 17日, 8月 29日, 閏8月 8日

조응복曹應福 : 甲午 7月 4日, 乙未 7月 4日, 丁酉 8月 6日

조이립趙而立 : 壬辰 2月 8, 12, 27日(而立), 3月 3, 4日

조정 趙玎 : 丙申 5月 4日

조종 趙琮 : 조연(趙瑌)으로 개명. 丙申 5月 4日, 丁酉 5月 8日

조추년 趙秋年 : 甲午 6月 18, 19日

조춘종 趙春種 : 乙未 6月 2日

조택 趙澤 : 丁酉 5月 6日

조 파총 曹 把摠 : 甲午 3月 22日

조팽년 趙彭年 : 丙申 9月 1日

조형도 趙亨道 : 乙未 3月 11, 13, 15日, 6月 9日

조효남 趙孝南 : 丁酉 10月 11日

조효열 趙孝悅 : 丙申 4月 14, 23日, 6月 9, 27日, 7月 21日, 戊戌 11月 17日

종의지 宗義智 : 평의지(平義智). 壬辰 3月 24日(島主), (甲午 1月 24日, 4月 18日, 丙申 6月 10日 : 平義智)

종이 終伊 : 丁酉 7月 11日

주몽룡 朱夢龍 : 甲午 9月 27日

주문상 朱文祥 : 乙未 7月 16日

주선 周旋 : 번역에 따라서는 주선수(周旋受). 丙申 6月 29日

주언룡 朱彦龍 : 丁酉 6月 18日

주의수 朱義壽 : 丁酉 10月 13, 16, 19日, 戊戌 9月 23日, 10月 2日

준복 俊福 : 丙申 1月 30日

준사 俊沙 : 丁酉 9月 16日

준시 俊時 : 乙未 11月 16日

지이 智伊 : 丙申 7月 7, 30日, 8月 2, 3日, 丁酉 8月 16日

진辰 : 甲午 1月 15日, 丁酉 10月 19日

---

* 기존의 모든 판독에서 인명으로 간주하였으나, 이번 개정에서의 판독 수정으로써 더 이상 인명(人名) '辰'이 아닌 계집종 '婢'로 판독함. 오판독으로 생긴 인명.

진대강 陳大綱 : 戊戌 9月 24, 25日

진 도독 陳 都督 : 도독(都督) 진린. '진린(陳璘)' 참조.

진린 陳璘 : 戊戌 9月 15, 16, 17, 21, 23, 27日, 10月 1, 3, 9日, 11月 8,

　　　9, 13, 14, 15, 16日

진무성陳武晟 : 甲午 6月 28日, 丙申 2月 4日, 閏8月 10日

진문동陳文同 : 戊戌 11月 16日

진원珍原 : 진원현감 또는 지명(地名) 진원(珍原)? 乙未 10月 8日, 丙申
　　　9月 17, 19日, 丁酉 12月 10, 20日

진찬순陳贊順 : 丁酉 6月 19日

진흥국陳興國 : 丁酉 5月 2, 3日

【ㅊ】

채진蔡津 : 癸巳 3月 17日

처영處英 : 丁酉 6月 12日

철매哲每 : 癸巳 6月 12日

청생靑生 : 丙申 8月 28日

최경회崔慶會 : 癸巳 5月 23, 27日, 6月 29日, 乙未 8月 23日

최귀석崔貴石 : 甲午 7月 6日

최귀지崔貴之 : 丙申 9月 19日

최기준崔琦準 : 乙未 11月 7日, 12月 14日

최대성崔大晟 : 乙未 5月 5日, 丙申 1月 23日, 8月 20日, 丁酉 8月 11日

최벽崔璧 : 乙未 5月 14日

최숙남崔淑男 : 丙申 9月 1日

최언환崔彦還 : 丁酉 7月 3日

최여해崔汝諧 : 甲午 9月 27日

최원崔遠 : 丁酉 4月 1日

최위지崔緯地 : 乙未 4月 29日, 5月 3, 4日

최이崔已 : 癸巳 2月 1日

최진강崔鎭剛 : 丁酉 8月 4日

최집崔潗 : 丁酉 11月 7日

최천보崔天寶 : 癸巳 2月 23日, 5月 25日, 甲午 1月 23日, 4月 5日

최철견崔鐵堅 : 壬辰 3月 24日(都事), 丙申 9月 18(主倅), 19(光牧), 20

日(牧伯)

최춘룡崔春龍 : 丁酉 5月 27日

최태보崔台輔 : 丁酉 7月 8日

최호崔湖 : 丁酉 6月 12, 19日(三水使), 7月 18日, 9月 27日

최희량崔希亮 : 丙申 1月 14, 15, 21, 27日, 2月 4, 6, 7, 11, 12, 17, 19, 22, 24(興), 26, 27日, 7月 22日, 10月 3, 6日

춘춘春 : 丁酉 6月 11日

춘복春卜 : 丙申 7月 7日

춘세春世 : 乙未 5月 8日

춘절春節 : 丙申 2月 25日, 5月 18, 23日

춘화春花 : 丙申 7月 30日

【ㅌ】

태구련太九連 : 乙未 7月 14, 21日

태구생太仇生 : 丙申 2月 10日

태귀생太貴生 : 丁酉 8月 16日, 10月 11, 13日

태문太文 : 丁酉 4月 12日, 7月 11日

태수太守 : 癸巳 7月 13日

태종太宗 : 丁酉 5月 10日

【ㅍ】

팽수彭壽 : 甲午 1月 13日, 丙申 7月 22日

평세平世 : 甲午 1月 13日, 丁酉 6月 26日, 7月 12, 14, 22日

평의지平義智 : '종의지(宗義智)' 참조, 대마도주(對馬島主)

평행장平行長 : '소서행장(小西行長)' 참조

표헌表憲 : 癸巳 5月 24, 25日

풍신수길豊臣秀吉 : 癸巳 8月 26日, 乙未 3月 11日, 丙申 4月 19日, 5月 12日

풍진 風振 : 丙申 4月 19日

피은세 皮銀世 : 丁酉 10月 28日

【ㅎ】

하응귀 河應龜 : 乙未 10月 17, 24日, 12月 9日

하응문 河應文 : 乙未 6月 18日, 10月 19日, 11月 18, 19日

하응서 河應瑞 : 丁酉 10月 24日

하종해 河宗海 : 癸巳 8月 7日, 乙未 7月 19日, 11月 25日, 12月 2日

하천수 河千壽 : 甲午 6月 19日, 7月 25日(河千守), 9月 13日, 乙未 10月 25日(河天壽), 丙申 1月 6(河天壽), 9日, 2月 23日(河天水), 閏8月 5, 8日

한경 漢京 : 癸巳 9月 13日, 甲午 6月 8日, 10月 26日, 11月 13日, 乙未 8月 11日, 丁酉 5月 8日

한대 漢代 : 丙申 3月 5, 6日

한덕비 韓德備 : 甲午 9月 27日

한명련 韓命連 : 甲午 9月 27日(韓別將), 10月 9日

---

   * 조선사편수회 편《난중일기초·임진장초》에는 주석에 '明璉'으로 되어 있으나《친필일기초》에는 甲午 9월 27일(韓別將), 10월 9일(韓命連)으로만 나오므로 '命連'으로 정하였다.

한비 韓棐 : 乙未 6月 2日

한성 漢城 : 丙申 1月 23日

한술 韓述 : 丁酉 4月 19日

한언향 韓彦香 : 丁酉 4月 3日

한여경 韓汝璟 : 丙申 9月 9, 12日

한치겸 韓致謙 : 丁酉 7月 18, 24日

한효순 韓孝純 : 甲午 2月 1日, 丙申 3月 29日, 4月 2, 5, 6, 7, 8, 9日, 閏 8月 14, 15, 20, 24日, 9月 16, 17日, 丁酉 5月 6, 10, 11, 12, 13, 14日

해海 : 甲午 6月 9日, 8月 13日

해荄 : 이순신의 조카. '이해' 참조.

해당海棠 : 癸巳 6月 12日

해돌年石 : 癸巳 9月 13日

행보行寶 : 甲午 11月 21日

행적行迪 : 丙申 9月 19日

허내절만許內卩萬 : 丙申 4月 22, 30日, 5月 13, 14, 24日, 6月 15日

---

* 《이충무공전서》에서는 위의 해당 언급 일자의 일기 기사 전체를 통하여 '절卩'자를 판독 생략하고 '허내만許內萬'으로만 수록하고 있다. 〈日記抄〉에는 丙申 4月 22日과 5月 13日조의 일기가 전하는데 '허내절만許內卩萬'으로 필사하고 있다. 조선사편수회 편 《난중일기초·임진장초》에서는 위의 해당 언급 일자의 일기 기사 전체를 통하여 '허내은 만許內隱萬'으로 판독 제시하고 있으며, 이후 국역판 난중일기의 대부분이 이를 따르고 있다. 拙著에서는 친필일기의 재검독 작업을 통하여 '허내절만許內卩萬'으로 확정하였다.

허막동許莫同 : 丁酉 10月 23日

허사인許思仁 : 戊戌 9月 21日

허산許山 : 甲午 1月 25日

허씨대許室 : 甲午 7月 26日

허정은許廷誾 : 癸巳 2月 17日, 甲午 8月 30日, 乙未 2月 19日

허제許霽 : 丁酉 4月 10日

허주許宙 : 乙未 2月 11日, 3月 17日, 6月 24, 27日, 8月 7日

현덕린玄德獜 : 甲午 8月 25日, (乙未 5月 26日, 6月 3日, 8月 7日 : 玄德麟)

현덕왕후顯德王后 : 丙申 7月 24日

현소玄蘇 : 丙申 1月 19日

현응원玄應元 : 丙申 2月 8日

현응진玄應辰 : 丁酉 7月 12, 14, 18日

현집玄楫 : 甲午 (3月 17日, 5月 23, 24日)? 8月 29, 30日, 9月 19日

형개邢玠 : 戊戌 9月 27日

혜희惠熙 : 丁酉 8月 8日

홍견洪堅 : 甲午 4月 23日, 5月 14日, 7月 9, 22日, 8月 27日, 乙未 8月

15日, 10月 7, 16日, 丙申 3月 1, 27日, 6月 4, 25日, 9月 9日, 丁
酉 6月 10日, 9月 17, 18日

홍군우洪君遇 : 甲午 2月 7日, 丁酉 4月 9日

홍대방洪大邦 : 丁酉 6月 28日, 7月 13, 14, 15日, 8月 1日

홍석견洪石堅 : 丁酉 4月 8日

홍세공洪世恭 : 甲午 9月 7日, 乙未 8月 21, 23日, 丙申 5月 22, 28日

홍순각洪純慤 : 丁酉 4月 23日

홍연해洪漣海 : 丁酉 6月 10日

홍요좌洪堯佐 : 丁酉 8月 5日

홍우洪祐 : 丙申 5月 22日

홍우공洪禹功 : 丁酉 7月 12, 14, 18日

홍윤관洪允寬 : 壬辰 4月 18日(助防將)

홍이상洪履祥 : 丁酉 4月 3日, 12月 30日

홍지수洪之壽 : 丁酉 10月 24日

홍 찰방洪 察訪 : 丁酉 4月 7, 10, 13, 14日, '察訪'은 각 道의 驛站일을
담당한 종6품 외직 문관 벼슬.

황득중黃得中 : 甲午 1月 16日, 3月 17日, 5月 22日, 乙未 11月 3日, 12月
4日, 丙申 1月 6日, 2月 18, 19日, 8月 3日, 丁酉 9月 20日, 10月
13, 14, 30日

황명보黃明甫 : 황진(黃進)의 자(字). '황진' 참조.

황 생원黃 生員 : 丁酉 5月 29日, '生員'은 生員科 과거 합격자의 호칭.

황세득黃世得 : 甲午 2月 28, 29日, 3月 1, 2, 29日, 4月 1, 4, 6, 20, 22,
23日, 5月 3日, 8月 6, 20, 23, 27, 30日, 9月 8, 12, 21, 22日, 10月
10日, 乙未 1月 19, 21, 23, 25日, 2月 4, 6, 12, 17, 20, 23, 28日,
丙申 5月 20日, 6月 23日, 8月 1日, 丁酉 6月 12日, 戊戌 10月 2日

황숙도黃叔度 : 壬辰 2月 21, 22日, 乙未 2月 10, 11日

황승헌黃承憲 : 乙未 1月 28日

황신黃愼 : 丙申 7月 9(通信), 10, (11, 13 : 跟隨), 21(通信使), 25日(通信),
8月 1日(信使), (丁酉 12月 23, 24, 25, 26, 27日 : 巡察使, 方伯)

황언기 黃彦己 : 丁酉 7月 4日

황언실 黃彦實 : 丙申 2月 17日

황여일 黃汝一 : 丁酉 6月 7, 8, 9, 10, 11, 15, 17, 18, 19, 21, 25, 26, 27日,
　　　　7月 1, 2, 3, 4, 10, 14, 17, 24, 25, 26日

황옥천 黃玉千 : 壬辰 2月 19, 26日, 5月 3日

황인수 黃仁壽 : 丙申 4月 22日

황정록 黃廷祿 : 癸巳 2月 1, 22日, 5月 2, 7, 13, 17, 26日, 7月 20日, 8月
　　　　6, 9月 12日, 甲午 2月 5, 15, 16日, 3月 23, 26日, 5月 3, 5, 27日,
　　　　7月 7, 12, 13, 20, 21日, 8月 4日, 10月 21日, 乙未 1月 19日, 3月
　　　　27日, 4月 18日, 8月 20日, 丙申 6月 19日

황정욱 黃廷彧 : 癸巳 6月 1日

황진 黃進 : 癸巳 6月 29日, 乙未 8月 23日

황천상 黃天祥 : 丁酉 4月 4, 13日, 6月 29日

황천석 黃千錫 : 甲午 9月 23日

회 薈 : 이순신의 장남. '이회' 참조.

효대 孝代 : 甲午 9月 6, 17日, 丙申 3月 5日, 7月 22日

흔전자 欣田子 : 丙申 3월 11일. 노승석 저 《이순신의 난중일기 완역본》
　　　　(동아일보사, 2005년)의 원문 판독에 따름.

홍백 興伯 : '변흥백' 참조.

희순 希順 : 甲午 3月 25日(被擄兒人)

희신 羲臣 : 이순신의 맏형. '이희신' 참조.

【추가 색인】 이순신의 인척 관계로 언급된 인물

남양 아저씨 南陽叔 : 丙申 1月 1日, 9月 28日, 10月 5日, 丁酉 4月 5, 8日

딸 女 : 이순신의 딸. 甲午 8月 30日

부안댁 扶安人 : 癸巳 6月 18日, 甲午 8月 2日, (11月 13日?), 丙申 2月
　　　　19日

빙모 聘母 : 이순신의 빙모. 甲午 5月 22(妻母), 29日, 丙申 5月 29日, 丁

　　　　酉 4月 5日

빙부氷父,聘父 : 이순신의 빙부. 甲午 10月 26日(氷), 丁酉 4月 5日(聘父)

사촌누이四寸妹 : 甲午 11月 15日

서숙庶叔 : 乙未 6月 2日

아내夫人 : 이순신의 부인. 甲午 6月 15日, 8月 27, 30日, 9月 1, 2日, 乙
　　　　未 5月 16日, 丙申 8月 4日, 丁酉 10月 1, 14日(汝母), 12月 25日

아들豚,子 : 이순신의 아들. '이회', '이열', '이면' 각각 참조.

아버지先君,親 : 이순신의 부친. 甲午 11月 13, 15日, 乙未 7月 2日, 11月
　　　　15日, 丁酉 7月 2日

아주머니叔母 : 서울 관동(館洞) 아주머니. 癸巳 5月 16日

어머님天只 : 이순신의 모친. 壬辰 1月 1日, 2月 14日, 3月 4, 29日, 4月
　　　　8日, 癸巳 2月 22, 24日, 5月 4, 18日, 6月 1, 6, 12(老堂), 19, 21日,
　　　　7月 22日, 8月 9, 12, 23日, 9月 3日, 甲午 1月 1, 11(覲, 天只),
　　　　12, 27日, 2月 4, 7日, 3月 25, 29日, 4月 21日, 5月 2, 5日, 6月
　　　　8, 17, 29日, 7月 5, 6, 12, 15, 26日, 8月 6日, 9月 6日, 11月 15日,
　　　　乙未 1月 1(病親), 5, 20日, 2月 25日, 3月 18, 27日, 4月 24, 25日,
　　　　5月 2, 4, 8, 13, 15, 16, 21, 22日, 6月 2, 4, 5, 9, 12, 13, 19日, 7月
　　　　3, 6, 11, 14日, 11月 11, 19日, 12月 6日, 丙申 1月 1, 23日, 2月
　　　　5日, 3月 23, 27日, 4月 30日, 5月 4, 18日, 6月 14日, 7月 20, 30日,
　　　　8月 12, 19日, 閏8月 12, 13日, 9月 27日(覲), 10月 1(覲), 3, 7,
　　　　8, 9, 10日, 丁酉 4月 11(病親), 12, 13, 19日(靈筵), 5月 2(靈筵),
　　　　4, 5日, (6月 11, 14, 26日 : 靈筵), 7月 9日(親), 9月 11日

외조모外祖母 : 이순신의 외할머니. 丙申 8月 22日

작은형仲兄,季兄 : 이순신의 둘째형. '이요신' 참조.

제수汝弼嫂,弟嫂 : 이순신의 동생 이우신의 부인. 丁酉 4月 5日

조카姪 : 이순신의 조카. '이뇌', '이분', '이완', '이봉', '이해' 및 외조카 '변
　　　　유헌' 각각 참조.

조카딸姪女 : 이순신의 조카딸. 丙申 9月 17日

증조부曾祖父 : 이순신의 증조부. 癸巳 2月 14日

큰형伯兄 : 이순신의 맏형. '이희신' 참조.

할머니祖母 : 甲午 6月 22日, 乙未 6月 22日, 丙申 6月 22日

부록 1
'거북선〔龜船〕' 해설

1. 거북선의 기원

거북선〔龜船〕에 관한 기록이 문헌상에 보이기 시작한 것은 조선 초기의 《태종실록太宗實錄》으로서, 1413년(태종 13)에 "왕이 임진강 나루를 지나다가 귀선과 왜선으로 꾸민 배가 해전연습을 하는 모양을 보았다."(《太宗實錄》13年 2月 甲寅)라는 구절이다. 또 1415년(태종 15)에는 좌대언(左代言) 탁신(卓愼)이 "귀선의 전법은 많은 적과 충돌하더라도 적이 해칠 수가 없으니 결승의 양책이라 할 수 있으며, 더욱 견고하고 정교하게 만들게 하여 전승의 도구로 갖추어야 한다."(《太宗實錄》15年 7月 辛亥)는 뜻을 상소하고 있다. 위의 두 기록내용으로 보아 귀선은 왜구의 격퇴를 위하여 돌격선으로 특수하게 제작된 장갑선(裝甲船)의 일종임을 짐작할 수 있다. 따라서, 거북선의 기원을 왜구의 침해가 가장 심했던 고려말기로 보는 견해도 있다. 이와 같이 이미 고려말 또는 조선초부터 거북선이 제조, 사용되었으나, 1592년(선조 25)에 발발한 임진왜란 때 이순신(李舜臣)에 의하여 철갑선으로서의 거북선이 창제, 실용화되었다. 철갑선으로서의 세계적 선구인 이순신의 '창제귀선(創制龜船)'은 임진왜란 초반의 잇따른 해전에서 함대의 선봉이 되어 돌격선의 위력을 남김없이 과시하였다. 그러나 이순신의 투옥과 더불어, 또는 그가 전사한 뒤에는 거북선의 실용이 저하되고 만다. 임진왜란 후의 거북선은, '창제귀선'의 제원(諸元)에 대한 기술적인 전승을 이루지 못한 채, 시대에 따라 변모하며 조선말기까지 각 수영에 존재하였다. 따라서, 오늘날 가장 큰 관심의 대상이 되고 있는 것은 임진왜란 당시 이순신에 의하여 창작, 구사된 바로 그 거북선인 것이다.

한편, 비록 실현은 보지 못하였으나 거북선의 유형에 속하는 배가 따로 구상된 예가 있다. 이미 이순신의 귀선이 용맹을 떨치고 있던 1592년

태자를 호종한 간재(艮齋) 이덕홍(李德弘 : 1541-1596. 퇴계 문하의 선
비로서 이학에 조예가 깊었다.)은 왕세자에게 올린 상소문에서 귀갑거(龜
甲車)의 전법과 귀갑선의 체제를 "등에 창검을 붙이고, 뱃머리에는 쇠뇌
[弩]를 매복시키고, 허리에는 판옥(板屋)을 지어 사수를 그 속에 두고 …"
라 하고, 또 "듣건대 호남의 장수들이 이것을 써서 적선을 크게 무찌르고
있다."고 언급한 뒤 이듬해 왕에게 올린 상소에서 귀갑선의 구상도(부록
도판 1)를 첨부하여 그것의 제작을 건의하고 있다(金萬烋 編著《艮齋先
生文集 卷之二》). 이와 같은 귀갑선의 구상은 그 발상에 있어서 이순신의
창제귀선과 비슷한 데가 있으나, 구조상의 개념은 판이하게 다른 것 같다.
이 귀갑선의 발상과는 별도로 지금도 거북선에 대하여 귀갑선이라는 명
칭이 가끔 혼용되고 있다.

2. 이순신의 창제귀선(創制龜船)

임진왜란이 일어나기 바로 전해인 1591년(선조 24) 2월 13일 전라 좌도수군절도사(全羅左道水軍節度使)로 임명된 이순신은 전라좌수영(全羅左水營 : 지금의 麗水)으로 취임하였다. 왜구의 내침을 미리 염려한 이순신은 본영을 비롯하여 각 진(鎭)의 전쟁준비를 급속히 강화하는 한편, 특수전투함인 거북선의 건조에 착수하였다. 특히 조선(造船) 기술에 뛰어난 막하의 군관 나대용(羅大用)의 도움이 컸던 것으로 보인다. 이순신은 임진년(1592)《난중일기》에서 "거북선에 쓸 돛베 29필을 받았다(2월 8일).", "거북선에서 대포 쏘는 것도 시험하였다(3월 27일).", "비로소 베돛〔布帆〕을 만들었다(4월 11일).", 그리고 "식후에 배를 타고 거북선〔龜船〕에서 지자(地字)·현자(玄字)포를 쏘아 보았다(4월 12일)."고 하여, 거북선은 임진왜란 발발(4월 13일) 직전에 그 첫 모습을 바다 위에 드러낸 것이다. 그러나 유감스럽게도 이 '창제귀선'의 설계나 체제에 관한 기술적 자료가 임진왜란 종식 후에 전승되지 못하였으므로, 그 원래의 모습을 복원하는 것은 당시의 설계 자료나 유물이 발견되지 않는 한 기대할 수 없다. 따라서, 지금 남아 있는 단편적인 사료를 재삼 평가하여, 그 모습과 특징을 종합해 볼 수밖에 없는 것이다.

1) 당시 기록에 나타난 창제귀선의 모습과 체제

당시 기록 중에서 거북선을 직접 체험 또는 목격한 사람이 남긴 기록자료에서 거북선에 관련된 내용과 거북선의 실전상을 간추려 보면 다음과 같다.

(1) 임진년의 이순신의 장계

거북선은 이순신이 옥포해전(玉浦海戰)에 이어 두 번째로 출동한 당포해전에 처음으로 참전하여 혁혁한 전공으로 서막을 장식하였다. 이순신은 임진년 6월 14일 써 올린 〈당포파왜병장唐浦破倭兵狀〉에서 자기 자신이 창제한 귀선의 구조와 기능에 대하여 간략하게 설명하고, 귀선의 실전상황을 역력히 기술하고 있다. 즉, 사천선창의 전황을 보고하는 대목에서 "신이 일찍부터 섬 오랑캐가 침노할 것을 염려하고 특별히 귀선을 만들었사옵니다〔別制龜船〕. 앞에 용두를 설치하여〔前設龍頭〕 아가리로 대포를 쏘게 하고〔口放大炮〕, 등에는 쇠꼬챙이를 심었으며, 안에서는 밖을 내다볼 수 있으나 밖에서는 안을 엿볼 수 없게 되어, 비록 적선 수백 척이 있다 하더라도 그 속으로 돌입하여 대포를 쏠 수 있게 된 것입니다. 이번 싸움에 돌격장(突擊將)으로 하여금 이 귀선을 타고 적선 속으로 먼저 달려 들어 가 천자포(天字砲)·지자포(地字砲)·현자포(玄字砲)·황자포(黃字砲) 등 각종 총통(銃筒)을 먼저 쏘게 한즉, 산 위와 언덕 아래와 배를 지키는 세 군데의 왜적도 또한 비우듯이 철환을 함부로 쏘아 …" 하고, 또 당포선창의 해전실황에서는 "왜선은 판옥선(板屋船)만큼 큰 배 9척과 아울러 중소선 12척이 선창에 나누어 묵고 있는데, 그 가운데 한 큰 배 위에는 층루가 우뚝 솟고 높이는 서너길이나 되며 밖에는 붉은 비단휘장을 쳤고, 사면에 '黃'자를 크게 썼으며 그 속에는 왜장이 있는데 앞에는 붉은 일산(日傘)을 세우고 조금도 겁내지 아니하였습니다. 먼저 거북선으로 곧장 층루선(層樓船) 밑으로 치고 들어가 용아가리로 현자철환을 치쏘고〔仰放〕, 또 천자·지자철환과 대장군전(大將軍箭)을 쏘아 그 배를 쳐 깨뜨리고〔撞破其船〕 …"라고 쓰고 있다.

(2) 정랑(正郎) 이분(李芬)의 〈행록行錄〉

이순신의 조카인 이분(李芬)은 원균(元均)의 패전으로 귀선이 상실된 정유년(1597)에 본영에 와서 행정적인 업무에 종사하였으나, 귀선이 건재하였던 정유년 이전에도 작은아버지 이순신을 방문하고 있음을 《난중일기》에서 볼 수 있다. 그의 〈행록行錄〉 속에는 창제귀선의 모습을 후세에 전하는 귀중한 내용이 담겨 있다. 즉 "공(公)이 수영에 있을 때 왜구가 반드시 들어올 것을 알고, 본영 및 소속 포구의 무기와 기계들을 수리, 정비하고 또 쇠사슬을 만들어 앞바다를 가로 막았다. 그리고 또 전선을 창작하니[創作戰船] 크기는 판옥선만 한데[大如板屋], 위에는 판자로 덮고[上覆以板], 판자 위에 십자(十字) 모양의 좁은 길을 내어 사람이 다닐 수 있게 하고, 나머지 부분은 모두 칼송곳[刀錐]을 꽂아 사방으로 발붙일 곳이 없도록 했으며, 앞에는 용머리를 만들어 입은 총혈(銃穴)이 되게 하고, 뒤는 거북꼬리처럼 되었는데 그 밑에도 총혈이 있으며, 좌우에 각각 6개의 총혈이 있다. 대개 그 모양이 거북의 형상과 같아 이름을 '귀선'이라 하였다. 뒷날 싸울 때에는 거적[編茅]으로 송곳[錐刀] 위를 덮고 선봉이 되어 나가는데, 적이 배에 올라와 덤비려 들다가는 칼송곳 끝에 찔려 죽고, 또 적선이 포위하려 하면 좌우 앞뒤에서 일제히 총을 쏘아 적선이 아무리 바다를 덮어 구름같이 모여들어도 이 배는 그 속을 마음대로 드나들어 가는 곳마다 쓰러지지 않는 자가 없기 때문에 전후 크고 작은 싸움에서 이것으로 항상 승리한 것이었다."

(3) 임진년의 왜측 기록

《고려선전기高麗船戰記》는 왜함대에 종군한 69세의 소토오카 진자에몬[外岡甚左衛門]이 임진년 7월 28일 부산포에서 기록한 문서이다. 임진왜란을 일으키게 된 자국내의 사정과 부산포 침공 이후 왜수군(倭水軍)이 겪은 연패의 참상을 기록한 것으로, "어리석은 노인의 붓끝이 후일의 비웃음을 무릅쓰고 써놓고자 하는 것이다."라고 맺고 있다. 이순신의 세 번째 출동에서 한산대첩에 이어 7월 10일에 있었던 안골포해전(安骨浦海戰)의 실전상황이 목격한 대로 충실하게 기술되어 있다. 즉, "구키(九鬼嘉隆)와 카또오(加藤嘉明)는 와키자카(脇坂安治 : 한산해전의 패장)가 전공을 세운 것을 듣고, 같이 6일에 부산포로부터 나와 바로 해협 입구에 이르러, 8일에는 안골포의 오도(烏島)라는 항(港)에 들어갔다. 그리 하였더니 9일(朝鮮曆 10일)의 진시(辰時 : 오전 8시경)부터 적의 대선 58척과 소선 50척가량이 공격해 왔다. 대선 중의 3척은 맹선(盲船 : 장님배. 귀선에 대

한 왜측의 별명)이며, 철(鐵)로 요해(要害)하여(적의 공격을 막기 위해 철
판을 입혀 방비하였다는 뜻.) 석화시(石火矢)·봉화시(棒火矢)·오가리마따
(大狩俣) 등을 쏘면서 유시(酉時 : 오후 6시경)까지 번갈아 달려들어 쏘아
대어 다락에서 복도, 테두리 밑의 방패에 이르기까지 모두 격파되고 말았
다. 석화시라고 하는 것은 길이가 5척6촌의 견목(堅木)이며(玄字砲기 쏜
次大箭 정도의 것에 해당된다.), … 또 봉화시의 끝은 철로 둥글게 든든히
붙인 것이다. 이와 같은 화살〔大箭〕로 다섯칸(間), 또는 세칸 이내까지 다
가와 쏘아대는 것이다. …"(鍋島家에 소장된 《고려선전기高麗船戰記》筆寫
原本, 부록도판 2 참조).

(4) 임진왜란 후의 나대용(羅大用)의 상소

이순신의 전사 후 8년이 지난 1606년(선조 39) 나대용이 창선(鎗船)
의 효용을 상소하는 가운데, "… 거북선이 비록 싸움에 이로우나 사부(射
夫)와 격군(格軍)의 수가 판옥선의 125인보다 적지 아니하고 …"라고 기
록되어 있어, 창제귀선의 승무원이 125~130인 정도임을 알 수 있다.

(5) 명(明)나라 화옥(華鈺)의 기록

《이충무공전서》의 거북선 안설(按說)에 "명나라 화옥(華鈺 : 명나라
神宗 때의 학자)의 《해방의海防議》(해양방비에 관한 것을 기록한 책)에서
'조선의 거북선은 돛대를 세우고 눕히기를 임의로 하고 역풍이 불건 퇴조
때이건 마음대로 간다.' 하였는데, 그것이 바로 충무공이 창제한 거북선을
가르킴이다."라는 구절이 있다. 이것은 임진왜란 당시 거북선을 직접 보고
간 명나라 사람들의 설명 내용으로 간주된다.

이와 같은 당시 기록 등에서 창제귀선의 체제와 주요 기능에 관계되
는 것을 종합해 보면, 대략 다음과 같다.

① 거북선의 크기 : 판옥선(板屋船)의 크기와 같다.

② 용두(龍頭) : 뱃머리에 용두를 설치하여 용의 아가리를 통하여 대
포를 쏘았다. 또 사각(射角)의 조정이 가능하였다〔仰放玄字 …〕.

③ 철첨(鐵鈂) : 거북의 등처럼 만든 귀배판(龜背板)에는 철첨(쇠송곳)을 꽂아 적병의 등선을 막았다.

④ 포(砲)의 수 : 포혈(砲穴)은 좌우 각 현(舷)에 6개, 용두에 1개, 선미(船尾)에 1개가 있어 모두 14문이 사용되고 있다.

⑤ 포의 종류 : 천자포·지자포·현자포·황자포 등의 각종 총통을 장비하여, 실전에서는 탄환 이외에도 대전(大箭 : 길이가 2m 내외 되는 봉화살. 쇠날개[鐵羽] 셋이 붙어 있고 끝에는 쇠 활촉이 고정되어 있다.)을 많이 발사한 것 같다.

⑥ 철갑(鐵甲) : 철로 덮어 많은 적선 속으로 뚫고 들어가도 적의 공격을 막아낼 수 있었다.

⑦ 척수(隻數) : 《고려선전기》에 의하면 임진년(1592)의 거북선은 3척이었다. 《나주목지羅州牧志》의 "나대용(羅大用)이 임진년 난리를 당하자 이충무공을 좇아 거북선 세 척을 꾸몄다."라는 사실과 상통된다. 그러나 을미년(1595)에는 명나라에 "수군통제사 이순신은 … 전선 60척, 귀선 5척, 초탐선(哨探船) 65척을 거느리고 …"(《事大文軌》 卷之十二)라고 통지하고 있으므로 을미년의 거북선은 모두 5척인 것으로 보인다.

⑧ 정원(定員) : 창제귀선의 승무원의 수는 당시의 판옥선에 준하여 125~130인 정도로 생각된다.

⑨ 돛대 : 돛대는 세우고 눕히기를 임의로 하였다. 전투에 임할 때는 돛대의 장비를 보호하고 기동성을 높이기 위하여 돛대를 눕히고, 노(櫓)만으로 추진한 것 같다.

2) 거북선의 철장갑(鐵裝甲)에 관하여

창제귀선에 대한 원전이 계승되지 못하였음에도 불구하고, 거북선이 철갑을 입힌 배라고 하는 이른바 철갑전설(鐵甲傳說)은 임진왜란 이후 꾸준히 전승되어 왔다. 그리고 거북선은 세계 최초의 철갑선으로 국내외에 널리 인식되기에 이르렀다. 전설 그 자체도 구승적(口承的) 사료(史料)로

서 중요하지만, 거북선의 철갑은 당시의 실전상을 신중히 살펴본다면 과
학적으로 수긍되고도 남음이 있는 것이다. 당시의 기록에서와 같이 거북
선은 적선들의 집중공격을 능히 이겨 낼 수 있는 배였다. 특히, 가공할 왜
적의 화공(火攻)과 화술(火術)을 극복할 수 있는 것은 철갑을 이용하는 방
법 외에는 없는 것이다. 철장갑(鐵裝甲)이 쇠송곳만을 귀배판(龜背板)에
꽂았다면 화공(火攻)에는 더없이 불리한 것이다. 물론, 거북선이 다소의
사상자를 기록한 것은 사실이나, 배가 가진 원래의 기능과 활동력을 상실
한 일은 없었다.

한편 철갑에 대한 당시의 기술(技術)을 보여 주는 유물이 우리 주변에
적지 않게 남아 있다. 조선시대에 건축된 남대문이나 남한산성의 성문 등
여러 도성과 산성에 현존하는 성문의 철갑비(鐵甲扉)는 그 옛 모습을 그
대로 간직하고 있다. 이들 유물은 2~3mm 두께의 장방형 철엽(鐵葉 : 南
大門의 경우 21cm×57cm)을 목판 위에 비늘 모양으로 입힌 성문의 철갑
문짝이다. 이는 고려말과 조선초에 실용화된 공격화기의 성능에 따라 창
〔矛〕·방패〔盾〕의 대비에서 관례화된 철갑방패의 기본양식으로 간주되는
것이다. 단조공법(鍛造工法)으로 제작된 철엽을 비늘모양으로 장착한 조
선철갑의 전형적인 시공양식은 거북선에도 그대로 적용되었을 것으로 보
인다. 철갑전설을 비롯하여 귀선철갑에 관계되는 현존 사료의 내용을 살
펴보면 다음과 같다.

(1) 구전적 전승으로서의 철갑전설

전설은 과거의 복원을 위한 유익한 사료인 것이다. 철갑귀선을 비롯
하여 명량해전(鳴梁海戰)에서의 '강강술래', 행주산성싸움에서의 '행주치
마', 곽재우(郭再祐)의 '홍의장군' 등, 임진왜란이 낳은 이야기들은 앞으로
도 끊임없이 전승될 것이다. 철갑전설은 필경 철갑을 직접 만든 대장간의
철공들과 해전에 나갔던 병사들의 난 후의 회고담으로 비롯되어 구전으
로 전승된 대중의 전설이며, 동시에 대중의 정설(定說)이었음을 특기해야
할 것이다. 그러나 전설의 성립에 대한 이와 같은 확신은 이 '전설'이 임진
왜란 이후 오늘에 이르기까지 4백 년의 전승경력을 지닌 원천성있는 전설

로서, 결코 최근 한말 이후의 외래문헌의 영향에 의하여 유발된 것이 아님을 전제로 하고 있다.

철갑전설 자체의 발단과 유래에 깊이 유의한 바 있는 H. H. 언더우드(Underwood, Horace H., 한국 이름은 元漢慶)는 1934년에 발표한 그의 논문 〈Korean Boats and Ships〉에서 다음과 같은 흥미있는 내용을 보고하고 있다. "··· 그러한 철갑전설을 창작해 낸다는 것은 철갑 그 자체를 발명하는 것만큼이나 비범한 재주라고 말할 수 있겠다. 또 이 전설은 아주 최근의 것이 아니다. 대원군(大院君) 시절, 프랑스의 원정이 예상되었을 때 한 불운한 관리가 그 독재 군주로부터 '거북선과 같은 철갑선을 건조하라.'는 명령을 받게 되었다. 그는 절망적인 불안 속에서 명실상부한 철갑선을 만들기 위한 시도에 그의 모든 재물을 소비하였으나, 그 철갑선은 비정하게도 뜨기를 거부하였다. ···" 또한, 저자는 이 관리가 이 이야기를 직접 들려준 연희전문대학 교수의 친척이었음을 밝히고 있어, 위의 내용의 신빙성을 더욱 높여 주고 있다. 즉, 1860년대 천주교도들의 처형에 이어 서양 선박들이 근해에 출몰할 무렵, 대원군은 '거북선과 같은 철갑선'을 생각하게 되었던 것이다. 이 불운한 관리가 겪은 '철갑선 건조의 하명 사건'은 철갑전설의 유래를 적어도 120년 이전으로 소급하기에 충분한 것이다. 한편, 구전내용이 후일의 기록으로 옮겨질 수도 있으나, 그것은 문필을 향유한 상층사회의 관심 여하에 달린 것이다. 따라서 구전(口傳)에 대한 기록적인 흔적이 남아 있지 않는 경우는, 그 구전 자체의 구승(口承) 경력조차도 쉽게 추적할 도리가 없다. 철갑 전설 성립에 대한 논의는, 그 발단이 한말 개화기보다도 훨씬 선행된다는 사실의 확인만으로 충분한 것이다. 이상의 구승적 철갑전설의 보이지 않는 전승경력에 연관하여 다음에 제시될 회화적 전승으로서의 〈귀선문도龜船紋圖〉가 전설의 끊임없는 명맥을 입증해 주고 있다.

(2) 회화적 전승으로서의 귀선문도(龜船紋圖)

구전적 철갑전설의 성립과 그 명맥을 같이하는 회화적 사료 한점이 현재 해군사관학교 박물관에 소장되어 있다. 입지름 10.8cm, 몸지

름 20.3cm, 밑지름 9.5cm, 높이 16.7cm의 작은 조선중기(17세기 초반)
청백항아리에 북화풍의 강한 필치로 철갑귀선 한척이 그려져 있다(부록
도판 3 참조). 그런데 이 청백철화귀선문항아리[靑白鐵畵龜船紋壺]는
1910년경 경상남도 고성에서 발굴된 것으로, 부봉미술관(富峰美術館)의
관장 김형태(金炯泰)가 소장하다가 해군사관학교에 기증한 것이다. 유황
불연기를 토하고 있는 용머리의 묘사가 특이하나, 그 해학적 표현이 회상
적인 감회를 전해주는 듯 흥겹다. 이 귀선도는 심미적 관점에서뿐만이 아
니라, 귀선 구조의 각 부분을 놀라우리만치 사실적으로 잘 보여 주고 있
다. 특히, 이 철갑귀선은 철갑을 제외하고도 《이충무공전서》의 거북선과
는 그 면모를 판이하게 달리하고 있다. 따라서, 철갑 자체는 물론이려니
와, 이 귀선도에 대한 사료성의 평가를 겸하여 우선 선체구조의 주요 부분
을 살펴보는 것이 바람직하다.

　① 돛대 : 앞뒤 2개가 가지런히 눕혀져 있는데, 이는 임전태세를 갖춘
모습이다. 앞에서 당시 기록으로 인용한 명나라 화옥의 《해방의》에 "조선
의 거북선은 돛대를 세우고 눕히기를 임의로 하고 …"라고 한 기록과 부
합되는 광경이다.

　② 귀배판(龜背板) : 철갑 위에 철첨이 꽂혀 있다. 장방형 철엽이 사용
된 것 같이 보이나, 실제로는 거북무늬의 육각형 철엽을 붙인 경우도 빛에
따라 같은 인상을 줄 수 있으므로 철엽의 형상을 판정하기는 어렵다. 또,
장방형으로 뚫린 통용구(通用口) 2개가 명확하게 표시되어 있다. 귀배판
좌우에 각각 2개로 보아 모두 4개인 셈이다. 이는 돛대의 조작 및 정비·관
측·채광·통풍 등 다목적인 용도로 추리된다.

　③ 노(櫓) : 현판(舷板)에 노공(櫓孔)이 10개 있으므로 노의 수도 좌
우 각각 10개가 될 것이다. 그러나 좌현의 1·2번 및 마지막 10번째 노는
그려져 있지 않다. 전투중에 파손되어 상실된 것일까. 노형(櫓型)은 오어
식(oar 式) 노의 하장노역(下粧櫓役)인 것으로 보인다. 그러나 보기에 따
라서는 1·2번 및 10번 노공을 노공으로 해석하지 않을 수도 있어, 소묘상
(素描上)의 불확실성을 감안한다면 좌우에 각각 7개의 상장노역으로 간
주될 가능성도 있다.

④ 포혈(砲穴) : 현(舷)의 패판(牌板)에는 선미 쪽의 한 칸을 제외하고 6문의 포혈이 있어, 이분의 〈행록〉에 "좌우에 각각 6개의 포혈이 있다."고 한 것과 일치한다. 또한, 뱃머리에는 횡량(橫梁) 위의 좌우 패판에 포혈 1개씩이 명확하게 표시되어 있다.

⑤ 용두(龍頭) : 패란(牌欄)에 이어 깐 판자 위에 우뚝 세워진 용두는 방포(放砲)하는 포문으로서의 기능이 아니라, 유황불 연기를 토하는 목적으로 사용되고 있다. 즉, 이것은 이순신의 장계(唐浦破倭兵狀, 壬辰年 6월 14일)에 나타난 포문으로서의 '방포형용두(放砲型龍頭)'가 아니라, 연기를 토하는 소위 '토연형용두(吐煙型龍頭)'인 것이다. 임진왜란 전반기에 활약한 5척의 자매함(姉妹艦) 사이에는 이미 실전경험에 따라 국부적으로 개조되었을 가능성도 있으며, 또한 그중에는 판옥선에서 개작된 것도 있지 않았을까 추측된다. 따라서 이 〈귀선문도〉에 나타난 '토연형용두'도 싸움이 없던 후대라기보다는 이미 임진왜란 당시에 추가된 유형일 가능성이 있다. 이 〈귀선문도〉의 거북선 묘사가 〈행록〉 등의 기록에 의존한 것이 아님은, 이 용두의 표현이 잘 입증하고 있다.

⑥ 노판(艣板) : 노판은 6(7)쪽의 곡목(曲木)을 이어 붙였는데, 위쪽이 또다시 6쪽을 이중으로 이어 붙여 횡량 밑부분을 견고하게 보강하고 있다.

⑦ 선미형(船尾形) : 항아리 자체의 연대는 고사하고 이와 같이 선미의 만곡형쌍미엽(彎曲型雙尾葉)이 절미(截尾)된 거북선 또는 판옥선이 정조 때(이충무공전서 출판) 이후의 그림에 나타난 예는 거의 없을 것이다. 이와 같은 특징으로도 이 〈귀선문도〉의 시기는 정조시대 이전, 즉 숙종대 이전의 연대로 소급되어야 할 것이다. 이상의 관찰에서 각 항의 특징을 종합하여 볼 때 이 '철갑귀선도'는 임진왜란 당시의 귀선상(龜船像)을 은연중에 암시해 주고 있으며, 철갑전설의 성립 진의를 묵묵히 대변하고 있는 것이다.

(3) 《고려선전기高麗船戰記》의 거북선

현존 사료로서 거북선의 철갑에 관련되는 기록으로는 소토오카가 남긴 이 《고려선전기》가 가장 오래된 것이다. 저자는 왜수군에 종군하여 이

순신함대의 날카로운 공격에 연전연패하는 왜수군의 참상을 직접 목격하
고 체험한 사람이다. 그는 임진년 7월 10일(倭曆 7월 9일)에 있었던 안골
포해전(安骨浦海戰)에서 번갈아 달려드는 3척의 거북선을 지척에서 목격
하고, "… 큰 배중의 3척은 장님배이며, 철로 요해(要害)하여 …"라고 쓴
것이다. 여기서 신중히 음미해야 할 문구가 바로 "철로 요해하여(鐵ニテ
要害シ)"인 것이다. 이것을 해당 구절에 대한 구어 문체인 "鐵でおおわれ
ており"(桑田忠親, 山岡莊八監修,《日本の戰史》: 5, 1965)에 준하여서
"철로 덮여 있고"라고 옮기면 적합할 것이다. 더구나, 원문의 뜻을 따라
"철판을 입혀 방비하였다."는 뜻으로 새겨 마땅한 것이다. 이로부터 240
년 뒤인 1831년 일본의《정한위략征韓偉略》은 거북선에 관하여《고려선전
기》를 인용, "… 적선 중에는 온통 철로 장비한 배가 있어, 우리의 포로써
는 상하게 할 수가 없었다. …"(川口長孺,《征韓偉略》卷之二, 水藩彰考館,
天保二年(1831))라는 해설을 가미하고 있다. 그런데《정한위략》은 1차
사료, 즉 원천 사료가 아니다.

(4) 경상좌수사(慶尙左水使)의〈인갑기록鱗甲記錄〉

〈인갑기록鱗甲記錄〉은 1748년(영조 24)에 작성된 경상좌도수군절도
사의 장계 초본에 나오는 내용으로, 거북선의 철갑을 뜻하는 내용이 국내
의 기록에서 나타난 것은 이것이 처음이다(부록도판 4 참조). 이 문서는
문장에 정정한 곳이 없어 장계초본이라기보다 보관용으로 정서한 필사본
이라 함이 더 적합할 것이다. 아뢰는 사람이 '慶尙左道水軍節度使臣李○
○謹'으로 되어 있는데, 이는 바로 당시의 경상좌수사인 이언섭(李彦燮)
으로 밝혀져 있다. 한편, 이 귀중한 사료가 240년간 보존되어 온 내력에
대해서는 아직까지 별로 알려진 것이 없다.

이 경상좌수사의 장계는 거북선에 대한 건의문인데, 거북선과 누선
(樓船 : 판옥선과 같은 말이나, 특히 갑판 위에 누각을 설치한 전선을 지
칭한 것.)을 비교하여 거북선이 전술적으로 뛰어남을 거듭 지적하고, 또한
임진왜란 때 이순신의 공적을 높이 칭송하면서 누선을 거북선으로 대치
할 것을 극구 주청하고 있다. 거북선에 관계되는 주요부분은 대략 다음과

같은 내용이다.

① "인갑으로 덮개를 하고[鱗甲爲蓋] 그 안을 넓혔으며, 굽은 나무로 가슴을 꾸미고, 가파르고 뾰족하여 가볍고 날래니, 외양은 신령한 거북이 물 위를 달려가는 것과 비슷합니다. 이것을 누선과 비교한다면 그 빠르고 둔함이 하늘과 땅의 판이함으로나 비할 수 있겠습니다. 위에 인갑이 있어서 시석(矢石)을 두려워하지 않고 그 속에 군사와 기계(무기)를 감추어서 재주를 떨치며 부딪쳐 나아감에 빠르기가 육군의 갑마(甲馬 : 갑주를 입힌 軍馬)와 같으니, 그것으로 선봉을 삼아 파도가 도도한 가운데로 달리어 공격하며 나는 듯이 쳐들어간다면 실로 막강한 이기(利器)이온바, 수군이 믿는 바는 오로지 이 전함(戰艦)인데 …"

② "이른바 거북선은 누각을 만들지 않고, 판으로써 덮개를 하고 그 위에 거듭 인갑을 하였고[所謂龜船 則不以爲樓以板爲蓋仍作鱗甲], … 노 젓는 군사가 노(櫓)를 젓는 데 편하여 나가고 물러가는 것을 뜻 대로 할 수 있어 바람을 맞아 물을 가름에 빠르기가 날랜 말과 같사온바 …"

③ "오호라! 저 전란(임진왜란)의 때에 충무공께서 왜구를 맞아 순식간에 충성으로 분발하여 상담의 고통으로 진력하매, 거북선을 처음 만들어 용감하게 승리하였으니, 후세의 변란을 다스리는 방법이 되었습니다. (충무공은) 처음부터 끝까지가 참으로 병법을 아는 뛰어난 장수였는데, 혹시 사변이 일어나면 걱정없이 나아가 진(陣)에 임하여 흉포한 적을 다스림에 있어, 빠르게 나아가 부딪쳐 쳐들어 감에 충무공이 만든 거북선의 전략에 부합되어야 할 것인즉, 진에 임하여 적을 무찌르는 용기가 비록 충무공의 싸우면 반드시 승리하는 지혜로움과는 같지 못하다 하더라도, 외방의 진을 굳게 지키는 도리에 있어서는 결코 빠름을 버리고 둔함을 취할 수는 없는 것이옵니다."

장계는 위의 구절 외에도 같은 취지의 뜻을 거듭 강조하고, 끝으로 누선과 귀선의 제도를 별지에 도면으로 그려 비변사에 올린다고 쓰고, 거북선 건조에 대한 승인이 조속히 내려질 것을 강력하게 주청하고 있다. 위의 문장 속에는 그때부터 150년 전의 이순신과, 또 이순신의 창제귀선의 얼이 생생하게 부활되어 있다. 이 경상좌수사의 장계는 철갑에 대한 언급이 없는《이충무공전서》의 출판(1795)보다 47년 전에 작성된 것이다. 책임감이 왕성한 후대의 한 수사(水使)가 자신이 비록 이순신의 지혜로움에 미치지 못한다 하더라도 그 방법만은 반드시 계승되어야 할 것임을 아뢰는 대목은 심금을 울리듯 감동적이다. 이 기록에서 귀선철갑의 가장 핵심이 되는 부분은 ②항의 첫 구절이다. 여기서 '이른바 거북선'의 '이른바'는 바로 이순신의 '창제귀선'으로부터 그 특징이 유래된 바로 그러한 거북선을 지칭하는 것이며, 그것은 누각을 만들지 않고, 목판으로 덮개[龜背板]를 하고, 그 위에 거듭 "인갑을 입혔다."라는 것이다. 그러면 과연 이 '인갑'은 무엇인가? 그것은 쇠비늘 또는 놋쇠비늘을 비늘모양으로 연결하여 만든 갑옷을 지칭하는 데 쓰이는 말이다. '철갑'은 쇠로 만든 갑옷을 통칭하므로 '인갑'은 철갑 중에서도 그 구조가 비늘 모양으로 만들어진 철갑의 일종이다. 따라서 거북선에 입혀진 철갑의 종류는 바로 '인갑'인 것이다. 즉 쇠비늘을 비늘모양으로 장착한 것이다. 쇠비늘은 대장간에서 단조(鍛造)된 철엽이며, 두께는 조선철갑의 전형에 따라 2~3mm 정도로 생각된다(부록도판 5 참조).

3) 철갑귀선(鐵甲龜船)에 대한 역사적 평가

1862년 3월 9일 미국의 남북전쟁 당시 북군의 철갑선 모니터(Monitor : 砲塔의 철장갑은 두께가 20cm에 달했으나, 대포는 구경 28cm 포 2문을 장비하였을 뿐이다.)와 남군의 철갑선 메리맥(Merrimack : 10.5cm 두께의 경사된 철장갑에 대포는 구경 23cm 포 6문을 비롯하여 모두 12문을 장비하였다.)은 서로 결정적인 전세를 걸고 용감무쌍하게 싸웠다. 이 전투는 장갑(裝甲)의 싸움으로써, 그 결과 에릭슨(Ericsson, J.)에 의해 창제된 모니터가 승리하여 북군의 전세가 크게 회복되었다. 1866년 병인양요(丙寅洋擾) 때 홍선대원군이 "거북선과 같은 철갑선을 만들라."고 명령한 것은, 시대에는 부합되었으나 기술의 공백으로 실패를 면하지 못하였다. 모니터에 3년 앞서서, 1859년 진수된 프랑스의 글루아르(Gloire)

는 현(舷)의 흘수(吃水) 부위에 12.2cm, 상부현판에는 11cm 두께의 철판을 장착함으로써 근대 철갑선의 전조를 이루었으나, 이듬해인 1860년에 진수된 영국 최초의 철장(鐵裝) 주력선 워리어(Warrior)는 46cm 두께의 티크판에 11.4cm 철판을 입힘으로써 프랑스를 능가하였다. 미국의 모니터(1862)에 270년이나 앞선 소위 장갑전법의 비조(鼻祖)가 이미 우리나라에 존재하였다. 목조전선시대(木造戰船時代)에 세계 최초로 시도된, 즉 이순신에 의하여 창제 구사된 철장 장갑선이 바로 그것이다. 해전사상 화포가 실용화된 이후 함대운동과 포격전을 주전법으로 한 근대식 해전의 특색을 가장 성공적으로 보여 준 것은 이순신의 수군이었다. 또한, 접전 때마다 선봉이 되어 전세 확립에 크게 이바지한 거북선은 장갑전법의 선구로서, 그 기동성이 주력전선인 판옥선보다 앞서는 이른바 장갑돌격선(裝甲突擊船)이었다.

한편, 일반 전선도 관심 여하에 따라 주요 부위에 대한 철판의 장착이 수시로 가능하였을 것으로 생각된다. 이분(李芬)의 〈행록行錄〉에 "적(賊)은 배를 쇠로 싸고 젖은 솜으로 가리었는데"라 하였듯이 이미 임진왜란 초기의 해전에서 왜선 중에 철로 방어한 배가 있었음을 알 수 있다. 그러나 이러한 부분적인 방어의 보강은 장갑선으로서의 철갑은 아니며, 당초 거북 모양을 본떠서 갑각형(甲殼型) 장갑선으로 고안된 거북선과는 본질적으로 다른 것이었다. 거북선의 철장은 귀배판의 철갑과 철첨뿐만이 아니라, 포혈 주변의 패판도 적절히 보강되었을 것으로 짐작된다. 소요된 철의 양은 척당 9t 정도로, 특히 선고(船高)가 낮은 거북선의 경우, 배의 안정성에는 무리가 없는 것이다. 거북선의 체제와 위력이 왕왕 몽충(蒙衝)의 이름으로 상징되어 온 것은 흥미있는 비유라 하겠다. 몽충은 소의 생가죽을 등에 덮어 보강하고, 양편에 노젓는 구멍을 내었으며, 전후좌우에는 활과 창을 사용할 구멍을 내어서 적이 가까이 올 수 없게 한 고대 중국의 맹렬한 돌격선의 이름인 것이다(《通典》).

완벽한 장갑선인 이순신의 거북선은 세계 역사에서 최초의 시도였으나, 국부적으로 철판을 이용하여 방비를 보강한 사례는 임진왜란 이전에도 적지 않았다. 예컨대, 1585년 네덜란드 안트워프(Antwerp)의 공략

당시 부분적으로 철판을 붙여 놓았으나 좌초되어 노획된 피니스 벨리스
(Finis Bellis), 1578년 갑판 위의 망루 부분을 철로써 방비한 구키(九鬼嘉
隆)의 아다케형(安宅型) 군선, 1370년 원나라에서 뱃머리를 철로 싼 료영
충(廖永忠)의 군선, 그리고 1203년 남송 때 현측(舷側)을 철로 보강한 진
세보(秦世輔)의 수소차륜식(水搖車輪式) 해골선(海鶻船) 등이 그것이다
(J. 니덤,《중국의 과학과 문명》, 1971). 진세보의 해골선만 하더라도, 석
궁(石弓)·투석기(投石機) 및 투탄기(投彈機), 그리고 화창(火槍)을 장비한
배이므로 개방된 발사 공간의 확보가 불가피하였다. 장갑선의 역사를 일
괄한다면, 시석시대(矢石時代)에 탄생한 몽충, 화포의 실용화시대에 고안
된 이순신의 거북선, 그리고 근대적 장갑선으로 성공을 거둔 미국의 모니
터를 같은 계보에 특기하는 데 이의가 없을 것이다. 그러나 거북선의 역사
적 의의는 어디까지나 이순신의 승리에 밑받침됨을 잊어서는 아니 된다.

3. 임진왜란 후의 거북선

7년간의 임진왜란이 끝나자 거북선은 이미 별로 중요한 존재가 아니었으며, 실질적 운영도 난 후 한때 도외시된다. 국방의 증강과 수군의 정비가 이루어짐에 따라 전선과 거북선에 대한 규격상의 복구책이 강구되었으나, 전선의 변천에 따라 거북선의 크기도 증대추세를 면하지 못하였다. 1795년(정조 19)에 간행된 《이충무공전서》 속에는 거북선의 제도를 기술한 내용이 있어, 비록 후대의 거북선에 관한 기록이지만, 거북선의 제원(諸元)를 아는 데 귀중한 사료로 되어 있다.

1) 거북선의 변천상

1606년(선조 39) 조선차관(造船差官) 나대용(羅大用)은 난 후에 봉착한 수군의 운영난을 통감하여 자신이 고안한 창선(鎗船)의 사용을 상소하고 있다. 즉, "거북선이 비록 싸움에 쓰기에 이로우나 사격(射格)의 수가 판옥선의 125인보다 적지 아니하고, 사부(射夫) 또한 불편한 연고로 각 영에 한척씩만 두고 더 만들지 않습니다. 신이 항상 격군(格軍)을 줄이는 방책을 생각해 왔는데, … 판옥선도 아니고 거북선도 아닌 다른 모양으로 만들어 검과 창을 숲처럼 꽂아 이름지어 창선이라 하였고, 격군 42인을 나누어 실어 바다에서 노젓는 것을 시험하니 빠르기가 나는 듯하였고 …"(《宣祖實錄》 39年 12月 戊子). 난 후에 병력의 충원이 뒤따르지 않아 거북선의 운영이 곤란한 상태에 처하여, 각 영에 한 척씩만 배치된 채 제도의 형식만이 유지되고 있는 형편이었다. 척수도 모두 5척으로 임진왜란 당시나 다름없었다. 봄·가을에 훈련할 때면 사수와 격군은 임시로 충용하는 경우도 있었다. 1615년(광해군 7)에 비로소 순검사(巡檢使) 권반(權盼)이 수군을 검열하고 이순신이 정한 바의 전선의 옛 제도를 감정하여 구제도로의 복귀를 시도하니, 이때 작성된 것이 〈감정절목勘定節目〉이다. 이 무렵의 사정은 전선과 거북선의 고대화현상(高大化現象)을 심각하게 거론했던 숙종 때의 기록에 잘 나타나 있다(《備邊司謄錄》第41冊, 肅宗 13年 丁卯 正月 初1日 2, 3면 참조). 국방의 증강과 수군의 정비 등이 논의되던 무렵인 1686년(숙종 12) 12월 영의정 김수항(金壽恒) 등 중신들이 전선의 체제가 전에 비해 커졌으니 이순신의 옛 제도에 따라 개선되어야 한다는 의견을 놓고 토의하게 된다. 모두가 권반의 〈감정절목〉을 가리켜, "당초 절목을 꾸밀 때, 난이 지난 지 오래지 않아 이순신의 휘하 장교나 늙은 병사가 아직 살아 있어 … 모든 장수와 함께 묘당에 모아 감정한 것으로, 그 정한 바 치수는 반드시 이순신 때의 옛 제도에서 나온 것이고 …" 하니 왕도 그 절목을 준수하라는 뜻을 내린 것으로 되어 있다. 그러나 영의정의 말에 따르면, 거북선의 제도와 치수에 대해서는 이 〈감정절목〉에도 기재되어 있지 않음으로써, 거북선도 다른 전선과 같이 점차 고대해졌다는 설은 근거가 있다 하겠다. 결국 창제귀선에 대한 규격상의 체제는 복원되지 못하고 말았다.

전선의 크기의 증대 추세에 대한 비판이 많았으나, 특히 거북선의 비대화는 곧 퇴화를 의미하는 것이기도 했다. 1751년(영조 27) 영남균세사(嶺南均稅使) 박문수(朴文秀)는 "신이 전선과 귀선의 제도를 소상히 살펴보매 전선은 개조시에 선체가 점차 길어져 반드시 운영이 어렵사옵니다. 귀선에 미쳐서는 당초의 체제 몽충과 같사옵고, 위에 두꺼운 판자를 덮어 시석을 피하오니, 신이 이순신의 소기를 살펴보매 귀선의 좌우 각 6총혈이 열리매 지금은 8혈을 열었사오니, 귀선은 전에 비하여 과대하나이다. 또 아뢰올지니, 개조 아니치 못할 바를 …"(《英祖實錄》27年 2月 己丑)이라고 하여 전선과 귀선의 퇴화상을 지적하고 있다. 이것은 경상좌수사 이언섭(李彦燮)의 소위 '인갑귀선'의 상소가 있은 뒤 3년 이내에 왕에게 보고된 내용이다. 장소도 같은 영남인데, 박문수는 경상좌수사가 주청한 바의 '누선에 비하여 판이하게 예리하고 날랜' 이른바 이순신의 창제귀선의 정신을 계승한 예외적인 거북선은 볼 기회가 없었던 모양이다. 또, 정조 때에는 같은 선체에 조립식으로 상체부분〔上粧部分〕만 바꾸면 판옥선도 되고 또 거북선도 될 수 있는 소위 병용전선(竝用戰船)도 있었지만(《正祖實錄》22年 正月 丙戌), 이와 같은 운영방식은 전투를 위한 목적이 아니라 물건을 실어 나를 때 편리하도록 한 방책이었다. 임진왜란 후의 거북선은 수영(水營)에 따라, 혹은 수사(水使)의 관심과 재량에 따라 그 변천의 양상에 적지않은 차이가 있는 것으로 보아 마땅하나, 퇴화설이 자주 거론되었던 것은 사실이다. 순조 때의 영의정 김재찬(金載瓚)은 "근일 들은 바에 따르면 각 수영에 있는 거북선은, 이름은 거북선이라 하되 화호불성(畵虎不成)이라, 다른 배와 다를 바 없다"(《日省錄》純祖 9年 4月 17日 丙午) 하여 당시의 소문을 전하고 있다.

2)《이충무공전서》의 거북선

《이충무공전서李忠武公全書》는 이순신이 전사한 뒤 200여 년이 지난 1795년(정조 19) 어명에 의해 출판된 책이며, 이순신의 일기·장계·행적과 그를 예찬하는 시문, 비명 등 여러 가지 관계기록을 집대성한 전문 30여만 자에 달하는 책이다. 편집은 당시의 규장각 문신 윤행임(尹行恁)이 담당하였다. 이 책의 권수도설(卷首圖說)에는 '통제영귀선(統制營龜船)'(부록도판 6 참조)과 '전라좌수영귀선(全羅左水營龜船)'(부록도판 7 참조)의 판화귀선도(版畵龜船圖), 그리고 700자 정도의 '안설(按說)'(부록도판 8 참조)이 실려 있다. 거북선의 제도에 관계되는 사료 중에서 가장 체계적으로 기술된 자료이다. 이것은 물론 정조 때의 거북선을 나타낸 것이나, 숙종~영조시대의 거북선도 체제에 있어서 대략 이와 비슷하였을 것으로 추리되고 있다.

'안설' 전문의 내용은 다음과 같다. "거북선의 제도 : 저판(底版 : 밑판. 속명은 本版)은 열 쪽을 이어 붙였는데, 길이는 64척 8촌이고, 머리쪽 너비 12척, 허리 너비 14척 5촌, 꼬리쪽 너비는 10척 6촌이다. 좌우 현판

(舷版 : 속명은 杉版)은 각각 일곱 쪽을 이어 붙였는데, 높이는 7척 5촌이고, 맨 아래 첫째 판자의 길이는 68척이며, 차츰 길어져서 맨 위 일곱 번째 판자에 이르러서는 길이가 113척이 되고, 두께는 다같이 4촌씩이다. 노판(艣版 : 짐판. 속명은 荷版)은 네 쪽을 이어 붙였는데, 높이는 4척이고 두 번째 판자 좌우에 현자포 구멍 1개씩을 뚫었다. 축판(舳版 : 짐판. 속명은 荷版)은 일곱 쪽을 이어서 붙였는데, 높이는 7척 5촌, 윗 너비는 14척 5촌, 아랫 너비는 10척 6촌이다. 여섯 번째 판자 한가운데 지름 1척 2촌의 구멍을 뚫어 키(舵 : 속명은 鴟)를 꽂게 하였다. 좌우 현(舷)에는 난간〔舷欄 : 속명은 信防〕을 설치하고 난간 머리에 횡량(橫梁 : 속명은 駕龍)을 건너 질렀는데, 바로 뱃머리 앞에 닿게 되어 마치 소나 말의 가슴에 멍에를 메인 것과 같다. 난간을 따라 판자를 깔고 그 둘레에 패(牌)를 둘러 꽂았으며, 패 위에 또 난간〔牌欄 : 속명은 偃防〕을 만들었는데, 현란에서 패란에 이르는 높이는 4척 3촌이며, 패란 좌우에 각각 열한 쪽의 판자(덮개 : 속명은 蓋版 또는 龜背版)를 비늘처럼 서로 마주 덮고 뱃등에는 1척 5촌의 틈을 내어, 돛대를 세웠다 뉘었다 하는 데 편하도록 하였다. 뱃머리에는 거북머리를 설치하였는데 그 길이는 4척 3촌, 너비는 3척이다. 그 속에서 유황·염초를 태워 벌어진 입으로 연기를 안개같이 토하여 적을 혼미하게 한다. 좌우의 노는 각각 10개이고, 좌우 패에는 각각 22개의 포혈을 뚫었으며, 12개의 문을 만들었다. 거북 머리 위에도 2개의 포혈을 뚫었고, 그 아래에 2개의 문을 냈으며, 문 옆에는 각각 포혈 1개씩이 있다. 좌우 복판(覆版)에도 각각 12개의 포혈을 뚫었으며 '龜'자 기를 꽂았다. 좌우 포판(鋪版) 아래 방이 각각 열두 칸인데, 두 칸에는 철물을 넣어 두고 세 칸에는 화포·활·화살·창·칼 등을 넣어 두고, 열아홉 칸은 군사들의 휴식처로 하였다. 왼쪽 포판 위의 방 한 칸은 선장이, 오른쪽 포판 위의 방 한 칸은 장교들이 거처하는데, 군사들은 쉴 때는 포판 아래에 있고 싸울 때는 포판 위로 올라와 모든 포혈에 대포를 대어 놓고 쉴새없이 쟁여 쏜다.

　상고하건대 충무공의 행장에 이르기를 '공이 전라좌수사가 되어 왜적이 장차 쳐들어 올 것을 알고 지혜를 써서 큰 배를 만들어, 위는 판자를 덮고, 판자 위에는 십자(十字)로 좁은 길을 내어 사람이 겨우 다닐 만하게 하고 그 밖에는 다 칼송곳을 깔았는데, 앞은 용머리로, 뒤는 거북꼬리로 되었으며, 총구멍은 전후좌우에 각각 6개씩으로 큰 탄환을 쏘는데, 적을 만나면 거적으로 위를 덮어 칼송곳을 가리고 선봉이 되어 적이 배에 오르려 하면 이 칼송곳 끝에 부딪치며, 와서 덮치려 하면 한꺼번에 총을 쏘아 가는 곳마다 휩쓸지 못하는 일이 없어, 크고 작은 싸움에서 이것으로 거둔 공적이 심히 많으며, 형상이 엎드리고 있는 거북과 같으므로 거북선이라고 이름을 붙였다.'라고 하였다. 명(明)나라 화옥(華鈺)의 《해방의海防議》에 이르되 '조선의 거북선은 돛대를 세우고 눕히기를 임의로 하고 역풍이 불건 퇴조 때이건 마음대로 간다.' 하였는데, 그것이 바로 충무공이 창제한 배를 가르킴이다. 그런데 모두 아울러, 그 치수에 대해서는 자세히 말한 것이 없다. 지금의 통제영귀선이 대개 충무공의 옛 제도에서 유래된 것이나 역시 약간의 치수의 가감은 없지 않다. 충무공이 이 배를 창제한 곳은 실로 전라좌수영이었는데, 이제 좌수영귀선은 통제영 배의 제도와 약간 서로 다른 것이 있기 때문에 그 제도를 아래에 붙여 써 둔다.

전라좌수영귀선의 치수·길이·너비 등은 통제영귀선과 거의 같으나, 다만 거북머리 아래에 또 귀신의 머리를 새겼으며, 복판 위에는 거북무늬를 그렸고, 좌우에 각각 문이 2개 있으며, 거북머리 아래에 포혈이 2개, 현판 좌우에 포혈이 각각 1개씩, 현란(舷欄) 좌우에 포혈이 각각 10개씩, 복판 좌우에 포혈이 각각 6개씩이며, 노(櫓)는 좌우에 각각 8개씩이다."

안설의 뱃머리 부분 설명에서 "노판은 네 쪽을 이어 붙였는데〔艫版聯四〕"라고 하였으나, 거북선의 그림을 보면 일곱 쪽의 곡목(曲木)을 이어 붙인 것으로 되어 있다. 따라서, 노판의 제원 설명이 누락되고, "네 쪽을 이어 붙였는데 …"는 상장(上粧)의 앞쪽 패란에 대한 설명이 아닌가 한다. 또 그림을 보면 거북의 머리는 용의 머리로 되어 있다. 이순신의 '창제귀선'에 대해서는 이분(李芬)의 〈행록〉을 인용하고 있을 뿐 새로운 것은 없다. 그러나 이 《이충무공전서》의 권수도설은 정조 때만이 아니라 포괄적으로 후대의 귀선상(龜船像)을 보여 주는 본보기로 그 의의가 큰 것이다. 포혈의 수는 통제영귀선이 모두 74개, 전라좌수영귀선이 모두 36개로, 이순신 귀선의 14개에 비한다면 그 변천상이 현저한 것이다. 같은 시기로

보여지는 전라우수영 소속의 장자제3·4호귀선(張字第三·四號龜船)에서
정원의 배치 내용을 보면, 선장 1인, 사부·좌우포도(左右捕盜)에 16인, 화
포수 10인, 포수 24인, 타공(舵工)·무공(舞工)·요정수(繚碇手)·선직(船
直)에 10인, 능로(能櫓) 90인, 기라졸(旗羅卒) 10인 등 정원은 모두 161
인에 이르고 있다(《全羅右水營誌》). 또, 거북선의 척수를 연대별로 알아
보면, 임진왜란 당시 을미년(1595)에 5척, 난후 8년이 지난 1606년(선조
39)에도 5척, 그리고 1716년(숙종 42)에도 그대로 5척이나, 1746년(영
조 22)에는 14척(《續大典》), 1808년(순조 8)에는 30척(《萬機要覽》) 등으
로 점차 증가되었다.

　　현재 우리 주변에서 볼 수 있는 고증성있는 거북선모형이나 1979년
진해 해군기지에서 최초로 진수된 실물 크기의 복원 거북선(부록도판 9)
은《이충무공전서》의 도설 중 주로 전라좌수영귀선을 본떠서 만든 것으
로, 철갑과 철첨을 더함으로써 이순신의 거북선을 상징적으로 기념하고
있다. 안설에 의한 복원연구에 따르면, 선체길이(雙葉尾를 제외한 상장부
분) 26~28m, 선체너비 9~10m, 선체높이 6~6.5m 정도로 추정되고 있다.

거북선의 제원 비교

유형 구분	임진왜란 (1592~1597) 창제귀선	정조 19년 (1795)	
		통제영귀선	전라좌수영귀선
저판 길이	(~55척)	64척 8촌	
용머리의 기능	용아가리로 포를 쏨(추가된 거북선 중에는 연기를 토하는 형도 있었을 가능성 있음).	용아가리로 연기를 토함(용의 목이 눕혀져 있어, 사격도 가능한 형태의 용머리).	용아가리로 연기를 토함(용의 목이 세워져 있어, 아가리로 사격하는 것은 불가능).
포혈의 총수	14개	74개	36개
좌우 각현의 포혈수	6개	22개	10개 좌우현판에도 각 1개
귀배판의 특징	판자를 덮고, 그 위에 비늘모양의 철갑과 쇠송곳 장착.	판자를 덮고, 개판 좌우에 각 12개의 포혈.	판자를 덮고, 육각형의 거북무늬를 그림. 개판 좌우에 각 6개의 포혈.
배꼬리의 특징	거북꼬리가 있고, 그 밑에 1개의 포혈이 있음.	현판 끝이 짧게 마무리되어 있음.	만곡된 쌍엽미가 현저함.
좌우 각현의 노의 수	(8~10개)	10개	8개
돛대	2개	2개	(2개)
정원	125~130명	(160~180명)	

참고문헌

太宗·宣祖·肅宗·英祖·正祖實錄.

備邊司謄錄.

高麗船戰記(外岡甚左衛門, 1592).

李忠武公全書(尹行恁, 1795).

朝鮮科學史(洪以燮, 正音社, 1946).

李忠武公全書(李殷相 譯註, 1960).

Horace H. Underwood, 〈Korean Boats and Ships〉, Transactions of the Korea
        Branch of the Royal Asiatic Society, XXIII, Seoul, Korea, 1934.

崔永禧, 〈龜船考〉, 高麗大學校史學會, 史叢 第3輯, 1958.

趙成都, 〈龜船考〉, 海軍士官學校 研究報告, 第2輯, 1963.

金龍國, 〈壬辰倭亂後 龜船의 變遷過程〉, 學術院論文集, 人文社會科學編, 第7輯, 1968.

金在瑾, 〈龜船의 造船學的 考察〉, 學術院論文集, 1974.

浪元植, 〈龜船의 科學的 研究〉, 國防史學會 論文集, 1976.

南天祐, 〈龜船構造에 대한 再檢討〉, 歷史學報, 第71輯, 1976.

Bak, Hae-iLL, 〈A Short Note on the Iron-clad Turtle-boats of Admiral Yi Sun-
        Sin〉, KOREA JOURNAL, Vol.17, No.1, 1977.

朴惠一, 〈李舜臣龜船의 鐵裝甲과 李朝鐵甲의 現存原型과의 對比〉, 한국과학사학회지,
        제1권 제1호, 1979.

朴惠一, 〈李舜臣龜船의 鐵裝甲에 對한 補遺的 註釋〉, 한국과학사학회지, 제4권 제1호,
        1982.

朴惠一, 〈李舜臣龜船(1592)의 鐵裝甲과 慶尙左水使의 鱗甲記錄(1748)에 대한 註釋〉,
        한국과학사학회지, 제7권 제1호, 1985.

* 추기 : 본 해설은 한국민족문화대백과사전(한국정신문화연구원, 1987)의 '거북선〔龜
    船〕' 항목 집필 원고를 교정, 보완한 것임(박혜일).

부록 2
'李舜臣의 日記' 발췌 필사본
〈日記抄〉에 수록된 親筆草
결손 부분과 복원 일기

부록 2는 이순신 일기의 발췌 필사본 〈일기초〉를 최초 발굴한 연구 논문인 "박혜일 외, 〈'이순신의 일기' 「일기초」의 내용 평가와 친필초본 결손 부분에 대한 복원〉, 정신문화연구, 2000년 통권 78호, 95-117쪽(이하 졸고로 칭함)"의 본문을 개정 증보하여 제시하는 것이다. 아울러 추가 작업을 통해 완성한 〈일기초〉의 원문 전체를 맨 끝 절에 수록하였다.

1. 머리말

'이순신(李舜臣)의 일기 원본', 즉 '이순신의 일기 친필초본(親筆草本)'은 '임진장초(壬辰狀草)' 및 '서간첩(書簡帖)'과 함께 국보로 지정되어 (1959년 1월) 현재 아산 현충사(顯忠祠)에 보존되고 있다. 현존하는 이순신의 친필 일기는 《壬辰日記》, 《癸巳》, 《日記 甲午年》, 《丙申日記》, 《丁酉日記》, 《日記(표지 다음 장에 표기)》 및 《戊戌日記》 등 7책뿐이다.

아산 현충사에는 친필 일기와는 별도로 한권의 책 속에 '日記抄'라는 표제를 포함하는 별책 하나도 함께 소중하게 보존되고 있다. 원래 이 별책은 앞뒤 표지를 포함하여 모두 78쪽이며, 앞표지로 보이는 1쪽은 검게 퇴색하여 원 표제를 확인할 수가 없으되, 앞표지 뒷면으로 보이는 2쪽에서 낙서 속에 크게 쓴 '忠武公遺事'라는 글자를 읽을 수 있다. 이 별책은 첫머리 5쪽~14쪽에 〈재조번방지초再造藩邦志抄〉를 담고 있고, 23쪽~60쪽에는 이순신의 친필일기를 필사(筆寫) 초록(抄錄)한 〈일기초日記抄〉를 수록하고 있으며, 그 밖에도 〈井邑祠宇上樑文〉(14~17쪽), 〈春秋祭享文〉(18쪽), 〈三道回文〉(18~20쪽), 〈日記抄 서문〉(20~21쪽), 〈全羅道光陽幼學金慶履上疏〉(21~22쪽) 등 이순신을 칭송 추도하는 회고문에 이어 이순신의 친필 일기를 필사(筆寫) 초록한 〈일기초日記抄 본문〉(23~60쪽), 〈장령들의 인적사항 기록〉(61~74쪽) 및 〈명나라 장수들의 증정품 목록〉(75~76쪽) 등으로 구성되어 있다. 그리고 맨 마지막 두 쪽에는 임진년에 전사한 녹도만호(鹿島萬戶) 정운(鄭運)의 현손(玄孫)과 후일 수사를 지낸 송희립(宋希立)의 후예에 관한 기사가 들어 있다.

이 책의 내용 중 첫머리에 나오는 〈再造藩邦志抄〉는 신경(申炅, 1613~1653)의 《再造藩邦志》의 내용을 산발적으로 옮겨 놓은 것이다. 《再造藩邦志》는 1577년(선조 10)부터 1607년까지 30년 동안의 조선과

명나라의 관계를 특히 임진왜란으로 멸망하게 된 조선이 명나라가 도와
준 은혜로 다시 만들어졌다는 관점에서 적은 책(4권 4책)이며 1693년(숙
종 19)에 목판본으로 간행되었다. 따라서 〈일기초日記抄〉를 수록한 이 별
책의 작성 연대는 대략 《재조번방지》가 간행된 1693년(숙종 19) 전후가
되지 않을까 한다. 또한 녹도만호 정운의 玄孫에 관한 기록도 동일한 연대
추정(이순신의 순국 후 약 100년)을 가능케 한다.

난중일기의 도난-회수 사건이 일어난 이듬해인 1968년 3월, 문교부
문화재관리국에서는 난중일기와 〈일기초日記抄〉를 수록한 이 별책의 영인
본을 발행하였다. 그런데 이 과정에서 별책의 영인본 표제를 책 속의 첫
번째 글의 제목을 그대로 따고, 그것도 문화의식이 낮은 정치가의 휘호를
빌려 《再造藩邦志抄》로 한 것이다. 즉, 이순신의 일기를 초록한 책자에 사
대주의적인 표제가 붙은 셈이다. 문화재청은 2003년의 중요전적문화재
기록화사업으로 난중일기 원문의 전산기록화에 이어서 2008년 6월, 이
책자 《再造藩邦志抄》의 원문 판독, 국역 및 영인판을 합본하여 양장본으
로 새로 간행하면서 비로소 《忠武公遺事》라는 표제로 개칭한 바 있다. 졸
고의 지적이 어떤 경로를 통하여 반영된 것이었는지 조차 모호하였으나
늦게나마 표제가 개선된 것은 다행이었다. 따라서 문헌 목록상으로는 《再
造藩邦志抄》와 《忠武公遺事》가 혼용되고 있으나 여기서는 〈일기초日記
抄〉로만 언급할 것이다.

이순신의 사후 200여 년이 경과하여 正祖 대에 편찬된 《李忠武公全
書》(1795) 수록의 〈亂中日記〉와 현존하는 친필일기를 대조해 보면 《李忠
武公全書》의 편찬 후 적지 않은 부분의 친필초가 유실되었음은 잘 알려진
대로이다. 유실된 부분에는 각각 거의 한 권 분량에 해당되는 임진(1592
년)일기의 정월~4월, 을미(1595년)일기 정월~12월, 무술일기의 10월 7일
~12일 엿새분과 11월 8일로부터 절필일자인 11월 17일의 열흘분이 포
함된다. 갑오년(1594)의 친필일기에서는 1쪽 분량인 2월 22일~27일조
일기초가 유실되어 전해지지 않으나 〈일기초日記抄〉와 《李忠武公全書》의
〈亂中日記〉에 모두 보이지 않는 점으로 미루어 적어도 전서 편찬 이선에
이미 유실되었을 것으로 간주된다. 무술년 7월 24일 기사는 〈일기초日記

抄〉에만 유일하게 현존하는 것으로서 이를 포함하는 한 쪽 혹은 여러 쪽이
〈일기초日記抄〉 작성 이후 유실된 것이다.

　　〈日記抄〉는 불과 325일분의 일기를 담고 있으나, 이순신의 친필초본
(親筆草本)에 대한 해독(解讀)과 활자본(活字本)의 부분적인 보완 및 확
정을 위하여 많은 참고가 된다. 이러한 관점에서 다음 절에서는〈日記抄〉
의 내용 검토, 친필초 1년분이 전부 유실된 을미(1595)일기에 대한 보유
적 주석, 친필초가 부분적으로 파손 또는 마모된 정유(1597) 8월 4일~26
일 일기를 일부 복원하고 또한 이순신이 전사(戰死)한 무술년(1598)의 일
기와 그 유실 부분의 보완과 복원에 대해 기술하였다. 끝 절에서는〈日記
抄〉의 원문 전체를 판독하여 수록하였다.

2. 〈日記抄〉의 체제와 필사(筆寫) 범위

〈日記抄〉는 모두 38쪽이며, 쪽의 크기는 가로가 20cm, 세로가 29cm 이다. 필사(筆寫) 양식을 보면 첫 부분은 정서체로 시작되나 점차 흘림체로 바뀌고 있으며 전체적으로 잘 정돈된 격식을 갖추고 있다. 일기를 발췌, 필사한 날짜 수는 임진년 10일, 계사년 9일, 갑오년 75일, 을미년 69일, 병신년 76일, 정유년 58일, 무술년 28일이며 모두 합쳐서 325일에 이른다. 간지(干支)는 모두 빠져 있으며, 날씨도 대여섯 번밖에는 옮겨 적지 않았다. 그리고 검독(檢讀)한 표시로 보이는 서너 가지 부호가 일기의 날짜 위에 표기된 데가 많은 것으로 보아 두 세 사람이 함께 작성한 것 같다. 필사 내용을 보면, 등본처럼 철저히 베낀 데도 상당 부분 있으나, 기사 내용을 부분적으로 추려 옮기거나 아예 생략한 부분도 적지 않다. 또 그중에는 필사자가 자의적으로 다르게 기입한 사례도 있다(제4절 참조).

〈日記抄〉에 옮겨진 일기의 날짜를 색인(索引) 형식으로 정리해 보면 다음과 같다. 맨 오른쪽 끝에는 일기 원본의 월별 날짜 수에 대한 필사 일기의 월별 날짜 수를 분수 형식으로 표시하였다.

▷ 壬辰(1592)
   5월 1, 2, 3, 4, 29일   5/5
   6월 2, 3, 4, 5, 7일   5/10

▷ 癸巳(1593)
   2월 8, 10, 12, 14, 16, 17, 18, 22, 28일   9/30

▷ 甲午(1594)
   1월 1, 11, 12, 14, 18, 20, 21, 24, 28일   9/30

2월 2, 3, 4, 5, 12, 13, 16일   7/24

3월 3, 4, 5, 6, 15, 16, 22일   7/30

4월 3, 6, 9, 12, 13, 16, 18, 19일   8/29

5월 2, 3, 8, 13, 16, 20일   6/30

6월 4, 5, 8, 15, 18, 19일   6/29

7월 1, 11, 12, 15, 17, 18, 19, 20일   8/29

8월 12, 16, 17, 29, 30일   5/30

9월 3, 7, 13, 20, 22, 24, 26, 27, 29일   9/29

10월 1, 3, 4, 6, 8, 12, 14, 16, 17, 26일   10/30

▷ 乙未(1595)*

1월 1, 10, 12, 13, 14, 15, 21, 27일   8/30

2월 9, 20, 27일   3/30

3월 1, 7, 16, 17, 23, 24일   6/29

4월 3, 13, 19, 30일   4/30

5월 4, 5, 6, 25, 27일   5/29

6월 9, 13, 22일   3/30

7월 1, 2, 7, 14, 28, 29일   6/29

8월 1, 3, 4, 5, 7, 15, 20, 21, 22, 23, 24, 25, 26,
    27, 28일   15/29

9월 12, 14, 15, 25, 27, 28 일   6/30

10월 3, 9, 15, 21, 26, 28 일   6/29

11월 1, 4, 15, 28 일   4/30

12월 15, 18, 19 일   3/20

---

*   '을미년 일기'는 난중일기를 활자화한 《이충무공전서》(1795)가 발간된
후 유실되었으므로, 일기 원본의 월별 날짜 수는 전서에 수록된 일기에 의
한 것이다.

▷ 丙申(1596)

  1월 1, 3, 4, 12, 18, 19, 23일   7/30

  2월 17, 24, 25, 28, 30일   5/30

  3월 3, 4, 5, 12, 25, 29일   6/29

  4월 4, 5, 7, 9, 10, 13, 15, 19, 22일   9/30

  5월 4, 5, 12, 13, 15, 25일   6/30

  6월 22일   1/29

  7월 2, 4, 6, 10, 17, 20, 21, 22일   8/30

  8월 22일   1/29

  윤8월 11, 12, 13, 14, 15, 17, 18, 19, 20, 22, 23,
         25, 26, 29일   14/29

  9월 1, 3, 6, 7, 8, 9, 11, 12, 16, 17, 18, 20, 21, 22,
         24, 25, 27일   17/30

  10월 7, 10일   2/11

▷ 丁酉(1597)*

  8월 4, 5, 6, 7, 8, 9, 10, 12, 13, 14, 17, 18, 19, 20,
       23, 24, 25, 26, 27, 28, 29, 30일   22/57

  9월 2, 7, 8, 9, 11, 13, 14, 15, 16, 17, 19, 20, 21,
       27일   14/58

  10월 1, 3, 8, 9, 10, 11, 14, 21, 22, 24, 25, 29일   12/38

  11월 3, 11, 15, 16, 22, 27일   6/29

  12월 4, 25, 27, 30일   4/30

---

* '정유년 일기'는 4월 1일에서 10월 8일까지와 8월 4일부터 12월 30일까지로 된 두 벌의 일기가 있어 통상 '丁酉Ⅰ' 및 '丁酉Ⅱ'로 구분하고 있다. 따라서 8월 4일부터 10월 8일까지의 일기는 중첩되어 있으며, 8월, 9월 및 10월에 대한 일기 원본의 월별 날짜 수는 丁酉Ⅰ, Ⅱ를 합한 것이다. 〈日記抄〉의 필자는 좀 더 많은 기사 내용을 담고 있는 丁酉Ⅱ 일기를 주로 옮기고 있다.

▷ 戊戌(1598)

7월 24일	1/(0)
9월 15, 18, 19, 20, 21, 22, 23, 25, 27, 30일	10/16
10월 2, 3, 4, 6, 7, 9, 10, 12일	8/12*
11월 8, 9, 10, 11, 13, 14, 15, 16, 17일	9/10**

---

* 《이충무공전서》(1795)에는 10월 1일~12일의 12일분 일기가 활자판으로 수록되어 있으나, 현재 친필초본에는 1일~7일 일기만 남아 있다.

** 《이충무공전서》(1795)에는 11월 8일~17일 일기 10일분이 수록되어 있으나, 친필초본에는 남아 있지 않다.

3. 친필초본 결손 부분에 대한 보유 및 복원

1) 을미(1595)일기에 대한 보유적 주석

《이충무공전서》에 수록된 을미년 일기는 모두 345일분이다. 그러나 다른 해 일기의 부실한 전사(轉寫) 내용의 전례로 미루어 을미년 일기 또한 충실하게 옮겨졌으리라고 믿기는 매우 어려울 것이다. 유실된 일기첩이 우연히 발견될 가능성도 전적으로 배제할 수는 없겠으나, 지금으로서 부분적으로나마 서로 맞대어 볼 수 있는 자료로는 〈日記抄〉밖에 없다.

〈日記抄〉의 을미년 기사는 모두 69일분이 있다. 〈日記抄〉의 을미년 기사로서 그 내용이 《이충무공전서》의 기사와 자구(字句) 하나 다르지 않게 수록된 날짜 수는 며칠에 불과하나, 대체로 내용이 일치하는 것으로 볼 수 있는 날짜는 대략 30일 내외가 아닌가 한다. 그중에서 완전히 일치하거나 몇몇 자구의 차이밖에는 없는 일기를 열거해 보면, 2월 20일, 3월 1·23일, 7월 7·29일, 8월 1·3·4일 그리고 12월 18일 등 10일분 내외가 된다. 그리고 나머지 절반 정도의 〈日記抄〉 기사들은 《이충무공전서》의 해당 날짜 기사보다 더 상세히 옮겨져 있는 경우, 또는 《이충무공전서》의 기사에는 전혀 보이지 않는 기사를 포함하여 아주 새로운 내용을 보여주는 경우가 있다. 몇 가지 예로서,

▷ 1월 10일조: '元均에게 술을 대접했는데 그의 언사가 지극히 흉악했다.',

▷ 1월 21일조: '아들 薈의 혼례날이라 마음속 근심이 어떠하랴. 長興부사가 술을 가지고 왔다. …',

426

▷　2월 9일조: '꿈에 서남간에 붉고 푸른 龍이 한쪽으로 걸쳐 있는
　　데, … 기이하고 이상한 조짐이 많아 이것을 적는다.',

▷　11월 1일조: '元兇의 답장이 지극히 흉악하고 거짓이어서 천지간
　　에 이처럼 兇妄함이 없을 것이다.',

▷　11월 4일조: '李直長 汝沃 형 집에서 소식이 왔는데, 비통함을 이
　　길 수 없다. …'

등과 같은 기사는 《이충무공전서》에서는 볼 수 없는 내용이다. 이는 〈日
記抄〉와 《이충무공전서》 모두 그 필사자 또는 편찬자의 작업을 통해 친필
초의 기사 내용이 상당수 취사선택 또는 편집되었음을 나타내는 것이나,
〈日記抄〉의 기사 내용으로써 친필초의 을미년 일기 원본에 대한 보완적
접근이 가능해진 점은 각별히 평가되어야 할 것이다. 보완에 쓰일 만한 기
사의 일기는 제5절 원문에 구분 표시하였다.

2) 정유(1597)일기 훼손 부분에 대한 복원

　친필 일기 중 丁酉(1597)Ⅱ 일기의 첫 부분 몇 쪽은 부분적으로 파손,
마모되어 상당 부분 판독이 불가능하다. 〈日記抄〉 정유년 일기는 丁酉日
記Ⅱ를 주로 옮기고 있는데, 8월 4일~26일 일기는 친필초 丁酉日記Ⅱ의
훼손된 부분에 관해 비교를 통하여 일부이나마 부분적 복원을 가능하게
해준다. 〈日記抄〉의 정유년 일기와 친필초를 비교하여 친필초의 훼손 부
분을 복원하면 다음과 같다. 친필초에서 판독 불가능한 부분은 글자 수만
큼의 크기의 □ 형태로 비워 놓았고 복원된 자구는 밑줄로 표시하였다.

▷　丁酉Ⅱ 일기의 첫 부분을 판독해 보면 '□□□□□送來改…鴨綠院
　　炊□之際…'로서, 앞의 훼손된 부분에는 날짜와 함께 어떤 기사
　　내용이 들어 있었을 것이나 얼마나 많은 양의 기사가 들어 있었는

지는 알 수 없다. '炊'자 다음의 판독 불가 부분에 대해 조선사편
수회 활자본《난중일기초·임진장초》(1935)에서는 '點'자로 추리
하여 방주로 적어 놓고 있다. 〈日記抄〉의 정유 8월 4일 기사와 비
교 검토한 결과, 본 기사는 정유 8월 4일 기사임이 분명하며, '炊'
자 다음의 글자는 '點'자로 확인되었으므로, 丁酉Ⅱ 8월 4일 기사
를 복원하면 다음과 같다.

'八月初四日…送來改…鴨綠院炊點之際…'

▷ 丁酉Ⅱ 8월 5일의 '□□□亥…到谷城縣則一境□□□□馬草料亦
艱…'에서 앞의 훼손 부분에 대해 조선사편수회 활자본에서는
추리하여 '五日癸'를 방주로 붙여 놓고 있는데, 〈日記抄〉의 정유
8월 5일 기사와 비교, 검토해 보면 '五日'의 기사임이 분명하다.
또한 '境'자 뒤의 판독 불가 부분은 세 글자 정도의 공백을 두었으
나 '已空'으로 확인되었다. 따라서 丁酉Ⅱ 8월 5일 기사를 복원하
면 다음과 같다.

'五日癸亥…到谷城縣則一境已空馬草料亦艱…'(5일. 계해.…곡성
현에 이르니 온 고을이 이미 비었고 말먹일 풀조차 구하기 어려웠
다.…)

▷ 丁酉Ⅱ 8월 6일의 '…士女扶行□不忍見…我等生道□□路傍…'
에서 '行'자 뒤의 훼손 부분은 〈日記抄〉로부터 '慘'자로 확인할 수
있었다. 또한 '道'자 뒤의 훼손 부분에 대해서는 첫 번째 글자는
'矣'자로 확인하였으며, 두 번째 글자는 구절상 '道'자로 추리된
다. 따라서 丁酉Ⅱ 8월 6일 기사를 복원하면 다음과 같다.

'六日甲子…士女扶行慘不忍見…我等生道矣(道)路傍…'

▷ 丁酉Ⅱ 8월 8일의 '…暮□順天…而軍器等□兵使…'에서 훼손
부분에 대해 조선사편수회 활자본에서 '到'와 '物'자로 추리하여

방주 형태로 덧붙여 놓았으며, 〈日記抄〉로부터 '到'와 '物'자임을 확인하였다. 丁酉Ⅱ 8월 8일 기사를 복원하면 다음과 같다.

'八日…暮到順天…而軍器等物兵使…'

▷　丁酉Ⅱ 8월 26일의 '…舡格機械不☐模樣可愕'에서 판독 불가 부분에 대해 조선사편수회 활자본에서 '備?'자로 추리하고 있으나, 〈日記抄〉로부터 '成'자임을 확인하였다. 또한 끝 부분을 '…可愕'으로 끝맺고 있는데, 〈日記抄〉에 의하면 '…可愕〃〃'으로 되어 있어 '놀라움(愕)'의 정도를 더하고 있다. 따라서 丁酉Ⅱ 8월 26일 기사를 복원하면 다음과 같다.

'二十六日…舡格機械不成模樣可愕〃〃'

3) 무술(1598)일기 유실 부분에 대한 복원

〈日記抄〉 끝부분에 들어있는 무술년 일기의 필사 원본은 세 쪽이며, 각각 정유 12월 5일~무술 9월 23일, 무술 9월 25일~11월 8일, 무술 11월 8일~11월 17일 기사를 담고 있다. 첫 번째 쪽의 첫 부분은 정유년 일기의 마지막 부분이며, 무술년 일기로서 처음으로 눈에 띄는 기사는 7월 24일의 녹도만호(鹿島萬戶) 송여종(宋汝悰)의 전과에 관한 내용이다.

무술년 10월 7일 이후의 친필 일기는 유실되었다 하더라도 〈日記抄〉의 무술년 일기와 《이충무공전서》의 〈난중일기〉를 비교 검토함으로써 유실 부분에 대한 복원이 가능하다. 그런데, 《이충무공전서》의 무술년 11월 일기와 〈日記抄〉에서 판독된 일기 내용을 비교해 보면 〈日記抄〉가 친필 초에 보다 충실하게 필사된 것으로 생각된다. 그러한 심증을 얻기에 충분한 몇 가지 사례를 아래에 예시하고자 한다. 《이충무공전서》에서, 〈日記抄〉와 비교하여 누락된 자구(字句)를 ☐☐☐, 추가된 것을 (　) 등으로 나타냈다.

▷ 무술 11월 8일,
詣(都)督府設慰宴 終日盃酌 乘昏乃還俄頃都督請見即 爲趨 進則 都督曰 順天倭橋之賊初十日間撤遁之奇自陸(地)馳通急〃進師遮截歸路云.

▷ 무술 11월 14일,
倭舡二隻講和(事) 次 出來中流都督使倭通事迎倭舡 從容而受一紅旗環刀等 物戌時倭將乘小舡入來督府猪二口酒二器獻于都督而去 云 .

이와 같이 〈日記抄〉는 비록 2차 사료(史料)이기는 하나 보조 사료로서 큰 의의가 있음을 알 수 있다. 〈日記抄〉의 무술년 일기와 《이충무공전서》를 비교 검토함으로써 유실된 친필초의 내용과 가장 유사하리라 판단되는 〈日記抄〉의 기사 내용을 복원 일기로 추천하며, 복원을 밑받침하는 추론적 근거와 함께 항목별로 정리하면 다음과 같다.

● 무술년(1598) 7월 24일자 일기는 〈日記抄〉에서만 볼 수 있는 자료로서, 필사할 당시에는 이 일기에 해당하는 친필초가 어떠한 형태로든 남아 있었다고 보아야 할 것이다. 일기의 내용은 다음과 같다.

'七月二十四日伏兵將鹿島萬戶宋汝悰領戰舡八隻遇賊舡十一隻于折尒島全捕六隻斬首六十九級賈勇還陣.'
(7월 24일. 복병장 鹿島萬戶 宋汝悰이 전선 8척을 이끌고 나갔다가 折尒島(折爾島)에서 적선 11척을 만나, 6척을 온통으로 잡고 참수한 머리 69급을 과시하며 용맹스럽게 진으로 돌아왔다.)

이 내용은 《선조실록宣祖實錄》에서 재차 확인할 수 있는바, 선조 31년(1598) 8월 13일조의 "통제사 이순신이 치계하였다. '지난번 해상 전투에서 아군이 총포를 일제히 발사하여 적선을 쳐

부수자 … 70여 급만 베었습니다.'…"(《선조실록 24》 민족문화
추진회, 1988, 314쪽)와 동년 10월 4일조의 "이순신이 절이도
(折尒島)의 전투에서 적의 머리 71급을 베었는데…"(《선조실록
25》 민족문화추진회, 1988, 103쪽) 등 이순신의 장계(狀啓) 내
용으로 미루어 위의 일기의 신빙성은 수긍되고도 남음이 있을
것이다. 이 《선조실록》의 기사와 관련하여, 승지 최유해(崔有海,
1588~1641)는 그의 〈행장行狀〉(《이충무공전서》 1795, 卷之十
부록二, 11쪽)에서 "公은 鹿島萬戶 宋汝悰을 시켜 8척의 전선으
로 折尒島를 탐색케 하고 … 宋汝悰이 들어와 적의 큰 배와 적의
머리 69급을 바치는데, 明나라 千總은 싸우지 못했다고 보고하
자 陳도독이 크게 노하여 그의 목을 베려하므로 公이 도독을 위
로하며 …"라고 쓰고 있다. 또한 〈송여종비명宋汝悰碑銘〉(《이충무
공전서》 1795, 卷之十四 부록六 紀實(下), 26쪽)에도 "… 무술년
7월에 李公이 또 公에게 명령하여 몽충(전선을 지칭함) 6척을 거
느리고 … 鹿島 앞바다(折尒島쪽)에서 적선 10척이 안개를 타고
야습할 계략이므로 公은 … 곧장 나가 남김없이 다 무찔러 이기
고 돌아왔다."라는 구절이 있다. ― 〈日記抄〉의 뒷부분에 수록된
'장령들의 인적사항 기록'(61~74쪽)의 무술년(1598) 부분에 친
필초본이나 《이충무공전서》의 무술년 일기에는 보이지 않는 '송
여종(宋汝悰)'을 비롯한 다수의 인명들이 기록되어 있는 것으로
보아 이들 인물들에 관련된 친필초가 더 있었을 것으로 보인다.
즉, 무술년의 여러 가지 정황을 감안해 보면, 일일이 일기장에 적
을 겨를이 없었던 이순신이 7월 24일조와 같이 별개의 쪽에 따로
기록한 일기가 더 있을 가능성도 없지 않다.

● 무술년(1598) 10월 초7일자 일기는 친필초본에 다음과 같이 적
혀 있다.

'初七日己未 晴朝宋漢連納軍粮四粟一油五升淸蜜三升金太丁納
大米二石一斗' ···························· (1)

그런데 위의 친필초 해당 지면에는 (1)의 기사만 있고 쪽 왼편은 넓은 공백으로 남아 있다. 따라서 같은 날짜로 쓴 다른 기사가 있다면 그것은 필경 다른 지면에 별도로 쓴 것이 확실시된다. 즉, 10월 7일자 일기의 기사 내용이 《이충무공전서》와 〈日記抄〉에서 간지를 빼면 똑같이 되어 있다. 《이충무공전서》에서 옮겨보면 다음과 같다.

'初七日己未晴劉提督差官來告督府曰陸兵暫退順天更理進戰云.'
.... (2)

(초7일 기미. 맑음. 유 제독 차관이 도독부에 와서 알리기를 육군은 잠시 순천으로 물러나서 재정비하여 진격한다고 하였다.)

따라서 무술년 10월 7일조는 같은 날짜의 일기일지라도 (1) 및 (2)를 각각 구분하여 편집함이 마땅할 것이다.

● 무술년(1598) 10월 8일~11월 7일간의 일기는 현존하는 친필초에는 보이지 않고 있다. 이 기간 중에서 10월 8일~12일의 일기 기사는 《이충무공전서》에 수록되어 있으며, 〈日記抄〉에는 10월 9, 10, 12일의 기사만이 보이고 있다. 〈日記抄〉의 기사와의 비교를 위해 《이충무공전서》의 10월 8일~12일조 기사를 옮기면 다음과 같다.

'初八日庚申晴
初九日辛酉陸兵已撤故與都督領舟行到海岸亭
初十日壬戌到左水營
十一日癸亥晴
十二日甲子到羅老島. 自十三日至十一月初七日缺.'

10월 8일과 11일의 기사는 《이충무공전서》에만 보이나 날씨만 적힌 간결한 내용이며, 다른 날짜의 기사들은 간지의 유무 차이를 제외하면 〈日記抄〉와 《이충무공전서》의 내용이 동일하다. 따라서 이 5일분의 친필초 또한 《이충무공전서》의 편찬 후에 유실된 것이며, 이 부분에 대해서는 《이충무공전서》의 내용을 따르는 것이 타당하다. 무술년 10월 13일부터 11월 7일까지의 일기는 친필초, 〈日記抄〉, 《이충무공전서》 어디에도 남아있지 않다. 《이충무공전서》의 편찬자는 위에 게재한 10월 12일조 기사 맨 끝부분에서 "(무술 10월) 13일부터 11월 초7일까지는 (친필초 일기가) 없다."는 확인 주석을 덧붙이고 있어 이들 일자에는 일기가 쓰여지지 않은 것으로 추정해 볼 뿐이다.

● 무술년(1598) 11월 8일~17일자 일기에 대하여는, 이미 위에서 확인한 바에 따라 《이충무공전서》보다도 〈日記抄〉의 필사 원문을 보다 적확(的確)한 '복원 일기'로 추천하고자 한다. 일례로 무술년 일기에 나타나는 두 가지 지명을 재확인해 보면 다음과 같다. '유도独島'란 지명은 11월 11일과 9월 20일에는 공통적으로 나오는데, 9월 20일조 일기는 친필초, 《이충무공전서》, 〈日記抄〉 모두에 나오고 있고, 11월 11일은 친필초가 유실되어 《이충무공전서》, 〈日記抄〉에만 나타나고 있다. 《이충무공전서》에서는 이를 모두 '유도柚島'로 옮기고 있으나 〈박혜일 외, '무술년 이순신의 최후 결진처 — 独島에 관한 고찰', 순천향대학교 이순신연구논총 통권 20호, 269-298쪽〉를 통하여 친필초, 〈일기초〉에 언급된 '유도独島'가 바른 지명인 것을 밝혔다. 또 다른 하나의 지명은 11월 9일에 나오는 것으로서 이 날짜의 친필초는 없고 오직 《이충무공전서》와 〈일기초〉만을 참조할 수 있으며, 《이충무공전서》에는 '백서량白嶼梁', 〈일기초〉에는 '백여량白礖梁'으로 나타난다. 이곳의 현 위치는 일기의 전후 문맥으로부터 전남 여천군 화정면 백야도와 제도 사이의 해협으로 추정되므로 지명의 음운상 〈일기초〉의 '백여량白礖梁'이 더 타당해 보인다.

4. 맺음말

〈日記抄〉가 있음으로서, 녹도만호(鹿島萬戶) 송여종(宋汝悰)의 활약 상을 기록한 무술년(1598) 7월 24일자 친필초가 실제로 있었음을 처음 으로 발견한 것, 또는 이순신의 마지막 일기가 된 무술년 11월 8일~17일 일기를 보다 신뢰성있는 기사 내용으로 재확인한 것 등의 몇 가지 예기치 않은 성과를 거두었다. 앞의 각 절에서 각각 추론적 소견을 밝혔으므로 따로 결론을 총괄하는 것은 생략한다. 다만 〈日記抄〉의 필사(筆寫) 내용 중, 소위 내적(內的) 비판과 검토라 할 만한 시각에서 주목할 사례 몇 가지를 추려 아래에 예시하고자 한다.

● 〈日記抄〉의 을미년(1595) 11월 4일자 기사에 "또 아들의 편지를 보니 요동(遼東) 왕울덕이 왕(王)씨 후예로서 군사를 일으키려 한 다고 하니 극히 놀라운 일이다(且見豚簡則遼東王鬱德以王氏後 裔欲爲擧兵云極可愕也)."라는 내용이 있는데 이와 똑같은 내용의 기사가 《이충무공전서》의 같은 해 5월 4일조에도 포함되어 있다. 왕울덕(王鬱德)의 '울(鬱)'자가 《이충무공전서》에서 '작(爵)'자로 된 것은 친필초에 대한 판독(判讀)상의 차이라 하더라도, 동일한 기사 내용이 6개월 전에 기록되었을 리는 없을 것이다. 두 일기의 앞 부분의 기사 내용으로 미루어 보아 〈日記抄〉의 날짜에 해당하 는 것으로 보는 쪽이 옳을 것 같다.

● 정유년(1597) 9월 16일자 일기에서 이순신은 명량해전(鳴梁海 戰) 개전 당시의 상황으로 '則賊船一百三十三隻回擁我船'(丁酉 Ⅰ) 또는 '則賊船百三十餘隻回擁我諸船'(丁酉Ⅱ)과 같이 기록하

고 있으나, 〈日記抄〉에서는 '則賊舡三百三十餘隻回擁我諸舡'과
같이 되어 있다. 즉, '우리 배들을 에워싼 적선의 수효'를 필사자
가 자의적으로 200척이나 늘려 '330여 척'으로 바꿔 놓은 것이
다. 이는 아마도 이순신의 조카인 이분(李芬)이 쓴 〈행록行錄〉에
'마침내 333척이 나와 에워싸는데(遂以三百三十三隻進擁之)'라
는 말이 있으므로 그 영향을 받은 것이 아닌가 한다. 《이충무공전
서》에서도 마찬가지로 이순신 자신이 기록한 것보다 200척이 더
많은 '330여 척'으로 늘려 놓은 것이다.

● 무술년 7월 24일자 기사는 〈日記抄〉에서만 볼 수 있는 자료이며,
  11월 8일~17일 일기 또한 《李忠武公全書》 수록의 해당 일기보다
  더 신뢰할 수 있는 기사 내용으로 재확인된다.

〈日記抄〉의 필사일기는 빠트리거나 잘못 쓰여진 글자 및 지명, 잘못
된 일기 일자도 있고 흘려 쓴 서체와 지운 글자 등으로 인해 상당히 지저
분하게 작성되어, 친필일기초와는 형식적인 면에서도 비교되지 못하는 것
이나 이 필사본이 갖는 보조 사료로서의 가치에는 변함이 없을 것이다.

5. 〈日記抄〉 원문

　다음에서 ■와 줄(—) 표시는 썼다가 지운 글자, □ 표시는 글자 띄운 곳, ? 표시는 판독이 어려운 글자를 나타내며, (　) 괄호 속의 글자는 원문을 정정 혹은 추리하여 보충한 것이다. 또한 글자 위의 부호 ▶◀는 원문에 있는 부호 그대로 표기한 것인데 글자 순서의 교정부호이다. 일자 첫 머리에 붙인 * 표시는 3절에서 언급한 대로 친필일기의 결손 또는 훼손 부분의 복원에 쓰일 수 있는 기사임을 구분하여 나타내기 위해 본 편집에서 첨부한 것이다. 갑오, 을미년의 일기 중 나흘분 기사는 앞선 일자의 기사에 연이어서 작성되어 있으나 식별 편의상 새 줄로 옮겨 편집하였다. 많은 부분에서 글자 옆 혹은 글자에 겹쳐 점을 찍어 두고 있는데 지운 글자를 의미하는 경우도 있으나 전부 그 의미를 파악할 수 없으므로 본 편집에서는 포함시키지 않았으며 해당 부분은 원문 이미지를 참조하기 바란다. 본 원문의 작성에는 2008년 문화재청 현충사관리소에서 편집, 발행한 《충무공유사, 국역·영인 합본》을 참조하되 영인판독을 재수행하여 몇 군데의 착오와 오자를 바로잡았다.

【日記抄 壬辰日記】

壬辰五月初一日舟師會前洋坐鎭海樓招防踏僉使興陽倅鹿島萬戶則皆憤激忘身可謂義士也

初二日宋漢連自南海還言曰南海倅彌助項僉使尙州浦曲浦平山浦等一聞聲息輒已逃散使其軍器等物尽散無餘云可愕〃〃午時乘舡下海結陣與諸將約束則皆有樂赴之志而樂安則似有避意可嘆然自有軍法雖欲退避其可得乎夕軍號龍虎伏兵則山水

初三日光陽興陽招來與語之間皆發憤以本道右水使率舟師來共之約而防踏板屋載疊入軍來喜見右水使來遣軍官扣焉則防踏舡也不勝愕然有頃鹿島萬戶請謁招前問之則右水使不來賊勢漸迫畿甸不勝痛惋若失期会追悔無及以是卽招中衛將約以明曉發行卽修啓□聞出送是日呂島水軍黃玉千聞賊聲逃避于其家捕來斬首■梟示

初四日質明發舡直到彌助項前洋

五月二十九日右水使不來獨率諸將直到露梁則慶尙右水使來會約處與之相議問賊倭所泊處則賊徒今在泗川舡倉云故直指同處則倭人已爲下陸結陣峯上泊列其舡于峯下拒戰急固余督令諸將一時馳突射矢如雨放各樣銃筒乱如風雷賊徒畏避逢箭者不知幾百數多斬倭頭軍官羅大用中丸余亦左肩上中丸貫于背而不至重傷焚滅十三隻退駐

六月初二日朝發直到唐浦前舡倉則賊倭二十餘隻列泊回擁相戰大舡一隻大如我國板屋舡〃上粧樓高可二丈閣上倭將巍坐不動以片箭及大中勝字銃筒如雨乱射倭將中箭墜落諸倭一時驚散諸將卒一時攢射逢箭顚仆者不知其數尽殲無餘俄而倭大舡二十餘隻自釜山列海入來望見我師退奔入介島

初三日更勵諸將挾攻介島則已爲奔潰四無餘類欲徃固城等地則兵勢孤弱憤欝之際留宿而來將士無不踴躍合兵約束

初四日右水使領諸將懸帆而來一陣將士無不踴躍合兵申明約束宿鑿浦梁

初五日朝發到固城唐項浦則倭舡一隻大如板屋舡〃上樓閣巍〃所謂將

者坐其上中舡十二隻小舡二十隻一時撞破射矢如雨逢箭者不知其數斬
首倭將幷七級餘倭下陸登走然所餘甚少軍聲大振

初七日朝發到永登前洋聞賊舡在栗浦令伏兵舡指之則賊舡五隻先知我
師奔走南大洋次諸舡一時追及蛇渡僉使金浣一隻全捕虞候一隻全捕鹿
島萬戶鄭運^{李夢龜}一隻全捕合計倭頭三十六級

【日記抄 癸巳日記】

癸巳二月初八日朝嶺南右水伯到舡極言全羅右水伯後期之失今刻先發
云余力止待之約以今日〃中當到午時果然張帆來会望見無不欣躍至則
所率未滿四十隻

初十日卯時發舡直指熊川熊浦則賊舡依旧列泊再度誘引曾慟我師乍出
乍還終莫捕殲痛憤〃〃

十二日三道一時曉發直抵熊川熊浦則賊徒如昨進退誘引終不出海兩度
追逐幷未捕滅奈何〃〃痛憤〃〃

十四日朝食後合三道約束之際嶺南水伯以病不会獨与全羅左右諸將合
約但虞候肆酒妄言其爲無謂何可尽說於蘭萬戶鄭聯壽南桃浦姜應彪亦
如之當此大賊討約之時乱飲如此其爲人物尤不可形言也不勝痛憤

十六日夜二更愼環与金大福來賫持傳書□教書二道及副元帥關因聞天
兵直擣松都今月初六日當陷京城之賊

十七日與右水伯同到嶺南水伯舡聞宣傳官賫宥□旨來暮還之際路聞宣
傳來促櫓還陣時逢□宣傳□表信迎入舡承受宥□旨則急赴歸路截殺逃
遁之賊事卽修給祇受宥□旨夜已四更矣

十八日早朝行軍到熊川賊勢如前蛇渡僉使伏兵將差定領呂島萬戶鹿島
假將左右別都將左右突擊將光陽二舡興陽代將防踏二舡等伏于松島使
諸舡誘引則賊舡十餘隻蹤後而出慶尙伏兵五隻輕發追逐之際伏舡突入
回擁多數放射倭人致死不知其數一死一級斬首賊徒大挫終不追後日暮
還到永登後洋

二十二日曉雲暗東風大吹然討賊事急發行到沙火郎待風〃似歇促行到
熊川兩僧將及成義兵送于濟浦欲將下陸之形右道諸將舡擇不實送于東
邊亦將下陸之狀倭賊奔遑之際合戰舡直衝則賊勢分力弱幾爲殲盡而鉢
浦二舡加里浦二舡不令突入觸掛淺陝爲賊所乘憤膽如裂有頃珍島上舡
爲賊所擁幾不能救而虞候直入救出慶尙左翊將及右部將視而不見終不
回救其爲無謂不可言以是詰於水伯可嘆今日之憤何可尽說皆慶尙水伯
之致也
二十八日曉發到加德則熊川之賊擁縮畧無出抗之計我舡直向金海江下
端禿沙伊項而右部報變諸舡張帆直指回擁小島則慶尙水使軍官及加德
僉使伺候舡幷二隻出沒島嶼其情極荒唐故縛來送于嶺南水使則水使大
怒其意本皆在送軍官搜得漁採人首故也

【日記抄 甲午日記】

甲午正月初一日侍天只同添一年此乱中之幸也
十一日朝以覲乘舟從風直抵古音川南宜吉尹士行芬姪同徃謁天只前則
天只猶睡不覺勵聲則驚覺而起氣息奄〃日薄西山只下隱淚言語則不錯
討賊事急不能久留
十二日朝食後告辞天只前則敎以好赴大雪國辱再三論諭小無以別意爲
嘆也還到舡倉
十四日朝蕾姪簡見之則牙山墳山正旦祭時嘯聚之徒無慮二百餘圍山乞
食祭退云可愕〃〃
十八日擧帆到蛇梁萬戶及水使軍官田允來見曰水軍捉來于居昌因聞
元帥欲中害之云可笑自古忌功如是何恨焉
二十日病死人收瘞差使員鹿島萬戶定送廿一日夕鹿島來告病屍二百十
四名收埋
二十四日嶺南元水送軍官來報左道之賊三百餘斬殺云多喜
二十八日慶虞候報內刘提督旋師今月二十五六日間上去云又慰撫使█

弘文校理權□道內巡慰後舟師入來云

二月初二日淸州居兼司僕李祥持有□旨來其內慶尙監司韓孝純啓內左
道之賊合入巨濟將犯全羅之計卿其合三道舟師勦滅事

初三日右助防將到因聞反賊之奇不勝慮憤

初四日鄭二相簡來自順天來告撫軍司關據巡察使關陣中設試取稟狀達
甚非矣推考云可笑因奉姪聞天只平安喜幸〃

初五日曉夢乘良馬直上層岩大嶺則峯巒秀麗逶迤西東又有峯上平衍之
處欲爲擇卜而覺未詳厥應有一美人獨坐指示余拂袖不應可笑朝元帥答
送到則沈遊擊已定和解云然奸謀巧計不可測而前陷其術又陷如是可嘆

十二日宣傳官宋慶苓到陣有□旨二度秘密一度幷三度內一度天兵十萬
及銀三百萬兩出來一度兇賊意在湖南盡心把截相勢勦擊事內出□秘旨
經年海上爲國勤勞予甞不忘有功將士未蒙重賞者馳啓等事且問京中雜
言又聞逆賊之事領台簡亦持來自上憂勤宵旰事聞來慨戀何極

十三日慶尙軍官自三峯來到曰賊舡八隻入泊春元浦可以入擊云故即令
羅大用送于元水使相議傳之曰見小利入勤大利不成姑用停之更觀賊舡
多出乘機勦殲事相定

十六日興陽持暗行密啓草則任實茂長靈岩樂安罷黜而順天則貪汚首論
（李夢祥　李忠吉　金聲憲　申浩）
其他潭陽珍原羅州牧長城昌平等守令則掩惡褒啓欺罔天聽至於此極國
（李景老　趙公瑾　李用淳　　白惟恒）
事如是萬無平定之理仰屋而已又論水軍一族及四丁內二丁赴戰事甚言
非之暗行柳夢寅不念國家之急乱徒務目前之姑息偏聽南中辨誣誤國巧
邪之言無異秦檜之於武穆也爲國之痛愈甚

三月初三日慶尙虞候李義得來言以水軍不能多捉來事被杖于其水使而
又欲足掌杖之云可愕碧方望馳報內倭舡六隻入五里梁唐項浦等處分泊
云故即令傳聚舟師大軍則結陣于閑島前洋精銳舡三十隻則右助防魚泳
潭領率勦賊次初昏行舡到紙島經夜四更發舡

初四日四更發舡到鎭海前洋倭舡六隻追捕焚滅猪島二隻焚滅召所江
十四隻入泊云故助防將與元水使進討事傳令

初五日兼司僕送于唐項浦探賊舡撞焚則右助防魚泳潭馳報內賊徒畏我
兵威乘夜逃遁空舡十七隻無遺焚滅云即還舡

初六日望見則賊舡四十餘隻渡于靑滕云唐項浦倭舡二十一隻尽焚事馳
報南海縣令馳報內唐兵二人倭奴八名持牌文入來故牌文及唐兵上使云
取來看審則唐都司府譚禁討牌文

十五日*(十三日)朝啓本封送午後元水使來言其誤妄之事故啓本還持來
元士震李應元等假倭斬納事改送

---

 * '十三日'의 오기(誤記)

十六日忠淸水使領戰舡九隻到陣

廿二日元帥公事還來則譚指揮移咨及倭將書契曹把摠持去云

四月初三日厲祭三道戰軍饋酒一千八十盃

初六日別試開場試官吾與右水伯忠淸水使參試官長興固城三嘉熊川^{高尙顔}監
試取

初九日魚助防將棄世痛嘆可言

十二日巡撫御使徐渻來話于我舡右水使及慶尙水使忠淸水使幷到酒三
行元水使陽醉發狂乱發無理之言巡撫不勝悋〃

十三日巡撫欲見習戰故出于竹島洋中交習宣傳官元士彪金吾郎金悌男
以忠淸水使拿去事到

十六日宋斗南自京下來一應啓本一〃回啓施行

十八日巨濟被擄人男女十六名迯還詳問賊情則平義智在熊川境笠岩平
行長在熊浦云

十九日金僉知敬老至自元帥府論█討賊策應事

五月初二日薈與奴婢等以□天只辰日進排事還歸

初三日軍粮計備空名告身三百餘丈及有□旨兩度下來

初八日元帥軍官邊應愨持元帥關及啓草與有□旨欲進舟師于巨濟使賊
怯惑退遁事

十三日因點(黔)毛浦萬戶報慶尙右水使所屬鮑作等格軍逃載現捉鮑作
則隱在於元水使所駐處云故送司僕等推捉之際元水使大怒司僕等結縛
云故送盧潤發解之

十六日陰而細雨夕大雨終夜漏屋無乾多慮各舡人冒處之苦也昆陽倅送

簡兼致惟精徃來賊中問答草記來見之不勝憤痛也

廿日雨且狂風少止獨坐終日百念攻中多憾湖南方伯之辜負國家也

六月初四日兼司僕責有□旨來則其辞日舟師諸將及慶尙諸將不能相協
今後盡革前習云痛嘆何極此乃元均醉妄之故也

五日及唱金山及妻子幷三名癘疫死三年眼前信使者一夕死去可慘〃〃

八日軍功賞職官敎來

十五日申景潢持領台簡入來憂國無蹖於此順天寶城報內唐摠兵官張鴻
儒乘虎舡領百餘名由海路已到珍島碧波亭云

十八日元帥軍官趙擎持傳令來則元帥到豆恥聞光陽倅移水定伏之時因
私用情云故致軍官問由事可愕〃元帥聽其妻孼男曺大恒之言行私此極
痛莫大焉

十九日元帥軍官及裵應祿歸于元帥處

七月初一日裵應祿自元師處來入元帥悔言而送可笑

十一日慶尙巡撫關到此日元水使多有不足辞

十二日柳相之卒音■到巡邊使處云是嫉之者作言毁之不勝痛憤

十五日因芬姪簡知牙鄉墳山無事家庙亦平天只平安多幸〃〃李興宗以
還上受刑殞之可愕〃〃

十七日天將把摠張鴻儒率兵唬舡五隻張帆入來直到海營請下陸同話故
吾與諸水使先上射亭請上則把摠下舡即到與之同坐先謝海路萬里間關
到此謝感無地云則答以前年七月自浙江開舡到遼東則遼東之人日海路
經過之地多碔石隱角又將講和不可徃矣强止至懇故仍留遼東馳孫侍郎
鑛及楊總兵文等處而今三月初生發舡入來豈有勞艱之色乎余請進茶後
進小酌情甚慷慨又說賊勢不知夜深

十八日請出樓上點心後出坐數三多有明春領舡直渡濟州共我舟師合勢
大張盡滅醜類事以誠懇〃

十九日進表礼單則不勝謝〃云所呈者極盛問字與別號則書給日表字仲
文軒號秀川云明

二十日通事來傳日天將不徃南原刘總兵所在直指還歸云余懇傳于天將
處日初以把摠到南原懇〃之情已布刘摠兵今止不徃其間必有人言願徃

見而還可也云則把摠聞之果然匹馬獨徃相面後即徃直群山乘舡云朝食把摠下到余舡從容談勸別盃七酌而後解纜共出浦外再三繾綣之意別送意依然

八月十二日元帥軍官沈俊到此傳令內欲爲面議約束今十七日出待于泗川云

十六日到泗川舡滄

十七日元帥到泗川送軍官邀話故騎昆陽馬進于元帥所駐泗川倅接處行敎書肅拜後公私禮因而同話多有解情之色甚責元水使〃〃不能擧頭可笑

二十九日義將成應祉化去可悼〃〃

晦日金良幹自京至此持領台簡及沈忠謙簡多有憤意也元水使事極可駭也以我逗遛不前云是千載之發嘆也

九月初三日曉有秘密□旨入來則水陸諸將拱手相望不爲奮一策設一計進討云三年海上萬無如是之理誓與諸將決死復讐之志日復■日〃而第緣據險窟處之賊不可輕進況知己知彼百戰不殆云乎初昏明燭獨坐自念國事顚沛內無濟策奈何〃〃二更興陽得見吾獨坐入來話到三更罷

七日順天府使簡則■■巡察初十日間到本府云左台亦到云不幸之甚也順天在陣時送獵于巨濟無遺被擄云而不報其情極駭故答簡時擧論而送

十三日見調度御史尹敬立啓草二度則一度珍島郡守請罷一度水陸軍勿侵事及守令勿赴戰所其意頗在姑息

二十日曉獨坐記夜夢則海中孤島走到眼前止蹲其聲如雷四境驚奔余獨立觀其始終極可欣然此兆乃倭奴乞和自滅之象又余騎駿馬徐行承召赴命之兆也

二十二日元帥人來到到此則念七定擧師云

二十四日分號衣左道則黃衣右道則紅衣慶尙則黑衣

二十六日曉郭再佑金德齡等到見乃梁送朴春陽渡涉事問由則舟師合勢事元帥傳令云

二十七日朝發舡出浦口則諸舡一時發行駐赤島前洋則郭嶮知金忠勇韓別將朱夢龍幷到約束後分送所願處夕宣兵使到舡故使騎營舡

二十九日發舡突入場門浦前洋賊徒據險不出高設樓閣築壘兩峯罟不出
抗先鋒賊舡兩隻勦擊則下陸逃遁空舡撞焚

十月初一日與忠淸水使及先鋒諸將直入永登則兇賊等掛舡濱上一不
出抗日暮還到場門浦前洋則蛇渡二舡掛陸之際賊小舡直入投火〃未起
滅極爲憤痛右水使軍官及慶尙水使軍官罟論其失蛇渡軍官則重治其罪
〔而雖〕
二更還到漆川梁經夜

初三日親率諸將早徃場門終日相戰賊徒畏不出抗日暮還到漆川梁

初四日與郭再佑金德齡等約束抄軍數百下陸登山先鋒先送場門使之出
入挑戰晩率中軍進迫水陸相應則賊徒蒼黃失勢奔走東西陸兵見一賊之
揮劍旋即下舡還陣于漆川宣傳官李繼命持標信宣諭敎書到內賜貂皮

初六日使先鋒送于場門賊窟則倭人牌文揷地其書曰日本與大明方和睦
不可相戰云移陣于骨島

初八日還到閑山

十二日慶尙元水使討賊之事自欲直啓云故成公事以送之備邊司公事據
元帥鼠皮耳掩左道十五令右道十令慶尙十令忠淸五令分送

十四日曉夢賊倭等乞降六穴銃筒五柄納之環刀亦納傳語者則其名金書
信云〃倭奴等盡爲納降

十六日巡撫徐渻日暮到此

十七日御史來從容談話多言元水使欺罔之事極可駭也元也亦來其爲兇
悖之狀不可盡言

　　　　　　　　　〔浩〕　　　　〔有一吏郎〕　▶ ◀
廿六日以氷忌不出因申僉知聞之金尙容爲吏郎京上之時入宿南原府內
而不見體察而歸時事如是極可駭也体察夜徃巡察宿房夜深還到其寢房
云体貌如是乎不勝驚愕之至也

【日記抄 乙未日記】

*乙未正月初一日明燭獨坐念至國事不覺涕下又念八十病親耿〃達夜曉
　出大廳諸將及諸色軍來告易歲

*十日聞慶尙元均來到舡滄云而以順天公私礼姑留之而有頃招入同坐饋
酒之際言辭極兇慘

*十二日三更夢先君來教十三日送醮薔往似有不合雖四日送之無妨爲敎
完如平日懷想獨坐戀淚難裁也

*十四日泗川來云新水使宣居怡以病呈免晉州牧裵楔爲之云

*十五日虞候李夢龜及汝弼來聞李天柱氏不意暴逝云不勝驚嘆千里投人
不見而奄逝尤極痛悼

*二十一日乃薔奠鴈之日心慮如何長興佩酒來因聞巡使李鎰處事極無狀
害我甚力云可笑其京妾亦率來于其府云尤可駭也

*二十七日因加里浦聞汝沃兄訃不勝驚痛

*二月初九日夢西南間赤靑龍掛在一方其形屈曲余獨觀之指而使人見之
人不能見回首之間來入壁間因爲畫龍吾撫玩移時其色形動搖可謂奇偉
多有異祥故記之

二十日右水使長興申助防將來話多傳元公之兇悖可愕〃〃

*二十七日元均交代于浦口鄭■■裵水使到此令□敎書肅拜云則多有
不平之色再三論諭後勉從强行云可笑其無知極矣吾知始忍招問備策日
暮罷歸□其爲形狀不可言

三月初一日合三道過冬軍卒□恩賜木綿分給

*七日右水使來見以鄭元明順天軍官事辭色甚遽可笑

*十六日蛇渡僉使金浣入來因聞忠淸水使李立夫軍粮二百餘石見捉於調
度史姜籤處^前■而拿推其查頓李好問亦爲被拿云

*十七日忠淸虞候馳報來忠淸水使李繼鄭舡上失火投水死云軍官及格軍
百四十餘名焚死可愕〃〃

二十三日與三助防及虞候步登前峯則三望無阻眼通北路設幙地廣開坐
基終日忘返

*二十四日右水使以坐廳改立爲惡多費辭報來可愕〃〃

*四月初三日上樑上?畢

*十三日大廳畢

*十九日朝書朶文幷莄姪合叠之俱李英男啓回下〃來則南海梟示云

*卅日朝見元帥啓本及奇李兩人供草則元帥多有無根妄啓之事必有失宜
之責如是而可驚元帥之位乎可怪
*五月初四日乃天只辰日也身未進獻獨坐遠海懷思如何
*五日從事官柳拱辰入來
*六日從事官肅拜後受公礼因與之話體甚異常意向亦不同可嘆
*二十五日因裵水使聞金應瑞重被臺評元帥亦糸其中
*二十七日丁哲自京到陣啓本回下內辭多有金應瑞檀定和事歸罪之言
*六月初九日元帥軍官李希參持有□旨到此則趙亨道誣啓曰舟師軍一名
每日粮五合式云人間事可愕〃〃天地安有如是誣罔事乎
*十三日慶尙水使裵楔拿命已下而其代則權俊爲之南海奇孝謹則仍任云
可愕〃〃
*二十二日以祖母忌不坐
*七月初一日以仁庙國忌不坐獨倚樓上明日乃父親辰日悲戀懷想不覺涕
下又念國勢危如朝露內無決策之棟樑外無匡國之柱石未知宗社之終至
如何心思煩乱終日反側
*初二日晴今日乃先君辰日心事不平懷恋如何
七夕□慶尙右兵使處有□旨內禍慘國家讐在庙社神羞人寃極地窮天尙
未迅掃妖氛舉切共戴之痛則凡有血氣者孰不扼腕腐心欲裔其肉茋卿以
對壘之將不有朝廷□命令擅對賊面敢述悖逆之辭屢通私書顯有尊媚之
態修好講和之說至徹扵□天朝貽羞開釁少無顧忌按以重律固不足惜猶
且寬貸郭諭警責非不丁寧而執迷彌甚自陷罪辟予甚恠駭莫曉其故玆遣
備邊郎厅金涌口授予意卿其改心惕勵母貽後悔事有□旨觀此不勝驚悚
金應瑞何如人也而未聞自悔改勵耶若有心膽則必自處矣
*十四日招敎鹿島萬戶宋汝悰致祭于死亡軍卒事給白米■二石
*二十八日御使申湜到陣
二十九日御使左道所屬五浦擲奸點考夕到此從容談話
八月初一日御使到此同朝食即下舡點順天等五官舡暮余下去御使處
同話
初三日御使往慶尙陣點考夕余往慶尙陣同話

初四日御使到此合會諸將話終日而罷

*初五日以御使話別事到忠淸下處餞別御使乃安撫御使通訓大夫行司憲
　府執義已到製敎申湜字叔正辛亥生本高靈居京云

*七日標信宣傳官李光後持有□旨來則以元帥領率三道舟師徑入賊窟事
　與之言達夜

*十五日餉軍三道射士及本道雜色軍終日與諸將同醉

*二十日體察傳令入來三更開舡到昆伊島
　　二更　　到晋州欲問軍務事

*二十一日晩到所非浦前洋則全羅巡使軍官李俊持公事來暮到泗川境針
　浦宿

*二十二日到泗川縣點心後行到晋州南江邊則體察已入晋州云渡江入住
　人家因到體察下處則以先到泗川縣宿而不爲迎命爲言可笑

*二十三日曉往體察下處則招入于前從容言話間多有爲民除疾之意湖南
　巡察多有毀言之色可嘆晚聞晋州戰亡將士慰祭之傳余與金應瑞同到矗
　石閣其將士敗亡不勝慘痛之至有頃體察招敎曰先往舡所乘舡回泊于所
　非浦云故還到舡泊處乘舡回泊所非浦

*二十四日因宿所非浦前洋體察使副使與從事官亦宿

*二十五日早食後體察與副使從事官並騎余所騎舡辰時開舡同入共立指
　點峯島嶼及設陣合倂處與接戰處終日言話曲浦則合于平山浦尙州浦則
　合于彌助項赤梁則合于唐浦知世浦則合于助羅浦薺浦則合于熊川栗浦
　則合于玉浦安骨則合于加德事定奪夕到陣中諸將□敎書肅拜私禮後罷

*二十六日一應公事定奪夕副使相會穩話

*二十七日軍士饋飯五千四百八十名夕到上峯指點賊陣與賊路

*二十八日體察及副使從事共坐樓上議弊瘼下舡出去

*九月(十二日)夕慶尙水使與虞候及鄭沆佩酒來同話夜深而散忠淸水使
　及朴助防來共而申助防病不來彦卿獨留話之際言及思立因聞右水則乱
　倫敗常云極愕〃〃景受何如是發此無理之言耶其爲非福可想

*十四日請忠淸水使及兩助防將同朝食晚出坐右水使及慶尙右水使幷到
　同作別盃夜深而罷別贈宣水使短詩曰北去同勤苦南來共死生一盃今夜
　月明日別離情書贈

*十五日宣水使來告歸又酌別盃而罷

*二十五日四更下舡平明到湯子食後沐浴上舡調理之際日當未時鹿島下
人出火延及大廳與樓房尽爲燒燼■

*二十七日上火基指點造家地

*二十八日上成造處

*十月初三日乃薈生日故酒食備給事言及■■■

*九日大廳畢造

*十五日往見右水使景受餞別

*二十一日因思立聞慶水伯觽誣陷辭倚指成文之而文之則專不聞之云可
駭〃權水之爲人何如是誣妄耶□晚彌助項僉使成允(文)來多言權水之
無狀

*二十六日以聘忌不坐

*二十八日■初更狂風驟雨大作二更雨雷有同夏日変怪到此

*十一月初一日金希番自京下來持納首台簡與朝報及元兇賊答則極爲兇
譎口不可道欺罔之辭有難形狀天地間無有如此元之兇妄

*四日李直長汝沃兄家莆簡來則不勝悲慟即修答書送于莆處白粒二斛六
丈油芚四丈油芚與雜物等三端亦覓送事敎之且見豚簡則遼東王鬱德以
王氏後裔欲爲擧兵云極可愕也我國兵孤力疲奈如之何

*十五日以大忌不出

*廿八日以國忌不坐是日乃嫂忌終日不出

*十二月十五日體使進去鎭撫入來則十八日會于三千云故治行
十八日進于三千鎭體察入堡同議從容初昏體察入房要與同話〃到四更
而罷

*十九日體察發行吾下舡

【日記抄 丙申日記】

丙申正月初一日四更初入謁天只前夕辞□天只還營心思極乱

初三日下海到蛇梁宿

初四日到陣

十二日四更夢到一處與領台同話移時幷脫中裳坐臥相開懷憂國之念終
罷顚脛有頃風雨暴至亦不捲散從容論話間西賊若急而南賊亦發則君父
何徃反覆虞憂不知所言

十八日東萊縣令馳報則沈遊擊與行長正月十六日先徃日本云

十九日釜山投入人四名來傳沈惟敬與長玄蘇正成小西飛月十六曉渡海
消息

廿三日以季兄忌日不出心事極乱朝無衣軍士十七名給衣

二月十七日彌助項成允文問簡來到則今承方伯關將赴晋城未得更進云
其代則黃彦実爲之云

二十四日右水使入來

二十五日長興府使來言舟師之難辦方伯之害事

二十八日長興與体察使軍官到此則長興以從事官報傳令捉去事來云且
有全羅舟師內右道舟師徃來左右道聲援濟珍事云可笑朝廷畫策如是乎
体察出策如是其無濟乎國事如是奈何〃〃

三十日右水使報曰已當風和策應時急率所屬欲赴本道云其爲設心極爲
駭恠其軍官及都訓導決七十杖水使領所屬伏兵于見乃梁其爲憤辞亦多
可笑

三月初三日送宋希立于右水使處傳之悔意則答以慇懃

五日到見乃梁右水使伏兵處再言妄處則右水使莫不謝〃云

十二日蘇國秦還自体察處則回答內右道舟師合送本道事非本意云可笑
因聞元兇受杖四十長興則二十云

二十五日(二十六日)体察使傳令來則前日右道舟師還送事誤見回啓云
可笑

二十九日副察使先文到此則自星州到陣云

四月初四日忠淸道軍柵設

五日副察使入來

七日釜山人入來傳云天使出奔未知某事也

九日副使出去故乘舟出浦口同舟話別

十日御史入來下坐同話明燭而罷

十三日與御史出浦口到仙人岩終日談話乘昏相別

十五日端午進上監封郭彥守受出送首台鄭領府事金判書命元尹自新趙士惕申湜南以恭處修簡

十九日因南汝文聞秀吉之死怅躍不已但未可信也此言曾播而尙未的奇之來

二十二日釜山許內卩萬送告目曰上使出奔副使則如前在倭營四月初八日以奔去之由奏聞云

五月初四日是日乃□天只辰日不能進獻懷不自平是夕文於公來自富饒見趙琮簡則趙玎四月初一日棄世云可痛〃〃

五日曉行厲祭早朝食出坐諸將会礼因以入坐慰勞盃四行慶尙水使行酒幾半使之角力則樂安林季亨爲魁夜深使之歡躍者非自爲樂也只使久苦將士暢申勞困之計也

十二日金海府使馳報來到而釜山附賊金弼同告目亦來秀吉雖無正使副使尙存欲爲定和撤兵云

十三日釜山許內卩萬告目來到則清正賊已於初十日率其軍越海各陣倭亦將撤去釜山倭則陪天使渡海次仍留云

十五日聞閑山後上峯可望見五島及對馬島云故單騎馳上見之則果見五島與對馬日晚還到

廿五日雨終夕獨坐樓上懷思萬端讀東國史多有慨嘆之志也

六月二十二日以祖母忌不坐

七月初二日早食後坐慶尙營陣與右巡使共話

四日與巡使相會話有頃下舡同坐出浦口終日話論到仙岩前洋解纜分去望見相揖

六日李鯤變簡來辞中多有立石之非可笑

十日体察傳令內黃僉知今爲天使跟隨上使權滉爲副使近日渡海所騎舡三隻整齊回泊于釜山云

十七日忠清鴻山大賊窃發鴻山倅尹英賢被捉舒川郡守朴振國亦爲被率

云外寇未滅內賊如是極可駭〃

二十日營探舡入來因審忠淸土寇爲李時發炮手所中卽斃云多幸〃〃

二十一日豚薔杖房子壽云故捉豚下庭誨責

二十二日順天官吏文狀內忠淸土寇發於鴻山境被斬云而洪州等三邑見
圍僅免可駭〃〃

八月廿二日外祖母忌不出

閏八月十一日以体相侍候事發行到唐浦

十二日終日促櫓到天只前則白髮依〃見我驚起氣息奄〃難保朝夕含淚
相持達夜慰悅以寬其情

十三日晩告辞到營酉時乘舡促櫓終夜

十四日曉到豆恥則体相與副使昨已到宿云早到光陽縣所經一境蓬蒿滿
目慘不忍見姑除戰舡之整以舒軍民之懸

十五日早發到順天体相一行入府故余則宿于鄭思竣家

十七日晩向樂安至郡則李好問李智男等來見陳弊瘼專屬舟師

十八日早發到陽江驛點後上山城望遠指點各浦及諸島因向興陽宿于鄉
所庁從事官金俌上京

十九日發鹿島路審見道陽屯田体相多有喜色

二十日早發乘舡與体相及副使同坐談兵晩到白沙汀因到興府

二十二日晩投兵營與元相見元公行兇不錄

二十三日與副使同徃加里浦則右虞候李廷忠亦先到同上南望則左右賊
路諸島歷〃可數眞一道要衝之地而勢極孤危不得已移合梨津

二十五日早發到梨津因到海南

二十六日早發到右水營宿于大平亭

二十九日行到男女驛點後到海南

九月初一日到石梯院點後到靈岩 ^{早發}

三日朝發到羅州新院暮到羅州別館

六日先徃務安事告体相登途到古莫院羅州監牧官羅德駿追到相見言語
之間多有慷慨故與之久談暮到務安

七日晩發到多慶浦

八日到監牧處暮到東山院秣馬促馬到臨淄鎭則李公獻女息年八者與其
四寸之女奴水卿同到入謁思想公獻不勝慘然也水卿乃李琰家遺棄得養
者也

九日到咸平□縣

十一日到靈光

十二日到茂長

十六日体察一行到高敞點後到長城宿

十七日体相與副使徃立岩山城吾獨到珍原縣與主倅同話從事官亦到暮
到衙中□兩姪女出坐叙久還出小亭

十八日到光州

廿日到和順

廿一日到綾城上最景樓望見連珠山

廿二日出到李楊院暮到寶城郡

廿四日早發到宣兵使家則宣病極重可慮暮到樂安

廿五日到順天

廿七日早發到覲

十月初七日早設壽宴終日極歡多幸〃

十日辞出乘舡從風掛席終夜促櫓

【日記抄 丁酉日記】

*丁酉八月初四日鴨綠院炊點

*五日到谷城縣則一境已空

*六日到玉果境則順天樂安避乱之人顚滿道路士女扶行慘不忍見呼哭曰
　使相再來我等有生道矣

　七日直徃順天路逢宣傳官元溧持有□旨班荊坐於路傍宿于石谷江亭

*八日到富有則兵使李福男已令下人衝火只餘灰燼所見慘然暮到順天府
　則官舍倉穀依然如旧軍兵等物兵使不爲處置而退奔可愕〃〃

九日早發到樂安郡則官舍倉穀尽爲焚燒官吏村氓莫不揮涕而告言點
後登程到十里許路傍父老列立爭獻壺漿不受則哭而强之夕到寶城兆陽
倉了無一人倉穀封鎖如故使軍官四員守直余則宿于金安道家

十日以氣不平因留

十二日晚巨濟鉢浦入來聽令因聞裴楔怔惚之狀不勝增歎媚悅權門濫陞
非堪大誤國事朝無省察奈何〃〃

十三日虞候李夢龜承傳令入來以本營軍器軍粮無一物移載決杖八十而
送河東縣監申蓁來傳初三日行次後晋城鼎蓋及碧堅山城幷罷散自焚云
可痛〃〃

十四日以御使任夢正相会事到寶城郡宿于列仙樓

十七日到白沙汀歇馬到軍營仇未則一境已作無人之境

十八日直徃会寧浦則裴楔稱水疾不出

十九日令諸將肅拜□敎諭書裴楔則不爲□敎諭祗迎其情可愕吏房營
吏決杖

二十日浦口挾窄移陣于梨津

二十三日病勢極危而舡泊不便実非戰場故下舡宿于浦外

二十四日朝到掛刀浦午到於蘭前洋則處〃已空

二十五日唐浦漁人偸避乱人牛二隻奪來而欲爲屠食虛驚賊來余已知其
実整舡不動即令捕之則果如所料軍情乃定裴楔則已爲出走虛驚二人斬
梟循示

*二十六日全羅右水使來舡格機械不成模樣可愕〃〃

二十七日裴楔來見多有恐動之色余遽曰水使無乃移避耶

二十八日結陣于獐島

二十九日朝渡碧波津結陣

三十日晚裴楔慮賊大至欲爲逃去而其管下諸將招率余会其情而時未見
明先發非將計隱忍■■之際裴楔使其奴呈所志曰病勢極重欲爲調理云
余下陸調理事題送則楔下陸于右水營

九月初二日裴楔逃去

七日探望軍官林仲亨來告曰賊舡五十五隻內十三隻已到於蘭前洋其意

必在我舟師矣云傳令諸將再三申勅申時十三隻果至■■我諸舡擧碇出
海追逐則賊舡回頭奔避追至遠海風水逆慮有伏舡不爲窮追還到碧波亭
招集諸將約束曰今夜必有夜驚各諸將預知而備之少有違令軍法隨之再
三申明而罷夜二更賊果至夜驚多放炮丸余所騎舡直前放地字河岳振動
賊徒知不能犯四度進退放炮而已三更末永爲退奔

八日招諸將論策右水使金億秋粗合一萬戶不可授以閫任而左台金應南
以其厚情冒除以送可謂朝廷有人乎只恨時之不遭也

九日賊舡二隻自於蘭直來于甘甫島探我舟師多寡永登萬戶趙繼宗窮追
之賊徒荒忙勢迫所載雜物盡投洋中而走

十一日獨坐舡上懷戀淚下天地間安有如吾者乎豚薈知吾情甚不平

十三日夢有非常與壬辰大捷畧同未知是兆

十四日偵探來告曰賊舡二百餘隻內五十五隻先入於蘭且曰被擄逃還金
仲傑傳言內仲傑今月初六日達磨山爲倭所擄縛載倭舡幸逢金海壬辰
被擄人乞于倭將解縛同舡而半夜倭奴熟寐時附耳潛言曰倭奴聚議曰
朝鮮舟師十餘隻追逐我舡或射殺焚舡極爲痛憤招集各處之舡合勢盡
滅後直徃京江云此言雖不可盡信亦不無是理故即送傳令舡告諭避乱人
急令上去

十五日乘潮水領諸將移陣右水營前洋碧波亭後有鳴梁數少舟師不可背
鳴梁爲陣故也招集諸將約束曰必死則生必生則死又曰一夫當逕足懼千
夫今我之謂矣爾各諸將少有違令則即當軍律小不可饒貸再三嚴約是夜
夢有神人指示曰如此則大捷如此則取敗云

十六日早朝別望進告內賊舡不知其數鳴梁由入直向結陣處云即令諸將
擧碇出海則賊舡三百三十餘隻回擁我諸舡諸將等自度衆寡之勢便生回
避之計右水使金億秋所騎舡已在二馬場外余促櫓突前乱放地玄各樣銃
筒發如風雷軍官等麻立舡上如雨乱射賊徒不能抵當乍近乍退然圍之數
重勢將不測一舡之人相顧失色余柔而論解曰賊舡雖多難可直犯小不動
心更盡心力射賊〃〃顧見諸將舡則退在遠海欲爲回舡軍令則諸賊乘退
扶陞進退惟谷乃令角立中軍令下旗又立招搖旗則中軍將彌助項僉使金
應誠漸近我舡巨濟縣令安衛舡先至余立于舡上親呼安衛曰安衛欲死軍

法乎安衛欲死軍法乎逃生何所乎安衛荒忙突入賊舡中又呼金應諴曰汝
爲中軍而遠避不救大將罪安可逃欲爲行刑則賊勢又急姑令立功兩舡先
登之際賊將所騎舡指其麾下舡二隻一時蟻附安衛舡攀緣爭登安衛及舡
上之人各尽死力或持棱杖或握長槍或水磨石塊無數乱擊舡上之人幾至
力尽吾舡回頭直入如雨乱射三舡之賊幾尽顚仆鹿島萬戶宋汝悰平山浦
代將丁應斗舡繼至合力射殺無一賊動身降倭俊沙者乃安骨賊陣投降來
者也在於我舡上俯視曰著畫文紅錦衣者乃安骨陣賊將馬多時也吾使無
上金乭孫要鉤釣上舡頭則俊沙踴躍曰是馬多時云故即令寸斬賊氣大挫
諸舡知不可犯一時鼓噪齊進各放地玄字聲振河岳射矢如雨撞破賊舡
三十一隻賊舡避退更不近我舟師欲泊戰海則水勢極險風且逆吹勢亦孤
危移泊唐笥島經夜此実天幸
十七日到於外島則避乱舡無慮三百餘隻先到羅州進士林愃林懽林㯠
(業)等來見知舟師大捷爭相致賀又持斗斛之粮來遺官軍
十九日渡七山海到法聖浦則兇賊由陸來到人家庫〃焚蕩日沒時到弘農
前泊舡而宿
二十日到猬島
二十一日到古群山島湖南巡察聞吾到來乘舡急向沃溝云
二十七日宋漢金國裴世春等持勝捷啓狀舡路上去
十月初一日兵曹驛子持公事下來傳牙鄉一家已爲焚蕩灰燼無餘云
三日還到法聖浦
七日聞湖南內外俱無賊形
八日到於外島
九日到右水營則城內外一無人家又無人跡所見慘然夕聞海南兇賊留
陣云
十日中軍將金應諴來傳海南賊事多有奔退之狀
十一日到發音島風利日和下陸上〃峯察見舡藏處東望有前島不能遠望
北通羅州靈岩月出山西通飛禽島眼界通豁有頃趙繼宗來言賊倭形情又
言倭等深厭舟師云
十四日夢余騎馬行丘上馬失足落川中而不蹶末豚葂似有扶抱之形而覺

夕有人自天安來傳家書未開封骨肉先動心氣慌乱粗展初封見薈書則外
面書慟哭二字心知薈戰死不覺墮膽失聲痛哭天何不仁如是耶肝膽焚裂
我死汝生理之常也汝死我生何理之乖也天地昏黑白日變色哀我小子棄
我何歸英氣脫凡天不留世耶余之造罪禍及汝身耶今我在世竟將何依欲
死從汝地下同携汝兄汝妹汝母亦無所依姑忍延命□心死形存號慟而已
度夜如年

廿一日務安縣監南彦祥入來彦祥元屬舟師之官欲爲私保之計不到舟師
竄身山谷已閱旬月及其賊退之後恐被重律始爲來現其爲情狀極可駭矣

廿二日南彦祥囚于加里浦戰舡

廿四日宣傳官河應瑞持有□旨入來則乃虞候李夢龜行刑事又宣傳官金
吾郎到來云平明入來則以務安木浦多慶浦萬戶拿去事到此

廿五日宣傳官朴希茂持有□旨入來則乃天朝水兵泊舡可合處商量馳
啓云

廿九日發舡到木浦移泊于宝花島造家留陣則西北風似阻甚合藏舡故下
陸巡見島內多有形勢欲爲留陣造家之計

十一月初三日宣傳官李吉元以裴楔處决事入來裴也已至星州本家而不
徃本家直來于此其循私之罪極矣

十一日平山新萬戶到任狀進呈乃河東兄申萱也傳云崇政賞加已出云

十五日宋漢入來　　　　　　　自京

十六日軍功磨鍊記相考則巨濟縣令安衛爲通政其餘次〃除職而賞銀子
二十兩送于吾處唐將楊經理致紅段一匹曰欲掛紅於舡而遠不能爲云■

廿二日長興之賊廿日奔出之報至

廿七日長興勝捷啓本修正

十二月初四日(初五日)都元帥軍官持有□旨來則今因宣傳官聞統制使
李厶尙不從權諸將以爲悶云私情雖切國事方殷古人曰戰陣無勇非孝也
戰陣之勇非行素氣力困憊者之所能爲礼有經權卿其敦諭予意使之開素
從權事有□旨幷持權物尤用悲慟

廿五日巡察到陣與之相議兵事沿海十九邑專屬舟師

廿七日巡使還歸

卅日是夜卒歲之夜悲慟尤劇

【日記抄 戊戌日記】

*七月二十四日伏兵將鹿島萬戶宋汝悰領戰舡八隻遇賊舡十一隻于折尒
島全捕六隻斬首六十九級賈勇還陣

戊戌九月十五日與陳都督一時行師到羅老島宿

十八日行師到防踏宿

十九日移泊左水營前洋則所見慘然三更乘月移泊于(沙)介島

廿日到狐島則陸天將劉提督已爲進兵水陸俱挾賊氣大挫多有惶懼之色
舟師出入放炮

廿一日朝進兵或射或炮終日相戰而潮水至淺不能迫戰南海之賊乘舡輕
入來哨探之際許思仁等追至賊下陸登山其舡與雜物奪來即納都督

廿二日進兵出入遊擊中丸左臂不至重傷唐人十一名中丸而死

廿三日都督發怒舒川萬戶及洪州代將韓山代將等決杖

廿五日劉提督送簡來傳

廿六日陸備未畢

廿七日邢軍門送書嘉水兵速進

三十日夕王遊擊福遊擊李把摠率百餘舡到陣是夜燈燭炫煌賊徒破膽

十月初二日進兵我舟師先登多致殺賊蛇渡僉使黃世得逢丸戰亡李淸一
亦爲致死薺浦萬戶朱義壽蛇梁金聲玉海南柳珩珍島宣義卿□康津宋商
甫逢丸不死

初三日都督因劉提督之密書初昏進戰搏擊沙舡十九隻唬舡二十餘隻被
焚都督之顚倒不可言安骨萬戶禹壽中丸

初四日早朝進舡攻賊終日相戰賊徒倉皇奔走

初六日都元帥送軍官致書曰劉提督欲爲奔退云痛憤〃〃國事將至如何

*初七日劉提督差官來告督府曰陸兵暫退順天更理進戰云

初九日陸兵已撤故與都督領舟行到海岸亭

初十日行到左水營

十二日到羅老島

*十一月初八日詣督府設慰宴終日盃酌乘昏乃還俄頃都督請見即爲趨
進則都督曰順天之賊初十日間撤遁之奇自陸馳通急〃進師遮截歸路事
相云

（倭橋）

*初九日與都督一時行師□到白碙梁結陣

*初十日到左水營前洋□結陣

*十一日到狿島結陣

*十三日倭舡十餘隻■見形于獐島即與都督約束領舟師追逐倭舡退縮終
日不出與都督還陣于獐島

*十四日倭舡二隻講和次出來中流房入都督使倭通事迎倭舡從容而受
一紅旗環刀等物■■戌時倭將乘小舡入來督府猪二口酒二器獻于都督
而去

*十五日早朝往見都督俄頃暫話乃還倭舡二隻講和次再三出入

*十六日都督使陳文同入送倭營俄而倭舡三隻持馬一匹槍劍等物進獻于
都督

*十七日昨日伏兵將鉢浦萬戶蘇季男唐津浦萬戶趙孝悅等倭中舡一隻滿
載軍粮自南海渡閑海之際追逐於閑山前洋則倭賊依岸登陸而走所捕倭
舡及軍粮被奪於唐人空手來告矣

부록 3
《李舜臣의 日記草》
- 현존 친필일기의 원문

부록 3은 현존하는 이순신의 친필일기초(親筆日記草) 원문을 활자화·편집한 것이다. 한문(漢文) 세로쓰기로 작성된 이순신의 일기책은 7권이 남아있으며, 대부분의 고서(古書)와 마찬가지로 모두 우철(右綴)로 제본되어 있다. 본 편집에서도 독자들이 친필일기초를 읽는 순서가 자연스러워지도록 친필일기 본문을 우철 제본에 해당하게 배치하였다. 따라서 부록 3은 이 책의 가장 뒷부분부터 '머리글-일러두기-참고문헌' 및 친필일기초의 임진년 첫 쪽으로 시작되어 책의 중간 부분에서 무술년 마지막 쪽과 편집참고표로 끝나도록 편집되었다. 각 쪽의 상단 좌우에 있는 쪽 번호는 전체 책 순서대로 아라비아 숫자로 매겨져 있으며, 친필일기초 쪽 번호는 각 쪽의 오른쪽 아래에 한자로 매겨져 있다.

편집 참고표

〈俗字·同字 - 本字 대조표〉

이 책의 편집에서는 친필원문에서 아래 글자의 형태로 쓰인 俗字·同字
는 그대로 옮기고, 혹간 本字로 쓰인 경우도 있으므로 그 경우에는 本字
그대로 두었다.

(俗字·同字 -- 本字)

(ㄱ) 恳 -- 懇, 舘 -- 館, 旧 -- 舊,
　　 耆 -- 耆
(ㄴ) 乱 -- 亂
(ㄷ) 迯 -- 逃
(ㄹ) 凉 -- 涼, 畧 -- 略
(ㅁ) 脉 -- 脈, 厶 -- 某, 庙 -- 廟
(ㅂ) 盘 -- 盤, 裵 -- 裏, 九 -- 凡, 辺 -- 邊
　　 宝 -- 寶, 秘 -- 祕
(ㅅ) 辞 -- 辭, 揷 -- 插, 甞 -- 嘗, 仚 -- 仙,
　　 搔 -- 騷, 鏁 -- 鎖, 实 -- 實
(ㅇ) 孼 -- 孽, 与 -- 與, 舉 -- 輿, 余 -- 餘,
　　 塩 -- 鹽, 礼 -- 禮, 卧 -- 臥, 徃 -- 往,
　　 刘 -- 劉, 壱 -- 壹, 卄 -- 廿
(ㅈ) 条 -- 條, 趍 -- 趁
(ㅊ) 鉄 -- 鐵, 庁 -- 廳, 体 -- 體, 称 -- 稱
(ㅎ) 恒 -- 恆, 胷 -- 胸, 会 -- 會, 戱 -- 戲

(2)

〈字典에 없는 글자 대조표〉

친필원문에서 아래와 같이 쓰인 글자들은 오늘날의 字典에서는 찾기 어려운 글자들이다. 이 글자들 중에는 이순신 자신의 착오로 생겨난 글자임에 분명한 것도 있으나, 어떤 글자들은 일기 전체를 통해 일관된 字形으로 여러번 나타나므로 착오로 보기에 어려운 것들도 존재한다. 특히 오늘날의 한자 자전은 거의 모두 청나라 강희제가 지은 康熙字典(1716년)에 근거하고 있음을 감안하면 단순한 착오로의 분류는 곤란하며, 실제로 아래의 글자 중 몇 개는 篆文體, 明時代 또는 그보다 앞서는 시대의 草書體 등에서 힌트를 얻을 수 있는 古漢字의 경우에 해당됨을 확인할 수 있으므로 서체 연구에도 참고될만한 경우이다.

따라서 본 책의 편집에서는 친필초에 쓰여진 그대로 옮겼으며, 아래에 그러한 글자들과 각 글자의 일기 내 위치를 제시하고 漢韓字典이나 書藝字典에서 확인하여 (오늘날의) 해당 글자로 간주되는 것과 대조하였다.

寢 -- 寢 　(계사년 5월 13일 등 20여 군데)

寐 -- 寐 　(계사년 5월 13일 등 20여 군데)

蘓 -- 蘇 　(계사년 2월 10일 등 여러 군데)

粷 -- 糒 　(갑오일기 말)

蟶 -- 恙 　(계사년 8월 2일)

敆 -- 徹 　(병신년 3월 17일)

妃 -- 姬 　(병신년 8월 16일)

菓 -- 皁 　(정유년 5월 19일)

旃 -- 炮 　(정유년 9월 7일)

瞧 -- � 　(갑오년 1월 19일)

瞎 -- 眴　(병신년 1월 7일)

藗 -- 黦　(갑오년 8월 29일)

灂 -- 霝　(정유년 6월 19일)

懍 -- 業　(정유년 10월 4일)

　이 중에서 寢, 寐, 蘇의 글자들은 古字體임을 확인하였으되, 친필초대로
두었으며, 이밖에도 督, 寂, 叔의 글자들도 古字體로 작성되어 있으나 오
늘날의 글자로 바꾸어 편집하였다.

〈誤字 檢讀 및 교체표〉

글자검독 편집작업에서는 《친필일기초》에 쓰인 그대로 옮김을 원칙으로 삼았다. 잘못된 글자 또는 姓名의 경우도 없지 않으나 쓰인 그대로 옮겼으며, 따라서 이를 식변 해석하는 작업은 한글 번역과정 혹은 연구과정에서 수행되어야 할 것이다. 《친필일기초》에는 간혹 오늘날의 사전에 없는 글자도 있으며, 이 경우 만들어 넣거나 기존의 판독 전례를 살펴 따른 것도 있다. 아울러 《친필일기초》에서 썼다가 지우거나 위치에 따라 마모된 글자의 경우, 가능한 범위 내에서 지운 글자를 추정하여 제시하였으나, 완전하지 못하므로 보다 체계적이고 과학적인 방법으로 판독하여 보완되어야 할 것이며, 후인의 작업으로 남겨둔다. 비교 대상의 기준으로서는 현재까지 친필원문에 가장 충실한 편집이라 생각되는 조선사편수회편-조선총독부 발행의 《난중일기초·임진장초》를 삼되, 2005년에 발간된 노승석의 《이순신의 난중일기 완역본》 부록의 판독 정정표로부터 본 작업의 원문 판독 확정에 채택된 20여 군데는 단일선 밑줄로 구분하였다. 한편 2017년 말에 평론가 박종평씨가 친필원문과 기존 판독문을 종합, 비교하여 판독 오류를 제시함에 따라, 추가 검토를 거쳐 25여군데 재수정한 판독을 이중선 밑줄로 구분 표시하였으며, 이중 두어 곳은 《난중일기초·임진장초》의 판독으로 되돌린 것이되, 판독이 애매하거나 무리한 경우에 해당된다. 반복된 화살표(→) 수정도 유사한 내력이다. (편집주)

임진 6월 2일 : 唐津 → 唐浦 (註) 친필초에는 '唐津'이나 문맥상
                명확히 '唐浦'이므로 부득이 수정하여 편집함.
임진 6월 3일 : (지운글자) 水使領 → 右水使領, 翌宿 → 翌日宿
임진 중간 〈장계초二〉《임진일기》 10면 : ■■卜定 → 鎭日卜定
임진 중간 〈장계초三〉《임진일기》 11면 : 抄其卜定 → 抄出日卜定
임진 중간 〈장계초四〉《임진일기》 12면 :
     故未分定者 → 故未本定者, 七八勢也當 → 七八粗也如當
계사 2월 10일 : 爭惻我師 → 曾惻我師

계사 2월 15일 : 賊倭盡殲 ➜ 賊徒盡殲
계사 3월 14일 : 船材運後 ➜ 船材運役
임진 권말 <결약문二>《임진일기》31면 : 今幸天朝 ➜ 今幸□天朝,
　　踴躍欣忭 ➜ 踴躍欣抃, 爲乎等用良 ➜ 爲乎乎等用良
임진 권말 <장계초二>《임진일기》34면 :
　　馳入本道右水使乃 ➜ 馳入本道右水使及
임진 권말 <서간초一>《임진일기》36면 :
　　慹極伏未審 ➜ 熱極伏未審, (지운글자)旱熱 ➜ 旱極,
　　無還來之理矣 ➜ 無還集之理矣,
　　慹酷伏未審 ➜ 熱酷伏未審, 迄今 ➜ 迨今
임진 권말 <장계초一>《임진일기》38면 : 難作千家 ➜ 難作于家
임진 권말 <서간초二>《임진일기》39면 :
　　今使道 ➜ 今之使道, (지운글자)至今汲〃 ➜ 在今汲〃
임진 권말 <서간초四>《임진일기》42면 : 前■ ➜ 前日,
　　氣■ ➜ 氣至, 不助■ ➜ 不助祐
임진 권말 <서간초五>《임진일기》44면 :(지운글자) 矣 ➜ 之
임진 권말 <서간초六>《임진일기》45면 : ■此命何 ➜ 而此命何
임진 권말 <장계초二>《임진일기》49면 :
　　(지운글자) 發船 ➜ 發舡, 先使龜船 ➜ 先使龜舡
임진 권말 <장계초三>《임진일기》50면 :
　　爲白去沙 ➜ 爲白去鈔 ➜ 爲白去紗
임진 권말 <갑오서간초>《임진일기》51면 :
　　各官■■ ➜ 各官守令, 無矣 ➜ 無一人,
　　則■■似 ➜ 則勢似, □未知朝廷 ➜ 伏未知朝廷

계사 6월 26일 : 令到赤島 ➜ 合到赤島
계사 7월 6일 : 問各奇別 ➜ 問水奇別 ➜ 問几奇別
계사 7월 7일 : 陷走越 ➜ 陷豈越
계사 7월 21일 : 同謀討賊 ➜ 同議討賊
계사 9월 7일 : 煩慹 ➜ 煩熱
계사 권말 <狀啓草>《계사일기》55면 :
　　叱分不喩 ➜ 叱分不愈, 貪切耆利 ➜ 貪功耆利

갑오 1월 15일 : 靈光奴辰 ➜ 靈光奴婢

갑오 1월 22일 : 行肅拜于 ➜ 行肅拜礼于

갑오 2월 2일 : 風形不穩 ➜ 風乱不穩

갑오 3월 3일 : 李義臣 ➜ 李義得

깁오 3월 9일 : 臥于濕房 ➜ 臥于溫房

갑오 3월 11일 : 慹氣 ➜ 熱氣

갑오 4월 29일 : (지운글자) 乃州四官州入來 ➜ 乃婢四官婢入來

갑오 5월 19일 : 氣甚快斂 ➜ 氣甚快欻

갑오 5월 22일 : 亦致書送 ➜ 亦致出送

갑오 6월 18일 : 趙秋年 ➜ 趙摯

갑오 6월 22일 : 人不堪 ➜ 人不不堪

갑오 7월 1일 : 元帥處 ➜ 元師處

갑오 7월 15일 : 三寸始聞 ➜ 三寸始仲

갑오 7월 17일 : 把摠下船 ➜ 把總下船

갑오 8월 20일 : 晴晩發 ➜ 晴曉發

갑오 8월 21일 : 梁廷彦來見 ➜ 梁廷彦來現

갑오 8월 晦일 : 未知己決 ➜ 未知已決

갑오 9월 6일 : 孝口 ➜ 孝代, 逝去而益淳 ➜ 逝去方益淳

갑오 9월 20일 : 極可欣然 ➜ 極可欣壯

갑오 9월 22일 : 七定擧帥 ➜ 七定擧師

갑오 9월 27일 : 金忠男 ➜ 金忠勇

갑오 10월 7일 : 刈茅一百八十 ➜ 刈茅二百八十 ➜ 刈茅一百八十

갑오 10월 10일 : 有口 ➜ 有憲

갑오 10월 19일 : 億只等促來 ➜ 億只等捉來

갑오 권말 <詩草>《갑오일기》89면 : 增蓋 ➜ 增盍 ➜ 增蓋

갑오 권말 <狀啓草 혹 書簡草 推定>《갑오일기》90면 :
　　　(지운글자) 水陸諸將 ➜ 水陸諸陣, 截把陸路 ➜ 把截陸路

갑오 권말 <狀啓草 혹 書簡草 推定>《갑오일기》91면 :
　　　威令之日 ➜ 威令之曰

갑오 권말 <無題六韻>《갑오일기》92면 : 제목 "蕭望" 추가

갑오 권말 <無題六韻>《갑오일기》93면 :

經年防備策 ➡ 經年防海策
갑오 권말 <備忘錄 二>《갑오일기》95면 :
　　每馬 ➡ 每事,　方竹 ➡ 天竹
갑오 권말 <備忘錄 七>《갑오일기》100면 :
　　四□ ➡ 四升,　八十□ ➡ 八十三□ ➡ 八十三石

병신 1월 7일 : 自厓山 ➡ 自釜山
병신 1월 10일 : 皆喜吉卦 ➡ 皆喜吉掛
병신 1월 21일 : 泗州 ➡ 泗川
병신 1월 29일 : 金大福獨樂 ➡ 金大福獨步
병신 2월 6일 : 入樓〃 ➡ 入樓上
병신 2월 11일 : 体使前公事 ➡ 体使了公事
병신 2월 24일 : 入庫流數 ➡ 入庫縮數,　夜風不止 ➡ 夜風雨不止
병신 2월 28일 : 問事復卽 ➡ 問事後卽
병신 3월 7일 : 汗流□□ ➡ 汗流出〃 ➡ 汗流今〃
병신 3월 11일 : 頎田子 ➡ 欣田子
병신 3월 15일 : 海月徵明 ➡ 海月微明 ➡ 海月徵明
병신 3월 28일 : 復設柵備 ➡ 役設柵備
병신 4월 7일 : 副使上立峯 ➡ 副使上主峯
병신 5월 3일 : 銃筒二柄鑄成 ➡ 銃筒不鑄成
병신 5월 4일 : 文村公 ➡ 文於公
병신 5월 16일 : 多有雨證 ➡ 多有雨澄 ➡ 多有雨證
병신 5월 30일 : 上將 ➡ 上朝
병신 6월 6일 : 勝負□□ ➡ 勝負極□
병신 6월 29일 : 二十九日乙丑 ➡ 二十九乙丑
병신 7월 30일 : 葛沒入來 ➡ 葛役入來
병신 8월 2일 : 風遮飛觴 ➡ 風遮飛觸
병신 8월 9일 : 生麻二百卅斤 ➡ 生麻三百卅斤,　金應璜 ➡ 金應潢
병신 8월 28일 : 體相前稟言 ➡ 体相前稟定
병신 윤8월 1일 : 水使出侍 ➡ 水使出待
병신 윤8월 18일 : 金涌 ➡ 金俑
병신 윤8월 24일 : 勢極孤危 ➡ 勢極孤危〃

병신 9월 11일 : 歲山月 ➡ 萊山月, 臥無可 ➡ 雪天可 ➡ 雪無可
병신 9월 30일 : 一箭共留 ➡ 一箭廾留
병신 권말 <備忘錄(六)> 78면 : 丙九日卅 ➡ 丙九月卅

정유 4월 12일 : 浮流留船 ➡ 浮流兩船
정유 4월 20일 : 夕投尼山 ➡ 夕投泥山
정유 4월 24일 : 十里外東西 ➡ 十里外東面
정유 4월 26일 : 陰而不霽 ➡ 陰雨不霽
정유 5월 10일 : 亦得爲言 ➡ 亦同爲言
정유 5월 22일 : 襄伯起 ➡ 裵伯起
정유 6월 1일 : 眞小荏 ➡ 眞水荏
정유 6월 2일 : 盧淳鎰 ➡ 盧錞鎰
정유 6월 11일 : 李文卿 ➡ 李文鄕, 興規 ➡ 興視
정유 6월 24일 : 谷中不辨 ➡ 谷山不辨
정유 7월 7일 : 元帥云 ➡ 元師云
정유 7월 8일 : 元帥自 ➡ 元師自
정유 7월 9일 : 晴明欲送 ➡ 晴明言送
정유 7월 16일 : 見左兵使馳報 ➡ 見右兵使馳報
정유 7월 18일 : 元帥到來 ➡ 元師到來, 元帥莫不 ➡ 元師莫不
정유 8월 8일 : 宿同府□ ➡ 宿同府此
정유 8월 20일 : 窄狹 ➡ 窄挾
정유 8월 22일 : 晴霍亂 ➡ 晴藿乱
정유 9월 16일 : 賊船三十隻 ➡ 賊船三十一隻, 越邊 ➡ 越边
정유 10월 8일 : 士澗 ➡ 士泂
정유 권말 <讀宋史>《정유일기》50면 : 出諸口 ➡ 出渚口

정유II 《정유일기II》1면 :
　　□送來 ➡ □馬送來, 崔鎭剛以□ ➡ 崔鎭剛以軍,
　　□差來路散云□公 ➡ □差失路散云又言元公
정유II 8월 5일 : 一境□馬草 ➡ 一境已空馬草
정유II 8월 6일 : 扶行□不忍見 ➡ 扶行慘不忍見,
　　生道矣□ ➡ 生道矣

정유II 8월 8일 : 軍器等□ ➔ 軍器等物,

　　四頃寂然 ➔ 四頭寂然 ➔ 四顧寂然

정유II 8월 12일 : 不勝憎嘆 ➔ 不勝增嘆

정유II 8월 26일 : 馳馬□□ ➔ 馳馬而□, 機械不□ ➔ 機械不成

정유II 9월 7일 : 賊船十二隻 ➔ 賊船十三隻

정유II 9월 14일 : 達夜依山 ➔ 達磨山

정유II 9월 16일 : 進退維谷 ➔ 進退惟谷

정유II 10월 13일 : 仰天憎嘆 ➔ 仰天增嘆

정유II 10월 14일 : 十二隻牽去 ➔ 十二隻牽云,

　　罪禍及 ➔ 罪祆及 ➔ 罪禍及

정유II 10월 15일 : 賊勢便 ➔ 賊勢偵, 興順前海 ➔ 興順等海

정유II 10월 19일 : 奴辰 ➔ 奴婢, 至此矣 ➔ 至此云

정유II 10월 20일 : 辰士化 ➔ 婢士化

정유II 10월 30일 : 虫穀 ➔ 屯穀

정유II 11월 10일 : 艱難渡船 ➔ 艱難護船

정유II 11월 11일 : 牙山 ➔ 平山

정유II 11월 22일 : □持簡至 ➔ 皆持簡至

정유II 12월 1일 : 吾患腹痛 ➔ 吾暫腹痛 ➔ 吾患腹痛

무술 1월 3일 : 等山□ ➔ 等山役□

무술 9월 19일 : 何介島 ➔ 沙介島

무술 9월 24일 : 元帥軍官 ➔ 元師軍官

무술 9월 25일 : 陸雖 ➔ 陸地

무술 10월 6일 : 都元帥送 ➔ 都元師送

무술 권말《무술일기》13면 : 一十九隻□□□ ➔ 一十九隻□□各,

　　附箋 "戈 五月 日記" 추가

(10)

〈部首 형태의 글자〉

《친필일기초》에는 몇 곳에서 部首 형태로 보이는 글자들이 있으며, 그
종류는 네 가지가 나타난다. 아래의 1)과 같은 경우에는 그 글자의 同字
로 쓰인 경우로 명확하게 확인된다. 그러나, 2)~4)의 경우에는 그 글자
자체의 의미이거나 원 글자를 그 音에 맞추어 간단한 형태의 글자로 代
替하여 쓴 것으로도 볼 수 있으므로 확실치 않으며, 그 원래 글자는 추정
할 수밖에 없다.

1) 정유-Ⅱ 12월 5일 :
    統制使李　尙 ➔ 統制使李厶尙 (= 統制使李某尙)

2) 병신 4월 22, 30일, 5월 13, 14, 24일, 6월 15일 :
    許內隱萬 ➔ 許內卩萬 (= 許內節萬 또는 許內絶萬)
    정유 4월 4일 :
    李內隱孫 ➔ 李內卩孫 (= 李內節孫 또는 李內絶孫)
    병신 9월 21일 :
    見連珠山 ➔ 見連珠山, "連" 옆에 卩 (= 絶 또는 節)
    (참조) "卩"은 '節(병부 절)'의 古字로서 '信標'의 의미를 지님.

3) 병신 3월 6일 :
    漢代問事由 ➔ 漢代斗問事由 (= 頭 또는 斗)

4) 일기 군데군데에 "幺(작을 요)" 및 두 번 내려겹쳐 쓴 "幺幺"
    로 표시된 곳이 많으며, 이는 "要(중요함)"를 대체한 것으로
    추정된다.

〈불확실한 글자〉

계사 3월 1일 : 二月初一日 -- 三月初一日?
갑오 6월 28일 : 摘奸 -- ?奸
병신 5월 3일 : 早氣大甚 -- 早氣大甚 ?
병신 5월 30일 : 上朝 -- 上將 ?
병신 7월 26일 : 羅將 -- 个將 ?
병신 9월 11일 : 臥無可 ? -- 雪天可, 雪無可 ?
병신 9월 15일 : 女眞卅 -- 女眞洪 ?

　계사 3월 초1일의 경우, 얼핏 보기에는 2월 초1일로 쓰여 있으나 '三'
의 가운데 획이 위에 붙은 것처럼 애매하게 쓰여 있고, 기존 문헌에서는
모두 '二月'로 판독하되 '三月'의 착오로 취급하고 있다. 이밖에도 □ 표시
로 된 글자는 주로 마모되어 판독 불가능한 글자이나, 경우에 따라 판독
이 어려워 부득이 대체된 것도 몇 군데 있음을 밝힌다.

［共七枚］

[備忘錄]

沙船二十五隻

號船七十七隻

飛海船十七隻

剗船九隻

爲軍務事本月初三日准劉總兵手書於本日

夜潮長會戰本職卽統率各將兵前進

各官兵奮不顧身直衝倭舡焚燒拽出十餘

隻倭賊山城之上銃砲已竭官兵得勝一意

酣戰適見潮水初落本職當卽掌號收

兵前舡喊聲喧天砲聲如雷不聞號頭

致有沙舡二十九隻□□各兵恐爲倭奴所奪

將舡幷火藥自行擧火焚燒除當陣生擒

倭賊及陣亡目兵查明另報外

戊五月 日記

［戊戌年 十月］

奔退云痛憤 〃 國事將至如何

初七日己未晴朝宋漢連納軍

粮四粟一油五升淸蜜三升

金太丁納大米二石一斗

（四三〇）

浦萬朱義壽蛇梁金聲玉海

南柳珩珍島宣義問康津宋尚

甫逢丸不死

初三日乙卯晴都督因劉提之密

書初昏進戰三更至搏擊

沙船十九隻唬船二十餘隻被焚都

督之顚倒不可言安骨萬戶禹

壽中丸

初四日丙辰晴早朝進船攻賊終

日相戰賊徒倉皇奔走

初五日丁巳晴西風大吹各船艱難

浮泊度日

初六日戊午晴而西風北大吹都元

師送軍官致書曰劉提督欲爲

二十八日庚戌晴而西風大吹大
小船不得出入
二十九日辛亥晴
三十日壬子晴是夕王遊擊福
到陣是夜燈燭炫煌賊徒
遊擊李把總率百餘船
破膽
十月初一日癸丑晴都督趂曉
到劉提督處暫時相話
初二日甲寅晴卯時進兵我
舟師先登午時至相戰
多致殺賊蛇渡僉使逢丸
戰亡李淸一亦爲致死薺

二十四日丙午晴陳大綱歸元師軍
官持公事來忠淸兵使軍官金鼎
鉉來南海人金德酉等五人出來
傳其境賊情

二十五日丁未晴陳大綱還來劉
提督送簡來傳是日陸地攻陷
機俱未完金鼎鉉來見

二十六日戊申晴陸備未俱夕鄭
應龍來言北道事

二十七日己酉朝暫洒雨而西風大起
朝邢軍■門送書嘉水兵速
進食後見陳都督從容話終
日大風夕愼好義來見而宿

[戊戌年　九月]

色舟師出入放炮

二十一日癸卯晴朝進兵或射或
炮終日相戰而水潮至淺不
能追戰南海之賊乘輕舡入
來哨探之際許思仁等追至賊
下陸登山其舡与雜物奪來
卽納都督

二十二日甲辰晴朝進兵出入而
遊擊中丸左臂不至重傷唐
人十一名中丸而死 中丸 知世萬戶玉浦萬戶

二十三日乙巳晴都督發怒舒川萬
戶及洪州代將韓山代將等各決
梱杖七度 金甲薺浦会寧浦并受十五介杖

(四三六)

戊戌九月十五日丁酉晴 与陳都

督一時行師到羅老島宿

十六日戊戌晴留羅老島与都督飲

十七日己亥晴留羅老島与陳飲

十八日庚子晴 未時行師到防踏

宿

十九日辛丑晴朝移泊左水營

前洋 則所見慘然三更乘月

移泊于沙介島 未明行師

二十日壬寅晴辰時到独島則陸

天將劉提督已爲進兵水陸俱

挾賊氣大挫多有惶懼之

[明將官 贈遺 目錄(六)]

蒲扇一柄
粗帨二条

王旗牌 明所及
藍布一端
枕頭花一副
青絹線小許

龔把總璭所及
紅紙一副
浙茶一封
茶匙六事
虁針一包

王中軍 啓予所及
藍帶一事
梳大細二事

|吳千總惟林所及

鑲帶一事

拜帖二十張

|陳把總國敬所及

花茶一封

花酒盃一對

銅茶匙二副

細茶匙一副

紅礼帖一箇

全束帖五張

書束帖十張

古折束八張

硃紅餝十雙

|季永荐所及

眞金扇一把

汗巾一方

[明將官 贈遺 目錄(四)]

十月初四日

福遊擊所致 福日■升

青布一端

藍布一端

金扇四柄

杭筋二丹

生鷄二首

醎羊一肘

王遊擊所致 王元周

金帶一

鑲嵌圖書匣一

香盒一

鏡架一

金扇二

絲綿一封

茶壺一

蘇梳二事

陳把總子秀所遺

繡補一副 肓背也

詩扇一把

香線十枝

陸卿所及

花帨一条

許把總所致

青布

紅布 各一

金扇二

花帨一

［明將官 贈遺 目錄(二)］

江千總鱗躍所贈
春茗一封
花盒一箇
藤扇一把
服履一雙

朱千總守謙所贈
酒盞六箇　神仚爐一
硃箋二張　鴈埃二
小盒一個
茶葉一封

丁千總文麟 所及
暑襪一雙
領絹一方
兩茶一封
胡椒一封

季遊擊 所貺　四月廿六日

青雲絹一端

藍雲絹一端

綾襪一雙

雲履一雙

香棋一副

香牌一副

浙茗二觔

香椿二觔

四青茶甌拾介

生鷄四隻

戊戌

日記

戊戌日記

來初更五人到船頭云故送鄉奴

未知是何意也巨濟之妄可知矣化

蘯水所傷臂脂云

卅日^{立春}丙戌風雪乱打寒凍極嚴

裴助來見諸將皆來見而平山萬

戶永登不來副察使軍官持簡來

是夜卒歲之夜悲慟尤劇

戊戌正月甲寅初一日丁亥晴晚暫雪

慶尙水使助防將及諸將皆來会

初二日^{戊子晴}國忌不坐是日新船落塊海南倅

來見^歸宋大立宋得運金鵬萬出去于各官

三日己丑晴^{珍島郡守來見還}李彦良宋應璣等山役□

四日庚寅晴務安縣監決杖

水使處則右水使來

可恨二更書家書

廿五日辛巳雪下朝莌還歸以其母病

故也晚慶水伯裴助防來見酉時巡

察到陣与之相議兵事沿海十九邑專

屬舟師夕入房中穩話

廿六日壬午雪下与方伯坐房穩話

兵策晚慶水伯裴助防來見

廿七日癸未雪朝食後巡使還歸

廿八日甲申晴慶尚水伯裴助防

來見始聞慶水之扶物來

廿九日乙酉晴金仁秀放送尹□□

決三十度而放靈岩座首捧□

而放夕杜宇紙地白常幷五十

【丁酉年 十二月】

十六日壬申晴晚雪

十七日癸酉雪風交酷別荄姪

十八日甲戌雪下曉荄昨醉未醒是

曉發船懷思不平

十九日乙亥雪下終日

廿日丙子珍原大夫人及尹侃去上拜 虞候蕭

廿一日丁丑雪下朝鴻山自木浦來

見晚裵助防及慶水使來見大

醉歸

廿二日戊寅雨雪交下咸平縣監入來

廿三日己卯雪深三寸巡察使到陣先聲

廿四日庚辰或雪或晴朝李宗浩送于

巡使問安是夜羅德明來話不知厭留

（四一二）

六日 壬戌 羅德峻鄭大淸弟應淸來

七日 癸亥 晴
見

八日 甲子 晴

九日 乙丑 晴 奴木年入來

十日 丙寅 晴 莄橷 及珍原与尹侃

李彦良入來 出坐造船處

十一日 丁卯 晴 慶水及助防將來見

右水使亦來

十二日 戊辰 晴

十三日 己巳 或雪

十四日 庚午 晴

十五日 辛未 晴

【丁酉年 十二月】

□□五日

□辛酉晴 朝軍功諸將等賞職帖分給

奉鶴率金丏孫徃于咸平 境鮑作搜括

鄭應男率占世徃于珍島新造船摘奸事

幷爲出去海南禿同行刑前益山郡守

高從厚來金億昌來光州朴仔來

務安羅

來都元帥軍官持有

旨來則今因宣傳官聞統制使李厶尙不

從權諸將以爲悶云私情雖切國事

方殷古人曰戰陣無勇非孝也戰

陣之勇非行素氣力困憊者之所

能爲礼有經權未可固守常制

卿其敦諭予意使之 開素從權

事 有旨幷持權物尤用悲慟

〃海南辱掠人詳 覈咸平

498　　　　　　　　　　　　　　　　李舜臣의 日記

廿九日丙辰晴 麻遊擊差官王才
以水路 天兵下來云 田希光鄭鳳壽來
務安縣監亦來

十二月初一日丁巳晴且溫和朝慶尙水使
李立夫到陣吾患腹痛晚見水使与之語
終日論策

二日戊午晴日氣極暖如春靈岩鄕兵將柳
長春不報討賊之由決杖五十 尹鴻山金
宗麗白振南鄭遂等來見二更汗沾北風
大吹

三日己未晴而大風氣不平慶尙水使來見

四日庚申晴極寒晚金允明決杖四十度
長興校生 基業以軍粮偸載之罪決杖三□十

巨濟及金甲島天城自打作還務安及田希
光等還歸

還有 旨陪持人月初十日來自牙山皆

持簡至夜雨雪大風　長興之賊廿日奔
出之報至

廿三日庚戌大風大雪是日書勝捷

啓狀夕氷凍出書簡于牙家淚不

自收念子難情

廿四日辛亥雨雪西北風連吹

廿五日壬子雪

廿六日癸丑雨雪凍沍倍酷

廿七日甲寅晴是日長興勝捷　啓本

修正

廿八日乙卯晴啓本封務安居進士

金德秀軍粮租十五石來納

考則巨濟縣令安衛爲通政其餘次〃除

職而賞銀子廿兩送于吾處唐將楊經

理致紅段一四日欲掛紅於船而遠不

能爲云領台答簡亦到

十七日甲辰雨〃楊經理差官持招諭

文免死帖來

十八日乙巳晴溫如春日尹英賢來

見鄭漢己亦來 汗出

十九日丙午陰裴助防長興來見

廿日丁未雨〃風〃任俊英來傳莞

島偵探則無賊船云

廿一日戊申晴宋應璣等率山役軍

往海南松木有處是夕順生來宿

廿二日己酉陰晴相雜夕金愛自牙山

(四〇七)

[丁酉年 十一月]

者行刑其餘四名囚于各船

十三日庚子晴

十四日辛丑晴海南倅柳珩來多傳

尹端中無理之事又言衙屬避乱于法聖

浦還來時逢風傾覆之際中洋相

逢不爲救拯徒掠船物云故囚于中軍

船金仁守囚于慶尙營船明日

大忌不爲出入

十五日壬寅晴暖如春日食後新家

晚林懽及尹英賢來見是夜宋

漢自京入來

十六日癸卯晴朝助防將長興府使及在

陣諸將幷來見軍功磨鍊記相

(四〇六)

〔丁酉年 十一月〕

呼慟而哭　珍島郡守歸

｜八日乙未晴四更夢入水捉魚是溫且無風〔日〕

新房泥壁李至和父子來見抹樓造作

｜九日丙申晴且溫如春日右水使來見

十日丁酉雨雪交下西北風大作艱難〔康津倅歸縣〕

護船李廷忠來言長興之賊奔出云

十一日戊戌晴而風殘食後上新家

平山新萬戶到任狀進呈乃河東兄

申萱也傳言崇政■賞加已出云長

興与襄助防來見夕虞候李廷

忠來到初更還歸

十二日己亥晴是晚靈岩羅州之人

禁打作云而結縛來故摘其中首謀

下船靈岩郡守李宗誠來炊飯三十

斗饋役軍　且言軍粮米二百石備之

中租七百石亦備云　是日使宝城興陽看造　軍粮庫家

六日癸巳晴早上新造處終日徘徊不

覺日暮新家蓋草軍粮庫亦造立全右水

虞候以斫木事徃黃原場

七日甲午晴　且暖朝　海南義兵倭頭一級環刀

一柄來　納李宗浩唐彦國捉來故

囚于巨濟船晩　前　鴻山尹英賢生員崔

濮來見且持軍粮租四十石米八石而付

之可助數　日之　粮本營朴注生斬倭頭

二級而來　前　縣令金應仁來見李大

振子順生隨尹英賢來夕新家抹樓畢

造各水使來見是夜三更夢見莬死

風大吹舟人寒苦余縮坐船房心思極惡度
日如年悲慟可言〃 夕北風大吹達夜搖舟人
不敢自定汗發沾身

初二日己丑陰而不雨早聞右水使戰船
爲風所漂掛磧折破云極爲痛憤兵
船軍官唐彦良決八十杖下坐船滄
監造橋因上新家立處乘昏下船

三日庚寅晴早上新家宣傳官李吉
元以裴楔處斷事入來裴也已至
星州本家而不徃本家直來于此其
循私之罪極矣送于鹿島船

四日辛卯晴早上新家造立處李吉
元留珍島郡守宣義問來

五日壬辰晴暖如春日早上新造處日暮

陸巡見島內 則 多 有 形 勢 欲 爲 留 陣

造 家 之 計

三 十 日 丁 亥 晴 而 東 風 多 有 雨 態 朝 下 坐 造

家 處 諸 將 來 謁 海 南 倅　亦 來 傳 附

賊 人 所 爲 早 使 黃 得 中　率 耳 匠

往 于 島 北 峯 底 造 家 材 木 斫 來

晚 海 南 附 賊 鄭 銀 夫 及 金 信 雄 妻 倭

奴 指 示 殺 戮 我 人 者 二 名 士 族 處 女

奪 奸　金 愛 南 并 斬 梟 夕 梁 謐

以 道 陽 場 屯 穀 任 自 分 給 事 決 杖 六 十

十一

九 月 初 一 日 戊 子 雨 〃 朝 毛 鹿 皮 二 令 浮 水 而

來 故 欲 爲 唐 將 之 贈 可 惜 未 時 雨 則 霽 而 北

【丁酉年 十月】

船可合處商量馳啓云梁希雨持啓上京亦
還來 忠淸虞候送狀 且致紅柿一貼 送狀

廿六日癸未曉洒雨助防將等來見金宗麗
白振南鄭遂等來見 是夜二更逃汗沾身埃
過溫故也

廿七日甲申晴靈光郡守子田得雨以軍
官來現而卽還送于其父處紅柿百介
持來夜雨洒

廿八日乙酉晴朝各項啓本監封授皮銀
世而送晚自姜莫只家移乘上船夕塩
場都書員巨叱山捉納大鹿故給軍官
等使之分食是夜微風不起

廿九日丙戌晴四更初吹發船向木浦已
雨雹交下東風微吹 到木浦 移泊于宝
花島則西北風似阻甚合藏船故下

（四〇一）

[丁酉年 十月]

行刑治匠許莫同徃于羅州初更末使
奴招之則腹痛云戰馬等落蹄加鐵
廿四日辛巳晴海南倭軍粮三百廿二
石載來初更宣傳官河應瑞持有
旨入來則乃虞候李夢龜行刑事因聞
唐舟師到江華　云二更發汗沾背
三更末止四更末又有　宣傳官及金吾
郎到來云平明入來則宣傳官乃權
吉金吾郎訓主夫洪天壽以務安木
浦多慶浦萬戶拿去事到此
廿五日壬午晴氣甚不平　尹連自扶安
來奴順化自牙山乘船來得見家書懷
不自平　轉展獨坐初更宣傳官朴
希茂持宥　旨入來則乃　天朝水兵泊

(四〇〇)

師竄身山谷已閱旬月及其賊退之後恐

被重律始爲來現其爲情狀極可駭

矣晚加里浦及裴助防与虞候來拜

風雪終日長興來宿

廿二日己卯朝雪晚晴与長興同飯午後

軍器查長宣起龍等三人持有

旨及議政府榜文而至海南縣監附賊

尹海金彥京結縛上送故堅囚于羅

將處務安縣監南彥祥囚于加里浦

戰船右水使來自黃原日金得男行刑云

白進士振南來見歸

廿三日庚辰晴晚金宗麗鄭遂來見

裴助防及虞候右水虞候亦來赤梁永

登萬戶追來來夕還是午尹海金彥京

何可言今世英靈豈知終爲不孝之至此云

悲慟摧裂難抑 〃

廿日丁丑晴且風息早朝彌助項歛使海南

康津縣監以海南縣軍粮輸載次告歸安

骨萬禹壽亦告歸晚金宗麗鄭遂白

振男來見且言尹志訥悖戾之狀金

宗麗則所音島等十三島塩場監

賫都監檢差定營婢士化母死於

船中云故卽令埋置事敎于軍官

南桃呂島兩萬戶來謁而歸

廿一日戊寅四更或雨或雪風色甚寒

慮舟人寒凍不能定心也辰時風雪大作

鄭翔溟來告務安縣監南彦祥入來云

彦祥元屬舟師之官欲爲私保之計不到舟

浦等還自海南斬賊十三級及投入宋

彦鳳等來
元

十七日甲戌晴而大風終日曉焚香哭著

白帶　悲慟何堪　〃　右水使來見

十八日乙亥晴晴風氣似息右水使不能行

船宿于外海姜莫只來謁林季亨

任俊英來謁夢見三更初

十九日丙子晴曉夢家鄕奴婢下來余思

亡子而慟哭晚助防將及慶虞候來見白

進士來見林季亨來謁金信雄妻

李仁世鄭億夫捉來巨濟安骨鹿

島熊川薺浦助羅浦唐浦右虞候來見

捕賊公事來呈尹健等兄弟捉附賊人二

名而來昏鼻血流出升餘夜坐思淚如

耶肝膽焚裂〃我死汝生理之常也汝

死我生何理之乖也天地昏黑白日變色哀

我小子棄我何歸英氣秀脫凢天不留世耶

余之造罪禍及汝身耶今我在世竟將何

依欲死從汝地下同勢同哭汝兄汝妹汝

母亦無所依姑忍延命心死形存號慟

而已〃〃〃度夜如年〃〃〃〃是二更雨作

十五日壬申雨風終日或臥或坐終日轉展

諸將來問擧顔何容　林葟林仲亨朴信賊勢偵
　　　　　　　　　　乘小船往于興順等海

十六日癸酉晴右水使及彌助項僉使送于

海南〃倅亦送余以明日乃末子喪聞第

四日不能任情慟哭到于塩干姜莫只

家二更順天府使虞候李廷忠金甲蓊

內不知某人隱竄于山谷殺牛馬云故送黃

得中吳守等探之是夜月色如練微風不

動獨坐船舷懷不自平 轉展坐臥終夜

不寐仰天增嘆而已

十四日辛未晴四更夢余騎馬行丘上馬失足落

川中而不蹶末豚菀似有扶抱之形而覺不知

是何兆耶晚裴助防及虞候李義得來見

裴奴自嶺南來傳賊勢黃得中等來告

司奴姜莫只稱者多畜牛隻故十二隻

牽云夕有人自天安來傳家書未開封

骨肉先動心氣慌乱粗展初封見菀

書則外面書慟哭二字心知菀戰死

不覺墮膽失聲痛哭〃天何不仁如是

[丁酉年 十月]

十三日庚午晴朝裴助防及慶虞候來見
有頃探望船載任俊英來因聞賊奇則海
南入據之賊初十日見舟師下來十一日無遺奔
迯而海南鄉吏宋彥逢及愼容等入賊中
導引倭奴多殺士人云不勝痛憤卽令
順天府禹致績金甲萬戶李廷彪薺浦
萬戶朱義壽唐浦萬戶安以命助羅萬
戶鄭公淸及軍官林季亨鄭翔溟逢
佐太貴生朴壽還等送海南晚下坐岸
坐上与裴助防長興府使田鳳等話是日決
右水營虞候李廷忠落後之罪右水使軍
官裴永壽來告水使父親自外海生還云
是曉夢見右台論話從容午聞　宣傳官四員
到法聖浦下來云夕■因軍中金應誠聞島

藏處東望有前島不能遠望北通羅州靈

岩月出山西通飛禽島眼界通■豁有頃

中軍將及禹致績上來趙孝南安衛禹

壽繼至日暮下峯　岸坐趙繼宗來

言賊倭形情又言倭等深厭舟師云李希

伋父來謁且傳被擄根跡不勝痛心″夕

暖氣如春野馬飛空多有雨徵初更月色

如練獨坐篷窓懷思萬端二更虛汗沾身三

更雨作　是日右水使重杖膝骨于軍粮船人者云可愕

十二日己巳雨″未初晴靐朝右水使來謝拜

其下人杖膝之罪加里浦長興等諸將來拜終

日話探船經四日不來爲慮然想兇賊遠

遁追蹤而去不還也　因留發音島

【丁酉年 十月】

七日甲子風不順或雨或晴聞湖南內外俱無賊形

八日乙丑晴且風軟發船到於外島宿

九日丙寅晴早發到右水營則城內外一無
人家又無人跡所見慘然夕聞海南兇賊留陣云

初昏金宗麗鄭詔白振南 等來見

十日丁卯四更雨洒北風大吹不能行船因留二更
中軍將金應誠來傳海南賊事多有奔退
之狀李希伋父爲賊所擄而乞放來云心氣
不平或坐或卧而曉　右虞候李廷忠來船而不見者逃

十一日戊辰晴四更風 ■氣在外島故也 似息故初吹舉碇到洋
中偵探人李順朴淡同朴守還太貴生送于
海南 〃烟氣張天云必賊徒走歸而衝火也午
到安便島風利日和下陸上〃峯察見船
　　發音

【丁酉年 九月-十月】

二十五日癸丑晴是夜氣甚不平 虛汗 沾身
二十六日甲寅晴氣不平終日不出
二十七日乙卯晴宋漢金國裵世春等持勝捷
啓狀船路上去鄭霽持忠淸水使處副察使
了公事同往
二十八日丙辰晴宋漢鄭霽爲風所阻還來
二十九日丁巳晴啓狀及鄭判官還上去

■十月■

初一日戊午晴欲送豚薈使覲其母及諸
門生死探來懷思極惡書簡不能兵曹驛子持
公事下來傳牙鄕一家已爲焚蕩灰燼無餘云
二日己未晴豚薈乘船上去未知好往否心思可言
三日庚申晴曉頭發船還到法聖浦
四日辛酉晴留宿林愃僕等被擄乞還臨淄致書
來傳
五日壬戌晴因留下村家而宿
六日癸亥陰而或洒雨雪霏〃

(三九一)

金卓及營奴戒生逢丸致死朴永男奉鶴及康津

縣監李克新亦中丸不至重傷

十九日丁未晴早發行船風軟水順無事渡七山海

夕到法聖浦則兇賊由陸來到人家庫〃焚蕩

日沒時到弘農前泊船而宿

二十日戊申晴曉開船直到猬島避乱船多泊

送黃得中奴金伊等覓捉奴允金則果在

於猬島外面故縛載船中　李光軸光輔

來見李至和父子又來因日暮宿

二十一日己酉晴早發到古群山島湖南巡察聞

吾到來乘船急向沃溝云晚狂風大作

二十二日 ■庚戌晴而北風大吹留羅州牧使裴應褧茂長

倅李覽來見

二十三日辛亥晴修捷　啓草　丁希悅來見

二十四日壬子晴氣不平　呻吟　金弘遠來見

賊動身降倭俊沙者乃安骨賊陣投降來者也

在於我船上俯視曰著畫文紅錦衣者乃安骨陣

賊將馬多時也吾使無上金乭孫要鉤釣上船頭

則俊沙踴躍曰是馬多時云故卽令寸斬氣▨▾賊▴

大挫諸船知不可犯一時鼓噪齊進各放地玄字

聲震河岳射矢如雨賊船三十一隻撞破賊船避

退更不近我舟師欲泊戰海則水勢極險風且逆

吹勢亦孤危移泊唐笥島經夜此實天幸

十七日乙巳晴到於外島則避乱船無慮三百餘隻

先到羅州進士林愃林懽林業等來見知舟師

大捷爭相致賀又持斗斛之粮來遺官軍

十八日丙午晴因留於外島吾船上順天監牧官

【丁酉年 九月】

令角立中軍令下旗又立招搖旗則中軍將彌助

項僉使金應誠船漸近我船巨濟縣令安衛船

先至余立于船上親呼安衛曰安衛欲死軍法乎

安衛欲死軍法乎逃生何所耶安衛荒忙突入賊

船中 又呼金應誠曰汝爲軍中而遠避不救

大將罪安可逃欲爲行刑則賊勢又急姑令立

功兩船先登之際賊將所騎船指其麾下船二隻

一時蟻附安衛船攀緣爭登安衛及船上之人

各盡死力或持稜杖或握長槍或水磨石塊

無數乱擊 船上之人幾至力盡吾船囬頭直入

如雨乱射三船之賊幾盡顚仆鹿島萬戶宋汝

惊平山浦代將丁應斗 船繼至合力射殺無一

(三八八)

日如此則大捷如是則取敗云

十六日甲辰晴早朝別望進告內賊船不知

其數鳴梁由入直向結陣處云卽令諸

船擧碇出海則賊船百三十餘隻回擁我諸

船諸將等自度衆寡之勢便生回避之計

右水使金億秋所騎船已在二馬場外余促櫓

突前乱放地玄各樣銃筒發如風雷軍官等

麾立船上如雨乱射賊徒不能抵當乍近乍退

然圍之數重勢將不測一船之人相顧失色

余柔而論解曰賊船雖多難可直犯少不動心

更盡心力射賊〃顧見諸將船則退在遠

海欲爲回船軍令則諸賊乘退扶堗進退惟谷

逃還金仲傑傳言內仲傑今月初六日達磨
山爲倭所擄縛載倭船幸逢金海壬辰被
擄人乞于倭將解縛同船而半夜倭奴熟寐
時附耳潛言曰 朝鮮舟師十餘隻追逐我船
或射殺焚船極爲痛憤招集各處之船合勢
盡滅後直往京江云此言雖不可盡信亦不無是
理故卽送傳令船告諭避乱人急令上去
十五日癸卯晴乘潮水領諸將移陣右水營
前洋　碧波亭後有鳴梁數少舟師不可■背
鳴梁爲陣故也招集諸將約束曰兵法云必死
則生必生則死又曰一夫當逕足懼千夫今我
之謂矣爾各諸將少有違令則卽當軍律小
不可饒貸再三嚴約是夜夢有神人指示

倭奴聚議曰（small annotation）

（三八六）

五隻給鹿島安骨兩萬戶推餉將士事教

之晚賊船二隻自於蘭直來于甘甫島探我

舟師多寡永登萬戶趙繼宗窮追之賊

徒荒忙勢迫所載雜物盡投洋中而走

十日戊戌晴賊船遠遁

十一日己亥陰而有雨徵獨坐船上懷戀淚下天地

間安有如吾者乎豚薈知吾情甚不平

十二日庚子雨洒終日篷下懷不能自裁

十三日辛丑晴而北風大吹舟不能定夢有非常

與壬辰大捷畧同未知是兆

十四日壬寅晴北風大吹碧波越邊有烟氣

送船載來則乃任俊英也偵探來告曰賊

船二百餘隻內五十五隻先入於蘭且曰被擄

不爲窮追還到碧波亭招集諸將約束

日今夜必有夜驚各諸將預知而備之少有

違令軍法隨之再三申明而罷夜二更賊果

至夜驚多放炮丸余所騎船直前放地字

河岳振動賊徒知不能犯四度進退放炮

而已三更末永爲退奔

八日丙申　晴招諸將論策右水使金億秋

粗合一萬戶不可授以閫任而左台金應南

以其厚情冒除以送可謂朝廷有人乎

只恨時之不遭也

九日丁酉晴是晨乃九日一年佳節余雖匿

服之人諸將軍卒不可不饋故濟州出來牛

余下陸調理事題送則楔下陸于右水營

九月初一日己丑晴 余下坐碧波亭上占世自耽

羅出來牛五隻持載而納

二日庚寅晴裴楔逃去

三日辛卯^朝晴 夕雨洒夜北風

四日壬辰晴而北風大吹舟不自定諸船僅全

五日癸巳晴北風大吹

六日甲午晴風色少定而寒氣逼人爲格卒

多慮 〃

七日乙未晴探望軍官林仲亨來告曰賊船五十

五隻內十三隻已到於蘭前洋其意必在我舟

師矣云傳令諸將再三申勅申時賊船十三隻

果至我諸船擧碇出海追逐則賊船回頭

奔避追至遠海風水俱逆虞有伏船

二十六日甲申晴因駐於蘭海晚任俊英馳馬而□來

告日賊船已到梨津云全羅右水使來 船格機械不成

二十七日乙酉晴因留裵楔來見多有恐動之色余 模樣可愕

遽曰水使無乃移避耶

二十八日丙戌晴卯時賊船八隻不意突入諸船似

有㥘退之計余不爲動色令角指麾追之則諸

船不能囘避一時逐至葛頭賊船遠遁不爲窮

追後船五十餘隻夕結陣于獐島

二十九日丁亥晴朝渡碧波津結陣

三十日戊子晴因留碧波津分送偵探晚裵楔

慮賊大至欲爲迯去而其管下諸欲招率余

会其情而時未見明先發非將計隱忍之際裵

楔使其奴呈所志曰病勢極重欲爲調理云

〔丁酉年 八月〕

二十日戊寅晴浦口挾窄移陣于梨津下倉舍而

氣甚不平 廢食呻吟

二十一日己卯晴四更得霍乱而慮觸冷飲燒酒調

治則不省人事幾至不救嘔吐十餘度達夜苦痛

二十二日庚辰晴以霍乱不省人事下氣亦不通

二十三日辛巳晴病勢極危而船泊不便**實**非

戰場下船宿于浦外

二十四日壬午晴朝到掛刀浦朝飯午到於**蘭**

前洋則處〃已空宿于洋中

二十五日癸未晴因駐朝食時唐浦漁人偸避**乱**

人牛二隻牽來而欲爲屠食虛驚賊來余已知

其實堅船不動卽**令捕**之則果如所料軍情及

定裴楔則已爲走出虛驚二人斬**梟**循示

旨來則乃八月初七日成貼卽成祗受而過飲不□

十六日甲戌晴朴天鳳歸弓人李智及太貴生□

見先衣大男亦來金希方金鵬萬追到

十七日乙亥晴早曉登程到白沙汀歇馬到軍

營仇未則一境已作無人之地水使裵楔不送所

騎船長興之人許多軍粮任意偷移故捕而杖

之日已暮矣因而留宿多恨裵楔之違約

十八日丙子晴晚朝直往會寧浦則裵楔稱水

疾不出他諸將則見之

十九日丁丑晴令諸將肅拜 敎諭書裵楔

則不爲 敎諭祗迎其情極愕吏房營吏決

杖会寧萬戶閔廷鵬則以其戰船受食魏德

毅等酒食私与之故決二杖

【丁酉年 八月】

十二日庚午晴朝啓草修正晚巨濟鉢浦入來聽

令因聞裵楔惋惻之狀不勝增嘆媚悅權門濫

陞非堪大誤 國事朝無省察奈何 〃 寶倅來

十三日辛未晴巨濟縣令安衛鉢浦萬戶蘒季

男告還虞候李夢龜承傳令入來以本營

軍器軍粮無一物移載決杖八十而送河東縣

監申蓁來傳初三日行次後晋城鼎蓋及碧

堅山城幷罷散自焚云可痛 〃

十四日壬申晴朝各項書狀七度監封陪尹先

覺上送夕以 御史任夢正相会事到 寶城郡

是夜大雨宿于列仚樓

十五日癸酉雨 〃 晚晴 宣傳官朴天鳳持宥

(三七九)

九日丁卯早發到樂安郡則官舍倉穀兵□

盡爲焚燒官吏村氓莫不揮涕而告言有□

順天府使禹致績金蹄郡守高鳳翔

來自山谷間備言兵使顚倒之狀酌其所爲

則可知敗亡點後登途到十里許　路傍父

老等列立爭獻壺漿不受則哭而强之夕

到寶城兆陽倉則了無一人倉穀封鎖

如故使軍官四員守直余則宿于金安道

家其家主已爲避出

十日戊辰晴以氣甚不平因留裵同知亦同留

十一日己巳晴朝移于朴谷梁山沆家此家主人已

爲浮海穀物滿積晚宋希立崔大晟來見

路逢 宣傳官元㵢持有 旨班**荆**坐於路傍

則兵使所領之軍盡爲潰退而去是日鷄鳴宋

大立偵探于順天等地而來宿于石谷江亭

八日丙寅晴曉發直投富有中路送李亨

立于兵使處到富有則兵使李福男已令

其下人衝火只餘灰燼所見**慘**然畫點

後到鳩峙則助防將襄慶男羅州判

元宗義光陽縣監具德齡在于伏兵暮

順天府則官舍倉穀依然如舊而軍器等

兵使不爲處置而退奔可愕〃入上東地

四顧寂然只有寺僧惠熙來謁故付以僧

帖軍器內長片箭使軍官等負載銃□筒

及難輸雜色則可□立表因宿上房

所領之軍無處付名今到此院爲多恨兵使

輕退之色晝點後到谷城縣則一境已空

馬草料亦艱因宿

六日甲子晴朝食後登途到玉果境則順

天樂安避乱之人顚滿道路士女扶行慘

不忍見呼哭曰使相再來我等生道矣

路傍有大槐亭下坐歇馬順天李奇男

□來見告以將顚溝壑云到玉果縣則倅

稱病不出鄭思竣思立先至到門候我行

曹應福梁東立亦隨吾行至吾以縣倅托病

欲拿出決杖則倅洪堯佐先知其意急□

七日乙丑晴早登直往順天之路距縣十里許

□ 馬送來改□ 來□ 牙家

□

□ 鴨綠院炊□之際高山倅崔鎭剛以軍

□ 交付兵使處□差失路散云又言元

公多妄午到谷城縣則人烟斷絕宿于

□亥晴□

□

日記

丁酉日記 II

丁酉日記 Ⅱ

〔(折紙　裏面　空白)〕

(三六九)

[備忘錄(二)]

白川別將

訓正趙信玉

洪大邦

米
十四太十八且四豆二十 及
犬五米二

正兵金得尚 箭手

興陽金德邦
（德龍）出身

出身趙彦海

牙山朴允希 時在

朴有曄

忠淸防禦使陣中

主簿宋象甫 無馬

而有戰馬能勸賊云

順天李珍

(三六八)

新及第

元景詮

韓致謙

鄭復礼

防在右兵使陣

南曄

鄭大淳

趙珩

趙琬

李弘勛　主家

晋州雲谷

松谷
首倡奴鳳還
石雲
■ 雷孫

嗚呼玆何等時而網欲去耶去又何之

耶夫人臣事君有死無貳當是時也

宗社之危僅如一髮之引千鈞玆正人臣捐

軀報國之秋去之之言固不可萠諸心況

敢出渚口耶然則爲綱計奈何毀

形泣血披肝瀝膽明言事勢至此

無可和之理言旣不從繼之以死又不然姑

從其計身豫其間爲之委曲彌縫死

中求生萬一或有可濟之理網計不出此而

欲求去玆置豈人臣委身事君之義哉

三日庚戌晴曉頭發船還由邊山直下

法聖浦則風勢甚軟暖如春日暮到

法聖倉前

四日辛酉晴

五日壬戌晴

六日癸亥晴陰而或雨雪霏〃

七日甲子陰雲不收或雨或晴

八日乙丑晴風氣似順曉

宝城朴士明

士洞小童

【丁酉年 九月‑十月】

湖南巡察聞吾到入來見乘船走向沃溝云

二十二日庚子晴

二十三日辛丑晴

二十四日壬寅晴

二十五日癸卯晴

二十六日甲辰晴 是夜虛汗沾身

二十七日乙巳晴 宋漢持大捷啓聞

乘船上去鄭霽亦以忠淸水使處持傳令
去氣甚不平 終夜苦痛

二十八日丙午晴 宋漢及鄭霽爲風所阻還來

二十九日丁未晴 宋漢等風利發去

十月初一日戊申晴
　家屬生死探見
　端　上懷思萬

二日己酉晴豚薈以其母相見事上去獨坐船

(三六四)

亦爲撞破諸賊不能抵當更不來犯欲泊
于同處則水退不合泊船移陣于越辺浦

乘月移 泊于 唐笥島經夜

十七日乙未晴到汝吾乙島則避乱之人無數來
泊臨淄僉使無船格未出云

十八日丙申晴因留同處臨淄僉使來

十九日丁酉晴早發 ■渡 七山島風軟天
晴行船極良到法聖浦船倉則賊已
犯到或焚人家 日沒時還到洪龍串

洋中宿

二十日戊戌晴且風順行船到古參島
則避乱之人無數泊船李光輔 亦來 李見島

李至和父子又來

二十一日己亥晴曉發到古群山島

遺盡勦天幸〃圍抱之賊船三十一隻

余所騎船上軍官之輩如雨乱射賊船二隻無

回船直入安衛船安衛船上之人殊死乱擊

安衛格卒七名投水游泳幾不能救余

際賊將船及他二船蟻附于安衛船

退得生乎安衛荒忙直入交鋒之

於軍法耶再呼安衛敢死於軍法乎

船亦到余立船舷親呼安衛曰汝強欲死

下麾与招搖旗金應誠漸近船安衛

遠退賊船漸迫事勢狼狽立中軍令

船先斬梟示而我船回頭則諸船次〃

所騎船則渺然欲回船直迫中軍金應誠

盡力顧見諸船已去一馬場右水使金億秋

曰賊雖千隻莫敢直搏我船切勿動心射賊

事 不測船上之人相顧失色余柔而論解

擄迯還仲乞傳言內今月初六日避乱于
達磨山爲倭所擄縛載倭船金海名不知
人乞于將倭處解縛夜金海人附耳
潛言日朝鮮舟師十餘隻追逐我船或
射殺焚船不可不報復招聚諸船盡殺
舟師人然後直上京江云〃此言雖不信亦
不無是理故送傳令船右水營避乱人
卽上去事敎之

十五日癸巳晴潮水率諸船入于右水營前洋
因留宿夜夢多異祥

十六日甲午晴早朝望軍進告內賊船無慮
二百餘隻鳴梁由入直向結陣處云招
集諸將申明約束擧碇出海則賊船一百
三十三隻囘擁我船上船獨入賊船中
炮丸射矢發如風雨諸船觀望不進 ■

【丁酉年 九月】

諸船似有怯㤼之狀更爲嚴令余所騎船

直當賊船向來放炮則賊徒不能抵當

三更退去曾得利閑山者也

八日丙戌晴賊船不來

九日丁亥晴是日乃九日欲饋軍而適得

副察使軍粮所繼濟州牛五隻而來

并令鹿島安骨屠餉將士之際賊船

二隻直入甘甫島探我船多寡

永登萬戶趙繼宗窮追不及

十日戊子晴賊徒遠遁

十一日己丑晴

十二日庚寅雨〃

十三日辛卯北風大吹 晴而

十四日壬辰北風大吹任俊英陸路馳來日 晴而　偵探陸地陸路馳來日

賊船五十五隻已入於蘭前洋且曰被

九月初一日己卯晴因留碧波

二日庚辰晴下坐亭上鮑作占世來謁自濟州

三日辛巳雨洒縮首篷下懷思如何是曉裴楔逃去

四日壬午北風大吹各船僅得保完天幸

五日癸未北風大吹各船不能相保

六日甲申風似息而波浪不定

七日乙酉風始定探望軍官林仲亨

來告曰賊船五十五隻內十三隻已到於

蘭前洋其意在舟師云故嚴勅各

船申時賊船十三隻直向結陣處

我船亦爲擧碇出海迎擊進迫則

賊船囘船奔避追至遠海風水

俱逆不能行船還到碧波津疑

有夜驚二更賊船砲放夜驚

棄船出海而宿

廿四日壬申晴早到刀掛朝飯到於蘭
前洋則到處已爲空虛宿于洋中

廿五日癸酉晴因駐同處朝食時唐浦
鮑作偸放牛牽去而虛警曰賊來〝余
已知其誣拿虛驚者二名卽令斬梟
軍中大定

廿六日甲戌晴因駐於蘭任俊英騎馬
而來奔告賊勢到梨津云右水使來

廿七日乙亥晴因留於蘭洋中

廿八日■丙子晴賊船八隻不意入來諸船
恐惻欲避慶尙水使欲爲避退余不爲搖動
賊船到迫令角指旗而追逐賊船退
去追至葛頭還來夕移泊獐島

廿九日丁丑晴朝渡碧波津

卅日戊寅晴因留碧波津

點心後到軍營仇未則一境已作無人之地

水使裴楔不送所騎船長與軍粮監色盡偸

官分去之際 適 至捕捉重杖因宿焉

十八日丙寅晴 徃于 会寧浦則 水使裴楔

托水疾宿于 同浦官舍 云故不見

十九日丁卯　晴諸將 等　教書肅拜而裴

楔則不爲敎書祗迎而拜其侮慢之■態不可

言其營吏決杖会寧萬戶閔廷鵬以

其戰船受物私与避乱人魏德毅 等罪狀

決杖二十

二十日戊辰晴前浦窄挾移陣于梨津而

二十一日己巳晴 未曉得藿乱重痛而觸冷爲

意飲燒酒有頃不省人事幾至不救達夜坐曉

二十二日庚午　晴藿乱漸重不能起動

二十三日辛未晴痛勢極重而泊船不便

十四日壬戌晴朝李夢龜決杖八十食後封
狀啓七度使尹先覺陪送午後以
御史相会事到 寶城郡宿夜大雨如注
十五日癸亥雨 〃晚快晴食後出坐列凸
樓上宣傳官朴天鳳持有 旨來則乃
八月初七日成貼也領相出巡京畿云卽成祗
受 ■狀啓■ 寶城軍器點閱四馱分載夕
皓月樓上懷極不平
十六日甲子晴朝令寶城倅軍官等送于屈
岩搜得避去官吏等宣傳官朴天鳳還歸
故答羅牧及 御史任夢正處送使令等
于朴士明家則士明家已空云午後弓匠智
伊及太貴生先衣大男等入來金希邦
金鵬萬來
十七日乙丑晴早食後直到長興地白沙汀

鳩峙余下坐傳令則一時來拜余以轉避爲辭而
責之則皆歸罪兵使李福男卽登路到順天
則城內外人跡寂然僧惠熙來謁故付以義將
帖又敎銃筒等移埋長片箭則令軍官等分持
因宿同府此

九日丁巳晴早發到樂安則五里程人多出謁
問奔散之由則皆言兵使以賊迫爲播倉庫
衝火而走以是人民潰散云到官舍則寂無
人聲順天府使禹致績金蹄郡守高
鳳翔等來拜晚到寶城兆陽宿 于金安
道平家
十日戊午晴 以氣不
十一日己未晴又留 朝移于梁山沅家
宋希立崔大晟來見
十二日庚申晴啓 本出草因留 見巨済鉢浦來
十三日辛酉晴巨済縣令及鉢浦萬戶來
謁 還歸 聞水使諸將及避出人等住留虞候李
夢龜來 不見 城因河東倅聞鼎蓋城碧堅
兵使自破外陣云可痛

寂然宿于城北門外前日主家則主人已避山谷

云孫仁弼卽來見兼負租■穀孫應男獻■早柿■二

四日也壬子晴朝食後到鴨綠江院炊點治

馬病高山縣監 以軍人交付事到來多
言舟師事午後到谷城則官舍及閭里一空
宿于同縣朴南海直徃南原

五日癸丑晴朝食後到玉果境則避乱之人
瀰滿道路可愕 〃下坐開諭入縣時逢李
奇男父子到縣鄭思竣立來迎与之話縣倅
初以病托言不出有頃來見 欲爲捉出罪之故來見

六日甲寅晴是日留玉果初更宋大立等探賊來

七日乙卯晴早朝登道直徃順天路逢宣傳
官元潗受有旨兵使軍盡爲潰還連絡道
路故馬三弓箭若干奪來宿谷城江亭

八日曉發朝飯于富有倉則兵使已令衝火光丙辰
陽倅具德齡羅州判官元宗義溝倅等在
倉底聞吾行到來急走与裴慶男同到

二十九日戊申或雨或晴朝李君擧令公同飯而

送于体相前晚出于川邊點軍馳馬則元帥所

送皆_{無馬又無弓箭}無用可嘆〃夕入來時入見裴同知及

朴南海終夜大雨　送問于李察訪菁慶處

八月初一日己酉大雨水漲晚李察訪來見起

信玉洪大邦等來見

初二日 庚戌 午晴獨坐戌軒懷戀如何悲慟

不已是夜夢有受 命之兆

三日辛亥晴早朝宣傳官梁護不意入

來責敎諭書有 旨則乃兼三道統制

使之 命肅拜後祗受書狀書封卽日發

程直由豆恥之路初更到行步驛歇馬三更

末登程到豆恥則日欲曙矣朴南海失路誤

江亭故下馬招來到雙溪洞則乱石稜〃新_入

雨漲流艱難渡越到石柱則李元春与柳海

守伏見之多言討賊事暮到求礼縣則一境

論事皆策應事

牧与召村察訪李著慶來夜話三更後歸皆

二十八日丁未雨〃李希良來見初更李同知与晋

助防將處

体相府來傳〃令同夕食李同知宿于裴

孫景礼家晚李同知薦与鄭判官霽自

二十七日丙午雨〃終日早朝移駐于鼎城越邊

下与黃從事及牧伯話日晚還到宿處

二十六日乙巳或雨或晴早食徃于鼎城下松亭

〃宋得運送問于黃從事處

來事告之夕徃見裴伯起病則苦極〃爲慮

主人李弘勛來見朴南海送其奴龍山明日入

彦恭來見而因徃元帥府裴樹立來見此地

二十五日甲辰晚晴黃從事送簡安問金助防將

葛七部　持來是裴助防將來見以酒慰之

山城傳沿海事聞見云軍粮二斛馬太二斛及多

李弘勛家方應元自鼎城來傳黃從事到

誤口不可形欲食其肉云〃宿于巨濟
船上与巨濟倅　話到四更　少不睫目因
得眼疾

二十二日辛丑晴　朝裴楔來見多言元均
敗亡事　食後到南海倅朴大男在處
則病勢幾不能救矣　戰馬相換事更言
之奴平世及軍士一名率來云午後到
昆陽氣不平　宿

二十三日壬寅或雨或晴朝成公事付宋〔自露梁〕
大立先送于元帥府隨發到昆陽十
五里院則裴伯起夫人行先到下馬
暫歇　到晋州屈洞〔雲谷〕前宿處宿初昏
雨作終夜不止伯起亦到宿

二十四日癸卯雨〃不止　韓致謙李安
仁歸于副使處〔鄭奴礼孫与孫奴同歸〕食後移家于

【丁酉年 七月】

因宿于丹城縣

二十日己亥 終日雨 〃 朝權文任姪

權以淸來見主倅亦來見午到晉

州定介山城下江亭晉牧來見宿于
屈洞李希萬家

二十一日庚子晴早發到昆陽郡則

郡守李天樞 在郡民多 在本或

收早穀或理牟田畫點後到露

梁則巨濟倅安衛永登趙繼宗等

十餘人來痛哭避出軍民莫不呼

哭慶尙水使走避不見虞候李義

得來見因問取敗之狀人皆泣而言

日大將元均見賊先奔下陸諸將盡

效下陸以致此極云 〃 其言大將之

（三五〇）

傳曰十六日曉舟師夜驚統制元均与

全右水使李億祺忠清水使及諸將等

多數被害舟師大敗云聞來不勝

痛哭〃〃有頃元師到來曰事

已至此無可奈何〃〃話到巳時不能

定意余告以吾往沿海之地聞見而

定之云則元師莫不欣然余与宋大

立柳滉尹先覺方應元玄應辰林英

立李元龍李喜男洪禹功發程到

三嘉縣則主倅新到出待韓致謙

亦到話久

十九日戊戌終日雨〃來路上東山〃城丹城

觀其形勢則極險賊不得窺也

浦則倭船八隻留泊諸船直突次倭人無遺下陸空

船掛在我舟師曳出衝火後仍向釜折影島外山

洋値賊船無慮■隻自對馬渡來相戰計料千餘

則倭船散乱回避不得勦捕世男所騎船及他船六終

隻不能制船漂到西生浦前洋 下陸之際幾

盡就戮世男獨入林藪膝行得生艱難來此云

聞來極可愕矣我 國所恃惟在舟師 如是

無復可望反覆憤膽如裂 船將李曄思之

爲賊縛云尤極痛惋 孫應男歸家所更可

十七日丙申或雨朝送李喜男于黃從事處傳世男

之言 晩草溪倅 自碧堅山城來見而歸宋大

立柳滉柳■張得弘等來見日暮還歸卜弘

大獻鄭雲龍得龍仇從等皆草溪鄕吏以其族姓

同派之人來見大雨終日以空名告身申汝吉閭

失洋中事奉推考而去 慶尙巡使捧去

十八日丁酉晴■曉李德弼与卜弘達來

有雨徵故還來到接家則雨勢大作

二更晴霽月色徵明倍畫懷抱可言

十五日甲午或雨或晴晚招信玉洪大邦等

及此在尹先覺九人設餅饋之最晚李中

軍德彌來暮還因聞舟師二十餘隻爲賊所

敗痛憤〃〃多恨制禦無方也昏雨大作

十六日乙未或雨或終陰不晴朝食後送孫應男

于中軍處探聽舟師之事則還傳中軍之言

曰見右兵使馳報則多有不利事云而不以備言

可嘆晚卜義禎稱者持西果二圓而來

其体皃不如且愚且劣窮村僻居之人不學守

貧勢使然也此亦朴厚之態矣是午令李

喜男磨劍甚利可斫髡酋者也驟雨

急作多念豚莅行爲苦也默念不已〃〃夕

靈岩松進面居私奴世男自西生浦來到赤身問其

所由則日七月初四日前兵虞候所騎船爲格初五日漆川

梁到泊初六日入于玉浦初七日未明由末串到多大

[丁酉年 七月]

是日採葛來李芳亦來見 南海衙吏与從人二名來

十四日癸巳晴早朝鄭翔溟与奴平世奴貴仁

兩卜馬送于南海鄭則戰馬牽來事

送之曉夢吾与体相同到一處則衆

尸浪藉或履或斬朝食時文猕壽蛙

歌菜東瓜餞來進與方應元尹先覺玄 不欲從軍我

應辰洪禹功等話洪也以其父病托。臂病

云可愕〃巳時黃從事送鄭仁恕問安

且示金海附賊人金億告目則初七日倭船五百

餘隻出來于釜山初九日倭船千隻合勢与我

舟師相戰于絶影島前洋而五戰船 我五戰船

漂到于豆毛浦七隻無去處云聞之不勝

憤惋卽馳去于黃從事點軍處

与黃從事議事因坐觀射帳有頃所騎

使洪大邦馳之則善走〃日勢多

(三四六)

早朝飯情不能自抑痛哭而送吾何造罪至於

此極耶 求礼來馬騎徃尤用慮〃 僙等新出

黃從事亦來談論移時晚徐來見鄭翔

溟馬革以紙造畢夕獨坐空堂懷思甚惡

向夜不寐轉展終夜

十一日庚寅晴念 在苫行何以爲堪暑炎極

嚴爲慮無已晚卞弘達申霽雲林仲亨等來

見獨坐空堂懷戀如何悲慟〃

十二日辛卯晴朝陝川送新米与西果炊午飯 奴太文与終伊徃順天

之際方應元玄應辰洪禹功林英立等自朴名賢

處來到共食奴平世自苫行還來問好

去爲 幸然悲嘆何言李喜男刈茵百束來

十三日壬辰晴朝南海送簡多致食物又云戰

馬牽去故裁答晚李台壽趙信玉洪

大邦來見且言討賊之事宋大立張得洪

亦來張得洪以自備告之故粮二斗付之

【丁酉年 七月】

安珏兄弟亦隨與伯來 是日

祭用中朴桂五斗 造于蜜封上架

七日丙戌晴今日七》悲戀何已夢与元公同会余

坐於元公之上進飯之時元公似有喜色未詳厥兆也朴

永男自閑山來以其主將失誤受罪次被捉於元師

云草溪備節物送來朝安珏兄弟來見暮

興陽朴應泗來見沈俊等來見宜寧倅金

銓來自高靈多言兵使處事倒顚

八日丁亥晴朝李芳來見饋飯而送因聞元師

自求礼已到昆陽云晚家主李漁海与崔台輔

來見卞德壽又至夕宋大立柳洪朴永男來

宋柳兩人夜向歸

九日戊子晴明言送莅于牙山

祭用果監封晚尹鑑文玭等佩酒來餞莅与

卞主簿等歸是夜月色如畫戀

親悲泣向夜不寐

十日己丑晴早曉以送莅与存緒事坐夜待曉

祭用造果眞末晚井邑軍士李良崔彥還及

巾孫等三人使喚次送來晚蔣俊琬自南海

來見傳南倅病重剪悶〃有頃陜川郡守

吳澐來見多言山城之事點後往于帥陣与

黃從事話從事与朴典籍安義射帿此時

左兵使〃其軍官押降倭二名而來乃淸正

所率云日暮還來

四日癸未晴朝黃從事送鄭仁恕問安晚李

芳及柳滉來自募軍興陽梁霑纘紀等

到防卜汝良卜懷宝黃彥己等皆出身來見

卜師曾与卜大成等亦來見點後雨洒朝食時

安克可來見昏雨大作達夜不止

五日甲申雨早朝草溪倅以体相從事

官南以恭過境云而自山城過門去晚卜

德壽來卜存緒徃馬訖坊

六日乙酉晴夢見尹三聘則定配于羅州云晚

李芳來見獨坐空堂懷戀悲慟如何可言夕

出坐外廊卜存緒自馬訖坊還來故入內

李喜男李昉等還來李中軍与沈俊

來傳沈遊擊拿去而楊摠兵到三

嘉結縛而送云文林守自宜寧來傳

体相已到草溪驛云新及第梁諫持

黃天祥簡來到卜主簿自馬訖坊還

三十日己丑晴曉使鄭翔溟問安于体相是

日極熱大地如蒸夕與陽申汝樑申霽雲等來

傳沿海之地則雨水適中云

七月初一日庚寅曉雨唐人三名到來往釜山云

宋大立与宋得運偕到安珏亦來見夕徐徹及

卜德壽与其子來宿是夜秋氣甚凉悲戀

如何因宋得運往來元帥陣則從事聞笛于

大川邊云可愕〃今日乃　仁廟國忌也

二日辛巳晴朝卜德壽歸晚申霽雲与平海居

鄭仁恕以從事官問安來此今日乃

先君辰日而遠來千里之外冒服戎門人事如何〃

三日壬午晴曉坐凉氣透骨悲慟轉極〃措備

達沈俊等來見黃從事徃犬硯江亭而還去

魚應獜朴夢參等來見牙山奴平世入來

則　靈筵平安各家上下皆得平保但天旱

三朔農事已矣不可望云　葬日則七月二十

七日推擇又於八月初四日擇之云懷思戀之

至悲慟可言 〃 夕右兵使報于体相曰牙山

李昉淸州李喜男伏兵厭憚避在元帥

陣傍事体相移文元帥 〃 極怒成公事送

之未知兵使金應瑞之意也　是日小月羅馬斃棄

二十七日丙戌晴朝魚應獜朴夢參等還歸李

喜男李昉等徃于体相行次所到處晚黃汝一

來見論話移時　未末驟雨大作須臾水漲云

二十八日丁亥晴晚黃海道白川居別將趙信

玉洪大邦等來見又有草溪吏告目內元帥

明徃南原云　京奴徃貿不還　是曉夢甚煩也

二十九日戊子晴卜主夫徃馬訖坊京奴還來

【丁酉年 六月】

二十三日壬午或雨或晴朝大箭改鍊晚右兵使

送簡兼致環刀大小然而持人沈水粧与家破

落可恨朝羅宏子再興持其父簡來見又致

窨資 未安 〃午後李芳來見芳乃牙山

李夢瑞次子也

二十四日癸未曉霧塞谷是日立秋四中不辨朝權水使彦卿山

奴世功奴甘孫來告菁田事又安生員克可

來見論話時事菁田耕種監官李元龍李喜

男鄭翔溟与文林守等定送午後陜川郡守

送曹彦亨問候熱酷如蒸

二十五日甲申晴更令種菁朝前黃從事官來見

多言水戰之事又言元帥今明還陣云討論兵

事到晚還歸夕京奴還自閑山聞得寶城郡

守安弘國逢丸致死不勝驚悼 〃驚嘆

〃未捕一賊先喪二將痛惋可言巨濟亦送人載蕾而來

二十六日乙酉晴曉順天奴允福來現卽杖五十

巨濟來人還歸晚中軍將李德弼及卞弘

夕小月羅馬少食草　午卜德基德章

卜慶琓卜敬男來見進士李日章亦

來見夜驟雨大作簷溜如注

二十日己卯雨〃終日夜大雨晚朝徐徹來

見尹鑑文益新文珌等來見卜瑜來

見午後奴馬料受來

二十一日庚辰或雨或晴曉夢德与栗溫与臺

幷見於夢多有喜謁之色朝盈德縣令權晋

慶以元帥前見謁事來到元帥已往泗川故

見多傳左道之事左兵使軍官持簡來到

卽答簡成送黃從事送問夕卜主簿尹先覺

到此夜話

二十二日辛巳或雨或晴朝草溪倅備軟泡來

勸而多有敖慢之色其處事失体可言

晚李喜男入來傳右兵使簡午時鄭

舜信鄭思謙尹鑑文益新文珌等來

見李先孫亦來見

（三三九）

通故卽送鄭司僕問行則元帥以舟師事徃

泗川云

十九日戊寅曉鷄三鳴出門將到元帥陣
曙色已明至陣則元帥與黃從事出坐
余入見則元帥以元公事告余曰統制之事
不可言兇請朝安骨加德盡勤然後
舟師進討云是誠何心不過延托不進
之意故徃泗川督之　　　于三水使
統制則不爲之指揮云余又見有
旨則安骨之賊不可輕入討之云元帥出
去後与黃從事話有頃草溪倅來
臨別言于草溪曰陳贊順勿使云則
帥府兵房軍官及倅皆應諾來
時被擄逃還人隨來 是日大地如蒸

賊然後舟師進入于釜山等處安骨之賊未

可先討耶 元帥狀啓內統制使元也不欲進

前而姑以安骨先討爲辞 云舟師諸將合

多有異心也入內不出絶不與諸將合

謀償事可知云元帥李喜男及卞存

緒尹先覺幷爲行移督來〃時入坐黃

從事下處論話移時到來寅家卽送

喜男奴子于宜寧山城淸道則擺發

送關見草溪倅 則可謂無良矣

十八日丁丑陰而不雨朝黃從事送其奴問安

晚尹鑑作餠而來唐人葉〃威自草溪

來話且言唐人朱彦龍曾被擄於

日本 今始出來則賊兵十萬已到沙

自麻或對馬島行長則欲由宜寧

直犯全羅淸正則欲移慶州大丘等

地因往安東地云〃暮元帥往泗川事

通來

喜男持簡往于右兵使處

十五日甲戌晴陰相半是日望日而身在軍中
未能設位而哭懷戀如何 〃 草溪倅備
餅物送之元帥從事官黃汝一送軍官傳之
日元帥今日欲山城云余亦隨往而到大川

邊則慮有異議坐川上送鄭翔溟而
以病告之因而還 來

十六日乙亥晴終日獨坐無人來問招莛及
李元龍造册書卞氏族譜夕喜男
送諺簡曰兵使不送云卞光祖來見莛
与鄭翔溟往于大川洗戰馬而來

十七日丙子陰而不雨涼氣入虛夜色寥廓
晨坐慟戀如何可言朝食後往元帥前則
多言元公之不直又視備邊司啓下行移
則曰元均狀啓內水陸俱進先擊安骨之

呂島蛇渡襄同知金助防將巨濟永登南海河
東順天晚僧將處英來見納圓扇芒鞋故
以物償送且言賊事又言元公事午後聞中軍
將領軍赴敵云不知某事余往見元帥
則右兵使馳報內釜山之賊欲發於昌原
等地西生之賊移陣於慶州云故送伏兵軍
遏截輝兵云兵虞候金自獻以事來謁
于元帥余亦見之　　戴月還來

十三日壬申晴晚或洒小雨而止晚兵虞候
金自獻來見移時相話饋點而送是午莞
草蒸晹昏淸州李喜男奴子入來傳
其主之來防于右兵使故今到元帥陣傍
因日暮寄宿云

十四日癸酉陰而不雨早朝李喜男入來傳
其妹之簡則牙山

靈筵与上下皆無事心痛可言〃朝食後

【丁酉年 六月】

人洪漣海問安晚欲來見云漣海者乃洪
堅三寸姪也　騎竹同遊徐徹居于陜川地
東面栗津聞余之至來見兒名徐加乙朴只
饋食而送夕元帥從事官黃汝一來見從容
間言及壬辰討賊之事莫不嘆美又言山
城無設險之恨當今討備虛疎等事不覺
夜深忘歸論話又言明日元帥山城看審云

十一日庚午晴中伏銷金鑠玉大地如蒸晚唐差
官經畧軍門李文鄕來見給扇柄而送昨夕
与從事論話時卞興伯奴春持家書來 傳知
靈筵萬安懷痛可言但興伯以我相見事到此
空還淸道云可恨　是日朝裁書送于興
伯處豚葆痛藿乱夜呻吟剪悶可言鷄鳴
少歇而宿　是朝書閑山諸處裁簡十四張庚
母簡送內辞　甚困苦云盜又與視云食乃中暑也

十二日辛未晴早朝京奴与仁奴送于閑山陣
簡于全羅右水伯忠淸水使慶尚水使加里鹿島

（三三四）

大伯亦欲來見云昏入家寡婦移他家

七日丙寅晴而極熱元帥軍官朴應泗柳洪等來見
元帥從事官黃汝一送人問安故卽答謝而送入
宿內房

八日丁卯晴朝送鄭翔溟問安于黃從事官處
晚李德弼及沈俊來見主倅與其弟來見元
帥往延元帥行者十餘員亦來見點後元帥
到陣余亦往見從事在元帥前与元帥話到移
時元帥示以朴惺上章 **辞職**草則朴惺
多陳元帥處事之疎脫元帥不自安而上章
于体相矣又見進伏等項事条件到暮還來
氣甚不平
廢夕食

九日戊辰陰而不霽晚送鄭翔溟于元帥處
問安次問從事官始受奴馬料採礦石來
則好勝於延日石云尹鑑文益新文珬
等來見 是日汝弼辰日獨坐戌地懷思如何

十日己巳晴朝加羅加羅月羅馬看者卜馬
駲卜馬等落四下加銕元帥從事官送三陟

邊晚到三嘉縣則主倅已徃山城宿

于空館　縣人炊飯而食之而不食事數奴等

三日壬戌雨〃朝欲發行則雨勢至此縮坐費慮　三嘉五里外有槐亭下坐近居盧鐔鎰兄弟來見

之際都元帥柳泓自與陽來與之言道路　飯米

不能發程因宿焉　朝聞食縣飯云故答奴子還給

四日癸亥陰晴早發臨行主倅送問狀且致行資午到

陜川地距官十里許有槐木亭朝飯熱酷移時

歇馬行到五里前則有歧路一路直入郡一路由草溪

故不越江而行纔十里元帥陣望見矣接宿于

文珤寅家　介硯行來奇岩千丈江水委曲且深路亦棧

危若扼此險則萬夫難過也　毛汝谷

五日甲子晴西風大吹朝草溪倅馳到卽招入

而話食後李中軍德弼亦馳來相与話旧有

頃沈俊來見同點心宿房塗排夕李承緒

來見言守伏逃避事是朝求礼人及河東倅

所送奴馬并還歸

六日乙丑晴宿房改塗造軍官歇廳二間晚

毛汝谷主家隣居尹鑑文益新來見京奴

送于李大伯處則色吏出他未得受來云

則閉門拒之其家後有瓦屋奴子四散索之而皆

未合少歇還來李廷鸞家則金德齡弟德

獜者借入余使莅強言而入宿行裝盡濕

廿七日丁巳陰晴相半朝濕衣掛風晚發到

豆耻崔春龍家則蛇梁萬戶李宗浩

先到邊翼星則受杖廿不能運身云柳

起龍來見

廿八日戊午陰而不雨晚發到河東縣則主倅

喜於相見邀接于城內別舍極致慇情

且言元事多狂日暮而話邊翼星亦到

廿九日己未陰氣甚不平

理主倅 多言情事

六月初一日庚申雨晉州地境朴好元

亭歇馬暮投丹城境地 早發到淸水驛溪邊

農奴家主人欣然接之而宿房不好艱難

過夜雨 〃終夜 油屯一狀紙二白粒一眞水荏或五或三

二日辛酉或雨或晴早發朝飯于丹溪溪

不能登程因留調

黃生員稱者七十而到河東

曾京洛而今流落云吾則不見

清五塩五及又五未持皆河東所致

至可得奉擄多幸〃獨坐悲慟難堪〃〃昏

裏同知及主倅來見

廿三日癸丑朝鄭思龍李士順來見多傳元公事

晚裏同知歸于閑山体相送人招之故往拜論

話從容多憤時事之已誤只待死日云明往草

溪事告之則体相帖給李大伯募米二斛

而送之　城外主人乃張世輝家

廿四日甲寅晴東風終日大吹朝光陽高應明子

彦善來見多傳閑山事体相送軍官李知

覺問平否因傳欲慶尙右道沿海圖畫而

無路幸以所見圖送云故余不能拒之草

圖而應之　　夕雨勢大作

廿五日乙卯雨作朝欲發程而關雨停行獨倚

村家懷思萬端悲戀如何〃

廿六日丙辰大雨終日冒雨登程臨發梁蛇萬

戶邊翼星以推考事來體相前李宗浩

押來暫得相面行到石柱關門雨下如注

歇馬艱難顚仆而行到岳陽李廷鸞家

入拜体相素服以待從容論事体相不勝慨嘆向

夜言論間有云曾有〃旨多有未安之辞 心跡 可疑 未知

意思也又言兇人之事誣罔極矣而 天不察奈

國事何出來時南 從事送人問安 余答夜深未能進

拜爲言

二十一日辛亥晴柳博川海自京下來立功于閑

山云又日行到恩津縣〃倅 言船行之事 云

柳又曰王獄囚李德龍告訴者被囚受刑

三次將爲殞命 云可愕〃 且果川座首

安弘濟 等 納馬及廿歳女奴于李尙公見放

而去云安也本非死罪受刑累次將至殞命

納物然後得釋 內外皆以見物之多少罪有

輕重未知結末之如何也此所謂一脉金錢

便返魂者也

二十二日壬子晴南風大吹朝孫仁弼父子來見柳

博川 徃昇平 因赴閑山故全慶尙兩水

使加里浦等處修問狀晚体相從事官金光

燁 自晋州入縣 襄伯起令公到來私通亦

【丁酉年 五月】

來傳告曰体相明日直由谷城入本縣留數日
後因向晋州云俾進畫物甚豐未安 ″

夕鄭翔溟來

十七日丁未晴与主倅話夕南原探候人還來
傳言曰元帥不徃雲峯之路以楊摠兵延接
事馳徃完山云吾行色爲狼狽爲悶

十八日戊申晴東風大吹夕金宗麗令公自
南原直來見忠清水營″吏李燁來自
閑山故家書付之然朝酒而狂可憎″

十九日己酉晴以体相入縣留在城中未安移出
于東門外張世豪家坐于菓茇亭主倅
來見夕体相入縣申時驟雨大作酉時晴

二十日庚戌晴晚金僉知來見且言茂朱長
朴只里農土好品云沃川居權致中乃金僉知
孽娚而沃川梁山倉近處云体相聞我之留
先送貢生又送軍官李知覺俄頃又送人曾
未聞丁憂今始聞驚悼″送軍官致弔因
問夕可相見耶　余答以昏當進拜當昏

麥飯而進盲人任春景來言推數副使到府鄭思

立梁廷彥來傳副使欲來見余以氣不平逆之

十二日壬寅晴曉送李元龍問候于副使〃又送金德

獜問安晚李奇男奇胤來見告歸道陽場云朝

送豚莌于副使處申弘壽來見以元公占之則初

卦水雷屯變則天風姤用克体大凶〃南海倅送弔

簡又致雜色清五粟一藿二粒二眞油二夕往鄕舍堂與副使夜話三更

還宿處梁廷彥鄭思立等來 鷄鳴後歸

十三日癸卯晴昨夜副使上使送簡多嘆令公事

晚鄭思竣造餅來府使送行資未安〃

十四日甲辰晴朝府使來見而歸副使亦發向富有

鄭思竣思立梁廷彥來告陪歸早食後登程到

松峙底歇馬獨坐岩上移時困睡雲峯朴

山就來到暮到粲水江下馬步渡到求礼縣孫

仁弼家主倅卽來見

十五日乙巳或晴或雨主家甚底卑蠅集如蜂

人不能食移來于衙茅亭則南風直引与主

倅終日話因而宿

十六日丙午晴與主倅話夕南原探候人還

【丁酉年 五月】

奴漢京以事送于寶城興陽奴世忠自鹿島牽

兒馬而來弓匠李智歸去是日曉夢搏殺猛

虎去皮揮之未知是兆趙琮改名瑔來見趙

德秀亦來午兒馬加鞍鄭詳溟騎行元兒

送簡致弔是乃元帥之令也李敬信來自閑山

多言元兒之事又言其率來書吏以貿穀為

名送于陸地私欲其妻而其者揚惡不從

出外高聲　云　元也百計陷吾此亦數也駄載相續　于道京而構毀日深自恨不遭而已

九日己亥陰朝李亨立來見卽還李壽元

自光陽還順天及第姜承勳來募府使

還自左營還京奴自寶城牽馬而來

十日庚子陰雨是日乃　太宗忌自古雨晚大雨朴

注叱生來謁主人作麥飯而進盲人任春景推

數而來副使送弔狀鹿島萬戶宋汝悰兼致　全羅巡使

麻紙兩色　白中米各一斛太塩亦同為言　軍官送來

十一日辛丑晴金孝誠自樂安來卽歸前光陽金惺

以領体相軍官求得箭竹事到順天因來見多傳所聞

〃〃者皆兒人之事副使先文到張渭送簡鄭元溟作

六日丙申晴夢見兩亡兄相扶哭痛且言
襄事未營千里從軍誰其主之痛哭奈何云此
兩兄精靈千里追蹤憂悶至此悲慟不已
又念南原監獲是則未知也連日夢煩是亡
靈默念深痛之至也晨昏戀慟淚凝成血
天胡漠〃不我燭兮何不速死也晚綾城倅
李繼命亦起復之人來見而歸與陽奴禹老
音金朴守每趙澤与順花妻來現李奇
胤及夢生來到宋廷立宋得運亦來卽歸
夕鄭元溟還自閑山多言兇人所爲又聞副察
使出來左營以病留調右水伯送簡而弔之

七日丁酉晴朝定惠寺僧德修來納芒鞋一事
拒之不納再三進退而告之給價而送之鞋則卽
給元溟晚宋大器及柳夢吉來見瑞山郡
守安适亦自閑山來多言兇公之事夕李奇男
又到李元龍還自水營 适到求礼欲私趙士謙守節而未能可愕〃

八日戊戌晴朝僧將守仁率飯僧杜宇來

左營揮淚而言元事李亨復申弘壽亦來南原

奴莫石來自牙家傳

靈筵平安又傳有憲無事率其家屬到金谷

云獨坐空軒悲慟何堪

三日癸巳晴愼司果應元陳與國還歸李奇男

來見朝以蔚改名葕 音悅 草木盛長字義 萠芽始生

甚美晚姜所作只來見而哭申時雨洒夕

主倅來見

四日甲午雨是日乃　天只辰日悲慟何堪鷄

鳴起坐垂泣而已午後雨大作鄭思竣來到

終日不歸李壽元亦來

五日乙未晴曉夢甚煩朝府使來見晚忠淸

虞候元裕男至自閑山多傳元公之兇悖

又道陣中將卒之離叛勢將不測云 〃

是日午節也而遠來千里天涯從軍廢礼

哭泣亦未自意是何罪辜致此報耶如吾

之事古今無偶痛裂 〃 只恨不遭時而已

人造點而送到順天松院則李得宗鄭瑄來

候夕到鄭元溟家則元帥知我之至送軍官

權承慶致弔又問平否慰辞 甚恳夕主倅

來見鄭思竣亦來多言元公悖妄顚倒之狀

二十八日戊子晴朝元帥又送軍官承慶問候因傳曰

喪中氣困從氣蘊平 出來云今聞 親切軍官

在於統制處云送簡與關字出來則率去看

護云而簡与關成來府使小家永世云

二十九日己丑晴愼司果及應元來見兵使亦以元帥

聽議事入府與愼司果話

三十日庚寅朝陰暮雨朝食後与愼果論話兵使

留飮云兵使李福男朝前來見多言元公之事

監司亦到元帥處送軍官問平

五月初一日辛卯雨〃愼司果留話巡使兵使同會

于元帥下處鄭思竣家留飮極歡云

二日壬辰晚晴元帥往于寶城兵使往于本營巡使

往于潭陽之路來見而歸府使來見陳與國至自

府尹亦厚接 判官所及油屯生薑等物

二十三日癸未晴早發到烏原驛館歇馬朝飯有
頃都事到來暮投任實縣則主倅 例寓
倅洪純慤矣

二十四日甲申晴早發到南原十五里許得逢
丁哲等到南原府五里內別送吾行直到十
里外東面李喜慶奴家懷痛如何 〃

二十五日乙酉多有雨態朝食後登途投雲
峯朴山就家雨勢大作不能出頭因聞元帥
已向順天云卽送人于金吾處而留之主倅
以病不出

二十六日丙戌陰雨不霽早食登程到求礼縣
則金吾郎已先至矣下處于孫仁弼家
主倅急出來見待之甚慇金吾亦來見
余使主倅勸飮于金吾則主倅 盡心云
夜坐悲慟如何可言

二十七日丁亥晴早發到松峙底則求礼倅送

靈筵號哭奈何〃天地安有如吾之事乎不如早

死也到蕾家謁告

庙前行到金谷姜宣傳家前逢姜晶姜永

壽氏下馬哭行到寶山院則天安倅先至

川邊下馬歇徃林川郡守韓述上京重試來

過去前路聞吾行入來弔去豚薔菇葢芬

莞及卜主簿幷隨至天安元仁男亦來見分手

上馬行到日新驛宿夕雨洒

二十日庚辰晴朝飯于公州定天洞夕投泥山則

主倅極盡宿于衙東軒 金德章寓到

相見都事來見

二十一日辛巳晴早發到恩院則金瀷寓然到

來云任達英以貿穀事船到恩津浦云其形

跡極詭且譎夕宿于礪山官奴家中夜獨坐悲

慟何堪〃

二十二日壬午晴午到參礼驛長吏家夕到

全州南門外李義臣家宿判官朴勤來見

[丁酉年 四月]

則船已至矣路望慟裂 不可盡記追錄草〃

十四日甲戌晴洪察訪李別坐入哭治棺〃則
在營備來 少無欠處云

十五日乙亥晴晚入棺親執吳終壽盡心粉骨
難忘 附棺無悔是則幸也 天安倅入來
治行全慶福氏連日盡心製服等事哀感何言

十六日丙子陰雨曳船移泊中方前
靈柩上轝行還本家望里慟裂如何可言〃
至家成 殯雨勢大作余則氣力憊盡南行
亦迫呼哭〃只待速死而已天安還歸

十七日丁丑晴金吾書吏李秀榮自公州
到來促行

十八日戊寅雨〃終日氣甚不平 不能出頭只哭
殯前退來奴今守家晚禩中合会于余在處
議禩事而罷

十九日己卯晴早出登途告

(三三〇)

都事則善飲不至乱

十日庚午晴朝食後到與伯家與都事話晚

洪察訪李別坐昆季尹孝元昆季來見李

彦吉許霽佩酒來

十一日辛未晴曉夢甚煩不能悉道招德喦

言又說豚蔚心懷極惡如醉如狂不能定情

是乃何兆思戀病

親不覺淚下送奴探聽消息都事歸溫陽

十二日壬申晴奴太文自安興梁入來傳簡則

天只氣息奄〃初九日上下無事到泊安興云而

行到法聖浦泊宿時碇曳浮流兩船六日相離

而得逢無事云豚蔚先送于海汀

十三日癸酉晴早食後往延事出登海汀路〃入

洪察訪家暫話間蔚送愛壽時無船到消

息又聞黃天祥佩壺來到與伯家云与洪告

別到與伯家有頃奴順花至自船中告

天只訃奔出擗踊天日晦暗卽奔去于蟹岩

[丁酉年 四月]

路川邊歇馬到吾山黃天祥家點心黃也以卜

重出馬載送爲謝不已由水灘投平澤縣內李內

卩孫家則主也待之甚慇 宿房甚窄炊熱汗流

五日乙丑晴日出時登途直到

墳山樹木再經野火樵■瘁 不忍見也拜哭

墓下移時不起乘夕下來外家拜于

祀堂因到蕾家哭拜

先庙又聞南陽叔永世暮到本家拜 聘父母神位

前卽上季兄及汝弼嫂神 祀就寢心懷 不平

六日丙寅晴遠近親旧皆來 会叙曠而去

七日丁卯晴金吾郎自牙縣來 余往待甚慇

洪察訪李別坐尹孝元來見金吾宿于興伯家

八日戊辰晴朝設位哭南陽叔晚往于興伯家話

姜襖長永世余往弔因見洪石堅家晚到興伯

家接都事

九日己巳晴洞中各佩酒壺慰遠行情不能拒極

醉而罷洪君遇唱李別坐亦唱余則聞不樂而已

丁酉四月初一日晴得出圓門到南門外尹生侃
奴家則葊芬及蔚与士行遠卿同坐一堂話久
尹知事自新來慰備邊郎李純智來見不
勝增嗟知事歸夕食後佩酒更來者獻亦至
以情勸慰不能辞阻强飲極醉李令公純信
佩壺又到同醉致恩領台送奴鄭判府事琢
沈判書禧同知遠郭同知嶸送人問安 醉汗沾身
大憲稷崔同知遠郭同知嶸送人問安
二日壬戌雨〃終日與諸姪話方業進饌甚豐招筆
工束筆昏入城與相夜話鷄鳴而罷出
三日癸亥晴早登南程金吾郎李士贇書吏
李壽永羅將韓彦香先到水原府余則歇 馬
于仁德院從容臥息暮投水原京畿体察使
牙兵名不知家愼伏龍寓到見吾行備酒慰之
府使柳永健出見
四日甲子晴早 發 登程到禿城下則判刺趙
撥備酒設幕以待到飲醉登直由振威舊

丁
酉
日
記

丁
酉
日
記

[（空面）]

（三一二）

捉魚繼餉

任達英濟州農牛

宋漢連

甲士
宋漢首

宋晟

李宗浩

黃得中　柳忠世

吳壽　姜所作只

朴春陽　姜仇之

繼餉有司　幷褒賞事

納粟參奉曹應福

幼學河應文　柳起龍　同力

正金德獜

大口金繼信　昌信島監牧

訓正

二月廿六日
大竹
中竹上品五十七介

[備忘錄(六)]

丙申三月初六日來

六兩弓六張內

帿弓八張內一張蔚弓

細弓二張

丙九月卅重完內

共　　百九

又伍什又用

合在三通卅九

[備忘錄(五)]

禊納物件內
油屯十丈油紙二丈
挽章紙十丈
常紙十五卷
白紙二卷

丙申五月廿三日

上大竹卅介

次竹六十介

中竹六十介

合一百五十介　造納　受　朴玉 ″ 只武才等

丙九月廿九日乙未刈竹改計則九十一浮入內庫

【(折紙 裏面 空白)】

十月初九日　陳武晟載來

青魚四千四百冬音

[丙申年 十月]

八日辛未晴　天只氣候　平安多幸

〃　順天相与別盃而送

九日壬申晴　公事題送　終日侍
天只明日入陣事　天只多有不平色

十日癸酉晴　三更末到後房四更頭
還來樓房午時告出　未時乘船
從風掛席　終夜促櫓而行

十一日甲戌晴

【丙申年 十月】

十月初一日甲子晴雨而大風曉行望

闕礼食後往觀路入愼司果寓所

大醉而歸

初二日乙丑晴而大風不能行船入來 青魚船

三日丙寅晴曉囘船陪天只上船囘 与一行

到本營承歡終日是亦幸也 興陽酒持來

四日丁卯晴食後客舍東軒坐起終

日公事夕南海率其房人來到 興陽

五日戊辰陰南陽叔主祭早招故往 大

來与南海話多有雨徵倉 順天宿石保

六日己巳風雨大至是日不能設行退

于翌日晚興陽順天入來

七日庚午晴而溫和早設

壽宴終日極歡多幸 ″ 南海以其忌先歸

(三〇二)

則宣病極重極危可慮暮到樂安

宿

二十五日戊巳午 晴色吏及宣仲立論

罪到順天与府伯醉話

二十六日己未晴以事留夕府人爲設牛

酒請進固辞而因主倅之懇暫飮

而罷

二十七日庚申晴早發到觀

二十八日辛酉晴以南陽叔辰日來營

二十九日壬戌晴食後出坐東軒公事

成貼終日坐衙

三十日癸亥晴朝反閱衣籠二篰送于

古音川一篰廿留于營中夕

宣諭官軍官申拆來言犒士日

期

入來封庫光牧体相罷黜 云崔女貴之來宿

二十日癸丑雨勢大作朝各項色吏論

罪晚見牧伯登程之際唐人二者邀

話故醉之以酒出來終日雨下未能遠行

到和順宿

二十一日甲寅晴或雨早到綾城上

最景樓望見連珠山主倅請酒故

暫醉而罷

二十二日乙卯晴朝各項論罪晚出到

李楊院則海運判官先到見我行

欲爲邀話故与之論暮到寶城

郡氣甚困宿

二十三日丙辰晴留以國忌不坐

二十四日丁巳晴早發到宣兵使家

十七日庚戌晴体相与副使往

立岩山城吾獨到珍原縣

与主倅 同話從事官亦到

暮到衙中兩姪女出坐叙

久還出小亭与主倅及諸

姪向夜同話

十八日辛亥小雨食後到光州

与主倅 話雨勢大作三更月色

如畫四更風雨大作■領台

十九日壬子風雨大作朝行迪來見在珍原從

事官簡及尹侃莘茇問簡亦到是朝

光牧來同朝飯因作酒不食而醉入

光牧別室處大醉終日午綾城

【丙申年 九月】

十里許 川邊李光輔与韓景汝

璟佩酒來 待 故下馬 同話而風

雨不止安世熙亦到暮到 茂

長宿

十三日 丙午晴 李仲翼及李　女眞

光軸亦來同話 李仲翼多言

窘急 故脱衣及之　終日話

十四日 丁未晴又留　■女眞廿

十五日 戊申晴 体相行次到縣

入拜議策　■女眞卅

十六日 己酉晴 体察一行到高.

敞點後到長城宿

(二九八)

備策朝食後上後城審見形勢

還到東山院點後到咸平縣路

逢韓汝璟馬上 難見諭以入來 縣監以入來 敬差官

延去云金億昌亦同到咸平

十日癸卯晴氣困馬疲留宿咸

平朝食 後前 務安鄭大淸來

与之話縣儒生亦多入陳弊瘼

夕都事入來与之談話二更罷出

十一日甲辰晴朝食後往靈光

路逢辛慶德暫話到靈光

則主倅 肅拜後入來同話

萊山月亦來見酒談向夜而罷

十二日乙巳風雨大作晚出登途 雪無可

【丙申年 九月】

七日庚子晴朝与羅監官及縣監

話及民弊移時鄭大清入來

云故請与坐話晚發到多

慶浦与靈光倅話到二更

八日辛丑晴是曉早飯用肉故（國忌）

不食還出朝食後登途到監牧

處牧官及靈光同在入菊叢中

飲數盃暮到東山院秣馬促

馬到臨淄鎮則李公獻女息

年八者与其四寸女（之奴）水卿同到入謁

思想公獻不勝慘然也水卿乃李

琰家遺棄得養者也

九日壬寅晴早起招僉使洪堅問

靈岩宿 于鄉舍堂趙正郎彭
年來見崔淑男亦來見
初二日乙未晴留靈岩
三日丙申晴朝發到羅州新院
點後判官招問州事暮到羅
州別館奴億萬來謁于新院
四日丁酉晴留羅州昏牧使佩
酒而勸一秋亦持盃是朝与体相謁
聖
五日戊戌晴留羅州
六日己亥晴先往事務安事告
体相登途到古莫院點後
羅州監牧官羅德駿追到
相見言語之間多有慷慨故与
久談暮到務安宿

[丙申年 閏八月~九月]

南望則左右賊路諸島歷〃可數

眞一道要衝之地而勢極孤危〃不

得已移合梨津

廿四日戊子早發到梨津點後仍
（五己丑）　錄到兵營元公行兇不

到海南之路中間金景祿佩酒來

見不覺日暮舉火行〃二更到縣
　　　　　右

廿四日己丑晴早發到水營余則宿
（六五日庚寅）

大平亭与虞候話

廿六日庚寅晴体相自珍島入營
（七日辛卯）

廿七日辛卯晴改正行
（八日壬辰小雨）

廿八日壬辰小雨早朝行到男女驛點心
（九日癸巳）

九月初一日進送于本營暫洒雨曉行望
（甲午）後到海南縣

闕礼早發到石梯院點後二更到

（二九四）

點心後上山城望遠指點各浦

及諸島因向興陽暮到其縣宿

于鄕所庁昏李至和勢其物

抱琴來英亦來見終夜話

十九日癸未晴發鹿島路審見

道陽屯田体相多有喜色到宿

廿日甲申晴早發乘船与体相及

副使同坐談兵終日晚^到白沙汀

點後因到興府余則宿衙東

軒金應男來見

廿一日乙酉晴留宿丁景

廿二日丙戌晴晚投^{兵營達與來}康津縣宿^{景達與來}康津縣宿^{元見}

廿三日丁亥晴^{吾与副使同往加里}^{相見向■夜話}^{或二十四日向夜内}

浦則右虞候李廷忠亦先到同上

時乘小船促櫓終夜 〃

十四日戊寅晴曉到豆恥則体相

与副使昨已到宿云追及點處

得逢召村察訪早到光陽縣所

經一境蓬蒿滿目慘不忍見姑除

戰船之整以舒軍民之懸

十五日己卯晴早發到順天体相一

行入府故余則宿于鄭思竣家

巡使亦与之話夕聞豚輩之參試

十六日庚辰晴是日留之

十七日辛巳晴晚向樂安至郡則

李好問李智男等見 來陳弊瘼 則

專屬舟師

十八日壬午晴早發 到陽江驛 從事官金俑上京

俱五十五步菶所射俱三十五步茇

所射俱三十步薔所射俱三十五步

莞所射二十五步云陳武晟所射俱

五十五步入格昏右水使慶水使

襄助防同來二更罷歸

十一日乙亥晴以体相侍候事發行

到唐浦初更体相探人來到則十四

日發行云

十二日丙子晴終日促櫓二更到

天只前則白髮依"見我驚起氣息

奄"難保朝夕含淚相持達夜

慰悅以寬其情

十三日丁丑晴朝食侍側而進則多

有至喜悅之色晚告辞到營酉

〔丙申年 閏八月〕

六日庚午晴朝食後与慶水及右水是夜暫

往射廳觀馳射（防踏斂使到陣 流汗）七ㅅ

七日辛未晴朝牙山奴子白是入來

則秋牟所出四十三石春牟三十五

石魚米全十二石四斗 又七石十斗

又四石是晚出坐所志題分

八日壬申晴食後往射廳觀馳射

光陽固城以試官入來河千壽

至自晉州牙兵林廷老受由出去

九日癸酉晴朝光陽倅行（是夜發汗）

敎書肅拜萲薈及金大福官敎肅

拜因而与之語是夕右水使慶水使

來話

十日甲戌晴是曉開場晚菆所射

（二九〇）

与牧使向夜話罷 靑生亦到

廿九日甲子晴 早發到泗川朝飯後

因到船所 固城亦到三千及李鯤變

佩酒

追到向夜同話宿 仇羅梁

八月初一日乙丑晴 日食早朝到其飛望底

閏

面話

中則右水使慶水使出待而右水使相

与李鯤變等同朝飯相別暮到陣

二日丙寅晴 朝諸將來見晚慶水

使与右水使來話与慶水使往射廳

三日丁卯晴

四日戊辰雨 〟是夜二更流汗

五日己巳晴 往射廳觀兒輩馳

射河千壽往体相前

【丙申年 八月】

廿二日丁巳晴外祖母忌不出慶水使
來見

廿三日戊午晴往見射場慶尙水使
亦來同

廿四日己未晴

廿五日庚申晴右水使慶水使來
■見
而歸

廿六日辛酉晴曉發船到泗川
留宿与忠淸虞候終日話別

廿七日壬戌晴　早發行到泗川點心
後因向晉城謁体相前終日話論
　金應瑞亦到卽還
暮還牧使處宿　早
　持逆黨簡
　是昏李用濟入來

廿八日癸亥晴　朝進体相前禀
定終日初更後還到牧使處

水使來見 忠淸虞候巨濟幷來 見是日
東風不止　　　体相前探人出送

十八日癸丑 或晴或雨三更　赦文差使員
十九日甲寅 或陰或晴曉^{流汗無常}与右水使諸將
赦文肅拜 因与同朝飯求礼告歸宋義連自
營入來持蔚簡 則^{求礼縣監入來}
天只向寧云爲幸〃〃晚巨濟金甲到此話
初更三更至汗 沾昏報耳匠玉只壓材重傷
廿日乙卯東風大吹曉戰船材木曳下次
右道_軍三百名慶尙道一百名忠淸道三百
名左道三百九十名宋希立領去晚
朝莘薈觅茪 与崔大晟尹
德種鄭惶等入來

廿一日丙辰晴 食後徃射亭令豚輩
射習且馳射襄助防金助防与忠淸
虞候並到同點心暮還

[丙申年 八月]

之船絶不得來往久未聞

天只平否悶極〃右水使來見汗濕兩衣

十三日戊申晴陰東風大吹与忠清虞候
是夜汗流沾背

射帿
朝聞禹杖■云■送■物若干 死 云 喪

十四日己酉陰而大風東風連吹禾穀損傷

云襄助防將及忠清虞候共破談不汗

十五日庚戌曉雨〃停望礼晩右水使慶

水使及兩助防与忠虞候慶尙虞候加

里浦平山浦等十九諸將会話雨勢終 三度 南

日不止初更後風雨大至四更至流汗

十六日辛亥乍晴而南風大吹姜婏老

歸南海氣甚不平終日臥吟夕休察 新月極明不能 南霽

到晋城文到來

寐二更臥看細雨又作移時止汗流

十七日壬子晴陰相雜或晴或雨慶尙

(二八六)

初十日乙巳晴朝忠清虞候問病來因與

助防將同朝飯朝宋漢連生麻四十

斤造網次給送氣甚不平移時卧

枕晚兩助防及忠清虞候招致

而作床花同之　夕体相送所公

事成貼昏月色如練客懷萬

端寢不能寐東大風二更入房

十一日丙午晴朝体相前各項公事

成貼出送与襄助防同朝飯晚與

之同到射場觀馳馬暮還營

初更巨濟馳報內倭賊一船自登

山由入松未浦二更又報阿自浦移泊

整船出送之際又報曰見乃梁踰

越云故伏兵將推捉

十二日丁未晴而東風大吹向東

初六日辛丑陰而不雨朝金助防將及忠淸

虞候慶尙虞候等來 <mark>見</mark> 問病 唐浦萬

戶以其母病重來告 慶 水及右水使等

○來見裵防將入來 日暮罷歸夜雨大作

初七日壬寅雨 〃晚晴氣不平不坐書

京簡是夜汗沾兩衣

初八日癸卯陰而不雨朴淡同上京送婚

需于 徐承旨處晚姜熙老到此

南海病勢暫歇云与之向夜話宜

九日甲辰陰而不雨朝捧守仁生麻

三百卅斤河東改擣紙擣鍊二十卷

注紙卅二卷狀帋卅一卷令金應

謙 郭彦水 等授送馬梁僉使

金應潢居下出去晚出坐公事題

分射帿十巡氣甚不平 流夜二更至汗

來見

能生麻百卄斤來納

（二八四）

掛風遮飛■^觸房樓風遮一時兩風

遮碎破片〃可嘆

初三日戊戌晴或洒雨使智伊張新

弓助防將忠淸虞候來見因而

射貫豚輩射六兩弓是晚令

宋希立豚等錄名黃得中金應_{初更雨作四更}

謙許通公帖成給 止

初四日己亥晴而東風大吹薔与菽

莞等以夫人辰日獻盃事出去鄭愃

亦出去鄭思立受由而去晚坐樓目

送_{兒等}不覺觸傷晚出大廳射帳之際數

巡甚不平停射入內則身如凍龜

卽厚衣發汗暮慶水到來問病

而去夜痛倍晝呻吟過夜

初五日_{庚子}晴氣不平不出坐李義得加里浦

【丙申年 七月〜八月】

弓高佐筋浮即令改修体相設場關

到付逃出　夕聞卜家守直兒盡偸其家雜物

三十日乙未晴曉葛役入來夜夢

与領台同話從容朝李珍還營 花春

等亦還歸金大仁以禪祭云受由歸

晚助防將來射三貫夕探船入來

知天只平安有　旨二道下來戰

馬及菇馬亦入來智伊武才幷到

八月初一日丙申晴曉行望

闕礼 忠清虞候金甲木浦蛇渡鹿島來

行 晚波知島權管宋世應出歸午

後往射場馳馬暮還釜山去郭彦

水還來傳信使之答簡 昏多有雨徵故以 備未雨前事教之

初二日丁酉朝雨勢大作使智伊等新弓張

弛 晚狂風大起雨脚如麻大厅樓

[丙申年 七月]

泉脉深入源長點後還到射三貫昏

郭彦水持豹皮入來 是夜心煩不寐

人靜坐臥向夜而寢

二十五日庚寅晴朝工在獵計數角十令
入庫豹皮及花席送于通信處

二十六日辛卯晴李荃自体相處來持標 將拿尹承男事下
驗三部一送于慶水一送于全右水使處金吾羅

二十七日壬辰晴晚往馳射場修路事
教鹿島 京奴得痛 多慶萬戶尹承男拿去

二十八日癸巳晴奴武鶴武花朴壽每
于老音金等二十六日到此今日還歸晚与忠
淸虞候同射三貫鉄三十六分片六十分
帳二十六分合一百二十三分 京奴重痛云多慮
〃牙鄕秋夕祭物出送時簡于洪尹李四
處二更夢中流汗

二十九日甲午晴慶水使及虞候來見
忠淸虞候幷到射三貫而余所射

（二八一）

【丙申年 七月】

廿一日丙戌晴晚出坐巨濟及羅州洪

州判官与玉浦熊川唐津浦亦來

玉浦無造船粮云故体相軍粮二斛

熊川唐津浦則幷給■造船鉄十五

斤是日豚薈杖房子壽云故捉豚

下庭論敎二更汗〃以通信使請豹皮持

廿二日丁亥晴而大風終日來不送船本坐營不出獨坐

樓上奴孝代彭壽出歸乘與陽粮船夕

順天官吏文狀內忠淸土寇發於鴻山

境被斬云而洪州等三邑見圍僅免

可駭〃三更雨大作樂安交遞船入來

廿三日戊子大雨巳時晴而或霏晚

洪州判官朴崙告歸而出

廿四日己丑晴 顯德王后國忌是日往井改

鑿慶水亦到巨濟金甲多慶追至

（三八〇）

窃發鴻山倅尹英賢被捉舒川郡守

朴振國亦爲被率云外寇未滅內賊如是

極可駭〃南致溫及固城泗川出歸

十八日未癸晴各處公事題分忠淸

虞候及洪州判刺聞忠淸賊事

來稟夕聞降倭戀隱己沙耳汝文

等兇謀欲害南汝文

十九日甲申晴而大風終日南汝文

斬戀己沙耳汝文等右水使來見

而歸慶尙虞候李義得及忠淸

虞候多慶浦萬戶尹承男來

二十日乙酉晴慶水來見營探

船入來知 天只平安喜幸〃因審

忠淸土寇爲李時發炮手所中

卽斃云多幸〃

【丙申年 七月】

致溫亦來

十三日戊寅晴跟隨陪臣所騎船三隻
整齊巳時發送晚射帿十三巡昏
降倭等多張戲優 爲將者不可坐視而歸附之
倭恩欲庭戲故不禁也

十四日己卯朝雨洒是亦既望也夕固城縣令
趙凝道來話

十五日庚辰曉雨洒未能行望賀晚快晴
慶尙右水使全羅右水使幷会射帿而罷

十六日辛巳曉雨晚晴造立北退三間是日
忠淸洪州格軍新平居私奴於叱卜迯亡被
捉囚禁行刑梟示泗川河東兩倅來
晚射三貫是昏海月極皓獨倚樓
上二更就寢

十七日壬午曉雨洒卽止忠淸鴻山大賊

(二七八)

戶知世浦萬戶玉浦萬戶洪州判官
前赤島萬戶高汝友等來見慶水
使馳報春原島倭船一隻到泊云故
諸將定送使之搜探事傳令
十一日丙子晴朝体察了通文船事公事
軍跟隨渡海粮二十三石改春
二十一石則二石一斗縮出坐親見
射三貫
成貼出送晚慶水使來議渡海格
十二日丁丑晴曉雨暫洒卽止立虹
移時晚慶尙虞候李義得來貸
草芚十五番釜山載送軍粮白米
二十石中米四十石差使員邊翼
星水使軍官鄭存極受去助防將
來忠淸虞候亦來射帿同年南

【丙申年 七月】

九日甲戌晴朝体察前各項公事成
貼李田受去晩慶尙水使到此多言
通信所騎船風席難備欲爲貸用
之意見於言語朴自邦以引水竹
及赴京求請扇子竹借伐事送于南
海午後射帿十巡
十日乙亥晴曉夢有人射遠矢有人
蹴破笠子自占之曰射遠者賊徒遠遁
蹴破笠者笠上頭而見蹴是賊之魁首
爲■倭■盡勤之占也晩体察傳令內
黃僉知今爲 天使跟隨上使權滉爲
副使近日渡海所騎船三隻整齊
囘泊于釜山云慶尙虞候到此白紋席
一百五十葉貸去忠淸虞候蛇梁萬

(三七六)

[丙申年 七月]

四日己巳晴早食後往慶營与巡使

相会話有頃下船同坐出浦口諸船

外列終日話論到仙岩前洋

解纜分去望見相揖因与

右水伯慶水使同船入來

五日庚午晴晚出射帿忠淸虞

候亦來共

六日辛未晴早出各處公事題分暮

巨濟熊川三千來見李鯤變簡亦來

辞中多有立石。之非可笑

七日壬申晴慶尙水使及右水使与諸

將幷到暫設射三貫終日不雨 話夕弓

匠智伊及春卜夕歸營

八日癸酉晴与忠淸虞候射帿十巡

体察使秘密標驗受去云

二十九乙丑陰朝周旋受去晚出坐公事後晚晴

与助防將忠淸虞候羅州通判射

鉄片帳幷十八巡暑炎如蒸南海倅簡來也汝文歸初更流汗如注

七月初一日丙寅晴以

仁廟國忌不坐慶尙右巡使到陣而是日

則不爲相見其軍官羅洸以其將傳

語事來此

初二日丁卯晴早食後往慶尙營

陣与巡使共話移時上坐新亭

射帳分邊則慶尙巡使負者百六十

二畫終日極歡火燭而還

初三日戊辰晴早食後巡使与都

事到■此營射帳巡使邊又負者

九十六分夜深還歸公朝事來体察使

二十五日■辛酉晴早出公事題送後射

助防將及忠淸虞候臨淄僉使木浦

萬戶 馬梁僉使鹿島萬戶唐

浦萬戶会寧浦萬戶波知島等來

鉄箭五巡片箭三巡帿五巡南原

金軏告歸 是昏極熱流汗

二十六日壬戌。暫雨″晚出坐射鉄及 大風

片各五巡以倭人乱汝文等所告耳匠

妻決杖是午兒馬二匹落四下

二十七日癸亥晴出坐与金助防忠淸

虞候加里浦唐津浦安骨浦等射鉄

五片三巡帿七巡是夕囚宋述

二十八日甲子晴以 明庙國忌不坐朝固

城縣令馳報內巡察之行昨已到泗川

縣云則今日當到所非浦壽元出歸

【丙申年 六月】

同早飯而南海則　往慶尚水使處

夕還來話

二十二日戊午晴以　祖母忌不坐与南

海終日話

二十三日己未自四更雨〃終日与南海話晚

南海徃慶水使處招助防將及忠淸 來河東還送亦

虞候呂島蛇渡等饋南海酒肉昆 以

陽郡守李克一亦來見夕南海倅自

慶尚水使處來醉不省人事 本縣

二十四日庚申晴早出与忠淸虞候射 初伏

帳十五巡　慶尚水使亦來共南

海歸其縣降倭也汝文等請殺信是 其類

老云故命殺之　南原金軛以軍粮

無糧憑考次到此

[丙申年 六月]

等貿席　到陣

十七日癸丑晴晚　右水使來　射帳十
五巡而罷　水使不飲　浦　忠淸以其父忌告歸巨網

十八日甲寅晴晚出射帳十五巡

十九日乙卯晴体察使了公事成送晚
因李渫聞黃廷祿無狀云
出坐射帳十五巡　之言鉢浦牟田所出二十六石

廿日丙辰晴昨朝曲浦權管蔣後
琓肅拜後平山浦萬戶以趂未到陣
推責時答以不限日　故退在五十餘日
云其駁恠莫甚　決三十杖當日

午南海倅入來肅拜後話而射
帳忠淸虞候亦來十五巡後入內与朴
南海細話向夜而罷任達英亦入
來則貿牛件記　及濟牧簡來

二十一日丁巳以明日忌不坐朝招南海

【丙申年 六月】

呈則平義智初九日早朝入歸對馬島云

十一日丁未雨〃晚晴露射帿十巡

十二日戊申晴暑炎如蒸招忠淸虞
候等射帿十五巡南海倅簡來

十三日己酉晴而極熱　慶尚水使

佩酒來射帿十巡　慶水極中

金大福居首

十四日庚戌晴早出射帿十五巡

十五日辛亥晴曉行望　闕礼右
朝薈与壽　元同到聞　天只平安

水使加里浦羅州判官等病頉晚出

坐招忠淸虞候助防將金浣等諸

將射帿十五巡
是早釜山許內卩萬來　倭情給粮還送　傳

十六日壬子晴晚慶尚水使來話

出坐射帿十巡夕金鵬萬裵承鍊

七巡右水使來更書畫射帿十二巡

醉罷

五日辛丑陰朝朴玉武才■玉只等造帿箭 慶右監司軍官書簡持來

一百五十介納出坐射帿十巡 慶右監司 則方伯以婚事上去

六日壬寅晴四道諸將取合射帿饋

以酒食且合射帿而爭勝負極矣

而■罷

七日癸卯陰晚出与忠清虞候等射帿 朝晚晴 是日倭鳥銃給價

十餘巡

八日甲辰晴早出射帿十五巡 南桃萬戶 本浦萬戶 許家妬爭云 房人突入

九日乙巳晴早出与忠清虞候唐津

萬戶呂島鹿島等射帿之際慶

尚水使來共射帿廿巡慶水善中是

早奴金伊往營 玉只亦往是昏極熱汗流無常

初十日丙午雨〃終日如日注午釜山告目來

【丙申年 五月~六月】

往見右水伯終日極歡而還

六月初一日丁酉陰霖終日晚忠清

虞候及營虞候与朴崙申景澄等

召來酒談尹連徃其浦云故道陽

場太種不足則金德祿處太種

取去事帖送南海到任状來呈

初二日戊戌雨勢不止朝虞候徃防

▮踏庇仁倅申景澄出去 造下 是日皮裙

晚出坐射帳十巡裁簡送營

三日己亥陰朝薺浦萬戶成天裕

肅拜金良看載農牛去出 曉夢 小兒

親抱還投金甲島來見

生纔五六朔

四日庚子晴食後出坐則加里浦臨淄木浦

南桃忠清虞候及洪州判官等來射帳

(二六八)

廿五日辛卯雨 〃終夕獨坐樓上懷思萬

端讀東國史多有慨嘆之志也引武才等白蹄者千（白蹄在者八百七十介）引鉅者千

廿六日壬辰陰 霧不收 南風大吹 晚出

坐与忠清虞候及虞候等射帳之際（是昏日氣如■）

慶尚水使亦來同射十巡 蒸汗流不止 忠清虞候（是昏亦如蒸）

廿七日癸巳細雨終日不止忠清虞候

左虞候來此爭政圖 轡汗沾一身

廿八日甲午陰雨不霽聞全羅監司罷還

云清正還到釜山云皆未可信

廿九日乙未陰雨終夕以氷母忌不坐固

城巨濟來見而歸

卅日丙申陰朝郭彦壽入來首台

及上朝四宰鄭判府事尹知事自新

趙士惕申混南以恭簡來晚

【丙申年 五月】

廿日丙寅戌 晴且無風立柱于大廳前

晚出熊川縣監金忠敏來見告以絶

粮 云 故租二斛帖下蛇渡還來 僉使

廿一日丁卯亥 晴出坐与虞候等射帿

廿二日戊子晴与忠清虞候元裕男左虞

候李夢龜■洪 州朴崙等射帿洪祐持狀 啓往于監司

廿三日己丑陰而不雨与忠虞候等射帿

十五巡朝彌項僉使張義賢教書

肅拜後赴長興 春節歸營是夜二更汗流無常是夕新樓蓋覆未畢

廿四日庚寅朝陰多有雨態以 國忌不坐夕

出射帿十巡釜山許內卩萬告目入來左道

各陣倭已盡撤去只留釜山云上 天使出來

新定出來之奇廿二日到副使云許內卩萬

處酒米十斗塩一斛送之盡心探報云昏

雨作終夜如注 介始造 ■汗暫流 朴玉″只武才等箭竹一百五十

[丙申年 五月]

點心日暮還陣寨昏溫水沐浴而

宿夜海月分明微風不動

十六日壬戌午晴朝宋漢連兄弟捉魚而

來忠淸虞候洪州判官庇仁縣監波

知島權管等來右水使亦來見而歸

是夜多有雨證三更始雨″

十七日癸亥未雨″終日大洽農望可占

有年晩永登萬戶趙繼宗入

見獨吟倚樓井花水■是夜思飮■出他未及取

十八日甲子申雨勢乍擧而海霧不收体

察使公事入來晩慶水使來見出坐

射帿夕探候船入來天只平安云而

進食減前云悶泣″幺春節持衲襲來

十九日乙丑酉晴防踏聞其母喪虞候假

將定送射帿十巡汗沾一身

(二六五)

【丙申年 五月】

終日呻吟金海府使馳報來到則釜

山附賊金彌同告目亦來秀吉雖無正

使副使尙存欲爲定和撤兵云

十三日己卯晴釜山許內卩萬告目來

到則淸正賊已於初十日率其軍越

海各陣倭亦將撤去釜山倭則陪

天使渡海次仍留云是日射帿九巡

十四日庚申辰晴朝金海府使白士霖

馳報內亦如內卩萬之告目故令傳通

于順天府使處使之次》通之射

帿十巡結城縣監孫安國出去

十五日辛酉巳晴曉行望

闕礼右水使不來食後出坐聞閑山後

上峯可望見五島及對馬島云故

單騎馳上見之則果見五島与對馬

日晚還到小川邊与助防將及巨濟

(二六四)

行未知好到否也坐夜慮念之際人有扣

門聲折而問之則乃李英男到來也

召入而從容話旧

八日甲戌晴朝与李英男話晚出坐

慶水來見射帿十巡氣甚不平

吐嘔再度 是日聞靈山李中墳堀出云

夕莞入來金孝誠亦來 庇仁縣監入來

話西關事初昏雨洒至曉扶安戰船

出火不至重燒幸也

十日丙子晴以 國忌不坐氣亦不平

終日呻吟

九日乙亥晴氣甚不平不出与李英男

十一日丁丑晴曉坐与李正話食後出

庇仁縣監申景澄決後期之罪杖二十又

杖順天格軍監官趙銘罪氣不平早

入呻吟巨濟永登与李英男同宿

十二日戊寅晴李英男還歸氣不平

【丙申年 五月】

一盃懷不自平　不出午後右水使接供

公間失火盡焚 是夕文於公來自富饒

持趙琮簡則趙玎四月初一日棄世云

可痛悼〃 虞候祭厲神于前 峯

五日辛未晴 是曉行厲祭早朝食出坐

会寧萬戶 教書 肅拜後諸將会礼因以入坐

慰盃四行 勞 慶尙水使行酒幾半使

之 之角力則樂安林■季 亨爲魁夜深使

歡躍者非 自爲樂也只使久苦將士暢

申勞困之計也

六日壬申朝陰晚作大雨慰滿農望

喜幸不可言雨前射帿五六巡雨勢

終夜不止初昏銃筒炭庫火出盡燒

是監官輩不謹新捧炭不考宿火致

有此患可嘆〃 蔚与金大福同舟出去 達夜坐慮〃雨勢

七日癸酉雨〃 大作不知好去否 晚晴 霽是日慮在蔚

（二六二三）

皆來見 慶尙水以灸不來

二十九日乙丑 晴夕一浴 降倭沙古汝音令南
汝文斬之

三十日丙寅 晴夕一浴 右水使來見

忠淸虞候來見歸晚釜山許內

卩萬告目來則行長似有撤歸之意

金景祿歸　天只平書來

五月初一日丁卯 陰而不雨 慶尙水使
來見而歸一度入浴

二日戊辰 晴早浴還陣銃筒二柄鑄
成金助防及趙繼宗來見右水使梟

金仁福是日不坐

三日己巳 晴早氣大甚憂悶可言出不坐
慶尙虞候來射帳十五巡暮入
鑄成銃筒二柄

四日庚午 晴是日　天只辰不能進獻

射帿十巡 忠清虞候元裕男梁僉使唐津

萬戶洪州判官結城縣監波知島權管

玉浦萬戶等同射 三更永人歸

二十四日庚申晴 食後出湯子与諸

將等話

二十五日辛酉晴 南風大吹早入浴

移時夕右水使來見而歸又入浴

而過湯水過熱未久還出

二十六日壬戌晴 朝聞体察軍官

往慶尙云食後入浴晚慶尙

水使來見而歸体察軍官

亦來 吳 金良看以載牛事往營

二十七日癸亥晴夕一度入浴体

察公事答曰來

二十八日甲子晴 朝夕兩度浴諸將

歸奴木年 及今花風振等來現 是日
因南汝文聞秀吉之死忭躍不已但未信可朝
信也 此言曾播 而尚未的奇之來

二十日丙辰晴 慶尙水使來邀明日之会
射帿十巡而罷

二十一日丁巳晴朝食後往慶陣路入右
水使陣同赴慶邀射帿終日極醉
而還申助防將以病出歸本家 永人來

二十二日戊午晴朝食後出坐釜山許內口萬
送告目日上 天使出奔副使則如前在倭營
四月初八日以奔去之由奏 聞云金助防將
來告盧天紀之醉妄受辱營鎭撫黃仁
壽成卜等處云 故決三十杖射帿十巡

二十三日己未陰晚晴朝金劔知景祿入來
早食出坐 与之飮酒晚軍中壯力人使之
角力 成卜者獨步 故給賞米斗

【丙申年 四月】

十五日辛亥晴朝端午　進上監封郭

彦守受出送首台鄭領府事金判書命

元尹自新趙士愓申浞南以恭^處修簡

十六日壬子晴朝食出^後坐招乱汝文等問衝

火倭招^{三名}■^致戮滅右水伯慶水伯亦同坐共

醉汝弼酒加里浦防踏幷同入夜而罷

是夜海月寒照一塵不起　再流汗

十七日癸丑晴朝食後汝弼及荍率

奴■^出歸晚各公事題分是夕蔚

徃見安衛而來

十八日甲寅晴食前各官浦公事及所志

題分體察使道公事出送晚与忠淸虞

候慶尙虞候防踏金助防將射帿二十

巡馬島軍官伏兵處降倭一^名■捉來

十九日乙卯晴以濕熱受針二十餘庫氣

似煩熱終日入房不出昏永登來見而

（二五八）

云故水使以下出浦口待之　趙鵬來

見〃其形則久患唐虐肌貌極瘦可

嘆〃〃晚御史入來下坐同話明燭

而罷

十一日丁未晴朝食与御史同對從容

談話晚饋餉將士射帿十巡

十二日戊申晴朝食後御史炊飯餉

軍後射帿十巡終日談話

十三日己酉晴朝食与御史同對

晚出浦口則南風大吹不能行船到命

人岩終日談話乘暮相別暮到

巨網浦未知行過否也

十四日庚戌陰■終日■雨〃朝食出坐洪州

判官唐津萬戶敎書肅拜後忠淸虞候

元裕男決杖四十唐萬戶亦同受罪

[丙申年 四月]

初四日庚子陰朝吳轍出去奴金伊亦

同往朝体察使公事成貼付壁諸將

改標忠淸道軍柵設晚徃見右水使

醉話而還初更後始夕食心熱汗沾 雨而止 二更暫

初五日辛丑晴副察使入來

初六日壬寅陰而不雨副使試射夕吾与右

水使等入坐餉軍同對

七日癸卯晴副使出坐分賞曉釜山

人入來則上天使出奔 未知某事也

副使上主 峯 點 後与兩水使同話

八日甲辰終日雨 " 晚入對副使同

對飮極醉觀燈而罷

九日乙巳晴早朝副使出去故乘船

出浦口同舟話別

十日丙午 晴朝聞 御史入來

同船入來因聞　　　　　天只平安 喜幸

何極〃

二十八日乙未陰雨大作終日不晴出坐

成公事分送　忠淸各船人役設柵備

二十九日丙申陰雨不霽晩副察使

先文到此則自星州到陣云

四月初一日丁酉大雨与愼司果話終

日雨下

初二日戊戌晩晴暮慶水使以副察

使延來事出去愼司果同船行

初三日己亥晴而東風終日吹昨夕見乃

梁伏兵馳報內倭奴四名自釜山興利

出來爲風漂流云故曉送鹿島萬

戶宋汝悰問其事由除之事敎送而探其

情跡則窺探事的故斬殺之欲往見右

水伯而氣不平未果

是夜氣甚不平

【丙申年 三月】

孫安國等決罪晚虞候所持海酒防踏

平山浦呂島鹿島木浦同飲羅判

官魚雲仍給由出送定限四月十五日

爲期昏氣甚困流汗無常是亦雨

徵也

二十五日壬辰曉雨作終日如注一刻未絶〃〃

倚樓終夕懷思轉惡梳頭移時晝汗沾衣夜則

兩衣沾濕而布堗

二十六日癸巳晴而南西風晚出坐助防將

及防踏鹿島來射慶尙水使亦來

話体察使傳令來則前日右道舟師

還送事誤見回啓云〃可笑〃〃

二十七日甲午晴南風吹晚出射帳

虞候防踏亦來忠清馬梁僉使臨淄

僉使結城縣監波知島權管幷

來饋酒而送夕愼司果与汝弼

是日無聊大甚招軍官宋希立金大福吳

轍等爭從政圖風遮三浮造掛李彥良

金應謙監作三更後雨午收而四更末殘

月始明出房散步然氣甚困

二十二日己丑晴　朝梳頭晚右水使与慶尚水使

來見饋酒而送因聞　小鯢浮死于島

上云故送朴自邦是昏汗出無常

二十三日　■庚■寅　晴曉鄭思立來告魚油多取來

云五更初氣不平招今技頭晚出坐各處

公事題分射帿十巡金助防將浣入來

忠清舟師八隻亦入來虞候又到金奴

持簡來則　天只平安云初更後永登

率其小女來云吾則不見二更後還歸

是日探霍三更始寢汗流沾衣故改衣而宿

二十四日辛卯晴曉探藿出去舊弓家

布八綿二張弓家一改洗作次出給朝後出坐馬

梁僉使金應璜波知島宋　結城縣監

【丙申年 三月】

判官來見故醉而送之昏朴自邦入

來是夜虛汗沾背兩衣盡濕又沾

寢衾氣不平

十八日乙酉晴而東風終日吹日氣甚冷

晚出坐所志題分防踏金甲会寧浦

玉浦等來見射帿十巡是夜海月徵照

夜氣甚冷寢不能寐坐臥不便再不平

十九日丙戌晴而日氣極冷朝新筓上絃東風大吹

晚寶城郡守以付種檢擧事受由金渾同

船出去京奴亦同歸丁良以事來此還歸夕

加里浦羅州判刺來見醉以酒還送昏

風勢極險〃

二十日丁亥■風險雨〃終日不出氣甚不

平風遮二浮造掛達夜雨下衣汗沾

二十一日戊子大雨終日初更得霍乱嘔吐移時

三更小歇而轉展坐臥似犯非論恨莫大焉

(二五二)

【丙申年 三月】

金甲萬戶等抄送春雨中氣困臥吟

十四日辛巳陰雨不霽曉三道馳報來
到則見乃梁近處巨濟境細浦倭船五隻
固城境五隻來來泊下陸云故三道諸將
題送加抄送事傳令晚出坐各處公事
送朝軍粮会計磨勘防踏鹿島來
見体察使公事輸送次成貼

十五日壬午晴曉行望礼加里浦防踏鹿島來
　　　　　　　　　　　　　　　春困至此流汗
　　　　　　　　　　　　　　　達夜
參而右水使及他不到晚慶水使來同
話醉去時与德私語于下房云是暮海
月徵明
氣困沈終夜虛汗三更雨勢大
作畫困梳頭汗出無常

十六日癸未雨勢如注終日不止辰時東南
風大起捲屋茅者多矣一窓破氓
雨洒房中　人不堪其苦午時風止夕軍
官招來饋酒三更末雨勢暫止流汗如昨

十七日甲申陰終日細雨夜散不止晚羅州

（二五一）

【丙申年 三月】

來別盃而送則醉倒宿于大庁介与之共

十日丁丑雨〃朝更請左水使而來別盃而送終日

大醉未能出去 發汗無常

十一日戊寅陰芡薔莞及壽元与女奴三出

去是夕防踏僉使誤發非怒上船無上欣田子

決杖可愕〃即捉軍官及吏房軍官則廿

吏房則五十 晚旧天城則辝歸新天

城則以体察關捉去于兵使處羅州判

官亦到饋酒而送

十二日己卯晴朝食氣困少睡初罷慶

尙水使來到同話呂島金甲島羅州

判官亦到軍官等進酒夕蘸國秦還

自体察處則囘答內右道舟師合送本道

事非本意云可笑因聞元兇受杖四十

長興則廿云

十三日庚辰■雨〃終日夕見乃梁伏兵

馳啓內倭船連續出來云故呂島萬戶

不得辞 來可笑 到船則薔苨菀 与
蔚及壽元幷到乘雨還陣寨中則
金渾亦到与之話三更宿 孝代 恩津婢至 女奴德今漢代

六日癸酉陰而不雨曉招漢代 斗 問事由朝氣
告歸南桃亦歸限以五月初十日右虞
不平食後河東固城告歸晚咸平海南
候康津則過初八日後出去事 教之
咸平南海多慶浦戸萬等用劍 鹿三獵來 汗流至今
七日甲戌晴曉汗流今〃晚出坐加里浦
防踏呂島來見而歸梳髮移時 獐二 鹿島
八日乙亥晴朝安骨萬戸大鹿一口送來 加里
加里浦防踏平山浦呂島右虞候慶虞候
浦亦送來 食後出坐右水使慶水使左水使
康津等來共終日泥醉而罷夕雨暫〃
九日丙子朝晴暮雨朝右虞候及康津告歸
饋酒泥醉虞候則醉倒不歸夕左水使

觀海來到使鄭思立等書　啓是日節

日招防踏呂島鹿島及南桃萬戶

等饋以酒餠　早送宋希立于右水使

處傳之悔意則答以懇懃汗沾

四日辛未晴朝封啓晚決寶城郡守

安弘國後期之罪午時發船直由

所斤頭回到慶尙右水使處招之

同左水使李雲龍亦到從容談

話因以同宿于佐里島洋中常 _{出汗無}

五日壬申晴而雲五更初發船平明

到見乃梁右水使伏兵處的朝

時故食後相見再言妄處則右水使莫

不謝〃云因以酒作極醉還來仍入李

廷忠花下從容論話不覺醉倒雨

勢大作先下船右水則醉臥不省故

到慶尙右巡察使軍官持簡來

卅日丁卯晴朝使鄭思立書報文送于体察
使長興往于体察處日晚右水使報日已當
風和策應時急率所屬欲赴本道
云其爲設心極爲駭惟其軍官及都訓
導決七十杖水使領所屬伏兵于見乃梁
其爲憤辞亦多可笑夕宋希立盧潤
發李元龍等入來希公亦持酒來
三月初一日戊辰晴曉望闕 礼朝慶
氣甚不平 達夜虛汗
水使來　話而歸晚海南縣監柳珩
及臨淄僉使洪堅木浦萬戶方守慶
決 後期之罪 海南則新到不杖
初二日己巳晴朝修啓草寶城入來氣
甚不平 不坐氣困汗沾是病根也
三日庚午晴曉李元龍歸營晚潘

重罪卽發傳令慶尚全右道水使處營吏

推捉慶尚水使來見有頃見乃梁伏兵馳

報倭船一隻自梁由入將到海坪場之際

禁止使不得留云屯租二百三十石改正一百九十

八石縮數卅二石云樂安別盃而送

二十七日甲子陰而晚晴是日与鹿島萬戶等

射帳与陽受由歸屯租二百二十　石改正

縮數　石

二十八日乙丑晴早出坐則長興与体察使軍官到此

　　　　受針　晚

則長興以從事官報傳令捉去事來云且有全羅

舟師內右道舟師往來左右道聲援濟珍事云

可笑　朝廷畫策如是乎体察出策如是

其無濟乎　國事如是奈何"夕巨濟招來問

事後卽還送

二十九日丙寅晴朝公事草修正食後出坐

右水使及慶尚水使与長興体察軍官來

所作只以網子取來事歸營忠清水使箭竹來納

二十三日庚申晴早食出坐屯租改正新庫入積

壱百六十七石縮數四十八石晚巨濟固城河

東康津会寧浦來共固城之酒熊川夕

至大醉二更罷還河天水李進等來防踏入

二十四日辛酉晴食後出坐監屯租改正右玄

水使入來申時風雨大作屯租改正之數

百七十　石入庫縮數三十　石樂安遞

奇來到防踏興來会送船于本營

之際因風雨停行終夜風雨不止沈困

二十五日壬戌雨〃午晴朝啓草修正晚

右水使來羅州判官亦來長興府使

來言舟師之難辦方伯之害事李

璉歸屯田春節春福士花歸營

二十六日癸亥晴朝暮雨晚出大廳呂島

興陽來言營吏等侵捧之弊極可駭愕

梁廷彦及營吏姜起敬李得宗朴就等決

【丙申年 二月】

書一件持來京朝報亦來黃得中載鉄

○來納■節持酒來汗沾一身

十九日丙辰晴大風未知菎豚好否達夜悶

極〃此夕因聞樂安軍粮船則爲風所阻泊

于蛇梁而風定發行云是曉慶尙留在降

倭使此處倭乱汝文等縛來斷頭權水使

來長興熊川樂安興陽右虞候泗川等

共破扶安酒黃得中所持銃筒鉄稱量

入藏

二十日丁巳晴早趙繼宗以被訴于玄風水軍

孫風連處對供來此而歸晚出坐公事題分

決孫萬世私作到防公文之罪午後射帳七巡樂安
陣
曉氣困

鹿島來同有雨徵

二十一日戊午陰雨曉霏晚止不出獨坐

二十二日己未晴且無風早食出坐熊川與陽來見興

陽則氣不平而先歸右虞候長興樂安南桃

加里浦呂島鹿島來射余亦射之　孫絃平

亦來極醉而罷是夜流汗　春氣■　困人姜

(三四四)

有司金德獜與陽有司宋象文等還歸夕獵鹿一

口獐二口來 是夜月色如■晝 波光如練寢不

能寐下人等達夜醉歌

十六日癸丑晴朝修 啓草晚出坐長興府使

右虞候加里浦來共射軍官等前日勝負

行礼極醉而罷 是夜醉甚不能成寐坐

臥而曉 春困至此

十七日甲寅陰 國忌不坐食後菼徃營朴

春陽吳水徃于石首魚處因昨醉氣甚不安

夕興陽來話同夕飯彌助項成允文問簡來到

則今承方伯關將赴晋城未得更進云其代

則黃彦实爲之云熊川答簡來諭書時未

到云是昏西風大吹達夜不止念子之行不勝

自裁痛悶可言" 春氣惱人氣甚困 情不勝

十八日乙卯晴食後出坐西風大吹晚体察使

秘密關三道來一則濟州救繼援事一永登

萬戶趙繼宗推考事一珍島戰船姑勿督聚

事夕金國自京入來秘密關兩道歷

到來同話夕射帿長興〃陽亦同昏罷小者初
更還歸

十三日庚戌晴食後出坐決康津後期之罪加里浦
則論報後期故敎而出送靈岩郡守罷黜啓狀
成草夕於蘭^{碧大}出歸任達英亦歸濟州牧使處所
送則魚口箭竹柿^乾三色扇子封送

十四日辛亥晴晚出坐　啓草修正同福繼餉
有司來^{金德獜}謁慶水伯艾餅及燭一雙送來新庫
家蓋草招樂安鹿島等饌餅有頃康津來
謁故慰而飮以酒夕水引于厨邊以便汲水之
勞是夜海月如晝波光如練獨倚高樓
心緒極煩夜深就寢^{興陽有司宋象文來納米　租幷七石}

十五日壬子曉欲行望闕礼而雨勢罪〃庭濕難
行停止昏聞右道降倭與慶倭同約欲爲迯去
之計云故卽傳令通之朝箭竹擇出大竹百十
一介次竹百五十四介玉只受朝　啓草修正晩
出坐則熊川巨濟唐浦玉浦右虞侯慶虞
侯幷來見而歸順天屯租眼前捧上同福

朝樺皮裁作晚孫仁甲所晒入來有頃

招吳轍玄應元問事夕軍粮置簿

興陽屯租三百五十二石納上西風大吹

不能行舟柳浤出█送而不能行

初九日丙午晴西風大吹舟不得通行 聞見乃梁釜山倭船二隻出來云故熊川虞候送探

晚權水使來話射帳十巡夕風止

十日丁未晴且和是早朴春陽載竹來晚

出坐決太仇生罪夕親見庫家造處朝熊川及右

虞候自見乃梁還來告倭人恐懼之狀昏

昌寧人呈酒夜深而罷

十一日戊申晴朝体使了公事成貼而送寶城 任達英還自濟州"簡及朴宗伯金應

繼餉有司林瓚塩五十石載去晚長興 綏簡幷持來

与右虞候來又招樂安与興陽射帳初昏

永登率其房人佩酒勸小者亦來落歸 流汗

十二日己酉晴早昌寧人歸于熊川別庄

朝箭竹五十送于慶尙水使處晚水使

[丙申年 二月]

興還自伏兵傳倭奴之還入

初五日壬寅陰而晚晴蛇渡長興早來故

同朝食〃後權俶來告歸故紙地墨二

丁佩刀給送晚招集三道諸將餉勞

兼射帳作樂醉罷熊川進孫仁甲舊物故

与諸將聽伽耶琴數曲夕已實自順天還

因審平安喜幸〃

初六日癸卯陰曉耳匠十名送于巨濟造船事

教之是日蓐房中多有落塊處故修改蛇

渡僉使金浣以調度之啓罷又到來出送本

浦順天別監兪　及軍官張應軫等決罪卽還

入樓上宋漢連捉秀魚而來招呂島樂

安興陽同共破赤梁高汝友臂大鷹來

然右足指盡凍枯奈何〃初更後暫汗

初七日甲辰朝陰而風氣不順晚出餉軍

招長興虞候与樂安興陽話日暮罷

初八日乙巳晴早朝鹿島萬戶來見

(二四〇)

虞候亦往夕蛇渡來傳因 御史狀啓罷

黜云故卽成啓草

初三日庚子晴而大風獨坐念子之行懷

不自平 朝修啓慶尙水使來見因

見赤梁萬戶高汝友被訴於張聘年

處巡使欲啓罷之文初昏於蘭萬戶自

見乃梁伏兵處告曰釜山倭奴三名

率星州投入人到伏兵欲爲貿販云故

卽傳令于長興府使明曉往見開

諭事令之而此賊豈要市物爲窺我

虛実定矣

初四日辛丑晴朝啓本封付于蛇渡

人陳武晟首台及申湜兩家問候簡亦

付之以送晚興陽來見而歸午後射帿

十巡呂島巨濟唐浦玉浦亦來 夕長

廿七日甲午晴而和朝食後出坐則長與推考
後與陽同会話晩右巡察使入來故申時
徃見于右水使陣二更還來
廿八日乙未晴晩出坐午時巡察到來
射帳同話巡察与吾對射所負者七分
故不無央〃之色可笑軍官三人幷負
向夜醉歸可笑
廿九日丙申雨〃終日早食後徃慶陣
与巡使同話從容午後射帳巡察所負
者九分金大福獨步射聽笛夜三
更罷散還陣昏蛇渡火藥偸者迯走
卅日丁酉雨〃晚晴出坐軍官射帳天
城萬戶呂島赤梁等來見而歸　是夕淸州喜男
二月初一日戊戌陰_朝晩晴与諸將射帳權 奴四及俊福入來
　　　　　　　　　　　　　　　　　俶到此醉去
初二日己亥晴且溫蔚與趙琦同船出去

虞候李義得來傳其水使之浮妄此夜風色

冷烈慮兒輩之入來艱苦也

廿三日庚寅晴風寒以季兄忌日心事極乱〃朝〔不出〕

無衣軍士十七名給衣又給一衣終日風險夕加

德出來金仁福來現故問賊情夜二更

菇莞及崔大晟申汝潤朴自芳至自

本營得見　天只平書喜幸何極〃京

奴亦來金奴与愛壽及金谷〔奴〕漢城孔石等

同來三更就寢雪下二寸深近歲所

無云是夜氣甚不平

廿四日辛卯晴而北風大起吹雪揚沙人不敢

步舟不敢行曉見乃梁伏兵所報昨日倭奴一

名來到伏兵乞降投入云故送來事囬答

晚左右虞候及蛇渡來見

廿五日壬辰晴

廿六日癸巳晴而風不順出坐射帳

[丙申年 正月]

云豚薈今日歸恩津云

十八日乙酉晴 朝裁軍衣至夕晚昆陽泗川
來到醉去東萊縣令馳報則倭奴多有
反側之狀沈游擊與行長先往日本云（正月十六日）

十九日丙戌晴且溫晚出坐蛇渡与呂島來
虞候昆陽亦來慶水使來右虞候招來昆
陽備酒呈從容話釜山投入人四名來傳沈
惟敬与行長玄蘇正成小西飛月十六曉渡
海消息故給還粮三斗而送是夕朴自方以
徐巡察到陣之言持雜物事往營是日燻造

廿日丁亥雨〃終日氣甚昏困晝睡半餉未
時爆畢入埃樂安來告屯租載來

廿一日戊子晴朝出坐成体察使前順天公事
食後助防使及興陽來見饋酒以送
彌助項則告由晚出大庁蛇渡呂島泗川光
陽曲浦來見而歸昆陽亦來射帿十巡

廿二日己丑晴極寒風且甚險終日不出晚慶

今日聞何吉凶之兆則如貧得寶此卦甚吉
夕金奴出送本營而風甚惡爲慮〝晩出坐各
公事題送樂安入來〝熊川縣監報內倭船十四隻來泊巨
濟金伊浦云故慶尚水使領三道諸將往見

十三日庚辰晴朝慶尚水使來告出船見乃梁而去晩
出坐大庁公事題送体察使呈公事出送均館奴以

儒生更立館學文持來者告歸是日風息日溫是夕
月色如畫微風不動獨坐煩懷不能成寐召申弘

壽聞嘯夜二更就宿

十四日辛巳晴而大風晩風息日氣似溫與陽入來
鄭思立金大福入來趙琦金儆亦同來是因聞延

安玉外母之喪向夜話

十五日壬午晴且溫四更末行望 闕禮朝召樂安興陽
同早飯晚出大庁公事題分 因饋降倭酒食樂

安興陽戰船軍器付物及射格點考則樂安尤甚
云是夕月色極皎可占有年云

十六日癸未晴下霜如雪晚出坐最晚慶尚水使
右虞等來見熊川亦來來醉歸

十七日甲申晴朝防踏僉使受由卜存緒李芬金櫛
同船出去心思不平 午出坐招虞候射帿之際

成允文与邊翼星來見同射而歸昏良姜大壽
等持簡入來則金奴十六日到營云奴京還來

〔丙申年 正月〕

候及防踏同藥食早降倭五名入來故問其來由

則以其將倭性惡役且煩重迯來投降云收其大

小刀藏之樓上實非釜山倭也乃加德沈安屯所率云

九日丙子陰而寒如削裂吳水所捉碧魚三百

六十級河千壽載去各處公事題分暮

慶尙水使來議備防西風終日船不得出海

十日丁丑晴而西風大吹早朝以賊更發否占之則如

車無輪再卜則如見君王皆喜吉也食後出坐

大廳右虞候於蘭來見蛇渡亦來體察使分給

雜物分付于三衛將熊川曲浦三千赤梁幷來見

十一日戊寅晴西風大吹倍於隆寒氣甚不

平晚巨濟來見備道水伯之不義光陽入來

十二日己卯晴而西風大吹寒凍倍嚴四更夢到一處

與領台同話移時幷脫中裳坐臥相開懷憂

國之念終罷顚賀有頃風雨暴至亦不捲散從

容論話間西賊若急而南賊亦發則

君父何往反覆虞憂不知所言曾聞領台重患

痰喘云而未知痊平也擲字而占之則如風起浪又卜

收諸將暮發多有泥路顯仆云

五日壬申雨〃終日黎明虞候与防踏蛇渡兩
僉使到來問安余促洗出房外招入問事晚
成僉使允文右虞候廷忠李熊川雲龍巨濟
安衛安骨萬戶禹壽玉浦李曇來日黑而
還李夢象亦以權水使所送來問而歸

六日癸酉雨〃吳壽碧魚一千三百十級朴春陽
七百八十七級納河天壽逢乾黃得中二百二
冬音納終日雨下蛇渡持酒來日軍粮
五百餘石措辦云

七日甲戌晴早朝李英男所睍來日權俶
欲私日故避來因往他處云晚權水使及
虞候蛇渡防踏來權俶亦來未時見乃梁
伏兵將三千權管馳報則降倭五名自釜
山出來云故使安骨浦萬戶禹壽孔太元起
送日氣甚寒西風烈〃

八日乙亥晴立春日氣寒如隆冬烈〃朝招右虞

丙申正月初一日戊辰晴四更初入謁

天只前晚南陽叔主及愼司果來話

夕辞 天只還營心思極乱終夜不寐

初二日己巳晴早出軍器點閱 是日

國忌部將李繼持備邊司公事來

初三日庚午晴曉下海舍德潤身弟汝弼及

諸姪幷到船上平明開船相別午到

曲浦洋中則東風微動到尙州浦前

洋風宿促櫓三更到蛇梁宿

四日辛未晴四更初吹質明開船李汝恬

來見問陣中事則皆依前云申時細雨霏

洒到巨望浦則慶尙水使領諸將出候虞候

則先到船上泥醉不省即還其船宋漢連

宋漢等云碧魚千餘級捉掛大檠行次後

所捉一千八百餘級云雨勢大作終夜不

(二三二)

道陽場農牛七隻

寶城

林廷老一隻

朴士明一隻〉未納

丁鳴說直長帖受去丁景達子

甲士宋漢

正月初三日船上此造環刀四倭刀二薈持去

中

丙申日記

丙申日記

天將張把總鴻儒字仲文軒號秀川居
　　　　　　　　　　　　　　□

江寧波府　家丁周曾
　　　　　　丘德

同來旗牌張覲縉
　　　　潘俊
　　周鳳

[備忘錄(七)]

甲午正月二十一日奔赴水軍二十壹名出送

　　八結軍十六名還送

五月初三日反庫粮糒三百四十九石十四斗四升

　　貿木米二度幷八十三石

　　合四百卅二石十四斗　四升內

　時遺　在　六十　五石十二斗

　　四升

鹿島 三 隻 內 新造三隻

鹿道陽場畓租 二十石十三斗五升

幷作 十三石十四斗八升

太 一石七斗

［備忘錄(五)］

營戰船七隻內　新造五隻已整來　前造二隻內改義兵一隻　造一隻

順天　十隻內　新造三隻前造一隻

興陽　十隻內　本縣新造二隻前造二隻　營船一隻防踏五隻

樂安　十三隻內　本郡新造一隻前造一隻　營船一隻蛇渡五隻

光陽　四隻內　本縣新造二隻前造一隻　營船一隻

寶城　八隻內　本郡新造二隻前造二隻　鹿島二隻鉢浦二隻

防踏　四隻內　新造四隻

呂島　三隻內　新造三隻

鉢浦　三隻內　新造三隻

蛇渡　四隻內　新造四隻

六月初六日

熟竹暫重者五十六介

上品竹十一介

暫輕竹 五十三介　好品

輕小竹 四十八介內 三十介　忠使送

大竹 七十八介 軍官 等 下

次竹中四十四介右使送

下〃竹廿六介

[備忘錄(三)]

大竹廿三介

中竹廿三介 ）七月初四日造次玉只受去

大小竹九十三介七月十七日玉只受造次

中竹箭四十 ）九月初五日武才納

大竹箭六十五介造納

二十二

興陽世每事大俊永世天竹永老
陽世每事大俊永世天竹永老

世每事大俊永世天竹永老

[備忘錄(二)]

前在及營來合

白貼扇三百五十八柄

別扇四百五十三柄內 七月初十日巡邊使十五柄送

油扇五百九十柄內 七月初十日巡邊使十柄送

漆扇五十八柄內 五柄巡邊使送

扇扇五十柄內 十柄巡邊使送

笠帽四十事

刀子三百二十三柄

六丈付二浮

狀油紙五卷

注油紙五卷 ）營來

狀油 前在

注油 前在

火金 七十

　已上唐將贈給次

［詩草(二) 〈全書 〈無題六韻〉 參照〉]

蕭〃風雨夜　傷心如裂膽
耿〃不寐時　懷痛似割肌
長嘆更長嘆　傷心似割肌
涙垂又涙垂　昇平二百載
山河帶慘色　文物三千姿
魚鳥亦吟悲
國有蒼皇勢　經年防海策
還人無任轉危
恢復思諸葛
長驅慕子儀

【明將張把總　記事（甲午年　七月十七日）－　詩草（二）】

而今爲咸陽倅云仰悶倖_限秋收仍撥事狀啓矣

一張把總今月十七日到陣見舟師兵威莫不嘆_勝服明春

領山東天津_等飛唬船一百卅餘隻直抵濟州因到閑

山陣合勢共濟討云_{此賊}此言雖不可深信_熟觀其情則似不

虛矣留此三日多恨宋李之壅蔽矣又

一　蕭望

蕭〃風雨夜　　　長嘆更長嘆

耿〃不寐時　　　淚垂又淚垂

山河帶慚色　　　國勢何多乱

魚鳥亦吟悲　　　誰能任轉危

恢復思諸葛　　　

長驅慕子儀　　　

倚船經歲策

獨作聖君欺

扣舷經歲策

今作聖君欺

（三二六）

一嶺南右道賊勢如前別無跡_他但嘗其形則多有飢色

其意必在秋穀登場而我 國備禦極疎_則仰悶_{仰悶}倭奴之所畏_{萬無防守之勢矣}

怖者舟師而水卒之赴戰者無一人且聚流移丐乞之輩艱_樣_{然軍不}

難成格亦無見粮疾病又熾死亡相續累將此具移報于_{署無顧答}

元帥及方伯馳啓■■馳啓亦非一二而又無可施之

命百爾思惟萬無防守之路舟師一事勢將罷撤如某一身_{沿海等邑}

萬死固甘其於 國事何舟師些小之粮有儲於順天等地而

方伯及元帥遣軍官轉庫輸去某在他道遠海未

及措制勢至於此奈何〃若別遣舟師 御史摠撥_{御史摠撥}_{然若不合則嶺南巡撫御史}

舟師之事則似可濟事妄料馳啓此事如何_{威令之日彙撥}_{如何}

一沿海舟師之軍巡邊使及忠勇將金德齡等幾盡移屬使_{募屬之軍權退在其家}_{一時}_{李鎰}

之在家■安逸而聞賊近境馳集云故沿海舟師元_{如何}

屬之卒姑此安一時之安盡投付督之於其官則

巡邊使留在沿海使不得捉來事〃如是奈何〃

一丁景達爲從事盡心耕屯監撿屯田之事而前方伯移文

日道內之事素有主掌則統制撿作屯田實非其任況

遠在他道海陣亦不可撿耕云故今後一切勿撿云

[狀啓草或書簡草　推定]

一嶺南左右〔沿海〕大賊瀰滿豕突之患必在朝暮而

兵與三載公私蕩竭癘疫又熾死亡殆盡刘〔水陸同〕然

〔大已爲〕總兵撤兵還歸〔百爾思惟萬無防守之〕勢〔路〕危〔亦〕

急之勢迫在呼吸湖南以至京城子遺生靈■

已驚散云非但此也

嶺南左右沿海〔道之地〕大賊瀰滿豕突之患必在朝暮而兵興

三載公私蕩竭癘疫又熾死亡殆盡危急迫在呼吸〔之勢水陸諸陣〕防

禦無路萬無防守之路百爾思惟罔知所措水陸諸陣皆〔水陸諸陣同然〕〔萬無防守之勢水陸諸陣〕

賴湖南一道而湖南之板蕩有甚兵火之地前頭之事〔皆軍兵粮餉〕〔於〕

■罔知所爲軍兵粮〔日就凋殘〕〔截把〕〔急聚〕

聚各處兵軍雜色軍兵或陸路要害或添助〔百無所賴　不如急〕

■〔合〕勢舟師直衝賊陣

（二二四）

難逖

外無匡扶之柱石　增蓋舟船　令彼不得安

內無決策之棟樑　繕治器械　我取其逸

知己知彼　知己不知彼　不知己不知彼

百戰百勝　一勝一負　每戰必敗此萬古不易之論也

[甲午年 十一月]

費辞而言之曰當　國家危乱之日身受重寄

不留心於報效強畜淫女不入官舍私處城外

之家取人譏笑於意如何又以舟師各官浦分

定陸戰軍器督促無定暇是亦何理耶

巡邊言塞不答欠身而覺乃一夢也朝食

後出坐大廳公事題分有頃右虞候金甲

島萬戶來聽笛暮歸與陽銃筒色等

到此会計　而歸

二十六日庚子晴且溫在房不坐是日燻造十石　小寒

二十七日辛丑晴食後出坐大廳則左右道

分送降倭學數來聚故　習放右虞候蛇　使之

渡呂島巨濟幷來

二十八日壬寅晴

(二二二)

［甲午年 十一月］

元水使來見而歸晚大風終夜

二十一日乙未晴朝風殘蕾姪及李渫以褺
貶啓聞持去奴金善禹年離鄉水石
行寶等亦出去金敎誠申景潢出去

南桃浦鹿島出去

二十二日丙申晴 朝会寧浦出去日氣
甚暖右虞候及鄭聘壽來見射帳
五六巡倭衣木十四匹持去

二十三日丁酉晴且溫和興陽軍粮順天
軍粮等捧上夕李景福与其房人入
來聞巡邊使等被論

二十四日戊戌晴溫且和正如春日出大廳
公事題送

二十五日己亥陰曉夢与李鎰相会余多

【甲午年 十一月】

豚蔚等簡則　天只氣候平如昔日云多幸

″尙州四寸妹子尹曄(簡及)到營致簡見之則

不勝淚下也　領相簡亦來

十六日庚寅晴風氣稍冷食後坐大廳

右虞候呂島会寧浦蛇渡鹿島金

甲島永登▶於(前)蘭鄭聘壽等來見

而歸晚則日氣極溫

十七日辛卯晴且溫和積霜如雪未知是祥

也晚微風終日二更量蕾与蔚入來

夜三更狂風大作

十八日壬辰晴大風竟夕繼夜

十九日癸巳晴大風達夜不息

二十日甲午晴朝風息出大廳有頃

承緒及驛子南原作弊者餞申僉知浩
盃又杖見乃梁冒越捉魚人二十四名
十三日丁亥晴風殘旦溫申僉知及豚薈与
李喜男金叔賢徃營奴漢京亦命徃
恩津 金廷輝 家啓本亦出送元帥使
防禦使軍官領<small>降</small>倭十四名而來夕尹連來
持其妹簡則多有妄言可笑欲棄未能者
有之乃遺兒三息終無依歸故也 以十五日
大忌不出月夜如晝不能成寐轉展終夜
十四日戊子晴朝右兵使降倭七名使其軍官
領來故卽送南海縣李珹來自南海
十五日己丑晴溫和有同春日陰陽失序可謂
災矣
大忌不出獨坐房中 懷慟可言″暮探船
入來順天校生持 敎書傳草而來又見

初七日辛巳晚晴朝出大廳降倭十七名

送于南海晚金甲島萬戶蛇渡僉使呂島

萬戶永登萬戶幷來 是午申僉知報元帥

同還來則留舟師云

初八日壬午曉暫雨洒晚晴船材運來

曉夢首台似有變形 我則脫冠共到閔

宗懲家同話而覺 未知是何詳也

初九日癸酉未 晴而風不順

十日甲戌申 晴朝李喜男入來蕾姪

亦來營中 云

十一日乙亥酉乃冬至十一月中 曉行望闕禮後戰軍饋粥

右虞候及鄭聘壽來見而歸

十二日丙戌晴早出大廳決順天色吏鄭

船待其聚集三更豚薈入來

十一月 小 初一日乙亥曉行望

闕 礼氣甚不平 終日不出

初二日 ■丙子 晴 左道則蛇渡右道其虞候

李廷忠慶尙道彌助項僉使成允文

等定將搜討入送

初三日丁丑晴朝金天碩持備邊司關 搜討出來夜已

率降倭也汝文等三名到陣 二更

初四日戊寅晴 出大廳問降倭等事情 李英男來 見

初五日己卯陰而細雨宋漢連巨口十尾

捉來巡邊使 〃 其軍官押送降倭十

三名 達夜大雨

初六日庚辰陰而暖如春日李英男來

見李廷忠亦來申僉知共話 宋希立往獵

（二〇七）

島萬戶亦來

廿五日己巳晴而西風大起晚止以氣不平不出
房南桃巨濟來永登亦來談話移時前樂安申僉知
浩來體察使關字及木花毛笠与正木一同等賣來
与之相論夜向退順天權俊拿去時來亦見之懷思不平

廿六日庚午晴以氷忌不出因申僉知聞之金尙容爲吏
郎上京之時入宿南原府內而不見體察而歸時事如是極可
駭也体察夜徃巡察宿房夜深還到其寢房云体貌
如是乎不勝驚愕之至也　　奴漢京徃營酉時雨
作終夜不止

廿七日辛未朝雨晚晴彌項僉使來行
敎書肅拜 因与之話日暮還歸

廿八日壬申晴坐大廳公事題送金甲及梨
津等來見食後右虞候慶虞候來受木花
而去暮入寢房

廿九日癸酉晴西風寒列如剪

卅日甲戌晴欲爲搜討入送而慶尙無戰

【甲午年 十月】

十九日癸亥風不順出坐大廳晚還入樓

房　御史到右水使處終日醉話云朝与

從事官話夕奴億只等捉來朴彦春亦來

廿日甲子朝陰晚巡撫　御史出去別後上
二更小雨

坐大廳右水使來告歸意因成公事出去

○廿一日乙丑晴而小陰從事官出去虞候

○亦出去鉢浦亦出去晚降倭三名自元

水使來捧招永登萬戶來到夜深

還其有小兒云率來　事敎送夜小雨

廿二日丙寅陰宜能李迪出去初更

永登來率其兒奴欲爲使喚而留宿

廿三日丁卯　晴其兒得痛云決億奴罪及

愛還丁丑同等罪夕送兒還其所在處

廿四日戊辰晴招右虞候射帿金甲

十五日己未晴朴春陽持啓出去

十六日庚申晴巡撫徐渻日暮
到此与右水使元水使同話夜深
而罷 從事官入來

十七日辛酉晴朝送人于御史
處則食後當到云晚右水使
來 御史亦來從容談話
多言元水使之欺罔之事極可
駭也元也亦來其爲兇悖之
狀不可盡言 朝從事官入來

十八日壬戌晴朝大風晚止徃
御史處則已到元水使處徃同有頃酒
進日暮還來 面 從事官行蕭拜礼相

十二日丙辰晴朝啓草改正晚右

水使及忠淸水使到此慶尙元水使

討賊之事自欲直啓云故成公事

來呈備邊司公事據元帥鼠皮

耳掩十五令右道十令慶尙
_{左道}

十令忠淸五令分送

十三日丁巳晴朝招吏作啓草晚忠淸

水使出送本道右水使來見忠淸而不見

余而還醉甚故也　從事官已到泗

川云泗川一船出送

十四日戊午晴曉夢賊倭等乞降六穴

銃筒五柄納之環刀亦納傳語者則其

名金書信云〃倭奴等盡爲納降

門賊窟則如前不出輝兵後還到賀島

因行船齊到閑山夜巳三更二百六十同 賀島刘茅

初九日癸丑晴朝下亭金僉知敬老

朴僉知宗男金助防應誠韓助防命

順 天
連晉州牧使裵楔金海府使白士霖

歸
幷來告歸金与朴射帳終日朴子

胤宿于廳房与之春福同宿金

惺叔下船而宿 南海倅晋州金海河 東泗川固城告歸 草

十日甲寅晴朝出啓■修正朴子胤

与昆陽因留不發云興陽長興寶

城告歸是宵有夢二祥 蔚与存緒有憲 及廷立等歸營

十一日乙卯晴朝氣不平朝忠淸

水使來見公事題之早入宿房

即下船日暮還陣于漆川官宣傳李

繼命持標信宣諭敎書到內賜貂皮

初五日己酉留草啓草大風終日

初六日庚戌晴早使先鋒送于

場門賊窟則倭人牌文插地其

書曰日本与大明方和睦不可

相戰云倭奴一名來到漆川山麓

欲爲投降故昆陽郡招降載

船問之則乃永登倭也移陣于瀆島

初七日辛亥晴且溫宣兵使郭再祐

金德齡等出去因留不發刈芽二百八十三同

初八日壬子晴且無風早發船到場

漆川 經夜

初二日丙午晴只令先鋒 三十隻

往見場門賊勢而來

初三日丁未晴親率諸將早往

場門終日相戰賊徒畏不出抗

日暮還到漆川梁經夜

初四日戊申晴与郭再祐金德

齡等約束抄軍數百下陸登

山先鋒先送場門使之出入挑

戰晚率中軍進迫水陸相應

則賊徒蒼遑失勢奔走

東西陸兵見一賊之揮劒旋

【甲午年 九月─十月】

賊卜吉則初占如弓得箭再占如山不
動風不順陣于賀島內洋宿
二十九日甲辰晴發船突入場門浦前洋
賊徒據險不出高設樓閣築壘兩
峯畧不出抗先鋒■賊船兩隻勸擊
則下陸逃遁空船撞焚漆川梁經夜
十月初一日乙巳曉發行到場門浦慶尙右水
使全羅右水使留前場門前洋吾與忠淸
水使及先鋒諸將直入永登則兇賊等
掛船濱上一不出抗日暮還到場門浦
前洋則蛇渡二船掛陸■之際賊小船直
入投火〃未起滅極爲憤痛〃右水
軍官及慶尙水使軍官畧論其失
蛇渡軍官則重施其罪二更還到

（一九九）

二十六日辛丑晴曉郭再祐金德
齡等到見乃梁送朴春陽渡涉事問
來則舟師合勢事元帥傳令云
二十七壬寅晴^朝暮暫雨晚朝發船
出浦口則諸船一時發行駐赤島
前洋則郭僉知金忠勇韓別
將朱夢龍幷到約束後分送所
願處夕宣兵使到船故使騎營
船暮体察使軍官李天文林得義
李弘嗣李忠吉姜仲龍崔汝諧韓
德備李安謙朴振男等來夜暫
雨
二十八日癸卯陰曉明燭獨坐討

廿三日戊戌晴而風惡早出射亭公事題

分元水使來 議軍機而去樂安軍士營五

十一名防踏水軍四十五名點考固城人民

等狀晉州姜雲決罪寶城領來召官黃千

錫窮推光州囚昌平縣色吏金義同行刑事

傳令出送夕忠淸水使及馬梁僉使來

見入深夜而還初更後■復來話私鷄
　　　　　　　　　　　　春

嗚後還歸

廿四日己亥晴終日大風朝坐大廳公事朝

食則与忠淸水使同飯是日分號衣左道則

黃衣右道則紅衣慶尙則黑衣
　　九件　　　　　　　　　四件

廿五日庚子晴風少止金僉知領軍七十

名入來 夕朴僉知領軍六百入來趙

鵬亦來來同宿夜話

話海南亦來 卽還與陽順天夜深還歸

廿日乙未風_曉不止而雨乍學獨坐記夜夢則海

中孤島走到眼前止_蹲其聲如雷四境驚奔

余獨立觀其始終極可欣壯此 ■_兆乃倭奴乞

和自滅之象又余騎駿馬徐行 承

召赴 命之兆也忠淸水使與陽來巨濟亦

來見卽還體察使關內水軍捧軍粮

繼餉云囚禁族隣放送云

廿一日丙申晴朝出坐射亭公事題分晚

射帳長興順天忠淸水使終日談話暮諸將

超越又令軍士角力相爭 夜深罷

廿二日丁酉朝坐射亭右水使及長興亦來

慶尙虞候亦來聽令而去元帥密書到

此則念七定學師云

【甲午年 九月】

共射帿防踏瓮使行公私禮

十五日庚寅晴早与忠淸水使及諸將行
望闕禮右水使期而稱病可嘆新及第紅
牌分給南原都兵房鄕所等囚禁忠淸虞
候出去本道奴京入來

十六日辛卯晴与忠淸使及順天話是夜
夢見兒子乃庚母産子之占也

十七日壬辰晴且溫忠淸水使順天蛇渡來射
天順來

虞候李夢龜以國屯田打作事出去
■孝代等出去

十八日癸巳晴且過溫与忠淸水使及興
陽倅射帿終日而罷暮雨洒李壽元
及曇花入來福■春又來是夜轉展不寐

十九日甲午雨〃終日■興陽順天來

十一日丙戌晴早出樓上決南平色吏
及順天格軍三度偸粮人行刑各官浦公事
題送晚忠淸水使來見所非浦乘月

歸本浦以其元水使甚欲謀中之故也

十二日丁亥晴早金岩到房丁助防將奴子
還歸答簡裁送晚右水使忠淸水使

幷來而長興進酒共談醉極而罷

十三日戊子晴且溫和宿酊未軫不出房
外朝忠淸虞候來見又■見調度御史
尹敬立啓草二度則一度珍島郡守
請罷一度水陸軍勿侵事及守令勿赴戰
所其意頗在姑息夕河千壽持啓囘下

及紅牌九十七張而來首台簡亦持來

十四日己丑晴興陽呈酒右水使忠淸水使

梁同朝飯晚移坐射亭射帿 是夕奴孝代

介南來持天只平書喜幸何極〃聞方必淳

〇逝去方益淳率其屬來投云可笑夜二更福□春

來暮聞金敬老到右道云

七日壬午晴朝順天府使簡來到則巡察初十日

間到本府云左台亦到云不幸之甚也順天

在陣時獵送 ■ ■于巨濟無遺被擄云而不報其

情極極駭〃故裁簡時學論而送

八日癸未晴長興爲獻官興陽爲典

祀初九日蠹祭次入齋金僉知到此

渡蛇初九日甲申晴暮雨而止諸將射帿三

來道并會而元水使以病不來金僉知同射而歸宿慶尙

初十日乙酉晴且風靜蛇渡設射右

水伯亦会 金敬叔還歸昌信

[甲午年 九月]

諸將拱手相望不爲奮一策設一計進

討云三年海上萬無如是之理誓与諸

將決死復讐之志日復日〃而第緣據險

窟處之賊不可輕進況知己知彼百戰

不殆云乎終日大風初昏明燭獨坐

自念 國事顚沛 內無濟策奈何〃二更

興陽知吾獨坐入來話到三更罷

初四日己卯 晴朝興陽來見食後所非浦亦來

晚元水使來要話云故下坐射亭射

帿元負九分而去乘醉而去吹笛向夜而

罷又有 私事 可笑 〃〃呂島入來
未安之事

初五日庚辰晴鷄鳴後搔髮難支使

人搔之風不順故不出而忠淸水使入來

初六日辛巳晴且風殘朝忠淸使及虞候馬

(一九二)

云未知已決生死也國事至此不可念及他事

然三子一女何以爲生痛悶〃金良幹自京

至此持領台簡及沈忠謙簡多有憤

意也元水使事極可駭也以我逗留不

前云是千載之發嘆也昆陽以病

歸還未見而送尤極恨也自二更心亂不寐

九月初一日丙子晴坐臥不寐明燭展

轉早朝洗手靜坐以夫人病勢卜得則如

僧還俗再得如疑得喜之卦極吉〃又病勢

減否來告与否則卜得如謫見親之卦是亦

今日內得聞好音之兆來　撫使徐渻公事及啓草入

初二日丁丑晴朝熊川所非浦權管來同朝食

晚樂安來見夕探船入來則夫人向歇云

而元氣極弱甚可慮也

初三日戊寅小雨曉有秘蜜旨入來　則水陸

虞候及忠虞候來 射而與陽呈酒朝見

蔚書則夫人病重云 故薈出送

十八日癸酉自丑時小雨大風雨則卯時晴
而風則終日大吹永夜不止未知薈之
島珍

來安到否極慮〃珍島倅來見
十九日甲戌晴而北風大吹朝馬梁僉
因元帥狀啓下推考
之文而多有馳啓之誤意也

使所非浦來同食晚移坐射亭公事
海
南題送道陽牧子朴乬伊決罪盜賊三
入名內張孫則決杖百穌盜字海南縣監
來
入來義將成應祉化去可悼〃

晦日乙亥晴且無風朝海南倅玄楫
來見晚右水使及長興來見暮忠淸
虞候熊川巨濟所非浦幷來見許廷闇亦
來是朝探船入來則夫人病勢極重

（一九〇）

廿四日己巳晴各官水軍　懲發　事朴彦

春及金倫申景潢發送丁助防將還歸

暮所非浦來見

廿五日庚午晴朝昆陽所非浦招來

共朝飯蛇渡受由歸九月初七日還來

事敎送玄德猻歸其家申天紀亦以納粟

○事出歸晚興陽還來下射亭射帿

六巡鄭元明入來云

廿六日辛未晴朝各官公事題送興陽

鮑作莫同者長興軍三十名潛載其船逃出之

罪行刑梟示晚下坐射亭射帿忠淸虞

候亦來同射

廿七日壬申晴右水使与加里浦長興臨淄

【甲午年 八月】

來晚發船到唐浦宿

廿日乙丑晴 曉發到陣中右水使丁助防
將來見而歸丁則卽歸与右水使及長興

蛇渡加里浦虞候射帿夕吹笛且歌夜

深罷多有未安之事 忠清水使以大夫人病重卽
還歸興陽

廿一日丙寅晴以外忌不坐昆陽蛇渡馬梁

南桃永登会寧所非浦并來 梁廷彦來現

廿二日丁卯晴以忌不坐慶尚右虞候來見

樂安蛇渡亦來而去夕昆陽巨濟所非浦

永登來話夜深還

廿三日戊辰晴朝公事出草食後移坐射亭

公事題送因而射帿風甚險惡長興

鹿島來共暮昆陽及熊川永登

巨濟所非浦亦來初更罷歸

男与昆陽來到因宿

十七日壬戌陰暮雨元帥午到泗川送軍

官邀話故騎昆陽馬進于元帥所駐 教書

泗川倅接處行。肅拜後公私禮因而同

話多有解情之色甚責元水使 ″不能

擧頭可笑持酒請飲行八巡元帥極醉

而罷 ″還宿處則朴宗男尹潭來見

十八日癸亥陰而不雨朝食後請之故進 元帥

話又作小酌大醉告歸元水使則醉不能起

因臥不來故余獨与昆陽所非浦巨

濟等同船到三千前宿

十九日甲子晴暮雨曉到蛇梁後面 暫

則元水使尙未到採葛六十同元水使始

乃梁別定銳將送于春原等地伺

賊捕勤事傳令蛇渡起送諸船因

泊宿月色如練風不起波使海吹

笛夜深而罷

十四日己未朝陰暮雨朝蛇渡及所非

浦熊川等馳報內倭船一隻春原駐

泊不意掩襲則倭奴等棄遁走

我國男女十五名奪還賊船亦奪

來未時還陣

十五日庚申晴食後發船与元水使

同到月明浦宿

十六日辛酉晴曉發到所非浦泊船

朝飯後張帆到泗川船滄則奇直

使順天蛇渡共話

十日乙卯雨〝終日忠淸水使及順天來

話是日啓草修正

十一日丙辰大雨終日是夜狂風暴雨

大至捲屋三重雨漏如麻達夜坐

曉兩窓皆爲風破濕

十二日丁巳陰而不雨晚与忠淸水使

及順天共射所非浦熊川亦來射朝

元帥軍官沈俊到此傳令內欲爲

面議約束今十七日出待于泗川云

十三日戊午晴朝沈俊歸盧潤

發亦歸巳時下船率諸將徃于見

進餅物事決罪箭匠朴玉來捉竹李宗■浩

往興陽安守智等捉來次

五日庚戌朝陰食後与忠淸水使順天同射

午後往慶尙元水使處則右水使已先至

相話移時而還是日熊川所非浦永登

及尹東耉等以先鋒諸將來此

歸城寶

六日辛亥朝晴暮雨与忠淸水使射

長帳十巡夕長興入來寶城出去探船入

興來天只平安菇亦漸差云固城及

來蛇渡赤島幷來去是夜因宿樓房

○七日壬子雨〃終日

八日癸丑雨〃終日丁助防將入來

九日甲寅雨〃右水使及丁助防忠淸水

【甲午年 八月】

率姜緝軍粮督促事捧軍律供招

而出送雨勢日終而夜竟

初二日丁未雨下如注初一日子中夢扶安

人生男以月計之則生月非月故○黜送之氣夢亦

似平日晚移坐樓上与忠淸水使順

天及馬梁共談飮新酒數盃而掇雨

下終日宋希立來告興陽訓導亦乘小

船逃去云

初三日戊申陰暮晴忠淸水使順同射朝

數三巡令樓房塗排

初四日己酉朝洒雨晚晴与忠淸水使及順

天鉢浦等來射樓房畢塗排慶尙水使

軍官色吏以 唐將接待時女人戴

【甲午年 七月~八月】

廿七日癸卯陰而風夜夢披髮呼哭是兆

吉大云是日与忠淸水使順天樓上射帳忠

淸過夏酒持來　余以氣不平　少飮

亦未之平

廿八日甲辰晴決輿陽色吏等罪申霽雲受

主簿朝謝而去晚上樓監塗沙壁上

義能來役暮還下房

廿九日乙巳終日細雨風不動与順天忠淸

水使爭奕而觀之氣甚不平　樂安

亦來同是夜吟呻達朝

八月初一日丙午　雨〃大風氣甚不平

移坐樓房卽還軒房夕樂安帶

廿四日庚子晴各項　啓本親封首台前

及兵判沈尹判前矣夕射帿七巡

廿五日辛丑朝^晴啓持河千守出送朝食

与忠清水使順天等徃于右水使處射帿十

巡大醉還歸終夜歐吐

廿六日壬寅晴朝各官浦公事題送食

後移坐樓上順天及忠水使到見晚

鹿島萬戸捉逃軍八名而來故其中

三名^{魁首}行刑其餘決杖夕探船入來見豚

等書則　天只平安菀病向蘓云許室

病勢漸重云可慮″俞弘及尹根壽棄世

而尹璫以從事下來云申天機亦入來昏

申霽雲到見盧潤發捉興陽^{入色}^{來吏}監官

（一八一）

[甲午年 七月]

二十一日丁酉晴 朝元帥處 唐將問答成

公事出送晚馬梁所斤浦僉使來見

鉢浦以伏兵出去事來告而去夕上樓

順天來話午後興陽軍粮船入來

故色吏船主足掌　重杖夕所非

浦來見因日以未及期限受杖卅

于元水處云極駭〃　右水使軍粮

廿二日戊戌晴 朝啓草修正臨淄　二十石貸去

及木浦來　見晚蛇梁永登來

見午後忠清水使順天忠虞候李英男

共射帿暮上樓入夜坐還

廿三日己亥晴忠清水使与右水使加里浦

來見射帿荽姪与奉奴還歸木年入來

（一八〇）

渡共上舍人岩終日醉話而還

送意依然因与景修■及 忠淸順天鉢浦蛇

後解纜共出浦外再三繾綣之意別

總下到余船從容談勸別盃七酌而

徃相面後卽直徃群山乘船云朝食把

而還可也　云則把摠聞之果然匹馬獨

刘總兵今止不住其間必有人言願徃見

天將處日初以把總到南原事恁"之情已布

南原刘總兵所在直指還歸云 余恁傳于

二十日丙申晴朝通事來傳曰 天將不住

罷多有雨勢故下船宿

給曰表字仲文軒號秀川 云明燭更論而

煩乱難可一物之下筯可笑"問字与別號則書

禮同進點後慶尙元水獨呈一酌而盤甚

所呈者極盛忠淸水使亦呈晚右水使則幾余

【甲午年 七月】

十九日乙未晴朝進表礼單則不勝謝〃云

十八日甲午晴請出樓上點心後出坐進酌
數三多有明春領船直渡濟州共我舟師合
勢大張盡滅醜類事以誠懇〃初更罷散

又說賊勢不知夜深從容談論而罷
之色乎 ■■余請進茶後進小酌情甚慷慨
等處而今三月初生發船入來豈有勞艱
故仍留遼東馳報孫侍郎鑛及楊總兵文
多礪石隱角又將講和不可徃矣强止至恩
江開船到遼東則遼東之人海路經過之地日
艱關到此謝感無地則答以前年七月自浙云
上則把總下船卽到与之同坐先謝海路萬里
請下陸同話故吾与諸水使先上射亭請
鴻儒率兵唬船五隻張帆入來直至海營
十七日癸巳晴曉出浦口結陣巳時 天將把摠張。

（一七八）

【甲午年 七月】

入來 細聞 莈 病向差 爲喜曷極 〃 因芬

姪簡又知牙鄉

墳山 無事家 庙亦平 天只平安多幸 〃

李興宗以還上事受刑 殞 之可愕 〃

其三寸始仲 之傷痛之餘又聞 其母夫

人病勢極重云 射帳十餘巡後因上

戌樓徘徊之際朴注沙里急到日唐將

船已到營前而直來于此云 故卽傳

令三道移陣于竹島經宿

十六日壬辰陰而風涼 晚朝雨勢大作

終日如注元水使忠淸水使右水使幷來見

所非浦桃林脚等送來 唐將到三

千鎭留宿云呂島先來夕還本陣

【甲午年 七月】

如海得船之卦再占得如疑得喜之卦極吉"

雨下終夕獨坐之情不自勝　晚宋荃

還歸海雪一斛　給送午後馬梁

斂使及順天來見乘昏還歸雨

晴与否占之則卜得如蛇吐毒之卦將作

大雨爲農事可慮　""夜雨如注"

十四日庚寅雨自"昨夕雨脚如麻屋漏（初更鉢浦探船捧簡而歸）

無乾艱難度夜卜得果然極妙""

忠淸水使及順天請來使之爭博觀

以消日然憂慮在肚其能小安乎　同點心

夕步出樓上徘徊數巡而還探船不來

未知厥緣也　夜三更雨又作

十五日辛卯雨"晚晴朝茺姪京奴

【甲午年 七月】

慶尙巡撫關到此日元水使多有不足辭　午後
令軍官等射帿奉鶴亦同射尹彦忱以逢
點次到此　餞點還送暮風雨大至永夜

十二日戊子晴朝所斤歛使來見■帿矢五
_{忠淸水使來見}

十四介造納公事題分忠淸与順天蛇渡鉢
浦忠虞候幷來射帿夕探船入來則
審
　天只平安又有䳒病之重悶極如何
柳相之■卒音亦到巡邊使處云是嫉之者
作言毀之不勝痛憤〃是昏心緖極
亂獨坐空軒懷不自勝念慮尤煩夜
闌不寐柳相若不称則於國事奈何〃

十三日己丑雨〃獨坐念䳒兒病勢何如擲
字占之則如見君王卦　極吉再擲如夜
得燈兩卦皆吉少舒〃〃又占柳相卜得
_{ト得}

[甲午年 七月]

見諸將各官浦公事題送午後往見
忠清水使夕固城被擄逃還人親問光
陽宋銓持其將兵使簡來此 樂安与忠清
九日乙酉大風朝 忠清 虞候 樂安与忠清 教ㅗ書肅
拜晩決順天樂安寶城軍官色吏不謹
格軍兼責後期之罪加里浦臨淄所斤
浦馬梁僉使及固城幷來捧分樂
安軍粮正租二百石
十日丙戌晴夕小雨朝樂安樣租春正光陽 申弘憲入來
租一百石斗量晩宋荃与軍官射帿
十五巡 朝聞 荒病再重又得吐血證云故荒与審藥 申景潢鄭思立裵應并出送
十一日丁亥陰雨大風終日不止多慮蔚行
之艱苦又念 荒病之如何啓 聞草親修

劣可嘆 右水使忠水使并來呂島進酒
共之射帳十餘巡盡醉上樓夜深而罷
六日壬午終日陰雨氣似不平 不坐大
倘三名崔貴石捉來又送朴春陽等捕
其魁首左耳割者而來朝鄭元溟等
以格軍 不整事囚之夕寶城入來
云聞 天只平安夜二更末驟雨大
作雨脚如麻無處不漏 明燭獨坐百
憂攻中也 李英男來見
七日癸未夕雨洒以其母夫人病重之
告未会右水使与順天蛇渡加里浦鉢浦
鹿島共射李英男以領船事徃昆陽
告歸被攄人固城保人 捧招寶城來
八日甲申陰而不雨終日大風氣困不

■寶城還來

（一七三）

試射賊贓分給晚與順天忠淸水使射

帳裹僉知受由歸盧潤發以與陽軍

■給官李深及兵船色括軍色等捉來事

■傳令出送

初三日己卯　晴忠淸水使順天射帳熊川

縣監李雲龍告由歸于彌助項淫女決

罪各船累次偷粮人行刑夕出于新樓見

四日庚辰晴朝忠淸水使來同朝飯後

馬梁僉使所非浦權管亦來　同點賊

人五名迸軍一名今到　幷令刑之与忠淸

射帳十巡玉果繼援有司曹應福參奉

朝謝給送

五日辛巳晴曉探船入來　審

天只平安爲幸　〃　審藥下來甚庸

二十六日癸酉晴忠淸水使順天蛇渡呂島

固城等射帿早金良幹端午　進上封

送馬梁永登到此卽還

二十七日甲戌晴射帿十五巡

二十八日乙亥晴暑炎如蒸以

國忌終日獨坐　陳武晟碧方望摘奸來
　　　　　　告無賊船

二十九日丙子晴順天呈酒食忠淸与

右水使同到射帿尹東耉父來見

七月初一日丁丑晴裵應祿自元帥處
　蔚入來天只平安

入來元帥悔言而送可笑是日

仁廟國忌獨坐終日夕忠淸水使到此相話

初二日戊寅晴老暑如蒸是日順天都厅

及色吏光陽色吏等決罪左道射夫等

二十一日戊辰晴忠清水使來射梁僉使

來見唐將由水路已到碧波亭者誤傳云

二十二日己巳晴以祖母忌不出是日庚炎倍前

大島如蒸人不不堪其苦夕氣甚不平

廢食二時初更驟雨

二十三日庚午晴晚驟雨〝順天忠清水使

右虞候加里浦僉使幷來見虞候以軍

粮督促事出去見乃梁生擒倭奴推

問賊情及形止且問所能則焰責取

及放銃幷善云

二十四日辛未晴順天忠水使來射二十巡

二十五日壬申晴与忠清水使射帿十巡李

汝恬亦來射從事官陪吏持簡入來

則調度之言極愕〝扇子封進

(一七〇)

十七日甲子晴 晚右水使忠淸水使來話 從

容探船入來 則 天只平安云而 蒞痛重

云悶極〃

十八日乙丑晴 朝元帥軍官趙摰 持傳

令來 則元帥到豆恥聞光陽倅移水定

伏之時因私用情云 故致軍官問由事

可愕〃 元帥聽其妻 孼男曹大恒 之

言行私此極痛莫大焉 是日慶尙水使請
之而不徃

十九日丙寅晴 元帥軍官及裵應祿歸

于元帥處 卞存緖尹思恭河千壽等

入來 忠淸水使來見 而以其大夫人病還歸
即下處

廿日丁卯 晴忠淸水使來見射帿朴 ▉致恭

來言上京馬梁僉使亦來 夕永登萬戶

以退在本浦決罪探船李仁元入來

[甲午年 六月]

十二日己未大風而不雨旱氣太甚農事

之慮尤可虞矣是昏營船格軍七名逃去

十三日庚申風勢極惡暑熱如蒸

十四日辛酉炎旱太甚海島如蒸爲農

事極可慮也与忠淸令公及蛇渡呂島

鹿島射帿二十巡忠淸極中領射官到右水伯處大負而歸云是日慶尙水伯

十五日壬戌晴午後洒雨申景潢入來

領台簡持來憂國無踰於此聞尹又

新喪懷悼不已順天寶城報內唐摠

已到珍島碧波亭云以日計之則今明

兵官張鴻儒乘虎船領百餘名由海路

當到而風逆不能任意者連五日夜驟雨是

沿意豈天恤民也豚書到則好還云又因謗書則重痛暑證云剪悶

十六日癸亥朝雨 " 夕晴与忠淸水使射帿

与忠清水使共射帿二十巡夕奴漢京入

來知天只平安喜幸〃彌助項僉使

告歸会寧浦萬戶到陣軍功

賞職官敎亦來

九日丙辰晴忠清水使右虞候來射

右水使來共話夜深笛聲之海彌

琴之永壽穩話而■罷

十日丁巳晴暑熱如蒸射帿五巡

十一日戊午晴_{暑如}鑠金朝蔚徃營別懷

悠〃獨坐虛軒情不自勝也晚風

甚惡爲慮盆重〃忠水使來射因以同夕

飯月下共談玉笛寥亮坐久而罷

旨來則其辭內曰舟師諸將及慶州諸將

不能相協今後盡革前習云痛嘆何極

此乃元均醉妄之故也

五日壬子晴忠淸水使來話蛇渡呂島

鹿島幷來射帿夜二更及昌金山

及妻子幷三名癘疫死三年　眼前使

信者一夕死去可慘 "" 耕菁

宋希立樂安興陽宝城

六日癸丑晴与忠淸水使呂島萬戶射帿

軍粮督促事出去

十五巡慶尙右虞候來見驟雨

七日甲寅晴忠淸水使及襲僉使來

話決南海軍官及色吏等罪宋德馹

還來　言內　有

旨入來　云 是日種菁二升五合

初八日乙卯晴暑氣如蒸右虞候來

六月初一日戊申晴朝襄斂使同食忠淸來

話晚射帿

初二日己酉晴朝襄斂使同食忠淸亦

來晚徃▲右水使陣康津呈酒射帿

數巡元水使亦到余則氣不平早

還臥■看忠淸与襄門吉爭博

■賭勝負

三日庚戌初伏朝晴午後驟雨大作終

日夜不止海水亦變濁近古所罕

忠淸水使及襄斂使來爭突

四日辛亥晴忠淸水使彌助項斂使及熊

川來見因使之爭圖夕兼司僕責有

【甲午年 五月】

所非浦臥痛云

二十八日乙巳暫晴蛇渡呂島來告射帿

故右水使忠水使請來　射帿醉話

終日而罷光陽四船摘奸

二十九日丙午　朝雨晚晴以■氷母

忌不坐夕珍島告歸熊川及巨濟赤

梁等來見而歸昏鄭思立告南海

人持船隻載出順天格軍云 故

捉囚

三十日丁未陰而不雨朝賊人等及迯歸誘引

光陽一船軍慶尙鮑作三名決罪慶尙虞

候來見忠淸水使來

(一六四)

來進酒饌忠淸水伯請來 二更罷

廿四日辛丑暫晴夕雨作熊川所非浦
來 爭政圖海南亦到午後右水伯
与忠淸水使來終日談話 忠淸水使來話而還

廿五日壬寅雨 〃忠淸水使來話而還
 薆姪入來
入啓具思稷
來本鎭撫

所非浦亦來夜深而還雨勢少不止戰
軍之懷悶如何 薆姪還歸

廿六日癸卯 雨 或收或雨坐廳西壁
破改破羅之引風淸氣極好貫
革板移設亭前是日李仁元及土兵
二十三名送于本營收牟事敎送

廿七日甲辰或晴或雨蛇渡 呈盃故
右水使 与忠水使鉢浦呂鹿射帳是日

十九日丙申晴霖雨午收氣甚快歜薈茹

及婢子等歸送時風不順是日宋希立与薈同

往鑿梁獲獐之際風雨大至雲霧四塞

初更還來而未利霽

廿日丁酉雨且狂風少止熊川縣監及所非浦

來見獨坐終日百念攻中 多憾湖南

方伯之辜負國家也

廿一日戊戌雨〃熊川所非浦來擲從政圖

巨濟長門浦被虜人逃 卜師顔還言內賊勢不至

盛大云大風終晝夜

廿二日己亥雨且大風以二十九日妻母忌豚

薈与葂出送奴女奴等亦出送巡使處裁

簡及巡邊使處亦致出送黃得中朴注河吳水等格軍推捉事出送

廿三日庚子雨熊川所非浦來晚海南倅

〔甲午年 五月〕

則在隱於元水使所駐處云故送司僕等推捉

之際元水使大怒司僕等結縛云故送盧潤

發解之二更雨作

十四日辛卯雨〃終日忠淸水使樂安臨淄木

浦等來見使營吏書從政圖

十五日壬辰雨〃終日令吏書政圖

十六日癸巳陰而細雨夕大雨終夜漏屋

無乾多慮各船人冒處之苦也昆陽

倅送簡兼致惟精徃來賊中問

答草記來見之不勝憤痛也

十七日甲午雨下如注海霧且暗咫尺

不辨終夕不止

十八日乙未雨下終日彌助項僉使來見

寶城歸
夕尙州浦權管來見夕寶城出歸

（一六一）

[甲午年 五月]

啓草与有　旨欲進舟師　于巨濟使賊惺惑退

遁事慶尙右水使及全右水使招來議定

忠淸水使入來　夜大雨來

九日丙戌雨〃終日獨坐空亭百念攻中　懷

思煩乱如何可言〃〃昏〃醉夢如癡如狂〃〃

十日丁亥雨〃曉起開窓遠望則許多之船擁滿

一海賊雖來犯可以■殲滅矣晚右虞候及忠

淸水使來兩爭手博元帥軍官邊應愨

亦同點心寶城郡守到雨勢終日不

收念豚薈出海 所非浦藥物送來

十一日戊子雨〃終夕自三月積滯公事一〃題

下夕樂安來話大雨如注不止終晝夜

十二日己丑大雨終日到夕少止右水使來見

十三日庚寅晴是日因黔毛浦萬戶報慶尙

右水使所屬鮑作等格軍迯載　現捉鮑作

（一六〇）

惡慶尙右水使軍官來告賊倭三名乘中船

到楸島相逢捉來云推問後押來事

敎送夕問于孔大元則倭等從風放船向本

土中洋値颶風不能制船漂到此島

云然詐黠之言不可信矣

初五日■午壬 風雨大作捲屋三重高飛片〃

李潢李尙祿歸營探
船入來

未時少止鉢浦作餠送來
探船入來知 天只平
安幸〃

大雨風

雨脚如麻不能護身可笑蛇渡來問而去

初六日癸未陰而晚晴蛇渡寶城樂安呂

島所斤等來見午後元水使領擒倭三名

來捧招則變詐萬端卽令元水使斬報右

水使亦到酒三行綴而歸

七日甲申晴氣似平和受針十六處

八日乙酉晴元帥軍官邊應慇持元帥關及

【甲午年 四月-五月】

乃
婢四官婢入來 是日右道儹三道戰軍酒

四五月 初一日戊寅晴 朝食後上射亭 房則極 快平朝

清亮終日汗流如注氣似■ 快平朝

豚菀及家女■奴 四官女奴四口以病中使喚事

入來德則留之而其餘明日還送敎之

初二日己卯 晴曉薈与女奴等以

天只辰日進排事還歸右水使及興陽蛇

渡所斤僉使來見氣漸向差

初三日■庚 辰晴朝興陽告由而歸晚鉢

興陽歸浦來見長興亦來軍粮計備空名

告身三百餘丈及有

旨兩度下來

初四日辛巳陰狂風大雨終日不息達夜甚

（一五八）

來夕與陽亦來

廿三日辛未晴朝順天與陽來晚昆陽李光岳

持酒來長興亦來臨淄同來昆陽醉極散發

狂言可笑吾亦暫醉

廿四日壬申晴朝書京簡晚靈岩郡守馬梁

僉使來見順天告歸各項啓 聞封送慶尙右

水使處巡察使從事官入來云

廿五日癸酉晴曉頭氣甚不不平終日苦痛

朝寶城來見達夜坐痛

廿六日甲戌晴痛勢極重幾不能省昆陽

告歸

廿七日乙亥晴痛勢暫歇下宿房

廿八日丙子晴氣力痛勢大歇慶尙

水使及李佐郞惟誠來見蔚入來

廿九日丁丑晴氣似快平 豚苶入來

[甲午年 四月]

被擄人十六名逃還
　　　　男女

十八日丙寅晴曉逃還人詳問賊情則平義
智在熊川境笠岩平行長在熊浦云忠淸
新水使順天及右虞候來晚巨濟縣令亦來
夕雨作終夜霏 ″

十九日丁卯雨 ″金僉知敬老至自元帥
府論議討賊策應等事 因宿同船

廿日戊辰終日細雨不開 右水使及忠淸
水使長與馬梁亦來 手談且論兵

廿一日己巳或雨或晴獨坐篷下竟夕無人來
到防踏爲忠淸水使重記修正事告歸夕金惺
叔及昆陽李光岳來見暮與陽入來營
探船亦到則 天只平安多幸 ″

防踏歸興陽入來

廿二日庚午晴風氣爽如秋天金僉知歸還
啓本封及鳥銃与東宮長槍封進長興

(一五六)

〔甲午年 四月〕

竹島洋中交習

宣傳官元士彪　金吾郎
金悌男以忠淸水伯拿去事到

十四日壬戌晴朝金悌男細話晚到巡撫船
則細論兵機有頃右水使來李廷忠亦招來順天
防踏及蛇渡幷來醉甚告別還船夕到
忠淸船酌別盃

十五日癸亥晴金吾郎共對朝飯晚
忠淸水使与宣傳官右水使幷至別具
虞卿暮李景思持其兄憲簡來

十六日甲子晴朝食後上射亭積累公事
題送慶尙水使軍官高景雲都訓導及
待變色營吏捉來指麾不應賊變馳
報不爲飛報罪決杖夕宋斗南自京下來
一應啓本一〝施行〟同啓

十七日乙丑晴晚上射亭公事題送右
水伯來見巨濟縣令馳報內倭船百餘隻
自本土始出折影島了指向云暮巨濟

(一五五)

[甲午年 四月]

長興進酒食終日穩話

初五日癸丑陰曉崔天寶逝

初六日甲寅晴別試開場試官吾与右水伯

忠淸水使參試官長興固城三嘉熊川

監試取

初七日乙卯 晴早会捧試

初八日丙辰晴氣不平 夕上試場

初九日丁巳晴朝畢 試出草榜大雨
魚助防將棄世痛嘆可言

初十日戊午陰巡撫 御史到陣先文來

十一日己未晴巡撫入來云問船出送

十二日庚申晴巡撫徐渻來話于我船

右水使及慶尙水使忠淸水使幷到酒三行元

水使陽醉發狂乱發無理之言巡撫不勝惟

〃所向極兇三嘉歸

十三日辛酉晴巡撫欲見習戰故出于

（一五四）

清軍官都訓導及樂安留衛將都兵
房等決罪晚三嘉倅高尙顔來見夕
下宿房

四月初一日己酉^晴日食當食不食長興珍島
鹿島厲祭事告歸忠淸水使來見

初二日庚戌晴朝食後上射亭三嘉
縣監及忠淸水使共話終日荄姪入來

初三日辛亥晴是厲祭三道戰軍饋
酒一千八十盆右水使忠淸水使同坐而
餉軍 日暮下房

初四日壬子陰而昏下雨朝元帥軍官宋弘得
卜弘達持新及第紅牌來慶尙右兵
使軍官公州朴昌齡子義英來傳其將
問安食後三嘉縣監來晚上射亭

〔一五三〕

[甲午年 三月]

見鉢浦受由歸晩馬梁僉使蛇梁萬

戶蛇渡僉使所非浦幷來見慶尙虞

候永登萬戶亦來　告歸于昌信島

二十七日乙巳 陰而不雨 右水伯來見氣似少平初更

雨作菶姪夕不平云

二十八日丙午雨〃終日菶姪病勢甚重云

悶極〃

二十九日丁未晴探船入來 則

天只平安熊川河東所非浦等來見長興防

踏亦來見夕汝弼与菶同還菶則重痛

還歸達夜憂慮〃〃昏方忠恕及趙

西房婿郎金瑊來

三十日戊申晴食後上射亭決忠

(一五二)

摠持去云

廿三日 己辛 丑晴氣如前不快防踏興陽
助防將來見見乃梁甘藿五十三同採
來鉢浦亦來見

廿四日 庚壬 寅晴氣似少平　甘藿六十同
採來鄭思立斬倭而來

廿五日 辛癸 卯晴興陽寶城出去被擄兒
人自倭中持　天將牌文來者送于興陽
晚上射亭氣甚不平　早下宿房夕
汝弼及薔与卜存緒申景潢來細聞
天只平安但　墳山盡爲野火延燒無人可
禁痛極〃

廿六日 壬甲 辰晴而暖如夏日助防將及防踏來

[甲午年 三月]

忠淸水使領戰船九隻到陣

十七日癸乙未晴氣不快平　卜有憲歸營

順天亦歸海南以新倅交代事出去黃得中

等以伏兵事入巨濟島探船入來

十八日甲丙申晴氣甚不快南海奇孝謹所

南
海
非浦赤梁寶城來見奇則以播種事

去
出
海
南
還縣宝城欲言而未能告情而歸樂安

留衛將鄉所等捉來囚禁

十九日乙丁酉晴氣不平終日呻吟

廿日丙戌晴氣不平

廿一日丁己亥晴氣不平　錄名官呂島萬

戶南桃萬戶所非浦權管差定

廿二日戊庚子晴氣似少平元帥公事還

來則譚指揮移咨及倭將書契曹把

(一五〇)

十一日 丁丑己 大雨終日昏始晴病勢大減熱氣

亦消多幸〃

十二日 戊寅庚 晴而大風氣甚不平　領台前修

簡啓 聞畢正書

十三日 己卯辛 晴 朝 啓本封送氣似向差而

氣力甚困薈及宋斗南出送午後

元水使來言其誤妄之事故啓本還

持來元士震李應元等假倭斬納事改

送

十四日 庚辰壬 雨〃氣似歇而頭重不快夕光

陽倅康津倅裴僉使同往聞忠淸

水使已到薪場云終日不平

十五日 辛巳癸 雨勢雖收而風勢大起

彌助項僉使告歸終日呻吟

▌十六日 壬午甲 晴氣甚不平右水伯來見

巨濟時爲風所逆艱到背島則南海縣令馳報

內 唐兵二人倭奴八名持牌文入來故牌文及唐

兵上使云取來　看審則唐都司府譚禁討

牌文余氣甚不平　臥坐不便暮与右水伯同見

唐兵而 牌文管 送

初七日乙酉晴氣極不平　轉側難便牌文使下

人成貼云則不成貌体元水使令孫■義甲製

作文

送而亦甚不合余强病起坐令鄭思立書之而送

未時發船二更到閑山陣中

初八日 甲戌 晴病勢別無加減氣且■ 憊終日
丙

苦痛

初九日 乙亥 晴氣似暫歇移臥于溫房痛無
丁

他證

初十日 丙子 晴病勢漸歇然熱氣上充思飲冷
戊

物而已夕雨作終夜不止

倭船六隻追捕焚滅猪島二隻焚滅召

所江十四隻入泊云故助防將与元水使進

討事傳令固城境阿自音浦結陣

經夜

初五日癸未晴曉兼司僕送于唐項浦

探賊船撞焚則右助防魚泳潭馳報內賊

徒畏我兵威乘夜逃遁空船十七隻無遺

焚滅慶水使馳報同然右水伯來見之際雨

勢大作風亦甚狂卽還其船亦移文督討是朝巡邊使處

右助防將及順天防踏襄劍使亦來相話之

間元水使到船諸將各還是夕光陽新船入來

初六日甲申晴曉望見則賊船四十餘隻渡于靑

膝云唐項浦倭船二十一隻盡焚事馳報晚向

防踏同射帳是夕長興來話初更康

津苩積處失火盡燒

初三日辛巳晴朝拜箋因 爲坐射亭

慶尙虞候李義得來言以水軍不能多

捉來事被杖于其水使而又欲足掌杖之云

可愕〃晚与順天右助左助防踏加里浦^左右

虞候等射帳酉時碧方望馳報內倭

船六隻入五里梁唐項浦等處分泊云故

卽傳令聚舟師大軍則結陣于 閑

島前洋　精銳船卅隻則右助防魚

泳潭領率勦賊次初昏行船到紙

島經夜四更發船

初四日壬午晴四更發船到鎭海前洋

二十八日丁丑晴朝上射亭与從事官終日
興話長興府使入來右水使決罪
長興話長興亦同碧方望將諸漢
入二十九日戊寅晴朝食同与從事官又酌餞
來

盃終日話長興亦同碧方望將諸漢

國馳報內倭船十六隻入召所浦云故各

道傳令知委

三月初一日己卯晴行望闕禮因坐射

亭推黔毛浦萬戶而萬戶決杖都訓

導行刑從事官還歸初昏發船之

際諸漢國馳報倭船已盡逃奔

云故停行　初更長興二船失火盡燒

初二日庚辰晴　朝防踏順天右助防

將來晚上射亭与左右助防順天

【甲午年 二月】

孫忠甲來告招入問其討賊則不勝慨然

終日論話暮下宿房 卜存緒徃營

二十日己巳烟雨不收巳時快晴氣不平終日不 蔚徃到右令公船極醉還

出右助防裵僉知來話

二十一日庚午晴而溫氣甚平不終日呻吟順

天及右助防魚令公來告見乃梁伏兵處

徃審云淸州義兵將李　　　至自巡邊

使處備說陸地事右公淸州令公夫也日暮

告歸酉時碧方望將所告仇化驛前洋

倭船八隻到泊云故下船三道傳令進擊

之約而以待諸弘祿來告

二十二日辛未四更頭諸弘祿來到言內倭

船十隻到仇化驛六隻到春原云而日巳曙矣

未及追勦更令候察云而還送朝順天右

（一四四）

【甲午年 二月】

十七日丙寅晴暖如初夏朝以上船烟燻
事上射亭各處公事題送已時右水使入來
行首軍官鄭弘壽都訓導軍令_{九十}決杖
李弘明及任希璡孫亦來竹銃筒造來
試放似有出聲而別無所用可笑右水
使所領戰船只二十隻尤可恨也順天右助
防將來射帿五巡

十八日丁卯晴朝襄僉知來加里浦李應彪
來食後上射亭海南縣監魏大器傳令_{決令}
拒逆之罪右道諸將受仕後射帿數巡午後
右水使來曾与元水使醉甚故未能一二初
更細雨達夜

十九日戊辰雨細終日氣如蒸上射亭獨
坐移時右助及順天來李弘明亦來有頃

[甲午年 二月]

十六日乙丑晴朝與陽順天來與陽持暗行蜜

啓草則 任實茂長靈岩樂安罷黜而順天

則貪汚首論其他潭陽珍原羅州牧長城

昌平等守令則掩惡褒啓罔欺

天聽至於此極 國事如是萬無平定之理仰屋

而已又論水軍一族及四丁內二丁赴戰事

甚言非之暗行柳夢寅不念

國家之急乱徒務目前之姑息偏聽南中

辨誣誤 國巧邪之言無異秦檜之

於武穆也爲 國之痛愈甚晚上射

亭与順天興陽右助防右虞候蛇渡

鉢浦呂島鹿島康津光陽等射帿

十二巡順天監牧官到陣還歸唐浦云

（李夢祥 李忠吉 金聲憲 申浩）

（白惟恒）

（李景老 趙公瑾 李用淳 李貴）

（右水使到）

（一四二）

十四日癸亥晴且溫而風亦和慶尙南海河

踏東泗川固城等則宋希立卜存緒柳滉盧

興閏發右道則卜有憲羅大用等點考出送

陽暮防踏僉使及裵僉知來到營軍粮二十石

入陽

來載來鄭宗裵春福亦來張彥春免賤

公文成給興陽入來

十五日甲子晴曉龜船兩隻及寶城一隻等送于

駕木斫伐處初更載來朝食後上射亭

推左助防將後來之罪興陽船摘奸則多

有虛疎之事且順天右助及右虞候鉢浦

萬戶呂島萬戶■康津縣監幷至射帿日暮

巡使關內調度　御史朴弘老啓本內順天光陽

豆恥伏兵把守事入啓而舟師守令幷移不

合事同啓　達下公事到付

南盡心把截想勢勸擊 事

內出秘旨經年海上勤勞 爲國予常不忘

有功將士未蒙重賞者馳啓等事且問京中

雜奇又聞逆賊之事領 台簡 亦持來

自上憂勤宵肝 事聞來慨戀何極

十三日壬戌晴且溫朝書簡于領台食後召

宣傳更話晚相別 終日駐船申時所非浦

蛇梁永登萬戶來酉時初吹發船還于向浦

閑山島時慶尙軍官諸 自三峯來到

日賊船八隻入泊春元浦可以入擊云故卽令羅

大用送于元水使相議傳之日見小利入勤大

利不成姑用停之更觀賊船多出乘機

勸殲事相定彌助項及順天助防將來夜

深還歸 朴永男宋德馹還歸

〔一四○〕

關字持來 則侍衛長槍數十柄 造送

云 是日 東宮推考答送

初十日己未細雨大風終日不止 午後助防將

及順天來 竟夕相話討賊論議

十一日庚申晴 朝彌助項僉使來見 勸三盃

而送 從事官公事三度 題送食後上射亭

則慶尙水使來見 酒十盃醉辞多狂可笑

右助防將亦到 同醉暮射帿三巡

十二日辛酉晴早朝 營探船入來 則芬姪簡

內 宣傳官宋慶苓以舟師審見事入來

巳時移陣赤島 未時宣傳官到陣有

旨二度秘蜜一度 并三度內一度天兵十

萬及銀三百萬兩 出來一度兇賊意在湖

【甲午年 二月】

固城召_所▸浦賊船五十餘隻出入卽招諸萬
春問地形便否晚上射亭公事題送慶
尚右兵使軍官持簡來言其帥房人免
賤事晋州避乱前佐郎李惟誠來話夕
還海月清爽不能窹順天_及右助防 卜存緒往唐浦獵雉七首而來
將來話二更罷
九日戊午　晴　曉虞候領二三船往所非浦
後面刈茅事朝固城來猪口■_亦持因問唐項
浦賊船來徃又問民生飢餓相殺食之
慘將何保活晚上射亭射帿十餘巡李惟
誠又來告歸問其字則汝實云順天及右助防
將右虞候蛇渡呂島■鹿島康津泗川河
東所非浦等亦來暮寶城入來撫軍司

（一三八）

來黃香卅箇持來 如新探

七日丙辰晴西風大吹 朝右助防將來見且

言次船欲騎云 天只前及洪君遇李叔道姜仁

仲等處書安問狀而付芬姪之行 菶与芬出

去菶則因往羅州芬則往溫陽懷思不平

各船所志二百餘丈題分固城縣令馳報內

賊船五十餘隻到春院浦云三千權管及加

背梁權管諸萬春來言京奇李景

福以于格軍 捉來事出送是日改分軍格軍

移載各船防踏僉使推捉傳令樂安郡守書

簡來則新郡守金遵繼下來云故傳令捉

之寶城戰船二隻入來所非浦來見

八日丁巳晴東風大吹日氣甚冷多慮

菶芬等行舟終夜耿 ″朝順天來言

【甲午年 二月】

初五日甲寅晴曉夢乘良馬直上層岩大
嶺則峯巒秀麗逶迤西東又有峯上平衍
之處欲爲擇卜而覺未詳厥應也有一美
人獨坐指示余拂袖不應可笑朝軍器寺
受來黑角一百張計數著署樺皮八十九張
亦著署圖鉢浦萬戶右虞候來見同食
晚上射亭決淳昌光州色吏罪右助防
將及右虞候呂島等射帳元帥答送到則
沈遊擊已定和解云然奸謀巧計
不可測而前陷其術又陷如是可嘆夕日
氣如蒸有若初夏二更初雨作
┃六日乙卯雨 ″午後晴霽順天助防將
及熊川蛇渡來見昏興陽金邦濟

食後上射亭射帿狂風大起右助防
將到因聞反賊之奇不勝慮且痛憤
也右虞候呈負物于諸將處元埴元
埴來告上京免賤公文一丈元埴納**鉄**于

南海受去日暮下幕
四日癸丑晴大風朝食後順天右助防將
招來話晚營戰船龜船入來菶
姪及李渫李彦良李尙祿等領來姜
豆千持　東宮達下持來鄭二相
簡亦來各官浦公事題送自順天來告
撫軍司關據巡察使關陣中設試取
稟狀達甚非矣推考云可笑〃因
菶姪聞　天只平安喜幸〃

【甲午年 二月】

題送淸州居兼司僕李祥持宥旨來其內慶尙監司韓孝純馳啓內左道之賊合入巨濟將犯全羅之計卿其合三道舟師勤殲事午後招右虞候射帿初更蛇渡僉使率戰船三隻到入陣李景福盧潤發尹百年等載迯來軍移陸船八隻捉來夕雨細移時而止

初二日辛亥晴朝決迯軍載出人等罪蛇渡僉使來傳樂安罷免云晚上射亭東宮達本囬下來到各官浦公事題送射帿十巡風乱不穩蛇渡僉使以未及限推考

初三日壬子晴曉夢見一目盲馬未知何祥

(一三四)

酒而送 慶虞候 報內 刘提督旋師 今月

二十五六日間上去云又慰撫使弘文理校權　道內

巡慰後舟師入來云又作賊李山謙等捉囚牙

溫等官橫行大賊九十餘捕斬云又虎翼 戰船始役

將近當入來云暮雨作終夜蕭〃

二十九日戊申雨〃終日達夜曉報各船無事

氣不平竟夕卧吟大風波濤舟不能定心懷

極煩彌助項僉使以粧船事告歸

三十日己酉陰而大風晚晴風亦少息順天

及右虞候康津來彌助項僉使來告出歸

故平山浦逃軍三名捉付^來而送^之余則氣甚

不平　終日流汗 軍官及諸將射帿

二月初一日庚戌晴晩上 射亭 公事

【甲午年 正月】

罪因題公事射帿十巡午後被擄逃還晉州

女人一名固城女人一名京二人乃鄭昌衍金命

元奴子云又有倭奴自來投降　者一名事來告

二十七日丙午晴曉船材曳來事虞候出去曉

報卞有憲李景福入來云朝忠淸水使答簡

來　天只簡及汝弼簡來則　天只平安云多幸

但東門外海雲臺傍明火作賊而未坪亦明火入賊云

可愕　〃晚彌助項僉使順天同到朝所志及雜

公事題送擒倭自降來故捧招元水軍官梁蜜

持濟判官簡与馬粧及海産柑橘及柑子卽送

天只前夕鹿島伏兵處倭賊五名橫行放炮之際射

斬其餘逢箭逃去暮所非浦來虞候船材木領來

二十八日丁未晴朝虞候來見從事官處成節目行移

康津營吏受送晚元埴上京云來到饋

（一三三）

二十四日癸卯晴且暖朝山役事耳匠四十一名

宋德馹領去嶺南元水送軍官來報左道

之賊三百餘斬殺云多喜〃平義智時在

熊川云未詳也招柳溉問暗行所捉則文書

極濫云可愕〃又聞格軍之事則縣吏奸頑

不可言發傳令 捉 召募軍一百四十四名推

捉又促縣監傳令 出送

二十五日甲辰陰晚晴宋斗男李尙祿等以新造船

同泊射格一百三十二名率往朝右虞候來此同

朝飯晚射帳右虞候與呂島爭射呂勝

七分吾則十巡射餘皆廿巡夕奴許山偸酒瓶

見捉杖之

二十六日乙巳晴朝上射亭論順天後期之

[甲午年 正月]

趞來推考計定故不見風勢似息多慮

順天之入來軍粮亦不到是亦悶也病死人收

瘞差使員鹿島萬戶定送

被擄逃還二名自元水處來備說賊情然不

光陽入來夕鹿島來告病屍二百十四名收埋

二十一日庚子晴朝營格軍七百四十二名饋酒

可信矣

┃二十二日辛丑晴日氣溫且無風上坐射亭令

鎮海行肅拜礼于 教書射帿終日 鹿島收埋病屍二百十七名云

┃二十三日壬寅晴樂安告歸出去與陽戰船二

順天隻入來崔天寶柳滉柳忠信丁良等入來

來晚順天入來

(一三〇)

則風便順吹舉帆到蛇梁風旋逆雨大作

萬戶及水使軍官田允來見田曰水軍捉來

于居昌因聞 元帥欲中害之云可笑自古

忌功如是何恨焉因宿

十九日戊戌陰而晚晴大風日暮尤惡朝發

到唐浦外洋從風半帆瞬息已至閑山島

上坐射亭與諸將對話夕元水使亦來所非

浦因聞嶺南諸船射格幾盡飢死慘不忍

聞　元水孔連水李克誠所眂幷皆私之云

二十日己亥晴而大風寒如剪割各船無衣之

人龜縮吟寒不忍聞也　樂安右虞候來見

晚所非浦熊川鎭海倅　亦來鎭海則以其拒不

[甲午年 正月]

後出東軒南宜吉欲歸靈光奴婢推出成公事

東宮有 令內督率師討賊事

十六日乙未晴朝南宜吉請來餞別余亦

醉甚晚出東軒 黃得中入來又聞

文學柳夢寅以暗行入興縣雜文書被捉

云昏防踏及裵僉知來話

十七日丙申曉雪晚雨早朝登船汝弼及諸

姪与豚等別送只率芬蔚放舟是日

啓本出送申時到瓦頭逆風退潮不能運行

下矴小憩酉時擧矴渡到露梁呂島萬

戶順天李珹及虞候亦到宿

十八日丁酉晴曉發行逆風大起到昌信

隱淚言語則不錯討賊事急不能久留 是夕聞
孫守約妻
計

十二日辛卯晴朝食後告辞

天只前則敎以好赴大雪 國辱再三

論諭小無以別意爲嘆也還到船倉氣似

不平直入北房

十三日壬辰晴而大風氣甚不平臥席發

汗 奴彭壽平世等來見

十四日癸巳陰而大風朝蕾姪簡見之則牙山

墳山正旦 祭時嘯聚之徒無慮二百餘圍山乞

食登退云可愕〃晚出東軒 啓

聞成貼宜能免賤公文幷封上

十五日甲午晴早朝南宜吉及諸姪同對

[甲午年 正月]

行刑終夕公事題給

七日丙戌雨坐東軒 公事題送夕南宜

吉入來對話夜深而罷

八日丁亥晴坐東軒房裵僉知南宜吉

終日打話晩公事南原都兵房行刑

九日戊子晴朝与南宜吉話

十日己丑晴朝邀南宜吉話及避乱時事

備道艱苦之状不勝慨嘆也

十一日庚寅陰而不雨朝以觀乘舟從風

直抵古音川 南宜吉尹士行芬姪同

往謁 天只前則 天只猶睡不覺勵聲

則驚覺而起氣息奄〃日薄西山只下

（一二六）

〔甲午年 正月〕

正月初一日庚辰雨下如注侍 天只同

添一年此乱中 之幸也晚操練戰

備事還營雨勢不止問安于愼司果

二日辛巳雨止而陰以 國忌不坐邀愼司

果同話裵僉知慶男亦至

三日壬午晴出東軒 公事題送日暮

入衙與諸姪話

四日癸未晴出東軒 公事題送夕与愼司

果裵僉知話南鴻漸到營 因問其家屬
　　　　　　　　　　　　 之奔竄□

五日甲申雨〃愼司果來話

六日乙酉雨出東軒南平都兵房

日記

甲午年

甲午日記

[書草 (附箋)]

劉錡積薪于門戒守者曰脫有不□

卽焚吾家母辱賊手也

正爲緩急_海之用況屢捷海戰大挫賊鋒軍聲

大震雖_海衆寡不敵_{賊兒㥘怖}畏我船威莫敢抗

衡者有之

[書草]

兵鋒以至勢如風雨兇孽餘魂逃遁□

尺劍誓天山河動色

出萬死不顧一生之計 憤〃不已

安國家定社稷盡忠竭力死生以之

仗社稷威靈粗立薄效寵榮超躋有踰涯

分身居將閫功無補於涓埃口誦 教書面

有慚於軍旅

淪陷腥羶將及兩歲恢復之期正在今日政望

天兵車馬之音以日為歲而不為勦討以和為主

姑退兇徒為我 國積年 之侵未雪窮天之 辱

憤恥益切

蠻輿西幸 宗社丘墟 襯四方忠義之氣而自

絶人民之望

臣雖駑怯當躬冒矢石為諸將先得捐軀

報 國今若失機会則後悔何及乎

（一一八）

〔狀啓〕(癸巳年 四月初六日 《討賊狀》 參照) 記事草〕

爲申約事今時則諸處之賊合^{都領海}聚陸地則

咸安昌原宜寧以至晋陽水路則熊川巨

濟等境無數合勢反欲西意益肆兇

謀極爲痛憤此分不愈自上年季秋至于^以

今諸將用令盡心与否^{臨機}熟察則或有

先唱進擊而爭相突戰之時則顧

戀自衛^{貪生}中路漏後者或有貪功者利

不料勝敗突罹賊鋒手終致辱國亡

身之患者

(二一七)

【御製詩 《誰能郭李忠》（宣祖作 壬辰年 義州 推定）】

國 事蒼皇 日 誰效郭李 忠去 彬邪存

大計恢復仗諸公痛哭關 山 西月

傷心鴨水風朝臣今日後尙可更

西東 御製　誰能郭李忠

國事蒼皇 日誰效郭李

忠去邪存大計恢復仗諸

公痛哭關山月傷心鴨

水風朝臣今日後尙可

更西東

（一一六）

李舜臣의 日記

〔狀啓（癸巳年　九月初十日、八月、等　各各）記事草〕

一　夷性輕剽精於劍槊慣於舟楫　既爲下陸則輒

懷死心揮劍突進我軍　未不精練惟惻　畏死　冒死

之輩
▶一時驚潰　散奔諸處一不抗　■戰其能抗戰。

耶

一　正鉄銃筒最關於戰用而我國之人未

詳其　■妙法今者百爾思得造出鳥筒則妙於
造作　　　　　　　　　　　　　　　　最

倭筒唐人到陣試放無不稱善已得其妙
則
道內一樣優造事見樣輸送

巡察使兵使處移牒知委爲乎事
舟師

一　自上年　變生以後乘船接戰者多至數十合
彼　　　　　　　　　　　　　　　　　　我則
而大洋交鋒則賊船無不摧破一無所敗
則　　　　　　　　　我則
則

（一一五）

[癸巳年 九月]

帳三巡右水伯丁水伯及諸將合会而光陽以病

未參也日夕雨作

十日辛酉晴 公事題送于探候船日晚到右水

伯船請來駐處与防踏同飲而罷体察

使蜜關入來 寶城亦到還

十一日壬戌晴丁水使設酒來見右水伯亦到樂安

防踏共之興陽倅受由歸徐夢男亦給由

同出

十二日癸亥晴食後所非浦及柳忠信金萬戶

等招饋酒鉢浦萬戶還來

十三日甲子晴曉奴漢京乬世年石及自摹終

還來夕奴金伊年石乬世等還歸梁廷彦亦同歸

然夕風雨大作終夜不止未知何以出歸也

十四日乙丑終日雨且大風獨坐篷窓下懷思萬端

也

十五日　順天還來

(一一四)

諸船出送食後余往右令公船終日

談話因聞元公兇悖之事又聞鄭聘壽

無根造辞之狀可笑手談而退罷船材

木各船曳回

初七日戊午晴朝材木捧納朝防踏

來見巡使處陳弊公事及改分軍

公事成送終日獨坐懷思不平到夕

苦待探候船而不來　昏心氣

煩熱窓不閉宿多觸風頭似重

痛可慮也

初八日己未晴風乱曉出送宋希立

等唐浦山獲鹿而來右水伯与忠淸

水伯來

初九日庚申晴食後会登于山頂射

○初三日甲寅晴 朝鼇姪入來因審
天只平安又聞營中之事以啓聞封送事
成草而下巡使關亦到則九軍士一族
等事一切勿侵事云新到不察之事也
初四日乙卯晴陣弊啓聞及銃筒上
送事諸萬春招辭捧上事幷三道
封上李景福持去裁簡于柳相及
尹參判自新尹知事又新沈都承旨
喜壽李知事鎰安習之尹者獻處
全鰒表情而送葦与尹侃還歸
初五日丙辰晴食後進泊于丁水使船傍
終日論話光陽興陽及虞候來
見而還
初六日丁巳晴曉以船材運囘事

緒一時到來

三十日辛亥晴 元水使又來督徃永

登可謂兇矣其所領二十五船盡爲出

送獨与七八隻如是出言其用心行事

類如此

九月初一日 壬子晴 元水使來成公事送于

都元帥及巡邊使汝弼存緒李蕾

等還歸 右令公丁令公亦会話

○初二日癸丑晴 啓草書下慶尚虞

候李義得 及 李汝恬等來見昏李英男

來見又傳宣兵使到昆陽有云立功事

及南海受責於都體察使而招以

不恭云可笑孝謹之無狀必已知之

通各道大將出陣于外洋 日暮還

入閑山內梁

○二十六日丁未 或晴 或雨 元水使來

有頃右令丁令幷会順天光陽

加里浦卽還與陽來饋以酸

物則欲飲酒故畧饋泥醉妄發

^{元公}

兇悖之言可駭 ″樂安送來

秀吉上書于 皇朝草及唐

人到郡 所記不勝痛憤 ″

二十七日戊申晴

二十八日己酉晴 元水使來多發兇

譎之言極可駭矣

二十九日庚戌晴 汝弼及豚蔚卜存

（一一○）

話言論間元水使多有兇悖之事其爲

誣罔不可言元公兄弟移去後徐檝到

陣右水使丁水使同坐細話

二十日辛丑朝食後順天光陽與陽來

李應華亦來宋希立問安于巡使

前持諸萬春所招公事而去防踏蛇

渡以突山島近處流移入作偸掠

奪財物者左右分衛捕捉事夕赤梁

萬戶高汝友來夜深而去

二十一日壬寅晴

二十二日癸卯晴

二十三日甲辰晴 尹侃 李蕾蒌來

二十四日乙巳晴／ 傳天只平安又聞蔚 痛虐 李蒌還

二十五日丙午晴 夢有賊形故曉

【癸巳年 八月】

右水伯忠淸順天防踏亦來加里浦

李應華 幷到朝[聞][諸]齊萬春自日

本[昨日]出來云

十七日戊[戌]寅晴上船烟薰移騎[左別]

都晚往右水伯船忠淸水伯亦來

齊萬春招來捧招則多有憤["諸萬春捧招則多]

之辭終日話論而罷未初更還騎上["有憤"之辞]

船是夜月色如晝波光如練懷

不自勝也新造下海

十八日己[亥]卯晴右令公丁令公亦同話順天

光陽亦來見趙鵬來言朴致公持啓

往朝云[請]

十九日庚子晴朝食後往元水使處移[請]

乘我船右水伯丁水使亦來元埏又同

(一〇八)

來則 天只平安云

十三日甲戌午 營來公事題送氣甚
不平獨坐篷下懷思萬端也李景
福啓聞陪去次出送庚母行資帖
送宋斗男軍粮米三百石太三百
石輸來

十四日乙亥未 晴防踏酸物備來右水
伯忠清水伯順天亦來共

十五日丙子申 晴此日乃秋夕右水伯
忠清及順天光陽樂安防踏蛇渡
興陽鹿島李應華李弘明
左右都令公并会話夕薈徃
營

十六日丁丑酉 晴光陽酸物備來

【癸巳年 八月】

宥

旨及備邊司行移監司關並到

海南与李僉使來順天光陽亦來

右令公請之故往其船則海南設盃

而氣不平艱難坐話而還

十一日壬申辰 晚驟雨大作風亦■煩惡午

後雨止風則不定也氣甚不平終日

三日往來次教送

坐臥呂島萬戶以軍格捉來事限

十二日癸酉巳晴氣甚不平卧吟終日

虛汗無常沾衣而强坐晚

十三日甲戌雨〃或晴順天來見右令公

來見李僉使亦來終日爭博氣甚

不平加里浦亦來營探候船入

(一〇六)

【癸巳年 八月】

元水使及其軍官素善妄傳不可信也

八日己丑晴食後招順天光陽防踏輿
陽等共入伏等事忠淸水使戰船二隻
　　　　議
不入來而一隻不用云金德仁其道

軍官來本道巡使牙兵二名持公

事探賊勢右水伯往会元水使于

幽浦可笑

九日庚■寅晴朝豚薈入來知
天只平安又知苒病向蘿喜幸〃

點後到右水使船忠淸令公亦到嶺

南水使則伏兵軍一時送伏約之而

先送云可恠〃

初十日辛卯晴朝防踏探船入來

（一〇五）

【癸巳年 八月】

右令公來虞候亦來夜深而還

歸所非浦亦夜歸李綏以醉留此船
得桃林分送各船牙山李禮夜來

初六日丁亥晴朝李綏一時宋漢

連呂汝忠往都　元帥　處食後順

天寶城光陽鉢浦李應華等來

見夕元水使來李景受令公丁水使

亦來議論間　元水使所論動輒

矛盾可笑 〃 暮雨暫作而止

七日戊子晴 朝　暮雨大洽農望加里浦僉

使來所非浦及李孝可亦來見唐浦萬

戶以其小船推去來故給送事敎于蛇

梁加里浦令公則同點心而去夕慶尙

水使軍官朴致召來傳賊船退去云而

（一○四）

難救云不勝驚嘆〃〃今則少有

生道喜幸可言〃醫人鄭

宗之恩莫大焉

初三日甲申晴李景福梁應元

及營吏姜起敬等入來傳萴針破

事則不勝驚愕若過數日則未及

■救

矣云

初四日乙酉晴順天光陽來見而還夕

都元帥軍官李緩以三道馳報 ▸賊勢

狀不送軍官色吏推捉事到陣

可笑〃

初五日丙戌晴趙鵬李弘明來

余■■答拜言及

鑾輿播遷之事揮淚嗟嘆賊勢則已息云

相与論情之際左右之人無數。矣朝虜雲集

候來見而還

初二日癸未晴朝食後心緒欝結擧矴

出于浦口丁水使亦隨至順天光陽來

見所非浦又到夕還到陣處李弘

明來同夕食昏右令公到船言

防踏歸覲事忌〃而以諸將未能

出送答之又言元使妄言多向我有不

道之事而皆妄何關乎自朝未知苒

病如何且賊事留遲心蟻亦重出外

寬心而探船入來則苒痛處成瘇

針破則惡汁流出少遲數日則

約束則元水伯之兄 譎無狀 "鄭汝興

持公事及簡往体察使前順天光陽來

見卽還蛇渡僉使伏兵時所捉鮑作

十名倭衣變著所行綢繆故窮問

則似有形跡而慶尙水使所使云只杖

足掌十餘度而放

二十九日辛巳晴曉夢得兒男則得

被虜兒人占也順天光陽蛇渡興陽防

踏招來与語興陽則痛虐還其餘

從容坐防踏則伏兵歸本營探候

人來莩病未差悶極 "夕寶城來

所非浦來樂安入來云

八月初一日壬午晴曉夢到巨闕

狀如京都多有奇事領相來拜

[癸巳年 七月]

防踏及李應華來見初更吳水
還來傳賊退去云而場門浦則如前
迷豚蔚入營云
二十五日丁丑晴右水伯來話趙鵬
亦到言体察使關字嶺南到水使處而
多有問辞云
二十六日戊寅晴順天光陽防踏來
右水伯亦同話加里浦幷來
二十七日己卯晴右營虞候至自本
營傳言右道之事多有可愕之
事書体察前簡及公事慶尙右水
營吏持公事草來告
二十八日庚辰晴朝修体使簡慶尙右
水伯及忠淸水伯本道右水伯幷到

(一〇〇)

[癸巳年 七月]

清水使及順　天防踏光陽鉢浦

幷南海亦來見　李莢尹素仁　歸營

二十一日晴癸酉慶尙水使右水使丁水使

幷到同議討賊事元水使所言極

兇譎無狀如是同事可無後慮乎

其弟埏亦後到乞軍食而歸與陽　夕

亦到初昏還初更吳水等自巨濟

望來告永登賊船尙留橫恣云

二十二日甲戌晴吳水被虜逃來

載來事出去　蔚入來細陳　天只平安　莄向差

二十三日乙亥晴蔚歸去丁水使請來

同點心蔚還歸

二十四日丙子晴順天光陽與陽來夕

十八日庚午 晴 氣不平 或坐或

臥 鄭思立等 還來右令 公來

見申景潢自豆恥來 傳賊虛事

十九日辛未 晴 李景福持兵使

前簡去出順天李英男來傳

晋州河東泗川 固城等 賊已盡

遁歸云 夕晋州 被殺將士名錄

光陽送傳 見之 不勝慘痛也

꺌二十日壬申 晴 探候船自營入來

則兵使簡及公事 唐將報文來其

報文之辞可惟〃 豆恥之賊爲唐

兵所驅還遁云 其誣罔不可言

上國如是他何足論可嘆〃〃忠

右令公請之故應邀到船則加里浦

令公設數色可唉之物到四更　破

○十四日丙寅晴而晚小雨移陣閑山島

豆乙浦雨勢浥塵而已氣甚不平

終日呻吟順天 入來 傳長興妄傳

本府之事不可形言同 食 點心因留

移陣閑山島 豆乙浦

十五日丁卯快晴晚蛇梁搜討船呂島

金仁英及順天上船所騎金大福入來 秋氣

入海客懷撩乱獨坐篷下心緒極煩月入船

舷神氣清冷寢不能寐鷄已鳴矣

十六日戊辰早晴晚雲夕驟雨洽農

望氣甚不平　興陽入來

十七日己巳雨 〃 氣大不平　光陽來

事同點而歸加里浦軍粮鎭撫來傳蛇

梁前洋來宿時倭人變著我衣乘我

國小船突入放炮欲掠去云故卽定輕船

三隻合九隻馳送捕捉事令^申送之又定^各

各三船送于鑿梁防塞而來^{告目來又云}^{光陽事虛云}

〇十三日乙丑晴晚營探候船入來則光

陽豆恥等處無賊形云與陽縣監入來

右令公亦來順天龜船格軍慶^尙

人奴太守迯走被捉行刑晚加里浦

來見興陽倅入來傳豆恥之虛誤長

興府使柳希先之妄慟又云其縣山城

倉穀無遺分給蠏浦白中葯幷

四十送之云又說幸州之勝捷初更

先去諸將傳令事出去還告曰賊船十

餘隻自見乃梁下來云擧矴出海

則賊船五六隻已到結陣前追之則奔

還〃越申時還到巨乙望浦汲水蛇渡

僉使還來言內豆恥渡賊事虛傳而

光陽之變著倭服自相作乱云順天樂安

已盡焚蕩云不勝痛憤〃〃夕吳壽成

自光陽還來告曰光陽賊事皆晉州及

縣人出此兇計官庫寂然閭里一空

終日厄觀無一人云順天尤甚而樂安次

之云乘月到右令公船則元水使元長直

埏等已先至矣論兵而罷

○十二日甲子晴晩加里浦樂安請來議
食前蔚与宋斗男吳壽成歸

云則不勝喜幸晋陽之事亦虛云然

晋陽事萬無是理鷄已鳴矣

○十日壬戌晴晚金鵬萬自豆恥

來言光陽之事實矣而但賊倭百餘名

自陶灘越渡已犯光陽云然就觀所爲

則銃筒一無度放之云倭而萬無不放

炮之理矣嶺南右水使及本道右令公來

元埏亦來昏吳水自巨濟加參島

來告曰賊船內外不見云又曰被虜人

迯還言內賊徒無數還向昌原等地

云然人言未可信矣初更移陣閑山島

末端細浦

○十一日癸亥晴朝李詳祿以落違令

舍倉庫云 不勝恗惋 順天光陽

即欲 發送路傳不可信停之 蛇渡軍官金鵬萬探知次送之

○九日辛酉晴 南海又來傳 云光

陽順天已爲焚蕩云故光陽順天及宋

希立金得龍鄭思立等發送李

渫昨日先送聞來痛入骨髓不

能措語与右令公与及慶尙令公論事

是夜海月淸明一塵不起水天一

色涼風乍至獨坐船舷百憂攻

中三更末 營探候船入來傳

賊奇則實非倭賊嶺南避乱之人

假著倭形突入光陽閭閻焚蕩

【癸巳年 七月】

尹自新与左相尹斗壽答亦來

尹者獻亦送問九奇別幷來見之　興陽軍粮載

多有嗟嘆之情事　　　　　　　　來

○初七日己未晴朝順天加里浦光陽來

見論兵之際各抄輕銳十五隻往

探見乃梁等處衛將領去則無

賊蹤云巨濟被虜人一名得來

細問賊之所爲則兇賊見我舟威

欲爲退歸又言晋陽已陷豈越全

羅乎云此言詐也　　　　右令公到船共

○八日庚申晴因南海往來人趙鵬　談

聞賊犯光陽″之人已爲焚蕩官

(九二)

▶四日丙辰晴兇賊幾萬餘頭列立揚示
痛憤〃夕退陣于巨乙望浦宿

▶五日丁巳晴曉望軍進告內見乃梁賊船
十餘隻踰來云故諸船一時發向到
見乃梁則賊船蒼遑退走巨濟境
赤島有馬而無人故載來晚卜
存緒往營且晋陽陷城馳報至自
豆恥伏兵處成應祉李承緒出送
光陽夕還到巨乙望浦結陣經夜

一六日戊午晴朝防踏來見所非浦亦
來以閑山島新造船曳來次中衛
將率諸將出去曳來工房郭
彥壽自
行朝入來持都承旨沈喜壽及

【癸巳年 六月~七月】

奴奉孫等往牙山洪李兩生前及尹先

覺明聞　處修簡而送

○七月初一日癸丑晴

仁庙 國忌夜氣甚 晋陽陷沒黃明甫崔慶会徐禮元金千鎰李宗仁金俊民戰死之云

涼寝不能篢憂 國之念未嘗少弛

卩獨坐篷下懷思萬端聞宣傳官下來 初更持有旨來

初二日甲寅晴日晚右水伯到船上

同對宣傳官點後罷還日暮金

得龍來傳晋陽不利云不勝驚慮

然萬無如是〃必狂人誤傳之語也 初

夕昏元埏及埴等到此極言軍中 初

之事可笑〃〃

卩三日乙卯　晴賊徒數隻見乃梁踰來

一邊陸地出來痛憤以我船出洋追之

則奔還去退宿

（九〇）

來則已爲逃遁故陣于弗乙島外面

朝順天光陽招來談兵忠淸水使使

其軍官傳告與陽軍粮乏絶三石
聞康津船与
貸之云故貸送之耳　賊相戰云故

○二十八日辛亥午雨午晴昨夕聞康

津望船与賊相戰云故擧陣發行

到見乃梁則賊徒望見我師驚

怖退走水勢及風逆未能入來因留經
夜四更還到弗乙島是日乃明廟

忌故也奴奉孫愛守等入來細問

墳山消息多幸
　　　　　　　元水使及右水伯同到論兵
　　〃 〃

二十九日壬子晴西風午起靄色光明順

天光陽來見於蘭萬戶所非浦等亦來

【癸巳年 六月】

合到赤島結陣捧順天軍粮一百
五十石九斗載宜能船夕金
鵬萬自晋陽探見賊勢來告
賊徒無數合陣于晋陽東門外
大雨連日爲水所阻肆毒接戰大
水將沈賊陣賊外無繼粮繼援之
路若大軍合力攻之則一舉可殲
云然業爲絶粮我軍則以逸待
勞其勢當可百勝天且助順
水路之賊雖合五六百隻不能當我
軍矣
○二十七日庚戌午雨午晴午時賊船
二隻見乃梁現形云故擧陣出

隻二十三日夜半合入蕪秦浦先鋒

到漆川梁云初更又有大金山望軍

及永登望軍來告亦如之

○二十五日戊申大雨終日朝食後与右水

伯同坐■議賊可討加里浦亦來嶺南

水伯亦到議事聞晉陽圍城而無

敢進迫云以連日下雨使賊阻水不得

肆毒觀之則天祐湖南極矣多幸〃

樂安軍粮一百卅石九斗分給又順

天軍粮二百 石 來納而造米云

○二十六日己酉大雨〃〃南風大吹朝時

伏兵船進告報變曰賊中船小船各

一隻到烏揚驛前云令角舉矴

[癸巳年 六月]

軍官色吏論罪其爲情狀極謬矣

聞二上船無上孫乞送還本營多行汎濫

之事囚禁云故推捉則已爲入來現身

推論自意出入之罪兼罰虞候軍官

柳景男午後加里浦來赤梁■高汝友

及李孝可亦來夕所非浦李英男

來見初更永登望軍進告內別

無他奇但賊二隻入于溫川巡■探而

還歸云

二十三日丙午晴早朝點付耳匠等則

無一名干　云新船本板畢造

二十四日丁未食後大雨狂風竟夕不止

夕永登望軍來告賊船五百餘

(八六)

[癸巳年 六月]

防踏順天光陽來見趙鵬与其姪趙

應道來見是日船材運下因宿

亦浦夜風定

二十一日甲辰晴曉移陣韓山島

望應浦點時元埏來右令公亦邀同坐

行盃數巡^{而罷}朝豚薈入來因聞

天只平安爲幸 "

○二十二日乙巳晴戰船始坐塊耳匠二百

十四名運役內營七十二名防踏三十五名

蛇渡二十五名鹿島十五名鉢浦十二名

呂島十五名順天十名樂安五名興陽

寶城各十名防踏則初送十五名

鵬至自昌原傳賊勢則極熾大云

十八日辛巳_丑 或雨或晴朝探候船

入來而第五日到此極爲非矣故

杖送午後往慶尙右水伯船同坐談

兵連進一盃″醉甚還來扶安龍仁

來傳其母之被囚而還放云

○十九日壬午_寅 或雨或晴大風吹_{不止}移陣于

烏揚驛前風不定船移陣于固城

亦浦莘及有憲兩姪送還本營探

天只氣候而來倭物及　天將贈物

油物并載_卯送于營　各道了公事

二十日癸未_卯陰且大風以忌終日獨坐夕

[癸巳年 六月]

初更量永登望軍　光陽人來告內

金海釜山賊船無慮五百餘隻來入

于安骨浦熊浦薺浦等處云不可

盡信然賊徒合勢移犯之計不

無故通于右水伯与丁水伯二更大

金山望軍進告內亦如之三更送

宋希立于慶尙右水伯處議之則

明
曉領舟師進來云賊謀難測〃〃

初伏〇
十七日庚辰子或雨或晴早朝元水使
与右水使丁水使
來議咸安各道諸將退守晋

州之言實矣食後到景受令公

船而使改坐處　終日談論于右船趙

[癸巳年 六月]

十四日丁丑酉午雨午晴朝食後樂安來見

加里浦請來 同朝飯順天光陽來

光陽進獐轉運使朴忠侃關及書

簡來慶尙左水使關及同道右水

使關來暮風雨大作須臾止

十五日戊寅戌午雨午晴右水相及忠淸

水伯順天樂安防踏請來共談

時物日暮而罷

○十六日己卯亥午雨日晚因樂安倅得見鎭

海告目則咸安各道大將聞倭奴進

陣于黃山洞皆退守晋陽与宜寧

云不勝驚愕順天光陽樂安來

【癸巳年 六月】

還探候人來呈告目而去

○十二日乙亥未 午雨午晴朝拔白十餘莖然

白者何厭但上有老堂故也 終日獨

坐蛇梁來見而歸夜二更卜存緒及金

良幹入來見 行宮奇別則東宮未

寧憂悶無極〃柳相簡及尹知事簡

亦來聞 奴鉇同奴哲每等病死可怜

也僧海棠亦來 官來傳而去 夜唐兵五名入來事元水軍

○十三日丙子申晴晚午雨而止唐人王敬及

李堯來見舟師盛否因聞李提

督不爲進討獲責

天朝云從容論語多有慨〃夕移

陣巨濟地細浦留

造結夕永登望軍 進告內熊川之賊

四隻本土入歸又金海口賊船百五

十餘出來十九隻本土入歸其餘

釜山指向云四更嶺南元使水關內

明曉進戰云其爲兇險猜思不可

言卽夜不答四官軍粮行移成送

十一日甲戌午乍雨乍晴朝成討賊公

事送于嶺南水伯則以醉不省托

之不答午時徃忠淸水相船則忠淸

水相來坐我船暫話而罷因

徃右水伯船則加里浦珍島南海等

與水伯共設盃盤我亦飮數盃而

忠恕亦以病遞下陸地 光陽來所非浦

亦來光陽進桃林共唉○探候船入來

各官色吏十一名決罪玉果鄉所自上年

領軍不謹多致干到幾百有餘名

而每以詐欺對之故是日行刑梟示

狂風不止心緒煩乱

九日壬申辰晴連旬苦雨始學一陣將士

莫不喜悅順天光陽來進家獐氣似

不平終日卧船接伴官到付來呈聞

李提督還到忠州云鄉義兵成應

祉還時營軍粮米五十石載來

十日癸酉巳晴右水伯及加里浦來此

細論兵策順天亦來草芚二十番

風勢甚惡各船艱難救護李弘明
來夕食後還歸

┃ 六日己丑午晴午雨順天來見寶城遞去
金義儉爲之云忠淸水使到船話李弘
明來防踏亦來卽還夕營探候人
來則　天只平安云且聞與陽馬到
樂安斃云驚愕不已
七日庚寅陰而不雨順天光陽來右
水相忠淸水相亦來李弘明亦到終日
相話本道右水虞候夕來見備傳
京中之事不勝憎嘆之至
八日辛卯午晴風且不和朝嶺南水
使虞候送軍官致生鰒故以玉三十送
償羅大用以病還營兵船鎮撫柳

慶尙水伯是熊川之賊或入甘同浦
出移文入討云可笑其兇計也

（七八）

憒而分

初三日丙戌曉晴晚大雨以上船烟燻事

移乘左別船方欲射帳之際雨勢大作一

船之上雨無不漏坐無乾處可嘆平山浦

萬戶所非浦權管防踏斂使并來見暮

巡使邊使兵使防使答關來則多有難事

各道之軍馬多不過五千云而粮亦幾絶云

賊徒肆毒日增事〃如此奈何〃〃初更還上

舡就寢房雨則終夜

四日丁亥雨〃終日而永夜朝食前順天

來食後忠淸水使丁令公及李弘明光

陽來終日話兵

五日戊子雨〃終日如注〃〃人不堪出頭

午後右水相來到日暮還歸自暮風

倭鞍子一持去云○順天光陽來見探候船倭物

持來忠淸水使丁令公來羅大用金仁問

方應元及葦姪亦來因審

天只平安多幸　〃与忠淸水使從容

談話夕飯待食因聞黃廷彧李瑛

出到江邊同話云不勝慨　〃也 是日晴

初二日乙酉晴朝本營公事題送溫

陽姜龍壽到陣通剌 而先徃慶尙

本營板屋及軍官宋斗男李景祚

鄭思立等歸營朝後巡使軍官持關

字來到探賊勢而 還与右水伯相議

答送姜龍壽 亦來粮五斗給送

元塤同來云丁令公亦來船同話

加里浦具虞卿共話移時夕推

【癸巳年 五月~六月】

三十日癸未終日雨〃申時暫晴還雨朝

与尹奉事卜有憲問賊事李弘明來見

元水使以其宋經畧所送火箭專用之

計而因兵使關分送云則甚不肯移文之

辞多有無理之言可笑 天朝陪臣所送

火攻之俱火箭一千五百三十介不爲送分

專欲合用其計極無謂〃夕趙鵬

來話南海奇孝謹船在泊我船傍而以

其船載小娥恐有人知可笑當此

國家危急之時至載美女其爲用心無

狀〃然其大將元水使亦如是奈何〃尹奉
事以事還營軍粮米十四石載來

六月初一日甲申 朝探候船入來 天只簡亦

來則平安云多幸〃豚簡及菶簡幷

至則唐差官楊甫見倭物不勝喜躍云

(七五)

【癸巳年 五月】

使宋經署所送火箭獨用設計可笑〃

全羅兵使簡亦到則昌原之賊今日舉討定

之而陰雨不開未遂云

■二十八日辛巳雨〃終日順天李弘明來話

光陽人持啓還則督運任發英自

上極非之幷下推考治罪之

命水軍一族之事亦命依前備邊司事

關到付光陽縣監仍任云几朝報持來

見之不覺痛惋也龍虎將成應祉以其

船改乘次持傳令出送本營

■二十九日壬午 雨〃防踏僉使及永登萬戸

禹致績來見成公事送于接伴使

都元帥巡邊巡察使兵使防禦使等處

二更卜有憲李銖等來

【癸巳年 五月】

ㅁ廿六日雨〃己卯　朝唐人乃浙江炮手

王敬得粗解文字對語有時不能解聽可

嘆〃順天辦家獐　光陽亦來　右水伯令

公共話加里浦邀而不來雨勢竟夕不止

達夜如注自二更狂風大起各船不能止

定初與右水相船相搏艱難救却又

有鉢浦所騎船搏之幾有攻觸傷破而

僅免宋漢連所騎挾船則爲鉢浦船所

觸多有傷處云晚朝嶺南水伯來見

而歸巡邊使李濱送關多有過辞可笑

廿七日庚辰風雨所觸移陣于柚子島

挾船三隻無去處而晚入來　順天光陽

來辦獐嶺南右兵使答簡來則元水

【癸巳年 五月】

卩廿五日晴 己卯 戊寅　唐官与宣傳官宿醉未醒

票信安床後亦從容話豚薈夜歸本營

朝譯官表憲更請來問

天將所爲則　天將之意未知何爲也只欲

驅送倭賊而已云報曰宋侍郎欲審舟

師虛實而使其所率夜不收楊甫送

來而舟威如是之盛欣喜無比云 〃

晚還歸本營故帖給者有之午

時移陣于巨濟縣前柚子島前

洋中　与右水相論兵有時光陽來

崔天宝李弘明來手談而罷夕趙鵬

來見話送初更後嶺南來唐人二名

右方伯營吏一接伴使軍官一員來

到陣門而夜深不入

水伯來李弘明亦來嶺南右兵使軍官

來傳賊事本道兵使簡及公事到此則昌

原之賊擧討云而賊勢熾張不能輕進

云夕豚薈來傳唐官到營騎船發來

之事昏嶺南水使來議唐官接待事

二十四日丁丑午雨午晴朝移陣于巨濟

前漆川梁海口羅大用探見唐官

于蛇梁後洋　先來　傳唐官及通

事表憲与　宣傳官睦光欽來云未時

唐官楊甫到陣門使右別都李渫送迎

引來到船多有喜色請乘我船謝

皇恩再三邀与對坐則固辞不坐立談移

時多稱船威之盛致禮單則初似固辞

而受之喜悅致謝至再〃〃宣傳官

【癸巳年 五月】

終夕談話李弘明亦來未時雨作少蘸農望

李英男來見元水使虛辞移文致大軍動

搖軍中欺誣如是其爲兇悖不可言竟夜

狂風且雨曉頭行到巨濟船滄乃二十二日也

二十二日乙亥雨〃大洽人望晚朝羅大用

至自日本營則持有宋侍郎牌文及差

員與本道都事行上護軍　宣傳官一

員先文來　則宋侍郎差員以戰船

探察事來云卽定虞候迎來次發送

午後移泊漆川梁羅大用以問禮

事出送夕防踏來說唐人接待事嶺

南右水伯軍官金逸繼來傳其將

之意雨勢終日不止聞與陽軍官李琥之死

二十三日丙子曉陰而不雨晚午雨午雨晴右

兼巡使節制云而不踏卽信未知所然也防踏僉

使來見大金山永登望等來告倭賊出沒而別無

大段之兇謀云新造挾船兩隻無釘云

十九日壬申晴朝飯与尹奉事同食爲諸將

力勸氣且不平 强先食味尤極悲慟也

巡使關內天將劉員外牌文據釜山海口已爲

往截云卽到付成送又成公事報送使則寶城

人持去順天桃林七種送來防踏及李弘明來

見奇叔欽亦來見永登望來告別無他變

二十日癸酉晴曉大金山望來告亦与永登望

同晚順天來所非浦權管亦來午後望軍

來告日倭船無形云故簡于本營軍官等倭物

載來 事敎送與陽人持去

二十一日甲申戌曉行船到巨濟柚子島中洋

大金山望軍進告賊之出入如前云与右水

[癸巳年 五月]

泉川別世云不勝痛哭〃然何時事若是其酷

耶喪葬誰其主之大進已先棄世云尤極慟〃

ᵖ十七日。^{庚午}晴曉風甚狂朝順天光陽寶城鉢浦及李

應華來見卜存緒以病還歸嶺南右水伯

送軍官持見晉陽馳報則李提督時在忠州

云而賊徒四散焚掠痛憤〃終日大風心思亦

煩乱〃固城倅送軍官來問且致秋露与桃林

一枝及蜂筒云然遭服之中受置未安而恩情所

致義不可還送故給軍官等氣甚不平早

入船房

▎十八日辛未晴早朝氣甚不平呑溫白元四丸

朝食後右水伯及加里浦來見有頃快注氣似

平安奴木年至自蠏浦因聞 天只平安卽答

書還送甘藿五同送于家是日接伴使處賊勢

難易公事三道成一丈送之全州府尹關內今爲

寧山令醉倒不省人事可笑卽夕兩宣傳還

十五日戊辰晴朝樂安郡守來見有頃尹
東耉持其將狀啓草則其爲欺罔不可
說也順天光陽來見晚朝荄蔚與尹
奉事齊賢偕到當午到射帳處順天光
陽蛇渡防踏等爭雄余亦射之夕還船上
与尹奉事細話

十六日己巳晴朝赤梁萬戶高汝友監
牧官李孝可李應華姜應彪等來
見各官公事及所志題給荄与薈還
歸氣甚不平卧枕呻吟因聞
天將遲留中路不無巧計爲
國多慮〃事〃如是尤極興嘆而潛淚也
點時因尹奉事傳聞**舘**洞叔母主避乱于楊州

鎰壻郎云故也夕李英男尹東耆來見

固城縣令趙應道亦來見是日曉左右道体

探人定送于永登等地

十三日丙寅晴食後小峯頂張帳与順天光陽

防踏蛇渡及虞候鉢浦分邊爭雄日暮下

船夜聞嶺南右水使處宣傳官都彦良來

云是夕海月滿船獨坐轉展百憂攻中寢不

能寐鷄鳴假寐

十四日丁卯晴　宣傳官朴振宗來一時　宣傳

官寧山令禮胤又持宥

旨來因問　　行朝事及天兵所爲痛惋

〃吾亦移乘右水使船對話宣傳酒數

行嶺南水伯元平仲來肆酒甚無謂

一船將士莫不悷憤其爲誣妄不可言

義持公事來夕嶺南虞候李義得李英男來
見坐話夜深而罷歸姑留營事簡之　尹奉事齊賢到營云簡來到卽答送

十一日甲子晴　宣傳官還歸日晚往右水伯結陣
則李弘明加里浦僉使亦到或手談順天又到
光陽繼至加里浦呈酒肉俄頃永登探賊
人等還告曰加德外洋賊船無慮二百餘艘
留泊出沒熊川亦如前日云　宣傳官之還俱由
書狀都元帥體察使處三道成公事一丈
論稟定三道人同送是日南海亦來見

十二日乙丑晴本營探候船入來則巡察使關及
宋侍郎牌文持來司僕馬五匹進獻次
牽送事關亦到故兵房鎮撫起送晚嶺
南來宣傳官成文漑來見細傳
行朝事不勝痛哭 ″也新造正鉄銃筒送
于備邊司黑角弓帿矢給送右成也李

如注終日不止川渠告漲遽滿農人之望可幸 〃

竟夕與愼戚丈同話

■初七日陰而不雨庚申 与右水相同朝飯移坐鎭

海樓公事後登船臨發鉢浦逃水軍 行法順天

吏房以奔赴不爲之整付欲爲行法而姑止行

到彌助項則東風大作波濤如山難艱到宿

■初八日辛酉陰而不雨曉頭發行到蛇梁洋中萬

戶出來問右水使在何處則時在昌信島云

而軍不聚未及乘船云直到唐浦則李英男

來見詳言水使多妄宿

■初九日壬戌陰朝發到巨乙望浦風不順与右水相加

里浦共坐談論夕元水使率二隻戰船來会

■初十日癸亥陰而不雨朝發船到見乃梁晚上坐小頂

上點閱興陽軍 決落後諸將罪右水伯加里浦

亦会共話俄有 宣傳官持宥高世忠

旨來傳則往討釜山歸賊也副察使軍官閔宗

五月初一日甲寅晴曉行望禮

▍初二日乙卯晴　宣傳官李春榮持宥旨來則大騾截殺遁賊事是日寶城鉢浦兩將來会其餘諸將以退定未会

▍初三日晴丙辰右水相率舟師來約而舟師多有落後可嘆李春榮還歸李純一又來

▍初四日丁巳晴是辰乃　天只生辰而以此討截未能往獻壽杯平生之恨也與右水伯及軍官等射帿于鎮海樓　順天会約

▍初五日戊午晴宣傳官李純一還自嶺南朝飯對之傳有　天朝賜爵銀淸金資光祿大夫加云然是似誤傳矣日晚与右水相順天光陽樂安都令公同坐酒談且令軍官等分邊射帿

▍初六日己未朝愼定氏与蕃姪至自蟹浦晚大雨

意於筆硯而奔忙海陸

亦不休息置之忘域久

矣承此

五月初十日巨濟見乃梁陣中

全羅左右大將　慶中衛將金勝龍

慶尙右大將　前衛將奇孝謹

左中衛將權俊

右中衛將具思稷

左〃部申 浩

前部李純信

中部魚泳潭

斥候金浣

金仁英

遊軍將黃廷祿

右部金得光

後部賈安策代宋汝悰

斬退李應華

九月十七日

大浦打 出三石落

一百卅三石五斗出

癸巳日記

[甲午書簡草(附箋)]　(甲午年 七月下旬 作成 － 全書〈上某人書 二〉參照)

伏未審

台體若何候■戀之至無任下誠曾聞

調體候失寧而戍守來在遠海未易探

候徒極悶下情悶仰〃此處賊勢時無他迹■連日探嘗則

多有飢羸餒之色其意必在穀熟而人謀不臧我國備

禦處〃疎迂齟齬處萬無防守之勢奈何矣倭賊倭奴中所異

者舟師而各官守令水卒之赴戰者無矣移文方伯則畧無檢督之意軍

粮尤無所賴百爾思惟罔知收措舟師一事勢罷撤將如某一

身一身萬死無惜於其國事伏如何新方伯及元帥舟師沿海無

之糧遣軍官轉庫輸去未知伏是意也全羅某在他道遠海無

路措制勢至此極奈何可〃若別遣舟師伏未知之御史摠檢

舟師之事則勢似濟事故狀啓而朝廷意也從事官丁景

達盡心於監田監屯而前方伯移文曰道主之外不可續〃作屯云耕

一切勿檢云是亦伏未知其意也丁公今爲咸陽倅云其所檢

之事將歸虛矣仰悶〃收穫間未可仍之耶

【狀啓 (壬辰年 六月十四日 〈唐浦破倭兵狀〉) 記事草(三)】　　(五四)

內倭大船二十餘隻小船十餘隻向來 是如爲白去乙促出洋中

探見則 爲白乎矣 果如其言賊徒望見我師 退遁堅我梁日亦已暮留

■經 夜翌日 是白在初三日整我舟師挾攻搜討 爲白良置

絶無形迹 爲白去乙 令 輕快小舡送探賊留處而行船未及固

城二十里次有人呼喚我人曰賊船三十餘隻今入固城境唐

項浦作綜是如爲白去乙同唐項浦

【狀啓〈壬辰年 六月十四日〉〈唐浦破倭兵狀〉記事草(二)】

焚滅後直到泗川■船倉則賊徒無慮三百餘名峯上結陣

峯下列船▶多樹旗幟踊躍叫噪爲白去乙令龜船突進連放天地

字銃筒諸船一時俱進射矢放丸乱如風雨賊徒退遁逢箭沈

水或扶曳登山者不知其數斬倭頭及倭將幷四級船隻叚無

遺焚滅爲白齊翌日是白在初一日固城地毛思郎浦結陣經夜

初二日曉頭發舡爲白乎矣同告內唐浦倭大船十二隻

小舡二十餘留泊徐″下陸同浦官舍焚蕩除″仍在

船上爲白去乙更勵諸將一時馳追小船二隻以誘引爲

吹螺角爲白去乙指揮諸將一時回擁先使龜舡直衝

連放天地字銃筒撞破其層樓大舡賊徒自知勢不能

支吾還入唐浦船倉下陸次放丸射矢發如風雨幾盡

中傷致死者亦多斬頭七級焚滅其船次又有望軍進告

(五三)

［(空面)］

［書簡草（八）〈全書 〈上某人書 一〉 參照〉］

霖收旱作炎

庚炎甚酷 ■甚酷 伏未審

體候若何仰慕 ″ 前日再承
癘前日　患痢今則如何伏慕之至無任下情

下書伏欲卽進而接戰時　不能自顧身冒入矢石中丸甚重雖
奮

不死傷其後連日著甲相戰孔穴爛破惡汁流出未能著
丸

衣桑灰水海水連日夜浴洗尙未差效治行有日未克

銳進仰悶 ″　發軍行師之日定在何間但此道人心潰

散常聞徵兵之奇咸欲迸避云不勝痛憤 ″
奔　　　非但此丸肩井大　骨未能擧臂又未控弦　將作廢棄

■伏悶 ″″勤　王一事在今急 ″ 而　一刻至於此極北望長慟
深犯骨　　　身病至此

非但此也又未控弦將作廢棄
肩

而已發軍行師之日定在何間近觀此道人心則一聞徵聚■之
沿海之人　幾　從水路轉徙　則還

奇皆懷奔潰之計鮑作能操　■已潰散曰關西徃返難期
返

生前父母妻子更見無路沿邊之地無人守禦將作賊藪父母妻子亦難
離散

無復相見云人心之潰至於此極何■而制合耶
以

伏未審

體候若何仰慕〟前日再度
教下卽欲進謁■稟討賊勤
王之事而接戰不能自護中賊鐵丸雖不至死傷孔穴爛破惡汁
沾背著衣難便罔晝夜或桑灰水或海水浴洗尙未差復
伏悶〟　　使道發軍定在何時所屬諸將中如鹿
島防踏守令中興陽順天樂安而此道之人皆懷潰散之心
右道各浦及各官亦或有奔潰之處未見賊面尙且如是
旱炎太酷伏未審
體候若何仰慕〟前患痢今則如何日夜伏慮之至無任下誠
卽欲進謁而奮不顧身先冒矢石中丸甚重雖不至死傷孔■■
穴爛破惡汁長流未著衣桑灰水連日夜浴洗尙未差效

[書簡草(六)]

（四九）

哽塞"" 徒增

使道▣以一失爲嘆而長思萬全之策亟▣復

甚""李白兩將之死此皆自取僥倖萬一實非兵家長算矣

今聞義兵多聚上去云不知某人爲將也某雖未自能殺敵亦無指

示率所率有成一事然戰馬無一匹可用軍官亦無一馬

慶尚之戰幾盡放散餘者甚寡今方措備而勢未及也

奈何"不治戰俱先入賊中是亦取則不可戰矣

其中火藥甚難仰悶"

頃日有 旨據使道關內令左右兵勢要截賊歸路盡殲云故

曾与右道水使及慶尚水使本道右水使及所屬諸將已定日

而此命何以爲乎初定二十五日今以 使道來約之敎退定二十七日

矣大槩由水上去此非上策只整卜船輸運兵粮此似合甚合

酌量處置伏仰 ""

[書簡草(五)]

早炎太酷伏未審

體候若何前患痢今則如何伏慮之至無極下誠某伏欲卽進探

候而頃日戰奮不顧護先登矢石中丸甚重雖不至死傷深犯肩井大

骨惡汁長流未能著衣百藥治調尚未差效又未控弦伏悶〟勤

王之事在今急〟而身病至此北望長慟只自垂淚而已

行師之期定在何 間耶近觀此道人心則一 聞沿海徵兵之奇咸

懷奔潰之計或有言曰由水路徃 轉戰深入則還返難期且 日

海邊慶尚接境之 無遺徵聚則將此道与敵而無人守禦者亦

無父母妻子無復相見云人心如是何以制合乎姑以因宥 旨

更徃慶尚討截賊歸路爲辭而解之順天府使發差聚之而

應赴者甚罕云不勝痛憤〟〟各浦之報連絡如是故姑令

不如姑緩其限 行師之期限徐以義理曉 也下三道內唯此道

粗完 人心若失此道則恢復無路 更觀賊勢日夜憂悶〟

(四八)

[書草(二)]

不忍憤恥

得失成敗相遠如此可不戒乎

更復興師以雪　國家之恥辱在今急〃而

猶愼重而不敢輕与之戰

審形勢

愁苦怨毒

[書簡草(四)]

炎酷比劇伏未審

体候若何伏慕前患瘧　日今　未却再奉
下問丸孔未合卽未■進謁

敎書卽未奉發死罪〃但人心之潰散無如此時而

則如何度

酷炎伏未審

体候若何伏慕〃前日

患瘧今則如何旱氣至此極尤用伏慕之至伏承再度

下問以病卽未進謁罪負〃怒膽如裂前日再承

下問伏欲趍謁不移時而丸處甚重尚未差合强情驅馳則勢

將爛破數旬之內慮未趍趍至此罪仰〃且人心亦已潰勢似難

合何以爲制雖或有應徵者不可獨赴

極亦益助賊肆毒

江灘至淺賊之移犯有若轉燭憤憤入骨髓

憤慟哭〃至此極天不助祐以

(四六)

［〈空面〉］

（四五）

[書簡草(三)]

伏承
令問伏審
令体平重仰喜〃
　　　萬
敎下魚膠例定之邑變生之後一切不納只將三十張送上仰愧〃

(四四)

[書簡草(二)]　　　　　　　　　　(四三)

曾承 下問以丸處之痛即未進謁平生罪仰〔負〕〝 但近觀道內人心則頃日

退師之後軍情益潰〔愁苦且怨〕■而旋有還 徵之令〔師〕皆懷避脫之計■ 〔係名〕繫軍任者亦〔師〕

投入義兵云如是可能〔之〕■■ 滅賊乎何以爲制 愚妄之意不如姑寬出〔師〕

之期使得一時之〔休〕■暇則人心必不至此極矣。〔討賊斬〕〔其〕軍器軍粮幷棄於龍〔初〕

某亦募得水卒之精銳及雜色中自願者使之畜力〔師〕休〔暇〕欲於八月間學

率馳進于使道前承受指揮 以死決戰而軍粮軍器幾盡於

慶尙再赴之戰又有難運之慮 使道預量　行下伏仰〝 令之

使道■■赴戰不忍憤〔國家羞辱〕■更復興師■融雪 國辱在今汲〝〔如是汲〝汲〕〔汲〝不拘時〕

而人情至此奈何〝〔在所汲〝〕〔如是汲〝凡有血氣者莫不欲殫竭心力而人情至此奈何〝〕然大將之令猶在愼重〔而〕不敢輕擧則察人情審形〔事雖歇後急速〕〔不可不〕

勢亦不可不不亦所當〔所當〕務而處之矣

[狀啓 (壬辰年 六月十四日《唐浦破倭兵狀》) 記事草(二)]

爲勦滅事前矣　宣傳官趙銘賁來有

旨書狀內乙用良臣所屬舟師領率與慶尚右水使元均同〔所率〕

戰船三隻船率良鈔
議玉浦等地賊船四十餘隻焚滅爲已馳啓爲白如乎去五〔水陸侵列鎮〕〔犯昆陽〕

月二十七日到付慶尚右水使元均移文內賊徒

稽迫本道　泗川南海等地各邑及閭里人家焚蕩作賊是如爲白有叱去
右道列邑已爲賊藪昆陽泗川亦盡陷敗

乙臣所屬舟師諸將一邊招集一邊本道右水使處移〔矣〕

通奇內昆陽泗川等官亦爲陷沒是如爲白爲去等　本道右水
已　慶尚右水使更良

文六月初三日臣■營前洋會約亦爲白有如乎〔更良□□則〕〔以待〕
日限　赴敵

使期■　爲白在如中事勢稽緩乙仍于同月二十九日曉頭只率
会

臣所屬舟師馳到昆陽南海地境露梁爲白乎矣慶尚右

水使元均望見臣舟師率戰船三隻來〔到〕
敗軍之去後　爲白良置同元均

段無軍之將以別無措〔制〕之事爲白乎午時量賊船一隻昆陽地
在果同日　望見我師

中太浦難作于家焚蕩搜探爲白如可走避次諸船一時追逐■

(四二)

[〈空面〉]

(四一)

[書簡草(一)]

熱極伏未審

体候若何前　患瘴痢今則如何日夜伏慕〃近甚旱極江灘極淺助　氣大甚

賊益勢天不佑至於此極含憤無言怒膽如裂〃前承　下問以丸處　神

之痛　卽未進謁伏罪　〃〃但人心潰散勢似難合何以爲副雖或有應徵者

不可獨率而赴不如姑寬出師之限使得休暇而後更徵則斷無還　集之

理矣頃日退還之後旋卽更徵人心已潰勢似難合

熱酷伏未審

体候若何前　日　患瘴證今則如何　念度　憂慮過極　痛患何言日夜

之戀任無下情〃　曾承下問以丸處之痛卽未進謁迫今罪仰〃　但今觀道內之民不快之意道內人心　近者旱氣太甚　江灘極淺益助賊肆　但

頃日　還師　旋有　退還之後　見軍情益　人心潰散而又卽　徵集之令咸懷違令之計或入　道內人心　走脫之計

義兵

（四〇）

[(空面)]

(三九)

與右水使李　慶尙右水使元均 相約

到折影島南洋 爲白乎矣 同浦 左右山麓 賊船無數 望見釜山賊船則

列泊 爲白去乙 叱分不喩 新造 土築蓋草家 山腰 及 山左右

城內瀰滿 新造設草家土築垣墻瀰滿連絡 爲白去

等乙臣等不勝憤欝 領約与 本道右水使及慶尙右 昌率諸將先鋒馳入本道右水使及

水使約曰繼臣之後 迭相出入連放天地字各樣銃

筒撞破賊船五十餘隻日且奄暮

[〈空面〉]

(三七)

[狀啓（壬辰年 九月十七日 〈釜山破倭兵狀〉）記事草（一）]

九月初一日四更初發船到沒雲臺則慶尙

右水使先率其所領諸將厓到多大浦前洋

（三六）

[結約文 草稿(二) (全書 《約束各營將士文》 參照)]

爲約束事千古所未聞之兇賊遽及吾東方禮義之邦

■■不固　國倭陷三京生民塗炭敵兵纔■望風先潰而以兵粮路爲藉

寇之資　嶺海諸城望風奔潰致成席卷之勢蠻輿西遷生靈魚肉三京連陷　宗社丘墟爲臣子者莫不

所當效死不暇而機会不適未展所志願今幸□天朝遣天

下大將軍　李度督領十萬兵馬掃蕩箕城之賊

已復三都爲臣子者踴躍欣抃首不知所言自　上　宣傳

官宣誘截殺大遁之賊隻輪不返亦丁寧

■下　教五日再至爲有去等正當奮忠忘身之秋而昨日　指揮

三道諸將之際多有巧避逗遛之形極爲痛憤卽當按

律而賊未交鋒先梟一將有妨軍令爲乎等用良姑容其罪

策爲乎等而■■不問爲去乎■甘內辭緣

一　〃奉行爲乎矣

(三五)

［結約文 草稿（一）－ 餘白 落書］

爲甘結事今此■島夷之變千古所未聞史亦無

傳嶺海諸城望風奔潰各鎭大小之將一向退縮

鼠竄山嶼谷致_山大駕西幸　連陷三京　宗社
　　　　　于焱

蒙塵二年　丘墟

（三四）

[癸巳年 三月]

十八日癸酉晴狂風竟日人不敢出入所非浦^与飯^朝同

右水伯爭奕而勝奇南海亦來夕猪一口捉來

夜二更雨作

十九日甲戌雨 〝 与右水伯話

廿日乙亥晴与右水伯同話午後聞 宣傳官持

宥　旨來

廿一日 乙亥 丙戌^子晴

二日丁丑

(三二)

[癸巳年 三月]

十三日戊辰雨大作晚朝晴李令公及李僉使

弘明手談

十四日己巳晴各船起送船材運役而來

十五日庚午晴右水伯到此諸將射帿觀德

我諸將所勝六十六分右水伯作餅兼酒而

來　暮雨大作終夜下注

十六日辛未晚晴諸將等又射帿我諸將所勝

三十餘分元令公亦來大醉而歸樂安朝來

捧古阜簡而送

十七日晴壬申　狂風終日与右水伯射帿不成模

樣可笑申景潢來傳宥

旨宣傳官來營云卽還送

(三二)

[癸巳年 三月]

九日甲子陰雨竟日元埴來見而歸

十日乙丑晴朝食後發行 向蛇梁樂安人至自
行在所傳言曰 唐兵曾到松京連日下雨道路泥濘
勢難行軍 待晴入京事結約云聞此言不勝
欣踴之至李僉使弘明來見

十一日丙寅晴朝食後元水使与李水使亦來共談
且酒元水使極醉而還于東軒 營探候船來
猪三口捉來

十二日丁卯晴朝各官公事題送營兵房
李應春斜付磨勘而去 萼及羅大用
德敏金仁問亦歸營食後手談于右令公
下處房光陽辦酒來三更雨作

[癸巳年 三月]

未聞 唐兵之入京否也爲悶可言〃 終日雨〃

四日己未始晴右水伯李令公來終日話元令公亦來順天
以病重痛云聞 天將李汝松聞北路之賊蹤雪寒嶺云到松京
還歸西關事奇到不勝痛悶

五日庚申晴風色甚惡順天以病還歸故朝親見而送探
候船來明日討賊事相約

六日辛酉晴曉發行到熊川則賊徒奔逬陸地作陣山
要官軍等鉄丸片箭如雨乱射死者甚多泗川女人
一名被擄奪還宿漆川梁

七日壬戌晴与右令公話初昏發船到巨乙望浦
則日已曉矣

八日癸亥晴還到閑山島朝食後光陽樂安防踏來
防踏光陽則多備酒饌而來右水伯亦來於蘭亦送桃
林數物夕雨〃

【癸巳年 二月-三月】

縛來送于嶺南水使則水使大怒其本意皆在送軍官

搜得漁採人首故也　初更豚兒葂來宿于沙火郎

（二八）

二十九[甲寅]日 陰 慮有風惡移舟漆川梁右水伯李令

公來見順天光陽亦來嶺南水伯來見

三十日[乙卯] 終日雨〃 縮坐篷下

三月初一日丙辰 午晴而夕雨防踏僉使來順天

則以病未能來

初二日丁巳雨〃 終日縮坐篷下百念攻中 懷思煩

乱招李應華与語移時因送順天船 審病勢

云李英男李汝恬來 因聞　元令公非理深加嘆

恨而已李英男置倭小刀而去　因李英男聞康津二人生還
爲固城所捉納招而去云

初三日戊午朝雨今日乃踏靑而兇賊不退擁兵浮海

二十四日己酉晴曉牙溫簡及家書幷修送朝發行

到永登前洋雨勢大作勢不能直抵叵棹而

還漆川梁雨止与右水伯李令公順天加里浦成珍島

蕩花穩話初更造船器俱入送事牌字及興陽

關字成送 粮九斗十升貿雌犖而送

二十五日庚戌晴風勢不順因留漆川梁

二十六日辛亥大風終日留

二十七日壬子晴而大風与右水伯李令公会話

二十八日癸丑晴且無風曉發到加德則熊川之賊擁縮

畧無出抗之計我船直向金海江下端禿沙伊項而右

部報變則諸船張帆直指叵擁小島則慶尙水使軍官

及加德僉使伺候船■幷二隻出沒島嶼其情極荒唐故

[癸巳年 二月]

狀倭賊奔遑之際合戰船直衝則賊勢分力弱幾

爲殲盡而鉢浦二船加里浦二船不令突入觸掛

淺陝爲賊所乘其爲痛憤"膽如裂"有頃珍島

上船爲賊所擁幾不能救而虞候直入救出慶

尙左衛將及右部將視而不見終不回救其爲無謂

不可言痛憤""以是詰於水伯可嘆今日之憤

何可盡說皆慶尙水伯之致也

秦浦宿　牙山蕾芬簡來于熊川戰所　張帆還到蕭

二十三日戊申陰而不雨朝右水伯來見食後元水

使來順天光陽加德防踏亦來早朝所非浦

永登臥梁等來見元水使則其爲兇險無狀

""　歸　崔天寶自陽花下來細傳　唐兵之奇兼傳調度御史簡与公事卽日夜還

(二六)

[癸巳年 二月]

院浦汲水乘昏還到永登後洋經夜沙火郎陣

十九日甲辰晴西風大作不能放船因留不發送筆墨
于南海夕南海來謝高汝友李孝可亦來見因陣沙火郎

二十日乙巳晴曉發船東風暫至自午大風輒發各船自相
　　　　　　　　　　与賊交鋒則
觸破幾不能制船卽令角立招搖止戰諸幸賴不至
重傷然興陽一隻防踏一隻順天一隻營一隻衝破日未
　　　　　　　　　　　　　　　　是鹿群走東西順天捉一獐送來
暮到蕬■　浦汲水經夜
　　　秦

二十一日丙午　陰而大風李英男李汝恬來見右水伯元令
公順天光陽亦來見夕雨作三更雨止

二十二日丁未曉雲暗東風大吹然討賊事急發行到沙火
郎待風〃似歇促行　到熊川僧將及成義兵送于濟浦欲
　　　　　　　　　　　　　　兩
將下陸之形右道諸將船擇不實送于東邊亦將下陸之

［癸巳年 二月］

櫓還陣時逢 宣傳

表信迎入船承受宥　旨則急赴歸路截殺 逃遁

之賊事即修給祇受宥

旨夜已四更矣

十八日癸卯　晴早朝行軍　到熊川賊勢如

前蛇渡僉使伏兵將差定領呂島萬戶鹿島

假將左右別都將左右突擊將光陽二船興陽

代將防踏二船等伏于松島使諸船誘引則

賊船十餘隻蹤後而出慶尚伏兵五隻輕發追

逐之際伏船突入回擁多數放射倭人不知其數致

死一級斬首賊徒大挫終不追後日未暮領諸船到

（二四）

[癸巳年 二月]

天朝又遣舟師預知而處之又有巡使營吏告目內

天兵二月初一日入京賊徒盡殲云暮元平仲令公來見

十六日辛丑晴晚朝大風聞鄭相爲謝　恩使赴京云

故路費單字付送于鄭元明處持傳其使行次事

敎送矣午後右水伯來見同飯而去順天防踏

亦來見夜二更愼環与金大福來賣持傳書

敎書二道及副察使關字因聞　天兵直擣松都

今月初六日當陷京城之賊

十七日壬寅陰而不雨終日東風李英男許廷闇鄭聃

壽姜應彪等來見曉齋午後徍見右水伯又見新珍島

成彦吉与右水伯同到嶺南水伯船聞　宣傳官

賣宥　旨來暮還之際路聞　宣傳來促

(三三)

[癸巳年 二月]

所贈軍物卜定云初更到漆川 則雨勢大作竟

夜不止

十三日戊戌雨〃如注戌時雨止以討議事順天光陽防踏

招來 話鄭聘壽來見弓箭匠大邦玉只 等還歸

十四日己亥晴早朝營探候船來朝食後合三道約束
　　曾祖忌

之際嶺南水伯以病不会獨与全羅左右諸將合約但虞候肆

酒妄言其爲無謂何可盡說於蘭萬戶鄭聘壽南

桃浦姜應彪亦如之當此大賊討約之時乱飮至此其爲

人物尤不可形言也不勝痛憤〃夕罷來結陣處加

德僉使田應獜來見

十五日庚子朝晴夕雨日氣和暖風亦不動掛帳射之順天

光陽來共蛇梁萬戶 李汝恬 所非浦永登亦來 是日巡使關來到
　　　　　　　　　李英男　禹致績

(三二)

[癸巳年 二月]

未滿四十隻卽日申時發船初更到溫川島簡于本營

初九日_{甲午}初吹二吹更觀日勢則多有雨徵故不發大雨終日

仍留不發

初十日_{乙未}朝陰晚晴卯時發船直指熊川熊浦則

賊船依舊列泊再度誘引　曾慟我師午出乍還終

莫捕殲痛憤〃夜二更還到永登後蘸秦

浦入泊經夜。_{乃丙申日}朝順天探候船還簡于本營

十一日丙申陰休兵仍留

十二日丁酉朝陰晚晴曉發直抵熊川熊浦則賊徒_{三道一時}

如昨進退誘引　竟不出海兩度追逐幷未捕滅

奈何〃〃痛憤〃〃是夕都事移文虞候則　天將

（二二）

[癸巳年 二月]

後出中大廳寶城守冒夜由陸馳來拿于庭推

問其後期之罪則巡察使都事等以　天兵支供差使

員行到康津海南等官之招是亦公事只論代將与

都訓導色吏等是夕京友李彦亨餞別盃

初六日辛卯　朝陰晚晴四更初吹平明二吹三吹放

船掛帆午時逆風暫至暮到蛇梁宿

七日戊午壬辰　晴曉發直到見乃梁右水使元平仲已先

至与之相話奇叔欽來見李英男李汝恬亦來

初八日己未癸巳　晴朝嶺南右水伯到船極言全羅右水伯後

期之失■今刻先發云余力止待会之約以今日日中當

到午時果然張帆來　会望見無不欣躍〃〃至則所率

(二〇)

【癸巳年 二月】

昭陽大荒落令月乙卯初一日丙戌雨〃終日鉢浦呂島順天來

会鉢浦鎭撫崔已再犯軍律罪行刑

初二日丁亥晚晴鹿島假將蛇渡興陽等船入來樂安亦到

初三日戊子晴諸將准会而寶城未及東上房出坐与順天

樂安光陽論約有時是日嶺南移來向化金浩乞羅將

金水男等置簿格軍　八十餘名告以迯去多受賂物故不捉來

潛遣軍官李鳳壽鄭■思立等搜捉七十餘名分各船

浩乞金水男等卽日行刑自戌時風雨大作諸船艱難

救護

初四日己丑晚晴城邊東九把頹毁出坐客舍東軒

酉時雨勢大作達夜不止風亦甚惡各船艱難救護

初五日庚寅驚蟄故行纛祭雨下如注晚始霽朝食

天朝大提督李汝松領數十萬精
卒討滅箕城松都漢陽三京之
賊直下釜山蕩掃無遺類而還

昭陽大荒落令月大吉
　初一日 癸丑
　初二日 甲寅

（一八）

[(空面)]

(一七)

[狀啓（壬辰年 十二月初十日 《請反汗一族勿侵之命狀》草稿(四)]

餘名式分防爲白去等其中久遠逃亡物故未本定者十居七八粗也如

當身現存者收置亦皆老殘不合防戍勢不得已勿論一族充

數立防爲白良置多有稱頉呈訴　趁未到防者或有名屬

括壯之中彼此交侵終不現點者其間疾苦有不可勝言臣非

不知此弊而大敵在前防守太急不可以此弊互古之弊病有減（減損）

於防禦乙仍于循前促發（督）一充船格一立守城用此五度赴

賊十四度勝戰已經八朔爲白有齊大抵藩一屏失毒流心腹

此實已經之驗臣愚妄計先可因循前例以■■固邊■■禦稍〃

覈辨■■以救軍民之苦最是當今之急務　是白沙余良　國家之於

湖南猶齊之苦卽墨而正如全體癈疾者僅護一肢氣

脉不絕而已之不救而許多軍馬掃境而出

（一六）

【狀啓】〈壬辰年 十二月初十日〉〈請反汗一族勿侵之命狀〉草稿(三)

(一五)

加之而召募使下來懲發餘軍 則各鎭浦分防諸邑軍 戊兵

亦抄出日卜定之內一道搔動不知所爲此道保亦難必矣 街路痛哭

是白在果去九月有 旨下書內各官流亡軍士侵及族鄰者

一切蠲除亦丁寧下書是白去等拯民倒懸之苦無此爲急 解 之苦

防者今日未滿四五不月之內邊鎭一空鎭將獨守空城罔知

軍赴防之邑一聞族鄰勿侵之令翌朔入防者僅及三四昨日十名留

被毒■害宗社都城亦未能保言念及此痛若焚割 去朔十名

是白乎矣節段大賊瀰滿各道無辜蒼生不知其幾十萬盡

所措何爲若仍循前規則■違 聖教遵奉下書則禦敵無策

此間便宜晝夜思度論報体察使回答內一族之弊病民之甚

者丁寧 下教所當遵行之不暇是去果所報內辭緣亦爲有

理於撫民禦敵兩得其便事回送是白置各官良中 物故全

絶戶乙良都目安徐亦行移爲白乎齊大槩本道段分防軍士非如

慶尙道例 左右水營則三百廿餘名各鎭浦則或二百或一百五十

【狀啓〈壬辰年 十二月初十日 〈請反汗一族勿侵之命狀〉 草稿(二)】　　(一四)

云 〃 日本居在海心雖 ■値 嚴冬風氣尚暖 仍丁只著短袖

長衣無襞 爲白去等 今來兇賊久留他境不習風土隆冬下

寒苦又艱(有難)經度叱分不喩兵粮已竭勇力亦窮乘此機

時急擊勿失再造 王室乃圖於今日而歲律已暮換歲(節序流易)(一歲將窮)(正在此時在今急)〃

將迫新正在邇尙未勦滅一歲將窮尙未聞勦滅之音一(換)

隅孤臣西望長痛肝膽如裂我國八方之中唯此湖南(北)

獲全萬幸調兵運粮皆由此道廓淸恢復亦此(由道策)■■(道方輿)

而本道監司再赴勤 王節度使久留他境精御士(道)

馬軍器軍粮盡歸此(於)中至於鎭堡定防軍士亦各分

半抄率師老中途飢寒幷臻過半奔潰雖或未潰者(有)

飢凍死相繼加之而召募使下來僅餘各官浦定防軍士(已極亡)(督出)

巨邑則三百餘名大中小强盛分卜鎭日卜定責罰隨及

守令等畏威生㤼一道搔動

【狀啓（壬辰年 十二月初十日 〈請反汗一族勿侵之命狀〉）草稿(二)】

謹問

巡候若何前日昇平之奉追幸萬 〃

二十七日晴 与右水伯同議移舟到巨濟漆乃島
嶺
熊川倅李宗仁來話聞斬倭三十五級云
暮渡濟浦西院浦則夜已二更宿西風吹冷

客思不平是夜夢亦多乱

二十八日晴曉坐記夢則初似兇而反吉到加德

（二二）

(一二)

四度八月二十四日晴朝食對于客舍東軒丁

令公卽移對于侵碧亭右水伯點心同對

丁助防亦共之申時發船促櫓到露梁後洋

下矴三更乘月行船到泗川毛思郎浦東方

已曙曉霧四塞咫尺不辨

二十五日晴辰時霧卷到三千前洋平山浦

萬戶呈空狀幾到唐浦慶尙右水伯繫

舟相話申時泊于唐浦宿夜三更暫雨

二十六日晴行到見乃梁駐舡与右水伯相話

順天亦到夕移舟到角呼寺前洋宿
巨濟境

[壬辰年 六月]

搜見旋師還唐浦經夜未曉發船到彌助項前洋
與右水使話罷則乃

初十日也晴

（一〇）

舡上樓閣巍〃所謂將者坐其上中舡十二隻小舡二十隻

一時撞破射矢如雨逢箭者不知其**數**斬首七級 倭將幷

餘倭下陸登走然所餘甚少軍聲大振

初六日晴探賊船宿于同處

初七日晴朝發到永登前洋聞賊舡在栗浦

令伏兵舡指之則賊船五隻先知我師奔走

南大洋次諸舡一時追及蛇渡僉使金浣一隻

全捕虞候一隻全捕鹿島萬戶鄭運一隻

全捕合計倭頭三十六級

初八日晴与右水使同議留泊洋中

初九日晴直到天城加德則無一賊舡再三

（九）

[壬辰年 六月]

列泊厄擁相戰大船一隻大如我　國板屋船〃上粧樓

高可二丈閣上倭將巍坐不動以片箭及大中勝字銃

筒如雨乱射倭將中箭墜落諸倭一時驚散諸將卒一

時攢射逢箭顚仆者不知其數盡殲無餘俄而倭大

船二十餘隻自釜山列海入來望見我師退奔入介

初三日晴朝更勵諸將挾攻介島則已爲奔潰四無餘

類欲徃固城等地則兵勢孤弱憤欝之際留右

宿領舟師懸帆而來將士無不踴躍合兵約

束翌日宿于

初四日晴懸望右水使之來　徊徘顧望日午右水

使領諸將懸帆而來一陣將士無不踴躍合

兵申明約束宿鑿浦梁

初五日朝發到固城唐項浦則倭大如板屋舡

(八)

五月二十九日晴右水使不來獨率諸將曉發直

到露梁則慶尙右水使來会約處与之相議問賊倭

所泊處則賊徒今在泗川船倉云故直指同處

則倭人已爲下陸結陣峯上泊列其船于峯下

拒戰急固余督令諸將一時馳突射矢如雨放各

樣銃筒乱如風雷賊徒畏退逢箭者不知幾百數

多斬倭頭軍官羅■大用中丸余亦肩左上中丸貫于

背而不至重傷射格之中丸者亦多焚滅十三隻

退駐

六月初一日晴蛇梁後洋結陣經夜

初二日晴朝發直到唐津前船倉則賊倭二十餘

(七)

招來与語之間皆發憤以本道右水使率舟師來共

之約而防踏板屋載疊入軍　來喜見右水使

來遣軍官扣焉則防踏船也不勝愕然有頃

鹿島萬戶請謁招前問之則右水使不來

賊勢暫近幾旬 不勝痛惋〃若失期会則

追悔無及以是卽招中衛將約之明曉發行

卽修啓

聞

出送是日呂島水軍黃玉千聞賊聲逃避于

其家捕來斬首梟示

初四日晴質明發船直到彌助項前洋更爲約束

右斥候右部將中部將後部將等右邊由入介伊

島搜討其余大將船幷 過曲浦尙州浦 次彌助項

平山

（六）

（五）

壬辰五月初一日舟師諸會前洋　是日陰而不雨南風大

吹坐鎭海樓招防踏僉使與陽倅　鹿島萬戶則皆

憤激忘身可謂義士也

初二日晴兼三道巡邊使關及右水使關到宋漢連

自南海還言曰南海倅彌助項僉使尙州浦曲浦平

山浦等一聞聲息輒已迸潰使其軍器等物盡散無

餘云可愕 〃 午時乘船下海結陣与諸將約束則

皆有樂赴之志而樂安則似有避意可嘆然自有軍

法雖欲退避其可得乎夕防踏疊入船三隻囘泊

前洋　備邊司三丈到付昌平縣令到任公狀來呈

夕軍號　龍虎　伏兵則水山

初三日細雨終朝慶尙右水使答簡曉還午後光陽與陽

壬辰日記

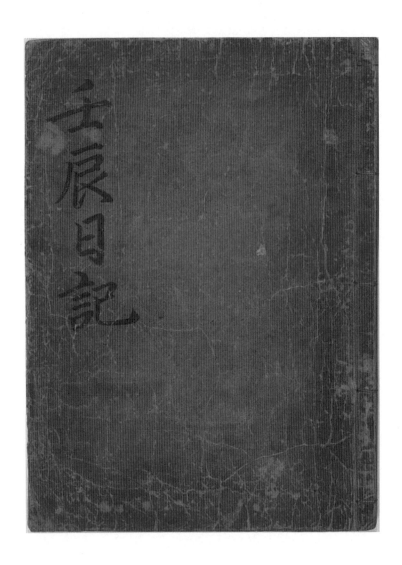

壬辰日記

머리글

이 책은 아산 현충사 소장의 국보 제七六호 李舜臣의 親筆日記草, 세칭 "亂中日記" 親筆草를 활자화, 편집한 것이다. 李舜臣의 親筆日記는 원래 몇 권이었는지 알려진 바 없으며, 현재는 「壬辰日記」, 「癸巳」, 「日記 甲午年」, 「丙申日記」, 「丁酉日記」, 「日記(표지 다음 장에 표기)」 및 「戊戌 日記」의 제목으로 七권이 남아 있다. 李舜臣의 親筆日記草를 활자화한 전례로서는 正祖 一九년(서기 一七九五년)에 간행된 《李忠武公全書》와 서기 一九三五년 조선총독부 조선사편수회에서 발간한 《亂中日記草•壬辰狀草》가 대표적인 경우이며, 親筆일기의 발췌筆寫本에 해당되는 〈日記抄〉는 오늘날의 親筆日記草 또는 활자화된 일기 어디에도 전해지지 않는 일기기사를 보충하는 유일한 자료로 남아 있다.

旣刊의 활자화된 전례가 있음에도 불구하고 이 책을 발간하게 된 동기로는 《李忠武公全書》의 경우 편찬과정에서 親筆日記의 내용을 심히 減加하여 오히려 원문에서 멀어진 바 적지 않으므로 오늘날에 와서는 더욱이 납득할 수 없이 안타까우며, 다만 지금까지 전승되지 못하고 유실된 친필초 부분에 대한 보충자료 또는 상호 비교 상의 참고자료로나 유용하다고 할 것이다. 일제시대에 발간된 《亂中日記草•壬辰狀草》에 수록된 일기는 지금까지로서는 친필일기에

가장 충실하고 완벽한 편집이나, (출판 당시의 교정상 오류를 포함하여) 판독상의 틀린 부분과 해설, 주석에 있어서의 오류가 상당히 있고 발간된지 이미 많은 시간이 경과하였으므로 一九七八년 일본 동경에서 복각 발행된 바도 있음에도 불구하고 구해 보기조차 용이하지 않다. 《亂中日記草•壬辰狀草》는 당대의 조선 漢學者들이 동원되어서 편찬되었으나 작업에 참여한 분들의 이름이 수록되지 않았고 일본인의 손에 의해 발간된 사실은 숨길 수 없다. 아울러 근래에 이르기까지 출간된 여러 "亂中日記" 국역판들이 李舜臣의 親筆日記를 번역의 원본(text)으로 하였다고 하나 실상 그 活字版 원본의 상세한 출판정보에 대해서는 대부분 명확한 언급을 피하고 있는 점은 시사하는 바 있다. 문화재청에서는 "亂中日記" 친필초 원문과 컬러 사진판을 전산화하여 홈페이지에 수록하는 등 원문 접근의 대중화에 크게 기여하였으나 한편으로는 원문 확정의 경위나 배경 정보를 공개하지 않고 있다가 최근에는 수록 원문 내에 오탈자, 일본 글자 등이 포함된 결함이 드러남에 따라 보수작업을 하고 있는 것으로 보인다.

한편 二○一七년 확인된 《亂中日記草•壬辰狀草本》(국사편찬위원회 소장)은 일제시대 간행된 인쇄본 《亂中日記草•壬辰狀草》의 초고에 해당되는 것으로서 참고문헌 (三)이 그것이며, 이로써 당대의 탈초 작업에 참여한 한학자들이 밝혀지게 되

일러두기

었고 이번 편집과 추가 개정에 도움이 되었음을 밝힌다. 李舜臣 親筆日記草로부터 국역본에 이르기까지 발간된 여러 책자의 내용과 양식에 관한 상세한 해제로 서는 拙著 본문을 참조하기 바란다.

따라서 이 책의 편집에서는 《李忠武公全書》와 《亂中日記草・壬辰狀草》 및 《亂中日記草本》을 참조하되, 親筆日記草와의 비교와 검독을 통하여 既刊의 잘 못된 판독 百四十여 군데를 바로 잡고, 既刊에서 고려하지 못하였던 親筆日記 草의 문상 교정, 要節 기호, 擡頭, 間字 등을 포함하여 편집 가능한 범위 내 에서 최대한 親筆日記草와 내용-형식을 일치시켜 향후의 독자, 國譯者 또는 研究者에게 原文과 그 분위기를 그대로 전달할 수 있는 활자화된 원본(text) 제시를 목표로 하였다. 본 편집-검독과정을 통하여 따른 몇 가지 원칙사항들은 "일러두기" 및 "편집 참고표"에 나열하였다. 이 책의 검독, 편집 작업에 이용된 영인본(사진판) 친필일기와 既發刊된 활자판 일기 등은 참고문헌에 제시하였다.

□ 親筆日記草에는 일기 기사 말고도 각 권의 시작 또는 끝에 狀啓 草稿, 書

簡草稿、備忘錄、詩、낙서、習書 등이 포함되어 있으며、본 편집에서는 이들을 일기 기사와 동등하게 취급하여 그대로 옮기되 낙서、習書에 해당되는 부분은 판독과 편집상의 이유로 제외하였다. 친필일기 곳곳에 빈 면이 있으므로 이들은 따로 紙面을 두었으며 우측 머리글에 空面임을 표시하였다. 이에 따라 본 작업에서는 친필일기초와 面對面 및 列對列로 정확히 一對一 대응되도록 편집되어 있다. 활자화 일기 각 면의 우측 머릿글에는 해당 면의 일기 일자 또는 내용상 참고가 되는 분류 및 주석을 제시하였다.

□ 또한 別紙에 附箋된 親筆草 부분은 사각형으로 바깥을 둘러싸 구분하였다. 親筆日記草 원문은 대부분 親筆草 縱書 형태로 쓰여 있고、간혹 追記한 일부는 횡서 형태로 된 경우가 있으나 본 편집에서는 모두 원문대로 표시하였다. 지우고 다시 쓴 글자와 행간 또는 하루의 기사 끝에 追記한 親筆글자는 대부분 글자보다 작게 작성되어 있으므로 편집상 활자 크기를 작게 하여 구분하였고、행간에 追記한 글자의 위치는 문맥상 삽입될 두 글자 사이에 두거나 혹은 가능한 원본에서의 위치와 동등하도록 배치하였다.

□ 親筆日記草 원본에서 훼손되거나 마모로 판독이 곤란한 글자의 경우、그 글자수가 추리되는 경우에는 □를 그 갯수만큼 두었고、추리-판독되는 글자를 나란히 표시했다. 그 글자수가 불확실한 경우에는 긴 모양의 사각형、

즉, □를 사용하였다. 원본에서 썼다가 지운 글자의 경우, 그 글자가 판독되는 경우에는 글자를 음영 형태(가령 陰影)로 제시하였으며, 판독되지 않는 글자는 ▓를 사용하였다. 썼다가 지운 글자와 마모된 글자를 판독한 경우, 획의 모양이나 문맥에 의한 판독으로써 추정된 글자가 있으므로 완전치 못함을 밝히며, 보다 체계적이고 과학적인 방법으로 향후에 보완되어야 할 것이다. 친필원문의 略字는 本字로 바꾸어 표기하되, 俗字나 同字는 그대로 옮겨 원문과의 비교 참조가 섭도록 하였으며, 이에 해당되는 글자들은 권말 부록에 제시하였다.

□ 일곱권의 親筆日記 제책에서 제六권은 丁酉年 후반부의 것으로서 「丁酉日記」(제五권)와 일부 기사 일자가 중복되나, 겉장에는 아무 제목이 없고, 다만 표지 다음의 첫 면에 심히 마모 훼손된 일기 본문과 함께 중앙 상단부에 「日記」라고만 적혀 있다. 따라서 표제는 음영 형태의 丁酉日記Ⅱ로써, 내용은 丁酉日記Ⅱ로써 식별하였다.

□ 이번 편집에서는 원문 一面一列을 활자화 一面一列로 一對一 대응시켰다. 앞서 간행된 편집에서는 원문과의 내용상 일치는 이루었으나 이번 편집은 내용과 형식상 원문과 최대한 가까이 작성하였다. 가령, 친필원문에는 줄 바꾸어 내어쓰기(擡頭), 띄어쓰기(間字)의 작성법도 쓰이는데 공경(恭敬)과

비망(備忘)의 용도로 보이며, 가능한 한 일관된 형식으로 반영하였다. 또한 보다 큰 글자로 작성된 부분도 있는데 강조, 비망, 혹은 신속한 검색을 위해 사용된 것으로 추정될 뿐이며, 편집에서 원문과 비슷하게 반영하였다.

□ 친필원문에는 작성 후 글자 순서를 교정하는 부호가 여러 곳에서 보이고 있는데, 글자 우측에 나란히 기입된 ▼ ▲ 기호는 이러한 부분을 나타내는 것이며, 여러 글자의 상하 순서 교정 부호($下上$)도 보이고 있다. 경우에 따라, ▲ 또는 ▼ 가 하나만 사용된 곳도 있는데, 이 경우에는 순서 교정임에 분명한 것도 있으나, 그렇지 않은 경우도 보이므로 모두 원문대로 재현 표기하였다.

□ 친필원문에는 본문에 부가하여 追記된 글자, 단어 또는 문장이 많으며, 이들 대부분은 삽입부호를 그 삽입되는 위치 좌측에 두되, 부가되는 글자나 기사들을 본문 열의 우측에 기입하고 있다. 이때 이용된 삽입부호는 두어 종류(▶ 또는 ○)가 있고, 본 편집에서는 점 또는 동그라미 그대로 표기하였다. 또한 간간이 하루 기사의 맨위 여백 또는 기사 본문의 우측 열간에 크기와 모양이 약간씩 상이한 몇가지의 굵은 방점(·) 또는 동그라미(○)가 이용되고 있으며, 이는 어떤 용도의 확인, 備忘, 또는 識別 편의상 기입된 것으로 보이되 상세한 것은 알 수 없다. 본 편집에서는 긴 기호(ー) 또는는

□ 원(○)으로 표시하였다.

□ 二〇六년의 편집작업을 마무리할 무렵, 오랜 기간 동안 문혀 있던 사실 하나가 찾아졌다. 「壬辰日記」의 맨끝에 붙어있는 書簡草는 갑오년 (서기 一五九四년) 七月에 작성된 것으로 밝혀졌는데, 다만 언제 어떤 내력을 통해 「壬辰日記」에 첨부되어 전승된 것인지는 알려진 바가 없다. 상세한 바는 拙稿(참고문헌 十一)를 참조 바라며, 이는 본 편집에서 「壬辰日記」의 맨끝에 붙어있는 한장의 書簡草를 甲午書簡草로 분류한 근거이다.

참 고 문 헌

□ 親筆日記草 影印 및 寫眞版

（一） 문화재청 홈페이지, 국가기록유산, 국보제七十六호, 《이충무공난중일기》 이미지 검색 (二〇〇五).

（二） 이충무공문헌편찬위원회 편찬, 《乱中日記 親筆草本》 대학서림 발행 (一九七七).

vii

□ 判讀謄寫日記、活字版日記 및 편집·검독 참고

(三) 조선사편수회,《亂中日記草本》林敬鎬 謄寫 (一九二九)、洪熹 校正、中村榮孝 檢閱 (一九三○)、국사편찬위원회 所藏.

(四) 조선사편수회 편、朝鮮史料叢刊 第六《亂中日記草·壬辰狀草》近澤印刷部 발행 (一九三五).

(五) 尹行恁 편찬、柳得恭 검서、《影印 李忠武公全書》성문각 발행 (一九八九) 및 이은상 역、《完譯 李忠武公全書 上》、《完譯 李忠武公全書 下》성문각 발행 (一九八九).

(六) 박혜일 외、《李舜臣의 日記》서울대학교 출판부 발행 (一九九八).

(七) 筆寫者 未詳、〈日記抄〉아산 현충사 소장 (一六九三년 전후 추정) 및 박혜일 외、"李舜臣의 日記、「日記抄」의 내용 평가와 親筆草本 결손 부분에 대한 복원"、정신문화연구 二〇〇〇 봄호 제二三권 제一호(통권 七八호) 九五 - 一七七쪽.

(八) 노승석 역、《이순신의 난중일기 완역본》부록、동아일보사 발행 (二〇〇五).

(九) 민중서림편집국 편、《漢韓大字典》민중서림 발행 (一九九七).

(十) 伏見沖敬 편저、《合本 書藝大字典》교육출판공사 발행 (一九九九).

（十一）최희동、배영덕、김명섭、 "李舜臣의 「壬辰日記」에 첨부된 書簡文草에 대한 推論的 小考"、순천향대학교 이순신연구소 발행 (二〇〇七).

（十二）박종평 옮김、《난중일기》 글항아리 발행 (二〇一八).

《李舜臣의 日記草》

― 현존 친필일기의 원문

박혜일 外, 〈이순신〉 관련 연구 저술 및 논문 목록

1. A Short Note on the Iron-clad Turtle-boats of Admiral Yi Sun-Sin, Korean Journal, Published by the Korean National Commission for UNESCO, 17-1 (1977) 34.

2. 李舜臣龜船의 鐵裝甲과 李朝鐵甲의 現存原型과의 對比, 한국과학사학회지, 1-1 (1979) 27.

3. 李舜臣龜船의 鐵裝甲에 對한 補遺的 註釋, 한국과학사학회지, 4-1 (1982) 26.

4. 李舜臣龜船(1592)의 鐵裝甲과 慶尙左水使의 鱗甲記錄(1748)에 대한 註釋, 한국과학사학회지, 7-1 (1985) 33.

5. 한국민족문화대백과사전(한국정신문화연구원, 1988), "거북선〔龜船〕" 항목 집필.

6. 天字銃筒에서 쏜 大將軍箭의 彈道와 龜船에 있어서의 有效射距離의 推定, 한국과학사학회지, 11-1 (1989) 3.

7. 李舜臣–龜船(創制龜船)–거북선 鐵甲 : 史料批判 및 復元양식, 해군사관학교 발표자료, 1990. 11. 2.

8. 李舜臣의 戰死와 自殺說에 대하여, 창작과 비평 (1993, 가을호) 324.

9. 한국브리태니커백과사전(한국 BRITANNICA사, 1994), "거북선〔龜船〕" 항목 집필.

10. 한국브리태니커백과사전(한국 BRITANNICA사, 1994), "이순신(李舜臣)" 항목 집필.

11. '統營 古屋에서 수집된 水軍 古文書(1979년 발견)'에 대한 몇 가지 추론적 소견, 한국과학사학회지, 21-1 (1999) 92.

12. "李舜臣의 日記", 서울대학교출판부 (1998, 초판; 2002, 개정판; 2005, 개정판); 시와진실 (2016, 2017, 개정증보판).

13. '李舜臣의 日記'「日記抄」의 내용 평가와 친필초본 결손 부분에 대한 복원, 정신문화연구, 봄호 23권 제1호 (2000) 95.

14. '李舜臣의 鳴梁海戰', 정신문화연구, 가을호 25권 제3호 (2002) 115.

15. 史實에서 괴리된 근간의 '李舜臣' 실명소설, 순천향대학교 이순신연구소, 「이순신연구논총」 제3호 (2004) 183.

16. 李舜臣의 「壬辰日記」에 첨부된 書簡文草에 대한 推論的 小考, 순천향대학교 이순신연구소, 「이순신연구논총」 제7호 (2006) 63.

17. "李舜臣의 日記草", 조광출판인쇄 (2007, 초판); 시와진실 (2016, 2017, 개정증보판, 별책부록).

18. 무술년(1598년) 이순신의 최후 結陣處 – '狚島'에 관한 고찰, 순천향대학교 이순신연구소, 「이순신연구논총」 제20호 (2013) 269.